フランス文学の楽しみかた

ウェルギリウスからル・クレジオまで

永井敦子
畠山　達　編著
黒岩　卓

シリーズ
世界の文学をひらく 2

ミネルヴァ書房

はじめに

「最近の人は本を読まない。」こんな小言を聞くことがあります。ところが，本はあまり読まない人でも映画，ドラマ，マンガに心を動かされたり，SNS を見て「いいね」をつけることはあるでしょう。皆，本当はテレビやスマートフォンの「向こう側にある世界」が好きでたまらないのです。いや，好きどころか，仮想かどうかもわからない無数の世界がないと私たちはきっと生きていけません。実際，ニュースやドラマ，SNS や動画サイトを見ないで過ごす日は一日もないでしょう。それなのに本に書かれた世界に興味が持てないのは，もしかしたら文学研究者が文学の面白さを十分に伝えてこなかったからかもしれない。こんな反省からこの本は出発しました。

授業中，教師が「そういえば」と，話が脇道にそれて「この本は，ここが面白いんだよな～」と始めると，隠れてスマートフォンをいじっていた学生までいつの間にか目を輝かせて話を聞いていることがあります。教師は，まじめな論文を書く研究者です。だから「ここが面白いよ」という少しくだけた話を自分の論文に書くことは，ほとんどありません。だったら，そういう話を集めたらどうだろうか。そして，その内容に興味を持ったら，本を手に取って読んでもらえばよい。専門的知識に裏付けられた文学の面白さを紹介するエピソード集，そんな本なら自分だって読んでみたい。これが，第Ⅰ部「ここが面白いフランス文学」の構想となりました。

ですから，この本は「フランス文学」へのとっかかりをつくるガイドブックだと言えます。ただし，一般的な「フランス文学史」や「フランス文学辞典」とは，趣旨も内容も大きく異なっています。第Ⅰ部は，学問的な知識よりも，作品の面白さを紹介することに重きを置いています。55の作品が時代順に並べられていますが，最初のページから通読する必要はありません。むしろ，興味のある作品から，つまみ食いのように読んでくれた方がよいでしょう。古代から現代まで，歴史ものや恋愛小説，詩または哲学書など，多種多様な作品の中から「これは読んでみたい！」と思うものに必ず出会えるはずです。

ところが，文学の描く「向こう側にある世界」は面白いだけではありません。実は，その面白さの背後には，奥深い世界がさらに広がっています。第Ⅰ部で語られた作品や作家が，第Ⅱ部のあちらこちらに登場することで，第Ⅱ部はその奥深い世界への扉を開いてくれるしかけになっています。

たとえば，19世紀を代表する作家フローベールの『ボヴァリー夫人』の魅力は，第Ⅰ部で「人生の虚しさ」というテーマで語られています。ところが，フローベールの名前は，第Ⅱ部の「文学は『役に立つ』のか」「パリ」「ファム・ファタルとオム・ファタル」「結婚とその外」にも登場します。そこで，試しに「結婚とその外」を開いてみると，中世以来の結婚制度とブルジョワ社会の生み出した不倫という歪みについて，モンテーニュ，ラブレー，バルザックなどを交えて語られています。そこから第Ⅰ部にあるバルザックの『ゴリオ爺さん』に戻ってみると，今度は同性愛や婚外カップルについても言及されているので，第Ⅱ部の「同性愛」を読んでみます。すると，プルーストが登場するので……という具合に，不倫小説から，結婚をめぐる社会制度やジェンダーの問題まで視野が広がっていきます。このように，第Ⅰ部と第Ⅱ部が有機的かつ複層的に，いわば蜘蛛の巣のように繋がっているのが本書の大きな特徴です。気になる作品やテーマから自由に読み進めていくと，おのずと文学の奥深い世界に踏み入っていくことになります。

本書の特徴は，まだまだあります。そもそも今，なぜ，日本でフランス文学を読むのか，という問題にも向き合う思いで構想されているからです。よりひらかれた「フランス文学」を目指して，第Ⅰ部では「フランス」という枠を超えた作品が選ばれています。第Ⅱ部には「フランス文学史」という学問の有効性，さらには日本でフランス文学が読まれてきた歴史的背景などに言及している項目もあります。また，一般的に「フランス文学」が描いている対象が「フランス」という国境をはるかに越えて存在しており，その扱っている対象も単なるフィクションだけではないことを理解してもらうために，地図「本書をめぐる旅」も作成しました。「フランス文学」は，「フランス」だけの問題ではありません。文学の面白さと奥深さ，文学が読まれてきた歴史，そして文学の描くさまざまな土地にも目を向けることで，フランス文学は読者の「向こう側にある世界」だけでなく，実は「読者自身の世界」をも描いていることに読者は気がつくでしょう。

この本は，「フランス文学ってどこが面白いのだろうか」「フランス文学について知りたい」「フランスの面白い作品に出会いたい」と考えるすべての人に向けて書かれています。大学の授業で使うことを想定していますが，文学専攻の学生のみを対象にしているわけではありません。むしろ旧来の文学部という枠組みを超えて，文学の魅力と可能性を示したいと思っています。そのため，執筆者（30名）の所属学部，地域，専門，年齢もできる限り広範囲になることを心がけました。文学こそ，多様化している大学教育の根幹を担うことができると確信しているからです。

最後に，この企画に賛同し，魅力あふれる原稿を書いてくれた執筆者の皆さんに心より感謝いたします。このような本ができたことを嬉しく思うと同時に，錚々たる執筆陣と一緒に仕事をすることは大変光栄なことでした。そして，この企画を実現してくださったミネルヴァ書房の河野菜穂さんの惜しみない協力に感謝の念を記しておかなければいけません。「シリーズ・世界の文学をひらく」に加われることに，大きな喜びと期待で心弾む思いです。本が読まれないと言われる状況の中，光明の差す思いをしております。

編者一同

目　次

第Ⅰ部　ここが面白いフランス文学――作品・作家紹介

第Ⅱ部　その一歩先へ――文学のあり方とさまざまなテーマ

地図——本書をめぐる旅

★この地図には，本書に出てくる作品や作者と関係のある場所が記してある。
　ローマ数字は第Ⅰ，Ⅱ部，漢数字は章（第Ⅰ部は省略），アラビア数字が関連する項目の番号を指している。（順不同。）
　ただし紙面の都合上，網羅的ではない。

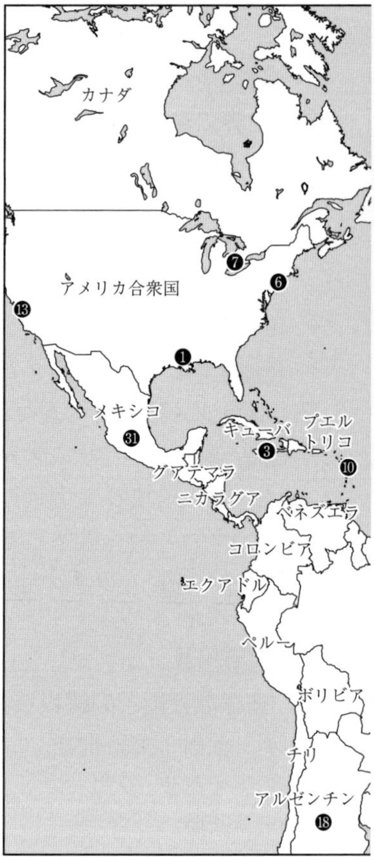

①ローマ［イタリア］：Ⅰ-1，Ⅱ-三-4，Ⅱ-四-3
②ロンスヴォー［スペイン］：Ⅰ-2
③ドンレミ：Ⅰ-5
④パリ：Ⅰ-6，21，22，25，26，31，34，38，39，46，48，Ⅱ-二-4，Ⅱ-三-1，5，Ⅱ-四-1，2，4，6，Ⅱ-五-2，4，5
⑤ジュネーヴ［スイス］：Ⅰ-8，21
⑥ボルドー：Ⅰ-10，44
⑦デカルト（ラ・エ）：Ⅰ-11
⑧アムステルダム［オランダ］：Ⅰ-11
⑨ライプツィヒ［ドイツ］：Ⅰ-20
⑩ビエンヌ湖［スイス］：Ⅰ-21
⑪コモ湖［イタリア］：Ⅰ-24
⑫ナント：Ⅰ-33，52
⑬ヴァロワ地方：Ⅰ-30
⑭ノルマンディー地方：Ⅰ-13，32，41
⑮ロンドン［イギリス］：Ⅰ-38，Ⅱ-三-1，Ⅱ-五-4，5
⑯ブリュージュ［ベルギー］：Ⅰ-39，Ⅱ-三-1
⑰イリエ＝コンブレー（コンブレー）：Ⅰ-42，Ⅱ-四-5
⑱サース＝フェ［スイス］：Ⅰ-43
⑲トゥールーズ：Ⅰ-46
⑳マルセイユ：Ⅰ-27，55
㉑ストラスブール：Ⅱ-一-4
㉒ヴォー地方［スイス］：Ⅱ-三-1
㉓ベルン［スイス］：Ⅱ-三-1
㉔マヨルカ島［スペイン］：Ⅱ-三-4
㉕リヨン：Ⅱ-四-4
㉖ル・アーヴル：Ⅱ-四-4
㉗ブリュッセル［ベルギー］Ⅱ-三-1，Ⅱ-五-4

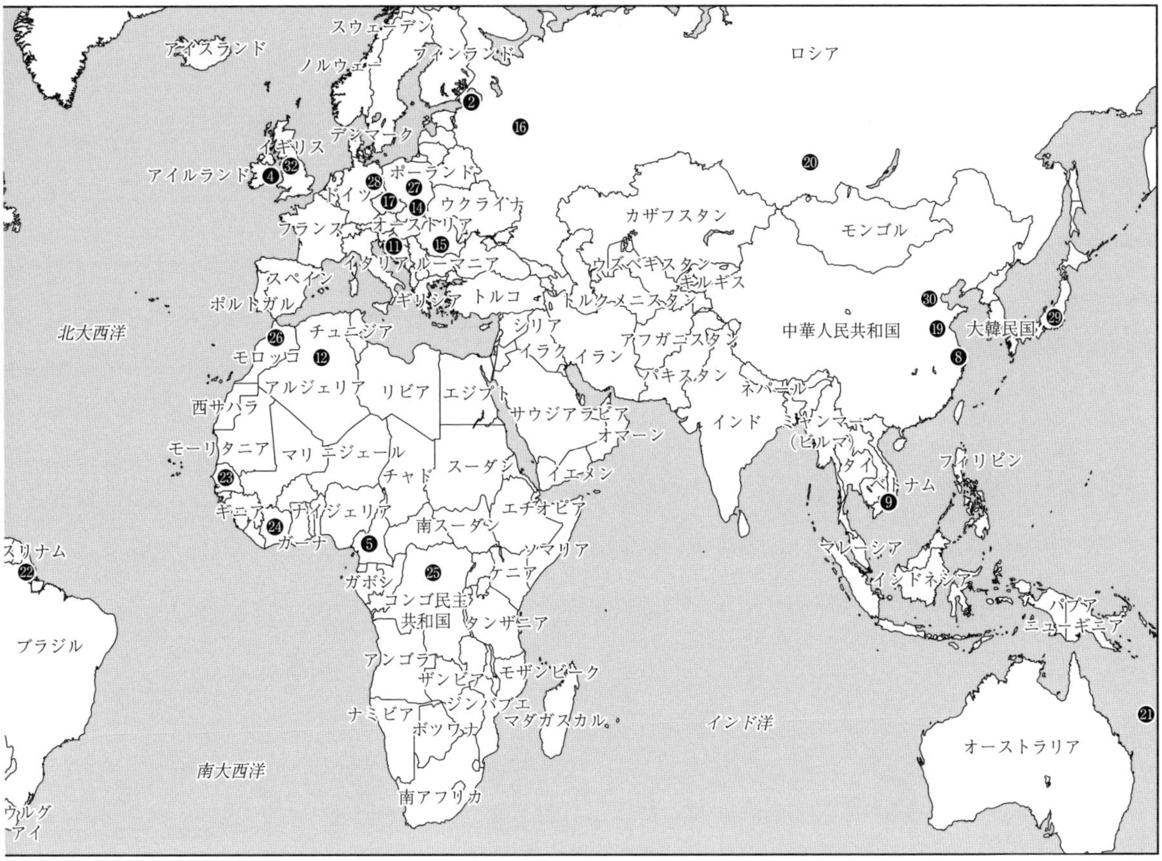

❶ニューオーリンズ［アメリカ］：Ⅰ-18
❷サンクト・ペテルブルグ［ロシア］：Ⅰ-20
❸ハイチ（サント・ドミンゴ）：Ⅰ-27，52，Ⅱ-三-2
❹ダブリン［アイルランド］：Ⅰ-38，Ⅱ-三-1
❺バンボラ［＝カメルーン（？）］：Ⅰ-46，Ⅱ-三-2
❻ニューヨーク［アメリカ］：Ⅰ-46，52，Ⅱ-三-4
❼デトロイト［アメリカ］：Ⅰ-46，Ⅱ-三-4
❽上海［中国］：Ⅰ-47
❾ホーチミン（サイゴン）［ベトナム］：Ⅰ-47，54，Ⅱ-三-2
❿マルティニック［フランス海外県］：Ⅰ-52，Ⅱ-三-2
⓫［クロアチア］：Ⅰ-52
⓬［アルジェリア］：Ⅰ-50，Ⅱ-三-2
⓭サンフランシスコ［アメリカ］：Ⅰ-52
⓮［ハンガリー］：Ⅱ-三-1
⓯［ルーマニア］：Ⅱ-三-1
⓰イヴァノヴォ［ロシア］：Ⅱ-三-1
⓱プラハ［チェコ］：Ⅱ-三-1
⓲［アルゼンチン］：Ⅱ-三-1
⓳済南市［中国］：Ⅱ-三-1
⓴ディヴノゴルスク［ロシア］：Ⅱ-三-1
㉑ニューカレドニア［フランス海外県］：Ⅱ-三-2
㉒フランス領ギアナ［フランス海外県］：Ⅱ-三-2
㉓［セネガル］：Ⅱ-三-2
㉔［コートジボワール］：Ⅱ-三-2，コラム1
㉕［コンゴ］：Ⅰ-52，Ⅱ-三-2
㉖［モロッコ］：Ⅰ-55，Ⅱ-三-2
㉗［ポーランド］：Ⅱ-三-1，Ⅱ-三-3
㉘ポツダム［ドイツ］：Ⅱ-三-3
㉙［日本］：Ⅰ-47，54，Ⅱ-一-1，3，Ⅱ-三-4，Ⅱ-四-1
㉚北京［中国］：Ⅱ-三-4
㉛［メキシコ］：Ⅱ-三-4
㉜リヴァプール［イギリス］：Ⅰ-52

第Ⅰ部

ここが面白いフランス文学

作品・作家紹介

第Ⅰ部へようこそ

第Ⅰ部「ここが面白いフランス文学」では，第一線で活躍している日本のフランス文学研究者たちが，55の作品の魅力を存分に語ってくれています。まずは目に留まった項目から読み始めてください。また側注に記された関連作品・項目はリンクとしての役割を果たしてくれますから，索引も使いながら興味に応じてさまざまに読み進めていってください。そのうちに，実際に手に取って読んでみたい，と思える作品に必ず出会えるはずです。

これらの55の作品は「なんとなく」選ばれているわけではありませんので，その意図と背景をここで紹介しておきましょう。たとえば年代順に掲載された55作品のトップバッターは，古代ローマ最大の詩人ウェルギリウスの『アエネーイス』です。フランス文学の本なのに，フランス語ではなくラテン語で書かれた作品から始まっていることを不思議に思う人もいるでしょう。実は私たちの知っているフランス語は，ラテン語が何世紀もかけて変化したものなのです。だから，ラテン語を母語として用いる人がいなくなったあとでも，古典教育を受けた人々の多くは，日々の生活ではフランス語を用いつつも，ラテン語で読み書きをしていました。とうぜん『アエネーイス』は言葉による芸術の理想とみなされ，フランス文学にも強い影響を与え続けたのです。『アエネーイス』が冒頭に置かれている理由は，そのような歴史を知ってもらい，フランス文学が「フランス語」だけで完結するものではないことを再認識してもらうためなのです。中世に実際に行われた裁判のラテン語（とフランス語）による記録である『ジャンヌ・ダルク処刑裁判』が収録されているのも，同じような理由からです。昔の人々が生きていた言語状況を知る上でこうした記録は格好の材料であるにもかかわらず，今までの日本のフランス文学史では，ほとんど扱われることがありませんでした。それは，旧来のフランス文学が「フランス語」という枠に限定されすぎていたせいかもしれません。

フランス語によって書かれた作品を選ぶ上でも，いろいろな内容やジャンルの作品を選ぶようにしました。西欧各地で共有されていた歴史や伝説を題材とする作品（『ローランの歌』や『アーサー王の死』），宗教戦争はおろか現代世界を語る上でも重要なカルヴァンの『キリスト教綱要』，さらには近代合理主義の祖とされるデカルトの哲学書『方法序説』，探偵小説であるルブランの『奇岩城』やSF小説の古典とされるヴェルヌの『地底旅行』などがその例です。これらの作品から，フランス文学という枠組みが扱うことのできる対象がとても幅広いことがわかりますし，またその文化的・宗教的な背景が「フランス」という国（やヨーロッパという地域）に限られたものではなかったことも見えてきます。じっさい，『死都ブリュージュ』の作者ローデンバックはベルギー象徴派を代表する詩人ですし，『帰郷ノート』を記したエメ・セゼールはカリブ海に位置するマルティニークの詩人・政治家です。またオスカー・ワイルドは英語圏出身でありながら，フランス語で『サロメ』を書いています。これら55作品の背景にある世界がどれほど広いものであるかは，本書に掲載されている地図「文学で旅する世界」を見れば一目瞭然です。フランス文学の担い手たちのなかに，（すくなくとも今日の区分からすれば）フランスはおろかヨーロッパの外部を背景として背負っている人々は多く（デュマ，カミュ，セゼール，デュラス，ル・クレジオ），作家自身がフランスで幼年期を過ごしたとしても，代表作の舞台がアジアであることもあります（マルロー）。つまりフランス語で表現をする人々，またそうした表現があつかう世界や対象は，かなり前からフランス，それどころかヨーロッパにも限られていないことがわかるのです。そしてこの傾向は，フランス語の日常話者の大多数がかつてフランスやベルギーといった国々の支配を受けていたアフリカ大陸の人々となるにつれて，いっそう加速するでしょう。

一言でいえば，これら55の作品とその紹介を通じて，フランス文学が「フランス」という国に限られないものだということ，「フランス語で表現をすること」がそれ自体でいろいろな意味をもっていること，そしてフランス文学が扱いうる対象はまだまだ無尽蔵にあることが，具体的に見えてくるようになっているのです。

フランス文学が「フランス」のみに限定されるものではないということは，それが日本を含んだ世界の中で育まれ，読まれてきたということでもあります。第Ⅰ部では，フランス文学と日本文化との関わりについてもところどころで紹介されているので，近現代の日本の文学や芸術作品が，フランス文学からさまざまな影響を受けてきたことも見えてくるようにもなっています。言い方を変えれば，第Ⅰ部では55の作品の魅力に触れるだけではなく，日本でこの本を手に取る読者のみなさんが，歴史と地理の中に自分自身を置くことができるように工夫されているのです。幕末から明治以降，日本にとって，フランスを含む欧米諸国は経済や行政，文化など，さまざまな点で近代化のための重要なお手本でした。ですからこれらの作品を通じて，読者のみなさんは今日の日本の文化，ひいては現在の自分を形成している大切な部分を見つけることもできるのです。

その一方で，現在では，日本においてフランス文学を読むという営みの位置づけも，幕末以降の一世紀とは全く変わってきています。21世紀を生きる読者のみなさんが，未来の自分そして未来の世界を創造するために，フランス文学はどのような鍵を与えてくれるのでしょうか。第Ⅰ部の55作品の紹介では，作品の面白さを知ることを通じて，読者のみなさんが自分自身を知りまた現代世界についての理解を深められるようにもなっています。これらの作品は，いわばみなさん自身の過去・現代・未来を写し出す鏡となってくれるといってもいいでしょう。ぜひ読みたいと思う作品に出会い，そして知りたいと思う自分に出会ってください。

（編者一同）

一　古　代

1　ウェルギリウス（BC70頃-BC19）『アエネーイス』（未完）

Pūblius Vergilius Marō
ローマ共和政末期からアウグストゥスの帝政初期に至る時代を生きた，ラテン語詩の黄金期を代表する詩人。『牧歌』，『農耕詩』そして叙事詩『アエネーイス』の三大作品で知られる。

1　ヨーロッパの鏡としての『アエネーイス』

ヨーロッパをその文化的共通性や一貫性の視点からとらえる場合に，古代ローマの詩人ウェルギリウスの叙事詩『アエネーイス *Aenēis*』こそ，そうしたヨーロッパを象徴するもっとも重要な文学作品群の筆頭に挙げられる。ギリシア軍との戦いで滅亡したトロイア[1]から逃れ出た勇者アエネーアースが西の地を目指し，カルタゴを経て約束の地であるイタリアに至り，土着の住民たちとの闘争を乗り越え，最終的にローマの礎を築くまでの道のりを描くこの作品は，普遍的な共同体ローマの永遠なる支配の確立＝「ローマの平和」という運命の実現の歴史として語り出される。

アエネーアースの旅[2]は故郷へと戻る旅ではない。彼は移民として，神々[3]の導きによるとはいえ，未知の土地で新しい共同体を築く。しかもその土地には昔からの住民たちがいる。アエネーアースはその住民たちとの避けられぬ闘争と和解を通して運命に定められた「平和＝支配」を実現していく。そして，そこに築かれる新たな共同体は，トロイアという高貴な起源を持つとはいえ，もはや単にひとつの民族や土地の伝統に基盤を置くのではなく，異なる出自の人々の融合の中から生まれる普遍かつ永遠の共同体ローマとなるのである。

普遍的な共同体の建設に向けての力強い歩みと，高貴な使命を背負うがゆえに英雄[4]が担わなければならなかった困難や苦しみを優れた詩の言葉で書き綴ったこの作品は，ローマがキリスト教化した後も重要な文明的参照軸であり続けた。それはヨーロッパの自意識を映し出す一つの鏡として，とりわけ危機の時代に新たな視点で読み返され，ヨーロッパ的精神の原点を再確認するための特権的な場となった。その意味において，ヨーロッパの一角を占めるだけでなく常にその中心的存在であろうとしたフランスの歴史もその文学も，『アエネーイス』という作品の巨大な影響圏の内にあると言ってよいだろう。

2　フランスにおける『アエネーイス』と叙事詩の伝統

古代世界の終焉の後，ようやくフランス語による文芸作品が作られ始めて間もない時代に『アエネーイス』を基にした重要な作品が現れ，『エネアス物語[5]』としていくつかの写本を通して現代に伝わる。それはウェルギリウスの作品が当時の好みに寄り添う形で書き換えられ，中世ヨーロッパの騎士的な価値観と宮廷風恋愛に彩られた興味深い作品であり，原作に含まれている娯楽的要素の

▶1　小アジア北西部の古代都市で，この地を舞台にしたトロイア戦争が，ホメーロス『イーリアス』をはじめとする多くの古代叙事詩および悲劇作品の主題となった。

▶2　旅のテーマについては，本書の168-171頁を参照。

▶3　古代ギリシア・ローマの宗教は多神教を基盤とするものであった。主神ゼウス（ローマ：ユーピテル）を頂点として階層構造をなす神々にはそれぞれの守備範囲があり，人間たちの活動の進展にも積極的に介入する。アエネーアースのトロイア脱出，旅の苦難，ローマの建国もさまざまな神々の利害関係が絡まったものとして描かれる。

▶4　英雄像の変遷については，本書の143-146頁を参照。

▶5　ウェルギリウスの作品をもとに12世紀半ばに書かれたとされる作者不詳の作品。古代の題材を中世風にアレンジした「物語（ロマン）」というジャンルの先駆けとなる作品群の一つ。

豊かな展開の可能性を示したものである。

さらに時代が進むと，叙事詩『アエネーイス』は，国家の建設を起源まで辿って正当化し，その栄光と使命を語るための最上の文芸モデルとして盛んに利用されるようになった。模範的な指導者としてのアエネーアース像だけでなく，その叙事詩独特の文体が特権的な模倣の対象とされ，この作品を手本としてフランスという国家の誕生やその世界史的使命を描こうとする試みが盛んになされるようになる。代表的なものとして16世紀のロンサールによる『フランシヤッド[6]』，17世紀のジャン・シャプランによる『乙女または解放されたフランス[7]』，さらに18世紀のヴォルテールの『アンリヤッド[8]』などがある。しかしながらこれらのフランス語叙事詩はいずれもそれぞれの作者の最高傑作とは言いがたく，時代を超えて愛読されるものとはならなかった。なぜ数多くの才能ある詩人たちをもってしても『アエネーイス』に肩を並べ得る叙事詩を作り上げるに至らなかったかという問いは，フランス文学の歴史を考える上で重要な鍵となる問いの一つでもある。

3 英雄の中の反英雄，叙事詩の中の反叙事詩
——危機と分裂の時代の『アエネーイス』

フランスにおいてはまた，『アエネーイス』に象徴されるような政治的・文学的ヒエラルキーを批判的にとらえ，それを言語形式の面から揺さぶろうとするパロディー作品も生み出されている。その代表的な作品の一つが17世紀にポール・スカロンによって書かれた『戯作ウェルギリウス[9]』である。そこではアエネーアースや神々がビュルレスクと呼ばれる卑俗な文体によって書き換えられ，細部に至るまで脱英雄化・脱神話化されている。

ところで実はそうした反英雄的・反叙事詩的性質は，そもそも『アエネーイス』という作品自体の中にパロディーとは別の形で組み込まれていると見ることもできる。『アエネーイス』が偉大な作品である理由は，単に普遍的共同体の建設とその支配（「平和」）を正当化する語りだけでなく，その実現の過程で犠牲にし，見捨ててきた人々や土地に対する，英雄の哀しみに満ちた眼差しがさりげなく書き込まれているところにある[10]。この作品のもう一つの声ともいうべき反英雄・反叙事詩的要素は，自らの目指すべき共同体像が揺らいでいる不安の時代にこそわたしたちの胸を深く突いてくるものである。ヨーロッパ統合の象徴としてのEUが大きく揺らいでいる現代において，常にこの共同体を先導し，そこにある種の普遍的な性格を見出そうとしてきたフランスにとって，『アエネーイス』は自らのどのような使命を映し出す鏡となるのであろうか。

（伊藤玄吾）

▶6　トロイアの英雄ヘクトールの息子フランキュスによるフランスの建国を描く叙事詩。シャルル９世の死と共に中断され，未完に終わった。ロンサールについては，本書の20頁を参照。

▶7　百年戦争におけるジャンヌ・ダルクによる救国物語をテーマとした叙事詩。ジャンヌ・ダルクについては，本書の12-13頁を参照。

▶8　宗教的寛容をテーマにし，その象徴的存在としての「ナントの王令」をめぐるアンリ４世の事績を描く作品。ヴォルテールについては，本書の40頁を参照。

▶9　『アエネーイス』のパロディー作品。ブルボン朝による絶対王政が確立する直前，地方貴族たちを中心にした大規模な抵抗運動（フロンドの乱）の時代に書かれた。

▶10　第６巻には，自らの使命を再確認するため冥界へと下るアエネーアースが，それまでの戦いや旅の中で見殺しにしてきた人々の霊に遭遇する場面がある。とりわけそこでは，自殺したカルタゴ女王ディードーの怒りに満ちた厳しい眼差しを受け止める主人公の姿，無言のまま去っていく彼女の後ろ姿を涙ながらにずっと見送っている主人公の姿が浮き彫りにされている。また第12巻の最終決戦の場面では，未来の「ローマの平和」のためにとはいえ，なぜ神々はこれほど無情な衝突と殺戮をよしとされたのか，という鋭く突き刺さるような問いが詩句の中に刻まれている。

二　中　世

2　『ローランの歌』（11世紀）

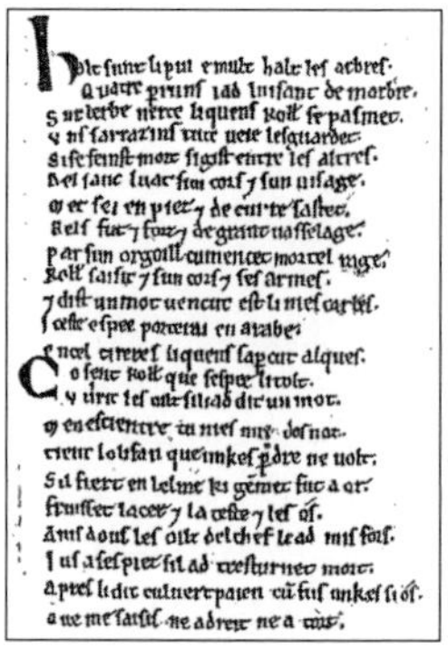

図１　『ローランの歌』オックスフォード写本
出所：*La Chanson de Roland*, éd. par Léon Gautier, A. Mame et fils, 11e éd., 1881, p. 400より。

1　「戦争もの」の危険な魅力

「戦争もの」は人の心をつかむ。生と死を賭けた戦いの表象は，戦場に立ったことがない人にこそいっそう魅惑的に映るのかもしれない。しばしばフランス文学史上最初の傑作として挙げられる武勲詩[1]『ローランの歌 *La Chanson de Roland*』もまた「戦争もの」だ。その作品を貫く思想は危険なまでに単純である。

われらは正しい！　邪《よこしま》はそれ外道《げどう》にあり[2]！

この極端な二元論に基づいて，「われら」（キリスト教徒）が徹底的に「外道」（イスラム教徒）を打倒するというのが，作品の流れである。この作品で描かれる「外道」ことイスラム教徒の姿は現実のそれとは似ても似つかないものだが，だからこそこの作品は，聖戦思想にとりつかれた人々がいかに狭い世界観で行動するかをリアルに表現している。

2　生と死のダイナミズム

こうした偏狭さにもかかわらず，今日に至るまでこの作品が「傑作」とされてきたのにはやや生臭い理由もある[3]。しかしこの作品自体の魅力もやはり否定できない。まずもってこの作品（すくなくとも現存最古の写本[4]で残されたバージョン）が巧みなのは，ローランの戦いが勝ち戦とも負け戦ともとれる構成をしていることだ。彼は継父ガヌロンの裏切りにより，殿《しんがり》として残されたロンスヴォー[5]でイスラム教徒の大群に包囲され，２万のキリスト教徒軍と共に討ち死にする。ここまでの被害を出さないために援軍を呼ぶこともできたのだが，ローランは意地と見栄のためにそれを拒否する。

身も蓋もない言い方をしてしまえばローランは愚将だ。しかしローランはまさにこの敗北そのものによって勝利する。なぜなら彼の魂は天国に導かれ，死の直前に吹き鳴らした角笛の音を聞いて引き返してきた主君でありまた伯父でもあるシャルルマーニュ（カール大帝）が，最終的にイスラム教徒の総大将であるバリガンを倒すに至るからだ。イエス・キリストがそうであるように，ローランは自分の死によって勝利する。

3　悲壮の美

作品の魅力はさりげなくかつ痛切な心理描写にもある。両軍が最初に激突する際，ローランはガヌロンの裏切りを敵将から告げられる。だがその時に彼が

▶1　武勲詩とは，歴史上あるいは伝説上の英雄の事績をうたった文学ジャンル。11世紀後半から13世紀までに代表的な作品が作られた。英雄像の変遷については，本書143-146頁も参照。

▶2　佐藤輝夫訳（1986）『ローランの歌』，『ローランの歌／狐物語　中世文学集Ⅱ』ちくま文庫，第93節，98頁。

▶3　19世紀にフランスで自国の文学史が書かれた際に，ホメーロス（紀元前８世紀の古代ギリシアに存在したとされる詩人。西洋最古の叙事詩『イーリアス』と『オデュッセイア』の作者とされる）やウェルギリウス（本書の４頁を参照）の叙事詩に劣らぬ「国民的叙事詩」がフランス文学史にも必要とされた，という事情がまず挙げられるだろう（「フランス文学史」の成立については，本書の122-125頁も参照）。

感じるのは「doel」，すなわち「怒り」ではなく「悲しみ」である。

あわれ！　ローランこの言葉を聞くや，悲しみ［doel］ぐっと胸にこみ上げ，
鐙《あぶみ》を蹴立てまっしぐら駆け出だし，
全身の力をこめて斬りつける。[6]

頭ではわかっていても心では受け入れがたかった「継父に裏切られた」という事実を見せつけられたローランは，親族の絆のはかなさを感じて悲しむのだろうか。いや，指揮官として情報の分析ミスを犯したことに苦しんでいるのかもしれない。いずれにせよこのローランの「悲しみ」は，敗北と死を避けられぬものと確信しつつ戦いに赴く者の心の痛みと相まって，読者の胸に響く。

4 繰り返しの美

型式の点でも見るべきものが多い。この作品を読んだ人は，まずはその繰り返しの多さにおどろくに違いない。たとえば作品序盤でガヌロンとイスラム教徒の王マルシルが和平交渉を行うシーンを例にとろう。三度も同じような対話が繰り返され，そのたびにマルシルによって「なぜシャルルマーニュは戦い続けるのか」という問いが発せられる。一見いかにも冗長に見えるが，実はガヌロンのそれぞれの問いへの答えは少しずつ具体的になっている。

ガヌロン答えて，「ちと的はずれのお言葉かと，存じます。[…]」
ガヌロン答えて，「甥めに生命ある限り，まずそれは。[…]」
ガヌロン答えて，「ローランの生命ある限り，まずそれは。[…][7]」

これにより，目下の戦争の原因が次第に「ローランの生命」に絞られ，両者の間で利害の一致がみられる。繰り返しで場面の重要さが強調されるとともに，お互いが少しずつ時間をかけて腹を探り合うさまが再現されるのである。

5 日本における『ローランの歌』

『ローランの歌』には意外な数の日本語訳があり，しかもそのうちの多くが原文の雰囲気を再現するために古文をまねた文体を用いている。こういった工夫それ自体が，明治以降の日本で『ローランの歌』が『平家物語[8]』といった日本の軍記物語とたえず比較されながら読まれてきたことを反映している。その一つの頂点として，『ローランの歌と平家物語』の著者である佐藤輝夫（1899-1994）による日本語訳を挙げておこう。佐藤輝夫は故郷である徳島の阿波人形浄瑠璃をその訳文のモデルとしており，彼の筆の下ではローランたちも日本の武士を思わせるような言動をしている。神への呼びかけを「あわれ！」といった詠嘆で訳すなど，文字通りの「忠実さ」からは離れることも多い訳だが，その躍動感にあふれた文体はまさに名調子といえるものだ。翻訳それぞれの味わいや工夫を探ることも，「古典」として引き継がれてきた作品ならではの楽しみ方だろう。[9]

（黒岩　卓）

▶4　中世のフランス語による作品は聴衆の前で歌い語られ，また口伝えによって広められていた。作品が記録される際には羊皮紙（羊などの動物の皮を加工したもの），のちには紙に手で書き留められる。そうした羊皮紙や紙（あるいはそれらが一冊にまとめられたもの）を写本と呼ぶ。写本から写本に作品が書き写されることもあるが，その際にもさまざまな変化が作品にもたらされた。

▶5　ロンスヴォーは，ピレネー山脈に位置する地名。778年，退却中のシャルルマーニュ軍の後衛がバスク人の攻撃によってここで全滅した。この逸話が伝説化されのちに『ローランの歌』となる。

▶6　『ローランの歌』，同前書，第93節，97頁。

▶7　『ローランの歌』，同上書，第40-42節，48-50頁。

▶8　『平家物語』は，鎌倉時代に成立した軍記物語の代表作。平氏の興隆から源氏との抗争を通じてそれが滅亡するまでを描く。

▶9　翻訳のテーマについては，本書の126-129頁も参照。

二　中　世

3　トマ『トリスタンとイズー』（12世紀後半）

1　愛の暴力性

『トリスタンとイズー *Tristan et Iseut*』といえば恋愛文学の金字塔であり，『ロミオとジュリエット』をはじめとする後世のさまざまな悲恋物語の原型になったことで知られている。トリスタンが愛するイズーは，彼の伯父にして主君であるマルク王の妃であり，彼らの愛は死によってしか成就しえないものだった。[1]

スタンダール[2]が「結晶作用[3]」という表現で述べたように，通常は，相手を素敵だと感じ，触れ合いを夢想するところから始まり，ときに不安になったり希望をもったりしながら，やがて相手のすべてを好ましいと思うに至る。ところがトリスタンとイズーの愛は，二人が誤って魔法の媚薬を飲んだ瞬間に暴力的に始まる（図１）。心が波打ち，五感が震え，相手を激しく渇望する。アイルハルト[4]版によれば，媚薬の効果は次のようなものだ。一日たりとも離れて過ごすことができない。昼夜を問わず，互いを見つめ合わずにはいられない。一週間離れようものなら，病気になって死んでしまう――二人は激烈に相手を求め続け，そのために名誉や安逸のすべてを失ってしまった。

2　魔法の媚薬の意味

媚薬というモチーフはなぜ用いられたのだろうか。自分の意思に基づかない愛は本当の愛ではないと考える読者もいるかもしれない。だが，そもそも人は「意思」によって恋に落ちるものなのだろうか。相手の外見や条件に惹かれることはあっても，恋それ自体は本質的に理性で統御できない何かであり，媚薬はそうした愛の運命性や偶発性を表しているのではないだろうか。人間とはそういう情念にとらわれた生き物なのである。

実は媚薬には３年という期限があった。その聖ヨハネの日，二人はふと我に返る。隠者に身の振り方を相談したうえで，トリスタンはイズーを王に返し，一人ブルターニュに渡ることを決心する。互いに遠ざかり，心から愛を取り除けばそれでよいはずだった。ところが，それができなかった。ここから本当の地獄が始まる。

3　繊細な人間観察と心理描写のトマ版

トリスタン物語は1900年にジョゼフ・ベディエが編纂した版で読まれること

▶1　当時の結婚の概念については，本書の210-211頁を参照。

▶2　本書の50頁を参照。

▶3　『恋愛論』によれば恋の七つの時期は「一　感嘆。二　どんなにうれしいか，などなど。三　希望。四　恋が生れている。五　第一の結晶作用。六　疑惑が生れる。七　第二の結晶作用」（スタンダール／前川堅市訳（1959）『恋愛論（上）』岩波文庫，47頁）。

図１　媚薬を飲むトリスタン
出所：フランス国立図書館蔵。

▶4　アイルハルトは，12世紀後半のドイツ語版『トリスタンとイゾルデ』の作者。

が多いが，本来は断片写本しか残っていない。12世紀後半フランスではベルールとトマの版が作られたが，その違いをぜひ味わってみたい。流布本と呼ばれるベルール版の描く恋人たちは，人目を忍んで逢びきを重ねたり，モロワの森へ逃避行を行ったりと，活動的であり，その勇気や逞しさに胸を打たれる。山の絶壁に立つ礼拝堂から飛び降りる場面もあり，さながらハリウッドの恋愛映画のような見せ場が満載だ。

一方のトマ版[5]は騎士道物語本と呼ばれ，物語後半の，恋人たちの別離と最期とを描く。対話や独白を駆使した繊細な心理分析や叙情性が優れている。恋に有頂天になった前半も面白いが，別離の後の悲劇的展開こそ，トリスタン物語の醍醐味ではないだろうか。二人は絶望という名の日常に生きなければならず，次第に病んでゆく。イズーは毎夜マルク王に抱かれながらも恋人を想い，腹心の友であったはずの乳母ブランガンに八つ当たりする毎日だ。トリスタンもまた恋人への想いやまず，薄汚い身なりに変装して会いに行くのだが，人々に侮蔑され，足蹴にされる。またあるときは，イズーの彫像を手ずから彫って，それに語りかけて一日を過ごす。彼は発明の才に長けていて手先も器用だったため[6]，さながらピュグマリオーン[7]か，あるいは現代のオタクのように想像世界に引きこもってしまうのだ。最後には，親友への義理から別の女〈白い手のイズー〉と形ばかりの結婚をする[8]。しかしその後に負傷して死に直面したとき，脳裏にあったのは恋人の〈金髪のイズー〉ただ一人だった。

僕らの愛，僕らの渇望を，誰も引き裂くことはできない。
僕らのからだは二つに裂かれたが，愛を奪うことはできなかった。

4 三角関係から四角関係へ

マルク王と王妃イズー，トリスタンと〈白い手のイズー〉。「四人のうち誰が最も苦しいのか。私には経験がなくてわからぬから，世の恋人がた，どうか判断されよ」，語り手はそう問いかける。なるほど，卑劣な小人や宮廷の密告者たちが闊歩するこの物語では，脇役たちが生気に溢れ，面白い。直情的なマルク王も，〈白い手のイズー〉も，二人の愛に巻き込まれ，同じく人生を狂わされた者たちだった。誰もが苦しむうちに物語は大詰めに向けて進む。ブルターニュの美しい海辺に現れた船の帆の色は果たして何色だったのか[9]。瀕死のトリスタンに船の帆の色を問われた〈白い手のイズー〉は「黒い帆です」と虚偽を伝え，トリスタンは絶望して死んでしまう。それは彼女なりの復讐だった。「女の怒りこそ恐ろしけれ」と語り手は語る。

二人の物語は語られ続けてゆく。ワーグナーの楽劇やコクトーの映画『悲恋』が有名だが，2014年のパリ・オペラ座のマンチーニ版バレエでは白布と水の映像を駆使した画期的な演出が披露された[10]。白い布は船の帆であり，波であり，風であり，揺れ動く情念でもあった。　（横山安由美）

▶5　トマはイングランドのヘンリー2世（1133-89）の宮廷に仕えた人物。日常的な王侯貴族との接触から，人間観察や心理分析を深めていったと考えられる。

▶6　トリスタンは武芸ばかりでなく，鹿の解体，犬の調教（「吠えない犬」ユダン），鳥の鳴きまね，彫刻や楽器の演奏にも秀いでており，百発百中の弓をも発明した。当時の「ハイテク」を使いこなした若者として描かれている。一方イズーは人の病を治す「癒し手」の力をもっていた。

▶7　ピュグマリオーンは，ギリシア神話に登場する王で，自分が作った彫刻の女性ガラテイアに恋をする。

▶8　二人は同名であり，区別のために恋人は〈金髪のイズー〉，妻は〈白い手のイズー〉と呼ばれる。あるとき，水溜りを渡っていた〈白い手のイズー〉の股間に水が撥ね，彼女は突然甲高く笑い始める。理由を聞かれると，トリスタンを含め，これまでどの男がそうしたよりも股の高い位置に水が触れたからだ，と答える。肉体関係のない結婚の苦しみを表すエピソードである。

▶9　トリスタンはカエルダンにイングランドにイズーを迎えに行くよう頼み，恋人が乗っていれば白い帆を，乗っていなければ黒い帆を掲げるよう頼んだ。

▶10　フランス文学とオペラや映画との関係については，本書の181-184頁および189-192頁を参照。

二　中　世

4 『アーサー王の死』（13世紀前半）

1 二重のタブーが引き起こす悲劇

6世紀初めのイングランドの武将がアーサーの原型だったと言われている。歴史書で断片的に語り継がれていたアーサー像は，やがて12世紀のクレチアン・ド・トロワ[1]の手による韻文フランス語の諸作品によって大成功を収めた。続く13世紀にもアーサー王と円卓の騎士たちの物語は散文で量産されていった。作者や成立の順序などは不明だが，全体は「ランスロ＝聖杯」作品群（または「流布本版アーサー王サイクル」）と呼ばれ，『聖杯の由来』『メルラン』『散文ランスロ（ランスロ本体）』『聖杯の探索』『アーサー王の死』の物語を含む。

波乱万丈の冒険，騎士と貴婦人の雅やかな恋愛，ケルト風の魔法や夢幻の世界。そんな牧歌的なイメージを覆し，アーサー王世界の残酷な終焉を叙事詩的に語るのが作者不詳の『アーサー王の死 *La Mort le Roi Artu*』[2]である。「聖杯[3]」の探索によって円卓の騎士の多くが命を落とすなか，王国はさらなる危機に見舞われる。王妃グニエーヴルと騎士ランスロの禁じられた恋[4]が発覚し，王は海を渡ってランスロの討伐に向かったのだ。その際に甥のモルドレに国を託すのだが，彼は逆に王位を簒奪し，グニエーヴルを妻にしようと企てる。王は急遽イングランドに帰国し，ソールズベリの草原で大規模な決戦に挑む。王はモルドレと一騎打ちを果たして甥を討ち取るが，自身も瀕死の重傷を負ってしまう。

悲劇の契機となったのは二つのタブーだった。一つは王妃とランスロの不倫の恋，もう一つは王とその妹モルガンとの近親相姦であり，実は甥のモルドレはアーサーの不義の子だった。『聖杯の探索』の禁欲的な世界観から一転し，人間の情念が引き起こす罪業の深さと無常とが赤裸々に語られてゆく。

2 〈運命の輪〉から落とされて

決戦の前夜，いつになく深く眠ったアーサーは不思議な予知夢を見る。美しい貴婦人が王を抱き上げて車輪の上に座らせる。観覧車のように多くの座席がついており，ある者は上昇し，ある者は下降する。王は頂点に座していて，全世界が見渡せた。

「あなたがご覧になっているのは全世界です。あなたは最強の王でしたものね。けれど，現世の慢心はかくも強烈なものですから，落ちずにいられる人などおりません」，貴婦人はそう言って輪を激しく回したので，王は

▷1　クレチアン・ド・トロワは，中世最大の物語作家で，12世紀後半に『エレックとエニード』『ランスロまたは荷車の騎士』『ペルスヴァルまたは聖杯の物語』などの韻文作品を書いた。

▷2　15世紀イギリスのトマス・マロリーの長編『アーサー王の死 *Le Morte d'Arthur*』と区別すること。マロリー版は仏語版「ランスロ＝聖杯」の焼き直しに近い。

▷3　聖杯とは，クレチアン・ド・トロワの『ペルスヴァル』に突如として登場した謎の物体「グラアル graal」。穂先から血の流れる槍と対になって目の前を通り過ぎるが，ペルスヴァルは「これは誰に供するものか」という質問を発することができなかった。これ以来，至高の探索のオブジェとして，多くの物語で語られてゆく。

▷4　中世の結婚については，本書の210-211頁を参照。

図1　アーサー王と運命の輪
出所：大英図書館蔵。

一瞬で地面へと叩き落された。

それは〈運命の女神〉が回す〈運命の輪〉だった。中世文学はキリスト教色が強いと思われがちだが，実は古代の神話や異教の形象が豊かに用いられているので，それらを読み解く楽しみも知っておきたい。ボエティウスの『哲学の慰め[5]』で有名になった〈運命の女神〉は，人を幸福にも不幸にもする二面性をもち，冷徹に輪を回し続ける。図像ではしばしばヤーヌス[6]のような双面をもっていたり，左右で白黒に塗り分けられたりするが，とりわけ目隠しをしていることが多い。というのも，運命は気まぐれであり，いっさい容赦しないからだ（図１）。

3 王の証の聖なる剣

アーサー王はさまざまな聖剣伝説と結びついている。ロベール・ド・ボロン[7]の『メルラン』では，魔法使いメルランがアーサー誕生の立役者として活躍し，16歳のアーサーはある雪の日に大聖堂前の石段に刺さった剣を抜く。その剣には「我を抜く者，イングランドの王者たるべし」と書かれており，彼こそが待望された王であることが証明されたのだった。

『アーサー王の死』では死の瀬戸際にある王が〈運命の女神〉の所為を嘆きつつ，剣に語りかける。

> 「ああ，エスカリボール[8]よ。いまやお前は主人を失うのだ。お前がランスロの手に渡るのでないのなら，いったいどこにふさわしい使い手を見つけることができようか」

そう言って従者ジルフレに剣を湖に投げ込むよう命じる。従者は剣が欲しくて「投げ込んだ」と嘘をつくのだが，王には二度とも虚偽を悟られてしまう。三度目に湖に向かい，本当に剣を投げ込んだとき，一本の手が湖水から現れ，剣の柄をしっかりと握ると，三度四度振った後に，剣もろとも水中に没したのだった[9]（図２）。

4 アーサーとランスロ，愛と憎しみの果てに

名君アーサーと最高の騎士ランスロ。物語の最大の面白さはこの二人の愛憎関係であろう。王に和睦を拒絶されたランスロは大いに苦しんだのだが，それは「王を恐れたからではなくて，王を大いなる愛でもって愛していたから」であり，決戦の際には駆けつけて必死に王を助けようとする。そのアーサーもまた，妻を寝取られ，名誉を傷つけられつつも，なおもランスロの優秀さを称え，最期の時に彼を想うことを止めない。互いに認め合った男たちが，王妃を挟んで葛藤し，政治的対立に巻き込まれてしまう悲劇がそこにあった。とりわけ最高権力から転落し，愛する者に次々と裏切られてゆくアーサーは，苦しめば苦しむほど，その人間的な魅力を増してゆくのだった。（横山安由美）

▶5　本書の223頁を参照。

▶6　ヤーヌスは，古代ローマの神で，出入り口の守護神。前と後ろに反対向きの二つの顔をもち，諸事の内外を見通すことができた。

▶7　ロベール・ド・ボロンは，12-13世紀のフランスの作家。『聖杯由来の物語』では，「聖杯」は最後の晩餐の器かつアリマタヤのヨセフがイエスの聖血を受けた容器として設定され，その後西方に運ばれるとこととなった。

▶8　Escalibor がのちに Excalibur（エクスカリバー）となる。石段の剣と末期の剣を同一視するか否かは版によって異なり，さまざまな聖剣伝説が作られている。

▶9　その後アーサーの体は貴婦人たちの乗った魔法の舟に運ばれて姿を消す。このため，アーサーは死んだのではなくてアヴァロンの島で永遠に生き，いつかイングランドに帰還するという不死伝説（King's return）が生まれた。

図２　剣を投げ込む従者
出所：大英図書館蔵。

二　中　世

5　『ジャンヌ・ダルク処刑裁判』（1435年頃）

1　型にはまれない人

「型にはまる」のは，苦労も多いがいつの世でも有効な処世術の一つだ。しかしどうやっても「型にはまる」ことができない人もいる。『ジャンヌ・ダルク処刑裁判 *Procès de condamnation de Jeanne d'Arc*』を読めば，そうした人物が，いつどこにあっても生きなければならない栄光と悲惨が見て取れる。

フランス王位の継承権をめぐってイギリス王家とフランス王家が争っていた15世紀初頭，劣勢にあった王太子シャルル[1]（1403-61）はフランス各地を転々としていた。しかし神からのお告げを聞いたと主張する少女ジャンヌ・ダルク[2]（1412?-31）が登場し，戦況を好転させ，王太子がシャルル７世として戴冠することを可能にした（1429年）。その後ジャンヌは親イギリスのブルゴーニュ派[3]に捕らえられ，イギリス勢力下にあったパリから呼ばれた神学者らによって獄中で宗教裁判にかけられる[4]。厳しい追及，そして拷問や火刑の脅しの結果，ジャンヌは一旦は自らの「誤謬」を認め，終身刑を言い渡される。しかし再び男装をしているところを発見され，もう一度誤謬におちた者すなわち「戻り異端」として，西欧のキリスト教を司っていたカトリック教会から破門[5]され火刑に処せられた（1431年）。その間，すでにブルゴーニュ派との手打ちを考えていたシャルル７世らは彼女を救出するための何らの行動もとらなかったとされる。この処刑裁判は1450年代に行われた再審理[6]で無効とされた。

この「悲劇の英雄」としてのジャンヌのイメージは国を越えて広がっている。また彼女を裁いた神学者たちの不公平さも批判の対象となっている。神学はラテン語[7]を通して長い年月をかけて習得されるもので，一般の人々とりわけ女性にとっては近づき難い学問分野だったから，宗教裁判という場で神学者たちは圧倒的な優位に立っていた。この裁判記録には，今日でも規格外の個性をもった人物が，地位や権力を持った人々と対立する時に見られるようなコントラストが現れる。以下にその例を挙げてみよう。

2　さまざまなコントラスト

(1)　まずは専門的知識と常識の対比である。宗教裁判において正統とされる信仰の基準となるのは神学である。これに対して弁護人すら持たないジャンヌは，諺や耳にしたことのある説教など，一般の人々が持ちうる良識で答弁を行う。彼女の受け答えはとても巧みで，神のお告げを伝えた天使である聖ミシェ

▶1　のちのシャルル７世。英仏百年戦争（1337-1453）を終結させ，フランス王国の統一を推し進めた。

▶2　ジャンヌ・ダルクは，ドンレミ村出身の少女。神のお告げを受けたとして王太子シャルルの陣営に参加した。本文中にあるように後に異端として火刑にされるが，1450年代には名誉回復が果たされ，1920年にはカトリック教会の聖人とされた。

▶3　ブルゴーニュ派とは，当時の大諸侯であったブルゴーニュ公を中心とする党派。オルレアン公を中心とするアルマニャック派と対立した。

▶4　牢獄のテーマについては，本書の222-225頁を参照。

▶5　破門とは，カトリック教会から追放されること。当時の人々にとって教会から破門されることは社会的に死ぬことに等しかった。

▶6　1450年代に行われ処刑裁判の無効を宣言した。この復権裁判自体，シャルル７世が「異端者」の手を借りて即位したという風評を払拭する役割も担っていた。

▶7　ラテン語とは，古代ローマで用いられた言語。ローマ帝国の伸長の結果，西ヨーロッパで行政・学術言語として広く使用された。カトリック教会の共通語ともなり，中世から近代にいたるまで西欧の知識人の共通語となった。19世紀以前の知識人とラテン語および

[8]ルの風体について「聖ミシェルは裸だったのか」と問われた時には，「わが主は，聖ミシェルに着せるものをお持ちでないとお考えですか」と答えている[9]。不用意な断言を避ける用心深さ，そして不敵なユーモアすら彼女の発言には感じられるのだ。だが私たちには常識的にすら見えることもある彼女の受け答えも，イギリス寄りの神学者たちが造り上げた判決を覆すことはできなかった。

(2)　性別のもつ社会的役割の問題もある。ジャンヌの男装，そして彼女が軍の指揮官と自ら任じていたことは，神学者たちを大いに苛立たせた。神から与えられた地位から離れる事は愚かさの極みと考えられていたから，彼女のこれらの行動は神の秩序に対する重大な挑戦と見なされたのである。目に見えるかたちで自らが担うべき「分」を守っているか否かが，彼女の破滅を導き出す上で重要な論点となった。

(3)　情報管理という視点で眺めることもできる。『ジャンヌ・ダルク処刑裁判』は主として裁判長であったコーション司教（1371-1442）による審問とジャンヌの回答からなる。審理自体はフランス語でなされたが，パリ大学の神学者トマ・ド・クールセル（1400-69，図1）がラテン語に訳して公式文書とした。このクールセルはジャンヌにとりわけ厳しく，彼女に拷問を使用することを支持している。しかし彼は審理の調書をラテン語に訳す際，こうした自らの名誉に関わりかねない情報を削除している。つまり情報を管理する資格と能力を持つ人物が，翻訳や編集を通じて自分に都合の悪い事実を覆い隠しているのである。

(4)　しかしもっとも重要で根深いコントラストは，双方がよりどころとしているものについてだろう。神が創った世界を理解しそれを説明できるのは，原則として専門的知識（ここでは神学）を学んだ教会の聖職者たちだけ，という前提が神学者たちの側にはあった。したがって，自分にしか明かされないお告げを根拠として神の意志を実行していると主張するジャンヌには，並外れて傲慢で危険な人物だと思われる可能性があったのだ（ジャンヌの発言や振る舞いは，シャルル7世の側についていた神学者たちにとっても，無条件に受け入れられるものではなかった）。つまり，「正しさ」とは専門家集団によってはじめて保証されるものか，あるいは個々の素人でも己の信念に基づいて導き出しうるものか，という方法上の考え方が対立していたのである[10]。

3　精神の輝きの記録

これらのコントラストの中で，ジャンヌは圧倒的に不利な立場にあった。だが彼女の毅然とした態度には目を見張るものがある。彼女を目の敵にした人々が造り上げた記録ですら，彼女の意志と知性の輝きをおおい隠すことはできなかったのだ。『ジャンヌ・ダルク処刑裁判』での息詰まるようなやりとりは，そこから派生したどのようなフィクションよりもスリリングだ。

（黒岩　卓）

フランス語との関係については，本書の122-123頁，130-133頁および164-167頁を参照。

▷8　聖ミシェルは，日本ではミカエルの名で知られる。大天使の一人で，天使の軍の指導者として表現されることが多い。

▷9　高山一彦編訳（2002）『ジャンヌ・ダルク処刑裁判』白水社，107-108頁。

図1　公式裁判記録の編者トマ・ド・クールセル像

出所：*Procès de condamnation de Jeanne d'Arc*, éd. Pierre Champion, 2 vol., 1920-21, t. 1より。

▷10　のちの思想家たちが神について行った思索については，本書の151-154頁を参照。

二　中　世

6 フランソワ・ヴィヨン（1431?-63以降）『形見』（1456年）

François Villon
15世紀の詩人。パリ大学の学士であったが窃盗と殺人を重ねる。死刑判決を受けた後に恩赦を受けてパリから追放，その後の行方は知られていない。とはいえ以上の伝記的人物像は19世紀にさまざまな文書やヴィヨンの詩作品から再構築されたもので，実際にはよくわからないところが多い。彼の名のもとに残された作品として，『形見』のほか『遺言』『隠語によるバラード』，加えてあちこちに記録された詩作品がある。

1 失恋男の旅立ち

われらが詩人ヴィヨンによる『形見 *Le Lais*』の冒頭では，パリ[1]在住の「私」が，失恋の痛手を乗り越えるために旅に出ると宣言する。芝居がかった出だしだが，この「わたしフランソワ・ヴィヨン」が実際にはあまりうだつのあがらない男であることは，『形見』を読み進めていくうちに明らかになっていく。

2「私」とは誰か

旅と言っても，当時の道中は危険だらけで命の保証もない。だから「私」は親類，友人やパリの有力者たちに形見を残すといって，そのいちいちを書きつづっていく。それらの形見は酒場の看板や質に入れた短剣など，実際には「私」の手元にないものだったり，皮肉や怨みつらみを言葉遊びで表現するものだったりする。そんな悪意やユーモアを含んだ形見のあれこれを記しているうちに，ソルボンヌ[2]の鐘の音を聞いた「私」はぼんやりとしてしまう。気がつけばインクは凍りロウソクも消えてしまった。もう寝てしまえ，残りの小銭もやがてなくなるだろう，と「私」はこの『形見』を締めくくる。

▶1　パリのテーマについては，本書の172-175頁を参照。

▶2　ソルボンヌは，パリ大学神学部に付随していた学寮のうちの代表的なもの。

「私」の言うことを素直に信じれば，『形見』は学歴こそあれ，心も懐も寂しい失恋男によって，心の赴くがままに書かれたものだ。冒頭の詩行が尻切れトンボで終わっていることも，そうした即興性を示唆しているかにみえる。

時は今，一千四百五十六年	L'an quatre cens cinquante six,
わたしフランソワ・ヴィヨン，学生です。	Je, Françoys Villon, escollier,
歯をきりりと噛み，気をしゃんと引き立たせ	Considerant, de sens rassis,
心しっかり落ち着けてさて考えるには	Le frain aux dens, franc au collier,
おのれの所業をよくよく熟慮せねばならぬ。	Qu'on doit ses euvres conseillier,
あのローマの賢人，偉い学者	Comme Vegece le racompte,
ヴェジェースも言っているように。	Saige Rommain, grant conseillier,
さもないと計画にも計算違い……[3]	Ou autrement on se mescompte...[4]

しかしこれが意図的なものだということは，同じヴィヨンの代表作『遺言』の冒頭でも（表現されていることは別だが）同じ技法が用いられていることから明らかだ[5]。つまり『形見』は内容的にも形式的にも「いいかげんさ」をわざと取り入れた作品なのだ。そう考えれば，作中で描かれる「私」の姿をそのままに信じる必要もなくなってくる。

▶3　天沢退二郎訳（2000）『ヴィヨン詩集成』白水社，9頁。

では作者は作中の「私」をどのような人物として表現しているのだろう。それは以下の一節によく表れているように，「書く人」である。

今夜，ただひとり，上機嫌で
こんなふうに形見分けを述べ，書きしるし，
ペンを動かしているうちに，とうとう
サルボンヌ［＝ソルボンヌ］の鐘の音がきこえてきた［中略］[6]

だから『形見』の暗黙のテーマは，「書く人」としての「私」の姿を描くことだといってもいい。自分が「書く人」であると自覚し，それを作品中で表現する詩人，それがヴィヨンである。[7]

3 同伴者ヴィヨン

いっぽう，この作品に現れる人物や酒場などについて，当時の人々が持っていたイメージを理解するのはとても難しい。この作品が書かれた数十年後のパリの人々にすらもうわからなくなってしまっていたものも多い。地元ネタや言葉遊びが極限まで進んで，作者自身も多くの人にすべてが理解されることを期待していないように思われることもある。全くもって不親切な作品である。

それではなぜ，ヴィヨンの詩が21世紀に至るまで読まれ続けてきたのだろう。その大きな理由の一つは，彼の多くの作品にはどの時代のどんな読者にとっても無縁でない「死」と「生」のイメージが満ちていることだ。万人を平等に扱う「死」というテーマはヴィヨンの作品の基調とも言えるもので，『形見』の冒頭だけでもそれが繰り返し現れる。

いまも言ったまさにこの年
クリスマス，生命の影も見えぬ季節，［中略］[8]

人のいのちは不確かで，
死んだ後では遅すぎる。[9]

しかし『形見』には生命の源たる性や食のイメージも欠けてはいない。[10]ヴィヨンの詩では，すべての人に訪れる「死」が喚起されればされるほど，それを目前にした「生」が輝きを持つ。そしてここで「生」と「死」について見事に物語るのは，聖人でも英雄でも宮廷詩人でも神学博士でもなく，「私」こと心も懐も寂しい失恋男なのである。そう，こんな「私」でも，人生の喜びと悲しみについて語ることができるのだ。

『形見』で示されたこうした構図は，のちの大作『遺言』でさらにスケール大きく展開される。だがまずは，より近づきやすい『形見』でヴィヨンに触れてみよう。

（黒岩　卓）

図1 『ヴィヨン大小遺言書』ピエール・ルヴェ印刷（1489年）
出所：フランス国立図書館蔵。

▶4 Villon, *Œuvres complètes*, éd. J. Cerquiglini-Toulet, Gallimard, coll. Bibliothèque de la Pléiade, 2014, p. 3.

▶5 本書の223-224頁を参照。何度か読めば，『形見』にはそれなりにきちんとした構成があることもわかってくる。合計でちょうど40詩節からなるこの作品の冒頭の8詩節（つまり5分の1）は，一種の導入部をなす。そのあとで繰り広げられる形見分けの数々も，その宛てられた人々の社会階層ごとに一定のまとまりを保ちながら並べられている。

▶6 同前書，30頁。

▶7 原文ではヴィヨンという作者の名はたびたび韻におかれて強調されてもいる。文学における「私」のテーマについては，本書の202-205頁を参照。

▶8 同前書，9頁。

▶9 同上書，14頁。

▶10 Jacqueline Cerquiline-Toulet, « Préface », in Villon, *op.cit.*, p. xxix.

三　16世紀

7　フランソワ・ラブレー（1483?-1553）『ガルガンチュア物語』（1534年）

1　ラブレーは大食らいで下品？

ラブレーほどイメージが一人歩きしている（ときに信仰と呼べるほど）作家は多くないだろう。酔っぱらい，大食らい，下品なふざけ野郎というのが，よく耳にするイメージだ。そういう読者は，おそらく骨をかじって骨髄をすするほどラブレー作品を読んでいない。たしかに，飲む，食べる[1]，出す，遊ぶなど上記のイメージに結びつく人間生活の描写は，作中に多くみられる。しかし，それらは「語り手」を含めた登場人物にかかわることであり，作者はそれを批判の対象として描くこともしばしばである。では実際のラブレーはどんな人物だったのか。

2　人生のつまった作品――幼年期を例に

ラブレーは当時のエリート必修学問の法学を学んだあと，修道士となってフランチェスコ会に入ったが，ギリシア語を勉強していたことをとがめられ，より寛容なベネディクト会に移る[2]。1530年，モンペリエ大学医学部に登録し，医学得業師（バシュリエ）となる。1532年，リヨン市立病院に医師として勤めるかたわら，第一作となる『パンタグリュエル物語』をアルコフリバス・ナジエ（本名のアナグラム[3]）というペンネームで出版，1534年か1535年に『ガルガンチュア物語 *Gargantua*』，1546年に『第三の書』，1548年に『第四の書』とそれぞれの初版を出版するが，いずれもパリ大学神学部の禁書目録[4]に入り，カルヴァン[5]からも批判される。作中でカトリック保守派を批判したり時事問題に言及したりしていることも理由のうちであろう[6]。多くの人が異端として処刑された不寛容の時代のはじまりである[7]。

その間，1530年ごろには非嫡出子を二人もち，1536年には第三子テオデュールが生まれたが2歳のときに亡くしたようだ。同年に還俗，1540年には嫡出子としてフランソワ，ジュニーの二人を認知するため，誓願書をローマ教皇パウルス3世に提出した。こうして正式に父となった。

伝記的事柄に照らしてみると，『パンタグリュエル物語』『ガルガンチュア物語』はラブレーがちょうど乳幼児期の子どもを持ったあたりの作品となり，ラブレーは両作品でそれぞれ子どもの誕生と成長を描いている。作品では，巨人の赤ちゃんのとっぴで風変わりな描写がなされる。たとえば，母ガルガメルが臓物料理の食べすぎで脱肛し，薬を飲んで産道が閉じてしまったため，ガルガンチュアは子宮から血管をとおって左耳からズッポーンと出てくる。筋を書く

François Rabelais
1483年にシノン近郊の村で生まれたと考えられているが詳細は不明。民間伝承と『ガルガンチュア大年代記』の出版に想を得て，1532年に『パンタグリュエル物語』を出版する。ヒッポクラテースやガレーノスの医学書翻訳なども手がけ，人文主義者として知られる。1553年にパリのサン・ポール墓地に埋葬された。

▶1　フランス文学における料理のテーマについては，本書の197-200頁を参照。

▶2　教皇庁に認可された，修道者が共同生活を送る組織を修道会という。祈り，労働，布教，教育活動などを行う。カトリック教会が典拠としていたウルガータ聖書（ラテン語訳）の権威が危うくなるため，原典に使われたギリシア語・ヘブライ語の学習が禁止されることもあった。

▶3　アナグラムとは，文字を入れ替えて別の語を作る言葉遊び。François Rabelais の文字を入れ替えると Alcofrybas Nasier になる。

▶4　カトリックを批判したビラがいたるところに張り出され，それが国王フランソワ1世の寝室にまで及ぶという「檄文事件」が1534年に起きた。比較的寛容であった国王もこの件には激怒し，以降プロテスタントへの弾圧を強める。こ

とウンコがらみのとんだホラ話だが，この様子は難しい医学用語で描写されており，信仰の問題にもかかわるたいへんマジメな話でもある。またガルガンチュアは，普通の子どもが「おぎゃあ（mies）」と泣くかわりに，「のみぁー！（à boire）」と泣いて生まれてきた。遠く離れたノミ郡やノムキ町にまで聞こえるような大きな声で，皆を飲みに誘うように泣いた，という。つまり，ガルガンチュアは生まれたときから「飲む」という言葉を知っていたということになる。当時，これを本当だと考えていた人々がいて[8]，彼らに対してラブレーは，大げさな表現を使って「そんなことあるわけなかろうが！」とお笑い言語論を展開しているのだ。

作品にウンコが多く登場することも，「下品」なイメージの一因だろう。しかし，子どもは生まれてからしばらくは，物理的にも言語的にも常にウンコにまみれている（赤ちゃんのオムツ替えの回数やお尻周りの言葉を叫びつづける幼児たちを思い浮かべてほしい）ということを考えると，ラブレーは前期二作品で幼年期のヒトの成長を写実的かつ寓意的に（自分の子の成長を思い起こしながら）描いていると言えるかもしれない。『ガルガンチュア物語』には「尻拭き」のエピソードや，トイレの歌が登場するが，翻訳者の宮下志朗は「口唇期」の次に訪れる「肛門期」の本質がみごとに描かれていると指摘している（『ガルガンチュア』「解説」458頁）。ウンコをとおして人間の成長を描いているのだ。

後期二作品（『第三の書』『第四の書』）では，これまた生きる上での大問題である結婚（あてはないけれど，寝取られ夫になるかどうか）や，死（たとえばギヨーム・デュ・ベレー[9]の英雄としての死）や，厄介な人々（奇人・変人・怪物たち）が描かれる。このように，ふざけたイメージに反して，ラブレー作品には揺り籠から墓場まで，人生の悩みごとに関するマジメな話題がてんこもりだ。

3 ブラックホール

冒頭で，大食らいというイメージはラブレーにあてはまらないと書いたが，言語や世の中のあらゆることを飲みこむという比喩的な意味，ルネサンスにおける百科全書的な意味においては，たしかに作品も著者も大食らいだろう。クリストファー・ノーラン監督が『インターステラー』（2014年）において，超大質量ブラックホールの名を「ガルガンチュア」としたのは言い得て妙である。ラブレー作品は，人生を飲みこみ，それらを喜劇的かつ寓意的に提示する。もとに戻れない覚悟さえできれば，ブラックホール的ラブレー世界へ飛びこむのは楽しい。そこでは人生における厄介事を処理するための別次元の視点を，ときおり迷子になりながら，手に入れることになるのである。この文章もラブレー作品解釈の一つでしかない。ラブレー作品というブラックホールはあらゆる読解を飲みこむとてつもない寛容さを備えているのである。

（岩下　綾）

れをきっかけに，ソルボンヌや高等法院は思想や文学の表現への制裁を強めていく。

▶5　本書の18頁を参照。

▶6　ジャーナリズムの発展については，本書の147-150頁を参照。

▶7　のちの思想家たちが神について行った思索に関しては，本書の151-154頁を参照。

▶8　人間は生まれたときから自然に言語を持っている，とする言語観を自然言語観という。この言語観の典拠とされたのが，ヘーロドトスの『歴史』第2巻に登場する次の話である。エジプト王が二人の赤子を言語から遠ざけて育て，その子らが2歳になって話した言葉が「ベコス」，フリギア語で「パン」を意味することから，もっとも古い言語はフリギア語であるとした。ラブレーは，言語と意味は恣意的なものだという立場をとる。ちなみにラブレーのテキスト中，普通の赤子の泣き声は「パン屑（mies）」を意味するので，これ自体もヘーロドトスのパロディー。

▶9　ギヨーム・デュ・ベレー（1491-1543）は，ピエモンテ総督で，ラブレーの庇護者であるジャン・デュ・ベレー枢機卿の兄。フランソワ1世の外交官として活躍した。

三　16世紀

8　ジャン・カルヴァン（1509-64）『キリスト教綱要』（フランス語版初版1541年）

Jean Calvin
北フランス生まれ。ルターやツヴィングリとともに初期宗教改革を代表する指導者・神学者。主著『キリスト教綱要』は改革派の最初の神学大全として比類なき重要性を持つ。

▶1　人文主義はギリシア・ラテン古典を模範にした雄弁の推進，すなわちよく話し，よく書くための教育改革に端を発する。「源泉へ戻れ」というスローガンのもとに，古典を原典で詳細に読解するための徹底した言語教育が行われ，また，より信頼できるテクストを確定するための文献学的研究が進められた。その流れは聖書研究にも及び，聖書の新たな読みが宗教改革思想の重要な基盤を提供することになった。

▶2　16世紀ドイツを起点とするキリスト教の改革運動。その中心的存在であったルターは聖書中心主義，信仰による救済，神の前での万人の平等を訴え，当時のローマ・カトリック教会の秩序や信仰のあり方を厳しく批判した。

▶3　マックス・ウェーバー／大塚久雄訳（1989）『プロテスタンティズムの倫理と資本主義の精神』岩波文庫を参照。ただし，ウェーバーのカルヴァン（派）解釈には多くの反論も出されている。

▶4　本書の16頁を参照。

▶5　Clément Marot

1　亡命作家カルヴァン――その影響の広がりとその深さ

意外に思われるかもしれないが，フランス出身の作家の中で，数世紀にわたって欧米圏のみならず世界各地において深い影響を及ぼしてきた著作家の筆頭がカルヴァンである。彼はフランス北部ピカルディーのノワイヨンに生まれ，充実した人文主義的教育[1]を受けた後，宗教改革陣営[2]に与することになるが，激しい弾圧の中でフランスを脱出し，ジュネーヴを拠点に活動した。彼は「亡命」作家として不朽の著作である『キリスト教綱要 *Institution de la religion chrétienne*』を生み出すとともに，数多くの説教や聖書注解その他重要な論争文書を著していった。それらはフランス語圏を越え，オランダやイギリスさらにはアメリカなどの改革派の人々を通してアフリカやアジアにまで至り，近代日本のキリスト教受容の歴史とも深くかかわっている。また社会科学の分野においても，カルヴァン派の労働倫理が近代的資本主義の精神の成立と密接な関係にあることを指摘する研究[3]も現れるほど，カルヴァンの潜在的な影響力は大きいのである。

2　フランス語作家としてのカルヴァン，人文主義者としてのカルヴァン

とはいえカルヴァンをフランス文学史の中の一作家として扱うことに違和感を感じる人もおられるかもれない。彼は作家というより神学者・宗教指導者であり，その著作は文学というよりもむしろ神学や宗教改革史の文脈でこそ意味を持つものではないか，ゆえにラブレー[4]やクレマン・マロ[5]のような文人たちと同列に論じるのはおかしいのではないか，と。

しかしながらカルヴァンの文章は，容易には人を寄せ付けない専門的で難解な文章ではなく，平易な文体のうちに洗練された弁論の技巧が織り込まれた，優れた文筆家の文章である。とくに『キリスト教綱要』のフランス語初版（1541年[6]）は，未熟とされていたフランス語を，平明さを保ちつつも思想や宗教の問題を十分に扱える知的に洗練された言語として鍛え上げた記念碑的な作品であり，これを抜きにしてフランス語散文の歴史を語ることはできない[7]。

そもそもカルヴァンは神学者・宗教的指導者としての活動を始める前に，ルネサンス人文主義の伝統に則った優れた古典文芸の教育を受けた人物であった。そのデビュー作は弱冠23歳で出版した『セネカ「寛容論」注解』である。それゆえ，カルヴァンの文章に深い人文主義的教養を身につけた作家にふさわしい

高度な修辞技法[8]が組み込まれているのは決して不思議ではない。カルヴァンの著作の優れた点は，そうした人文主義的教養に裏付けられた文体が，彼の神学的考察の徹底性やその奥行きの深さと見事に結合しているところにある。

3 『キリスト教綱要』を読むこと

『キリスト教綱要』は現代に至るまでカルヴァン派の信仰の要となる決定的な書物であり，膨大な研究が積み重ねられるとともに，彼らの信仰の実践と容易に切り離せない形で論じられ続けている。しかし，こうした神学的伝統とその解釈の歴史の重みが，カルヴァンのテキストそのものと一読者との率直な出会いを妨げてしまうことも少なくない。また，それとは逆にカルヴァンに対する否定的な先入見，すなわち神学上の敵対者セルヴェト[9]の処刑に同意した不寛容な権力者，救済に預かる者と滅びに至る者が神によって予め決められているとする「二重予定説」を提唱した冷徹で厳格な神学者といったイメージが，ラブレーやモンテーニュ[10]，ヴォルテール[11]などに代表される人文主義や啓蒙主義の宗教的寛容の伝統と真っ向から対立するものとされて，読者をこの著作から遠ざけてしまうこともある[12]。

しかし『キリスト教綱要』を実際に手に取り，たとえばセルヴェトとの対立が鮮明になっている箇所，とりわけ幼児洗礼[13]に関する章（1541年版第11章，1559／60年版第４巻第16章）を丁寧に読んでみるとよい。そこにおいてカルヴァンは，子供という存在をどのように受けとめ，そしてその救いの問題をどのように考えるかということを，キリスト教信仰の核心にかかわる問題ととらえ，多くの頁を費やして論じている。それは不完全な存在としての人間を子供という視点からとらえ直す試みであり，同時に，命の問題そして救いの問題を大人の主知的な論理で押し切ろうとする傾向への深い批判をなしている。『キリスト教綱要』を読むことは，人間存在の不完全さと（神を前にした）人間の希望のありかについて最大限に語り尽くそうとした一人の稀有な思想家の思索の歩みを辿ることであり，完全無欠な理想的信仰者の書物を読むことでもなければ，ジュネーヴでの政治的失態を覆い隠そうとする独断的で不寛容なマニフェストを読むことでもない。

最後に，この書物がフランスの外で亡命者によって書かれ，フランス語圏以外においても強烈なインパクトを与え続けた真に国際的な書であることを忘れてはならない。それはフランス文化や文学を語るものがつい陥りがちな視点，すなわちフランス本国が絶対的な中心であって，そこから周辺に向かって書物や思想が広がっていくものだ，という考え方を相対化する。それはまた，カルヴァンそして彼の思想と信仰に連なる人々を長きにわたって排除しようとしたフランス本国の歴史と文化とは何であったのかを考えさせてくれるのである。

（伊藤玄吾）

（1496-1544）16世紀前半を代表する詩人で，宗教改革派との関係も深い。作品としては詩集『クレマンの青春』，『旧約聖書』詩篇の翻案などがある。

▶6 『キリスト教綱要』の本来の初版（1536年）はラテン語によるものであり，フランス語初版はラテン語第２版に基づく。生前の決定版（1560年版）と初版との間には規模と構成の上で大きな違いがある。

▶7 19世紀以前の知識人とラテン語およびフランス語との関係については，本書の122-123頁，130-133頁および164-167頁も参照。

▶8 人文主義的な教育では，演説や文章において人々をよりよく説得する能力を身につけることがとりわけ重要視された。そのために，古代ギリシア・ローマの弁論術の伝統を模範としつつ，論述の対象と目的にふさわしい効果的な表現や文体を工夫し，洗練させる技法，すなわち修辞技法の訓練が盛んに行われた。

▶9 スペイン出身の神学者・医者（1511-53）。三位一体を誤謬とする議論を始め，多くの神学的・政治的論争の種を蒔き，ジュネーヴにて火刑に処せられた。この事件は宗教的寛容をめぐる激しい論戦を引き起こした。

▶10 本書の22頁を参照。

▶11 本書の40頁を参照。

▶12 のちの思想家たちが神に関して行った思索については，本書の151-154頁を参照。

▶13 幼児（新生児）に洗礼を授ける習慣は広く行われていたが，宗教改革陣営の一部（再洗礼派）は，本人の自覚的な信仰告白に基づく成人洗礼のみを認め，幼児洗礼を否認した。カルヴァン自身は幼児洗礼を肯定する立場をとった。

三　16世紀

9　ピエール・ド・ロンサール（1524-85）『恋愛詩集』（1552年）

1 愛（アモル）の詩集

1552年，すでに『オード四部集』（1550年）によって華々しいデビューを飾った詩人ピエール・ド・ロンサールが『オード集第五の書』とともに一冊の本を発表した。タイトルは『恋愛詩集 *Les Amours*』。盟友デュ・ベレーの『フランス語の擁護と顕揚』[1]の３年後に出版されたこの本によってロンサールは同時代の「詩人の王」としての地位を確固たるものとし，また後世の恋愛抒情詩にも決定的な影響を与えることになった。ソネ（sonnet）形式[2]の詩を中心とするこの詩集は，ロンサールがフランス中部ブロワの宮廷で出会ったという女性カッサンドル・サルヴィアティへの愛を歌う。ロンサールはその最初の詩で次のように呼び掛ける。「ある神が，いかに私を打ちのめし／いかに私を攻め，いかに勝ち誇るか，［中略］見たい者は／私を見に来るがいい。そうすれば私の苦しみ／そして私を意のままにするあの射手の酷さを目にするだろう[3]。」この宣言通り，『恋愛詩集』では「愛」（アモル）の諸相が歌われていくことになる[4]。

2 カッサンドルという名

カッサンドルという名は，『イーリアス』に登場する王女カッサンドラーを連想させる。彼女は詩の女神（ムーサ）たちを率いるアポローンに愛され，予言の能力を授けられたが，彼を拒絶したために，カッサンドラーが口にする不吉な予言は誰からも信じてもらえなくなった。ロンサールがカッサンドルを歌う時に，二重写しとなっているのはこの王女カッサンドラーであり，かくしてカッサンドルを通じて詩人の目は16世紀フランスと古代ギリシアを行き来し，重層的で豊かなイメージが紡がれていく。

ロンサールは『恋愛詩集』の，書物としての完成度にもこだわった。本を開くと１頁にソネが２編，上下に配置され，見開きでは４編が提示される。この４編が有機的に関連し合い，いくつもの読解の可能性が示されるのだ。さらに巻末には同時代の作曲家たちによる複数の楽譜が付され，文字通り詩と音楽の結合が目指される[5]。こうして『恋愛詩集』は，本という媒体を中心に視覚的，聴覚的な工夫がなされて，さまざまな読書体験ができるようになっているのだ。

3 三つの恋愛詩集

ロンサールは生涯に３種類の恋愛詩集を発表している。それぞれカッサンド

Pierre de Ronsard
フランス中部ヴァンドーム生まれ。恋愛詩以外にも叙事詩や讃歌などさまざまなジャンルの詩を多く残した。ロンサールの幅広い作品については，本書の139頁および145頁も参照。

▶1　本書の131頁を参照。

▶2　ソネ形式とは，１編が14行（4+4+3+3）からなる詩。英語ではソネット。

▶3　ここでの「ある神」「あの射手」とは愛の神アモルを指す。ボッティチェリの有名な絵画『春』で，画面中央上部に目隠しをして今にも矢を放とうとしているキューピットが，「愛」を具象化した姿だ。

▶4　この詩集は14世紀イタリアの詩人フランチェスコ・ペトラルカの恋愛詩集『カンツォニエーレ』を源泉とする。この作品は大きな成功をおさめ，その後のヨーロッパの恋愛抒情詩に大きな影響を与えた。ペトラルカはラウラという少女をヒロインとしてこの詩集を作り上げるが，ロンサールはこの関係を自らとカッサンドルに当てはめた。

▶5　現在 YouTube などでもこのメロディーを聴くことができる。ぜひ Ronsard, Les Amours というキーワードで探して聴いてみてほしい。ロンサールの時代の音楽については，本書の181頁も参照。

ル，マリー，エレーヌという女性を中心とした詩集である。ここでも名が重要な役割を果たしていることは言うまでもない。カッサンドルへの恋愛詩が古代ギリシアへの暗示，晦渋な表現に満ちた詩であったのに対し，マリーへの恋愛詩は一転，牧歌的風景の中で田舎娘マリーへの恋を平易な表現で歌う。ロンサール後期の作エレーヌへの恋愛詩は，宮廷の侍女エレーヌ・ド・スュルジェールとのやり取りを歌い，その人物姿が鮮やかに立ち上がる。この三つの恋愛詩集はロンサールの詩作の変遷，多様さを見るのにうってつけだが，彼のフランス語がどのように変化していったかも表れていて興味深い。ちなみにロンサールは生前に6度自らの『作品集』（いわば全集である）を編纂し出版したが，その都度過去の詩句に手を入れ続けた。その過程は古典語由来の生硬な表現が，よりシンプルで明解な語彙・表現へと洗練されていく様も示している。これは同時代のフランス語の変化を敏感に反映しているだろう。こうして彼の三つの『恋愛詩集』の変遷，そして詩句の改変は転換期のフランス語の貴重な記録ともなっているのだ[6]。

4 エレーヌ＝ヘレネーと白鳥

最後にロンサールの詩句をエレーヌへのソネから少しだけ紹介しよう。

ロンサールは宮廷でのある日の出来事を次のように歌っている。「先日のこと，階段のうえに私がいたとき，／あなたが通りすがりに私に気づき，視線を向けると，／私の眼は眩んだ。あなたと突然眼が合って，／それほど心が乱れたのです。［中略］」ロンサールとエレーヌは階段ですれ違いざまに視線が交わる。その視線は，あたかも愛の神の矢を思わせる鋭さで詩人の目をくらませ，致命傷を与える。「もしもあなたが通りすがりに美しい手，／白鳥の娘であることを誇る白い手を振らなかったら，／私は死んだろうに，エレーヌよ，あなたの眼の矢に当たって。［中略］[7]」その視線でロンサールを瀕死の状態にしたかと思うと，今度は白鳥の羽ばたきのような白い手のしぐさで詩人に再び命を与える。「白鳥の娘」とはヘレネー（エレーヌ）が，レダと白鳥に姿を変えたゼウスの交わりにより生まれたことを指す。そのヘレネーが美しさゆえにトロイア戦争の原因となり，多くの死をもたらしたように，エレーヌも詩人に何度も死をもたらし，一方では白鳥を思わせるその手のしぐさだけで再び命を吹き込む。こうしてロンサールが階段でエレーヌとすれ違うその一瞬に，詩人の生と死が，そしてレダと白鳥の交わりとそのトロイア戦争に至る情景が凝縮されているのだ。

ロンサールといえば，「今日という日を摘め（今を生きろ）[8]」のテーマをバラの花に託して歌った詩人として知られている。だが，一瞬の情景の内にも豊かに広がるイメージを凝縮した彼の詩句には他にも美しいものがたくさんある。その音楽も含め，ぜひロンサールの詩を体験してもらいたい。

（林　千宏）

図1 『恋愛詩集』（1552年）
出所：Pierre de Ronsard, *Les Amours de P. de Ronsard*, Paris, chez la veuve Maurice de la Porte, 1552, p. 2.

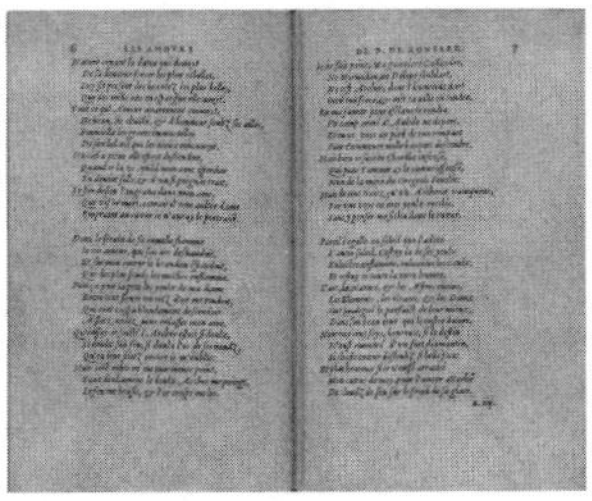

図2 『恋愛詩集』（1552年）
出所：*ibid.*, pp. 6–7.

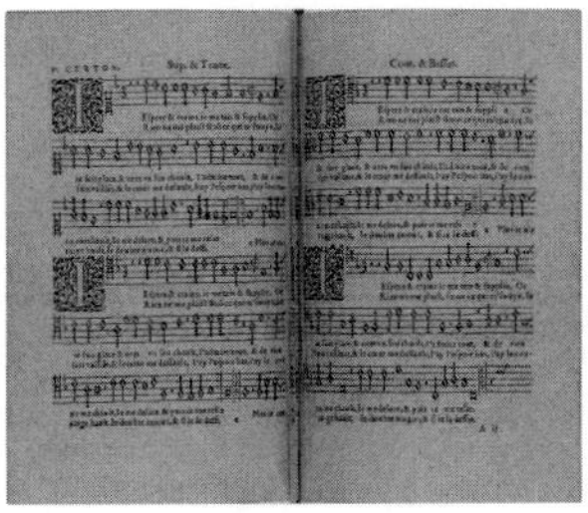

図3 『恋愛詩集』（1552年）
出所：*ibid.*, pp. 242–243.

▶6　16世紀のフランス語については，本書の131頁も参照。

▶7　髙田勇訳（1985）『ロンサール詩集』青土社，369-370頁。

▶8　古代からのテーマ。ラテン語でCarpe diem。日本では大正時代の歌謡曲『ゴンドラの唄』の歌詞で「命短し恋せよ乙女」というものがあるが，まさしくCarpe diemのテーマである。

三　16世紀

10　ミシェル・ド・モンテーニュ（1533-92）『エセー』（1580／88年）

1「盗作」か「引用」か，あるいは「エセー」とは何か

モンテーニュが現代日本に生き返って，『エセー *Essais*』のような書き方で大学の課題レポートを提出したら，教師から叱られるはずだ。これは「剽窃」でしょう，と言われかねない箇所が目に付くからだ。つまり彼は，著者の考えと自分の考えは区別して書き，参照するときは出典をきちんと明記し……といった「引用」の作法に無頓着だった。もちろん，一目でこれは引用だな，とわかる書き方がなされている場合もある。しかし彼は往々にして，古代ギリシアやローマの著述家（プラトーン，アリストテレース，プルタルコス，セネカなど）の文言をあたかも自分のものとして地の文に流し込んでしまう。

なぜだろう。一つにはタイトルの名詞「エセー essai」が関係していると思われる。その動詞は essayer で「試す」とか「試みる」という意味がある。しかし彼はいったい何を試そうというのか。単刀直入に言えば「私」である[1]。もう少し正確に言うなら「私の判断力」である。つまり，あらゆる主題を材料に自分の判断力の可能性を試すその試み，これが『エセー』の目指すところなのだ。その判断材料には，自分自身の経験だけでなく，他人の意見や行動なども入ってくる。「あの人はこう考えているけれど，私ならどう考える？」とか「あの人はこうしたけれど，私ならどうする？」といった具合に他人のありようを眺めながら，モンテーニュはモラリスト[2]らしく，たえず自分の判断力を試し，そして鍛える。だから，その積み重ねを示唆するかのように，タイトルでは essai が複数形になっているし，「私なら……」と試行錯誤しているあいだに，自分と他人の境界線が揺らいでくる。

しかしモンテーニュは彼なりに，自分や他人の輪郭がたゆたう様子をそのままに描き出す文体を，ある一つの条件と引き換えに弁解している。それを第3巻第2章「後悔について」のうちにみてみよう。

2「私は何を知っているのか？」――『エセー』でもっとも有名な文言

モンテーニュはこの章を，自分は正直で謙虚な男だと表明することから始める。けっして嘘はつかないと言うのだ。なぜか。それは，任意の一人である自分について赤裸々に語ることで，じつは人間一般を語ろうとするからだ。私たちは，古今東西の人々の行動や思考を理解し，また，批評しようとするとき，意識的にせよ無意識的にせよ，あるときは強引に別のときは丁寧に，しかしい

Michel de Montaigne
ボルドー生まれ。当地の高等法院評定官や市長を務めたのち，読書と思索の生活に入る。古典文芸の「復興」と新世界の「発見」がもたらした興奮のうちに花開いたルネサンス人文主義の，広く深い教養に裏付けられた鋭利な人間観察からなる『エセー』を執筆。1580年に第1巻を刊行，その後も執筆を続け，1588年までに全3巻を読書人に差し向けた。17世紀のルネ・デカルト（本書の24頁を参照）やブレーズ・パスカル（本書の26頁を参照）にも多大な影響を与えたが，「無神論」の書としてカトリック教会の総本山ヴァチカンから禁書処分を受けた（1676年）。彼の受けた教育については，本書の165-166頁を参照。

▷1　文学における「私」のテーマについては，本書の202-205頁も参照。

▷2　モラリストとは，ルネサンスから17世紀の古典主義時代にかけて，随筆，断章，格言など，比較的自由な表現形式で，人間の生き方，とくに風俗あるいは習俗（mœurs）を観察し描写すると同時に，人間の本性と条件に関する考察を行った作家のこと。モンテーニュのほかに，パスカル，ラ・ロシュフーコー（1613-80），ラ・ブリュイエール（1646-96）などがいる。

ずれにしても自分の物差しを他人にあてはめようとする。だとすれば，自分についてどれだけ深く認識しているか，自分はどれだけ視野の広い人間かということに，その物差しの出来不出来はかかってくる。自分を嘘偽りなく反省せずに，他人なんて，まして人間一般なんて，きちんと理解できっこない。

そのうえで，『エセー』という書物は一つの逆説に貫かれていることに注目しよう。すなわち，自己と世界の移ろいやすさのなかに，しかし断固として留まることである。そのためには，一見すると気まぐれで無計画なモンテーニュの書き方は都合がよい。なぜなら，揺れ動く対象の変化にどこまでも繊細かつ柔軟に付き添っていくので，結局は対象を厳密かつ正確に，しかも客観的に描き出すことができるからだ。できるだけ観察を重ねて，その度に対象の姿をありのままに記述することで，変化のパターンや範囲がわかってきて，最終的にその全体像が得られるかもしれないのである。

それでも事物の絶対不変の本質の探究が難しいことに変わりはない。この世界に一つたりとて不動のものはない。ようやく満開になったと思った桜も一週間もすれば散ってしまう。モンテーニュは，永遠不変の真理の存在までは否定しないが，人間理性だけで真理に到達できるとも考えない[3]。だから，穏健な懐疑主義者，相対主義者，そして視点主義者として，「私は何を知っているのか？ Que sais-je?[4]」を信条とする。儚《はかな》い桜吹雪も見ようによっては艶《あで》やかで，そんな桜吹雪に包まれる自分だって，あるいはあの人だって刻一刻と変化する。だから，どうしても抽象的にならざるをえない「人間」の定義づけは断念するほかない。その絶対不変の本質なんて知りようがない。ではどうするか。

▶3　モンテーニュにおける神の問題については，本書の151-152頁を参照。

▶4　この有名な文言は，『エセー』最長・最大の第2巻第12章「レーモン・スボンの弁護」に出てくる。宮下志朗訳（2010）『エセー』第4巻，白水社，160頁。

3 モンテーニュによる絶対的な自己肯定の勧め

モンテーニュは私たちに，自分を「定める」ことはせず，自分を「試してみる」にとどめ，そして，ありのままの自分を「楽しむ」ことを勧める。「自分の存在を，正しく楽しむことができるというのは，ほとんど神のような，絶対的な完成なのだ。われわれは，自分自身のありようをいかに使いこなすのかわからないから，他の存在を探し求めるのだし，自分の内側を知らないために，自分の外側に出ようとする。でも，そうした竹馬に乗ってもどうにもならない。竹馬に乗ったとて，どっちみち自分の足で歩かなければいけないではないか。いや，世界でいちばん高い玉座の上にあがったとしても，われわれはやはり，自分のお尻の上に座るしかない[5]」（第3巻第13章「経験について」）。自分を「楽しむ」とは，自分を愛《いつく》しむこと。ニヒリズムの憂《うれ》い濃きドイツ人哲学者のニーチェ（1844-1900）までが，「こうした人間がものを書いてくれたおかげで，この地上に生きる喜びは大きくなった」（『反時代的考察』）と述べたのは，そのためである。いつの時代も生きにくいが，だからこそ，いまここで苦しんでいる人に『エセー』は一条の光を投げかけてくれるはずだ。　（津崎良典）

▶5　宮下志朗訳（2016）『エセー』第7巻，白水社，341頁。

四　17世紀

11 ルネ・デカルト（1596-1650）『方法序説』（1637年）

René Descartes
ラ・エ（現デカルト）生まれ。当時，最先端の英才教育を受け，ポワチエ大学で法学士号を取得後は，軍職に就いたり，ヨーロッパ各地を遍歴したりして見聞を積む。その後，オランダに定住してからは，『方法序説』をはじめ，数年おきに『省察《せいさつ》』『哲学の原理』そして『情念論』を発表。「我思う，ゆえに我在り」のフレーズで知られる哲学的思索のみならず，デカルト座標軸の考案や慣性の法則の定式化など近代科学の発展にも貢献。

1 『方法序説』の出版秘話

何年もかけて一冊の書物を準備し，もう少しで出版というところまできたのに，収監，裁判，処罰という憂き目に遭いかねない事件のせいで企画そのものを断念せざるをえなくなったとき，私たちはどうするだろう。地団駄を踏むか。あるいは，デカルトがそうだったように，虎視眈々と次のチャンスをねらうか。

『方法序説 *Discours de la méthode*』は，デカルトが初めて公刊した，全六部構成の小著である。王権による検閲のために出版の自由のなかった母国フランス[1]を避け，文化面でもっとも寛容だったオランダで，それでも身の危険を感じたからか，匿名で出版した。当時の学術界の共通語つまり「男たち」の言葉であったラテン語を敬遠し，「ご婦人方にも何がしかのことをわかってもらえるように」（1638年２月22日付ヴァチエ宛書簡）とフランス語で，しかも一人称による語りで執筆された。まるで，自分が書いたものは学術界の公式見解ではなく個人的な意見にすぎないと断るかのように[2]。

デカルトがそこまで慎重だったのは，イタリアはフィレンツェの天文学者ガリレオ・ガリレイ（1564-1642）の『天文対話』（1632年）が，地動説[3]への不用意な言及のために，1633年，ローマで宗教裁判に付されたからである。この事件は，ガリレイの考えに近い天文学的考察を含む論文『世界論』の刊行を翌年に控えていたデカルトに衝撃を与えた。明日はわが身かと思った彼は出版を諦める。しかし，自説を世に問いたいという思いが完全に消えたわけではない。そこで『世界論』のなかから，天文学に触れない部分を抜き出し，『屈折光学[4]』として出版することにする。ついで『気象学[5]』と『幾何学[6]』の出版も考える。そうすると，これら三つの試論を統括する「序文」もあったほうがいい。『自分の理性を正しく導き，いろいろな学問において真理を求めるための方法について述べる話』いわゆる『方法序説』の誕生である。

2 デカルトによる方法の規則，道徳の格律，そして真理の発見

『方法序説』の第２部には，三試論で示される自然科学上の知見を導くのに役立った「方法」の規則が四つ紹介されている。「明証的に真と認められなければ，いかなる事象も真とは受けとめないこと」「私が検討する難題のそれぞれを，できるだけ多くの，しかも一層うまく解決するのに必要な小部分に分けること」「自分の思想を順序に従って導くこと」，そして最後に「何も見落とさ

▶１　手写本にせよ印刷本にせよ「書物」のあるところ常に「検閲」があった。しかし，内容を事前に審査し，不適当とされる場合はその発表を禁止する行為の主体と対象，そして形式は，時代や社会とともに変わる。ドイツから活版印刷術が伝えられた1470年以降のフランスにかぎれば，カトリック教会に仕えるパリ大学神学部とパリ高等法院が両輪となって，反宗教的書物を取り締まっていた。ただし検閲が本格化するのは，宗教改革者ルターによる『九十五カ条の論題』の公表（1517年）から数年後，1520年代になってからである。検閲対象は，宗教書，神学書から，哲学書，法学書，科学書，文芸書などに広がっていった。だが，実効的とは言い難かった。たとえば，パリ高等法院は反王権文書の増大を抑えられず，

なかったと確信しうるほどに，一つ残らず枚挙し，全体にわたる通覧をすべての場合に行うこと」である。

これらの規則は，三試論でその有効性が文字通り「試される」わけだが，『方法序説』の正式な表題がそう謳《うた》っているように，「理性を正しく導く」ためのものでもある。なぜなら，デカルトの自伝としても読める第1部の書き出しによれば，「理性」すなわち「良識」は「この世で最も公平に配分されている」が，人々に正しく使われているとまでは言えないから。デカルトもその例外ではない。しかも「ヨーロッパで最も有名な学院の一つ」で8年か9年ほど過ごし，多くの学問を修めてみたものの，思い返せばそれらはいずれも「人生に役立つ」とは言い難いほどに，また自分は「独りで暗闇のなかを歩いていく人のようだ」と気づかされるほどに，不確実で，堅固な基礎を欠いていた。

だからといって，既存の学問体系と教育制度を総入れ替えするのは無謀なので，デカルトは「自分の思想」の改革のほうに乗り出す。つまり，ちょっとした疑念すら湧《わ》いてくる速断や先入観の産物は，すべて絶対に偽として退ける「懐疑」に取り組むのだ。その具体的なプロセスは第4部に詳しいが，その前に踏まえておくべきは，第3部に出てくる「当座に備える道徳」である。

懐疑には判断の保留が求められるが，時間に追われる日々の生活にその余裕はない。店で買ってきた林檎に毒が盛られているかなんて普通は疑わずに食べるはず。だから「自分の思想」を改革しているあいだも，つまり「全生涯を自分の理性を培《つちか》うことに使い，自分で決めた〔あの四つの〕方法に従って，真理の認識にできるだけ進んでいく」ときも普段通りに暮らせるよう，三つの道徳律に従うのがよい。「自国の法律と習慣に従うこと」「行動に際してできるだけしっかりした揺るがない態度をとること」，そして「運命より自分に打ち克つ努力と，世界の秩序より自分の欲望を変える努力をすること」である。

デカルトは，こうした手はずのもと第4部で懐疑に取り組んだ結果，疑っている自分の存在までは疑えないという「真理」，フランス語で「Je pense, donc je suis（我思う，ゆえに我在り）」と表現される，あの「真理」を発見する。◁7

3 時代と社会に束縛されない，さりとてそこから遊離もしない

第6部では，ガリレイの名前こそ出てこないが，あの事件が『世界論』出版の中止理由だったことが仄《ほの》めかされる。◁8 しかし，人間をして「あたかも自然の主人にして所有者のようなもの」にする有用な知識が実験や観察を通じて得られたら，たとえ批判を招くものでも「公衆」に役立つかぎりは発表すべきだ。ただし書き手には，時代と社会に支配的なものの見方と喧嘩しない戦略的な書き方が求められる。『方法序説』は，その模範的な実践例に他ならない。現代の私たちにも，その戦略を行間に読み解くスリルがあるのだ。

（津崎良典）

そのことに業を煮やした国王シャルル9世は，「いかなる書籍も，事前にわが諮問機関によって検閲され，わが大法官の大璽を受けることなく」印刷・公刊されてはならず，違反の場合は「絞首刑に処される」とする王令を1563年に公布した。王権が出版統制権を手中に収めたこの状態は，フランス革命期まで続いた。

▶2　19世紀以前の知識人とラテン語およびフランス語との関係については，本書の122-123頁，130-133頁および164-167頁を参照。

▶3　地動説は，太陽が宇宙の中心に静止し，地球は太陽の周りを回転するという考え。ガリレイやデカルトの時代，この説を唱えることは，地球のほうが宇宙の中心に静止していると考える天動説を支持していたカトリック教会主流派から問題視された。

▶4　『屈折光学』では光の本質や，視覚の生理的構造（光はどのように目に入って，神経を経て脳に伝わるか）が論じられるとともに，当時，最先端の技術であった望遠鏡レンズに当たる光の反射や屈折について考察される。

▶5　『気象学』は反射と屈折の原理を応用して，虹・雲・幻日といった，水蒸気による自然現象の問題などを説明する。

▶6　『幾何学』では曲線に関する諸問題を考察する。

▶7　他方，デカルトにおける神の問題については，本書の152-153頁を参照。

▶8　なお先立つ第5部には，『世界論』で明らかにされるはずであった，血液循環説を含む若干の自然科学上の知見が収められている。

四　17世紀

12　ブレーズ・パスカル（1623-62）『パンセ』（1670年）

Blaise Pascal
クレルモン生まれ。数学・物理学の大発見のかたわら，二段階にわたる回心を経てカトリシズムに傾倒。イエズス会との論争文書『プロヴァンシアル』でその論敵であるジャンセニスト擁護の論陣を張る。その後『キリスト教護教論』の執筆に取り組むが，未完に終わる。最晩年には，貧者救済の資金獲得を目的に，パリ初の乗合馬車事業創設にもかかわった。

J・ドマ画，パスカル像
出所：*Pascal, le cœur et la raison*, sous la direction de Jean-Marc Chatelain, Bibliothèque nationale de France, 2016, p. 8.

1 『パンセ』とは

パスカルは，数学者，科学者としてよく知られている。40年に満たない生涯の間に，円錐《すい》曲線に関する重要定理を発見し，史上初の計算機を考案し，流体力学の基本法則「パスカルの原理」を確立し（彼は圧力の単位に名を残している），確率論ならびに微積分の先駆をなす研究も行った。驚異の大天才である。

だが，その彼は晩年，人生のはかなさ，世俗的な栄達の空しさ，人間の自己愛の醜さに目覚め，キリスト教を弁証し，人々を正しい信仰に誘う著作の執筆に専念した。その著は未完に終わり，彼の死後，長さも内容も雑多な膨大な断章群が残される。『パンセ *Pensées*』は，後年この遺稿集に与えられた名である。

パスカルは本書で，頭ごなしに宗教の正当性を説くのではなく，人間とはいかなる存在かという哲学的な問いを，その本性，習慣，欲望，社会のあり方から解明しようとする。その考察は鋭く説得力があり，個々の文は簡潔かつ明晰である。「クレオパトラの鼻」「人間は考える葦である」「心には理性の知らない理由がある」など，いくつかの文章は慣用句にさえなっている。

とはいえ，『パンセ』は単なる偉人の名言集ではない。パスカルは一般読者に対して，しばしばかなり非常識な主張を，手を替え品を替え説得しようと努める。読者はときに反発を覚えながらも，ときに吹き出し，ときに共感しながら，だんだんとパスカルに親しみを覚えるようになり，やがて彼の語ろうとする内容に興味をもちはじめる。いくつか特徴的な断章を紹介しよう。

2 「愛」の秘密

次の一節は，われわれの「愛」に関する通念に疑問を投げかける。

> ある人をその美しさのゆえに愛する者は，その人を愛しているのだろうか。そうではない。なぜなら，天然痘は，その人を殺さずにその美しさを殺してしまうにもかかわらず，相手がもはやその人を愛さないようにしてしまうからである[1]。

われわれは誰かを，美貌や知性や優しさなどの性質に惹かれて愛する。だがその性質は，その相手が生きている間につねに変質し，やがては失われるため，いつかはその人を愛さなくなる。つまり，われわれはその相手そのものを愛しているわけではなく，その性質を愛しているにすぎない。現に，同じような性質をもつ別人にも，われわれは惹かれる，われわれの愛はつねに独善的な欲望

▷1　断章688。山上浩嗣訳。ラフュマ版の断章番号を記す（岩波文庫の塩川徹也訳『パンセ』と同じ番号）。以下同じ。

▷2　「慈愛 charité」は，「信 foi」「望 espérance」とならぶ「三つの対神徳 trois vertus théologales」の一つ。神への愛，隣人愛を含む，パスカルにおいて最重要の徳。「自己愛 amour propre」「邪 欲 concupiscence」に対置される。

にすぎず，相手の善や幸福を願う真の愛（パスカルはこれを「慈愛[2]」と呼んでいる）ではありえない。──極論だが，並の反論を寄せつけない説得力がある。

3 神への畏怖

次の名句は，宇宙の崇高さと人間の卑小さを対比させる[3]。見事な原文も示しておこう（ぜひ暗唱してみよう）。

この無限の空間の永遠の沈黙は，私を恐れさせる[4]。

Le silence éternel de ces espaces infinis m'effraie.

パスカルは別の断章で，この世界が広大無辺な宇宙という「大きな無限」と，ダニの体液の一滴一滴のなかにさえ宿る極小の粒子からなる世界という「小さな無限」からなると告げる。「この無限の空間」（原語の複数形に注意）は，これら大小の「二つの無限」を指すだろう。上の一句は，そのような途方もない広がりをもつ空間を前にして抱く実存的不安を，この上なく端的に表現している。また，無限の空間は，明らかにこれを包摂する神の換喩である。ここには，人間が自力では絶対に知ることのできない神への畏怖と，おそらくはそのような全能の存在の慈悲への希求が，同時に描き出されている。

4 メメント・モリ

『パンセ』でパスカルがくり返してやまないのが，人間はいずれ死ぬという命題である。彼によれば，人間が「気高い」のは，「自分が死ぬことを知っている」からである[5]。だが，人間はつねにその悲惨な境遇を忘れようと努めている。次では，人間が判決に無関心な死刑囚になぞらえられている。

獄中の男が，自分に判決が下されたかどうかを知らないが，それを知るのに一時間の猶予しかない。ただ，もしそうと知ったら，一時間もあれば判決を撤回してもらえるとする。その場合に，男がこの一時間を，判決が下ったかどうかを知るためではなく，カード遊びをするのに費やしたとしたら，自然に反するだろう[6]。

われわれはみなこの男のように，短い貴重な人生の時間を，富や権力や名誉のようなはかない幸福の探求に費やしている。パスカルによればそれは，自分がいずれ死ぬという事実を直視することから逃れるための「気晴らし」にすぎない[7]。人間の義務は，おのれの死すべき運命を自覚し，死刑判決が撤回される可能性，すなわち，来世の永遠の生に与《あずか》る可能性を探求することにある。その探求こそが信仰であり，神ありへの「賭け」にほかならない[8]。

以上はほんの一部である。『パンセ』はこのように，棘《とげ》とユーモアをたっぷり含んだ文章と，誰もが反発を覚える数々の逆説によって，読者を刺激し，挑発してやまない書物である。きっと生涯心に残る文章に出会うだろう。

（山上浩嗣）

図1　オディロン・ルドン《この無限の空間の永遠の沈黙は，私を恐れさせる》（1870年ごろ）

出所：*Odilon Redon, Prince du rêve. 1840-1916*, sous la direction de Rodolphe Rapetti, Éditions de la RMI-Grand Palais, 2011, p. 111.

▶3　20世紀の詩人・哲学者ポール・ヴァレリー（本書の82頁を参照）は，この一句の巧みすぎる表現に，信者の心情とは異なる不純な心情を認めてパスカルを批判した。

▶4　断章201。

▶5　断章200。「考える葦」の断章。「人間は一本の葦にすぎない。自然のなかでもっとも弱いものである。だがそれは考える葦である。それを押し潰すのに全宇宙が武装してかかる必要はない。蒸気の一粒，水の一滴だけでもそれを殺すのに十分である。だが，たとえ宇宙が人間を押し潰すとしても，人間は彼を殺すものよりもずっと気高いだろう。なぜなら人間は自分が死ぬことを知っているのだし，宇宙が自分に対してもっている長所を知っている。宇宙はそんなことを何も知らない。」

▶6　断章163。

▶7　断章414。「われわれの悲惨を和らげてくれる唯一のものは気晴らしである。しかし，それこそがわれわれの悲惨の最たるものである。なぜなら，これこそが，われわれが自分について考えることをさまたげ，われわれを知らず知らずのうちに滅ぼしてしまうからだ。」

▶8　本書の「神の探究」（151-154頁）を参照。また，山上浩嗣（2016）『パスカル『パンセ』を楽しむ　名句案内40章』講談社学術文庫，231-245頁を参照。

四　17世紀

13 ピエール・コルネイユ（1606-84）『嘘つき男』（1643-44年）

1 嘘の効用

「嘘つきは泥棒の始まり」，これが祖母の口癖だった。ただし，「嘘も方便」という言葉にもある通り，相手を傷つけないための優しい嘘もある。そして思う存分嘘を楽しめるのが文学の世界である。コルネイユの戯曲『嘘つき男 *Le Menteur*』は，次から次へと嘘をくりだし，こっちの嘘からあっちの嘘へと軽やかに飛びまわる男を主人公とした喜劇である。

主人公ドラントは父親から一方的に結婚[1]を押しつけられそうになって，とっさに言ってしまう，「じつはお父さんのお許しもなく，もう結婚してしまったんです」（第２幕第５場）。望み通りの現実を言葉の力で生み出していくドラントの巧みな話術を通して見えるのは，もっともらしい言葉を積み重ねてめくるめく世界を出現させて観客を魅了する劇作家コルネイユの姿である。近松門左衛門[2]の名言通り，「芸というものは実《じつ》と嘘《うそ》との皮膜《ひにく》の間にある[3]」のだ。

『嘘つき男』が初演された頃は，三十年戦争[4]（1618-48）も終盤にさしかかっていたが，ドラントもまたこの戦いに参加して大活躍をしたのだという。1631年創刊のフランス初の週刊新聞『ラ・ガゼット[5]』にまでその活躍が伝えられたとドラントは自慢する。ところが，美しい女性を見かけるや，初対面にもかかわらず，美しいあなたの魅力に降参してしまったのです，といきなり切り出すのだ。コルネイユの喜劇『舞台は夢』に登場するほら吹き隊長マタモールのから威張りする声がこれに重なる。自分は「第二の軍神マルス」だと豪語した直後，愛する女性のことを思うと一転して，「俺はすっかり愛，気品，美そのものになってしまった」と言うあの声だ（第２幕第２場）。ドラントの台詞では，戦の描写に用いられる表現や語彙が，恋の描写にも用いられている（第１幕第３場）。

あなたの瞳に攻撃され，私は下ろしたのです，武器を。
私は囚われの身となったのです，これほどの愛すべき魅力ゆえに，
Attaqué par vos yeux, je leur rendis les armes,
Je me fis prisonnier de tant d'aimables charmes,[6]

「武器 armes」と「魅力 charmes」に脚韻を踏ませてドラントは，武勲と愛との間で揺れ動く，恋する男のイメージを演出しているのだが，これは，当時大論争を引き起こしたコルネイユの悲劇『ル・シッド[7]』において愛と名誉の葛藤に引き裂かれる登場人物たちのパロディーとしても機能している。

Pierre Corneille
ノルマンディー地方，ルーアン生まれ。喜劇『メリート』（1629年）でパリの劇場に劇作家としてデビューした。まずは，『舞台は夢』（1635-36年）などの喜劇で人気を博した。『ル・シッド』（1637年），『オラース』（1640年），『シンナ』（1642年）がコルネイユの三大悲劇とされるが，『アンドロメード』（1650年）や『黄金の羊毛』（1660年）などの大掛かりな仕掛けを売り物とした芝居も手掛けており，『プシシェ』（1671年）では，モリエール（本書の30頁を参照）に協力して，キノー作詞，リュリ作曲のフランス・オペラの先駆的作品の創作にかかわっている。晩年の悲劇『シュレナ』（1674年）も名作と名高い。

ピエール・コルネイユの肖像画
出所：フランス国立図書館蔵。

▶1　フランス文学における結婚のテーマについては，本書の210-213頁を参照。

▶2　近松門左衛門（1653-1724）は，江戸の浄瑠璃・歌舞伎作家。

▶3　『難波《なにわ》みやげ』（1738年），守随憲治，大久保忠國校注（1959年）『日本古典文学大系五〇　近松浄瑠璃集下』（岩波書店）所収，358頁。

2 パロディーの面白さ

望まない結婚をなんとか避けるため，ドラントはまず，充分な武勲を立ててからでなければ結婚などできないと言うが，コルネイユの『ル・シッド』を見た観客にとっては，悲劇の基盤そのもののパロディーとして感じられる。ロドリーグは，ムーア人の軍を撃破して武勲を立てることで愛する人シメーヌとの結婚を許されるのだから。ところが，目覚ましい武勇によって名声を得ないうちは結婚など考えられないとするドラントに対する父親の返答は，悲劇の枠組みにおいて理想とされるものとはほど遠く，父親ジェロントの台詞の滑稽さが際立つ。父親は息子の勇気を鼓舞するどころか，おまえが殺される前に孫の顔が見たいと言うのである（「孫ができれば，おまえの代わりになってくれて，老後も安心だ」第２幕第５場）。

ドラントは自分が望まぬ結婚を強制されそうになり精一杯抗った顚末を語るが，「剣が手の中で三つにポキンと折れた Mon é-pée/en ma main//en trois mor-ceaux / rom-pit」という部分は象徴的である。動詞「折れる rompre」の単純過去は英雄的行為を記録するものではなく，無理やり結婚させられることになったというドラントの汚点を記録するものとして機能する。しかも一二音節詩句《アレクサンドラン》を3/3//4/2と文字通りぶった切りにし，行末の「折れた rompit」という動詞を rom-pit と真っ二つにすることで，剣がぽっきり折れたさまをいっそう鮮烈に浮き立たせるのだ。前半の６音節で３拍子のリズムを刻み，後半で４拍を刻んだ直後に繰り出される rom-pit の２拍は，剣が折れるさまをまざまざとイメージさせる効果を持つ。ただし，この情景はすべてドラントによる「嘘」で，臨場感たっぷりに語るドラントの話術が観客を圧倒する。

3 コルネイユの現代性

コルネイユは喜劇作家としてデビューし，等身大の若者の姿を生き生きと描いて人気を博した。その後，悲劇作家として名声を確立したが，最近は，初期の喜劇の再評価が著しい。なかでも『舞台は夢』については20世紀に入ってそのメタシアター的側面に光が当てられている。20世紀は演出家の世紀ともされるが，この作品の再評価に大きく寄与したのはイタリアの演出家ジョルジョ・ストレーレル（1921-97）による，パリ・オデオン座における舞台（1984年）であった。日本においても，鵜山仁演出（伊藤洋訳）の公演が2008年12月に新国立劇場中劇場にて行われ，この作品の魅力を再確認させてくれた。劇中劇の仕掛けが巧みに用いられ，ただのお芝居だと思って見ていたものが，自分の人生と重なり合っていくという体験をする人物の姿に観客はいつしか自らの姿を重ねて，まさに虚実の皮膜に翻弄される[8]。

（秋山伸子）

▶4 三十年戦争は1618-48年にドイツを舞台として行われ，フランス，スウェーデン，デンマークなどヨーロッパ諸国が参戦した宗教戦争。フランスは新教側を支援した。

▶5 本書の147-148頁も参照。

▶6 Corneille, *Œuvres complètes*, éd. Georges Couton, Gallimard, tome II, 1984, p. 15.

▶7 『ル・シッド』は，1637年初演のコルネイユの代表作。1637年の初版では「悲喜劇」とされているが，1648年以降の版では「悲劇」と改題されている。ロドリーグとシメーヌは相思相愛であり，親同士も二人の結婚を認めるはずだったが，ロドリーグの父親が王子の師範役に任命されたことがきっかけでシメーヌの父親はロドリーグの父親を侮辱する。その仇をとるためロドリーグはシメーヌの父親との決闘を余儀なくされ，愛する人の父親を殺めてしまう。大成功を収めたこの作品は，演劇の規則に反すると非難され，ル・シッド論争を引き起こした。アヴィニョン演劇祭におけるジャン・ヴィラール（1912-71）演出の舞台（1951年）におけるジェラール・フィリップ（1922-59）の名演が伝説的なものとして語り継がれている。

▶8 演劇については，本書の185-188頁も参照。

四　17世紀

14　モリエール（1622-73）『お嫁さんの学校』（1662年）

Molière
パリ生まれ。1643年より俳優としてまずパリで，続いて，パリを離れて南フランスを中心に巡業する。1658年には自らが主宰する劇団の座長としてパリに戻り，王ルイ14世の御前で自作の笑劇を披露し，以後パリを拠点に俳優，劇作家として活躍した。代表作『タルチュフ』（1664年），『ドン・ジュアン』（1665年），『人間嫌い』（1666年）以外にも，宮廷バレエや仕掛け芝居の要素を取り入れた，フランス・オペラの先駆的ジャンル，コメディー＝バレエとして『町人貴族』（1670年），『病は気から』（1673年）などもある。『お嫁さんの学校』からの引用は，秋山伸子訳（2000）『モリエール全集』第３巻（臨川書店）により，『人間嫌い』からの引用は，同『モリエール全集』第５巻による。モリエールとオペラ・バレエの関係については，本書の181頁を参照。また広く演劇のテーマについては，本書の185-188頁を参照。

図１　ジャン＝ミシェル・モロー（1741-1814）による挿し絵版画
出所：フランス国立図書館蔵。

１　挨拶から始まる恋

小津安二郎（1903-63）の映画『お早よう』（1959年）は，何気ない挨拶の大切さを描いた作品であると言えるかもしれない。テレビを買ってもらえないことに抗議した子供は，母親にごちゃごちゃ言うんじゃありませんとたしなめられて反発する。「だったら，大人だって余計なこと言ってるじゃないか。こんにちは，お早う，こんばんは，いいお天気ですね，ああそうですね，あらどちらへ，ちょっとそこまで，ああそうですか，そんなことどこ行くかわかるかい，ああなるほどなるほど，何がなるほどだい。」この映画の最後で若い男女が交わす「いいお天気ですね」「ほんとにいいお天気」というやり取りは，二人が互いに好意を抱きはじめていることを何よりも雄弁に物語るものとなっていて，映画の前半で提起された問題意識への美しい返答となっているように思われる。

モリエールの喜劇『お嫁さんの学校 *L'École des femmes*』（1662年）でも，これと似たような心の交流が描かれている。アルノルフは妻を寝取られることが心配で，42歳になる今もまだ独身である。妻に浮気されないようにするには，無邪気な少女を自分好みに育てればいいのだという信念のもと，４歳のときに引きとった娘アニェスを人里離れた修道院で13年間育てさせてきた。ところが，いざ結婚というときになって，若い男オラースにアニェスを奪われてしまう◁1。そのきっかけとなった場面をアニェスはアルノルフに語る。バルコニーで縫い物をしていたら，近くの木の下を若い男の人が通り，目が合うとお辞儀をしてくれたのだという。失礼になってはいけないと思いアニェスもお辞儀を返すと，相手もお辞儀を返す，こうしてお辞儀の応酬が延々と続くうち，とうとう日が暮れてしまったというのだ（第２幕第５場）。お辞儀はたんなる儀礼的な身振りであることを超えて，若い男女の心の交流を促すものとなる。

２　貸し借りの大切さ

アルノルフは，こうした男女の心のやり取りを理解することのできない人物として描かれている。アルノルフは，丁寧な挨拶を交わすことに実質はないと考え，そこに秘められた「私はあなたのためにお役に立ちましょう」という暗黙のメッセージを受け取ることを拒否する（「何の役にも立たない挨拶は大嫌いなんです。無駄な挨拶がなくなればどんなにいいか。困ったことです。たいがいの人間は，人生の三分の二を挨拶で無駄にしてしまうんですから。」第３幕第４場）。だが，挨拶を交わすということは，相手を気分よくさせて社会生活を円滑にするために必要な潤滑油のようなものだ。そのことをわきまえているオラースを相手にアニェスを争ったところで勝負はもうついている。ピエール・フォルス[2]が指摘するように，モリエール劇における滑稽な人物の特徴として，他の登場人物から何かしてもらったり，他の登場人物に何かしてやったりといった関係がうまく取り結べないということがあり，モリエールの喜劇『人間嫌い』の主人公アルセストもまた，周りの人間と折り合いをつけることを拒み，人間関係の土台ともいうべき，持ちつ持たれつの関係そのものを拒否し，互いにサービスを提供しあうことで成り立つ市場原理から自らを締め出すことで自らを滑稽な存在とし，孤立する。「長い間俺の金で育ててやったのに，あんな奴に取られてしまうなんて」(『お嫁さんの学校』第５幕第４場）と憤るアルノルフと「身分も生まれも財産もない」恋人に「愛の力で何もかも与える喜びと誇りを味わう」(『人間嫌い』第４幕第３場）ことを夢見るアルセストは同じような価値観を共有している。ところがパニュルジュの言うように[3]，この世は持ちつ持たれつで成り立っているのだから，アルノルフやアルセストが疎外感を味わうのも当然なのだ。

3 恋の奇蹟

アニェスはオラースとの出会いによって生まれた気持ちを素直に綴った手紙をオラースの手元に届けることに成功する。オラースをアニェスから遠ざけようと，アルノルフは窓から石を投げて追い払えとアニェスに命ずるが，その命令を逆手にとってアニェスは，その石に愛のメッセージを綴った手紙を託す。アニェスの機転に驚いたオラースは，当事者とも知らず，アルノルフを前にして「恋の力は偉大ですね」(第３幕第４場）と感嘆してみせる。「どんなにうぶな人でも，恋をすれば知恵が働くようになるのです」とオラースは言うが，逆説的なことに，手紙のたどたどしい文言こそがオラースの心をとらえたのではないだろうか。「あなたにお手紙を書きたいと思うのに，何から書き始めていいかわかりません。あなたに知っていただきたい気持ちが胸に溢れているのに，どう言ったらいいかわからないのです。言葉でちゃんとお伝えできるか不安なのです。私が何も知らないままでいるように育てられたのだということが最近になってわかってきたので，何かよくないことを書くのではないか，言ってはならないことを書いてしまうのではないかと心配です。」これまで感じたことのない思いにとまどい，伝えるべき言葉をもたないと無防備に語るこの言葉は，『お嫁さんの学校』の源泉のひとつであるスカロンの作品[4]にも，後のボーマルシェの『セビーリャの理髪師』[5]にも見られないもので，その初々しい響きこそがモリエール作品の魅力なのだ。

（秋山伸子）

▶1　フランス文学における結婚のテーマについては，本書の210-213頁も参照。

▶2　Pierre Force, *Molière ou Le Prix des choses*, Nathan, 1994.

▶3　ラブレー（本書の16頁を参照）の『第三の書』(1546年）においてパニュルジュは借金についての逆説的礼讃を展開する。「いつでも，だれかに借金しておかんとあきまへんのや。そうすれば，その方が，貸した相手の長寿と，しあわせな人生とを祈ってくれるのでございます」(宮下志朗訳（2007）ちくま文庫，76頁)。

▶4　スカロン（1610-60）の小説『用心なんてするだけ無駄』(1655年)。

▶5　モリエールの影響が感じられるボーマルシェ（1732-99）の戯曲『セビーリャの理髪師』(1775年）では，ロジーヌが手にしている紙を後見人で彼女と結婚するつもりのバルトロに見咎められて，これは新作の喜劇につけられた歌の楽譜ですと言う。ところが，この紙には，毎晩バルコニーの下でセレナーデを奏でる若い男（伯爵）に向けたメッセージが書かれており，この紙をわざと落として，バルトロに拾いに行かせる。バルトロに先んじた伯爵は，ロジーヌの策略に驚く。「この歌のメロディーに乗せて，あなたの名前，身分，どういうおつもりなのか教えてください」と書かれていたからだ。ロジーヌは登場するなり恋の駆け引きにたけた女性として描かれ，アニェスの純朴さとは一線を画す。

四　17世紀

15 ジャン・ラシーヌ（1639-99）『アンドロマック』（1667年）

1 『アンドロマック』――片恋の連鎖

ラシーヌは，コルネイユ[1]と並ぶフランス最大の悲劇作家。『アンドロマック *Andromaque*』は代表作の一つである。彼はモリエール[2]一座の看板女優デュ・パルクを自分の恋人にして引き抜き，彼女を主演とする『アンドロマック』をそのライバル劇団であるブルゴーニュ座で上演させて，大成功を収めた。ラシーヌはこれにより，28歳にして当代随一の悲劇詩人として認められる。

『アンドロマック』はトロイア戦争[3]の後日談。舞台はエピール国王ピリュスの宮殿[4]。あらすじは次の通りである（結末は明かさないでおく）。

トロイア戦争でエクトルがアシールに殺されたあと，エクトルの妻アンドロマックは，幼い一人息子のアスチヤナクスとともに，アシールの息子ピリュスの囚われの身となる。ピリュスはエルミオーヌと婚約中にもかかわらず，アンドロマックに恋をしてしまう。

ところで，ギリシアはアスチヤナクスを危険視していた。成長すれば，エクトルの死とトロイアの滅亡の復讐を果たそうとするだろうからだ。そこでギリシアの使者オレストは，アスチヤナクス奪還のためにエピールのピリュスのもとを訪ねてくる。だが，オレストの本意は，従妹である愛するエルミオーヌと再会することにあった。彼はエルミオーヌがピリュスと別れ，自分といっしょにギリシアに帰ることを望んでいた。

こうして，「オレスト→エルミオーヌ→ピリュス→アンドロマック」という，片恋の連鎖が生じる。オレストのエピール来訪をきっかけにさまざまな反応が生じ，やがて破局へと至る。本作の注目点を三つ挙げよう。

2 人間関係のダイナミズム

第１は，主要人物４人のなかのひとりの行動（決断）が，他の人物のそれに即座に影響し，上記の右方向の矢印三つでつながる人間関係に著しい変化が生じる点である。劇中でその変化は２回認められる。

まずは，第１幕の終わりでアンドロマックがピリュスの求婚を拒絶するとき。これにより，ピリュスがエルミオーヌのもとにもどり，エルミオーヌがオレストを退ける。次に，紆余曲折ののち第４幕で，アンドロマックがアスチヤナクスを救うためにやむなくピリュスとの結婚を受け入れるとき。すると，ピリュスは再びエルミオーヌとの婚約を破棄しようとし，エルミオーヌが自分の復讐

Jean Racine
フランス北部の小村ラ・フェルテ＝ミロン生まれ。復古的で厳格な教義で知られるジャンセニスムの牙城，ポール＝ロワイヤル修道院の付属学校で教育を受ける（のちに師ピエール・ニコルの演劇批判を非難）。出世作『アンドロマック』以後も次々に傑作悲劇を発表し（『ブリタニキュス』『ミトリダート』『フェードル』など），1677年，国王の歴史編纂官に任命される。晩年には，聖書に取材した悲劇『エステル』と『アタリー』を書く。広くフランス演劇については，本書の185-188頁も参照。

F. ド・トロワ画，ラシーヌ像
出所：A. Lagarde et L. Michard, *XVIIe siècle. Les grands auteurs français du programme. Anthologie et histoire littéraire*, Bordas, 1985, p. XLI.

▷1　本書の28頁を参照。

▷2　本書の30頁を参照。

▷3　ホメーロスの叙事詩『イーリアス』に語られる，ギリシアとトロイアとの戦争。トロイア王子パリスに

に利用しようと，オレストに情をかける。

いずれの場合も，誰か（第1幕ではピリュス，第4幕ではアンドロマック）が本心とは裏腹な行動を起こしている。そうして成立する人間関係は極度に不安定なものであり，最後に破局を迎えるのは必然である。

3　恋愛の激情

第2の注目点は，登場人物がみな運命的な恋愛の情念に翻弄される点である。戦場では冷酷無比なピリュスでさえも，すでに交わした結婚の誓約を無視し，国家の大義も放棄して，捕虜である未亡人を恋慕する。彼は，アスチヤナクスを引き渡せとのギリシアの命令を一顧だにせず，アンドロマックに，ギリシア全軍が攻めてきても，「ご子息の命を，私の命に代えても守ります」と誓う。それでもなびかない相手に，ピリュスはあられもない恨みの言葉を投げかけるのだ。

それなのに，あなたに好まれようと駆け回った危険のさなかに，
もう少し優しいまなざしくらいは，私に与えてくれませんか。
全ギリシア人の憎しみを買い，あちこちから攻め立てられて，
私はなお，あなたのつれなさと戦わなければならないのでしょうか[5]。

従来の悲劇では，英雄的な主人公が強靱な意志によって苦悩を乗り越え偉業をなしとげるのが通例であった[6]。ここではむしろ，英雄すらも服従させる愛の情念の猛威と，英雄さえもがもつ非力な人間性に光が当てられている。

4　愛憎の反転

最後の注目点は，人間の情念の激しさとその変化の極端なさまである。自分の命よりも大切な相手に対する愛情が，ふとしたきっかけで，殺意にも及ぶ激しい憎しみへと変化する。エルミオーヌは，婚約者のピリュスがアンドロマックに夢中であると知って，呪いの言葉を吐く。格調高い原文も示しておこう。

あれほど私にとって愛しい人だったのに，私を裏切るとは，
ああ，私は彼を愛しすぎて，憎まずにはおられない。
Lui qui me fut si cher, et qui m'a pu trahir !
Ah ! je l'ai trop aimé pour ne le point haïr.[7]

憎悪は狂乱の域に達し，ピリュスばかりかアンドロマックへの殺意に発展していく。一見倒錯的な心理だが，絵空事とは思えない迫真性をもっている。社交界で恋愛によるいざこざが絶えなかった当時は，観客の多くがわがことのように受け止めただろう。現代でも共感する人はいるのではないか。

ラシーヌは神話的登場人物に生身の人間の苦悩を与えた。しかも，そのような人間の独善的な情念を，三単一の規則[8]のもとで，完璧なアレクサンドラン[9]によって表現したのである。　（山上浩嗣）

誘拐されたスパルタ王妃ヘレネー（エルミオーヌの母）を奪還するため，ギリシア連合軍がアガメムノーン（オレストの父）を総帥として出撃。戦いは十年間におよぶが，最後に木馬に兵士を隠して侵入，トロイアを落城させる。トロイアの英雄ヘクトール（エクトル）はギリシアの英雄アキレウス（アシール）に討たれ，アキレウスはパリスの放った矢に当たって死ぬ。

▶4　典拠はウェルギリウス『アエネーイス』（第3巻）（本書の4-5頁を参照）とエウリピデース『アンドロマケー』だが，ほかの作品にも依拠しながら，伝説を一部改変。

▶5　第1幕第4場。山上浩嗣訳。

▶6　英雄のテーマについては，本書の143-146頁を参照。

▶7　第2幕第1場。山上浩嗣訳。

▶8　三単一の規則とは「時の単一」（劇の時間が一日以内），「場所の単一」，「筋の単一」からなる，古典主義演劇の重要規則。

▶9　Alexandrins. 1行12音節からなる定型詩句。

図1　アンドロマック（右）と腹心の女セフィーズ（コメディ・フランセーズ上演『アンドロマック』の一場面，1968年）
出所：A. Lagarde et L. Michard, 同前書，p. XLVI.

四　17世紀

16 ジャン・ド・ラ・フォンテーヌ（1612-95）『寓話集』（1668-94年）

Jean de la Fontaine
シャトー＝ティエリ生まれ。17世紀フランスを代表する詩人・寓話作家。ギリシア神話をテーマにした長詩『アドニス』，ボッカッチョなどの物語作家に想を得た『小話集』などで好評を得た後，『寓話集』の出版（1668-94）によってその名声を不朽のものとした。

▶1　寓話（fable）とは，一般に教訓や諷刺といった忠告的効果を含む，真実に似せた作り話である。さまざまな文明において，寓話は古代から一つの重要な文芸ジャンルを構成している。西洋の文芸伝統においてはイソップの名で伝えられる寓話群が代表的である。

▶2　翻訳の問題については，本書の126-129頁も参照。なお,本項での訳は基本的に岩波文庫版の今野一夫訳に従い,一部変更を加えている。

▶3　文学教育については本書の122-125頁も参照。

▶4　『寓話集』は17世紀当時から挿絵とともに出版されることが多かったが，そこには挿絵画家による寓話の解釈が現れており，比較すると興味深い。以下の二つの図を参照。

図１　『寓話集』初版（1668年）の「セミとアリ」の挿絵
出所：フランス国立図書館蔵。

1 ラ・フォンテーヌの『寓話集』は易しいか

ラ・フォンテーヌの『寓話集 *Fables*』は，イソップ（アイソーポス）の名のもとに知られている寓話群[1]の一つのヴァリエーションとして日本でも一般向けに翻訳・翻案されてきた歴史がある[2]。またフランス文学史においてこの作品は古典中の古典とされ，とりわけ初等教育の段階から暗唱の対象となる文学的遺産の筆頭として扱われている[3]。

しかしながら『寓話集』は，その内容や詩的言語の見かけの近づき易さ，そして文学史において繰り返されてきた称賛が災いして，実は読者がテキストそのものとしっかり向き合う機会を奪われてきた作品でもある。実際，全12巻からなるこの作品全体を読み通してみると，動物寓話がそのすべてではなく，登場人物にしてもテーマにしても実に多様な世界が開けていることがわかる。また，それぞれの寓話に常に明快な教訓が付されているわけではなく，話を文字どおりにとったらいいのか，それともその裏を読んだほうがいいのか不明な箇所も少なくない。

2 みんな本当にきちんと読んできたのか――解釈の広がりと楽しみ

『寓話集』第１巻の冒頭に置かれている「セミとアリ」というテキストからして，その意味するところは決して透明なものではない。フランスで初等教育を受けたものなら誰でも口をついて出てくる「La Cigale, ayant chanté / Tout l'été...（夏のあいだずっと／歌をうたっていたセミは…）」という名調子で始まるテクストは，その平易な装いの下に，読者のうちに大きく異なった解釈を生み出す不思議な曖昧さを湛えたテキストである。アリの勤勉さを教訓とする素直な読みもあれば，逆に結末のアリの捨て台詞「(夏の間は歌っていたって？) それじゃ今度は踊りなさいよ」の中に，アリの意地の悪さや不寛容への批判を読み取る者もおり，さらにはセミの中に単なる無責任な遊び人ではなく，パトロンの支えなしでは生きていけない詩人や芸人の哀しみを読む者もある[4]。

また，「元利をそろえて返す」から春まで穀物を少々貸してくれ，と頼むセミに援助を拒否するアリを「La Fourmi n'est pas prêteuse / C'est là son moindre défaut（アリは貸し手ではない／そしてそれこそアリのもっとも小さな欠点である)」としているが，「(アリの数ある欠点の中で) 貸し手ではないということが一番悪くない欠点である」，というのは一体どういうことか。実は『寓話集』の名だたる注釈者たちもこの箇所の解釈に頭を悩ませてきた（岩波文庫の今野一夫訳は「アリは貸すことを好まない。／貸すなんて，そんな不徳はもちあわせない」としている。この箇所の決定的な解釈を提案しようとする試みはさまざまになされているが，そのいずれかが広く認められ共有されるような状況には至っていない）。ところで，このような見かけの単純さの下に潜む意味のねじれのようなものに気づき，自分なりにいろいろと解釈を考えてみることこそ，ラ・フォンテーヌのテキストを読むことの本当の面白さである。人が一つの失敗や成功の経験から引き出すことのできる教訓は常に一つとは限らない。人はそれぞれの年齢，知識，才能や境遇に応じて，同じ経験から全く異なった教訓を導きうるが，ラ・フォンテーヌの寓話テキストを読むこと自体もそうした経験の場となっているのである。少なからぬ有名詩人・作家たちが，ラ・フォンテーヌのこの作品のパロディーや後日談的な内容の詩句の創作を試みているのもそのためであろう[5]。

図２　19世紀ギュスタヴ・ドレによる「セミとアリ」の挿絵（1868年）

セミはギターを持った女芸人の姿で，アリは一家の主婦の姿で表されている。女芸人を見つめる子供の視線が興味深い。

出所：フランス国立図書館蔵。

３　娯楽そして知的伝統としての寓話

寓話は娯楽の対象であるとともに優れて教育的な文芸ジャンルであり，とりわけ西洋古代世界においては，将来の雄弁家を育てるための基礎訓練の重要な部分を占めていた。中でもイソップの寓話をさまざまな言語形式で言い換えるという練習は最も好まれたものの一つであった。古代末期の弁論教育の代表的教本であるアプトニオス[6]の『プロギュムナスマタ』においては，まさに「セミとアリ」の寓話が最初の例として挙げられている。他にもバブリオス[7]やパエドルス[8]，アステーミオ[9]といったイソップ寓話書き換えの名手たちの伝統を踏まえてラ・フォンテーヌの作品は書かれている。『寓話集』を読むということは，ラ・フォンテーヌの導きのもと，過去から受け継がれてきたさまざまな寓話の語りを楽しむとともに，その中に潜む知の奥深さに触れることでもある。一例として「ペストにかかった動物たち」（第７巻）を挙げよう。「恐怖をまきちらす病気，／地上の罪悪を罰するために／怒った天が作りだした病気，／一日で地獄を過密にすることのできるペスト」が動物たちを襲う。死にはしなかったが「みんなやられた」。いかなる料理も食欲をそそらず，互いに近寄らず，愛も喜びも消え失せた。そこで王者ライオンが会議を招集し，この災厄は天の怒りであるゆえ，各々が罪を告白し，最も罪深いものがその身を犠牲にして神の怒りの矢を受ければ，万民が救われるだろうという。そこでライオンを筆頭に強者たちが自分の罪について告白するが，へつらう者たちは殺戮を含む彼らの罪状を追求せず，ついにロバの番となる。ロバは正直にも修道士の牧場の草をほんの少しだけ食べてしまったことを告白するが，皆がそれを許しがたい犯罪とし，ロバを絞首刑にする。今のわたしたちは「恐ろしき病」の流行を前にして，これらの動物たちより賢く振るまうことができるのだろうか。　（伊藤玄吾）

▶５　なお，昆虫学者ファーブルが生物学的観点からこのテキストに見られる誤りを指摘し，セミの生態を精緻に描き，これまた詩的な筆致でこの哀れな昆虫の復権を図っているのも興味深い。

▶６　４世紀から５世紀にかけて活躍したアンティオキアの修辞学者。修辞学の予備訓練の教本『プロギュムナスマタ』および『寓話集』が伝わる。前者は中世ビザンツ世界からルネサンス期に西欧に伝えられ，その後の学校教育において重要な役割を果たした。

▶７　２世紀ごろに小アジアで活躍したギリシア語詩人。イソップ寓話を韻文に改めた『イアンボス詩形のイソップ風寓話集』を著したとされる。

▶８　ローマ帝政初期（１世紀）に活躍した寓話作家。その『イソップ風寓話集』は，諷刺の効いた簡潔な文体によってその後の寓話集に大きな影響を与えた。

▶９　15世紀イタリアの人文学者（アブステミウス）。イソップをはじめ中世や同時代の寓話を集めた『百話集』は，16世紀から17世紀にかけて大きな成功を収めた。

四　17世紀

17　シャルル・ペロー（1628-1703）『昔話集』（1697年）

1 ペローと『昔話集』の魅力

ペローは財務大臣コルベール[1]の片腕として国家の重職を歴任後，学問の殿堂アカデミー・フランセーズ[2]の会員も務めた本物のエリート。そのアカデミーの席で，近代作家の古代作家（ギリシア・ローマの古典の著者たち）に対する優越性を主張し，「新旧論争」を巻き起こした。しかしペローの名を不朽にしたのは，以上の華々しい活躍ではなく，晩年に刊行した『がちょうおばさんのおとぎ話――過ぎし日の物語』（略称『昔話集 *Histoires ou Contes du temps passé*』）と題された小さな本だ。しかも彼は，本作を重要視しなかったためか，当時19歳だった三男の著と見せかけた[3]。

いずれもよく知られた童話８編――「眠れる森の美女」「赤ずきん」「青ひげ」「長靴をはいた猫」「仙女たち」「サンドリヨン」「巻き毛のリケ」「親指小僧」――を収め，それぞれに短い「教訓」を付している（のちの刊本では，それ以前に書かれた３編の韻文[4]も収録）。これら昔話は，民衆が口頭で伝承してきたものだが，それをペローが文学的価値の高い，簡潔で平易な表現によって記録した。のちの『グリム童話集[5]』の影響も大きいが，これらの物語の多くが，現代のヨーロッパのみならず，日本の子どもたちにも親しまれているのは，驚くべきことである。

ペローの童話が広く読み継がれる理由は何だろうか。不遇な少女が美貌や美徳によって幸せをつかむ，悪者が退治される，弱者が知恵によって富を手にする，などなど，ハッピー・エンドは大きな要件だろう[6]。だが，私見によれば，本作の最大の魅力は，血なまぐさいまでの残酷な場面にある。三つの具体例を見よう。

2 「眠れる森の美女」

「眠れる森の美女」では，長い眠りから覚めた王女が，その場に駆けつけた王子と結ばれ，二人はひそかに娘オロールと息子ジュールを育てる。王が死んで王子が即位し，王女と正式に結婚する。ところが，王太后は実は人食い鬼だった。王が戦地に出陣して留守の間，王太后は料理長に告げる。

> 「あしたの昼食には，小さなオロールを食べたいのだよ」［中略］「ロベール・ソース[7]で食べたいね」
> あわれな男は，人食い鬼にさからうわけにはゆかぬと見てとって，大きな包丁を手に小さなオロールの部屋にあがってゆきました[8]。

Charles Perrault
パリ生まれ。財務大臣コルベールのもとでは，絶対王政の強化を目的とした文化政策に携わる。「新旧論争」の際には，ボワローやラシーヌ（本書の32頁を参照）ら古代派の作家たちを相手に，『古代人と近代人の比較』ほか膨大な著作を書いて争った。

▶1　ジャン＝バティスト・コルベール（Jean-Baptiste Colbert, 1619-83）は，ルイ14世に仕え，財政改革を行い，重商主義政策を推進。フランスをイギリス，オランダと並ぶ強国にした。

▶2　アカデミー・フランセーズは1635年，ルイ13世の宰相リシュリューが設立。フランス語の純化と統一を目的とし，辞書と文法書の編纂を行うことを重要な任務とする。本書の131-132頁も参照。

▶3　理由は，三男の出世のため，すでに収まった新旧論争を再燃させたくなかったため，名声を確立した自分に童話の刊行は似つかわしくないと考えたため，などいろいろ推測されている。

▶4　３編の韻文は「グリゼリディス」「ロバの皮」「愚かな願いごと」。

▶5　『グリム童話集』はヤーコプ・グリム（Jacob Grimm, 1785-1863）とヴィルヘルム・グリム（Wilhelm Grimm, 1786-1859）の兄弟が，ドイツや周辺地域の物語を聞く子は，まるで自分が食べられるかのような緊迫感を味わうだろう（身近なソースが挙げられているのも効いている）。料理長はオロールが憐れになり，代わりに仔羊を料理して主人に差し出すと，王太后は美味に大満足する。聞き手は一安心するが，彼女は次にジュールを食べたがり，また恐怖が続く。

3 「青ひげ」

『昔話集』のなかでもっとも猟奇的な登場人物が青ひげである（「青ひげ」という卓抜な名が人物像をうまく印象づけている）。ある娘が，悪い噂はあるがよい人だと納得し，青ひげと結婚する。青ひげはある日，6週間の出張に出かける。妻には，その間地下の小部屋にだけは入ってはならぬと警告する。夫が出かけたあと，彼女は好奇心に負けて小部屋を開ける。次はこれに続く場面。

> 窓がぜんぶ閉ざされていたので，最初は何も見えませんでした。しばらくして，ようやく見えてきたのは，床一面に固まった血がこびりついており，この血のなかに，ずらりと壁ぞいに吊るされた何人もの女の屍体が映っている光景でした（青ひげが結婚して，つぎつぎに首をかき切った女たちでした）。[9]

このときに妻が誤って落としてしまった部屋の鍵に血がこびりつき，どうしても消せないことも緊張を高める。青ひげの命令に背いたことがばれるからだ。

4 「親指小僧」

「親指小僧」もかなり怖い。親指小僧は7人兄弟の末っ子（親指のように小さい）。貧困のため両親は子どもたちを森に捨てる。子どもたちは，明かりの灯る家を見つけて迎え入れられるが，そこは人食い鬼の家だった。人食い鬼は翌日子どもたちを食べることにして，自分の娘7人と並べて彼らを寝かせる。親指小僧は，娘たちが寝ている間に，彼女らの頭に被せられている金の冠と，自分たちが被っている頭巾《ずきん》とをそっと交換する。夜中に起き出した人食い鬼は，暗闇のなかで娘たちの寝床に近づき，頭部に手を伸ばすと，少年たちが被っていた頭巾が触れるのを感じる。そこで惨劇が起こる。

> 人食い鬼は言いました。「おお！　ここにいたな，小僧ども！　さっさと片づけちまおう」そう言うがはやいか，人食い鬼はためらいもせず，七人の娘たちの喉《のど》をかき切ってしまいました。そして，この仕事に大いに満足すると，女房のそばにもどって寝たのです。[10]

こうして主人公と兄たちは助かったが，聞き手の子どもは，人食い鬼に襲われる自分を想像して，生きた心地がしないだろう。おびえる子どもは，語り聞かせる大人にしがみつき，平和な結末を聞いてはじめて心の底から安堵するのだ。ペローの物語は，そのような身体的な反応とともに記憶される。大人は懐かしさとともに手に取り，またわが子に読み聞かせるのである。

（山上浩嗣）

民話を収集し，編集した童話集（初版1812年）。ペロー版とは細部が異なる「灰かぶり（サンドリヨン）」「赤ずきん」「親指小僧」「青ひげ」などを収録。

▶6　「赤ずきん」は唯一のバッドエンドである。少女が狼に食べられて終わる（グリム版では，狩人が眠っている狼の腹を割いて赤ずきんとおばあさんを取り出す）。

▶7　タマネギのベースに塩，胡椒，酢，マスタードを加えたソース。

▶8　ペロー／工藤庸子訳・解説（2013）『いま読むペロー「昔話」』羽島書店，18頁。

図1　ギュスタヴ・ドレ画「青ひげ」挿絵

出所：Perrault, *Contes illustrés par Doré*, présentation par Jean-Marc Chatelain, Bibliothèque nationale de France, 2015, p. 158.

▶9　同前書，33-34頁（訳文を一部改変）。

図2　ギュスタヴ・ドレ画「親指小僧」挿絵

出所：Perrault, *op. cit.*, p. 50.

▶10　同前書，92頁。

五　18世紀

18 アベ・プレヴォー（1697-1763）『マノン・レスコー』（1731年）

1 ファム・ファタルの祖としてのマノン

男を抗いがたい魅力で誘惑し，破滅させるファム・ファタル[1]の起源は古く，キリスト教世界では聖書に登場するイヴやサロメ[2]，デリラ[3]に求められるとさえ言われるが，ここではフランス文学史上初めてファム・ファタルをヒロインとした作品『マノン・レスコー *Manon Lescaut*』を取り上げよう。

あらすじは次の通りだ。将来を嘱望された青年デ・グリューは，マノンという名の美少女に出会うやいなや恋に落ちる。しかし，享楽的な生活を好み，かつ移り気な彼女はデ・グリューを苦しませる。父親の諫めで一旦は改心し，神学を修めることに専心するデ・グリューだが，ソルボンヌでの口頭試問直後に彼のもとを訪れたマノンの誘惑に屈してしまう。その後の彼は，マノンの兄と共謀していかさま賭博をしたり，金持ちから巨額の金をだまし取ろうとするなど悪行を重ね，二度にわたって投獄される。父親の力でシャトレ監獄から解放されたデ・グリューは，マノンがアメリカに流刑に処されると知り，彼女に随行する。二人はヌーヴェル＝オルレアン（現在のニューオーリンズ）でしばらくは平穏に暮らすものの，マノンに思いを寄せる総督の甥との間に決闘騒ぎを起こす。デ・グリューはマノンとともに逃走するが，途中で彼女は力尽き，命を落としてしまう。

2 徳の喜びか，愛の喜びか

文学とは「楽しませ，教える」べきもの，すなわち読者に道徳的感化を与えるべきだという考え方が支配的な時代にあって，『マノン・レスコー』は破廉恥きわまりない小説として焚書処分に処された。もっとも，作者によればこの小説は「多くの人々にとって徳の訓練に役立ちうる実例」だというのであるが。

サン＝ラザールに投獄中のデ・グリューは，彼に会いに来た友ティベルジュに「ある心に愛への嫌悪感を抱かせるのに，愛の甘美さを非難したり，徳の訓練すればより多くの幸福が得られると保証することほどまずい方法はない」と断言する。デ・グリューのこうした考え方は，彼の心の弱さを示すものとして立派な聖職者である友の同情を誘う。しかしここで思い出したいのが，発禁処分後に『マノン』を読んだモンテスキューの「この小説が楽しませてくれるのももっともだ。その行いは下劣だとはいえ，主人公シュヴァリエ・デ・グリューのすべての行動は愛という常に気高い動機に突き動かされているからだ」と

L'abbé Prévost
エダン生まれ。本名，アントワーヌ＝フランソワ・プレヴォ・デクシル（Antoine François Prévost d'Exiles）。聖職者にして作家，ジャーナリスト（本書の148頁も参照）。代表的作品に『ある貴人の回想と冒険』（1728-31年），『イギリスの哲学者，あるいはクロムウェルの非嫡出子クリーヴランドの物語』（1731-39年），『現代のギリシアの物語』（1740年）など。なお，小説『騎士デ・グリューとマノン・レスコーの物語』，通称『マノン・レスコー』は，7巻からなる『ある貴人の回想と冒険』の最終巻に収められた独立性の高いエピソードで，作者の自伝的要素も強いとされる。

▶1　このテーマについては，本書の206-209頁も参照。

▶2　サロメは，『新約聖書』に語られる古代パレスチナの女性でイエスの洗礼者ヨハネの首を所望したとされる。

▶3　デリラは，『旧約聖書』に登場するペリシテ人の女。サムソンを誘惑して彼の怪力の秘密が髪にあることを聞き出すと，その髪を切り，ペリシテ人に引き渡した。

▶4　古代からの英雄像の変遷については，本書の143-146頁も参照。

いう発言である。このモンテスキューの発言と重ね合わせると，先のデ・グリューの発言はある例外的個人にのみ帰せられるものではなく，むしろ18世紀における人間性の復権というより大きな問題系と関連づけるべきものと言える。

ただしそれは人間の感性で実感しうる現世的快楽の追求の肯定という側面にとどまらない。主人公デ・グリューは名誉のために徳行をなす英雄とはほど遠い[4]。ソルボンヌでの栄光に満ちた口頭試問の直後にはマノンの誘いにあっさり屈してしまう。アメリカで総督の甥との決闘に挑んだときもその命を奪えないばかりか，マノンのなきがらを砂漠に埋めるために穴を掘る際，その剣を折ってしまう。つまり，デ・グリューは悲劇の英雄にもなれないのだ。考えてみると，デ・グリューはシャトレの牢獄からの脱出にも父親の助けを借りねばならなかったし，マノンの死後，フランスに帰還する際も，父亡き後家督権を引き継いだ兄のもとに赴くのである。かくして何事もなかったかのように家族の庇護のもとに立ち返るデ・グリューは，たとえば17世紀初頭のゴンベルヴィルの英雄小説に見られた超人的英雄，あるいはコルネイユの悲劇に登場する有徳で強い意志を有する主人公とは異なり，むしろ18世紀初頭の主要な読者層を占めた貴族とその子弟にとって身近な存在と映ったのだろう。マノンの死後，悲恋の顛末を傷心のデ・グリューが物語の語り手に反省的に打ち明けるというその形式も，読者の共感と同情を誘ったのかもしれない。

3 さまざまなヴァリエーション

こうして前途有望な青年が魅惑的な女性との出会いにより転落するという筋書きは，後続の作家たちに好んで取り上げられるようになる。メリメの『カルメン』（1845年），デュマ・フィスの『椿姫[5]』（1848年）は，入れ子構造の物語形式も含めて『マノン・レスコー』を強く意識したものと言える。19世紀の作家たちがプレヴォーの小説に想を得て新たなファム・ファタルの物語を生み出し得たのは，マノンが「肉体のないヒロイン」であることとも無関係ではないだろう。男を惑わせる宿命の女マノンについては，奇妙なことに顔立ちや髪の色，服装など身体的特徴に関する記述がない。しかしだからこそ，読者は自由に新たなマノン像を想像することができたと考えられる。

さらにマノンの物語は，ジュール・マスネのオペラ・コミック[6]，ジャコモ・プッチーニのオペラ，ケネス・マクミラン振付のバレエ，さらには映画やテレビドラマへと姿を変えていく。時代とジャンルを超えて展開されるマノンの主題の変奏に目を向けることは，作家をはじめ広く創造行為にかかわる者の独自性とは何かという問題について考えるきっかけともなるだろう。

（井上櫻子）

図1 デ・グリューとマノンの出会い（グラヴロによる版画）

出所：*Histoire de Manon Lescaut*, gravure d'Hubert François Gravelot, 1753, p. 29.

図2 マノンを埋葬するデ・グリュー（モーリス・ルロワールによる挿絵）

出所：Abbé Prévost, *Histoire de Manon Lescaut*, illustration de Maurice Leloir, Launette, 1885, p. 198.

▷5 本書の60-61頁および184頁を参照。

▷6 オペラ・コミックとは，18世紀のフランスで誕生した歌と音楽をともなわない台詞からなるオペラの一ジャンル。

五　18世紀

19　ヴォルテール（1694-1778）『カンディードまたは最善説』（1759年）

1　人間の悪と自然の悪

本作のタイトルでもある主人公の名「カンディード」は，フランス語で「純真な，無邪気な」を意味する形容詞 candide に由来する。その名のごとく，カンディードは純朴な人間として描かれる。その一方で，彼は形而上学的＝神学的＝宇宙論的暗愚学者パングロス[1]の教えを妄信する世間知らずでもあり，生まれ育った城をちょっとした不品行で追い出された後は，軍隊の懲罰で殺されかけたことに始まり，乗った船は嵐で難破し，戦争に巻き込まれ，宗教裁判で火刑に処されるかと思いきや，寸前で脱出し……という具合に，行く先々で散々な目に遭う。カンディードが味わう苦難の数々は，当時の世相を反映したもので[2]，ヴォルテールは軽妙な筆致で，また格別の皮肉を交えながら，カンディードの冒険を誇張して描き出す。そこにはある種の滑稽ささえ感じられるが，カンディードの旅は，彼の信ずる「すべては最善の状態にある」という最善説[3]を徹底的に否定するためにその目的があることは確かだろう。つまり，カンディードは「自然の悪」と「人間の悪」に直面するのである。

2　幸福とは何か

その意味で『カンディード』のテーマは時代を超越しており，いつ，どこで，誰が読んでも，カンディードの苦しみは真に迫ってくるものがある。

> 人間はいま現にしているように，つねにたがいに殺し合ってきたとお考えですか。人間はいつも嘘つきで，腹黒く，人を裏切り，恩知らずで，悪党で，意気地なしで，移り気で，卑怯で，ねたみ深く，食いしん坊で，のんだくれで，けちん坊で，野心家で，血を見たがり，根も葉もない中傷をし，放蕩者で，狂信的で，偽善者で，そのうえ間抜けだとお考えですか[4]。

このようなカンディードの問いかけにどのように答えたらいいだろうか。本作の前半部はカンディードが他者の悪意と自然の厳しさに打ちのめされ，それまで信じていた信念や幸福が単なる幻想に過ぎなかったことを容赦なく自覚させられる過程を描くものである。

転機となるのはカンディードが奇跡的にたどり着く黄金郷エルドラードのエピソードである。ユートピア[5]であるエルドラードにおいては，国民は誰もが思慮深く友好的であり，莫大な資源と高度な科学力を誇りながら，驕るところは一切ない。しかし，カンディードはこのような理想郷に定住することを望まず，

Voltaire
パリ生まれ。本名，フランソワ＝マリー・アルエ。詩・戯曲・小説・批評などさまざまなジャンルで活躍した。しかし，文壇での名声の一方で，ヴォルテールは過激な言動や貴族との諍いなどから幾度となく収監され，長い逃亡生活を送った。代表作には，『哲学書簡』『寛容論』など。

▶1　本作にはさまざまな言葉遊びや皮肉が見られる。パングロスは詭弁を弄する哲学者を皮肉ったものであり，愚者の学を意味する「暗愚学」はヴォルテールの造語である。このような例は本作では枚挙にいとまがない。

▶2　本作のエピソードは当時の事件や世相と密接な関係にある。リスボンの大地震といった災害から，奴隷や植民地支配，イエズス会やプロテスタントといった宗教問題，貧困や買春といった社会問題，七年戦争，ペスト，等々への言及がなされている。ヴォルテールと時事問題については，本書の136頁および145頁も参照。

▶3　最善説とは，オプティミスムのことであるが，これは現代的な意味での「楽天主義」ではなく，ライプニッツなどによって説かれた学説を指す。最善説によると，この世のあらゆ

エルドラードの財宝を譲り受け，再び旅に出る。興味深いのは，カンディードがこの国を去る理由である。それは端的に言えば，つまらないからである。エルドラード国王は，「どこかでほどほどに暮らせるなら，そこにとどまるべき[6]」だと諭すが，そのような説得をはねのけ，カンディードは黄金郷の完璧な幸福を拒否するのである。

3 労働と自立

エルドラードで得た財宝も幻のように消え失せ，最終的にカンディードに残ったのは，奴隷となった師や恋人を買い戻し，わずかな農地を購入するだけの資金であった。カンディード一行はそこに定住し，野菜を育てることで生計を立てるが，そこから始まるのは延々とした労働であり，カンディードは次第に退屈に苦しみ始める。

そんな折，カンディードは二人の賢人と出会う。一方はイスラムの修道僧，もう一方はトルコ人の老農夫である。この世界に悪が存在することの是非を問うカンディードに，修道僧は沈黙することを説く。「悪が存在しようと善が存在しようと，どうでもよいではないか[7]」と彼は語る。その一方で，もう一人の老農夫は，本作の最終的な結論を示す役割にある。彼は，労働だけが人間を退屈，不品行，貧乏という三つの不幸から救う唯一の方法であると答える。この言葉に，カンディードは何がしかの答えを得る。

『カンディード』という作品は，善や悪とは何か，幸福とは何かといった問題を徹底的に問い直す側面を持つ。世の中に悪が存在する事実を直視した上で，カンディードがたどり着いた答えは，「しかし，ぼくたちの庭を耕さなければなりません[8]」というきわめてシンプルなものであった。労働を通じて，ある者はお菓子作りの才能を，またある者は刺繍の才能といった，生きる術を見出していく。カンディードの庭は一見して非常にささやかなものだが，カンディードたちの努力により，それは未来への希望を示すようになるのである。

また，そのように答えるカンディードはもはや温厚なだけの青年ではなく，自立した一人の人間なのである。その意味で，本作はカンディードが大人になる過程を描いた教養小説[9]とも読めるだろう。

（石田雄樹）

る出来事は人間の善のために存在する。もちろん，細部においては不合理なことは存在するが，しかし全体的には善であり，したがってこの世界は最良の世界であるとされる。ヴォルテールはライプニッツの批判者であった。

▶4　ヴォルテール／植田祐次訳（2005）『ヴォルテール他五篇』岩波書店，381頁。

▶5　ユートピアとは，イギリスの思想家トマス・モアの造語であり，「どこにもない場所」すなわち「理想的な社会」を意味する。架空社会を題材にしたユートピア文学というジャンルが生まれ，とくに18世紀はさまざまな作家がこれを試みた。

▶6　同前書，360頁。

▶7　同上書，454頁。

▶8　同上書，459頁。

▶9　本書の85頁▶7を参照。

五　18世紀

20 ドゥニ・ディドロ（1713-84）『ラモーの甥』

Denis Diderot
ディジョン生まれ。中流階級出身で，父ディディエは刃物職人。生前にもっとも知られた功績は『百科全書』編集であるが，サロン評（絵画評論）によって近代美学の確立に貢献するなど，多岐にわたる領域で活躍した。サロン評については，本書177-180頁を参照。

ルイ＝ミシェル・ヴァン・ローによるディドロの肖像画
出所：フランス国立図書館蔵

1 『ラモーの甥』の数奇な運命

盟友ダランベールとともに百科全書[1]派の首領として知られるディドロは，若い頃に無神論的作品を出版した廉《かど》で当局の逆鱗に触れ，投獄されたことがある[2]。その経験に懲りた彼は，生前にはほとんど自分名義で作品を出さなかった。執筆年代さえ不明な『ラモーの甥 *Le Neveu de Rameau*』も，著者存命中は出版されず，数奇な運命をたどっている。直筆手稿は1780年代に彼の庇護者だったロシアの女帝エカチェリーナ２世に寄贈され，ドイツで写しがシラーの手にわたり，それを入手したゲーテが衝撃を受けてドイツ語に訳し，ライプツィヒで出版された。1821年にパリではじめて出版された仏語版『ラモーの甥』は，このゲーテのドイツ語からの翻訳である。オリジナルが再発見されたのは19世紀も末になってのことで，とある愛書家がパリの古書店に埋もれていた手稿を偶然見つけ出したのだった。こうして一世紀以上の長旅を経て，この対話体小説の傑作はようやく完全な姿で甦った。

2 ラモーの甥，究極の寄生者

哲学者である「私」は，散歩の途中でカフェ[3]に入ってくつろいでいたときに，とある人物に話しかけられる。作中で「彼」として「私」の対話相手となるこの人物こそ，当代随一とうたわれた音楽家ジャン＝フィリップ・ラモー[4]の甥，ジャン＝フランソワ・ラモーである。この甥ラモーは実在する人物で，音楽家としてはまるで才能がなかったが，変人として名が知れていたらしい。作中での甥ラモーも，狂気すれすれの突飛きわまりない人物として描かれている。パントマイムを得意とし，自分ではまともな音楽を作れないのに，あらゆる名演奏を声と身振りで変幻自在に再現してみせる。芸術についてはすぐれた見識があるのに，下劣な道徳観の持ち主であり，妻に売春させて一攫千金を狙ったり，聞くのもおぞましいような犯罪を嬉々として「私」に聞かせたりする。社会の悪徳を見抜く慧眼を備えながらも「上等の酒を飲んで，うまいものをたらふく食い，きれいな女と転げまわってやわらかい寝床で休む」よりほかの幸福は所詮虚栄にすぎないと言ってのける「彼」を前にして，「私」は言葉を失ってしまう。冷静な哲学者であるはずの「私」は，「これほどの知恵とこれほどの卑しさ」に対して怒るべきか笑うべきか判断できず，動揺する。

「彼」の個性をひときわ特徴づけるのは，なんとしても働かずに楽して暮ら

▶1　正式名称は『百科全書すなわち学問・技芸・工芸の理論的辞典』。当初チェインバースによる『サイクロペディア』（1728年）の翻訳事業として出発した辞典編纂企画は，ディドロとダランベール（1717-83）の二人を主幹に迎えてから予想をはるかに超えた一大事業となり，教会や当局からの弾圧・発禁処分を受けながらも20年以上かけて本巻17巻，図版11巻（補遺を除く）を完成させた。執筆協力者は200人を超えるが，そのなかでもとくにディドロらの立場に近い人々が百科全書派と呼ばれる。

したいというその強い意志だろう。その知恵をもってすれば，まっとうな仕事で額に汗して働くこともできるのに，甥ラモーにはその気はさらさらない。代わりに「彼」が選ぶのは寄生者の道である。金持ちに取り入り，道化として媚びへつらうことでご馳走と安楽な生活にありついてきた「彼」は，その家から叩き出されても，定職につくくらいなら宿なしとして馬小屋で寝るほうがましだと思っている。呆れた「私」に「なまけ者，見下げ果てた奴」と蔑まれても「そんなことはもう言ったと思いますがね」と平然としている。働かないために手練手管の限りをつくし，他人の食卓に供されるもので生きのびる「彼」は，究極のボヘミアンにしてパラサイトである。

3 ラモーの甥，この異形なるもの

「私」は甥ラモーを「狂人」と呼び，軽蔑と嘲弄を隠さない。だが同時に，物事の本質を見とおす「彼」の鋭い判断力，その人間観察の際立った正しさに「私」は驚かずにはいられない。自分だけが下劣なのではない，この世界は誰もが「物乞いのパントマイム」を演じる舞台なのだと喝破する「彼」に，哲学者の「私」は思わず説得されかける[5]。ここに対話体小説としての『ラモーの甥』のおもしろさがある。対話者の二人は多岐にわたるテーマをめぐって議論するが，互いの価値観についてついにわかりあうことがない。正直さや善良さを重んじ，市民としての責任を果たしてつつましい生活を営むことを是とする哲学者の「私」は，どんなに卑しい真似をしてでも安楽をめざそうとする「彼」の浅ましさ，道徳を無視してはばからないその怪物性にたじろぐ。この対話は，異なる価値観を持つ二人がめでたく和解して終わる話ではない。だが，社会通念の一切を破壊する「彼」の発言は，実は一本筋の通ったものなのではないか。ここにあるのは下劣さではなく，むしろ偽善を排した性格の一貫性なのではないか――「私」はぐらつき，軽蔑と驚嘆の念に同時にとらわれる。

「私」が正しいのか，「彼」が正しいのか。著者ディドロはどちらの立場に与しているのか。明確な答えが与えられることはない。「私」は著者の意見を代弁しているようでもあるが，ディドロは別のところで書いた文章を「彼」の発言のうちに忍び込ませている。分かちがたく絡み合いつつ，決して調和的に交わることのないこの思想のせめぎあいは，のちに哲学者ヘーゲルの『精神現象学』にも大きなインスピレーションを与えることになった。

「わたしは今あなたの道化なのかもしれないし，あるいはあなたがわたしの道化なのかも」と「彼」はうそぶく。高貴と卑賤の境界が揺らぎ，善と悪とがたえまなく反転する緊迫したやりとりのなかで，「彼」の明晰さが一瞬きらめき，世界に風穴を開けて真理を垣間見せる。そしてもとの汚辱へと戻ってゆく。このあやうい流動性は，そのまま著者ディドロの両義性でもあっただろう。

（菅原百合絵）

▶2　「牢獄」に関しては，本書の222-225頁を参照。

▶3　本書のコラム「カフェ」（176頁）も参照。

図1　当時のカフェの様子
出所：フランス国立図書館蔵。

▶4　ジャン＝フィリップ・ラモー（1683-1764）は，フランスの作曲家にして音楽理論家。作曲した数々の歌劇が人気を博し，フランス王室付き作曲家となった。また近代和声理論を確立した立役者でもあるが，『百科全書』の音楽関係の項目を多数執筆したジャン＝ジャック・ルソーからは激しく攻撃された。

▶5　ラモーと「狂気」に関しては，本書の218-221頁を参照。

五　18世紀

21 ジャン＝ジャック・ルソー（1712-78）『孤独な散歩者の夢想』（死後出版1782年）

Jean-Jacques Rousseau
スイス，ジュネーヴ生まれ。思想家，作家。代表作としては『学問芸術論』（1750年），『人間不平等起源論』（1755年），『エミール』（1762年），『社会契約論』（1762年）といった思想的著作のほか，書簡体小説『新エロイーズ』（1761年），自伝文学の祖とされる『告白』（1782，89年）などがあげられる。

アラン・ラムゼーによるアルメニア風の衣装を着けたルソーの肖像画
出所：スコットランド国立美術館蔵。

クロード＝アンリ・ワトゥレによるルソーの肖像画
出所：フランス国立図書館蔵。

1 作者の孤独への好みを示した書？

「こうして私はたった一人になってしまった。兄弟も，隣人も，友人も，私以外に付き合う人もない。ただ私だけだ」（「第１の散歩[1]」）。このような一節で始まるジャン＝ジャック・ルソー絶筆の書『孤独な散歩者の夢想 *Les Rêveries du promeneurs solitaire*』（以下，『夢想』）は，もっぱら作家の孤独への好みが前面に押し出された作品ととらえられてきた。実際，『エミール』『社会契約論』に展開される理神論，革新的政治思想のために断罪，迫害されたルソーが，次第に精神をむしばまれていったことはよく知られている。そして，『夢想』の中でももっとも名高いテキストである「第５の散歩」の主題も，孤独な作家ルソーのイメージを印象づける大きな要因の一つになっていると言えよう。パリ高等法院[2]から逮捕状を出されてフランスを追われ，故郷ジュネーヴの市民権も放棄して，亡命生活を送るルソーは1765年，ビエンヌ湖[3]に浮かぶサン＝ピエール島に逃げ込んだ。「第５の散歩」は，この島で味わったつかの間の心の平安と幸福が語られている。ただ一人，湖の波のリズムに身を委ねながら夢想にふけり，自己充足感を享受する喜びを語った「第５の散歩」は，ロマン主義的精神の萌芽を示す散文詩的な美しさを備えたテキストとして古くからフランス文学史の教科書に紹介されてきた。植物採集への愛を語った「第７の散歩」も孤独な夢想家ルソーの姿を印象付けるものと言えよう。

しかし，『夢想』のさまざまなエピソードに目を向けてみると，本当にルソーは社会に背を向け，自分だけのためにこの作品をを書いたのか，と問い直したくなってしまう。

2 パリ近郊での散歩における道徳的思索

実は，『夢想』執筆期のルソーは，自然に囲まれて孤独な生活を営むどころか，パリ中心部レ・アール地区[4]のプラトリエール通りに居を構えていた。そして，『夢想』の数々のエピソードはパリ郊外への散歩をもとにしたものであることを忘れてはならないだろう。デンマーク犬との衝突を避けるべく，犬を飛び越えようとして転倒して失神したという事件（「第２の散歩」）は現在のパリ北東部20区のメニルモンタン[5]近辺で起こったものだし，物乞いをする足の不自由な少年を次第にうとましく思い，避けるようになるというエピソード（「第６の散歩」）も現在のダンフェール＝ロシュロー駅[6]近辺を舞台としたものである。そして，修道女と散歩中の少女たちに当たり付きのゲームをさせて，お菓子を与えたのはラ・ミュエット[7]でのことだ（「第9の散歩」)。『夢想』には，これ以外にも今なおその名を残すパリとその近郊でのエピソードが織り込まれている。そして，それらの中には，著名作家ルソーが匿名性を守ることができず，常に人々の好奇の目にさらされていると意識しつつも，自分独自の道徳律を守ることでいかに心の安らぎや充足感を得られるかという問題と関連付けられるものが少なくない。こうした思索は，ルソーが晩年においてなお，社会に対する関心を失うことなく自らの道徳性を読者に向けて訴え，自己弁護[8]を試みていることを示すものと言える。そのように考えると，『夢想』に過去に自分がついた嘘と真実を語ることについての議論が展開されている理由（「第4の散歩」）も納得がいく。

3　自己の道徳律の弁護と社会へのメッセージとしての『夢想』

『夢想』において，ルソーはただ心に移りゆくことをあてどなく書き綴っているわけではない。パリ近郊での散歩中の道徳的思索は，一貫して社会の道徳規範に対するルソー独自の道徳律の優位性を強調する形で展開される。それは，「第3の散歩」において『エミール』第4巻「サヴォアの助任司祭の信仰告白」にまとめられた自らの道徳的体系——『エミール』が焚書処分となる原因となった議論——を擁護していることとも密接に結びつけられるだろう。『夢想』において，かつて『エミール』において自ら提唱した道徳律に忠実に従うことで，他の人々が享受できないような心の充足を得られると主張することにより，ルソーは社会から断罪された自らの著作と自分自身を正当化しようとしているのである。実際，ルソーが心の平安を語った「第5の散歩」は，ルソーの信奉者たちが彼の弁護のプロパガンダに活用したテキストであった。彼らによれば，迫害のさなかに心の平静を保ち，神のような充足感を享受した人物が悪人であるはずはない，というのである。

そもそもルソー最晩年の著作が彼の孤独な生活への好みを前面に押し出す書ととらえられてきたのには，この作品が『孤独な散歩者の夢想』と題されていることとも無関係ではないだろう。しかしここで思い出すべきは，このタイトルは，ルソー自身がつけたものではなく，作家の庇護者ジラルダン伯爵が，遺稿をまとめて刊行する際につけたものだということである。『夢想』はそれ自体でも十分に読み応えのある著作だ。しかし，ルソーが思想家として闘ってきたその軌跡を踏まえながらこの作品を読み解くとき，そこに込められた社会へのメッセージをよりよくすくい取ることができるだろう。

（井上櫻子）

▶1　『孤独な散歩者の夢想』は10の章から成り，第1-7章までは「第1（2，3…）の散歩」とタイトルが付けられ，第8-10章については番号だけが付せられている。

▶2　高等法院とは，アンシャン・レジーム期のフランスにおける最高司法機関。

▶3　現スイス，ベルン州の都市ビエンヌ（ドイツ名ビール）に位置する湖。

▶4　パリの中央卸売市場が存在した地区。

▶5　メニルモンタンは，現在パリ市内に組み込まれているが，19世紀半ばまではベルヴィルという自治体に含まれていた。

▶6　現在のパリ南部14区にあるメトロ，RER の駅。当時は，パリ南端の市境に位置していた。

▶7　ラ・ミュエットは，現在のパリ西部16区に含まれる地域。

▶8　ルソーと「自己」については，本書の202-205頁を参照。

図1　フランソワ＝アントワーヌ・アヴリーヌによる『孤独な散歩者の夢想』の挿絵
出所：フランス国立図書館蔵。

五　18世紀

22　レチフ・ド・ラ・ブルトンヌ（1734-1806）『パリの夜』（1788-94年）

1　語り手は誰か

レチフの作品の特徴は，第一に自伝的だということである。それは，彼の書くものが何らかの形で彼の人生に由来していることを意味する。自分が実際に体験したことを素材にして，そこに何らかの脚色を施し，文学作品とする。それ自体はどの作家も行っていることではあるだろう[1]。レチフが特異なのは彼の作品のほぼすべてが自伝的だという点である。

そんなレチフの代表作の一つに『パリの夜 *Les Nuits de Paris*』がある。「夜の観察者」あるいは「フクロウ」を自称する語り手が，夜のパリを散策し，そこに起こった出来事を観察し，物語るというのが作品の骨格である。三部構成で，パリの民衆のさまざまな物語や世相が描かれる「パリの夜」，革命期の動乱を描いた政治的色彩の強い「夜の週日」，「パリの二十夜」からなる。

本作の語り手は，もちろん，レチフその人だろう。「フクロウ」というのは彼のあだ名の一つであったし，また作中，語り手は自分の作品の宣伝をしたり，執筆中の作品に言及したりするからだ。では，本作で描かれる数々のドラマは本当にあったことだろうか。

2　事実か，虚構か

『パリの夜』で物語られるエピソードは実にバラエティに富んでいる。若い男女の悲恋は数知れず，目の見えない物乞い，ウサギを売って生計を立てている老人，違法に死体解剖する医学生，等々。そのような中で，重要な役割を担うのがM侯爵夫人である。彼女は「夜の観察者」に，毎晩，自分の家に来て，その日の出来事の報告をするよう懇願する。M夫人は聴き手の役割を担うばかりでなく，善良かつ裕福な彼女はデウス・エクス・マキナ[2]としても機能する。つまり，彼女は語り手が遭遇した困難な事件を資産と権力で解決する能力を与えられているのである。

こんなにやさしく，金持ちで気前のいい女性が実在したのだろうか。もちろん，そんなわけがない。モデルはいるが，彼女は聴き手すなわち読者のシンボルであり，数々の不幸なドラマを不幸で終わらせないための神であり，要するに単なる仕掛けなのである。

M夫人はレチフの創作に過ぎず，同様に『パリの夜』のエピソードがすべて事実であるわけがない。しかし，だからといって，すべてが虚構と断じること

Rétif de La Bretonne
ブルゴーニュ地方サシ生まれ。本名はニコラ＝エドム・レチフ。「レチフ・ド・ラ・ブルトンヌ」の通称で知られる。1767年『淑徳な一族』でデビュー。代表作には，ルソーの大きな影響下に書かれた自伝『ムッシュー・ニコラ』，『わが父の生涯』など。農村出身で当時のアカデミズムとは距離があったが，それまで文学の対象とはされてこなかった民衆に想を得た作品を多く執筆した。

▷1　「自己」や誰が書いているかについては，本書の202-205頁を参照。

図1　『パリの夜』挿絵
出所：フランス国立図書館蔵。

▷2　デウス・エクス・マキナとは，ラテン語で「時計仕掛けから出てくる神」を意味する。元来は古代ギリシア演劇で混乱した物語を最終的に神が登場して解決する手法のこと。

もできない。では，リアルとフィクションの境目はどこにあるのだろうか。

3 幻想都市パリ

レチフの文学の特徴は彼が実際に観察した出来事を持ち前の想像力で塗り替えていく点にあるが，レチフによって改変させられたパリから，実際の18世紀の世界を発見することができる[3]。

▶3 「パリ」については，本書の172-175頁を参照。

たとえば，フランス人にとってカフェ[4]は生活になくてはならないものだが，当時のカフェがどのようなものであったか，レチフは見事に描き出している。また，とくに詳しく言及されるものの一つに，ビリヤードがある。ビリヤードは庶民の気晴らしであり，賭け事の対象であった。治安の悪い玉突き場を語り手は写実的に描き出す。このような18世紀の他の作家があえて触れようとしなかった，いわばパリの闇に，『パリの夜』は光を投げ与える。

▶4 本書のコラム「カフェ」（176頁）を参照。

> 人間に関わることで私に無縁なものはない，不幸や恥辱でさえも……[5]

▶5 レチフ・ド・ラ・ブルトンヌ／植田祐次訳（1988）『パリの夜――革命下の民衆』岩波書店，290頁。

しかし，本作はそういったリアルな側面ばかりではなく，幻惑的でもある。『パリの夜』は時系列順に物語られるわけではなく，しばしばエピソードは途中で中断され，別のドラマが新しく語られ始める。同時並行でいくつもの物語が進行し，読者は混乱する。また，語り手だけがレチフの分身ではないという驚くべき事実もカオスに拍車をかける。というのも，レチフは作中に語り手として登場するばかりか，デュ・アモーヌフなる人物にも分裂し，さらにはあるエピソードでは娘婿の暴力から娘を守る勇敢な老父としても現れるからである。老父レチフ，語り手レチフ，デュ・アモーヌフことレチフと，レチフの存在が三重化し，読者は面食らってしまう。このように真実と虚構が入り乱れ，語り手の一貫性は曖昧になり，読者は当惑する他なくなるのである。

それに加えて，作家である語り手はM夫人に自作を読み聞かせたりもする。たとえば，エジプト神話に関する論考が100頁近く続くことがある。こうなると，パリの話はどこかに消え去ってしまう。がんばってエジプト文化論を読み終えて，ようやく本筋が再開したと安心した次の瞬間には，今度は何十頁もの劇作品が挿入されたりする。その間，『パリの夜』のエピソードは中断したままなのだから，読者としてはたまったものではない。

時系列は混乱し，どのエピソードがどんなあらすじだったか，把握するだけでも苦労する。このようなカオスこそ，レチフ作品であり，それは事実と虚構が混じり合っているからカオスなのではなく，事実も虚構も，ビリヤードもエジプト神話も，等しくレチフの興味の赴くままに無秩序に吐き出されるからこそ，カオスなのである。『パリの夜』という読書体験は，すなわちレチフの脳髄に侵入するようなものである。レチフというフィルターを通した幻想的なパリに読者はそこで遭遇する。

（石田雄樹）

五　18世紀

23　マルキ・ド・サド（1740-1814）『閨房《けいほう》哲学』（1795年）

1　悪徳，エロス，議論

SM[1]という言葉はすでに日本語に定着しているが，SMのSがサド侯爵に由来することはあまり知られていないかもしれない。実際にサドを読んでみた人は，おそらく当惑することだろう。性的な場面や犯罪行為が科学の報告書のように淡々と記述されているからだ。性行為も頻繁に描かれるが，あまりに過激かつ奇妙で，サドを読んで性的興奮を喚起されることはないように思われる。現代の読者にとってもそうなのだから，当時の人々にとってはなおさらショッキングだっただろう。だが，それ以上に不思議に思われるのは，サドの描く登場人物の話が長いことである。サド作品の悪人たちは喋りまくるのだ。

2　個人 vs 社会

『閨房哲学 *La Philosophie dans le boudoir*』は，少女ウージェニーがリベルタン[2]たちの手ほどきによって悪徳の哲学を身につけるといった筋書きを持つ，対話編の作品である。生娘同然であったウージェニーはドルマンセという悪漢の手によって，性的な技巧や悪の精神を学ぶ。本作はサド作品の常として多様な乱行のシーンにあふれているが，それ以上に驚かされるのが台詞の長さだろう。サド作品の悪人たちは，何を伝えようとしているのだろうか。

サド作品の長広舌の意味を知るためには，サドの来歴を把握する必要がある。彼の生涯で特筆すべき点は，サドが長期間，牢獄に監禁されていたことだ[3]。サドがその作品の大部分を執筆したのは牢獄の中においてである。サドは自分を排除した社会に向かって怒りを感じていた。そのような憎悪がサドの執筆の原動力の一つであったことは疑い得ないだろう。だが，サドは単に恨み辛みを未練たらしく書いたわけではなかった。サドは社会がまちがっており，自分が正しいと信じていた。だからこそ，サドの悪人たちは語るのである。

> 彼ら（＝子供たち）に感じ取らせるべきなのは，自分たちがそうありたいと望むほどに他人をも幸せにすることで初めて自分も幸福になれる，ということである。だが，この真実を，かつて人々が愚かにもそうしたように，キリスト教の幻影の上に打ち建ててみたまえ。生徒たちは，この土台がどれほど無意味であるかに気づいて，ひと息に上の建物も壊してしまうだろう。そして，彼らは悪人になる[4]。

サドは宗教や道徳の欺瞞を暴くため，理性的な思考の重要性を説き，幸福に

Marquis de Sade
パリ生まれ。本名はドナスィヤン・アルフォンス・フランソワ・ド・サド。「マルキ・ド・サド（サド侯爵）」の通称で知られる。「マルキ」はフランス語で「侯爵」を意味する。風紀に反する罪から1763年にヴァンセンヌ牢獄に収監，1772年には毒殺などの容疑で逮捕命令が発せられ，逃亡するも1778年に再びヴァンセンヌ牢獄に拘留される。以降，牢獄の中で執筆活動を始める。1790年に解放されるも貧窮で苦しみ，精神病院で死去する。代表作には，『ソドム120日』，『ジュスティーヌあるいは美徳の不幸』など。

▶1　SMのSはサディズム，Mはマゾヒズムを意味し，サディズムはサド，マゾヒズムはオーストリアの小説家レオポルト・フォン，ザッハー＝マゾッホ（1836-95）に由来する。この用語はドイツ・オーストリアの精神科医クラフト＝エビングによって創案された。

▶2　リベルタンは，時代によってさまざまに意味を変えているが，17世紀には伝統的宗教観に囚われない「自由思想家」を意味し，その後，18世紀には道徳観念から逸脱した「放蕩者」や「放埒な者」を意味するように変化した。本書の206頁▶4および215頁▶12も参照。

なるための本当の方法を模索する。それがサド作品の登場人物たちが果てしなく議論する理由であり，彼らの言説はまさしく読者を説得するためになされている。孤独なサドが，社会という曖昧で，巨大で，不条理な存在に立ち向かうために頼ることのできた唯一の武器，それこそが思索であり，理性であり，言葉なのである。

言葉という武器で社会に戦いを挑む。このようなサドの姿勢が決して無意味なものではないことは，現代であればより一層理解できるだろう。インターネットが発達した現代社会においては，個人の何気ない言葉が実に多くの人を動かす様子はそれこそ日常的に観察できる事柄だからである。たとえそれが一過性のものだとしても，言葉には他者を動かす力が宿っている[5]。

3 サドは正しいのか

18世紀は啓蒙の時代であった。啓蒙思想とは理性によって新たな価値観を模索したものと定義できるだろう。サドはそのような時代の潮流を極端なまでに体現した存在だった。『閨房哲学』でもリベルタンの議論が，「理性[6]」や「自然[7]」によって，宗教や文化の偏見を打破することを基本的な目的としていることからもそのことがうかがえる。だが，結局のところ，サドは社会に勝てたのだろうか。

サド作品は歴史に残った。サドの徹底的な無神論と悪徳の文学は世界的にも例のないものとしてその価値を認められている。また，サドの主張する個人の趣味嗜好の尊重は，現代の人権や倫理をめぐる問題と相通ずる。ただひたすら個人の欲望を守るために闘ったサドの姿勢は，現代の人権意識と無縁ではないのだ。

> 自分のことだけ考えていればいい。ひたすら自分のためだけに生きなければならないのだ[8]。

ただひたすら自分の趣味を信じ，それを満足させるためだけに生きなければならない。なぜなら，それこそが幸福へ至る唯一の方法だからだ。サドはそう説く。しかし，このようなサドの言葉はある面，空しく響く。それを語るサド当人が牢獄の中にいるのだから。その意味で，サドの思想を遵守することは破滅への途でしかないだろう。人が社会から完全に逃れることなど不可能であり，サドは社会から隔離された牢獄という孤独があったからこそ，サド独特の悪を生み出すことができたのだ。

サド作品とは牢獄の孤独の中で生み出された想像力と理性の過剰なまでの産物といえるかもしれない。サドの語った思想が正しいかどうか，それはまだ現代にあっても断定できないことであり，読者一人ひとりが考えなければならない課題であるのだろう。

（石田雄樹）

▶3　サドは74年の生涯のうち，30年を監禁されて過ごした。「牢獄」については，本書の222-225頁を参照。

▶4　マルキ・ド・サド／秋吉良人訳（2019）『閨房の哲学』講談社学術文庫，206頁。

▶5　一方でサドの作品の翻訳の難しさ／面白さについては，本書の126-129頁を参照。

▶6　18世紀の思想家や哲学者は何よりもまず理性を重んじた。既存の価値観に囚われず世界を自由に批判するためには理性への信頼に基づく合理主義が求められた。

▶7　合理主義が行き着く先が魂の存在を否定する唯物論である。唯物論は究極的にはすべてが機械的な作用の結果でしかなく，それゆえに神はいないと主張する。サドの語る「自然」もまたこのような唯物論に基づいた自然観である。

▶8　同上書，298頁。

六　19世紀

24　スタンダール（1783-1842）『パルムの僧院』（1839年）

1　小説のなかの小説

いざ語ろうとすると思わず高揚してしまう，普段の落ち着きを失い胸の鼓動が高鳴る，そのような作品がもしあるならば，『パルムの僧院 *La Chartreuse de Parme*』こそがふさわしい。特別な作品となるための理由はいくつも考えられる。たった53日で口述筆記したという伝説的な創作過程，冒頭で語られるフランス革命と英雄ナポレオン[1]の輝き，コモ湖をはじめとしたイタリアの風光明媚な景色，結尾に読まれる謎めいた言葉「幸福なる少数へ」……けれども，胸の高鳴りの理由はひとえに愛と冒険の物語だからだ，と言ってしまいたい。人はなぜ小説を読むのかという根源的な理由を思い出させてくれる小説。教養を誇るためでも，正しい行いを知るためでもなく，ただ読む楽しさにふけるための小説。武勇に憧れる青年が無為と姦計の先に出会うのは，運命の人との束の間の喜びとその喪失である。

2　悲恋における幸福

翻訳で二巻本に相当する長編のあらすじを要約するのは容易ではないうえに，名場面は目白押しである。なにしろバルザック[2]によれば「章ごとに崇高が炸裂する」というのだ。たとえば，青年ファブリスを見守る叔母のジーナとその恋人でパルマ[3]の首相を務めるモスカが，オペラ座や宮廷を舞台に繰り広げる恋の駆け引きと政治闘争の魅力も忘れがたい。ここでは，若い二人の主人公に焦点を当ててみよう。

ナポレオンに憧れワーテルローの戦いに参加したファブリスが故郷の北イタリアに戻ると，反動的な政府のもと官憲に追われる身になっていた。偶然馬車をともにすることになるのは，思慮深いようすをしたクレリア。「この人といっしょに牢屋にはいるのなら悪くない。」ファブリスの謎めいたひとり言が物語の正確な予告となることを，読者はまだ知らない。

二人の再会は第二部を待たなければならない。殺人の罪で検挙されたファブリスは監獄ファルネーゼ塔に収監される。しかし幽閉という不如意な事態は，じつは幸福への扉であった[4]。ファブリスが投獄されたのはファルネーゼ塔の最上階（図１）。いっぽうクレリアは，塔の向かいに位置する館の最上階に，監獄の責任者である父から鳥の世話をするための自室を与えられていた（図２）。こうして二人は空のちかくで，囚人と獄吏の娘として突如向き合うことになる。

Stendhal
グルノーブル生まれ。本名アンリ・ベール。『赤と黒』などの小説や『恋愛論』のほか芸術批評や旅行記，自伝などを残した。イタリアへの賛美を繰り返したことでも知られる。旅行記に関しては，本書の「旅行者」（168-171頁）を参照。

▶1　ナポレオンは，1769年，コルシカ島に生まれ，フランス革命戦争を経て1804年皇帝の座に就くものの没落，1821年大西洋上のセント＝ヘレナ島で没する。波乱に満ちた生涯は，フランス革命後の時代のシンボルとして19世紀の多くの作家に影響を与えた。

▶2　本書の52-53頁を参照。

▶3　パルマはイタリア北部の都市。小説の題名の定訳となっている「パルム」はフランス語読みに由来する。

▶4　本書の「牢獄」（222-225頁）を参照。

だが数メートルの距離が二人を分かち，監視の目が自由な通信を許さない。はじめは眼差しを交わすだけ。火急の用件をきっかけに，ピアノの音で声を隠しながら，あるいは紙片に書いたアルファベットの文字をつなぎ合わせて，かろうじて意思を伝えあう。おとぎ話のような，という形容が似つかわしいこの状況に見られるのは，既婚の貴婦人と騎士のあいだのプラトニックな宮廷風恋愛[5]の一つのヴァリエーションである。愛する対象への距離と接近への障害は，願望の成就を遅らせ恋心を否応なく高める。十分に言葉を交わすことができない状況下で展開される心理が繊細に描かれ，驚き，不安，焦り，希望，安堵がまたたく間に入れ替わる。

塔の頂上で味わった幸福は束の間である。ファブリスの脱獄ののち，地上におりた二人の状況はさま変わりしている。クレリアは他人の妻となり，ファブリスは聖職者として誉ある地位についた。宮廷の華《はな》やかな祝宴で再会する場面は，塔の場面にもまして二人の幸福がいかに孤独に支えられたものであるかを教えてくれる。久しぶりの再会を経てたがいの心が変わらないことを確信した二人は，人知れず逢瀬をかさねる。現代でも根強くのこる家族観によるならば，それは確かに「不倫」には違いない。けれどもそんな言葉がまったく場違いに響くのは，俗世間での立場はどうであれ，二人の結びつきこそが高貴で真実であると読者が確信してしまうからだ。

ハッピー・エンド——結婚と幸せな生活——で終わらない物語は確かに悲恋である。とりわけ，二人のあいだにもうけられた子どもの運命を語る終結部は悲哀にみちている。けれど，空のちかくあるいは地上で秘かにともに過ごしたわずかな時の残響は幸福のありかを暗示する。

3 「幸福な少数」たち

物語の最後に到達した読者は小説の末尾に「幸福なる少数へ TO THE HAPPY FEW」という言葉と出会う。同時代の評価を得られなかった著者が，理想的な読者がいつの日か現れるかもしれないと託した言葉。ロマン派的な倨傲が透けて見えるものの，読者を連帯に誘う魅惑的な言葉である。じっさい『パルムの僧院』に魅了された読者は「少数」にとどまるわけではない。昭和の文豪大岡昇平[6]は本作との出会いを「生涯の事件」と呼び，同様にスタンダールへの愛を隠さない辻邦生[7]は，ファブリスとクレリアの恋について「近代の恋愛小説の白眉」と賛辞を送る。フランスでは映画やテレビドラマとして映像化され，さらに日本でも宝塚歌劇団が翻案を製作している。フランス革命とナポレオンの刻印をうけた世界を背景にしながら古めかしい恋愛を新たに歌いなおした『パルムの僧院』は，愛と冒険の物語に幸福を探す新しい読者が訪れるのをいまなお待っている。

（上杉　誠）

図1　ファルネーゼ塔
出所：M. de Stendhal, *La Chartreuse de Parme*, t. 1, Conquet, 1883.

▷5　宮廷風恋愛とは，12世紀の南仏において誕生したとされる西洋の恋愛の原形。既婚女性に対して騎士が示す崇拝と服従の姿勢に特徴づけられる（本書の「結婚とその外」（210-213頁）を参照）。

図2　鳥かごの傍ら窓辺にたたずむクレリア
出所：M. de Stendhal, *La Chartreuse de Parme*, t. 2, Conquet, 1885, p. 137.

▷6　大岡昇平（1908-88）は，従軍経験をもとにした『野火』『俘虜記』『レイテ戦記』のほか，『武蔵野夫人』『花影』などで知られる小説家。スタンダールの翻訳やエッセーを数多く残している。

▷7　辻邦生（1925-99）は，とくに『背教者ユリアヌス』『春の戴冠』『西行花伝』などの歴史小説で知られる小説家。

六　19世紀

25 オノレ・ド・バルザック（1799-1850）『ゴリオ爺さん』（1835年）

Honoré de Balzac
フランスの小説家。ロワール川沿いの町トゥール生まれ。『人間喜劇』で社会のあらゆる側面を描き出そうとした。その作品は，人間と社会を精緻に描きながら，幻想的な側面も持つ。他に小話集『艶笑滑稽譚』（1832年），戯曲『ヴォートラン』（1840年）などもある。生涯借金に追われながら精力的に執筆を続け，長年文通を続けたウクライナの貴婦人と結婚してまもなく死去した。

1 社会の縮図に潜む小説の主題――財産の源，破滅的な情熱，父性の死

新しい環境に入っていき，希望と恐れを胸に，失敗と学習を繰り返す――誰にでも訪れるそんな経験の中で，社会の多様な面に触れ，時代の変化に参加していることを肌で感じられたら，新しい生活の場での体験はよりスリリングなものになるだろう。バルザックは，やがて『人間喜劇』の一作となる『ゴリオ爺さん *Le Père Goriot*』で，地方から出てきてパリの大学に入ったばかりのラスティニャックという青年の目から19世紀前半の変わりゆく社会を観察し，さまざまな社会階層に生きる人々の考え方や心の動きを追った。

ラスティニャックが住むのはパリのカルチエ・ラタン[1]のヴォケー館という下宿[2]だ。下宿にはそれぞれ複雑な来歴を持つらしい老若男女が住んでおり，食事だけ食べにくる将来の名医や画家の卵たちもいる。この下宿は社会の縮図なのだ。謎めいた人物も多く，わたしたちが小説を読んでいくことは，社会と歴史に根を張る謎の解読に参加することでもある。

隣同士の部屋に住む初老の男性ゴリオとラスティニャックの運命は交差する。ゴリオはパスタ業者として，フランス大革命時に小麦の値段の高騰に乗じて金を稼いだ。しかし，貴族と銀行家に嫁がせた二人の娘に金を吸い取られ，身分が上の婿たちには冷たくされ，一文無しになって死んでいく。激動の歴史に隠された財産の源[3]，異なった階級を隔てる偏見や行動様式の違いなどが小説の主題になる。ゴリオを破滅に追い込む父性愛にも焦点が当てられている[4]。またゴリオの破滅は，父性の死[5]を象徴しているという解釈もある。

2 感情教育と社会観察

ラスティニャックはしだいに社会を観察する目を身につけ，犯罪がらみの金もうけ計画の誘いに負けそうになったり，社交界の汚さや冷たさに辟易したりしながら，社会の階段を上っていく。ゴリオの下の娘であるニュシンゲン夫人と恋に落ち，彼女が父の愛を踏みにじる利己的な人間だと知りながらも，彼女とつき合うことで社交界の人々の注目を集め，成功していく。幻滅を経験し，清らかな考えを捨てて冷めた眼をもつ大人に脱皮していくという，19世紀によく見られた「感情教育」の物語がこの小説の一つの軸になっている。

ただしラスティニャックは，19世紀によく描かれた憂鬱な美男子とも，フローベールの『感情教育』の主人公のようなやや優柔不断な若者とも違い，優れ

▶1　カルチエ・ラタンにはソルボンヌ大学があり，昔から学生が多く，当時は貧しい地区だった。本書の「パリ」（172-175頁）を参照。
▶2　フランス語ではPension bourgeoiseと呼ばれるもので，まかないつきの下宿。
▶3　バルザックは他にも『サラジーヌ』や『赤い宿屋』などで，19世紀に繁栄した家の財産の怪しい出所を暴いている。
▶4　情熱が人を滅ぼすことを，バルザックはしばしば描いた。『従兄ポンス』は美食，『ルイ・ランベール』では発明，『知られざる傑作』では絵画，『ガンバラ』では音楽が情熱の対象となる。
▶5　父性の死は，制度的にはルイ16世の死が表す王権の死や封建的権力の解体に代表されるが，近代におけるさまざまな父性的権力の弱体化や消滅を指す。

た観察眼を武器に，積極的に出世街道を歩んでいく。貧しい下宿生活を送りながら，パリ社交界の花形である親戚のボーセアン子爵夫人の家にも出入りできる立場にあるため，彼は階級に分断された19世紀前半の社会を多面的に観察できる。ラスティニャックの観察は，社会のあらゆる側面を観察し，書きとめようという野心をもった『人間喜劇』の作品の一つを支えることになるのだ。

3 人物再登場法と同性愛

バルザックはやがて多数の小説を『人間喜劇』という作品群にまとめることを思いつき，1842年にその全貌を公表した。執筆予定の全小説が完成する前に作家は死んだが，93編の小説は「人物再登場法」という方法で結びつけられている。同じ登場人物が複数の小説に現れ，そのたびに年をとっていたり，違う状況に生きていたりするため，読者は人間と時代の変化，人々の思いがけないつながり，社会のからくりなどを発見することができる。

たとえば本作ではじめ陽気な商人を演じている人物ヴォートラン[6]はじつは大悪党だった。彼は『幻滅』(1839-43年）では脱獄して神父に変身しており，ラスティニャックと同郷の若く美しい青年リュシアン・ド・リュバンプレに共犯関係を提案する。ヴォートランという人物に人物再登場法を適用することで，当時はまだ社会的なタブーだった同性愛者という主題が強調されている[7]。

4 婚外カップルと社交界のしきたり

当時の上流社交界では，時間帯によって招く人や交際の種類が違った。サロンの主人公は女性である。ショセ＝ダンタン地区に住む，成り上がりの銀行家の妻ニュシンゲン夫人は，高貴なサン＝ジェルマン＝デ＝プレ地区に入る機会を切望し，恋人ラスティニャックのおかげでボーセアン夫人の最後の舞踏会に招かれる。この婚外カップルはいつも恋心につき動かされているわけではなく，互いに社会的な野心のために相手を利用しているのだ。

他にもさまざまなカップル事情が描かれる。ボーセアン夫人には，ダジュダ・ピントという恋人がいた。夫のボーセアン子爵は妻を劇場に送ってから恋人に引き渡し，婚外カップルを尊重する上品な礼儀を示してみせる。だがダジュダ・ピントは金持ちの娘と婚約してボーセアン夫人を捨てる。噂の的となった夫人が最後の舞踏会で毅然とした姿を見せたあと，馬車で一人パリを去る場面は，『ゴリオ爺さん』の名場面の一つだ。それは貴族の最後の輝きを象徴する場面とも解釈でき，金銭がものを言う時代の到来が予告されている。バルザックはこの作品で，王侯貴族がまだ主役にとどまろうとした時代を，金融ブルジョワが台頭した七月王政から懐古的に書いた。ではボーセアン夫人は，ラスティニャックは，その後どうなるのか。『捨てられた女』や『ニュシンゲン銀行』を読むと，その続きを知ることができる。（博多かおる）

図1　ラスティニャック，オペラ座でデルフィーヌ・ド・ニュシンゲンに紹介される

出所：*L'Œuvre de Balzac*, dir. Albert Béguin, Jean A. Ducourneau, Club français du livre, 1954, p. 150.

図2　ヴォートラン，逮捕される

出所：*Ibid.*, p. 261.

▶6　囚人というテーマでは『レ・ミゼラブル』のジャン・ヴァルジャンともつながるが，悔い改めることのないヴォートランを通じて，悪の壮大さも表現されている。本書の57頁▶3を参照。

▶7　バルザックは女性の同性愛もまた『金色の眼の娘 *La Fille aux yeux d'or*』（1835年）や『従姉ベット *La Cousine Bette*』（1846年）などで描いている。本書の「同性愛」（214-217頁）も参照。

六　19世紀

26　ヴィクトル・ユゴー（1802-85）『ノートル＝ダム・ド・パリ』（1831年）

Victor Hugo
ブザンソン生まれ。『レ・ミゼラブル』をはじめとした小説のほか数多くの抒情詩や戯曲を執筆した。第二帝政に反発し亡命生活を送るなど政治的な行動でも知られる。

1　過去の喧騒

「もし，われわれ1830年代の人間が，想像の中で，こうした15世紀のパリっ子の群れに入り混じって，ひっぱられたり，肘でこづかれたり，たおされたりしながら，いっしょにパリ裁判所のこのだだっぴろい広間［中略］にはいっていけたとしたら，その場の光景はまんざら興味のないものでも，魅力のないものでもないはずだ。」[1]

冒頭の章に読まれるこの一文のとおり，小説『ノートル＝ダム・ド・パリ *Notre-Dame de Paris*』はかつての人々の喧騒の中に読者を放り込む。混沌とざわめき。それを統一するのがカテドラル，ノートル＝ダム・ド・パリ[2]である。詩人ユゴーがこの石造りの建物を取り上げたのはきわめて戦略的であった。フランス革命による聖像破壊を被ったキリスト教建築の価値を再評価し，暗黒の時代とされていた中世こそがフランス国民の精神の源であると価値転換を図ったのである。現在でもパリの中心でかつての姿をしのばせるカテドラル，19世紀の初めにそれを読み解いた詩人の想像力によって，わたしたちは中世の秋へ旅立つことになる。

2　なぜ「怪物」なのか

聖職者のフロロが抑えつけられない欲情をむけるロマの美しい娘エスメラルダ，彼女を連れ去ろうとした罪で鐘つきのカジモド（図1）はさらし刑に処せられる。一方エスメラルダは，親衛隊長フェビュスに一途な気持ちをむけるものの，まさにその人を殺害した嫌疑をかけられる。カジモドによってカテドラルに匿われるものの，実母との邂逅ののちに処刑される。

四人の欲望が交差する物語のなかで読者の目をもっとも惹きつけるのは，やはりカジモドだろう。湾曲した背中にくわえ，片目は見えず，耳も聞こえず，足を引きずるという多重の身体障碍，さらに容貌の醜さと意地の悪さが現代ならば差別的とされる言辞によって強調される。読者は背中のこぶに象徴される異形の姿に困惑しながらも，カテドラルを飾る怪獣たち――ガーゴイルや彫刻（図2）――を想起するかもしれない。第4編3節が雄弁に語るように，カテドラルと一体とされるカジモドはゴシックの建築に生命を吹き込む「魂」であり，その姿は中世の陰画である。

カジモドの異形の姿をおそらくもっとも強調するのは，さらし刑のさなか水

▷1　ユゴー／辻昶・松下和則訳（2016）『ノートル＝ダム・ド・パリ』（上）岩波文庫，26頁。

▷2　ノートル＝ダム・ド・パリは，1163年から14世紀半ばにかけて建築され聖母マリア（ノートル＝ダム）に捧げられたパリのシテ島に現存するゴシック様式のカテドラル。一般に大聖堂と訳されるカテドラルは元来，教区ごとに置かれる司教座聖堂を意味する。2019年大規模な火災に見舞われた。本書の「建築・庭園」（193-196頁）を参照。

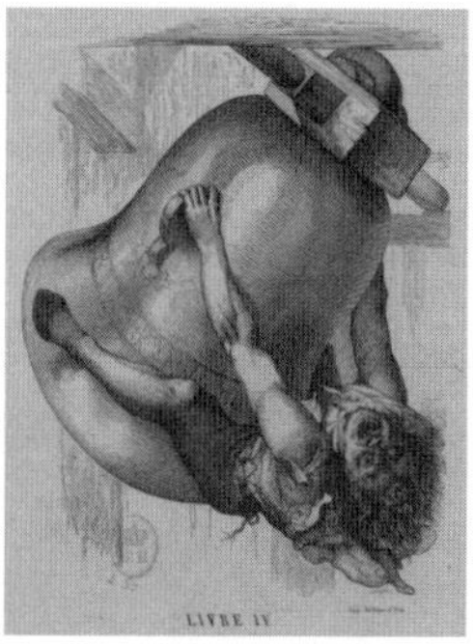

図1　鐘を鳴らすカジモド
出所：Victor Hugo, *Notre-Dame de Paris*, Perrotin, 1844, p. 130.

を欲するシーンである。小説の中央に位置する第6編の終結部，さらし台のうえに縛り付けられたまま民衆が投げつける侮蔑の言葉を甘受するカジモドの顔は汗と泡にまみれ「あわれというよりもグロテスク」であった。「水をくれい！」という叫び声にもかかわらず周囲の嘲りは増す。そこにエスメラルダが登場しカジモドの口に水をそそぐ。「この光景は，まさに崇高だった」と語り手が記すように，冷酷な民衆の視線のもと手負いの「怪物」にむけて美しい娘が差し出す救いの手は，読者の心をつかむのにじつに効果的である。この場面にあらわれるグロテスクと崇高のつくる対比の美学こそ，ユゴーが『ノートル＝ダム・ド・パリ』に先立つこと数年，戯曲『クロムウェル』のための序文で理論化したものだった[3]。

古典主義の伝統は悲劇の主人公としてもっぱら英雄[4]や王侯など高貴な人物ばかり扱ってきたが，ユゴーが小説の中央に堂々とすえたのは，障碍をもつカジモドとロマに育てられたエスメラルダという社会の周縁に生きるひとびとである。小説全編を通して二人が示す内面の美しさと勇敢な行動は，高貴さをめぐる伝統的な価値基準が転倒したことを物語っている。加えて，聖職者や国王，裁判官など社会の上層部も同時に描く物語からは，正義に対する視点が浮かび上がる。カジモドのさらし刑，形式だけの裁判，エスメラルダの拷問，恣意的な王権と取り巻き，民衆の判断の変わり身の早さ……15世紀末という時代設定を利用して，ユゴーは，正義の執行における権力と民衆の未熟さを告発する。そのような告発の姿勢は，すでに発表されていた『死刑囚最後の日』やのちの『レ・ミゼラブル』といった同時代の19世紀フランス社会を舞台にする作品と共通している。

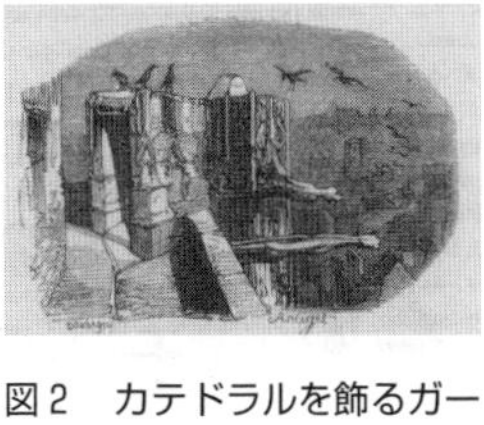

図2　カテドラルを飾るガーゴイル

出所：Victor Hugo, *Notre-Dame de Paris*, Perrotin, 1844, p. 481.

▶ 3　古典古代において十分に発展することのなかったグロテスク，喜劇，醜さが，崇高の対比物として芸術作品を豊かにする，とユゴーは主張する。古典古代に美の規範をもとめる古典派に対抗するロマン派の美学である。

▶ 4　本書の「英雄像の変遷」（143-146頁）を参照。

3 翻案とともに読む

対比の効果や価値の転倒，そして弱い者への共感，これらは現代においても『ノートル＝ダム・ド・パリ』がひとびとの心を強くつかむ理由かもしれない。本小説をもとにした翻案は数多く，ディズニーのアニメをはじめとして映画は何度も製作されたほか，ミュージカルやバレエ（図3）も知られている[5]。翻案と原作をならべることも文学の楽しみ方のひとつである。長台詞や民衆の会話など，小説の中にすでに舞台が見えるかのようであるし，幻視者として詩人の面目躍如たる濃密な描写は映像作品への移し替えを誘っているかのようだ。しばしば挿入される長大な歴史的考察に読者は面食らうかもしれないが，劇作家ユゴーはまさに劇的な場面をつくるのに長けており，メロドラマ[6]の要素をもつ小説は読者を飽きさせない推進力をもっている。娯楽にふさわしい読む楽しみを社会への真面目な視点と見事に融合する『ノートル＝ダム・ド・パリ』は，映像と舞台と文学，現代と19世紀と中世，さまざまなジャンルと時代を交差させる思考の入り口になるに違いない。

（上杉　誠）

図3　ローラン・プティ（1924-2011）の振付によるバレエ『ノートル＝ダム・ド・パリ』（1967年）からカジモド

出所：Opéra national de Paris, *Notre Dame de Paris*, 2014 [programme].

▶ 5　本書の「オペラ・バレエ」（181-184頁），「映画」（189-192頁）を参照。

▶ 6　メロドラマとは，悲劇に代わって，フランス革命後に大きく発展した演劇の一形態。美徳と悪徳の二項対立や驚きをもたらす連鎖する事件などを特徴とする。19世紀の小説だけでなく映画などあらゆる物語作品に影響を与えている。

六　19世紀

27　アレクサンドル・デュマ（1802-70）『モンテ＝クリスト伯』（1844-46年）

Alexandre Dumas
1802年生まれ。フランスの劇作家，小説家。デュマの祖母は，サント＝ドミンゴ（現ハイチ）のコーヒー農園で働いていた。父トマ＝アレクサンドルは，ナポレオン配下の将軍として活躍，出自と外見のため「黒い悪魔」の異名を取った。デュマは19世紀前半の出版界の花形で，破天荒な性格や桁外れの執筆量に加え，莫大な印税で建てた「モンテ＝クリスト城」で繰り広げた放蕩生活でも知られた。2002年の生誕200周年には，シラク大統領により，本国と旧植民地の融和の象徴としてパンテオンに移葬された。息子（デュマ・フィス）も劇作家。『椿姫』（1848年）で大成功した。

アレクサンドル・デュマの肖像
出所：フランス国立図書館蔵。

1　すべてを失った男の脱獄

『モンテ＝クリスト伯 *Le Comte de Monte-Cristo*』は，19世紀に「新聞連載小説[1]」で一世を風靡したアレクサンドル・デュマの代表作である。

1815年，モレル商会の水夫エドモン・ダンテスは，愛する婚約者メルセデスとの結婚を控え，希望を胸に副船長としての初航海から帰港した。しかし婚礼の日，エドモンは突然憲兵に逮捕される。エルバ島に流刑されたナポレオンの脱出計画に加担したという容疑だった。無実を訴える声は届かず，青年は無慈悲にもマルセイユの海上に浮かぶシャトー・ディフ[2]に幽閉される。隣の独房に囚われたファリア神父の導きにより，エドモンは超人的な努力で脱獄し，モンテ＝クリスト島で老神父から遺贈された莫大な財宝を手に入れる。極限まで追い詰められた14年間の獄中生活と，脱獄後に知った母の孤独死，友人たちの裏切り，親友フェルナンと恋人メルセデスの結婚は，明朗快活だったエドモンの人格を根本から変え，陰鬱な復讐鬼モンテ＝クリスト伯という新たなアイデンティティーが誕生する。ヴォートラン[3]やジャン・ヴァルジャン[4]に並ぶ，19世紀の犯罪小説が生んだ忘れがたい徒刑囚である。

2　人による復讐と神による裁き

本作は倒叙ミステリーに近い構成をとっている。第35章でモンテ＝クリスト伯は，『悪魔のロベール[5]』（1831年）上演中のオペラ座のボックス席に，不意に現れる。ミステリアスな大富豪の正体は，読者には明らかだが，作中人物にはまったくの謎である。復讐のターゲットは三人，陸軍で出世したモルセール将軍ことフェルナン・モンデゴ，金融界で羽振りをきかせる銀行家ダングラール，法曹界でのし上がったヴィルフォール主席判事だ。婚約者を奪った罪，友を裏切った罪，無実の若者を陥れた罪を背負う三人の男は，因縁の相手ともつゆ知らず，社交界に伯爵を迎え入れる。しかし彼らの周囲には巧妙な罠が張り巡らされ，その地位や家庭は徐々に破壊されてゆく。モルセール将軍を父の仇と憎む美少女エデや，メルセデスの息子アルベールは，モンテ＝クリスト伯を一途に慕うが，伯爵は復讐の駒として若者たちも冷徹に利用する。ところが完璧とみえた計画は，三人の宿敵を取り巻く近親者のエゴによって歯車が狂い，伯爵の意図さえ超えた運命的な裁きの刃が彼らの頭上に落ちかかる。やがてヴィルフォールは地位を，ダングラールは全財産を，そしてモルセールは最愛の妻を

▶1　19世紀の新聞の下段に組まれた小説形式。人気作家の連載は定期購読者の獲得に貢献した。稿料は行数に応じて支払われたため，デュマは金策に困ると短い台詞の応酬を多用した。

失うことになるだろう。

この息詰まる復讐劇の中で，読者は初めに爽快感を味わい，やがて不安を覚え始める。裏切り者たちの破滅に接して，伯爵は救われるどころか，人間の宿業の深さに絶望を深める。神ではなく人による復讐はどこまで許されるのか。親の罪を子供の世代が負うべきなのか。善悪を裁く秤を人の手で正すことはできるのか。物語は最後に，エドモンの人間性の回復を示唆して静かに終わる。

3 躍動するキャラクターの魅力

本作や『三銃士◁6』（1844年）においてとくに際立つ特徴だが，デュマの作品は重厚な歴史劇と冒険活劇の要素が絡み合い，物語の隅々まで躍動感がみなぎっている。読み手を飽きさせない展開やスリリングな会話劇，魅力的なキャラクター造形という手腕において，デュマは他の作家の追随を許さなかった。本作の多彩な登場人物も，主役から脇役に至るまで名づけ・肉づけが見事である。

数々の偽名で正体を隠し，自ら手をくださずに苛烈な復讐を遂行するモンテ＝クリスト伯は，昔日の深い愛情ゆえに苦悩するエドモン・ダンテスの脆さを垣間見せる。モルセール，ダングラール，ヴィルフォールにも彼らなりの葛藤があり，かなわぬ片恋や親子の確執など，エドモンを陥れた理由が明かされる。教養豊かなイタリアの山賊ルイジ・ヴァンパ，息子を溺愛するあまり毒殺魔となるヴィルフォールの後妻エロイーズ，傷つきながらも母との過去を知って伯爵を赦すアルベール……。善と悪，愛と憎しみは表裏一体のものとして描かれる。女装して男たちを騙す美少年ベッポや，女友達と駆け落ちして世間を騒がせる男装の令嬢ユージェニーなど，ジェンダーのあり方も固定的ではない。

4 翻案の系譜──「待て，しかして希望せよ！」

エドモン・ダンテスの壮大な復讐劇は，彼がモレル商会の跡継ぎマクシミリアンに宛てた手紙の終行「待て，そして望め！」（大矢タカヤス訳）という一文で閉じられる。「待つ」，そして「望む」。二つの言葉は，水平線に消えゆく船の帆のイメージと重なり，物語の未来に無限の余白を開くかのようだ。フランスのみならず世界中で，数々のクリエイターが本作品にインスパイアされてきた。アメリカのSF作家ベスターは，『虎よ！　虎よ！』（1956年）で，この復讐劇の舞台を宇宙に移し替えた。日本でも，1901年に黒岩涙香が『巌窟王』という邦題で翻案して以来，幾世代にもわたって読み継がれ，マンガやドラマ，アニメなどのメディアミックスも盛んだ。Gonzo制作のアニメ『巌窟王』（2004年）は，壮大なスケールのきらびやかな映像作品だ。『モンテ＝クリスト伯』は，フランス文学が誇るけっして古びぬ創作の鉱脈と言えるだろう。原作のボリュームにひるむことはない。読破した暁には必ずこう思うはずだ。「小説ってこんなにも面白いんだ！」と。

（福田美雪）

図1 『モンテ＝クリスト伯』の挿絵（1860年）
出所：フランス国立図書館蔵。

▶2　16世紀に建設された海上要塞。19世紀には政治犯を収容する牢獄で，断崖に囲まれ脱獄は不可能といわれた。本書の「牢獄」（222-225頁）を参照。

▶3　バルザックの『人間喜劇』に登場する重要人物。「死神だまし」の異名を持つ赤毛の脱獄囚で，本名ジャック・コラン。さまざまな偽名で有望な青年たちを堕落させようとするが，最後には逮捕され，パリ警視庁の密偵に転身する。本書の53頁▶6を参照。

▶4　ユゴーの『レ・ミゼラブル』（1862年）の主人公。パン1斤を盗んで，19年も徒刑場に送られる。一人の司教と出会って改心し，マドレーヌ市長と名を変え善行に励むが，警部ジャヴェールに執拗に追われ，波乱の生涯を送る。

▶5　マイアベーア（1791-1864）作曲のグランド・オペラ。善と悪，愛と憎しみが交錯する筋立ては，伯爵の運命を示唆している。

▶6　勇敢な若者ダルタニャンは，ルイ13世の宮廷に仕える銃士隊のアトス，ポルトス，アラミスと出会う。四人は力を合わせ，王妃の名誉を守るためリシュリュー枢機卿の陰謀に立ち向かう。もっとも有名なデュマの作品で，今もなお映像化が絶えない。

六　19世紀

28　テオフィル・ゴーティエ（1811-72）「死霊の恋」（1836年）他幻想短編集

1　多彩な顔を持つ詩人・作家ゴーティエ

ロマンチック・バレエの主要作品『ジゼル』（1841年[1]）をご覧になったことはあるだろうか。王子が村娘ジゼルに出会って恋をする第一幕の陽気な賑わいと，第二幕，彼女の亡き後，月夜の森に精霊ウィリーたちが出現する幻想的な白いバレエ[2]との対比が印象に残る傑作であるが，この台本を書いた一人が小ロマン派の代表格テオフィル・ゴーティエである。詩人，小説家，劇評家，美術批評家，旅行記作家など，多彩な顔を持つゴーティエは，多くの幻想文学の短編を残したことでも知られている。中でも「死霊の恋 *La Morte amoureuse*」は『ジゼル』と同じく愛と死をテーマにし，ゴーティエならではの視覚的感覚が優れた幻想作品として多くの読者に愛されてきた。

2「死霊の恋」

66歳になる司祭の「私」ロミュアルドは，かつて経験した身を滅ぼさんばかりの生涯の恋の思い出を打ち明ける。神学校を出て，教会で僧侶となる請願をしようとする瞬間，彼は稀有な美しさを持つ女性の情熱的な眼差しに気が付く。その海緑色の瞳は「ただの一瞥で，男の運命をきめてしまう眼」であり，激しく動揺したロミュアルドではあったが，心ならずも司祭となる道を選ぶ。

ある日，ロミュアルドはとある女性に終油を与えるために豪奢な館に招き入れられる。これこそがかの忘れがたき女性，高名な娼婦クラリモンドであった。「近東風の香水のねっとりとした匂いが，何とも言えない，情をふくんだ女の匂いがおだやかにただよっていました。」息を引き取った女性に司祭が耐えきれず口づけをすると，クラリモンドは目を開き，「今こそ私達は夫婦になったのです」と彼に告げる。その日から，ロミュアルドの夢の中に夜ごとクラリモンドが現れ，二人は豪奢な宮殿で官能と美に彩られた暮らしを送り始める。

ところがクラリモンドは次第に生気を失ってゆく。ある時，ロミュアルドが指を傷つけ，血を流すと，クラリモンドは指に飛びつき，愛おしげに最期の一滴まで飲み干してしまう。その後も「ひとしずく，赤い小さなひとしずくだけ，ピンの先がぽっちり赤く染まるだけ！……ああ！　お気の毒な恋人！」と涙を流しながら，恋人の血を求めようとする。愛情深いクラリモンドの姿を垣間見たロミュアルドは彼女の正体に気付きながらも見て見ぬふりをする。だが，ロミュアルドの身を案じる導師セラピオンは，彼の目を覚ますために，ともにク

Théophile Gautier
タルブ生まれ。小ロマン派の一人として多くの短編や評論や旅行記を手掛ける。「芸術のための芸術」を掲げ，詩集『七宝とカメオ』などを刊行。波乱万丈の歴史小説『キャピテン・フラカス』でも有名。

テオフィル・ゴーティエ自画像（1830）
出　所：Gérard de Senneville, *Théophile Gautier*, Fayard, 2004.

▷1　全2幕のロマンチック・バレエ。作曲アドルフ・アダン。1841年，グリジの主演によってオペラ座にて初演。

図1　『ジゼル』
出所：フランス国立図書館蔵。

ラリモンドの墓を掘り起こし，遺骸に聖水をかける……。衝撃の場面の後，ロミュアルドは宗教の道に戻る。しかしこの選択は果たして正しかったのか。クラリモンドと過ごした輝かしい幸福の思い出は司祭の心を苛み続ける。

3 幻想文学と絵画的現代性

「死霊の恋」は「吸血鬼文学[3]」の嚆矢ともいえる作品であるが，19世紀前半は，ホフマンの流行のもと，カゾット，ノディエ，メリメらによる幻想文学が大流行した時代でもあった。悪魔（死霊または吸血鬼）が美しい女性の姿で男性を誘惑する物語は枚挙にいとまがないが，「死霊の恋」も，幻想文学のレトリックと技術を駆使した作品である。しかし，ゴーティエにおいて，合理的な現実世界から，吸血鬼が登場する超自然の世界への移行はあまりにも自然かつ流麗であり，幻想文学を決定づける「ためらい[4]」を感じる間も与えない。

そしてこの吸血鬼クラリモンドのなんと魅惑的なことか。超自然の存在であれ，血を必要とする肉体の存在を描くところでゴーティエの筆は冴え渡る。理想美を実現するクラリモンドや贅を凝らした館は，衣装，化粧，絨毯，絵画，壺などの小物まで豊穣かつ詳細に描かれる。青年時代に画家を目指していたゴーティエは多くの絵画評論を残し，高踏派[5]を予告する『七宝とカメオ』（1852年）でも彫琢された言葉の美を誇示する。いかにして精神性や思想から独立したマティエールを描き，色彩，光，形態という表層の美を構築することができるのか。芸術の自律を叫んだゴーティエの絵画的現代性がここに垣間見られる。

このような絵画性はバレエにも通じる。「死霊の恋」は2018年，ショパン「ピアノ交響曲第一番」を使った熊川哲也の振付によってバレエ作品となり，浅川紫織が美しい女吸血鬼を現代日本に蘇らせた[6]。若いダンサーの演じるセラピオンのロミュアルドへの叱責が同性愛の嫉妬に見えるのも印象的であった。

4 文学史上のゴーティエ

ゴーティエの名は，文学史上たえずスキャンダルと結び付けて語られてきた。1830年の『エルナニ』事件[7]には赤いジレをまとって登場し，作品集『若きフランスたち』（1833年）では，ユーモアや逆説とともに若きロマン派たちを快活に嘲笑する。芸術の有用性を徹底的に否定するゴーティエは，スキャンダル小説『モーパン嬢 *Mademoiselle de Maupin*[8]』（1835年）を刊行し，「芸術のための芸術」を標榜した。ボードレールによって「完璧な詩人」と名指されたゴーティエだが，その評価は毀誉褒貶にさらされることが多い。しかし反ブルジョワを掲げるスキャンダルと韜晦の背後には，作家の一貫した芸術信仰を見ることができるだろう。青年期の文学を振り返った死後出版の回想録『ロマン主義の回想』（1874年）にも，芸術と詩に捧げられた青春の年月への変わらぬ熱狂が認められる。

（辻川慶子）

▶2　本書の「オペラ・バレエ」（181-184頁）を参照。

▶3　吸血鬼伝承をもとにした作品として，ゲーテの物語詩「コリントの花嫁」（1797年）をはじめ，ポリドリ『吸血鬼』（1819年），レ・ファニュ『吸血鬼カーミラ』（1872年），ストーカー『吸血鬼ドラキュラ』（1897年）などがある。

▶4　幻想文学を論じるツヴェタン・トドロフは，怪奇な現象が起きた時に，その原因が自然なものなのか超自然なものなのかと，読者が覚える「ためらい」が幻想の効果を生み出すと論じている。

▶5　高踏派とは，雑誌『現代高踏派詩集 *Le Parnasse contemporain*』（1866-76年）に集まったルコント・ド・リール（1818-94）らの詩人を指す。ロマン主義への反動として古典的主題の選択，形式の厳格さや完成の追求を特徴とする。

▶6　2018年2月27，28日，Bunkamura オーチャードホールにて初演。

▶7　1830年，ユゴー『エルナニ』のフランス座での初演の際に起こった古典派とロマン派の闘争。ロマン主義の勝利を画する事件とされる。

▶8　小説に登場する男装の主人公モーパン嬢は男女ともに誘惑・魅了し，性差やセクシュアリティの規範を軽々と超える人物でもある。芸術の有用性については，本書の「文学は『役に立つ』のか」（135-138頁）を参照。

六　19世紀

29 アレクサンドル・デュマ・フィス（1824-95）『椿姫』（1848年）

Alexandre Dumas fils
パリ生まれ。フランスの小説家，劇作家。『三銃士』などで知られるアレクサンドル・デュマを父，縫製工のカトリーヌ・ロール・ラベを母とし，非嫡出子として生まれた。『椿姫』，およびこの小説をもとにした同名の劇作品（1852年）が有名。他にも小説や劇作品，ジョルジュ・サンドら当時の作家と共作の戯曲やエッセーなどを残した。

図１　1872年に出版された『椿姫』の口絵
出所：Alexandre Dumas fils, *La dame aux camélias*, Michel Lévy, 1872, p. 1.

1 なぜ「不可能な愛」なのか

19世紀のフランスには，貴族や裕福な人々が妻も同伴で公然と集う社交界のほかに裏社交界《ドゥミ・モンド》（あるいは「半社交界」）と呼ばれるものがあった。『椿姫 *La Dame aux camélias*』の女主人公マルグリットは，そこでもてはやされる高級娼婦だ。マルグリットは劇場に椿の花を持って現れる。マルグリットの椿の花は月の25日のあいだは白，あとの５日は赤と決まっている。彼女はあらゆるオペラや演劇の初演を鑑賞し，毎晩，劇場や舞踏会で過ごす。

そうした華やかな暮らしは，金持ちの愛人たちの金で賄われていた。マルグリットはうぶな青年アルマンに真剣に愛されて生活を変えようとするが，二人の前には障害が立ちはだかる。文学がしばしば扱ってきた「不可能な恋」というテーマがそこにある。『ロミオとジュリエット』や『ウエストサイド物語』などと同じく，二人の社会的な位置の差が恋の障害になる。二人の背後にある社会的な力は対等ではなく，二人の心理的な葛藤も事態をもつれさせる。

青年アルマンは地方の名士の息子だった。彼の父は，息子が娼婦とつきあうことで娘の結婚や家庭の体面も危うくなると考え，別れてくれるようマルグリットに懇願する。19世紀前半の享楽的なパリの生活と堅実な地方の生活，寄るべのない一人の女性と家族の絆が対比されている。父親もマルグリットと話すうちに彼女の心の気高さに気づくが，社会の偏見に打ち勝つことはできない。マルグリットは一人の男を破滅させる「ファム・ファタル[1]」としてだけでなく，家族の存在も概念も壊しかねない不吉な存在として恐れられている。

20世紀にロラン・バルトは『神話作用』（1967年）で『椿姫』を取り上げ，この恋が「不可能な愛」に終わる理由は，身分の違いのみでなく，主人公二人の愛の観念の違いにあるとした。マルグリットの行動を決定するのは他者に認められたいという「承認」の欲求であり，アルマンの愛はブルジョワ的な，相手を獲物のようにわがものにしようとする愛だという[2]。たしかにマルグリットがアルマンとの別れを承諾するのは，彼と父に後々敬意を抱いてもらいたいからである[3]。自分が犠牲になるという考えがマルグリットの中に「清らかな誇り[4]」を目覚めさせ，彼女は死ぬまでその犠牲の内容を明かさない。

2 小説を紡ぐ言葉

この小説は，マルグリットの死後，さまざまな資料や証言から出来事が再構

▶1　本書の「ファム・ファタルとオム・ファタル」（206-209頁）を参照。

▶2　ロラン・バルト／篠沢秀夫訳（1967）『神話作用』現代思潮新社，132頁。

▶3　デュマ・フィス／西永良成訳（2008）『椿姫』光文社古典新訳文庫，415頁。

▶4　同上書，415頁。

成される仕組みになっている。『マノン・レスコー』[5]（1731年）や『カルメン』（1845年）と同じように，語り手は当事者から話を聞いて書いたという姿勢を貫く。アルマンが語り手に打ち明ける話が小説の大部分を占めている。だが物語は他のさまざまな書き言葉からも織りなされている。小説の冒頭近くで引用される手紙は，世間には知られていないマルグリットの人柄を表し，小説の末尾に引用される彼女の日記は，彼女の思いを明かす。ブルジョワ社会の恐怖や妄想の的だった高級娼婦の心理は，異なった種類の言葉の奥に隠されているのだ。

▶5　本書の38-39頁を参照。

Source gallica.bnf.fr / Bibliothèque nationale de France

図2　女優サラ・ベルナールが演じる『椿姫』のミュシャによるポスター（1896年）
出所：フランス国立図書館蔵。

物語の中に飛び交う多数の手紙は，裏の意味を持ったり，相手を意図的に傷つける取り返しのつかないものになったりもする。病気のマルグリットからアルマンに送られた手紙が「何度も読みかえされた形跡のある一枚の紙」[6]であるように，手紙はまた物であり，読んだ者の思いもそこに印を残すことがある。

▶6　同前書，53頁。

3 マノンとマルグリット，娼婦を語ること――社会の通念と書物

マルグリットの死後の競売で，アルマンがマルグリットに贈った『マノン・レスコー』を語り手が競り落とす。その本の扉には「マルグリットにマノンを敬服しつつ Manon à Marguerite, Humilité」[7]と書かれていた。この言葉の意味は完全には説明されず，小説の中で，語り手，アルマン，マルグリット，アルマンの父が，『マノン・レスコー』で語られている金持ちの息子デ・グリューと高級娼婦マノンのことを話題にし，本小説のカップルと比較する。

▶7　同上書，37頁。

作者デュマ・フィスは実際にこの小説を書くにあたって『マノン・レスコー』を読み返したことが知られている。すでに見たような語りの仕組みも，ヒロインの頭文字も，父親の役割も，二つの小説に共通している。

さらに語り手は，この物語をユゴーの『マリオン・ドゥロルム』やミュッセの『ベルヌレット』，アレクサンドル・デュマの『フェルナンド』など娼婦の愛の物語の一つに位置づけている[8]。そして，マルグリットが過去を清算したいと願っても，いちど世間の道徳に反した行いをした人間に幸福な将来はなかったことに対して，聖書の放蕩息子の挿話[9]やマグダラのマリアの例を引き合いに出し，罪を悔いた人間に対する寛容と赦しを説き，道徳論を展開する。

▶8　同上書，39頁。

▶9　『新約聖書』ルカ伝第15章11節-32節。

『三銃士』（1844年）などで有名なアレクサンドル・デュマの非嫡出子だった作者は，実際にマリー・デュプレシーという高級娼婦に失恋し，旅行中にその死を知った。作者，語り手，登場人物の間には，美しい高級娼婦をめぐる想いの複雑な循環がある。作者は本作を1852年に戯曲化した際，結末で恋人たちを再会させ，父親と和解させた[10]。小説では，娼婦に対してブルジョワ的な偏見を持つ読者の反応を予測し，語り手の言葉で作品を守ろうとしている。娼婦を書く文学作品もまた，社会の通念や読者の感情と交渉しつつ，自分が承認される位置を探っているようだ。

▶10　1851年には第二共和政下で，娼婦が主役となるこの作品は不道徳だとして上演禁止となったが，翌年，第二帝政に移って上演は許可され，成功をおさめた（デュマ・フィス『椿姫』西永良成による解説，456頁参照）。

（博多かおる）

六　19世紀

30 ジェラール・ド・ネルヴァル（1808-55）『火の娘たち』（1854年）

Gérard de Nerval
パリ生まれ。ゲーテ『ファウスト』やハイネなどドイツ詩の翻訳や演劇評も手掛ける。『東方紀行』などの旅行記，「散策と回想」などの回想録も刊行。二度の精神錯乱の発作を経て，晩年はブランシュ病院で入退院を繰り返す。

ナダールの撮影によるネルヴァル
出所：*Album Gérard de Nerval*, éd. Éric Buffetaud et Claude Pichois, Gallimard, 1993.

1 ネルヴァルの現代性

現実とは，目に見えるこの世界だけを指すのだろうか。ある言葉や音楽から蘇る過去の回想，書物やアーカイヴに残された過去の断片，夢や熱狂や空想もまた確かに存在してはいないだろうか。ロマン主義時代に生きたネルヴァルは，「現実」の境界を揺るがし，常に拡張しようとした作家であった。そのためネルヴァルが真に評価されるには，20世紀を待つ必要があった。二度の狂気[1]の発作に見舞われながらも，オリエントやドイツの旅行記を残し，幼少時代の回想や狂気の夢や幻想を描いたネルヴァルの現代性とは，いかなるものだったのか。

2 「シルヴィ」と追憶の物語

まずは作品集『火の娘たち』の中の珠玉の短編「シルヴィ」を見てみよう。パリの劇場の常連である語り手は，新聞記事を目にし，子供時代を過ごしたヴァロワ地方[2]の祭りを思い出す。眼の前に突然蘇るのは，少年の心を奪った少女との出会いであった。「木々の葉のあいだから夕陽の光が燃える矢のように射し込んでいた。若い娘たちが芝生の上で，古い歌を歌いながら輪になって踊っていた。」その日だけ村の子供の遊びに加わることを許された高貴な少女アドリエンヌは，一人輪の中に立ち「憂愁と恋の想いに満ちた古い恋の歌を一曲歌った。そうした歌ではいつだって，恋をした娘を罰しようとする父親の意志で塔に閉じ込められた姫君の，不幸な身の上が語られるのである」。

蘇った思い出に戦慄を覚えた語り手は，別の幼馴染の村娘シルヴィも思い起こす。「いまごろ，あの娘は何をしているだろう？」彼女に会いに行こうと馬車に乗った語り手の脳裏に，道中，子供時代の思い出が次々と蘇ってくる。シルヴィは生命力に輝く少女である。少年がアドリエンヌに心を移したと不機嫌になり，叔母を喜ばせようと野の花を摘み，少年とともに叔母の婚礼衣装を身にまとう。「その美しい夏の朝かぎり，ぼくらは花婿と花嫁だったのである」と語り手が回顧する場面は，田園詩の幸福の輝かしい瞬間である。

しかし，思い出の土地に到着した語り手は，現実を前にして，かつての夢が潰えるのを見るしかない。懐かしい人々はすでにこの世を去り，生き生きとした目を持つシルヴィは別人のように現代風の暮らしを送っている。それでもなお，過去の追憶，村の伝説や民謡[3]はそこここに存在し，ふとした瞬間に突然現実の中に溢れ出る。ネルヴァルにおいては夢と現実，過去と現在は地続きにあ

▷1　本書の「狂気・ドラッグ」（218-221頁）を参照。

▷2　ヴァロワ地方は，パリの北部に広がる地方で，ネルヴァルが幼年期を過ごした土地。ルネサンス期のヴァロワ朝の記憶も数多く残されている。

▷3　1852年以降の政府主導の民謡収集事業フォルトゥール調査に先立ち，ネルヴァルは伝説や民謡を収集し，1842年に「フランスの古いバラード」，『火の娘たち』に「ヴァロワの民謡と伝説」を発表している。

るのだ。こうして『火の娘たち』の他の短編においても，物語は現在や現実という枠を超えて，自在に時空間を広げてゆく。

3 キマイラの詩学，あるいは「夢の奇妙な組み合わせ」

作品集『火の娘たち *Les Filles du Feu*』[4]には，「シルヴィ」など幼少時代を過ごした霧深いヴァロワ地方を舞台にする作品群とともに，「オクタヴィ」など太陽の輝くイタリアを背景にした作品群がある。ここにはイタリアやドイツ，オリエント[5]を闊歩した旅の詩人ネルヴァルの姿が認められる。さらに作品集末尾には「幻想詩編」という８編の詩が置かれている。作品集全体を通して，異なる色調の記憶の断片が，万華鏡のように複雑な光を放つのだ。「キマイラ[6]」という詩集の名が示す通り，ネルヴァルのもう一つの特徴は，断片の組み合わせが描き出すコラージュの美にあるといえるだろう。

▶4 『火の娘たち』は「シルヴィ」を含む７編の短編と「幻想詩編」と呼ばれる８編（12編のソネ）の詩集から構成される。なお，ソネとは14行からなる定型詩を指す。ソネに関しては，本書の20頁を参照。

▶5 ネルヴァルは『東方紀行』（1851年）において，ウィーンを経由し，エジプト，シリア，トルコに滞在した旅行記を書いている。本書の「旅行者」169頁を参照。

▶6 「幻想詩編」のフランス語タイトルである「キマイラ *Les Chimères*」は，ライオンの頭，ヤギの胴，ヘビの尾を持ち，口から火を吐くとされる神話上の怪獣を指す。また転じて異質なものの組み合わせ，とりとめのない幻想という意味も持つ。

「幻想詩編」の「ミルト」には，ナポリの岬の輝かしい光が溢れ出る。

私はお前を想う，ミルトよ，神々しい魅惑の女よ，
また想う，そびえ立つポジリポ，千の光で輝く丘を，
Je pense à toi, Myrtho, divine enchanteresse,
Au Pausilippe altier, de mille feux brillant,

「〈憂鬱〉の〈黒い太陽〉」が照らす詩「廃嫡者《エル・デスディチャド》」には，二度の精神錯乱の発作と『オーレリア』（1855年）にも描かれる狂気の夢や幻想が重なり合う。

私は闇に沈む者，――寡夫，――慰めなき者，
Je suis le ténébreux, — le veuf, — l'inconsolé,

作品集ではさらにヴァロワ地方の民謡の素朴な声も響き（「白薔薇の下を／美しい娘が散歩する」），書物の中から見出された奇妙な逸話や日常生活の些末な出来事もユーモラスに書き留められる。しかし，難解な詩人ネルヴァルと，遊歩者ネルヴァルとは決して切り離すことができない。狂気の幻想や神秘主義に彩られた重厚さから，日常生活のきらめきを活写する軽快さへと，一足に駆け抜ける軽やかさこそが，ネルヴァル作品の特質であり魅惑であるのだ。

4 20世紀におけるネルヴァル再評価

20世紀の作家プルースト[7]はネルヴァルが「フランス語で書かれた中でおそらくもっとも美しい詩句」を書いたと述べ，自らも探求する無意思的記憶を描いたモデルとして「シルヴィ」を「とある夢のそのまた夢」と讃えた。詩人アポリネールは「私は彼を兄弟のように慕ったことだろう」と書き，ブルトンは『シュルレアリスム宣言』において，ネルヴァルの「超自然主義」を自らの先駆として位置づけている[8]。現実から逃れ出る夢のきらめき，香り，響きを軽やかに辿ろうとしたネルヴァル作品は，今もなお読者を惹きつけてやまない。

（辻川慶子）

▶7 本書の86-87頁を参照。

▶8 シュルレアリスムについては，本書の83頁▶3，98-99頁および221頁を参照。

六　19世紀

31 シャルル・ボードレール（1821-67）『悪の華』（1857／61年）

Charles Baudelaire
パリ生まれ。1845年のサロン評でデビュー。代表作は詩集『悪の華』。美術・文芸批評も手掛け，エドガー・アラン・ポーの仏訳や死後出版された散文詩集『パリの憂鬱』も有名。生存中は借金や病気に苦しみ不遇だった。

ボードレール（撮影ナダール）
出所：Jean-Paul Avice, Claude Pichois, *Passion Baudelaire*, Paris, Les Éditions Textuel, 2003, p. 96.

1 危険な本

詩集『悪の華』の原題は「*Les Fleurs du mal*」。「mal」には，「悪」以外にも，「苦痛，害悪，苦労，病気，罪」などの意味がある。「花」を意味する「fleurs」は複数形で，単なる「花」ではなく「詩」の隠喩として読める。つまり，様々な「mal」を根に持った百花繚乱の詩が咲き誇っている詩集，それが『悪の華』である。この挑発的な題名の詩集が1857年に出版された際，風俗壊乱の罪で有罪判決を受け，6編の詩の削除が命じられた。ところが，このようにスキャンダラスな詩集が，今日はフランス文学不朽の名作と言われている。なぜ刊行された当初は，危険な本とみなされていたのに，今日では古典になったのだろうか[1]。

2 逆転した「アベルとカイン」

1861年には，新たに32編が加えられた第二版『悪の華』が出版される。その中には辛うじて削除を免れた作品も含まれている。たとえば「アベルとカイン」は，宗教道徳を紊乱《びんらん》していると裁判では糾弾された。

カインの子孫よ，天までのぼって	Race de Caïn, au ciel monte,
神を地上に投げ落とせ！	Et sur la terre jette Dieu!

この最終節だけを読めば，確かにとんでもない暴言としか思えない。もともと，カインとアベルは『旧約聖書』に出てくるアダムとイヴの子どもで，兄のカインが神の寵愛を受けた弟アベルを妬んで殺し，神に呪われて追放される話である。その悪人カインの子孫が，「神を地上に投げ落とせ！」とはどういうことか。詩をよく読むと，実はこの「神」，必ずしもキリスト教の「神」を指しているわけではない。アベルの子孫に対して「お前の金まで子どもを生む」などと罵っていることから，高利貸しや銀行家のことを非難していることがわかる。つまり，ボードレールの時代に発展した資本主義社会が批判の対象となっており，詩人の怒りは労働者を搾取する社会制度，拝金主義的な「神」に向けられているのである。この批判，現代社会にも通じるところがないだろうか。まるで預言者の言葉のように，読者の心に突き刺さってくる詩である。

3 一目惚れ――「通りすがりの女性へ」

そもそも『悪の華』にある詩は，どれもが危険で挑発的なものではない。後に誕生する象徴主義[2]の基本理念を歌ったとされる「万物照応」，幼少期に父を

▶1　古典の成立については，本書の「『フランス文学史』の誕生」124頁を参照。

▶2　象徴主義（サンボリスム）とは文学，絵画，音楽などの分野で19世紀末に生じた芸術運動。主に目に見えない内面世界や観念などを象徴や音楽で暗示的に表現しようとする。本書の157頁および178-179頁も参照。

亡くした後，母と二人きりで暮らした思い出を綴った詩，恋人との甘美な時を再現した「バルコニー」など，多種多様な詩が含まれている。だからこそ裁判にかかった時，ボードレールは詩集が「全体において判断」されることを望んだのだろう。一部の過激な詩だけで詩集の価値を判断することはできない。

第二版『悪の華』に新設された「パリ情景」という章に含まれる詩はとくに名作と呼ばれているものが多い。たとえば「通りすがりの女性へ」。ある日，馬車などの音で騒々しい通りを歩いていたら，喪服を着た華麗な女性が自分の前を通り過ぎる。話者はその瞳に呑み込まれ，金縛りにあったように立ち尽くしてしまう。そのことに女性も気が付いて，お互いを意識したことはわかっているのに，もう二度と会えない。

> なぜならあなたがどこへ逃げるか私は知らない，あなたも私の行先を知らない，
> ああ，私が愛したはずのあなた，それを知っていたあなた！
> Car j'ignore où tu fuis, tu ne sais où je vais,
> Ô toi que j'eusse aimée, ô toi qui le savais!

一瞬で心を虜にされながら，もう二度とその人に出会うことはできない，そんな切ない思いを読者も街中で経験したことがないだろうか。この詩が書かれたのは19世紀のパリである。セーヌ県知事オスマン◁3の主導によるパリ大改造が行われ，わたしたちが今日見るパリの姿が現れた時代である。この新しいパリという舞台が詩の成立には必要不可欠であった。もちろん，それまでに一目惚れがなかったわけではない。しかし，出会いの場だった社交界や劇場は，名前も家もある程度特定された一定の社会階層が集まる場であった。ところが，ボードレールの描いたパリの街は，階級を問わない，名前もない，純粋に匿名の世界である。さらに，過去も未来もない儚い一瞬の情景である。そこに現代にも通じるボードレールの詩の新しさがあった。通りすがりの女性以外にも，ボードレールの描いたパリには，屑屋，売春婦，貧者，老婆など，今まで詩にはあまり登場しなかった人々，周囲からは忘れられた人々が登場する。『悪の華』は，近代都市の周縁で人知れず死んでいく名もなき者たちの記録でもあるのだ。

▶3　オスマン（1809-91）は，フランス第二帝政期に皇帝ナポレオン３世と共にパリの大改造を推進した政治家。本書の「パリ」（172-175頁）を参照。

4 世界の見え方

ボードレールは詩人であると同時に美術・文芸批評家でもあった。そのため，どの作品も批評家ならではの慧眼，明晰さ，そして時には皮肉によって支えられている。だからこそ読者は，『悪の華』の中に現代社会への痛切な批判だけではなく，自分自身の姿を見出すこともできるのであろう。詩集に込められたボードレールの批判，怒り，悲しみを一言ずつ味わうことで，世界が違って見えてくるに違いない。これからは，スマートフォンだけではなく，ポケットに『悪の華』も潜ませてみよう。スマートフォンは便利な情報を教えてくれるかもしれないが，『悪の華』は未知の風景を見せてくれるだろう。（畠山　達）

六　19世紀

32 ギュスタヴ・フローベール（1821-80）『ボヴァリー夫人』（1857年）

個人的な話で恐縮だが，筆者がフランス文学の道に進むことになったきっかけの一つは，高校時代に『ボヴァリー夫人 *Madame Bovary*』を読んだことだった。たまたま手に取っただけなのだが，気がついたときは朝になっていた。読み終えたあとの茫然とした感覚は今でも忘れられない。それはおそらく，まだ経験もしていない人生というもの，とりわけ人生の虚しさというものを，この本を通して知ってしまったという感覚だったような気がする。

1 エンマの物語

ストーリーはかなりシンプルだ。主人公エンマは，ノルマンディー地方の比較的裕福な農家のひとり娘。当時の習慣どおり修道院で簡単な教育を受け，世の中のことをほとんど知らないまま，ロマンチックな夢を抱いて免許医[1]のシャルルと結婚する[2]。しかし結婚生活はごく平凡なもので，憧れていた「情熱」や「陶酔」はやって来ない。それでもエンマは「幸福」を求めつづける。自分を取り巻く平板で狭苦しい世界に，どうしても満足することができないのだ。やがて彼女は不倫に走り，束の間の喜びを購うために借金を重ねて自滅してゆく。

エンマの暮らしぶりは，まわりから見れば人並み以上と言える。それなのになぜ彼女は「今・ここ」の現実に満足できないのだろう。当時の女性の地位の低さとか，都市と地方の格差といった社会的状況と関係づけて考えることももちろんできる。しかしそうした理由だけでは，身を焦がすような彼女の内心の思いを理解することは難しい。この小説を読んでエンマは「わがまま」で「身の程知らず」だという印象を抱く人も多いにちがいない。

ジュール・ド・ゴーティエ[3]は，エンマのような心のあり方を「ボヴァリスム」と名付けた。一見病名のようだが，彼はこのことばを「自分を自分とは違う者と考える，人間に分け与えられた能力」と定義している。あのドン・キホーテを冒険へと駆り立てたこのような想像力は，すべての人間の心の中に秘められている。傍からはどれほど恵まれているように見えても，人はかならずしも自分が置かれた現実に満足できるものではない。想像力に基づく人間の欲望は，現実の人生や世界にくらべて大きすぎるのだ。

2 別の側からみれば

一方，同じストーリーをエンマの夫シャルルの側からたどってみれば，まっ

Gustave Flaubert
ルーアン生まれ。文学にすべてをささげた人生を送るが，散文表現の完璧性を追求するあまり，生前に出版した作品は『ボヴァリー夫人』（1857年），『サラムボー』（1862年），『感情教育』（1869年），『聖アントワーヌの誘惑』（1874年），『三つの物語』（1877年）の5作のみ。未完の遺作に『ブヴァールとペキュシェ』がある。

フローベールの肖像
出所：Jean Bruneau, Jean A. Ducourneau, *Iconographie commentée Album Flaubert*, Gallimard, 1972.

▶1　免許医とは当時の制度で，いわば二級の医師。特定の地域で限られた範囲の医療行為を行った。

▶2　本書の「結婚とその外」（210-213頁）を参照。

▶3　ジュール・ド・ゴーティエ（Jules de Gaultier, 1858-1942）は，フランスの哲学者・批評家。1902年刊行の『ボヴァリスム』で有名。

たく別の物語が浮かび上がってくる。愚直で不器用な少年シャルルは，母親の言いつけに従順にしたがって苦手の勉強に励み，なんとか免許医の試験に合格する。年上の未亡人との結婚，田舎の村での開業と，その後の彼の人生も親が決めたプラン通りに進められてゆくのだが，そんなある日エンマとの「運命の出会い」が起こり，最初の妻の死後，シャルルはエンマとの結婚にこぎつける。そしてエンマとはまったく逆に，結婚生活の中に完璧な幸福を見出し，すっかり満足してしまう。

シャルルの物語がふたたび動きはじめるのは，エンマの死後だ。彼には妻の自殺の理由がどうしても理解できない。そして理解できないことに苦しみつつ，失われた幸福の思い出にどこまでも執着しながら，ひっそりと死んでゆく。

エンマの人生とシャルルの人生は，夫婦でありながら正反対の方向を向いており，まったく重なり合わない。ふたりの物語をたどってゆくとき，人間とはこんなにもお互いに理解し合えないものなのか，と驚かされるほどだ。

3 小説の力

しかし私たち読者には，想像力を充分に働かせさえすれば，エンマの心もシャルルの心も理解することができる。ジュール・ド・ゴーティエが言うとおり，人には「自分とは違う者」になれる「能力」がある。小説の読者の特権は，エンマの果てしない欲望や虚しい幸福の追求も，シャルルの自己満足や失われた愛への執着も，同時に自分のものとして味わえることだ。

それだけではない。この小説にはほかにも多くの人物たちの物語が埋め込まれており，全体としてみれば人間社会のひとつの縮図になっている。私たちは彼らの姿を外から眺めることによって，社会全体を大きく俯瞰する視線も手に入れることができるだろう。個々の人生と同時に，そうした人生相互の関わり合いやそれら全体を動かしている力をも理解することが可能なのだ。

小説を読む者は他者の人生を想像力の中で生きることによって，自分自身の人生を超えてゆく。ノーベル賞作家バルガス＝リョサ◁4は絶望のさなかに『ボヴァリー夫人』を読んで，「エンマの物語，というかむしろエンマの死は，私には測り知れぬほどの救いとなった」と述べている。この小説は未熟な高校生に「人生の虚しさ」を教えてくれた。しかしその虚しさの実感は，読者を絶望に導くような性質のものではなかった。むしろそれは，想像力による共感の力と世界を俯瞰する視線を通して，人に生きる力を与えてくれるものだったということが，今ではわかる。

そのような力を生み出すものは，物語の内容だけではない。フローベールは読者の共感と理解を引き出すために，5年の歳月をかけてこの小説にさまざまなことばの工夫をこらした。そのことばの工夫と美しさもぜひ味わってほしい。

（朝比奈弘治）

▶4 バルガス＝リョサ（Mario Vargas Llosa, 1936-）は，ペルーの小説家。引用は工藤庸子訳『果てしなき饗宴』筑摩書房，1988年，19頁より。

六　19世紀

33　ジュール・ヴェルヌ（1828-1905）『地底旅行』（1864年）

Jules Verne
ナント生まれ。1863年の『気球に乗って五週間』からはじまる〈驚異の旅〉シリーズで人気作家となる。彼の作品にはしばしば児童文学というレッテルが貼られるが，近年その文学性が再評価されている。ルーセル，サルトル，ル・クレジオなど，ヴェルヌへの愛着を語る作家は数多い。

ヴェルヌの肖像
出　所：Patrick Avrane, *Jules Verne*, Stock, 1997.

▷1　ヴェルヌのこの小説は1873年の出版だが，5年後の1878年に早くも邦訳された。川島忠之助によるこの訳書は，初めて原典から日本語に翻訳されたフランス文学の作品である。本書の119頁および126頁を参照。

1　旅と物語

『ミステリアス・アイランド』『海底２万マイル』『センター・オブ・ジ・アース』といえばディズニー・ファンにはお馴染みの名前だろう。これらはすべてジュール・ヴェルヌの小説の題名から採られている。19世紀末の小説家ヴェルヌは，〈驚異の旅〉という総題のもとに，地球上のあらゆる場所を舞台とした旅の物語を次々に発表して，世界中で大人気を博した。明治期の日本でも『八十日間世界一周[1]』をはじめ多くの作品が，ほぼ同時代的に翻訳・紹介されて，一種のブームを引き起こしている。

旅の醍醐味は何といっても未知との遭遇にある。グーグルマップもウィキペディアもなく，世界地図にはまだ空白の部分が残されていた時代，旅する者はほとんど予備知識もなしに冒険に乗りだし，帰ってくると旅先の経験をまわりの者に語り聞かせた。人々はきっと胸を躍らせながら，夢中になって耳を傾けたにちがいない。ヴェルヌの小説は，そうした未知の世界の物語を聞く喜びと興奮を，現代の私たちにも味わわせてくれる。

2　いざ，出発！

『地底旅行』（原題は『地球の中心への旅 *Voyage au centre de la Terre*』）の語り手は，冒険などまっぴらという臆病な若者アクセルだ。旅の道連れはアクセルの伯父で猪突猛進型の鉱物学教授リーデンブロックと，沈着冷静で寡黙な案内人ハンス。性格が極端に違うこの三人が絶妙のトリオをかたち作って，波乱万丈でありながらちょっと滑稽な珍道中をくり広げてゆく。

物語の発端となるのは，古本の中から偶然見つかった古文書の解読である。16世紀の錬金術師が残した暗号文を，甥の助けを借りてみごとに解いたリーデンブロック教授は，いやがるアクセルを引き連れてアイスランドへと向かい，現地で雇ったガイドのハンスとともに，古文書に示された火山の噴火口から，地球の中心を目指してどこまでも下ってゆく。地下の奥深くには，はたしてどのような世界が広がっているのだろうか……。

3　科学と夢想

ヴェルヌはよく「SF（サイエンス・フィクション）の父」と呼ばれることがある。実際彼の作品の中には，潜水艦，飛行機械，立体映像装置，動く洋上都市など，当時はまだ存在していなかった（あるいは実用化されていなかった）科学技術がしばしば登場する。しかし彼はあまり遠い未来や宇宙空間などを描こうとはしない。科学に対する彼の態度は，むしろ教育的なものだ。『地底旅行』の中でも，鉱物学，地質学，古生物学，物理学などの最先端の知識や学説が，学者の伯父が甥と交わす議論を通して紹介され，それらが登場人物の目の前で実際に検証されてゆく。読者はこうして物語を読み進めながら，さまざまな学問をいわば「体験学習」できる仕組みになっているわけである。

しかしこの小説のいちばん面白いところは，そうした科学的に説明できる世界が，しだいに空想あるいは夢の世界に置き換えられてゆくところだろう。三人の旅人の前に現れるのは，まさに驚異の異世界だ。地球の内部にうがたれた広大な空洞，地底に広がる果てしない海，高さ十メートルを超える巨大キノコの森，イクチオザウルスとプレシオザウルスの戦い，そしてマストドンの群を飼う先史時代の巨人……。

地下への下降は，時間的遡行と結び付けられており，地底には今もなお太古の世界が息づいている。そこはいわば起源の場所であり，生命の故郷と言ってもいいかもしれない。地球の内部を探る科学的探究の旅は，こうして神話的な夢想の旅に姿を変えてゆく。

4 可愛い子には旅をさせよ

『地底旅行』はまた，ひとつの教養小説[2]として読むこともできる。出発のときには臆病で優柔不断な若者だった主人公のアクセルは，さまざまな冒険と試練によって鍛えられ，しだいに成長してゆく。なかでも道に迷って仲間からはぐれ，真っ暗な迷路にひとりで取り残される場面は印象的だ。彼はここで絶望と恐怖のあまり狂気におちいって意識を失うのだが，この一種の死の体験とそこからの再生は，彼の人生全体における「旅」の意味を象徴するもののように思える。子どもとしての自分がいったん死ぬことによって大人としてよみがえる，いわばイニシエーションの儀式というわけだ。地獄めぐりにも似た地下の旅を通過したのち，地上への勝利の帰還を果たした彼は，最後に愛するグラウベンと再会し結婚することになるだろう。

『地底旅行』はそうした意味でも教育的な作品と言える。ヴェルヌの小説を生涯にわたって刊行しつづけた出版者エッツェル[3]は，「面白くてためになる」少年少女向けの教育的な小説をヴェルヌに期待していた。ヴェルヌはその期待をはるかに超えて，子どもの成長をはぐくむとともに，大人の読者も夢の世界に誘い込むような，読みごたえのある作品を次々と生み出していった。

旅は人を楽しませ，人を鍛える。そして読書もまた……。ノーベル賞作家ル・クレジオは「読むことは旅することだ[4]」と言っている。

（朝比奈弘治）

図１　『地底旅行』の挿絵から「キノコの森」および「恐竜の戦い」

エッツェル社の豪華本を飾るリウーの挿絵。ヴェルヌの作品は廉価版出版ののちに，プレゼント用の挿絵入り豪華本として再版された。

出所：Jules Verne, *Voyage au centre de la Terre*, vignettes par Riou, Hetzel, 1867.

▷2　本書の85頁▷7を参照。

▷3　エッツェル（Pierre-Jules Hetzel, 1814-86）は，19世紀フランスの編集者。ヴェルヌを発見して育てあげ，〈驚異の旅〉シリーズを二人三脚のようにして出版していった。バルザックやユゴーの刊行者でもあり，作家および政治家としても活躍している。

▷4　引用は中村隆之訳『氷山へ』水声社，2015年，13頁より。ル・クレジオについては，本書の112-113頁を参照。

六　19世紀

34　エミール・ゾラ（1840-1902）『ボヌール・デ・ダム百貨店』（1883年）

Émile Zola
1840年生まれ。エクス＝アン＝プロヴァンスで幼少期を過ごし，中等学校で後の画家ポール・セザンヌと友情を育む。18歳でパリに上京し，新聞記者として美術批評を手がけ，マネの芸術を擁護した。『テレーズ・ラカン』（1867年）で最初の成功を収めたのち，遺伝と環境の宿命に翻弄される一家族の歴史を描く，『ルーゴン＝マッカール叢書 *Les Rougon-Macquart*』を構想。労働者の過酷な現実を描いた『居酒屋』（1877年）や『ジェルミナル』（1885年）は，自然主義文学の傑作とされる。19世紀末のフランス社会を二分したドレフュス事件に際しては，『オーロール』紙に「私は告発する！」（1898年）を発表し，ドレフュス大尉の再審要求運動に大きな影響を与えた。ドレフュス事件については，本書の136-137頁を参照。

エミール・ゾラの肖像
出所：フランス国立図書館蔵。

1 ミシンが変えたモード産業

19世紀のパリは，五度の華やかな万国博覧会[1]の舞台となった。1855年の第1回パリ万博で金賞を獲得したのが，シンガー社のミシンである。この発明品は，それまで伝統的な手工業だったモードのあり方を根本的に変えた。機械によって「既製服 prêt-à-porter」の大量生産が可能となり，消費者を魅惑する「グラン・マガザン[2]」が次々とパリに創業したのだ。ゾラは実在の店「ボン・マルシェ[3]」をモデルに，『ボヌール・デ・ダム百貨店 *Au Bonheur des Dames*』（直訳は「ご婦人方の幸福に」）を創造し，綿密な取材に基づいてモード産業の最前線を詳述した。従業員の食堂や寮生活，休暇，密かに育む社内恋愛などの舞台裏も描かれ，自然主義作家の面目躍如たる「お仕事小説」だ。

主人公のドゥニーズは，弟二人を養うために布地販売店を営む伯父を頼って上京する。初めての大都会で彼女が見惚れたのは，雨の夜に燦然と輝く，レースや既製服で優美に飾られたショーウィンドーだった。それこそが，天才的な事業家ムーレが経営する「ボヌール・デ・ダム百貨店」であった。売り子として採用されたドゥニーズは，鮮やかな色彩の布地や小物で自在に夢幻的なイメージを表現する，ディスプレイの魔術師ムーレに惹かれていく……。

2 征服される女性たち――ショッピングはやめられない！

ゾラは鋭い洞察によって，群衆の消費欲という不可視の欲望を，百貨店という巨大な装置を起動し，資本主義社会におけるモノと人の循環を促すエネルギーだと看破した。夏物セール，冬物セール，そしてラストの白物[4]大展示会では，絢爛豪華な万博会場さながら，異国趣味豊かな光景が圧倒的迫力で描かれる。本作のバーゲンの場面には，19世紀の百貨店で実際に導入され，現代にも通用する広告・販売戦略が複数登場する。たとえば，店員たちが客に配慮して整理した商品の陳列棚を，ムーレはすべてひっくり返す。客をわざと混乱のうちに放り出し，疲労の中で余計な出費をさせろというのだ。女性客にはドリンクバー，付き添いの夫には読書室が用意され，子供たちには無料で赤い風船が配られる。何万ものロゴ入り風船が街路にたなびくと，店の宣伝効果は倍加する。

消費者側もムーレの戦略にやられっぱなしではない。店員にあれこれ命令するのが楽しくて試着室に居座る客，買った服の返品を繰り返す客など，モンスタークレーマーのはしりというべき手強い女性が登場する。ある常連の貴婦人は，うっとりと布地をまさぐりながら，コートの中に大量のレース製品を滑りこませて万引きする。のぼせ上がって髪を振り乱し，セール品を奪い合う女性客の際限ない物欲は，夫たちを絶望させ，仕掛け人ムーレさえも戦慄させる。

3 ブラック企業をホワイト企業へ？

ムーレの視点から描かれるドラマは，資本主義経済の厳しい現実だ。他店との激しい競争から，人材や土地の奪い合いも起こる。他店から引き抜いたスタッフには手厚く，独立したスタッフには容赦なく，ムーレの経営方針はシビアだ。ドゥニーズの伯父の店を含む，伝統的な販売スタイルの個人商店が，「ボヌール・デ・ダム」になじみの客を奪われ次々と駆逐される様は哀切である。しかしゾラは，近代資本主義を象徴する「消費のカテドラル」を手放しで称賛しているわけではない。控えめな売り子ドゥニーズが，上司のパワハラや同僚のいじめに耐え，巨大な組織の内に立場を築き，社会的自立を勝ち取る着実な歩みも描かれている。彼女は社長の愛人という陰口を叩かれ，一度はリストラされるが，誠実な接客と献身的な仕事ぶりで逆境を跳ね返す。クビを恐れる妊娠中の親友のため，福利厚生の充実を上層部に提案するなど，現代の企業が見習うべき描写も多い。ドゥニーズの影響で，「ボヌール・デ・ダム」には図書室や教養講座，娯楽クラブが設置され，労働組合の設立も検討される。大量消費社会の先にゾラが想い描いたのは，労働者の権利が守られ，富が公正に分配される調和した共同体だったのだ。

4 ハッピー・エンドに隠された思い

「ボヌール・デ・ダム」の事業が拡大発展するにつれ，ムーレとドゥニーズは，互いに補い合う魅力を見出し惹かれあうが，身分違いの恋に娘は身をひこうとする。しかし最終章で，花嫁や祭壇をモチーフにムーレが装飾した純白の展示会は空前の大成功を収める。雨のように降る金貨の音と群衆のざわめきに包まれ，ついにムーレはドゥニーズに求婚する。「ご婦人方」ではなく，彼ら自身の幸福を示唆して物語は幕を閉じるのだ。『居酒屋』（1877年）や『ナナ』（1880年）などの悲劇的な結末とは異なる，ゾラには稀なシンデレラ・ストーリーである。

本作は，『ルーゴン＝マッカール叢書』（1871-93年）全20巻のちょうど折り返し，第11巻に当たる。当時のゾラは愛する母や師フローベールなど近親者の相次ぐ死によって，心身の不調に陥っていた。その苦しみを振り払うべく，本作は「現代生活の詩」と定義され，苦い現実よりも理想的な未来を向く結末となったのだ。晩年のゾラは，『四都市福音書』（1899-1902年）で労働の歓びがもたらす調和した社会を訴えるが，その思想的転機となった重要な作品でもある。

（福田美雪）

図1　百貨店「ルーヴル」の店内（1880年頃）

出所：*L'impressionnisme et la Mode*, sous la direction de Cloria Groom, catalogue d'Exposition, Musée d'Orsay-Skira Flammarion, 2012, p. 224.

▶1　19世紀のパリで1855年，1867年，1878年，1889年，1900年に開催された。万博のたびに電話や自動車，エッフェル塔やメトロなど，最新技術の産物が都市生活にもたらされ，人々の生活や意識を劇的に変えていった。

▶2　グラン・マガザンとは従来の小売店と異なり，鉄骨とガラスの広大な建築空間に，あらゆる種類のモード商品を陳列するデパートのこと。19世紀後半には，「ボン・マルシェ」「プランタン」「ラ・サマリテーヌ」などが創業し，現在まで存続している。

▶3　「ボン・マルシェ」は，アリスティッド（1810-77）とマルグリット（1816-87）のブシコー夫妻が，1852年パリ7区に創業したグラン・マガザン。斬新な経営戦略と，福利厚生に重きを置いた経営方針で知られる。夫妻は富を従業員に分配する意識をつねに持ち，慈善事業にも熱心だった。

▶4　白物（blanc）とは，白い布地でできた製品のこと。主にリネン類や下着，ハンカチなどを指す。作中ではドレスや小物類もすべて白で統一され，絹やサテン，綿やレースなど，あらゆる種類の布地が登場する。

六　19世紀

35　アルチュール・ランボー（1854-91）『イリュミナシオン』（1886年）

Arthur Rimbaud
フランス北東部，アルデンヌ県の県都シャルルヴィル生まれ。1871年にヴェルレーヌと知り合い，パリの詩壇にデビューした。1873年７月，共に放浪生活を送っていたヴェルレーヌといさかいがあり，銃で撃たれて手首を負傷。1875年ごろまでには文学をやめて放浪生活の末，アデン（イエメン）やハラール（エチオピア）などを拠点に交易に従事。1891年，右脚に腫瘍を患ってマルセイユに移送され，11月10日死去。

ランボー
出所：Claude Jeancolas, *Passion Rimbaud: l'album d'une vie*, Textuel, 1998.

1　筆を断つ詩人

ランボーが詩人であった期間は短い。もちろん，詩人で「あり続ける」ことが，経済的にも才能の点でも簡単だった時代などないだろう。しかし彼は行き詰まって諦めたのではない。パリの文学界で知られるのはまだ17歳になる前のこと，そして21歳の誕生日を迎える前にはすでに何も書かなくなっている。多く見積もっても４年とちょっとの文学人生――いや，人生を歩き始めるために文学を捨てた彼に，「文学人生」とは似合わない。

詩が書けなくなったのではない。ランボーはつねに「書けた」。「書けない」ことと向かい合わざるを得なかったマラルメ[1]や，創造力が尽きても書き続けて生涯を終えたヴェルレーヌとはえらい違いである。学校で課せられたラテン語詩を見事にこなし，大人の詩人に混じれば彼らを瞠目させるような詩を書いてしまう。早熟の天才という点で彼に敵しうるのは，17歳でアカデミーのコンクールに優勝し，詩の雑誌を創刊したユゴー[2]くらいのものだ。

ランボーは書き続け，あるとき，彼の方から文学に絶縁を申し出る。もっとも，別れを切り出された文学もさほど驚かなかっただろう。彼はいつも，己の詩の宿命的破綻をこそ書いていたのだから。

2　先取りされる破局

たとえば，1871年の出世作「酔い痴れた船[3]」である。詩人が「船」となって語る血湧き肉踊る冒険譚であり，形式の面でも，革新的な韻文の扱いは詩人たちを大いに驚かせた。しかし，次から次へと繰り出される華麗な光景はやがて，想像力の過剰な運動のせいで悪酔いの色を帯び，自滅願望へと至る――「ああ，竜骨よ砕けろ！　おれは海に入るんだ！」。

思い起こされるのは故郷の水――「黒く冷たいあの池，花薫る夕暮れに悲しむ子供がひとりうずくまり，五月の蝶のようにはかないひとひらの舟を放つ池[4]」。詩人は幼年期，仄暗く淀んだ孤独へと退行しているようでもある。しかしこれはもちろん，詩壇にデビューしようとする若者の気後れではない。想像力が生み出す船はまがい物だが，そのまがい物が内側から勝手に壊れるところまでは行ける。首都に到着したばかりの少年はそう信じて疑わなかっただろう。

そして1873年，ランボーは，ついに文学に三《み》行《くだり》半《はん》を突きつける。『地獄の一季節 *Une saison en enfer*』である。ときに脈絡を外す独白をそのまま記録し

▶1　本書の74-75頁を参照。
▶2　本書の54-55頁を参照。
▶3　« Le bateau ivre » 十二音節詩句（アレクサンドラン）で全25詩節，100行にわたる韻文詩。アメリカの大河を下っていた船たる「私」が大海に出て，さ

たかのような本作において，彼は自らの詩作を「言葉の錬金術」として提示し，それを清算すると宣言する。怪しげな虚構とは今後一切手を切り，「ごつごつした現実」に戻るのだ――。もっとも，印刷・製本まで終えたこの訣別の辞は，出版費用が払われなかったために死蔵され，世に出ることはなかったのだが。

3 『イリュミナシオン *Les Illuminations*』

しかも，ランボーはやめると言ったあとも，どうやら書いていたようだ。

かつての同道者であり愛人であったヴェルレーヌが『イリュミナシオン』の総題のもと，ランボーが残した散文詩の原稿を雑誌掲載したのが1886年のこと。当のランボーはすでに放浪の舞台を中近東に移し，不確かな交易に携わっていた。死んだという噂もあったほどだから，出版にあたって著者の同意はない。

誰しも気になるのは，後から出てきたこの『イリュミナシオン』がいつ書かれたのか，ということである。『地獄の一季節』より前か，後か。あれだけ派手な身振りで詩を捨てたと言っておいて，また詩を書いたなんてあり得ない。だってそれじゃあ，別れる別れると言って相手の気を惹こうと試みる未熟な恋人みたいじゃないか。好きだから，情熱をかけているからこそ，一度やめると言ったその言葉は絶対だ――そう考える人はつまり，ランボーの突然の別れに，青春らしい一途な気持ちを読み取りたいのだろう。

ところが，さまざまな状況証拠によって，『イリュミナシオン』の少なくとも一部は『地獄の一季節』よりも後に書かれたことがわかっている。しかもそれは，字の綺麗な友人に浄書まで頼んだ原稿で，出版の準備を推測させる。

じゃあなんで，やめるだなんて大見得を切ったのか。あるいはなんで，やめたはずの詩を書くことにしたのか。――それは結局，20歳のランボーに聞いてみないとわからない。もっとも，約束を律儀に守るような真面目な男ではない[5]。そして真面目ではなかったからこそ，ランボーは想像が走るのに任せて書き進んだ。彼にとって，詩を棄てるという宣言さえも，遊び飽きた玩具と同じような，古びた詩想に過ぎなかったかもしれない。

『イリュミナシオン』に収められた散文詩の多くが，突然断ち切られるように終わるのも，ランボーという「遊び手」の不真面目さを示しているだろう[6]。レクリエーションの時間のあとの，無人の砂場のようなこれらの詩の中には，作りかけの宮殿が放置され，通俗本の挿絵の怪物が動き回っている。

しかし見方を変えれば，私たちが今，『イリュミナシオン』を読むことができるのは，ランボーに少しだらしないところがあったおかげなのだ。出発にあたって，彼は原稿をきちんと始末したりはしなかった。マラルメや他の大人の芸術家のように，未完成の作品をすべて焼却しろなどと言い残したりはせず，ただ彼は，手ぶらで遊戯場を去ったのである。

（原　大地）

まざまな驚異に出会う遍歴を描くが，ランボー少年はこのとき海を見たこともなかった。彼が着想を得たのは，神話やキリスト教伝承，あるいはシャトーブリアンやヴェルヌなどの読書の経験であったことがわかっている。詩における「私」に関しては，本書の「自己」（202-205頁）を参照。

▶4　Arthur Rimbaud, *Œuvres complètes*, Gallimard, 2009, p. 164.

▶5　ランボーの「小説」という詩は，「17歳のときに，真面目でなんかいられない」という詩行ではじまる。6月の夕暮れに始まり8月には終わった少年の淡い恋を歌った詩だが，最後に記された日付，「1870年9月29日」の時点ではランボーはまだ17歳でさえなかった。背伸びして大人ぶる「ふまじめな」少年らしい，微笑ましいエピソードだが，そののち，20歳になったランボーが真面目な大人になったという証言は，どうもなさそうだ。

▶6　「風が吹いて炉の境界が吹き飛ばされる」（「下卑た夜想曲」），「白い光が空の高みから落ちてきて，この喜劇を消し去った」（「橋」），「新たな愛情とざわめきの中の出発！」（「出発」）等々。

六　19世紀

36 ステファヌ・マラルメ（1842-98）『サイコロの一振り』（1897年）

1 難しいマラルメと難しくないマラルメ

難しい文学と易しい文学がある。

たとえばこの本に紹介されている作家で言えば，ヴェルヌ[1]やルブラン[2]は易しい文学のうちに入るだろう。ある文学が「易しい」とはどういうことだろうか。素早く読める，あるいは，読んでいて楽しい，単語や文法が平易だ，意味が単純明快である——いろいろな見方ができそうだが，いずれにせよ，どれもマラルメの詩には当てはまらなそうだ。

そう，ステファヌ・マラルメは難しい詩人である。それも，私たちが外国人だから，とか，1世紀以上昔の人によって書かれたから，という理由で難しいのでは，おそらくない。マラルメの詩は，彼が生きていたその当時のフランス人にとっても，難解なものとして知られていた。

しかし，マラルメという人物が「難しい人」か，というと，まったくそうではなかった。機嫌悪く塞ぎ込んでいる人，とか，真意を計り難い人，という評判はない。家族と交わした手紙には，温かい情愛が素直に表れている。また，他の作家たちとの手紙でも，話題は幅広く，語り口は真率だ。何より，本人の写真を見てほしい。この，身なりの整った温和な紳士という風貌を裏切るような言動は，少なくとも今日には伝わっていない。

マラルメの人当たりの良さは，彼が毎週火曜日に主催した会合が，気鋭の芸術家に人気を博したことからも窺える。女主人によって催されるサロンのような，貴族的な華やかさは皆無だったのに，狭いマンションの一室に欧米各国から新進の芸術家が集い，タバコの濛々たる煙のなかおしゃべりを楽しんだ[3]。

若者たちが「火曜会」に集ったのは，難しい詩を理解するエリートの仲間に入りたかったためだ，と言う人もいるだろう。マラルメの詩にはたしかに，知的ゲームの要素がある。緻密に構成された文法を鍵として，単語の意味を理解し，矛盾するかに見える文章のうちに詩人の一貫した思想を探り当てる——それを達成したものだけが「火曜会」の限定的メンバーとして迎えられる，というわけだ。

しかし，「弟子」たちの要望はともかく，マラルメ自身は，自分の詩に「正しい」意味を与えたり，あるいは彼らが示す解法のうちで優れたものを是認したり，ということにそれほど興味がなかったはずだ。「難しい人」であれば，好んで皮肉を弄して真意を隠し，あるいは人を試したりもするだろう。しかしマラ

Stéphane Mallarmé
パリ生まれ。5歳で母と死別。高等中学在学中から詩作を始めたが，詩の刊行は比較的遅く，1866年，24歳のときにようやく『現代高踏派詩集』に11篇の詩を掲載することを得た。英語教師としてのキャリアを地方から始めることを強いられたが，1871年に念願かなってパリに戻る。息子アナトールの死（1879年）以後数年の空白期を挟みつつ，韻文にとどまらず，散文での多様な文章も行った。

マラルメの肖像
出　所：Jean-Luc Steinmetz, *Stéphane Mallarmé. L'absolu au jour le jour*, Fayard, 1998.

▶1　本書の68-69頁を参照。

▶2　本書の84-85頁を参照。

▶3　この本に収められている作家では，ジッド（本書の88-89頁）とヴァレリー（本書の82-83頁）は若いときにマラルメの薫陶を受けたことがよく知られて

ルメは，わざわざ読者の理解力をテストするために詩を書いたりはしなかった。マラルメの詩の難しさを，純粋な理想を守る堅固な鎧に例えたり，鋭敏な知性による解体を待つ障壁とみなしたりするのは，問題の核心を外している。

いる。またマラルメは，ローデンバック（本書の80-81頁）など，年齢の近い芸術家とは家族ぐるみで付き合った。一方，ワイルド（本書の78-79頁）は，火曜日の会合に入り込もうとしたが，悪評が祟って成功していない。他に，画家で言えばマネ，モネ，ルノワール，ドガ，ゴーギャン，ホイッスラー等，また作曲家のドビュッシーともマラルメは親しく交際している。

2 『サイコロの一振り』

マラルメの詩の難しさは装われたものではない。それはむしろ，詩人の内面の率直な表出である。それが渾沌としていることを咎められれば，マラルメはこう答えるだろう――仕方ない，人間の存在の奥底には，こうやって渾沌が眠っているのだから，と。そして詩人は，その奥底を水面に映し出すためにこそ，意識を透明に保つのだ，と。

マラルメの最後の詩『サイコロの一振りは決して偶然を廃棄しない[4]』に見られるのは，おそらくその，渾沌の姿なのだろう。見開きの頁の上に，さまざまな大きさの活字で分散する単語の数々（図1）――無秩序というわけではないが，普通の文章を読むように脈絡を辿ろうとすれば，行き惑うほかない。

▶4 *Un coup de Dés jamais n'abolira le Hasard* (1898). 画像に掲げたのは後ろから2番目の見開き頁。

ヴェルヌやルブランなどの作品と比較してみよう。それらの文学が「易しい」のは，読むための枠組みが読者と作者の間で共有されているからである。主人公の冒険に寄り添い，出来事の連鎖を追ってゆく。そうして結末へとたどり着くならば，我々はその作品を読んだことになる。

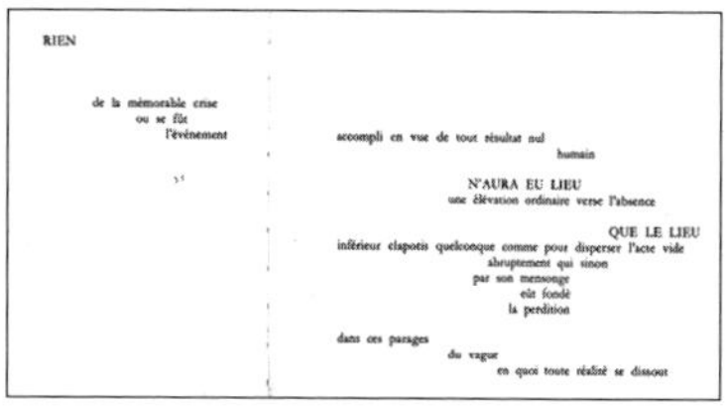

RIEN

de la mémorable crise
ou se fût
l'événement

accompli en vue de tout résultat nul
humain

N'AURA EU LIEU
une élévation ordinaire verse l'absence

QUE LE LIEU
inférieur clapotis quelconque comme pour disperser l'acte vide
abruptement qui sinon
par son mensonge
eût fondé
la perdition

dans ces parages
du vague
en quoi toute réalité se dissout

図1 『サイコロの一振り』

出所：Stéphane Mallarmé, *Un coup de Dés jamais n'abolira le Hasard. Manuscrit et épreuves*, édition et observation de Françoise Morel, La Table Ronde, 2007, pp. 106-107.

『サイコロの一振り』をそういう風に読むとどうなるか。読む順序を見つけるのも難しいが，注意深い読者は，文法と文字組みを頼りに読み進み，この詩の背後に，「船の遭難」の物語を見て取るだろう。傾く船や荒れ狂う海，舵を取る船長，その手に握られるサイコロ，等々。しかしそれらのイメージは，現れるや否や霧散してしまい，はたして船が沈没したのかさえわからない。そのうえ，「後の世の太古以来の魔《ダイモン》」「孤独で狂おしい羽根」「にせの館」等々，雑多な要素が次々と現れて筋の展開を邪魔する。あたかも，一晩に見る幾つもの夢の断片のようである。読者は最後までたどり着いたとしても，眠りから覚めた人のように，「何が起こったのか[5]」わからずに呆然とする他ない。

▶5 「何事も起こらないだろう，場所以外にはRIEN N'AURA LIEU QUE LE LIEU」という言葉が図版に示した見開き頁に読める。

「こんなものとても読めたもんじゃない」と，「難しくない人」マラルメに訴えたら何と答えただろう。「だいたい詩というのは短いから，読むときは幾度も読むじゃないですか。小説のように終わりまで読んだらおしまい，とはならないでしょう。繰り返し読むうちに，詩は，それが抱える謎も含めて精神に写し取られるのです」とでも言うかもしれない。いずれにせよ，「偶然は廃棄されない」とタイトルで断言しているぐらいだから，この作品は，作者の意図する唯一絶対の読み方を押し付けるようなものではない。マラルメは我々の誤りをも微笑んで許し，読み方に迷ったらサイコロを投げて決めてもいいから，とにかくもう一度読んでみたら，と誘うだろう。　　　　（原　大地）

六　19世紀

37 ジョリ＝カルル・ユイスマンス（1848-1907）『彼方』（1891年）

Joris-Karl Huysmans
パリ生まれ。父親はオランダ出身，母親はフランス人とし，1866年から1898年まで内務省に勤める。散文詩集『薬味箱』（1874年）を自費出版した後，ゾラを中心とした自然主義に属して『背嚢を背負って』（1880年）などを執筆するが，『さかしま』（1884年）を境に自然主義と決別し，神秘主義に惹かれていく。1892年にはカトリックに傾斜し，初聖体拝領を受ける。『彼方』の主人公デュルタルも『途上』（1895年）でカトリックに回心し，『大伽藍』（1898年）では，シャルトル大聖堂とデュルタルの関係が描かれる。

フェリックス・ヴァロットンによるユイスマンスの版画
出所：フランス国立図書館蔵。

1 運勢占いは好き？

テレビや雑誌で「今日の運勢」が良いと，何となく嬉しくなる。御利益で有名な神社仏閣では，手を合わせて願い事をしてしまう。そんな非合理的なことは信じないと言う人でも，いざ結婚式を挙げる時には「仏滅」を避けるのでは？　近代科学や医学の「進歩」のお陰で，迷信めいた風習や治療法は，今日あまりみかけなくなっているものの，本当は科学的な根拠もなく，合理的に説明できないことが世の中にはたくさんある。そもそも超自然現象や神秘思想などを非科学的だとして信じなくなったのは，ここ三世紀くらいの話で，あやしい（？）思想や民間信仰の方がはるかに長い歴史をもっているではないか。

ユイスマンスの『彼方 *Là-Bas*』は，その神秘主義的な世界にどっぷり浸かった小説家の話である。デュルタルという作家が，15世紀に黒魔術と錬金術に手を染め，幼児虐殺で悪名高いジル・ド・レー[1]（軍人だった頃は，ジャンヌ・ダルク[2]を助けたことでも知られている！）の小説を書くという小説である。デュルタルは，中世に起きたことを調査・執筆しながら，19世紀のパリでも呪術や黒ミサが行われていることを，友人の医者デ・ゼルミーと妖女シャントルーヴ夫人を通じて知ることになる。執筆中の小説の話が，現実の話と交錯するスリルが『彼方』の醍醐味の一つだろう。さらに，読み進めるうちに虚構《フィクション》と思えていたものが，21世紀の日本でも現実味を持ち始めるだろう……。

2 悪魔の呪い vs 神への祈禱

ある時，デ・ゼルミーの知り合いの占星学者ジェヴァンジェーが悪魔礼拝をする修道者ドークルに呪詛をかけられてしまう。その方法とは，呪いの毒を浸した針を，呼び出した死霊に運ばせ，相手の身体に刺させるというのだ。医者のデ・ゼルミーは，衰弱の兆候を示すジェヴァンジェーを治療することができない。そこでジェヴァンジェーは，呪いをとくことができるというジョアネ博士に救いを求めることになる。博士は，巫女を催眠状態にし，悪魔の毒の正体を暴き，神に祈禱を捧げて除魔を成功させるのである。近代医学を専門とするデ・ゼルミーは，ジョアネ博士の祈禱術に対して「人間味の欠けた実証的な現実をとうとぶ時代にあっては，まったく奇妙なことさ[3]」とつぶやくのだが，これは現代の読者を代弁した台詞だろう。ただ，呪詛やお祓いに関する細かな記述を読んでいると，いつの間にか現実と虚構《フィクション》の境目がわからなくなってくる。

▶1　ジル・ド・レーは，シャルル・ペローの「青ひげ」のモデルとも言われる。

▶2　本書の12-13頁を参照。

▶3　ユイスマンス／田辺貞之助訳『彼方』（1990）創元推理文庫，361頁。

そして，ふと思う。日本でも厄除けをしたり，お守りを持ったりするのは，悪い精霊や呪いがあることを無意識に信じているからではないだろうか。

3 小説画家ユイスマンス

ユイスマンスの小説でひときわ目を引くのはその巧みな描写と比喩である。とある冬の朝の一場面での「窓ガラスに雪が凍りついて，水晶の百合のように美しくきらめいていた[4]」なんて直喩を読むと，綺麗な絵の中から寒さまで伝わってくる感じがする。デュルタルが，ブルターニュ地方にあるド・レーが住んでいたチフォージュの城跡を訪ねた時の自然描写も秀逸である。「空は物悲しげに重くるしく，太陽はよそよりも年老いたかに見えて，鬱蒼たる何百年の森林や年をへた砂岩の苔を染める陽の輝きもかすかであった[5]。」残忍な虐殺が行われた廃墟を前景にして，何世紀も変わらない自然と動物が背景に描かれている。家畜の中には「青い眼に同性愛の女やスラブ人のような明るく冷たい眼ざしを持つ黒い羊[6]」などがいる。「水晶の百合」，年老いた太陽，「明るく冷たい眼ざし」など，情景と雰囲気が絵画のように浮かびあがってくるではないか。

さらに美術批評家としても知られるユイスマンスの筆は，絵画を描写するときには，名人芸の域に達する。『彼方』で重要な位置を占めるのはマティアス・グリューネヴァルト[7]のキリスト磔刑図である。「脇の下は裂けてやぶれ，大きく開いた掌は，不気味な指をふりながら，祈願と叱責をまじえた仕草で，なおも祝福を与えていた[8]。」ここに人間キリストの姿を見出して，心打たれているのは，果たしてデュルタルなのかユイスマンスなのか。ただ，この巧みかつ緻密な描写が黒ミサや虐殺行為に向けられるとき，読者は目を覆いたくなるだろう……。

4 現代が大嫌い＝現代批判としての小説

なぜユイスマンスは，遠い中世の神秘思想に惹かれたのか。第一に同時代の文学に対する反発があった。ゾラ[9]以降の自然主義文学が，現代生活を讃美して低俗な芸術に陥っていると批難し，その潮流に反駁したのである。ただ，そういった考えの根本には，19世紀末のフランス社会に対する嫌悪と徹底的な社会批判が含まれていた。資本主義がもたらした拝金主義と芸術のデモクラシーに対する敵意[10]，そして科学や実証主義への過信からくる唯物主義に対する反発が『彼方』執筆の原動力になっている。デュルタルに言わせれば，中世から現代までの4世紀，社会は堕落の一途を辿っており，「進歩」を唱える19世紀に至っては，商人は労働者から搾取することや，粗悪な模造品で利益を得ることしか考えていない。では，21世紀の日本の状況は，19世紀末のフランスと比べてどう変わっただろうか。もしかしたら資本主義や唯物主義がもたらす精神の堕落に抗って，神秘主義は今も存在し続けているのかもしれない。

（畠山　達）

▶4　同上書，98頁。

▶5　同上書，149頁。

▶6　同上。

図1　1891年刊行『彼方』初版本の表紙
出所：フランス国立図書館蔵。

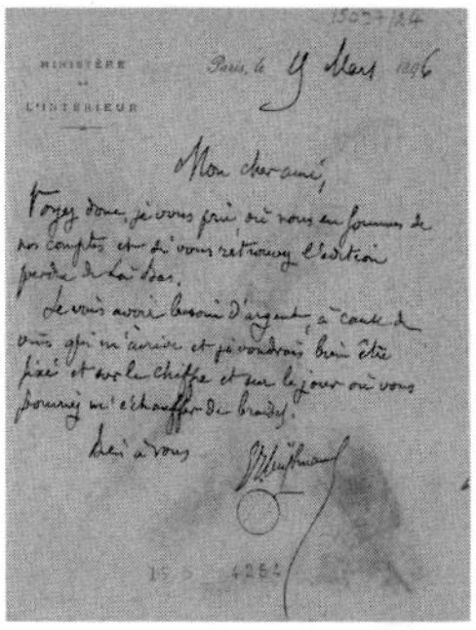
MINISTÈRE DE L'INTÉRIEUR

Paris, le 9 Mars 1896

Mon cher ami,

Voyez donc, je vous prie, où nous en sommes de nos comptes et si vous retrouvez l'édition perdue de Là-Bas.

Je vais avoir besoin d'argent, à cause de [illegible] qui m'arrive et je voudrais bien être fixé et sur le chiffre et sur le jour où vous pourrez m'échauffer de [illegible].

Bien à vous

[illegible]

図2　1896年3月9日付 内務省の便箋を使ったユイスマンス直筆の手紙
出所：フランス国立図書館蔵。

▶7　マティアス・グリューネヴァルト（1470/1475?-1528?）は，写実的かつ幻想的な宗教画を残したドイツの画家。『イーゼンハイム祭壇画』が有名。偽名とされる。

▶8　同前書，14頁。

▶9　ゾラは，自然主義を代表する作家（本書の70-71頁を参照）。ユイスマンスは，一時期ゾラを領袖とした自然主義運動に与した。

▶10　資本主義批判については，本書の64頁も参照。

六　19世紀

38 オスカー・ワイルド（1854-1900）『サロメ』（1893年）

1 一幕悲劇

文学作品との出会いはさまざまであろう。ここに紹介するワイルド作『サロメ *Salomé*』に初めて接したのは，1970年代のパリであった。パリ最小の劇場「地球座」（図１）の座席は40席。役者は男だけ（歌舞伎やシェイクスピア時代もそうだが），台詞は抑揚を抑え，日本の能を思わせる演出であった。

『サロメ』は1891年，ワイルドがパリ滞在中にフランス語で書いた戯曲[◁1]である。ロンドンで上演をくわだてるが，聖書中の人物を舞台にかけるのを禁じる検閲により不許可になる。1893年にフランス語版を，翌年に友人ダグラスの英訳版（ワイルドが手直し）を刊行。初演は1896年，名女優サラ・ベルナールによりパリでなされた。なお1905年には，ドイツ語訳をシュトラウスがオペラ化[◁2]して大成功をおさめている。

わが国では明治末の森鷗外訳（1909年）をはじめ和訳は数十にのぼる。日本にはワイルド，とくに『サロメ』の愛読者は多い[◁3]。劇場での上演は大正２（1913）年松井須磨子が，大正４（1915）年川上貞奴《さだやっこ》が主役サロメを演じ，以来いく度も舞台にかけられてきた。文学作品との最初の出会いが『サロメ』という三島由紀夫は，夢であったその演出を1960年に実現，上演テキストには難解とされる日夏耿之介訳（1938年）を用いている。

2 生首と接吻

「今宵の王女サロメは，何と美しいことか[◁4]！」。護衛隊の若き隊長の台詞で幕が開く。ユダヤの王ヘロデの宮殿では，饗宴が催されている。護衛隊の隊長は，王女サロメの美しさに見とれている。使われていない水槽に閉じ込められている預言者ヨカナーンは，救世主の訪れを告げるいっぽう，サロメの母が先王の妃でありながらヘロデ王と結婚した淫婦であると非難する。

ヨカナーンとは洗礼者ヨハネのことで，イエスの来臨を予告する者。ヘロデの父は，イエスの誕生を恐れてベツレヘムの幼児虐殺を行ったユダヤの大王である。ヘロデは異母兄弟の妻であったヘロディアを妃とし，ヘロディアが前の夫との間にもうけたのがサロメ，サロメはヘロデ王の姪でもある。

好奇心からサロメはヨカナーンに会いたいと，隊長を誘惑して水槽から連れてこさせる。ヨカナーンの白い肌，黒い髪，赤い唇に魅せられたサロメは「接吻をさせて，おまえの唇に」と言い寄る。止めようとした隊長は絶望のあまり

Oscar Wilde
ダブリン生まれ。イギリスの詩人，小説家，劇作家。「芸術のための芸術」をとなえ唯美主義の実践と創作を行う。小説『ドリアン・グレイの肖像』（1891年），戯曲『ウィンダミア夫人の扇』（1892年），童話集『幸福な王子』（1888年）ほかがある。牢で書いた『獄中記』（1905年）が最後の作品。

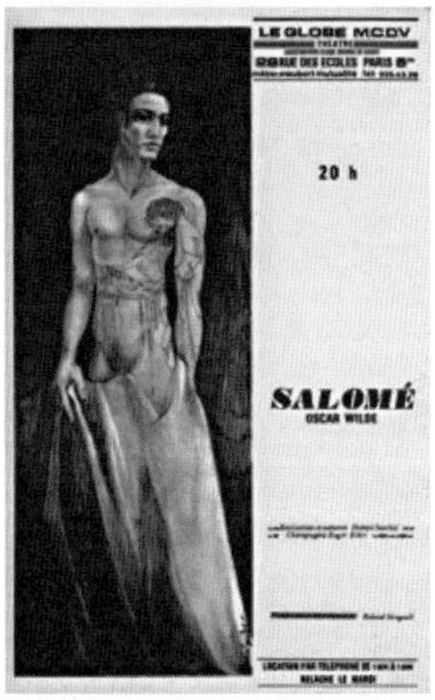

図１　「地球座」
出所：Le Globe M.C.D.V, le plus petit théâtre de Paris, *SALOME, mise en scène: Francis Sourbié*, 1973. のプログラム表紙。

▶1　草稿はフランスの知人ピエール・ルイス（Pierre Louÿs, 1870-1925），マルセル・シュオップ（Marcel Schwob, 1867-1905），アンドレ・ジッド（André Gide, 1869-1951）らの校閲を経たとされる。

▶2　リヒャルト・シュトラウス（Richard Strauss, 1864-1949）作曲のオペラは1905年，ドレスデンで初演。

自害して果てる。ヨカナーンは「近親姦の母から生まれた娘」とサロメをののしり，牢に戻って行く。ついでヘロデ王が王妃と登場する。王はサロメの歓心を買おうと酒や果物をすすめるが拒まれる。そこで王は踊りを所望し，踊れば望みのものを与えると誓う。サロメは素足で七つのヴェールの舞踏を踊り，ほうびにヨカナーンの首を要求する。

自分を悪《あ》しざまに言う男の抹殺を王妃は喜ぶが，王は神の使いの聖者を殺せば禍《わざわい》が起ると拒絶する。だが，サロメはあくまで言い張り，ついに銀の楯にのせたヨカナーンの首が水槽からせり上がって来る。サロメは恋情と恨みの長台詞を語り，生首に接吻する。ヘロデ王は命じる，「この女を殺せ！」。兵士たちは楯の下にサロメを押しつぶす。

3　運命の女

サロメ伝説は古くからあるし，ワイルドは『新約聖書』やフローベールの短編小説[5]などを元にしているが，サロメの狂的欲望はワイルド独自の着想である。

サロメは十代の少女でありながら，官能的で挑発的な宿命の女《ファム・ファタル》[6]でもある。世紀末のデカダンスを象徴するこのアイコンには悪魔的な妖美がある。ヨカナーンの肉体を舐めるがごとく描写するサロメの台詞は，女の男への思慕というより，男が同性へと注ぐ情欲を思わせる。また生首への執着は死体性愛《ネクロフィリア》をも連想させる。いずれにもワイルドの色情倒錯の性向が反映されているが，芸術至上主義の一編の詩としてこれが観客を酔わせるのは，比喩に満ちた色彩的で律動的な台詞，こだまのような反復と増幅のグラデーション，それらが怪しい月の下で嗜虐的快感を高めてゆくからだ。

しかも作劇はフランス古典劇の三単一の規則[7]を守っており，絢爛《けんらん》たる文体と相まって格調ある美の極みを実現している。なお，英語版に挿入されたビアズリー[8]による有名な白黒の挿絵は，戯曲のエロチシズムをいっそう際立たせている。

4　華麗で淫蕩な生涯

ワイルドはアイルランドのダブリンで眼科と耳科の著名な医師の次男として生まれた。母は各語学に秀でた文筆家，詩人。ワイルドは幼い頃からよく本を読み，ギリシア語やラテン語にひいで，やがてオックスフォード大学に進学。秀才で詩作にも頭角を現す。卒業後はロンドンにおいて縦横の機知とダンディズムで知られる。

『詩集』(1881年）刊行やアメリカ講演旅行（1882年）の後，コンスタンス・ロイドと結婚（1884年）。戯曲や小説で富と名声を得るが，同性愛者アルフレッド・ダグラス卿との交友で身を滅ぼす。男色に溺れて2年間投獄された後，フランスで敗残の余生を送り，パリで病没。墓はパリ20区ペール＝ラシェーズ墓地にある。

（村松定史）

▶3　たとえば，英文学者の本間久雄（1886-1981）は，在英中（1928年）にワイルド文献を多数入手。ワイルドの次男からは詩人の遺髪を譲られている。

▶4　冒頭の台詞〈Comme la princesse Salomé est belle ce soir!〉(How beautiful is the Princess Salome to-night!)。

図2　英語版に挿入の16枚の挿絵の一つ
出所：*Salome: a tragedy in one act,* Translated from the French of Oscar Wilde, pictured by Aubrey Beardsley, London, Elkin Mathews & John Lane, 1894.

▶5　フローベール（Gustave Flaubert, 1821-80）の短編小説「ヘロディアス Hérodias」(1877年)。本書の66頁を参照。

▶6　宿命の女（femme fatale）は，恋心を抱いた男を魅了してもてあそび破滅させる魔性の女。本書の206-209頁を参照。

▶7　三単一の規則（la règle des trois unités）は，1日に1つの場所で1つの出来事を完結させる規則。本書の33頁▶8を参照。

▶8　ビアズリー（Aubrey Beardsley, 1872-98）は，イギリス19世紀末の唯美的怪奇的なペン画による挿絵画家。浮世絵の影響がある。

六　19世紀

39 ジョルジュ・ローデンバック（1855-98）『死都ブリュージュ』（1892年）

Georges Rodenbach
ベルギーの南西トゥルネー生まれ。象徴派詩人。故郷フランドルの風土をメランコリックにうたう。詩集に『閉ざされた生活』『故里の空の鏡』，小説に『死都ブリュージュ』『カリヨン奏者』，短編集に『霧の紡車』などがある。戯曲『ヴェール』はベルギー人で初めてパリのコメディ・フランセーズで上演される。本書の157-158頁を参照。

ローデンバックの肖像写真
出所：『文章世界』1909年10月号，巻頭グラビア。

1 水の町を描く

永井荷風（1879-1959）が愛した作家にローデンバックがいる。荷風はこのベルギー詩人のように「……寺院の鐘と，尼と水鳥と，廃市を流るゝ掘割の水」だけをうたいたいと望んでいた。そして荷風の小説『すみだ川』（1909年）にはその思いが読み取れる。

隅田川をはさむ下町を背景に，若い青年が学校をやめて幼なじみの少女に思いを寄せつつ役者の道をめざす物語だ。枠組みはローデンバックの小説『死都ブリュージュ *Bruges-la-Morte*』とオーバーラップする。

どちらも季節は秋から翌年の初夏まで，主となる冬景色は主人公の暗い気持ちと重なる。水辺の古い街並，過去への憧れ，古刹や史跡，劇中劇の設定にいたるまで２作は共通している。いずれも人物以上に町そのものを描き出そうとするタイプの小説である。

2 相似の罠

ローデンバックはベルギー南部に生まれ，ガン（ゲント）で育つ。ガン大学で法学を修め弁護士となるが詩作に専念。1888年パリに定住し，マラルメら象徴派の芸術家と交わる。創作のテーマは故郷フランドルへの郷愁であり，町や居室や事物に宿る魂をうたい，具象に基づく象徴的詩境をひらいた。詩集に『白い青春 *La Jeunesse blanche*』（1886年），『静寂の国[1] *Le Règne du silence*』（1891年）などがあるが，名声の確立は中編小説『死都ブリュージュ』による。

小説はパリの日刊紙『フィガロ』に十回にわたり連載された後，単行本となる。表紙はフェルナン・クノップフ[2]の口絵（図１）が飾っている。遠景にはブリュージュのベギン会修道院への運河にかかる弓形の橋。近景には長い髪の女が横たわり，水に浮いているように見える。これは作中の死んだ妻であろうが，体が水に浸っている構図は，川に落ちたオフィーリアをも連想させる。実際，小説の中に，「水が迎えに来たオフィーリア」といった一節がある。

若くして妻に先立たれたユーグは，悲しさにマッチしたベルギーの古都ブリュージュに５年前から住んでいる。夕暮れごとに灰色の街をさまよい，中世の残り香をとどめる教会や絵画を見て歩く。ある日，死んだ妻と瓜二つの金髪女性に出会う。その踊子ジャヌの類似の魔力と官能に惑わされ，ユーグは女のとりこになる。

▶１　『静寂の国』の訳題には，上田敏『沈黙郷《しじまのさと》』（1905年），永井荷風『沈黙の国』（1912年）等があるが，昭和初期の文芸辞典が『沈黙の支配』としてから間違いが踏襲されてきた。〈règne〉はこの場合，「支配」ではなく「支配する領域」のこと。

だが，ジャヌは外見の相似とは裏腹に邪悪な女であった。ブリュージュ最大の祭り「聖血の行列」の日，ユーグの家を訪れたジャヌは，飾ってあった亡妻の遺髪をもてあそぶ。「返せ，返してくれ！」「いやよ！」ユーグは狂乱状態となり，編んだ髪で女を絞め殺す。「二重に死んだ」死女と，ふたたび「やもめ男」となったユーグと，「死の町」ブリュージュに，鐘の音が降る。鉄の花びらをまくように。

刊行本には35枚の白黒写真が挿入されている。ほとんどが市街を写した既存の絵葉書の転用だが，Googleマップさながらに人の姿は意図的に消されている。死んだような都市の描写と呼応させているのだ。

作品の冒頭にかかげられた序文に，「ブリュージュの背景は筋の発展に手を貸すものだから，ページの間に写真で再現する必要があった」とあり，読者は都市に魅せられ「高い塔の影を感じとるだろう」と述べている。

たしかに文中で描写される教会，修道院，運河，河岸，広場，街路などに写真は照応しているが，とりわけカリヨン（組鐘）を奏でるベフロワ（鐘楼）は三分の一の写真にさまざまの角度から姿を見せている。

挿入写真[3]は単なるさし絵ではなく，テキストと融合して読者を憂愁の古都へといざなう。

3 死都の誘惑

「生き写し」をテーマとする小説や映画[4]は少なくない。しかしここでは，亡くなった妻とジャヌが似ているというだけでなく，亡妻は死都の化身でもある。原題 *Bruges-la-Morte* の〈la morte〉は「死女」の意味だが，かつ「死んだ町」もさしているからだ。

ブリュージュは，ローデンバックの祖父が住み，父が生まれた地で，自身もよく訪れた運河のめぐる古都である。美しい水の都は「北のヴェネツィア」とも呼ばれた。そこに舞台をとって，主人公の魂と都市を重ね合わせたのである。

中世に繁栄を極めたブリュージュは，土砂の堆積で船の航行が難しくなると衰退していった。しかし小説の発表当時，衰えていた町は再興され活気を取り戻しつつあったから，「死都」と題された作品は大いに反感を買った。ところが皮肉なことに，町の知名度が上がったのはこの小説のおかげで，世界中から観光客を集めている。

ドイツ語でオペラ化されたコルンゴルト作曲の『死の都』[5]は，わが国でも2014年に上演されたが，筋や人物のセッティングは原作とかなり異なり，結末も悲劇的ではない。

日本では明治以来，ローデンバックの愛読者[6]は多く，明治42（1909）年の文芸雑誌にすでに肖像写真が掲載されている。

（村松定史）

図1　フェルナン・クノップフによる口絵

出所：Georges Rodenbach, *Bruges-la-Morte*, Paris, Marpon et Flammarion, 1892; Frontispice de Fernand Khnopff.

▶2　フェルナン・クノップフ（Fernand Khnopff, 1858-1921）はベルギー象徴派の画家。後年，この小説に触発され《見捨てられた町》等のシリーズを描く。

▶3　永井荷風は『濹東綺譚』（1937年）や『おもかげ』（1938年）に市井の風景写真を挿入している。『死都ブリュージュ』と同じ視覚的効果をねらったもの。本書の119-120頁を参照。

▶4　たとえば，アルフレッド・ヒッチコック（Alfred Hitchcock, 1899-1980）監督『めまい』（1958年）は，金髪女性の二重に仕組んだ相似のトリックによる傑作サスペンス。

▶5　エーリヒ・ヴォルフガング・コルンゴルト（Erich Wolfgang Korngold, 1897-1957）はオーストリア＝ハンガリー帝国出身の作曲家。『死の都 *Die tote Stadt*』は1920年12月，ハンブルクとケルンで同時に初演。

▶6　上田敏訳「黄昏《たそがれ》」（1905年）をはじめ詩では数十編の和訳があり，『死都ブリュージュ』には六つの和訳がある。愛好する文人には荷風のほか，北原白秋，西條八十，矢野峰人，福永武彦らがいる。

七　20世紀

40 ポール・ヴァレリー（1871-1945）「テスト氏との一夜」（1896年）

Paul Valéry
フランスの詩人，小説家，評論家。1895年「レオナルド・ダ・ヴィンチ方法序説」，1896年「テスト氏との一夜」等の作品を発表した後，1917年長編詩『若きパルク』で脚光を浴びるまでほぼ沈黙を守り，人間精神の分析を目指す膨大な量の手帖『カイエ』（1894-1945）に没頭した。その後は，『エウパリノス』，『魅惑』（詩集），『ヴァリエテ』，『現代世界の考察』，『ドガ ダンス　デッサン』等，多様な作品を刊行し，第三共和政を代表する作家となった。

1 知性の怪物

怪物とは何か。今から1世紀以上も前に，その問いに真剣に向きあっていた若者がいた。フランスの知性を代表する作家ヴァレリーである。若きヴァレリーの答えはきわめて簡潔だ。怪物とは長く生きることができないものである。人間をはるかに超える，奇怪な力にみちあふれた存在は，現実ではわずかな時間の命しかもたない。怪物は稀な瞬間に姿を現すものの，日常生活に溶けこむことができないまま，すみやかに消えて去る運命にあるというのである。

20代半ばのヴァレリーは，そんな怪物のひとつである「テスト氏」を生みだした。テスト氏は，株の取引で暮らす，外見はごく普通の中年男だが，われわれの知らない「精神の法則」を発見した人である。人間にどのようなことが可能で，どのようなことが不可能なのか，その巨大な総体を見通している知性の怪物なのだ。そんな精神の極限を知る存在は，現実には一時間と生きられないとヴァレリーは認めるのだが，あまりに常軌を逸しているために，いつまでも心に残る，強い印象を与える人物となった。

もし，自分が何を考え，何を感じ，何を行うのか，そのすべてを見透かしている人がいたら，無気味だろう。そのような人物は，実はテスト氏以前に生みだされている。エドガー・アラン・ポー（1809-49）が創造した探偵デュパンである。デュパンは，語り手が頭の中でたどっていた複雑な連想を，ひと言も話さないまますっかり見抜き，友人を驚かせたりする（『モルグ街の殺人事件』）。ヴァレリーは，ポーの短編小説に感動し，「騎士デュパンの回想録」という題の小説を書こうとした。それが最終的に，「テスト氏との一夜 *Une soirée avec Monsieur Teste*」（1896年）という小説に結実することになる。

2「一人の人間に何ができるか？」

ヴァレリーはなぜそのような異様な人物を構想したのだろうか。作品の冒頭部では，これまでの小説で語られてきた人生のあり方に，語り手が満足していないことが述べられている。さまざまな人と出会い，旅をし，事業に乗りだし，恋愛をする。そんな人生における冒険と思われてきた出来事が，もはや語り手の注意を引かなくなったというのである。「テスト氏との一夜」の語り手が自分の人生に願うのは，まったく別のことなのだ。

語り手が望むのはただ一つ，一人の人間に何ができるのかを知ることである。

実際に経験しなくてもかまわない。生きている間に人間はどのようなことを成し遂げることができるのか，その可能性のすべてを知りたいと語り手は願うのだ。例えば，一編の詩を書くのではなく，これに従えば詩が書ける，一種のマニュアルを作成する。人間にできるあらゆる事柄を，実行可能な操作にまで分解し，そのいずれの行為もつねに実現できる直前の状態にあったとすれば，その精神はいったいどのような高揚感に満たされるだろうか。

このような〈方法的態度〉を取ることは，優れた仕事をした人間だけの特権ではない。レオナルド・ダ・ヴィンチのような天才が，どのような方法に従って芸術上の傑作を生み，科学的探究にも邁進したのか，通常の人間には想像不可能なものにみえる。しかし，人間であることに変わりはないのだから，その能力の少なくとも「萌芽的な状態」は誰のうちにもあるとヴァレリーは考えていた。[1]「テスト氏との一夜」の語り手もまた，たとえ小さな雛型にすぎないとしても，精神の極限を探究することこそ自分のなすべきことだと悟った。語り手はそのようにして，「精神の法則」を発見した知性の怪物テスト氏に出会うのである。

▶1　ヴァレリー／塚本昌則訳（2013）「レオナルド・ダ・ヴィンチ方法序説」（1895），『レオナルド・ダ・ヴィンチ論』ちくま学芸文庫，7-89頁。

3 小説の危機

「テスト氏との一夜」の背景には，1890年代から1920年代にかけての「小説の危機」[2]と呼ばれる時代があった。当時，小説の創造的な力はもはや涸渇したのではないかと，雑誌の特集号などで盛んに論じられた。アンドレ・ブルトン（1896-1966）が報告する，ヴァレリーの有名な言葉がある。「「侯爵夫人が五時に外出した」という文章はもはや書けない」――つまり，小説の言葉は，いくらでも変更可能な，恣意的なものだというのである。[3]実際，「テスト氏との一夜」発表以降，20年間，ヴァレリーはほとんど作品を発表せず，自分のためだけの手帖に，方法の探究をひたすら書き記していた。作品を世に問うのではなく，作品を書く能力を手にいれることに熱中していたのだから，世に知られることはなかった。1914年，ブルトンがヴァレリーと出会ったとき，若者にはこの詩人がほとんどテスト氏そのものに見えたかもしれない。

▶2　Michel Raimond, *La crise du roman: Des lendemains du Naturalisme aux années vingt,* José Corti, 1985

▶3　アンドレ・ブルトン『シュルレアリスム宣言』（1924），巖谷國士訳（1992）『シュルレアリスム宣言・溶ける魚』岩波文庫，13頁。ブルトンについては，本書の98-99頁を参照。

「小説の危機」以降，主人公が社会と戦い，何かを得たり失ったりする物語の枠にとどまらない，多様な作品が生みだされた。感覚的な出来事が，一人の人間のうちにどれほど反響するのかを追究するプルーストの『失われた時を求めて』，複数の登場人物の視点が次々に展開され，物語の流れが一向に見えてこないジッドの『贋金つくり』等々，19世紀には考えられなかった多彩な小説が書かれた。小説の危機は，新しい物語の可能性を探索しようとする呼び声だったのだ。その改変期の始まりに位置するテスト氏という人物の名は，「頭」と同時に「証人」も意味する。この怪物は，自分を生みだした時代がどのようなものだったのかを証言する存在でもあるのだ。　（塚本昌則）

七　20世紀

41 モーリス・ルブラン（1864-1941）『奇岩城』（1909年）

Maurice Leblanc
ルーアン生まれ。1890年頃より執筆を開始。風俗小説の後，推理小説に転じる。1907年以降50編を超えるルパンものを発表した。

1 ルパンシリーズの白眉，『奇岩城』

現代は，ルパンの生きづらい時代だ。携帯電話，GPS，とりわけ顔認証システムや防犯カメラの進歩と普及は，探偵小説の中のトリックから現実味を奪い，それらをおとぎ話の魔法の杖のような「約束事」にしつつある。それでもこうしたヒーローに夢中になり，わくわくしながらシリーズ本を読み漁ったことのある人は，今日でも少なくないだろう。そこでルパンシリーズの代表作の一つ『奇岩城』（1909年）を取り上げ，その魅力の源泉を探ってみよう。[1]

『奇岩城』（原題は「空洞の針 *L'Aiguille creuse*」）はルブラン44歳，円熟期の作品である。物語はノルマンディー地方[2]のレイモンドらが住む館における，名画の盗難事件から始まる。その事件現場に非正規の新聞記者としてやって来たのが，パリの名門高校の生徒ボートルレだ。この少年は類まれな知性と冷静さを備え，ガニマール警部やイギリスの名探偵ショルメス[3]顔負けの推理と行動力で容疑者ルパンとの頭脳戦に挑む。そしてこの事件の背後にあった，国の秘密の財宝にまつわる暗号の発見と解読に成功したボートルレは，エトルタ[4]の海岸にそびえる針岩の中の隠れ家に到達，そこにルパンとその妻となったレイモンド，そしてフランス王家伝来の財宝を見つけ出す。ルパンとその妻はボートルレとともに針岩から抜け出し，近くの海岸にたどり着くもそこでショルメスらと銃撃戦になり，レイモンドはショルメスの銃弾に斃れる。そして財宝のルーヴルへの寄贈を宣言していたルパンは，ひとり闇の中へ消えてゆくのだった。

『奇岩城』は，ルパンシリーズのさまざまな魅力を凝縮した作品だ。暗号解読という知的な謎解きに加え，文系要素と理系要素の両方を備え，幅広い読者の関心にこたえる本作からは，作者の学識や関心の広さもうかがえる。

とは言え探偵小説に第一に求められるのは，最後まで読者を飽きさせずに物語の世界に引きこむ工夫だろう。『奇岩城』はかなり長い物語だが，なぜ読者は退屈しないのか。考えられる理由を三つあげたい。

2 読み出したら止まらない

よくできた探偵小説を一度読みだしたら止められないのは，それが一刻も早く犯人を見破りたいという，読者の作品への参加欲をそそるからだろう。ルパンシリーズには犯人探しの楽しみはないが，ルパンは変装の名手だから，読者はすでにルパンが登場していたことを事後的に知って，しばしば悔しさを味わ

▷1　ルパンものの日本における初期の翻訳としては，1918年の『怪紳士』にはじまる保篠龍緒による金剛社のシリーズがよく知られる。「奇巌城」という日本語題名も，保篠によってつけられた。彼は文部省に勤務しており，本名は星野辰男といった。名調子を生んだ先人たちの訳業，魅力的な訳題のおかげもあって，日本におけるルパンの認知度は，本国フランスのそれを凌ぐものとなった。

▷2　ノルマンディー地方はフランス北西部，イギリス海峡に臨む地方。中心都市はルーアン。

▷3　ルパンシリーズに登場するイギリスの名探偵の名前，エルロック・ショルメスは，シャーロック・ホームズのもじり。ホームズシリーズはイギリスの推理作家コナン・ドイル（1859-1930）により，1887年から発表された。

▷4　エトルタは，ノルマンディー地方の海岸沿いの町。針岩と断崖のアーチ型の穴で知られる。『奇岩城』の舞台となったほか，クールベやモネも描いている。

う。『奇岩城』でも，ボートルレの父親が幽閉された城館の所有者ルイ・ヴァルメラがルパンだったことに気づけなかった読者は，後でそれが明かされて歯ぎしりする。そしてさらに，作品の世界へと没入してゆくのだ。

図1　エトルタの海岸
出所：筆者撮影（2019年８月）。

次に，修道院の廃墟を利用した館や人里離れた城館，奇岩の内部といった閉鎖的な空間と，王たちの系譜が織りなす壮大な歴史や，ノルマンディー沿岸の断崖と海との広大な風景といった時間・空間的な広がりの両方が描かれ，こうした対照が作品にめりはりを生んでいる点があろう。また対照と言えば，他にもこの小説には中世趣味の廃墟のおどろおどろしさや，デュマの『三銃士[5]』（1844年）などを彷彿とさせるロマン主義的，懐古趣味的な雰囲気と，自動車や通信手段に見られる最新の科学技術や第三共和政[6]の教育政策の成功例的少年など，対照的な事象が同時に描きこまれ，それが不思議な物語空間を作り出している。しかも対照的事物のこうした束の間の共存こそが，フランスが世界の文化の中心としての国家的威信を保っていた19世紀末から第一次世界大戦までの，ベル・エポック（良い時代）と言われる時代を体現している。ただ盗まれた古典的名画がアメリカの富豪にわたるところには，第一次世界大戦後に鮮明になる新旧大陸の文化的・経済的地位の逆転現象が予示されていよう。

▶5　本書の57頁および60頁を参照。

▶6　第三共和政とは，1870年から1940年までの共和政体。とくにジュール・フェリーは教育相や首相として，1880年代に初等教育の無償化，義務化などを法制化した。本書の「『フランス文学史』の誕生」（122-125頁）も参照。

最後は登場人物たちの，善悪では割り切れない描き方だ。多少紋切り型とはいえ作者は怪盗と警部の両方に，弱点も愛すべき長所も与えている。住処も顔も変え続けてこそのルパンが，妻との穏やかな生活を夢見る。ボートルレとルパンの間に，互いへの敬意と共感が生まれる。この小説には，ボートルレが事件を通して成長する教養小説[7]的な面があるが，彼の最良の師は敵のルパンだ。実際ルパンは対立側の子どもや女性に助けられて，窮地を脱する。それが物語の辻褄合わせに利用されている面はあるものの，さもありなんと納得させてしまうところに，作者の強い人間肯定観が流れているのは確かだ。

▶7　教養小説とはさまざまな体験を経て，主人公が人間として成長してゆく過程を描く小説。ドイツで生まれた概念で，代表作はゲーテの『ヴィルヘルム・マイスター』。

3　娯楽的要素の向こうには

自分が小学生や中学生だったときに夢中になったルパンシリーズを今読み返すとき，皆さんはどう思うだろうか。ホームズとルパンの対決の背後に，海峡を隔てて隣り合う英仏の長年にわたる対抗意識や，当時の帝国主義的な植民地獲得競争を見るだろうか。ルパンに負かされるホームズを見て「すかっとする」読者は，そこに外敵を倒すことで自分たちの威信と連帯心を保つような集団心理が働いているのを感じるかもしれない。大げさな新聞報道のせいで自分が偶像化することに醒めた態度を示すボートルレには，探偵小説の育ての親である[8]メディアに対する作者ルブランの両義的な感情を読み取れよう。そんなとき，かつての愛読書は研究対象という，新しい顔を見せているのではないだろうか。

（永井敦子）

▶8　19世紀から，多くの歴史小説や探偵小説が，出版前に新聞に連載されて人気を博していた。本書の「ジャーナリズムの誕生」（147-150頁）も参照。

七　20世紀

42 マルセル・プルースト（1871-1922）『失われた時を求めて』（1913-27年）

Marcel Proust
パリ生まれ。小説家。父親はパリ大学医学部教授，母親はユダヤ系の教養あふれる女性であった。処女作『楽しみと日々』（1896年）は注目されなかった。1900年ごろからラスキンの著作を研究し，『アミアンの聖書』（1904年），『胡麻と百合』（1906年）の翻訳を刊行。1908年ごろから外出の機会を減らし，長編小説『失われた時を求めて』の執筆に没頭した。

プルースト最晩年の写真
出所：Jean-Yves Tadié, *Marcel Proust, biographie*, Gallimard, 1996.

1 無意志的記憶

偶然感じた匂いが不意に過去の想い出に結びつき，懐かしさにかられたことはないだろうか。そのようにして想い出された記憶は，時には幸福感を，時には切なさをもたらすことだろう。マルセル・プルーストが『失われた時を求めて *À la recherche du temps perdu*』で着目するのは，私たちにもなじみのあるこのような体験である。本作品では五感を刺激するささいな出来事をきっかけに，かつての想い出が蘇る場面が随所に存在する。プルーストはそれを「無意志的記憶の蘇り[1]」と呼んだ。

その代表例が，第１編『スワン家のほうへ *Du côté de chez Swann*』（1913年）で語られるプチット・マドレーヌと呼ばれる菓子と紅茶のエピソードである[2]。壮年の主人公「私」はある冬の日，パリの自宅で，母親に勧められ，一杯の紅茶にこの菓子を浸して口に含む。するとその風味によって得体の知れない幸福感に見舞われ，しばらくの間，茫然自失となる。「私」は，この幸福感の原因を根気強く探り続ける。そして長い試行錯誤の後，突如として少年時代に滞在した田舎町コンブレー[3]とその周囲の田園風景の記憶に行き当たるのである。

じつはこの出来事がそのまま小説の場面転換の契機となる。場面そのものではなく，場面と場面の継ぎ目の部分をいかに語るかということに作家は留意する。時系列順に進んでいくのではなく，時から時へ，空間から空間へと自在に移動する物語に，読者は戸惑いを覚えざるを得ないだろう。しかし同時に，時空を超えたところに何か本質的なものが存在するのではないか，という予感に私たちを誘ってくれるのである。

この小説を読む時のポイントをいくつか挙げてみよう。

2 天職の物語

『失われた時を求めて』の内容は，小説家になることを目指している一人称の主人公の「私」が，さまざまな経験をしながら，最終的に小説の執筆にとりかかる決心をする，と要約することができる。しかし，従来の小説のように登場人物が遭遇する出来事が次々と語られるわけではない。文学を天職と考え，小説家を志す主人公の「私」にとって，旅や社交，友情や恋愛など外界の出来事は，自身の内奥へと考察を深めていくきっかけに過ぎない。小説には「私」の内面で起こったこと，たとえば愛情の高まりや嫉妬心，失望感などが逐一表現されている。作家自身，小説の下書きで，自分が書く書物は「心理学的レアリスム」にのっとったものだと主張していた。心の動きを克明に記録する能力，これが「私」が小説家となるために必要な能力だったのである。

3 「名」の役割

本作では「名」のイメージへのこだわりが見られる。全7編[4]のうち，第3編『ゲルマントのほう』のタイトルにも含まれる「ゲルマント」とは，架空の貴族一家の名である。主人公の「私」は，コンブレーからゲルマント公爵夫妻の館のある方角（ゲルマントのほう）への散歩の際，「ゲルマント Guermantes」の「アント antes」の音の響きから，夕日のオレンジ色の光に浸された夫妻の姿を想像し[5]，美しい土地に住む美貌の夫人と恋仲となって，ともに田舎を散歩する情景を思い浮かべる。しかし，実際にゲルマント公爵夫人を目にした際，その赤ら顔，卵型の頬というその生身の姿に幻滅する。名のイメージは恣意的なものに過ぎなかったのである。しかし夫人は，そのツルニチニチソウのように青い目によってあらたに主人公を魅惑し始める。主人公は結局夫人にほれ込んでしまうのだ。

4 見えないものを描く

プルーストの想像力は，眼前に見えないものを提示することに集約される。人生は，可視的なもの，直接感じられるものだけによって構成されるのではない。主人公の「私」は，目に見える情景の向こう側を見出そうという試みを随所で行う。次の一節は，主人公がフランスの田舎町コンブレーの郊外の田舎町で，目に見える風景の向こう側に何かを見出そうとする場面である――「突如として，屋根や，石の上の日差しの反射，路の匂いが特別な歓喜を呼び起こし，私を立ち止まらせたものだ。それらが，目に見えるものの向こう側に，何かを隠しているように見え，その何かは，掴み取りに来るようにと私に誘いかけてくるのだが，あらゆる努力にもかかわらず，私はそれを発見するには至らないのだった。」対象を凝視し，その向こう側を見ようとする試みを，プルーストは心の内面のメカニズムとともに，読者に開示しているのである。

このような考察は，純粋な自然描写に限られるものではない。私たちは，ある人物のことを考える時，その人にゆかりの土地のイメージと結びつけて考えることはないだろうか。主人公の「私」は，パリで恋人アルベルチーヌ[6]の姿を目にするたびごとに，彼女の背後に，初めて彼女に出会ったバルベックの海岸や田園の風景を浮かび上がらせる。プルーストは，実際に眼前に広がる事柄よりもむしろ，「今・ここ」ではない風景をより熱心に再現しようとする。『失われた時を求めて』は，日常が，実は可視的な部分を超えた領域に豊かに広がっていることを示してくれるのである。

（津森圭一）

▶1 「無意志的記憶」とは，「意志」を持たないにもかかわらず，ある感覚をきっかけに，不意に蘇ってくる過去の記憶のこと。

▶2 本書の200頁を参照。

▶3 Combray. モデルはシャルトル近郊の町イリエ（Illiers）。プルーストの父親の実家があった。『失われた時を求めて』で描かれたことで，町の名は1971年以降イリエ＝コンブレーとなり，プルースト愛読者の巡礼の地となっている。

▶4 その内訳は第1編『スワン家のほうへ』（1913年），第2編『花咲く乙女たちのかげに *À l'ombre des jeunes filles en fleurs*』（1919年），第3編『ゲルマントのほう *Le Côté de Guermantes*』（1920-21年），第4編『ソドムとゴモラ *Sodome et Gomorrhe*』（1921-22年），第5編『囚われの女 *La Prisonnière*』（1923年），第6編『消え去ったアルベルチーヌ *Albertine disparue*』（1925年），第7編『見出された時 *Le Temps retrouvé*』（1927年）。第5編以降は死後出版。

▶5 オレンジを意味する仏語のorange（発音は「オランジュ」）が連想される（プルースト『失われた時を求めて』岩波文庫，第1巻，370頁の注（215））。本文には「ゲルマント」の「アント antes」の音から，アマランサス（仏語：amarante）の花の赤紫色がイメージされるという記述もある（『失われた時を求めて』岩波文庫，第5巻，33頁）。

▶6 本書の209頁を参照。

七　20世紀

43 アンドレ・ジッド（1869-1951）『贋金つくり』（1926年）

André Gide
パリ生まれ。小説家，評論家。法学者の父親と富豪出身の母を持つ。裕福であったため働かずに文学に専念できた。キリスト教思想，社会主義，社会主義批判などの思想を遍歴した。1947年にノーベル文学賞を受賞。本書の215頁も参照。

アンドレ・ジッドの肖像
出所：Pierre Chartier, *André Gide. Les Faux-Monnayeurs*, Paris, 2016, p. 244.

1 貨幣と言語

贋金が出回り，貨幣が物の価値を示す尺度としての役割を果たさなくなったら，社会が大きく混乱するのは明らかである。同様に，言語がメッセージを伝達するものでなくなったら，あるいは，言語を媒体とする芸術ジャンルである文学が現実を表象するものでなくなったら，私たちは言葉で表現された事柄をどう理解すればよいだろうか。本作は，このような問いを読者に投げかけてくる。

19世紀後半までに，西欧では金と交換可能な兌換紙幣のシステムが普及していった。物の価値は金を基準に定められることになったが，このシステムはフランスでは第一次世界大戦を境に停止される。大戦前の社会を舞台とするこの小説でアンドレ・ジッドが描いているのは，金本位制[1]がやがて終わろうとしている大戦前のフランス社会で，貨幣のみならず，人間関係や文学，言語までもがその価値基準を失い，揺らいでいく状況である。

▶1　金本位制とは，中央銀行が発行する貨幣と一定量の金とが等価値であるという取り決めのもとで，両者を自由に交換できる制度。

2 実験的な試み

『贋金つくり *Les Faux-Monnayeurs*』は1920年から1925年にかけて執筆され，1926年に刊行された長編小説である。刊行時57歳のジッドは『贋金つくり』を文学活動の集大成と位置付けていた。作家は自己の小説作品を「ソチ sotie：茶番劇」と「レシ récit：物語」と名付けて分類してきた。それまでの作品のうち，『背徳者 *L'Immoraliste*』（1902年），『狭き門 *La Porte étroite*』（1909年），『田園交響楽 *La Symphonie pastorale*』（1919年）はレシ，『パリュード *Paludes*』（1895年），『法王庁の抜け穴 *Les Caves du Vatican*』（1914年）はソチと称されたが，ジッドは本作品を初めて，そして唯一の「ロマン roman：小説」と位置付けた。ジッドはなぜ『贋金つくり』のみを「ロマン」と銘打ったのだろうか。作中作家エドゥワールは，自然主義小説の特徴かつ欠点は，人生を時間と同じ方向に縦に切り取ったことだという。ところがジッドの分身ともいえるエドゥワールが『贋金つくり』において目指しているのは，人生を切り取ってその断面を見せることではなく，何もかも盛り込んだ総体として提示することである。ジッドにとって「小説」とは，ある出来事を一側面からだけではなく，多面的に描き出すものでなくてはならなかったのだ。

本作でとくに重要なのは，全体の３分の１ほどの分量を占めるエドゥワールの日記である。その日記でエドゥワールは本作と同じタイトルの小説『贋金つくり』の構想を練っている[2]。エドゥワールは自分が執筆すべき小説のあり方を次のように語る――「小説から，特に小説本来のものでないあらゆる要素を除き去ること。先ごろ，写真が，ある種の正確な描写に対する苦労から絵画を解放したように，近い将来，おそらく蓄音機が，写実作家のしばしば自慢する写実的会話を一掃することになろう。外部の出来事，偶発的事件，外傷的疾患は映画の領分で，小説はこれらのものを映画に任せて置けばいい」。つまり『贋金つくり』は，現実を再現することを目指した写実主義[3]小説への異議申し立てとして企図されたものなのである。しかし小説から描写，写実的会話等をそぎ落としていった結果残る本質的なものとは何だろうか。

3 新しい芸術のあり方

小説中には，ガラスに金メッキをかぶせた贋金を使用する文字通り「贋金」を使う少年たちが登場する。ところで「贋金つくり」というタイトルには比喩的な意味も込められている。第2部第3章で，スイスのサース＝フェ[4]に滞在中のエドゥワールは，自分が構想している同タイトルの小説について語る。その場では，この「贋金つくり」とは，ライバルの人気作家で，自作の売れ行きを第一に考え，内実の伴わない作品を発表し続けるパッサヴァン伯爵を指すのだと述べられる。しかしそれだけではない。この小説では，多くの人間関係が「贋物」として提示される。冒頭に登場する少年ベルナールは自宅で偶然見つけた母宛の手紙により，自分が母とその愛人との不義の子であることを知る。彼の「贋」の父であるプロフィタンデュー（Profitendieu）氏は，その名からして「神を利用して利潤を上げる profit-en-dieu」という皮肉な意味の名前を背負っている。オリヴィエの両親であるモリニエ夫婦，上記のフェリックスとローラのドゥーヴィエ夫婦など，作中の夫婦はいずれも関係が破綻しており，いわば「贋の」夫婦関係が提示されているのである。

作家パッサヴァンを陰で操っているのが贋金集団の黒幕，ストゥルーヴィルーである。彼は次のように述べる――「どんな奇蹟で，絵画はこれほど進歩したのか？　そして，どうして文学はこんなに引き離されたのか？　絵の方で普通《モティフ》と考えられていたものが，今日，どんなに信用を失っていることか！」。当時，絵画においては対象との類似が価値基準だった写実主義の時代はすでに終焉を迎えていた。文学も同様に，従来の写実主義から脱却してこそ，価値を獲得するのだと主張される。ストゥルーヴィルーは，実際の贋金つくりであるのみならず，「言語」の贋金つかいであることを自認し，新しい芸術のあり方を提示しているのである。読者は，外的世界の客観的現実を再現するものであるはずの言語が，意味を十全に伝達する手段にはなりえない状況に立ち合うことになるだろう。

（津森圭一）

▶2　作品の中に別の作品が存在するという入れ子構造を，ジッドは1893年の日記で「紋中紋 mise en abyme」と名付けていた。本来は，一つの紋章に描かれた盾の中に，さらに小さな盾が描かれていることを指す。

▶3　写実主義とは，19世紀フランスにおけるバルザックやフローベールなどの作家に認められる，できる限り主観を排し，出来事を客観的に記述しようとする創作姿勢。

▶4　サース＝フェは，スイスのヴァレー州にある人里離れた山奥のリゾート地。

七　20世紀

44 フランソワ・モーリヤック（1885-1970）『テレーズ・デスケルー』（1927年）

François Mauriac
ボルドー生まれ。故郷の松林を舞台にした『テレーズ・デスケルー *Thérèse Desqueyroux*』と，ワインのシャトーを舞台にする『蝮のからみあい』(1932年）が代表作。『テレーズ・デスケルー』は日本の作家にも影響を与え，テレーズにインスピレーションを得て，堀辰雄が『菜穂子』（1941年）の黒川菜穂子，三島由紀夫が『愛の渇き』（1950年）の杉本悦子，遠藤周作が『深い河』（1993年）の成瀬美津子というヒロインを創出した。三島とフランス文学については，本書の126-127頁も参照。

1 動機なき殺意

テレーズ・デスケルーは，明確な動機もなく，夫ベルナールに砒素を盛る。この小説の大きな魅力は，モーリヤックが「なぜテレーズ・デスケルーは夫を毒殺することを望んだのか。この疑問符が，彼女の悲痛な影を私たちの間に引き留めるのに大いに役立った」と語っているように，彼女を犯罪に駆り立てる心の闇を解明することが，読者一人ひとりに委ねられているところにある。

いったい，テレーズは何を望んでいたのか。パリでベルナールと別れる結末で，「何を望んでいたのか，ね？　おそらく，望んでいなかったことを言う方がやさしいわね。望んでいなかったのは，舞台の人物を演じることであり，身振りをし，決まり文句を口にし，つまり一瞬ごとに，ひとりのテレーズを否認すること……」と夫に説明するように，テレーズは「家族の精神」に従って行動することが嫌で仕方なかったと思っている[1]。しかし，「家族の精神」を取り払った時に残るはずの「もうひとりのテレーズ」が何であるのかは自分でもよくわかっていないのだ。「あなたの眼の中に不安を，好奇心を，つまりは混乱を見るためだったのかもしれない」と語るように，単調な変化のない時間が果てしなく続く見通しに耐え難い思いをするテレーズには，夫の「不安」などの将来に変化を予感させる可能性が欲しかったことしかわからないのだ。

▶1　本書の198頁も参照。

2 毒殺をいかに描くか

「カトリック作家」に分類されるモーリヤックは，作家として，カトリックの喧伝のために作中人物を予定調和的に信仰に導くことは慎み，悪も善も含めた人間の真実，全体像を描かなければならないと考えていた。その一方で，カトリックとしては，人間の悪を描くからといって，読者を悪に導いてはならないということも十分に承知していた[2]。そのために，夫を毒殺しようとする女性を描くにあたっては，作品の構成に工夫を凝らしてヒロインの怪物性ばかりが過度に読者を刺激する危険性を回避しようとした。

構成の工夫としては，とくに二つの点が重要である。第一に，時系列に沿って出来事を語るのではなく，「免訴」の告知によって作品を始めている点である。「免訴」になったということは，ふつうに考えれば彼女が犯罪に手を染めていなかったということをも意味しうる。思いやりのない弁護士と父親にはさまれて，冷酷な犯罪者としてではなく，冤罪の嫌疑に苦しんだ被害者として，テレ

▶2　『小説論』（1928年）で明確に述べられている考え。堀辰雄が「小説のことなど」（1934年）というエッセーで紹介し，遠藤周作にも影響を与えた。

ーズは地方の夕暮の町を歩き始めるのだ。

第二の構成の工夫は，毒殺行為そのものの記述の仕方にある。作品の中盤に凝縮された形で彼女の砒素を盛る行為を提示し，彼女が「たった一度だけ」と考えて犯罪に及ぶところへくると，突如として犯罪を見抜けなかった周囲の人たちの当時の視点を採択し，自分も具合が悪かったにもかかわらず，けなげに夫を看病する妻，あるいは貧しい人たちの世話をする善意のヴォランティアといった彼女の表情だけが提示されることになるのだ。苦しんでいる被害者的な表情は，毒殺行為の最中もテレーズを離れることがないのだ。もちろん，だからといって読者がその背後に冷酷な犯罪者としての彼女の顔を感じ取る手掛かりが奪われているわけではない。構成を工夫することで，モーリヤックは「悪」を突出させることなく，それでいて歪めることもなく表現するという課題に一つの解答を示したのだ。

3 子供の無垢を求めて

「序」の最後に，「少なくともあなたを置いていくこの歩道の上で，私はあなたがひとりではないという希望を持っている」と記されているように，テレーズを救済[3]に導くことが『テレーズ・デスケルー』を書き終えたのちも，モーリヤックの念頭を離れず，その後も『夜の終り』(1935年）に至るまで，執拗にテレーズの姿を追跡した[4]。しかし，「テレーズの告解を受ける司祭が眼に浮かばなかった」ために，最後までテレーズが「神の平安を味わう」場面は描かれなかった。

ただ，モーリヤックの小説作品では，子供の無垢が，聖職者の直接的な働きかけよりもはるかに作中人物の中に敬虔な感情を蘇らせる役割を担っている。自殺を考えたテレーズが，ぐっすりと眠る幼い娘の手に触れて涙を流す場面を思い出してみよう。モーリヤックの作品世界では涙が子供時代の無垢な感情を主人公に取り戻させる場面が多く描かれており，テレーズがもっとも救済に近づいた場面だと言ってよいだろう。テレーズの中にも子供の無垢に対する感性が残っていることを示して，その後の救済の可能性を示唆しているのだ。

子供時代から思春期をいっしょに過ごした無垢なアンヌが，テレーズに穏やかな気持ちを与える唯一の存在であったことも重要な手掛かりとなる。二人の「この罪のない長い休止の時間」は「たったひとつでも仕草をすれば，自分たちの形の定まらない純潔な幸福が逃れさってしまったことだろう」という危うい平衡の上に成り立っていたのだが，それでもアンヌはテレーズを子供の無垢の側に引き留める力を有していた。「子供の無垢」に着眼して，『テレーズ・デスケルー』を読み直した上で，テレーズがアンヌに代わる存在を見出せるかという観点から，これ以降のテレーズの登場する作品を読んでみれば，テレーズの救済の可能性と困難とが同時に見えてくるはずだ。　（福田耕介）

▶3 「救済」とは，ここではテレーズがカトリックの信仰に目覚めて，平安を取り戻すことを意味している。

▶4 『失われしもの』(1930年)，「医院でのテレーズ」(1933年)，「ホテルでのテレーズ」(1933年)，『夜の終り』(1935年）にテレーズが再登場する。なお，テレーズの自由を尊重していたはずのモーリヤックが，『夜の終り』のテレーズに関しては，「フランソワ・モーリヤック氏と自由」(1939年）の中で，作中人物の自由を奪っているとして，サルトルから痛烈に批判された。サルトルと文学批評については，本書の100-101頁および137-138頁も参照。

七　20世紀

45 ジョルジュ・ベルナノス（1888-1948）『田舎司祭の日記』（1936年）

Georges Bernanos
パリ生まれ。パ＝ド＝カレ県のフレッサンで子供時代の幸福な時間を過ごす。代表作には『田舎司祭の日記 *Journal d'un curé de campagne*』のほかに，『悪魔の陽のもとに』（1926年），『カルメル会修道女の対話』（1949年）。

▷1 「想像上のアンブリクールにいる親愛なる主任司祭」とベルナノスが呼ぶこの主人公には名前が与えられていない。

▷2 モーリヤック同様，ベルナノスも「カトリック作家」に分類されているが，信仰のないテレーズの視点を中心に据えた『テレーズ・デスケルー』と，読者を聖職者の内面に向き合わせる『田舎司祭の日記』との対照は際立っている。

▷3 トルシーの主任司祭は，「私」を支える先輩であり，「私」とは対照的な快活で誇り高い司祭。「私」に諫言を与えつつも，その誠実さを高く評価している。

▷4 伯爵夫人の死に関して「私」に問い質しに来た司教座聖堂参事会員ド・ラ・モット＝ブーヴロンが，「あなたの力」は「自分がどれほどほかの人たちと違うかを知らないこと」から来る，「あなたの単純さ」は憎まれてはいないが警戒されている，「それは彼らを焼く一種の火のようなものだ」と語っている。

1 司祭の内面の記録

アンブリクールに任命された若い主任司祭[1]が，「倦怠」に蝕まれた教区の人たちと接して苦悩する自分の姿を日記に書き留める[2]。頁が破り捨てられたり，日記が中断されたりすることがあるとはいえ，放棄されることはない。むしろ，「祈り」が「あまりに弱い救い」となった時に，日記を書くことで「いくらかの冷静さ」を取り戻しているように，日記は彼の支えとなる。癌を宣告されてから死に至る短い時間に執拗に日記に向かう姿からも，そのことがひしひしと伝わってくる。

日記から浮かび上がるのは，「私」が自分の「あるがままの姿」とみなす，「片手を差し出して戸口から戸口へと，ドアを叩く勇気さえなく歩く不幸な物乞い」としての「私」であり，トルシーの主任司祭[3]の語る「教区の支配者」としての司祭のあるべき姿からはほど遠い。のみならず，体を蝕む病の痛みが，教区の人に対してばかりでなく，読者の印象の中でも「私」の姿を悲痛な色に染め上げてしまう。しかし，「私」が「謙虚」な態度で標榜する弱さや至らなさに眼を奪われるあまり，その間隙を突いて，本人の自覚していなかったある種の「力」が「私」の内にみなぎる瞬間のあることを見落としてはならない[4]。

2 苦悩する「子供」の挑発

その「力」は，伯爵夫人と「私」の対話においてもっとも明確に現れる。最初にその前段となる伯爵夫人の娘シャンタルとの会話から読んでみよう。ベルナノスにおいても，子供時代の精神を持つことが，高次の霊的な生活の到達点の一つとして重視されている。「私」が小学生の公教要理の授業に慰めを期待するのもそのためだが，すでに「動物性が皮膚を一枚隔てたぎりぎりのところまで現れ出ている」ことにも眼を奪われずにはいない。シャンタルもまた，父親の愛人となった家庭教師のルイーズ嬢を告発に来て，「あの女を殺すつもりよ」と言って，「女性が全身で悪へ，獲物へ飛びかかろうとする激情」を露わにする。

だが「私」は決してひるむことがない。まさにその時，「知らず知らずのうちに」「美しく」，「無垢な」祈りの言葉が自分の口を突いて出ていることに気がつく。彼が自覚しないうちにある「力」によって突き動かされる瞬間のひとつがここにある。日記の主要な役割は，そうした瞬間を自覚的に定着することにあると言ってよいだろう。祈りの力によって，「私」は暗闇から「一種の不可思議な不安定さ」の中にシャンタルの顔が浮かび上がるのを眼にする。さらに，「彼女が口に出さない別の言葉」までも読み取り，彼女が手紙を持っていることを見抜きそれを取り上げる。「私」は魂の表情を読むことができる。「あなたはまったく悪魔なのね」とシャンタルも「私」の「力」を認めざるをえない。

3　伯爵夫人の死

シャンタルの告発を受けて，「私」は城に行って母親である伯爵夫人と対面する。「私」は何よりもシャンタルの自殺を恐れている。しかし，伯爵夫人は，夫の繰り返す不倫を諦めて受け入れ，夫が娘をイギリスの学校に追い出そうとしていることを，娘が帰って来ることはないと承知の上で黙認している。「子供」の苦しみを容認できない「私」は，「神があなたを打ち砕くでしょう」という激しい言葉を夫人に投げつける。すると，しばらく感じ取ることができないでいた「祈りの精神」が戻ってきて，「私の娘よ」という言葉が，「おのずと唇から出」て，さらには「ひとつの神秘的な手が，何であるかはわからない眼に見えない手が，壁に裂け目を開けたように思われた」。すると，平安がその空間に満ち溢れて「奇跡によるかのように」伯爵夫人にも作用し，その夜のうちに夫人は平安に満たされたまま急逝するのだ。

4　司祭の中の「子供の精神」

亡くなる前に「私」に宛てて書いた手紙の中で，伯爵夫人は「私」から「平安」を受け取ったことを認める。シャンタルが二人の会話を窓の外で盗み聞きしていたことから「私」が伯爵夫人に厳しく接しすぎたことが死を早めたという風評が流れるが，トルシーの主任司祭に諭されても彼女が「平安のうちに」死んだという「私」の確信は揺るがない。「私」の「力」は，噂を広めたシャンタルでさえ，あの日母親の表情が突然「穏やかになった」ことを認め，「私」にその「秘訣」を問いかけずにはいられないほどのものなのだ。

伯爵夫人は，手紙の中で，司祭が「子供」であり，「神さまがあなたをそのままにしてくださいますように，永久に！」と語っている。トルシーの主任司祭が「子供時代がいつも人間たちを心の底から感動させる」と語る通り，「私」の子供の精神が伯爵夫人を大きく動かしたのだ。「子供」であるがゆえに，教区の人たちとの交流もうまくは進まなかったが，癌を宣告された時に「私」は，「自分が人々を大いに愛した。そして生者たちの土地が私には快かった」ことを自覚する。臨終の苦しみは「愛の行為」となる。「絶望とはもう愛さないことだ」と伯爵夫人に語るように，「愛」は絶望ではない。そして，「死」をも「幼子の無知と単純さ」で眺め，自分自身に対する愛も回復して，「すべては恩寵である」[5]という言葉を残して亡くなるのだ。　（福田耕介）

▶5　リジューのテレーズの言葉。ベルナノスは，彼女の「子供時代の言葉」を愛し，『ある魂の物語』から影響を受けている。なお「恩寵」とは，人間には予測できない形で授けられる神の恵みのこと。

七　20世紀

46 ルイ＝フェルディナン・セリーヌ（1894-1961）『夜の果ての旅』（1932年）

Louis-Ferdinand Céline
パリ近郊生まれ。作家。本職は医師であった。本名はルイ＝フェルディナン・デトゥーシュで，筆名のセリーヌは祖母の名に由来する。第二次世界大戦直前から戦中にかけて発表された彼の攻撃文書《パンフレ》には明白な反ユダヤ主義が見られ，今日においてもスキャンダルを引き起こしつづけている。

1934年のセリーヌ
出所：*Album Céline*, Iconographie réunie et commentée par Jean-Pierre Dauphin et Jacques Boudillet, Gallimard, 1971, p. 127.

▶1　サルトルについては，本書の100-101頁を参照。

▶2　ヘンリー・ミラー（Henry Miller, 1891-1980）。アメリカの作家。『北回帰線』のほか，『南回帰線』（1939年），『薔薇色の十字架刑』三部作（1949-60年）などの自伝的作品が知られる。

1　時代の証言，あるいは虚構と文体の構築物？

セリーヌの小説『夜の果ての旅 *Voyage au bout de la nuit*』を読むとき，多くの読者は，第一次世界大戦とそれに続く戦間期に垂れ込める重苦しい空気を追体験しているかのような感覚にとらわれるだろう。この作品は，その意味で，ひとりの作家による時代の証言である。しかし他方で，セリーヌ自身が前書きでわざわざ強調しているように，それが「小説，つまり虚構の物語以外のなにものでもない」ことも，紛れのない事実であろう。さらにまた，冒頭から読者に衝撃を与える強烈な文体についても，指摘しないわけにはいかない。登場人物の会話にとどまらず，語りそのものにも口語的表現や俗語，隠語を駆使したセリーヌ独自の文体は，フランス文学において「正統的」文体が保ってきた規範的位置を揺るがし，サルトル[1]の『嘔吐』（1938年）や，さらにはヘンリー・ミラー[2]の『北回帰線』（1934年）といった作品にも影響を与えた。

だが考えてみるならば，これらの特徴が『夜の果ての旅』という一つの作品のなかで溶け合っているという事実は，けっして自明な事柄であるとは言えない。というのも，作家の想像力や独自の言語表現を通じて再構築された小説世界は，作家の経験した現実世界の忠実な描写からは，むしろ遠ざかっていくようにも思われるからである。そうであるとすれば，『夜の果ての旅』が持つこの多面性を，どのように理解すればよいのだろうか。

2　写実主義的描写に紛れ込む幻想

『夜の果ての旅』は，バルダミュが志願兵として第一次世界大戦の前線へと送られ，仲間たちの死を目の当たりにするところから始まる。物語の舞台は，つづいて戦時下のパリ，植民地体制下のアフリカ，資本主義の隆盛するアメリカ，そしてパリ郊外へ，トゥールーズへ，再びパリ郊外へと移ってゆくが，旅先でバルダミュが出会うのは，つねに，それぞれの社会体制の生みだす不条理や非人間性と，そうした不条理が露わにする，英雄性からはかけ離れた人間の姿であった。人間の生と彼らが生きる時代の悲劇的な性格，そしてその極限としての「死」のイメージが小説全体を覆い[3]，バルダミュの彷徨を，まさしく「夜の果ての旅」と呼ばれるにふさわしいものとしているのである。

セリーヌは，人間的生のこうした救いのなさを，心理分析を排した仕方で描いてゆく。――このように書くと，写実主義[4]小説的な作品が思い浮かぶかもしれないが，その一見即物的な語りにはじつのところ，作者の想像力に由来する，さまざまな幻想が紛れ込んでいる。一つだけ例をあげよう。登場人物のひとりのロバンソンは，バルダミュの行く先々に顔を出し，物語の展開に決定的な役割を果たす人物である。しかし，バルダミュと彼が何度目かにアフリカで再会したとき，バルダミュが彼をまじまじと観察してもしばらくはロバンソンとわからないことがあったり，また，アメリカにいるバルダミュがロバンソンに出会うことを期待すると，彼がすぐにふっと姿を現したりといったことが起こる。彼のその都度の登場の仕方が，こうしてあまりにも脈絡を欠いているために，ロバンソンにはどこか現実の人物とは思えないところがある。

そして，登場人物のこうした非現実的性格が，読者に，小説の重苦しい雰囲気をより強く印象づけることになる。ロバンソンは，バルダミュの旅に抽象的な影のようにつき従うことで主人公の「分身」として機能しはじめ，その彼が身をもって生の悲惨を突きつめることによって（物語の最後，「愛」そのものへの呪詛をひとしきり唱えたあとで，ロバンソンは婚約者のマドゥロンに撃たれて死ぬ），小説の与える不条理の感覚を増幅するのである。

▶3　人間的生のただなかに「死」を見てとろうとするセリーヌのこうした人間観には，精神分析学の創始者フロイトの概念「死の欲動」の影響が見られる。

▶4　写実主義（レアリスム）とは19世紀後半に起こった，人間の現実生活をありのままに描き出そうとする芸術運動。自身はその呼称を拒否したものの，フローベール『ボヴァリー夫人』などにその成果をみることができる。写実主義はその後，ゾラの自然主義においてさらに徹底されることになったが，セリーヌは，講演「ゾラに捧ぐ」（1933年）において，自然主義はすでに当時の現実にそぐわなくなったとみていた。

3　不安と悲喜劇性――文体とその効果

文体についても，同様の効果を指摘することができる。小説の冒頭を引用しよう。「それはこんな風に始まった。おれはけっしてなにも言いはしなかった。なにも Ça a débuté comme ça. Moi, j'avais jamais rien dit. Rien」。ごく短い引用だが，語彙 ça や複合過去時制の使用，否定の副詞 ne の省略，人称代名詞 moi や不定代名詞 rien による表現の二重化などが生み出す口語的印象とリズム，若干の滑稽味とを感じとることができよう。こうした文体はまず，その日常性が語りに主観的性格を与え，読者を小説世界により生々しい仕方で直面させることになる。また，正統的フランス語の否定は，それを用いる社会階層から排除されたひとびとの視点へと，読者を近づけることにもなろう。そしてなにより，リズムの過度な強調や表現の破格性は語りからその滑らかさを奪い，ぎこちなさの印象が，小説世界に不安と悲喜劇性のトーンを与えることになる。小説で描かれる悲惨と不条理の感覚が，文体によっても増大させられるのである。

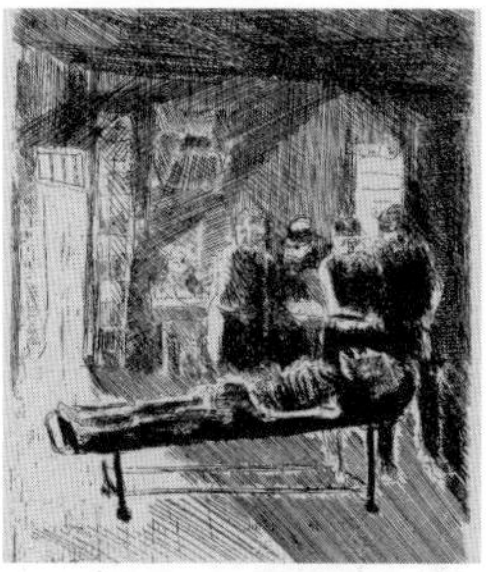

図1　ロバンソンの死（クロード・ボグラチェフによる挿絵）

出所：*Œuvres de Louis-Ferdinand Céline*, vol. 1, Préface de Marcel Aymé; Illustrations de Claude Bogratchew, A. Ballard, 1966, p. 364 bis.

こうして『夜の果ての旅』においては，時代の空気とも言うべきものが，作家の想像力や独自の言語表現という迂路を経ることによってこそ，より鮮烈に浮かび上がっている。ほんらい虚構的であるはずの文学が，現実の経験へ反転していると言えようか。そして言うまでもなく，こうした反転が可能となるのは，作家の超絶技巧がそれを作りだす稀有な瞬間においてのみである。『夜の果ての旅』は，まさにその稀有な瞬間にわれわれを立ち会わせるのであり，そこに本書の傑作たる所以があるのだ。

（根木昭英）

七　20世紀

47　アンドレ・マルロー（1901-76）『人間の条件』（1933年）

1 驚きのフットワークとネットワーク

フランス人は旅行好きだ[1]。フランスという国がヨーロッパのほぼ真ん中に位置するゆえ，ヨーロッパ近隣諸国にアクセスしやすいという地理的条件がその理由の一つとしてあげられるが，旅先としては遠い極東も選ばれるようになっており，近年訪日フランス人の数も増えている。フランス人はフットワークが軽いようである。1933年にゴンクール賞を受賞したアンドレ・マルローの小説『人間の条件』は，1927年に起きた上海クーデターという中国現代史の事件を背景にしている。第一次国共合作後，国民党と共産党との対立のなか，蔣介石率いる国民党に弾圧される中国共産党員たちの悲劇が舞台である。蔣介石など実在する人物も登場するが，主人公キヨ・ジゾールをはじめ多くの登場人物は虚構の人物であり，物語の筋もフィクションである。作者マルローには中国語の語学力はなく，またマルロー自身はこの革命に参加していないにもかかわらず，小説発表後の文壇では実際に参加していたと受け取られるほど，リアルに歴史的集団群像を描ききっている。

このリアルさは，第一にマルローのフットワークの軽さにゆえんするようだ。両親の離婚後パリ郊外で暮らしたマルローは，恐るべき読書力により独学で知性を身につけ，高等教育を受けずしてパリの文壇でデビューする。若くしてクララ・ゴールドシュミット（旧姓）という年上女性を伴侶としてえると，ヨーロッパの各地へ旅行し，その身軽なフットワークはフランス領インドシナ（現在のベトナム・ラオス・カンボジア）での“遺跡調査”へとつながる。マルロー夫妻のバンテアイ・スレイ遺跡訪問は残念ながら“盗掘事件”となってしまい，植民地当局監視下でのサイゴン滞在を余儀なくされる。しかしながら，その際，その地の中国人たちと付き合うなかで，恐らく通訳を通して中国の動乱の詳細を知ることができた。さらに当時の仏語新聞を通しても1927年の事件について情報収集を行い，そして1931年には実際に上海に赴き，魔都を直に体験した。つまりこの小説は，行動する作家マルローにより，世界中に広がるフランコフォニーネットワークの利点を生かして創作された果実である。

2 西洋と東洋との融合

フランス人の父と日本人の母をもつ主人公キヨ・ジゾールの設定には西洋と東洋の融合を指摘できる。これはエドワード・W.サイード『オリエンタリズ

André Malraux
パリ生まれ。1920年雑誌『ラ・コネッサンス』創刊号に「立体派詩人の起源について」を寄稿しデビュー。その後『新フランス評論』誌を中心に批評や小説を発表する。ド・ゴール政権下で二度大臣になり，戦後は『沈黙の声』（1951年）などの芸術論が執筆の中心となる。本書の146頁も参照。

▷1　本書の「旅行者」（168-171頁）を参照。.

図1　ゴンクール賞受賞当時の『人間の条件』表紙
出　所：Gaëtan Picon（1958），*Malraux par lui-même*, Seuil, p. 25

ム』においても言及されている，1920年代の西洋と東洋をめぐる論争に対するマルローなりの答えだといえるだろう。フランス文化史において「狂乱の時代 Les années folles」と呼ばれる時期には，コレットの洒脱な小説が受け入れられ，シャネルがピカソやコクトーとバレエや演劇のコラボレーションを展開し[2]，前衛芸術のシュルレアリスムが花開いた。一方でフランス知識人たちは第一次世界大戦後のヨーロッパ再建の模索を哲学的に行い，そのなかで西洋と東洋との関係をめぐる文化的二元論について議論した。

この論争のなかで，東洋の影響を受け入れるという姿勢がマルローの態度であり，それが『人間の条件 *La Condition humaine*』の悲劇性にも見られる。次の三つのシーンが関係してくる。ギリシア悲劇的であるのは，キヨが上海の中国共産党の支持を得るため，漢口（現在の武漢の一部）のインターナショナル[3]のボロギンに協力を求めに行くシーンである。同じイデオロギーを信奉する者同士であるゆえ，キヨは当然の協力を期待してボロギンに謁見するが，期待に反して国民党側から奪った武器を返却するように命じられる。つまりキヨはロシアの共産党の真の態度を知り，中国共産党が敗北する悲劇的な運命を感知する。この場面がアリストテレース『詩学』における悲劇の定義に合致し，意外なところで西欧的な悲劇性が立ち現れるのだ。次にキヨが他の中国共産党員たちとともに国民党に捕らえられ雨天体操場にいる場面。周りの者たちがつぎつぎと死んでいくなかで，自分の死を待つしかないというキヨの状況がパスカル『パンセ』の一節[4]と見事に一致する。さらには，息子キヨが死んだ後，神戸に移住した父ジゾールが「キヨが死んでからわしは音楽を発見したよ。音楽だけが，死について話すことができるのだ」と，訪れたキヨの妻メイに語るシーンには，日本の「セレニテ」に深い悲劇性を見出していた作者マルローの思いが見て取られる。このように『人間の条件』の悲劇性が，西洋面と東洋面のプリズムのような多面性を持っているのは，「神の死」を宣言したニーチェの影響が色濃い知的環境で，虚無主義的な世界観に囚われていた青年マルローがあらゆる悲劇性に敏感であったことの証でもあるだろう。

3 “自分の声はのどで聞く”

キヨは，中国共産党委員の会合で録音した自分の声が，自分のものと認識できなかった体験をジゾールに語る。これに対しジゾールは「他人の声は耳で聞き，自分の声はのどで聞く」と言う。このシーンには統一した主体を持たない人間が描かれている。マルローの小説には確固たる目的を持った人間たちが登場する。アジア三部作だけを考えても，登場人物は『征服者』（1928年），『人間の条件』では革命，『王道』（1930年）では冒険に身を投じるので，一見すると近代的主体が描かれているように思える。しかしその主体の描かれ方は意外にも，ポストモダンが批判したデカルト的なコギト[5]ではない。　（畑　亜弥子）

▶2　高級ブランドCHANELの創始者シャネル（Gabrielle Chanel, 1883-1971）は，コクトーが翻案した『アンチゴーヌ』（1922年）と，コクトーが脚本を書き，舞台背景にピカソの絵が使われたバレエ『青列車』（1924年）で衣装を担当した。

▶3　社会主義の国際組織。ここはレーニンらが1919年に創立した第三インターナショナルのことで，国際共産主義運動を展開した。

▶4　パスカル／前田陽一・由木康訳（1973）『パンセ』中公文庫，144頁。「ここに幾人かの人が鎖につながれているのを想像しよう。みな死刑を宣告されている。そのなかの何人かが毎日他の人たちの目の前で殺されていく。残った者は，自分たちの運命もその仲間たちと同じであることを悟り，悲しみと絶望とのうちに互いに顔を見合わせながら，自分の番がくるのを待っている。これが人間の状態を描いた図なのである」。本書の26-27頁を参照。

▶5　デカルトは一切のものを疑っても残る主体「私は考える，それ故に私はある Cogito, ergo sum」を真理ととらえて哲学の第一原理とした。ポストモダンの思想家たちはこれを近代的な強い主体として批判した。本書の24-25頁を参照。

七　20世紀

48 アンドレ・ブルトン（1896-1966）『ナジャ』（1928年）

1 スキャンダラスな小説

『ナジャ *Nadja*』はシュルレアリスム[1]の中心人物アンドレ・ブルトンが，ナジャ[2]を名乗る謎めいた女との出会いから別れまでをつづった自伝的恋愛小説。痛々しい恋。スキャンダラスな愛。こんなふうに書くと読者の関心は「恋愛」に，つまり小説に書かれた内容の方にまっすぐ向かうと思うが，それ以前に，文学史的にスキャンダルと語られてきたのは，「小説」と「シュルレアリスム」という言葉の接近の方なのだ。

2 あるできごと

大学の医学部にかよい，病院のインターンをしていた若き日のブルトンは，本書にも出てきたマラルメやヴァレリーに憧れる文学青年だった。ヴァレリーの知遇もえて，詩人としての才能が少しずつ認められはじめたそんな矢先，ふと素朴な疑問に突きあたる。――おれのやりたいことって，こんなことだっけ？

そんなモヤモヤした気持ちを抱えていたある日，ブルトンは友人フィリップ・スーポー[3]とある奇妙な遊びを思いつく。何を書くかなんて考えないで，とにかく紙に文字を書きまくってみよう。できるだけ素早く，あたまの回転がペンの回転に追いつかなくなる限界まで速く，速く，速く，速く。

結果を眺めてかれらは思わず身震いする。これはいったい何だ⁉　書いたのは本当におれたちなのか……。

まるで意図することなく予期すらせず，ブルトンたちにふと到来したこの〈できごと〉をきっかけに成立したのがシュルレアリスムという運動なのだ。

ところで，ブルトンが語っているこの逸話を「シュルレアリスム文学」なるものを書くためのマニュアルのように強引に受けとってしまうと，シュルレアリスムに小説があるのは矛盾しているようにみえてくる。いうまでもなく，小説はいわゆる殴り書きでは書けないからだ。あるひとたちにとって「シュルレアリスム」と「小説」の接近がスキャンダルに映ったのはそういうわけである。

3 シュルレアリスムとは何か

だが，シュルレアリスムとは，素早く書くことであれ他の何であれ，文学作品をつくるための方法などではない。シュルレアリスムとは予期しない〈できごと〉に襲われることの別の名である。――ここで『ナジャ』を読んでみよう。

André Breton
フランスの詩人，作家。友人たちとともにシュルレアリスム運動を開始した。美術にも造詣が深く，著作に『シュルレアリスムと絵画 *Le Surréalisme et la peinture*』（1965）と題される美術論もある。

▶1　シュルレアリスム（Le surréalisme）は，20世紀最大の文学・芸術運動。ブルトンの『シュルレアリスム宣言 *Le Manifeste du surréalisme*』（1924年）とともに開始した。運動には，詩人や作家のみならず，画家や写真家，映画監督なども参加した。

▶2　本書の209頁および221頁も参照。

▶3　フィリップ・スーポー（Philippe Soupault: 1897-1990）はフランスの詩人，小説家。ブルトンと自動記述の実験を行い，この結果を『磁場 *Les Champs magnétiques*』（1920年）として発表した。

パリの街を当てもなくうろうろしていた『ナジャ』の著者ブルトン。向こうからひとりの女が歩いてくるのにふと気がつく。じつにみすぼらしい服装，そして目のまわりにとても奇妙なメイクをしているこの女に，ブルトンは思わず声をかける。彼女はほほえむ，「事情はわかっているというような微笑で」。──これが，ナジャという名であることがすぐあとで判明する謎めいた女との出会いだった。

それから十数日間，ブルトンとナジャは毎日のように会う約束を重ねる。ふたりの関係にもやがて変化が。カフェ[4]や公園での長い語らい。車内でのみじかいキス。パリ郊外への束の間の逃避行[5]。そしてラストには悲劇的な結末が……。

ブルトンとナジャのあいだにはたしかに恋愛感情が存在した。それを語る文章という意味では『ナジャ』はまちがいなく「恋愛小説」である。しかし，ここに語られているのはじつに奇妙な恋愛なのだ。

ふたりが出会ったあの日に戻ろう。ナジャはブルトンにたいして，かれの「著作を一冊か二冊，読んでみたい」とリクエストしていたのだ。翌日さっそくブルトンは自分の著作を彼女に手渡す。そのなかには前述したような仕方で書かれた詩も含まれていた。つまり書いた本人にとっては「明確な意味をあたえられたためしがなく，登場人物たちは私〔＝書いたブルトン本人〕にとって無縁であり，その揺れ動きは可能なかぎり解釈しにくい」，そんな散文詩である。

そのようにしてできあがった謎としての詩を受けとったナジャはどうしたのか？　驚くべきことに，彼女は「本当にその〔詩に書かれた〕舞台に加わったことがある」といって譲らないのだ。いったい何が起きているのか？

書いた本人にとって意味すらわからなかった詩の言葉が，自分ではなく他人によって〈真に〉理解され，さらに驚くべきことに，本当に〈生きられて〉しまう現場を目の当たりにすること。ナジャがブルトンの目のまえで，かれの詩を「演じて」いることはたしかである（だが，それにしても「詩」を演じるとはどういうことなのか？）。ブルトンもそれに薄々気がつきながらも，どこまでが演技でどこからが本当なのか，ついにはもうわからなくなってしまう。しかしこれは，演じているナジャにとってもおそらく同じだっただろう。

書かれた詩は紙のうえに留まっておらず，ひとつの顔をともなって「私」に出会いにやって来る。これを〈できごと〉と呼ばずして，他に何と呼ぼうか。

すなわちこういうことだ。『ナジャ』と題される作品は，現実（＝恋愛）をあとから語ったフィクション（＝小説）などではない。そうではなく，理性を失ってしまうほどフィクション（＝詩）に巻き込まれてしまったふたりの人間の現実（＝恋愛）のドキュメントなのである。

シュルレアリスムとは，詩と現実とのあいだに切れ目がなくなってしまう，このような痙攣的と呼べる〈できごと〉を指し示す言葉に他ならないのだ。

（齊藤哲也）

▶4　本書のコラム「カフェ」（176頁）を参照。

▶5　本書の「パリ」（172–175頁）も参照。

七　20世紀

49　ジャン＝ポール・サルトル（1905-80）『文学とは何か』（1947年）

Jean-Paul Sartre
パリ生まれ。作家・哲学者。第二次世界大戦前には芸術至上主義的な態度をとったが，戦後になると，アルジェリア戦争やベトナム戦争など，同時代に生じた多くの出来事にかかわり，マルクス主義的な知識人の立場から態度表明を行った。

芸術橋とアカデミー・フランセーズを背にしたサルトル（カルティエ＝ブレッソン撮影）
出所：Annie Cohen-Solal, *Sartre: un penseur pour le XXI*^{e} *siècle*, Gallimard, 2005, p. 63.

1 非現実と現実──「文学」という不思議な営為

「文学」というのはなんとも不思議な営為である。それは一方で，思いもかけぬ幻想の世界を作りだしたり，言語の持つ例外的な美しさを発見させたりすることによって，われわれを日常や現実世界から引きはなす力を持っている。だが他方で，心打つ文学作品がわれわれにもたらすものが，日々の感覚や感情とまったくの別物ではありえない以上，それは現実と地続きになったなにかでもあるはずだ。文学とはその意味で，非現実的世界への通路であると同時に，現実にもかかわるような二重の営みなのだ。もちろん，小説を書いたり詩を読んだりするとき，われわれがそういったことをいつも意識しているとはかぎらない。しかし，たとえば戦争や大災害といった圧倒的な現実に直面するとき，われわれは，文学というこの「絵空事」が現実世界に占めうる，そして占めるべき位置について自問せずにはいられないのではないだろうか。サルトルの『文学とは何か *Qu'est-ce que la littérature?*』が取り組むのは，まさしくそうした問いである。

2 自由と解放を目指して

サルトルは1945年に論壇誌『現代』を創刊し[1]，作家は自らの時代に全面的責任を負うべきであるという「アンガージュマン文学」の思想を標榜した。『文学とは何か』は，この立場表明が引き起こした論争のなかで書かれた著作であり，「文学」の再定義を通じて，「アンガージュマン文学」の思想に理論的基盤を与えることを目的としていた。

著作は全四章からなる。まず第一章と第二章では，散文芸術（小説）が，言葉を道具として用い，世界のあり方を他者へと開示する芸術様式として，詩から峻別される。この「散文」による他者への「呼びかけ」が，本書における「アンガージュマン文学」の根本的な意味である。つづく第三章では，それまでのフランス文学史において，作家の読者層であるべき多くのひとびとが，社会的不自由を原因として，いかにこうした呼びかけから排除されてきたかが描かれる。そして第四章では，そこまでの考察に基づきつつ，あらためてサルトルの立場が宣言されることになる。すなわち，文学が自らの本質へと達しうるのは，呼びかけの対象であるべきすべてのひとびとの自由と解放が実現された「階級なき社会[2]」においてのみであり，作家たちは，その実現のために不正や

▷1　その後，1980年まではサルトルが，1986年までは彼のパートナーだったシモーヌ・ド・ボーヴォワールが編集長を務めた。2018年の第700号を最終配本として，刊行を停止した。

▷2　「階級なき社会」とはマルクス主義の文脈で用いられる言葉で，資本主義社会における「資本家（ブルジョワジー）」，「労働者（プロレタリア）」という階級の別が革命によって廃止され，共産主義が実現された社会を指す。

抑圧と対峙しなければならない，というものである。

『文学とは何か』は，文学が他者へと呼びかけ，これを解放する現実的な企てでありうることを，最大限に強調した書物だと言えるだろう。そしてその背景には，終結したばかりの第二次世界大戦がある。彼自身が動員され，捕虜となった戦争の経験は，サルトルに，作家を含めたあらゆる人間存在が，逃れようもなく現実世界のなかに状況づけられていることを教えた。文学を作家の社会的責任に結び付ける本書の主張は，まさにそうした経験から生まれ，切迫した時代の要請に応答しようとする思想だったのである。[3]

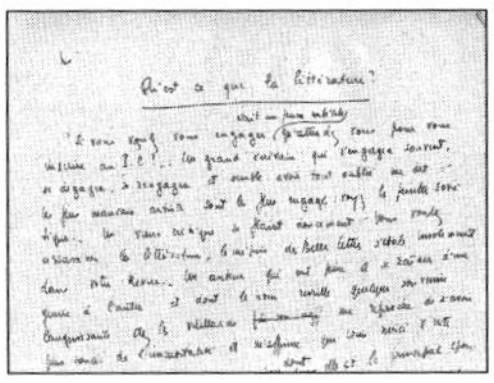

図１　『文学とは何か』冒頭の草稿

出所：*Ibid.*, p. 72.

▶3　サルトルの哲学によれば，人間はこのように，世界に偶然的な仕方で「拘束され engagé」つつも，未来へと「自己を拘束する s'engager」自由な存在である。サルトルが自らの文学実践を「アンガージュマン文学 *littérature engagée*」と名付けたのは，人間のこうした両義的な存在様態を踏まえてのことである。

3 「詩《ポエジー》のアンガージュマン」の思想へ

だが今日のわれわれにとって，以上の議論が，虚構の世界や言葉の美しさを作り出す「文学」本来の力を等閑視しているように見えることも，否定しがたい事実であろう。本書を読むだけでは，「アンガージュマン文学[4]」がいかなる作品を生み出しうるのかが見えてきづらいのはそのためである。そしてじっさいサルトルは，自らの思想の実践と位置づけた長編小説『自由への道』（1945-49年）を，さまざまな事情があったにせよ，完成させることができなかった。

▶4　サルトルと「アンガージュマン文学」については，本書の137-138頁も参照。

それでは『文学とは何か』とは，戦後直後という特定の歴史的文脈においてのみ意義を持つような著作なのだろうか。そんなことはない。というのも，本書には，上記の主張をほとんど覆しながら，文学が非現実へと通じる営為である，まさにそのかぎりにおいて持つ現実的意味を探ろうとする思索もまた萌しているからだ。それは，散文ではなく，むしろそれに対置された「詩《ポエジー》」にアンガージュマンを結び付けようとする思想である。たとえば，名詞の男性形や女性形といった，フランス語独自の言語規則を駆使して言語的な美を追求する詩の表現は，それ自体としては，他者へと「呼びかけ」る意味作用を持たないように見える。だが，こうした規則が長い歴史の運動の産物である以上，そこから生まれでた表現は，自らを生み出した時代や，そこで生きる作家自身について，やはり現実的ななにかを他者へと伝えずにはいないはずだ。――この逆転の論理が，「詩のアンガージュマン」の核となる思考である。サルトルはその後，詩《ポエジー》の意味を文学全体へと拡張しつつ，この思索を，ジュネやマラルメ，フローベールらを対象とする文学批評のなかで展開していくことになった。それに従うならば，サルトルとは多くの点において対照的なこれらの作家の作品，たとえば『花のノートルダム』や『サイコロの一振り』，そして『ボヴァリー夫人』でさえもが[5]，「アンガージュマン文学」の実践となるのだ。

▶5　順番にジュネ，マラルメ，フローベールの作品。サルトルはそれぞれの作家について，『聖ジュネ』（1952年），『マラルメ』（死後出版），『家の馬鹿息子』（1971，72年）という批評を残した。本書の66-67頁，74-75頁，104-105頁および216-217頁を参照。

そのことを考えるとき，『文学とは何か』の尽きせぬ魅力は，それが，極度に先鋭化された形で文学の現実的意義を説きながらも，その議論がときに自己に対立した視点へと移行し，自らをより陰翳に富んだ文学論へと開いている点にあると言えるだろう。

（根木昭英）

七　20世紀

50　アルベール・カミュ（1913-60）『ペスト』（1947年）

Albert Camus
フランス領アルジェリアのモンドヴィ（現在のドレアン）生まれ。1937年にエッセー『裏と表』を出版。第二次世界大戦中のドイツ占領下では非合法紙『コンバ』に携わる。1942年の『異邦人』で広く世に知られるようになる。1957年10月，ノーベル文学賞を受賞。

アルベール・カミュ
出所：Morvan Lebesque (1965), *Camus*, « Écrivains de toujours », Seuil, p. 64.

1　地中海世界

作者のカミュはアルジェリアに生まれ，地元の大学を卒業後，仕事を転々とするなかでジャーナリストとして認められ，パリの新聞界に進出するまで当地で暮らした。小説『ペスト *La Peste*』の舞台オランもカミュが一時暮らしたアルジェリアに実在する地中海沿岸の町である。同じくアルジェが舞台の『異邦人』といい，『ペスト』といい，カミュの作品には太陽と海が象徴する地中海世界が描かれる。作家にとってそれは故郷のなじみの風景であるが，『ペスト』では消極的に描かれる。ペストと対峙するオランの人々の姿が物語の中心にあるが，ときおり挿入される街の描写は一瞬異国情緒を誘う。しかし北アフリカ特有の街の光景──土の家，髭をはやした男性たち──は，読者が求めても登場しない。それは作者が推敲の過程でアラブ人の姿を削除するなどして，意図的に町の象徴性を高めたからである。読み込んでみると『ペスト』の異国趣味《エキゾチスム》の度合いは薄い。

地中海世界とは，さまざまな古代文明とキリスト教，ユダヤ教，イスラム教により育まれてきた文化，社会である。オランで発生した疫病ペストはさまざまな古い記憶と結びつき，小説内で喚起される複数のペストが作品に歴史的重層性を与えている。医師リウーはコンスタンティノープルのペストを想起する。災禍に苦しむオランの人々に，共同体の精神的支柱であるパヌルー司祭が説教をするが，その中でもペストにまつわる古い記憶がよみがえる。彼は「エジプトにおけるペストに関する『出エジプト記』の聖句を引用」し，『黄金伝説』[1]にある７世紀のイタリアのペストに触れる。さらに「声もなく断末魔のあえぎに苦しむ人々であふれる中国の街」も想起されているゆえ，この災禍の物語は全人類を射程としてくる。

▷１　『黄金伝説』は，紀元1260年ころジェノヴァでヤコブス・デ・ウォラギネが編纂した聖者列伝。

2　意外なエンターテインメント性

この歴史的重厚さとは対照的に，冒頭の展開は現代的なエンターテインメント性を感じさせる。『ペスト』では冒頭から語り手の存在が強く感じられるがその正体は明かされない。また小説のタイトルである「ペスト」も存在を匂わせながらなかなか登場してこない。はじめに確認された鼠の死骸は数匹であったが，そのうち6231匹に増える。高熱をともなうリンパ腺炎症が起き息絶えた門番の奇怪な死。医師リウーのもとには，リンパ腺が腫れ処置しても死に至る患者の情報が入ってくる。このような経緯ののちフォリオ版[2]だと40頁でやっと

▷２　フォリオ版とはガリマール社から刊行されている文庫版。Albert Camus, *La Peste*, Gallimard, coll. « folio », 1972.

リウーの口から「ペスト」という言葉が発せられ，謎の疫病の正体が明かされる。災禍の物語の導入はミステリアスであるがゆえに読者を惹きつける。

3 不条理との闘い

20世紀前半，フランス文学では不条理が大きなテーマとなり，マルロー[3]とカミュが主に小説においてそれぞれのかたちで追求した。マルローは『征服者』（1928年）でガリーンが行動の果てに不条理を見出す姿[4]を，『王道』（1930年）においては冒険家ペルケンを通して人間の根源に不条理性があること[5]を示した。カミュには不条理三部作と呼ばれている作品群があり，『異邦人』（1942年）では主人公ムルソーを不条理と向き合うありのままの人間として描き，『シーシュポスの神話』（1942年）では不条理を概念として哲学的エッセーや批評という形式で探求し，『カリギュラ』（1945年）ではローマ皇帝カリギュラをとおして，人間に与えられた不条理な運命として死を意識した若き暴君の，残酷な抵抗を描く戯曲を書いた。一方『ペスト』では『シーシュポスの神話』で深められた不条理が反映されている点が興味深い。多くのフレーズは疫病により封鎖された街とそこに生きる人々の状況に当てはまる。

不意に街を襲ったペストと戦う人々の姿に，ドイツ占領下のフランスでのレジスタンスが重ねあわされた。当時ナチスは褐色のペストと呼ばれていたので，このような解釈は当然であり，カミュ自身もそれを拒否せずむしろ積極的に認めた。しかしながら作品にはペストと戦う保健隊の活動の意義を認めない新聞記者ランベールという人物がいる。ランベールはスペイン内戦[6]で敗北した側についたために，ヒロイズムを信じない。彼の存在により保健隊のヒロイズムが薄まり，自分ができることを淡々と行動に移す彼らの姿が印象に残る。

4 書くことの意味

この小説には三人の書き手が登場する。小説全体の語り手リウー，ペストとの闘いを手帖に記録したタルー，なぐさみに女騎士の小説を書いているグラン。それぞれの動機にもとづいて筆をとる三人の存在が，人間の生に必要な行為としての“書くこと”の意味を私たち読者に考えさせてくれる。市役所職員のグランは気持ちのすれ違いから妻ジャーヌと離婚した。その空白を埋めるかのように小説の推敲に没頭するグランからは，癒しとしての創作の役割が見える。語り手がしばしば参照し物語に組み込むタルーの手帖は，何か大きな事件に出会った際に記録せずにはいられない人間の性を示している。語り手はというと，小説の冒頭で自身が記録作者であり歴史家であると，小説の内容について一歩引いたドライな姿勢を見せる。ここには，語り手に記録作者や歴史家の役割を与えることで，オランで起きた出来事の解釈の可能性をより大きく開いたカミュの小説技法が見られる。

（畑　亜弥子）

▶3　本書の96頁を参照。

▶4　広東の暴動が舞台である『征服者』のガリーンは，過去にマルサス主義にもとづき堕胎を手助けしたことが無政府主義運動とみなされ有罪の判決を受けたことがある。この事件を想起する場面で，意義ある行動の果ての不条理が現れる。

▶5　『王道』の主人公の一人ペルケンは，カンボジアの密林に分け入り冒険の目的を達したのちに病に侵され，「人間であることが，瀕死の人間であることよりも不条理だ」と感じる。

▶6　スペイン内戦は，1936年7月から1939年4月までスペインを二分した内戦。人民戦線・共和派の陣営とフランコ率いるファシスト軍とが戦い，ファシスト側が勝利した。カミュは母がスペイン系であったためこの内戦に無関心ではいられなかった。

七　20世紀

51 ジャン・ジュネ（1910-86）『薔薇の奇跡』（1946年）

Jean Genet
パリ生まれ。母に捨てられ非嫡出子として里親のもとで育つ。小学校卒業後，職業訓練を受けるが，盗みを働きメトレ感化院に送られる。軍隊に入隊するも放浪生活に戻り，盗みで逮捕されては監獄に収容されるという生活を送る。ジャン・コクトーの後押しで，1942年から泥棒仲間を描いた三部作『花のノートルダム』『薔薇の奇跡』『泥棒日記』を発表し始める。1950年代以降，小説の執筆を辞め，演劇に取り組む。1968年の五月革命を機に政治参加を始め，ベトナム反戦運動，黒人解放闘争，パレスチナ解放運動に身を投じた。

ジュネ自身によって破かれた著者近影（ブラッサイ撮影）。この写真は文庫本の表紙としてそのまま使用された。
出所：Emmanuelle Lambert (éd.), *Jean Genet, l'échappée belle*, Gallimard / Mucem, 2016, couverture.

1 泥棒が書いた文学作品

第二次世界大戦後まもなくして，ジャン・ジュネは文学界にデビューしたが，その経歴は当時の人々をずいぶんと驚かせたに違いない。いまでこそ多様なバックグラウンドを持つ作家が受け入れられるようになったが，20世紀半ばのフランスで「作家」といえば，高級な服を着てどっしりとした机に向かい煙草をくゆらす姿が似合うような紳士であった。ところが，ジュネが小説を書いたのは書斎ではなく，なんと刑務所の机だったのである。文学がいまだ中流インテリ階層の人たちの手によるものであった時代に，小学校しか卒業しておらず，窃盗と放浪を繰り返しては刑務所に収監されるような，いわゆる「社会の底辺」から生まれたジュネという作家は異色の存在であっただろう。

ジュネが塗り替えたのは作家のイメージだけではない。小説の内容もまた上品さとは無縁の，読者の度肝を抜くようなものだった。舞台は少年院や刑務所，登場人物たちは空き巣や強盗の常習犯であり，牢獄のなかで弱肉強食の厳しい階級社会を生きている。それは女性が一人も存在しない空間で，愛も憎しみも性も死も，すべてのドラマは男たちの間で起こる。『薔薇の奇跡 *Miracle de la rose*』には，一般読者が経験したこともなく，おそらく目にすることさえない世界が広がっている。それはリアルと夢想，思い出とフィクションが交じり合い，耳慣れない囚人の仲間言葉が呪文のように響く，独特の世界である。

2 詩的な文章の力

そのような牢獄の囚人社会の頂点に君臨するのが，アルカモーヌと呼ばれる人物である。この美貌の青年は残虐な殺人を犯した罪で死刑となることが決まっている。絶望のなかで自分の死を待つという境遇であるがゆえに，他の囚人たちから英雄的で神聖な存在としてあがめられている。この孤高の死刑囚をめぐって「奇跡」は起こるのだ。

> しかし僕らの熱烈な賛美の気持ちと彼の両方の手首を締めつける鎖に重くのしかかる聖性は［中略］驚きもせず見守る僕らの前で，この鎖を白バラの花飾りに変えてしまった。変身は左の手首から始まり，花のブレスレットで腕を取り巻くと，鎖に沿って輪の一つ一つをバラに変えながら右の手首まで続いた。
>
> Mais la ferveur de notre admiration avec la charge de sainteté qui pesait

sur la chaîne serrant ses poignets [...] firent cette chaîne se transformer sous nos yeux à peine surpris, en une guirlande de roses blanches. La transformation commença au poignet gauche qu'elle entoura d'un bracelet de fleurs et continua le long de la chaîne, de maille en maille, jusqu'au poignet droit.

重罪人の証であるはずの手首の鎖は見る間にバラの花飾りに変じ，髪の毛はイバラの冠となって死刑囚をイエス・キリストのような殉教者に仕立て上げる。

このような変身の「奇跡」を実現するのは，なによりも語り手のアルカモーヌに対する強い憧れの気持ちである。しかしまた，その言葉遣いも大きな役割を果たしている。それは論理ではなく言葉が呼び起こすイメージのつながりによって展開する詩の言語であり，カールした前髪から絡み合うイバラの冠へ，イバラのトゲからバラの花へ，長く重い鎖の形状から花綱飾りへと連想が次々と起こっていく。こうした言葉の「詩的魔力」により鎖の輪一つ一つから小さな白バラが咲きこぼれる様子[1]が，生き生きとしたイメージとして伝わってくる。

3 価値の転倒が可能とすること

『薔薇の奇跡』の世界では，すべての価値が逆さまとなる。ジュネの言葉にかかると，悪いものは善いものに，醜いものは美しく，卑しい行為は美徳に，異性愛は同性愛へと変換されてしまう。このようにして価値が低い，あるいは価値がないとされるものを最高に輝かしいものへと変えるジュネの魔術は，価値の転倒という「奇跡」をもたらすのだ。

ジュネの小説が戦後の保守的な社会に大きなスキャンダルを引き起こしたであろうことは容易に想像できる。キリスト教の聖人伝を真似て，犯罪，同性愛[2]，裏切りといった「モラルに反する」とされる事柄を賞賛するような作品は，常識外れを通り越して有害な本とみなされたことだろう。それにもかかわらず，サド[3]やボードレール[4]を生んだフランス社会は，ジュネもまた「悪」を書く作家として受け入れた。しかしながら，この作品が受け入れられた最大の理由は，宗教上のモラルや社会常識とは相容れないが，それに劣らず強固で揺るぎない，一人の人間の真実というものをそこに読みとることができたからであろう。

『薔薇の奇跡』は「悪徳の書」であると同時に，勇気と希望の書でもある。殺人や窃盗のような犯罪はいつの時代でも決して許されるべきものではないが，同性愛のような性的指向に対する社会の認識は時代とともに変化し，現代社会においては多様性の名のもとに積極的に認めていこうとする考えが広まっている。そうした変化の過程で，ジュネの作品は性的マイノリティーの人々に自己を肯定する勇気を与えたに違いない。『薔薇の奇跡』は言葉の力で価値観を変えることができる，そんな希望を抱かせてくれる作品である。

（内藤真奈）

図1 『薔薇の奇跡』の舞台となる中央刑務所の囚人

19世紀にはすでに，刑務所は同性愛コミュニティーとして認識されていた。

出所：*Confessions d'un invertiné*, suivies de *Confidences et aveux d'un Parisien* par Arthur W., Daniel Grojnowski (éd.) et Émile Zola (préface), José Corti, 2007, p. 237.

▷1 『薔薇の奇跡』は中世の物語詩『薔薇物語 *Le Roman de la Rose*』を下敷きにしている。『薔薇物語』では女性をバラにたとえ，相手をいかに口説き落とすかが問題となる。このことからバラで飾られるアルカモーヌは，崇拝の対象であるとともに性的欲望の対象でもあることがわかる。

図2 恩赦に対する礼状に描かれた「光輪を戴《いただ》く」自画像

神聖なものを茶化してみせるジュネの挑発的な性格がよく表れている。

出 所：Arnaud Malgorn, *Jean Genet, Portrait d'un marginal exemplaire*, Gallimard, 2002, p. 31.

▷2 本書の209頁および214-217頁を参照。

▷3 本書の48頁を参照。

▷4 本書の64頁を参照。

七　20世紀

52　エメ・セゼール（1913-2008）『帰郷ノート』（1939年）

Aimé Césaire
フランスの詩人，劇作家，政治家。『帰郷ノート』（1939，1956年），『クリストフ王の悲劇』（1963年）等。1945年，マルティニック首府フォール・ド・フランス市長となり，2001年まで同職にあった。マルティニックの独立ではなく，フランス海外県となる道を選んだことを，ラファエル・コンフィアン等が詩人としての偉大さを認めた上で批判している。

1　周囲と違う，自分の言葉

言葉の訛りが気になったことはないだろうか。言葉の訛りが地方出身者だけの問題だというのなら，こう尋ねてみよう。自分の話す言葉と，周囲の人びとの話す言葉との間に，埋めようのない溝があると感じたことはないだろうか。つまり周囲で話されている言葉は自分に全然響いてこないし，逆に自分の言いたいことは，どんなに頑張っても周囲の人間に理解してもらえない――そんなもどかしい思いをしたことはないだろうか。

フランスの植民地，カリブ海のマルティニック島[1]に生まれたエメ・セゼールは，『帰郷ノート *Cahier d'un retour au pays natal*』（1939年）という詩で，まわりの人が話す言葉に合わせて，揉め事を起こさないようにする，そんな生き方をきっぱり止めることを宣言した。どんなに理解されず，ときには軽蔑されるような言葉だったとしても，自分の言葉を大切にすることで，セゼールは「植民地の文学」というカテゴリーを粉々に壊し，やがてクレオール文学と呼ばれることになる世界文学のひとつの潮流を創りだした。周囲で話される言葉とのずれがあたかもないかのように隠したりせず，あるがままの自分の姿を堂々と肯定することで，それ以前にはなかった文学の流れを生みだしたのだ。セゼールは自分が黒人であること，奴隷の子孫であることを正面から引き受けることで，自分が心の底から解放されることを示したが，当時はそんなことを口にだそうと考える人はいなかった。『帰郷ノート』は，「ネグリチュード」（黒人性）を正面から打ちだした，記念碑的長編詩なのである[2]。

周囲の人間とは違う，劣っているように感じられる自分をそのまま受け容れることが，どうして深い解放感をあたえてくれるのだろうか。それは言葉には，知らないうちにある物の見方を押しつけてくるところがあるからだ。その見方とは，セゼールの場合，マルティニックで話されている言葉が奴隷の使う言葉であり，学校で習うきちんとしたフランス語を話さなくては立派な大人になれないという見方だ。飛び抜けて優秀な学生だったセゼールは，フランス語を巧みに操り，話すことができたが，そんな自分に疑問をもちつつも，家族や島の幼なじみが話すクレオール語を，学校などの公的な場で話すことはなかった。

大きな転機の一つは，故郷のマルティニック島を離れ，高等教育機関の最高峰の一つ，高等師範学校で学んでいたとき，パリの市電で一人の黒人を見かけたことである。「それはゴリラのように大きなニグロで，市電の座席で懸命に

▶1　フランスが，カリブ海，とりわけ小アンティル諸島の植民地化に本格的に乗りだしたのは1625年，ピエール・ブラン・デスナンビュックがセントクリストファー島に拠点を置いてからのことである。デスナンビュックは，1635年に会社名をアメリカ諸島会社としてグアドループとマルティニックを植民地化した。のちにハイチとなるイスパニオラ島西部については，1697年のリスウィック条約でフランスへ割譲され，フランスはここをサン・ドマングと命名し，奴隷労働に基づく綿花・砂糖・コーヒー栽培を行った。

▶2　「ネグリチュード」について考えるためには，『帰郷ノート』だけでなく，サンゴールが編纂し，サルトルが「黒いオルフェ」という序文を付した『黒人マダガスカル新詩集』（1948年）の刊行も重要である。サルトルについては，本書の100-101頁を参照。

小さく小さくなっていた」。セゼール青年は，この「滑稽で醜い」人物が，同じ歴史を負った自分と同じ人間であることを認めることができず，その黒人を軽蔑する周囲のフランス人と一緒に「共犯の薄ら笑い」を浮かべる。きちんとしたフランス語を話せるのだから，自分はこの黒人とは違う，立派なフランス人の一人なのだ――でも，それが「卑劣」な裏切りにすぎないことが，セゼール青年にはよくわかっていた。

2　すべてを受け容れること

重要なことは，自分が同胞の姿を否定する卑劣さをもった一人の人間であることを受け容れること，故郷の島に帰った詩人の前に広がる，無気力に陥った町を自分の真の故郷として受け容れることだ。「夜明けの果てに，打ちのめされた人生，流産した夢をどこに片づければいいのかわからない，自らの河床を動かない，絶望的に無気力な人生の河，膨れあがることも沈みこむこともなく，流れる決断がつかず，ぶざまにも空虚だ[◁3]。」そんな，残酷な歴史によって打ちのめされた土地を，自分の生まれ育った土地として認めることは，辛いことかもしれない。しかし「それでよいのだ」とその現実を引き受けるところから，詩人セゼールは自分の土地，周囲の人びとの存在を肯定する力強い言葉を得ることになる。

火薬も羅針盤も発明しなかった者たち
蒸気も電気も一度として飼い馴らせなかった者たち
海も空も探検しなかった者たち
だが，彼らがいなければ大地が大地ではなかったような者たち（……）

そう，詩人は自分が一人ではないことを発見してゆく。「夜明けの果て」に見えてくる，故郷のどうしようもない貧しさから，詩人は「出発」する。出発とは，見物人のように外から見るだけの，うわっつらな態度を捨て，話す口をもたない人びとの口となって話すこと，自分の生きている現実をかつて生きた人びとの声となって語ることである。すると，昔，奴隷船とかかわった港に，詩人は自分の痕跡を発見することになる（「ボルドー，ナント，リヴァプール，ニューヨーク，サンフランシスコ／ぼくの指紋のついていないところなどこの世界にひとかけらもありはしない」）。詩人は，眼にするあらゆるものに変貌する力を得てゆく。「木を凝視するあまり，ぼくは木になり，ぼくの長い木の足は地中に大きな毒嚢を，丈高い骸骨の都市を掘った／コンゴのことを思うあまり，ぼくは密林と河にざわめくコンゴになった。」自分は世界の至るところにいた，自分にはあらゆる人や物に変貌する力がある――自分の話す言葉に，そんな尽きることなく湧いてくる，不思議な力が刻印されていることに，詩人はようやく気がついたのだ。

セゼールの後には，グリッサン，シャモワゾーなど，たくさんの詩人，作家がつづき，クレオール文学の流れを創りだすことになる。（塚本昌則）

▶3　セゼールは，1935年夏，ユーゴスラビアの友人とともに，クロアチアの海岸を旅し，自分がそこにカリブ海の面影を見出していたことに気づき，それが詩のきっかけの一つとなったと語っている（『ニグロとして生きる』23頁）。翌36年夏，留学以来初めて帰郷したことも詩に反映されているだろう。本書の「旧植民地のフランス語圏文学」（160-163頁）を参照。

七　20世紀

53　アラン・ロブ＝グリエ（1922-2008）『消しゴム』（1953年）

Alian Robbe-Grillet
フランスの小説家。ヌーヴォー・ロマンを代表する作家として知られる。1960年代以降は映画監督としても活躍し，代表作に，デビュー作の『不滅の女』（1963年）や『エデン，その後』（1970年）などがある。

1　深いはよい？

文学を理解する秘訣とは，書かれた言葉の「背後」に「隠れた」意味を読み解くことだ，と言われたりすることがある。文学の言葉は，言葉は言葉でも，説明書や契約書の言葉とはまったくちがって，ひと言でいえば「深い」ものだと。だから読者の方ではその覚悟，つまり「深読み」する覚悟をただちに固めなければならない，そんなふうに語られたりもする。

文学は深い，だから（こそ）よい。だれも疑ってみようともしなかったこの常識にたいして，いやいや，わたしの小説には「深読み」するものなんて何もございませんよ，と涼しい顔でいい放ってみせたのが，ヌーヴォー・ロマン[1]を代表する作家ロブ＝グリエ。そして「消しゴム Les Gommes」は，そんな人騒がせな作家の最初の長編小説のタイトルだ。

作家のこのような「非常識」な態度は，当然のこと，多くの反発を招くことになった。だが一方で，ロブ＝グリエと同じくらい，いやかれ以上に，世の中の常識というものにたいして苛立たしい思いを募らせてきたある文芸批評家が，そんな「あたらしい小説」――これが「ヌーヴォー・ロマン Le nouveau roman」の意味である――の清々しいとすらいえる軽薄ぶりに，拍手喝采をおくることになった。まずはこの小説のプロモーションにきわめて大きな役割をはたした同時代の批評の方から確認してみよう。

▷1　ヌーヴォー・ロマン（Le nouvcau roman）とは，1950年代に始まったあたらしい傾向の小説，あるいはその傾向自体を指す。小説によって，従来の小説の概念や書き方に異議を唱えた。アンチロマン（反小説）とも呼ばれる。

2　薄っぺらな小説のススメ

小説は，何世紀もまえから「ある深さの経験」として基礎づけられてきた。ロラン・バルト[2]は『消しゴム *Les Gommes*』を論じた文章のなかで，フランス文学史を大胆にこう総括する。たとえば本書にも登場したバルザックやゾラは「社会的な深さ」を，フローベールは「心理的な」深さを，プルーストは「記憶の深さ」を，といったように，小説はつねに「人間や社会の内面」を深堀りするものだと考えられてきた。あたかも素潜り競技のように，深く潜れば潜れるほど，それはいい小説であり，いい作家であり，また，いい読者であるといわんばかりに。

そこにロブ＝グリエが『消しゴム』を引っさげてあらわれる。バルトが注目したのは，小説に出てくる「物《オブジェ》」のまったくあたらしい「描写」のあり方だ。たとえば，小説の有名な箇所で，登場人物がたまたま立ち寄ったレストランで

▷2　ロラン・バルト（Roland Barthes, 1915-80）は，フランスの思想家，批評家。従来の文学批評のあり方に異議を唱え，言語学や精神分析や記号学を駆使したあたらしい批評を提唱。批評の対象は文学に留まらず，モードや広告や写真などきわめて多岐にわたる。バルトについては，本書の217頁も参照。

出された，付け合わせのトマトの様子が延々と描写されていく。しかしその描写は登場人物の心のうごきを反映しているわけでも，その後の物語の展開にとっていわゆる伏線になっているわけでもない。「物」はただ読者の目のまえにある，ただそれだけ。「ロブ＝グリエの書いたもの《エクリチュール》には言い訳もなく，厚みもなく，深さもない[3]。」しかし，だからこそよい，というのがバルトの結論だ。

▶3 吉村和明訳（2005）『ロラン・バルト著作集５』みすず書房，44-55頁（訳を文脈にあわせて，一部変えさせていただいた）。

バルトの評価をすべて文字どおりに受けとってしまうと，読みはじめるまえからロブ＝グリエの小説はいかにも退屈そうだ。「物」の描写ばかりの「あたらしい小説」なんて……。でも心配は無用。じっさいに小説を手にとり，開いてみると，そんな予想は大きく裏切られることになる。もちろんよい意味で。

3 鏡としての文学空間

ふだんは平穏きわまりないあるフランスの田舎町。そこで謎めいた殺人事件がおこる。事件解明に向けて，中央の特別捜査局から男がひとり派遣される。だが，死体はすでに消え去っていた……。フランス各地で９日間に９件もの変死事件がつづいている。これらが同一犯のしわざであることはあきらかなのだ。でも，犯人の手がかりは？　そして死体はいずこに？

『消しゴム』と題される小説は，このような「刑事もの」にほかならない。とはいえ，謎解きをたのしむ「推理もの」ではなく，事件の真相は冒頭ちかくですぐさまあきらかにされる。しかし，そのことで読者の興味がそがれることはないだろう。刑事や探偵が主役のドラマやアニメで，同種のプロットが採用されることはまったく珍しくないのだから。この種のドラマやアニメにおいて読者や視聴者の快楽は，超人的な能力をもつ刑事や探偵（「名探偵○○」）の機転やあたまの冴えに驚きつつ，かれらに自分を投影することから生まれるのだ。

いま「機転やあたまの冴え」と書いたが，ロブ＝グリエ流の「刑事もの」である『消しゴム』がとにかくおもしろいのは，まったく逆に，ここに登場する登場人物たちがぜんぜん「冴えない」点にこそある。どういうことか？

というのも，刑事や犯人たちはたまたまそこにあった物を「深読み」しすぎて，ドジをふみつづけていく。どんなドジっぷりかはじっさいに読んでいただきたいが，でも，もうすでにおわかりだろう。――「刑事もの」とは，目にした物や言葉の「背後」に「隠れた」意味を読みつづけるひとたちのドラマなのである。刑事や犯人たちのドジっぷりをはじめは他人事として笑っていた読者は，いつしか「深読み」しつづける登場人物たちの姿が，小説の言葉の「背後」を期待してしまうみずからの姿でもありえることに気づかされることになる。

ドラマやアニメではめったに味わうことのできない〈浅く〉て〈深い〉文学体験。文学とは「何か」を読むことではなく，「読むこと」を読むことでもありえるのだ――鏡の迷路に迷い込んだような，軽いめまいを感じながら。

（齊藤哲也）

七　20世紀

54　マルグリット・デュラス（1914-96）『愛人』（1984年）

Marguerite Duras
サイゴン（現ホーチミン市）近郊生まれ。1943年，『厚かましい人々』でデビュー。小説のほか，戯曲や映画のシナリオも多数創作し，映画監督としても活躍した。代表作に『モデラート・カンタービレ』『インディア・ソング』『ヒロシマ私の恋人』など。

1986年のマルグリット・デュラス
出所：Christiane Blot-Labarrère, *Album Marguerite Duras. Iconographie commentée*, Gallimard, 2014, p. 220.

▷1　フランス領インドシナは19世紀半ば以降フランスが植民地化した，現在のベトナム・カンボジア・ラオスに当たる地域。1954年，フランスはインドシナ戦争に敗れ撤退した。華僑と呼ばれる中国系住民が商業に従事していた。

1 エキゾチスムの文学

マルグリット・デュラスの『愛人 *L'Amant*』がヴァカンス明けの新学期で賑わう書店に並んだのは，文学好きにとって一大事件であった。すでに70歳を迎えたベテラン女性作家が十代の頃に経験した恋愛を赤裸々に語るとあっては，話題にならないはずがない。しかも舞台はフランス領インドシナ[◁1]であり，恋の相手はなんと中国人大富豪の御曹司というのだから，好奇心をかき立てられない方が無理というものだ。四週間で十万部を売り上げたうえに，新聞や雑誌の書評に飽き足らず，テレビの文芸番組に作者であるデュラス自身が登場するなどして宣伝を繰り広げた結果，『愛人』はフランス文学賞の最高峰であるゴンクール賞[◁2]の堂々たる受賞作品となった。

『愛人』という作品の魅力は，人種の違いを超えた恋愛というスキャンダラスな内容に還元されるものではない。フランス人の両親のもと，フランス領インドシナのサイゴン[◁3]近郊で生まれ育ったマルグリット・デュラスは，母語フランス語に加えて現地のベトナム語を操るバイリンガルであり，時代に先駆けてダイバーシティーを体現するグローバルな人物だった。デュラスが書く小説はインドシナだけでなく，インドのカルカッタ，日本の広島，イベリア半島のジブラルタルなど，夢想をかき立てる異教の地を舞台としている。エキゾチックな場所で，耳慣れない名前を持つ人々が登場するデュラスの作品をつむぐのは，その独特の語り口である。「中央の」「しかるべき」フランス語とは一線を画するデュラスの文章は，読者を一気に作品のなかへと誘い込む。本を開けば，そこにはマルグリット・デュラスの世界が広がっている。

2 写真のない写真集

小説『愛人』のなかでもっとも深く印象に残るのは，15歳の「わたし」がサイゴンの寄宿学校へ戻る途中に乗るメコン河の渡し船である[◁4]。繰り返し描写されるこの渡し船と大河のイメージが作品の基調をなしている。渡し船の手すりに寄りかかる「わたし」。着古した絹の服に男物のベルトを巻き，金のラメが入ったハイヒールの靴をはいた少女の姿。語られる情景はどこまでもフォトジェニックで，写真的なイメージを喚起する。

> ソフト帽の娘は，大河の泥のような光のなかで，ただひとり渡し船の甲板に立ち，手すりに肱をついている。男物の帽子が情景全体を薄い紫檀色

に染める。色彩はそれだけだ。[5]

> La petite au chapeau de feutre est dans la lumière limoneuse du fleuve, seule sur le pont du bac, accoudée au bastingage. Le chapeau d'homme colore de rose toute la scène. C'est la seule couleur.

写真を思い起こさせるイメージが多い理由は，この作品が当初は写真集として構想されていたことにあるのだろう。その計画が頓挫したのち，残された文章を膨らませ，一冊の小説として誕生したのが『愛人』である。言ってみれば，写真の載っていない写真集，インスタグラムのキャプションだけが連なっているようなものである。一貫した物語が展開していくというよりは，前後関係が希薄な文章がいくつもの段落をなして積み重なっていく構成となっている。日本で出版された翻訳本には作者のインドシナ時代の写真が口絵として収録され，若きデュラスの美しい姿を観賞することができるが，フランス語の原書にはテキストが記されているのみだ。『愛人』とは，少女が大人に，そして作家になる道を歩き始める原点に横たわる大河と渡し船のイメージを，写真ではなく言葉によってつむぎ出した本なのである。

3 書かれたことは真実なのか？

デュラスは『愛人』で過去の体験を語り，その証拠であるかのように雑誌やテレビで昔の写真を紹介した。これらの写真は物語の真実性を裏づけ，作品を外側から補強する役割を果たしているのだ。しかしながら，この作品はあくまで「小説」であり，フィクションである。作者は自分自身の伝記を書こうとしたわけではなく，過去の出来事を題材にした「オートフィクション（自伝的虚構）」を創作したに過ぎない。

デュラスが作品のなかで描き出す世界は，実在の世界と必ずしもぴったりと重なり合うものではない。デュラスの書くアジアはしばしば「デュラジア Durasie」と呼ばれる。なぜなら，その場所はデュラスの文学世界の外には存在しないからだ。サイゴン，ヴィンロン，サデック……，『愛人』の主人公が通り過ぎる土地の名は旧インドシナに実在したものでありながら，少女が属するのは作者の過去ではなく，作品のなかで生成するイメージなのだ。

オートフィクションは結晶化した過去ではなく，作品の現在において生み出される。デュラスは映画化作品『愛人／ラマン』（1992年）のイメージに納得がいかず，自らの手で作品を映画化するために小説の書き直しを行った。結局，再映画化は実現しなかったが，『愛人』を書き直す作業から生まれた『北中国の愛人 *L'Amant de la Chine du Nord*』（1991年）は，映画のイメージを受けて，作者のなかに再び生成したオートフィクションであると言えるだろう。それぞれの作品を読み比べてみるのも面白いかもしれない。

（内藤真奈）

図1　インドシナ時代のマルグリット・デュラス（右）。地元の友人と
出所：*Ibid.*, p. 23.

▷2　ゴンクール賞は，ゴンクール兄弟の遺言により1902年に設立された，フランスでもっとも古く権威あるとされる文学賞。その年に出版された作品から一作が選ばれる。ゴンクール賞は若手作家の登竜門として創設されたが，70歳のデュラスの受賞がその性格を決定的に変えたと言われる。

▷3　サイゴンは現在のベトナム，ホーチミン市。フランス植民地時代に発展し，「極東のパリ」と呼ばれた。南でメコンデルタに接する。

▷4　主人公はメコンデルタに位置するサデックの自宅からバスに乗りサイゴンの寄宿学校に戻る途中，渡し船でメコン河支流を渡る。そこで黒塗りのリムジンに乗った中国人の青年と出会う。

▷5　デュラス／清水徹訳（1992）『愛人（ラマン）』河出文庫，35頁。

七　20世紀

55 J. M. G. ル・クレジオ（1940-）『砂漠』（1980年）

J. M. G. Le Clézio
南仏ニース生まれ。1963年のデビュー作『調書』でルノドー賞を受賞。旺盛な筆力で作品を発表するかたわら，インディオの文化・神話の研究に着手するなど，文明の周縁に対する興味を深めていく。アカデミー・フランセーズによるポール・モラン文学大賞を受けた1980年の『砂漠』で一躍文名を馳せ，名実ともに現代フランス文学を代表する作家となる。2008年にノーベル文学賞受賞。

J. M. G. ル・クレジオの肖像
出所：J. M. G. *Le Clézio, Hier et aujourd'hui*, INA/Radio France, 1999.

1 現代文明を問う作家

21世紀の日本に生きるわれわれは，現代文明の恩恵を当たり前のように受けて暮らしている。あふれるモノ，機械化・効率化が浸透した生活，メディアやネットの情報の奔流に身をゆだねていれば退屈を知る暇もない。しかしふと，文明の利便性に埋没し身体感覚が希薄になっている自分に違和感を覚えることもあるだろう。そんなときにはル・クレジオの作品を繙いてみてほしい。子供を主人公にした短編集『海を見たことがなかった少年』（1978年）をはじめ，そこでは身体全体で世界とひとつに溶け合う恍惚が透明な言語で描かれている。そのル・クレジオの代表作が本作『砂漠 *Désert*』（1980年）である。

2 砂漠の幸福

『砂漠』は交差する二つの物語によって構成される。一つは，サハラ砂漠に暮らす遊牧の民ベルベル人[◁1]が20世紀初頭，植民地化をもくろむ西欧列強の侵略に対して一大反抗を行うものの，圧倒的な軍事力の前に滅亡へと追い込まれていく歴史的悲劇。もう一つは，敗れ去った砂漠の民の末裔で現代に生きる少女ララの遍歴だ。本作の中心を占めるのはこの第二の物語で，第一の物語はその背景や地模様の役割を果たしている。

ララの物語の第一部「幸福」では，幼い頃に両親を相次いで失い，モロッコの海岸沿いの町のはずれ，板張りの小屋が建ち並ぶ貧しい地区に叔母家族とともに暮らす少女の日々が描かれる。電気もガスも水道もなく，物質的な欠乏のなかで営まれる生活。しかしそれは同時に豊穣な自然と隣り合った生活でもある。ララは海の響きに身をゆだね，吹きつける風と語らい，大地や星々の息吹に耳を澄ます。炎と煙の匂いを味わい，蠅や雀蜂と戯れる。少女は自分を取り巻くものと五感を通して濃密に結びついているのだ。

だがそれだけではない。ララは時折ひとり町を離れ，果てしない砂漠がはじまる岩だらけの高原へ赴く。それは，何か大きな存在，砂漠の魂が凝縮したような幻の存在がそこにいるからだ。そのまなざしに見守られる幸福感に包まれると，ララは時間も空間も超えて一族の遠い記憶と結びつき，西欧列強に滅ぼされる前に祖先たちが生きていた時空へと運ばれ，その忘れられた世界をもうひとつの現実として生きることができる。少女が感覚を全開にして交感するのは，目に見える世界だけにとどまらず，神話的な世界までも含んでいるのだ。

▷1　ベルベル人は，北アフリカからサハラ砂漠にかけての広い地域にアラブ人到来以前から暮らしていた人々。文化的な独自性を保持し，宗教としてはイスラム教を信仰する。

3 二つの世界の対比

しかしその「幸福」は永遠にはつづかない。町に住む金持ちとの結婚を強いられたララは，それを拒んで砂漠の奥へと逃げる。物語の第二部「奴隷の街での生活」は，砂漠で倒れていたのを保護された17歳のララが，国際赤十字の船で対岸のマルセイユへ渡るところからはじまる。花が咲き薫り木々が緑なす，不思議なものにあふれた楽園として幼い頃から思い描いてきたヨーロッパの大都市，しかし現実はそれとは似ても似つかない。貧しい移民が多い地区の安ホテルで働きはじめたララの眼に映るマルセイユは，空虚や恐怖や貧困が支配する場所だった。砂漠とは対極の陰鬱な灰色に覆われた地で，住人たちは暗く冷たい部屋に閉じこめられた囚人のように，絶望的な孤独を抱えたまま「もはや光を眼にすることも，風を胸いっぱい吸うこともない」。悲惨な生活を余儀なくされる外国人出稼ぎ労働者を少女のまなざしを通して描く作者ル・クレジオは，1970年代後半からフランス社会で顕在化しはじめた移民問題[2]にいち早く切り込みながら，現代の都市や物質文明の影の部分を容赦なく暴いていく。

この汚辱に満ちた「奴隷の街」にあっても，ララのなかには砂漠の力が消えずに残っている。そのまなざしは「砂漠の焼けるような力」を宿し，「ほとんど超自然的な光が瞳から，肌から，髪からほとばし」り，少女は都市にとどまりながら，砂漠を体現する存在となる。やがてララはその美しさに眼を止められて急速に有名になり，まるで砂漠の力で都市を屈服させるかのように国中の雑誌の表紙を飾ることになるが，その成功に心動かされることなく，自らの内に響く砂漠の呼び声に応えて，ある日すべてを捨ててひとり故郷へ戻っていく。

▶2　第二次世界大戦後のフランスは労働力不足を補うため積極的に移民を受け入れ，とくに旧植民地であるマグレブ（アルジェリア，チュニジア，モロッコ）出身のイスラム系住民が急増した。彼らの多くは安価な労働力として工場や建設現場で働く一方，貧しい生活を余儀なくされた。

4 西欧を相対化するまなざし

初期のル・クレジオは，ヨーロッパの現代都市社会を舞台に，物質文明の息苦しい重圧に対する悪夢のような恐怖と絶望的な反抗を描いてきたが，『砂漠』が書かれた1980年代以降の作品ではアフリカ，中南米，アジアなど，非西欧世界という「他処」への志向を顕著に示すようになる。そこには，人間中心主義に立脚して合理化やテクノロジーを極端に重視する現代の支配的価値観とは別の価値観に眼を向けることが，人間と世界とのあいだの失われた調和を取り戻すために不可欠だという強い確信がある。

今日のフランス文学では，カリブ海地域や北アフリカなど旧植民地出身の作家が，かつての宗主国の言語であるフランス語で，フランスの外側に位置する自らの世界を描く作品がその重要な一翼を担うようになっている[3]。西欧文明に属しながらも，文学的想像力によって絶えずその外側へと越境を試みるル・クレジオは，これらフランス語圏出身の作家たちとはまた異なるアプローチの仕方で，西欧を相対化するまなざしを体現している。

（鈴木雅生）

▶3　本書の「旧植民地のフランス語圏文学」を（160-163頁）を参照。

第Ⅱ部

その一歩先へ

文学のあり方とさまざまなテーマ

第Ⅱ部へようこそ

だれでも生きていれば，大なり小なりの事件が身にふりかかることは避けられません。そうした試練が自分に訪れたとき，だれかに自分の気持ちをわかってもらいたいと思ったり，自分にとってそうした出来事がもっている意味を知りたいと思うのは，とても自然なことでしょう。そんなときにわたしたちの同伴者になってくれるのが，古今東西の書物，いわゆる文学作品です。文学は，この世の現実を変えることはできなくても，わたしたちにふりかかった出来事の意味を考えるヒントを与えてくれます。また，自身の経験がこれまでに多くの人たちに共有されてきたものであること，つまり自分がかならずしも独りぼっちではないことを教えてくれます。たとえそこまででなくても，読書に没頭している間わたしたちの心を引き留め，つらい現実を忘れさせてくれるだけでも，文学は大事なものといえるのではないでしょうか。

フランス文学のさまざまな作品で描かれている世界や，そこに垣間見える作者や登場人物の物の感じ方や考え方は，21世紀の日本を生きるわたしたちのそれと似ていることもあれば，似ていないこともあります。とはいえ，自分に身近な日本近現代の文学や文化が，歴史的にはフランス文学から多少なりとも影響を受けながらできあがったものだとすれば，知らず知らずのうちに自分の感じ方や考え方にも，フランス文学のなんらかの刻印が刻まれていることになります。言い方をかえれば，フランス文学はわたしたちの人生にとっての，歴史的な厚みをもった同伴者でもあるのです。

第Ⅱ部の最初の四項目からなる「フランス語・フランス文学の変遷と日本」を通じてわたしたちが注目したのは，まさにこの「歴史的な厚み」，つまりフランス文学やフランス文化と日本の出会いというテーマです。日本が近代化する際になぜフランス文学がことさらに学ばれることになったのか。また日本でフランス文学を翻訳するときにどのようなことが問題となるのか。こうした疑問と合わせて，「フランス文学史」という学問分野の成立や，「洗練」といったイメージを与えることが多いフランス語の成立過程にも注目しました。

それに続く五つの項目からなる「世界に働きかける文学」では，フランス文学がどのようにその時々の政治や社会を描き，さらにそれらに働きかけようとしたかがとりあつかわれます。戦争，政治，英雄，ジャーナリズム，そして神といった，国や社会を支えたり逆に揺り動したりもするさまざまなテーマをめぐって，フランス文学はどのような考察や発言を行ってきたのでしょうか。文学が実社会にたいして「役に立つ」のか，といった根本的な問いともかかわるこれらの議論を通じて，文学が世界と確かなつながりを持った表現の手段だということが示されるでしょう。

その一方で国や社会といっても，フランス文学が扱ってきた地理的範囲は，じっさいにはとても広いものです。さらにフランス文学の書き手も，とりわけ20世紀以降は多彩な文化的背景を持つようになっています。フランスはフランス文学にとって唯一の対象でもなければ，フランス語を母語とする人々がフランス文学の唯一の書き手であるわけでもありません。さらに，フランス語の書き手たちにとってフランス語が唯一の選択肢であったわけでもないのです。「フランス語で書く人々とその背景」の五つの項目では，フランス語による表現の担い手たちがフランスどころか非西欧圏にすでに拡散していることや，この担い手たちが生きていた複雑な言語状況，そして地理的な移動が作家たちに与えた影響などが示されています。最終的に日本で「花の都」とも称されるフランスの首都パリが，フランス文学史上で持っていた否定しがたい重要な役割，そしてこれまた否定しがたいその歴史的使命の変化がとりあつかわれます。

そのパリという都市，そしてフランスという国が日本で持っているイメージとして，「芸術の都」なり「芸術の国」というものがあります。こうしたイメージがどこまで正確なものであるかはさておいて，とりわけ近世以降のフランスがヨーロッパ，さらには世界をリードする芸術大国の一つであったことは確かでしょう。もちろんフランス文学のさまざまな作品も，多くの芸術作品に影響を与え，またそれらから影響を受けてもいます。フランス文学の知識はまちがいなく，さまざまな芸術作品の鑑賞を豊かにすることができるのです。「多様な芸術との関わり」におさめられた六つの項目では，絵画や音楽，演劇や映画だけでなく，建築や庭園，料理といった領域からも文学を眺めてみました。

最後にとりあつかわれる「人間をとらえるさまざまな視点」では，文学の大きな役割ともいえる「人間」とその心の表現が問題となります。人間というもののとらえ方がかつてないほど多様化している今，自意識やセクシュアリティの問題をフランス文学がどのようにとらえまた表現してきたのかを知ることは，わたしたちが多様な他者と共存していくうえで参考になるはずです。またさまざまな恋愛のあり方だけでなく，狂気やドラッグそして監禁状態といった，例外的な状況を生きる人間の心の動きを擬似的に体験するのは，文学が与えてくれる大きな特権の一つだといえるのではないでしょうか。

以上のテーマを通じて示されるのは，フランス文学が現代を生きるわたしたちの同伴者となってくれるということ，そしてわたしたちが世界を理解し，世界にたいして働きかけるための相談相手になってくれることです。友人といっしょに食事をしているとき，自分の部屋で好きな音楽を聴いているとき，学校で時事問題について討論をしているとき，海外旅行のあいだに外国語を使っているとき，はたまた心静かに神社仏閣を訪れるときに，フランス語を通じて表現した作家たちの姿を思い出してもらえればと思います。フランス語による多様な表現に触れることで，皆さんの人生そして世界に対するまなざしが豊かになるだけではなく，皆さん自身や世界が直面している問題にどのように取り組むべきか，考えるヒントが得られるはずです。

（編者一同）

一　フランス語・フランス文学の変遷と日本

1 フランス文学と日本

1 「文学部は終わろうとしている」？

19世紀の詩人ボードレール[1]にこんな言葉がある。「世界は終わろうとしている。世界が明日も存続するかもしれない唯一の理由，それは世界が存在しているからだ。」つまり，世界が明日滅ばないのは，今まだあるから，という消極的かつ悲観的な考えである。当時は，産業革命の後押しで資本主義が発展し，科学技術などの「進歩」が賛美された時代である。鉄道，通信網，メディアなどの整備が進み，ブルジョワ（市民階級）が新しい金融システムを利用して支配的な力を持つようになった。そして，目に見える物やお金ばかりが尊ばれ，人間の精神，何よりも「想像力」が蔑ろにされる社会にボードレールは警鐘を鳴らしたのだ。

▶1　本書の64-65頁を参照。

では，21世紀の日本を見たらボードレールは何と言うだろうか。文学には自明の価値があるからこそ，人は文学作品を読み，学んできたのではなかったか。ところが，どうもその価値はそれほど自明ではないようだ。たとえば，先ほどのボードレールの言葉にあった「世界」を「文学部（フランス文学科）」に置き換えてみよう。「文学部は終わろうとしている。文学部が明日も存続するかもしれない唯一の理由，それは文学部が存在しているからだ。」ドキッとしないだろうか。この「文学部」を「第二外国語としてのフランス語」や「教養としてのフランス文学」に置き換えることもできるかもしれない。実際，昔のようにフランス文学に憧れて読書に耽ったり，フランス語を勉強したりする人は減っているのではないか。

そもそも，なぜフランス文学を学ぶのか，それが何の役に立つのか。この問い自体に問題があるかどうかはさて置き，この問いに真剣に向き合わない限り，現状維持という泥船に乗り続けることになりかねない。しかし，文学の価値を問い直す難題に対して，簡単明瞭な答えなどあるはずがない。そこで，とりあえず，なぜ，どのようにして日本でフランス語・文学が学ばれてきたか，簡単にその歴史を辿ってみよう。過去から未来への指針が見つかるかもしれない。

2 「近代化」のためのフランス語・フランス文学

日本人がフランス語を本格的に学び始めるのは，幕末から明治にかけてである[2]。当時の政権にとって喫緊の課題は，殖産興業の推進と諸外国との不平等条約解消であった。そこで，使節団を欧米に派遣するだけではなく[3]，英米独仏な

▶2　村上英俊によって1854年に作成されたフランス語・日本語・オランダ語の辞書『三語便覧』が日本最初の辞書。村上は，日仏語の『仏語明要』(1864) も作成している。

▶3　2021年放送の大河ドラマ『青天《せいてん》を衝《つ》け』の主人公渋沢栄一も，1867年パリ万博に派遣された徳川昭武に付き添って渡仏し，欧州を歴訪している。

どから大量の「お雇い外国人」を産学官のさまざまな分野に招き入れた。当たり前のことだが，そのお雇い外国人の言葉を理解するためには，まず外国語を学ぶ必要があった。大学によっては当初，大半の教員がお雇い外国人で，講義も外国語で行われた。フランス人は陸軍に多く雇用されたが，それ以外にも横須賀造船所，富岡製糸場なども，フランス人技師の指導で運営された。両者は，現在も在日米軍横須賀海軍施設，世界文化遺産としてその形を留めている[4]。

興味深いのは，欧米の生産技術や社会制度を知るために外国語を学んだ日本人が，文学作品の翻訳・翻案も手がけることである[5]。横須賀造船所でフランス語を学び，通訳として活躍した川島忠之助は1878年にジュール・ヴェルヌの『八十日間世界一周』を訳し，日本初のフランス文学作品の原典訳を残している。フェヌロンの『テレマックの冒険』の訳は，陸軍省の翻訳官として主にフランス兵書の翻訳をしていた宮島春松によって1879年に開始されている[6]。実は，当時の作家，文学者たちも，後進国意識を強く持っており，日本文学および日本語を伝統から解放して，西洋文学をモデルに近代化させなければいけないと感じていた。その時，フランス文学が大きな指標として現れたのだった。

フランスは江戸幕府を最後まで支持したため[7]，イギリスの支援を受けていた薩摩，そして長州が実権を握った後，日本での影響力を弱めただけではなく，1870年に普仏戦争で敗北したため，見習う対象として疑問符がついた。そのためフランスは，先進技術などの実学に関しては英米独に遅れをとることになった。その結果，フランス語を学ぶ場所も人も英語，ドイツ語と比べると圧倒的に少なく，以降ずっとマイノリティーの座に甘んじることになる。

ところが，文学や絵画など芸術に関してフランスは，優位を奪われることはなかった。実際，「ベル・エポック」と呼ばれる19世紀末から第一次世界大戦までの時代，さらに「狂乱の時代」と呼ばれる1920年代のパリは，「芸術の都」としてその名を轟かせ，数多くの外国人芸術家を引き寄せた[8]。この時期に日本とパリが最初に出会ったことが，その後のイメージを決定的にし，「文芸」は，フランスのいわば直轄地に長いこと置かれるようになる。

3 「教養」としてのフランス文学

1895年から東京帝国大学文科（文学部の前身）の関係者によって刊行された『帝国文学』は，フランスをはじめ海外の文芸思潮や訳詩などを掲載して象徴主義の受容に大きな役割を果たした。とくに『海潮音』で有名になる上田敏[9]の協力は大きかった。一方で，『早稲田文学』は日本の自然主義文学の拠点となった。また，文芸雑誌『明星』『スバル』などは，幅広い読者に「芸術の都パリ」のイメージを流布し，ハイカラなブルジョワ文化の形成に貢献した。

その間，多くの作家や画家[10]，そして大学教員が「洋行」している。島崎藤村をはじめ大多数の日本人にとってフランスは「ラテン民族の精粋をあつめた幾

▶4　富岡製糸場は，経営主体を変えながら1987年まで操業を続けた。

▶5　翻訳のテーマについては，本書の126-129頁を参照。

▶6　他にも，政府の使節団としていく度も西欧に渡った福地源一郎は，メディアや歌舞伎の近代化に努め，ヴィクトリアン・サルドゥの『トスカ』，ユゴーの『レ・ミゼラブル』の翻案を手がけている。

▶7　トム・クルーズが主演した映画『ラストサムライ』のモデルは，軍事顧問だったフランスからのお雇い外国人ジュール・ブリュネである。

▶8　「狂乱の時代」に関しては，本書174-175頁および215頁▶8を参照。

▶9　上田敏（1874-1916）は，詩人，批評家，翻訳家。東京帝国大学英文科では，ラフカディオ・ハーン（小泉八雲）が先生だった。上田敏の翻訳が後世に与えた影響は計り知れない。

▶10　文学者では，永井荷風，与謝野寛と与謝野晶子，島崎藤村，横光利一ら，画家では黒田清輝，梅原龍三郎，藤田嗣治，高村真夫など数限りない。

▶11　島崎藤村（1922）『佛蘭西だより』新潮社，30頁。

多の天才者が受け継ぎ受け継ぎして築き上げた芸術と学問の世界」[11]であった。1916年からパリに留学した吉江喬松は，帰国後早稲田大学仏文科の中心的存在となる。辰野隆，鈴木信太郎，山田珠樹は1920年代に留学し，東京大学仏文科を発展させ，才能あふれる多くの文学者を育てた。こうして文学部は，フランスの文壇事情を輸入し，テキスト講読などを通して「文学史」という新しい学問を日本に根付かせることに貢献した。今日も大学で行われている「訳読」のルーツがここにある。そして，文学部の教員や卒業生によって数多くの翻訳が出版され，日本は世界に類例をみない翻訳大国になっていく。

1927年から1974年まで，岩波書店の刊行物における翻訳書（主に欧米）の割合は常に30％を超えていた。1930年代では，なんと40％以上が翻訳書であった。こういった偏重も西洋が規範とみなされていたこと，そして読者も西洋文学を渇望していたことを示している。翻訳本は，西洋に憧れた一般の読者だけではなく，高等教育を受けていた学生に多く読まれていた。多くの読者は，西洋文学に触れることで，今まで知らなかった世界が開ける高揚感を味わったことだろう。また，都会文化（ブルジョワ文化）に対して多少ともコンプレックスを抱いていた農村部出身の学生は，西洋文学を読むことで「インテリ」の称号を手に入れて，一気に社会階層を飛び越えることができた。高等教育の進学率がまだ低かった時代，西洋文学を読み，西洋の思想（主にマルクス主義）について語ることが，「エリート＝学生」の間での共通文化だった。

さらに，読書による人格形成という考え方も，学生たちの教養主義の基盤にあった。そこで，阿部次郎の『三太郎の日記』，総合雑誌の『中央公論』や『改造』，マルクス主義関連の書籍，河合栄治郎による『学生叢書』，そして戦後はマルクス主義の復活とともに丸山眞男や吉本隆明などが多く読まれた。フランス文学では，時代によって多少異なるが，スタンダール，ユゴー，ボードレール，フローベール，デュマ，モーパッサン，ロマン・ローラン，ジッド，プルースト，サルトルなどが人気だった。1960年代はサルトルブームで，実存主義について語ることが流行し，1966年にサルトルが来日した際は，空港に1000人を超える人が集まったと言われている。もちろん，すべての学生がフランス文学を読んでいたわけではないが，少なくとも西洋文学に親しむことが学生文化として色濃くあった。本を読むことは格好いいことで，名作を知らないことは恥ずかしいことだった。しかし，こういった教養主義の文化は1980年代には失われていく。

4　「近代」の終わりから，収穫の季節へ

明治以来の念願だった近代化が終わり，日本が先進国入りした時，文学部の役割は一つ終わったのかもしれない。フランスはもう憧れの国でも，指標となる国でもなくなった。フランスの先進技術，芸術を輸入するためにフランス語を学習し，書籍を翻訳する必要もなくなった。また高度経済成長の後，1970年

代には教養主義を形成していた経済的・政治的・文化的階級は溶解した。その結果，西洋文学を読み，社会主義思想を語ることが先鋭的ではなくなり，学生＝エリートという構造も崩れ去った。実際，1964年には高等教育進学率は15.5％，1975年には37.8％，2019年には58.1％まで上昇している。その結果，大卒は企業の幹部予備軍ではなくなり，出身学部によって就職先が決まっていた前提もなくなった。物質的豊かさを手に入れた結果，艱難辛苦の末に成功するといった苦労物語は受けなくなり，読書が人格形成に役立つという考え方も希薄になった。何よりも，「フランス」や「日本」という枠組みに収まりきらない問題が山積するようになった昨今，19世紀末に「近代国家・国語」の確立を目指して成立した「文学史」という学問の有効性が疑われるようになって久しい。◁12

確かに，近代の終焉とともに教養文化も失われた。しかし，それは近代化がその役割を終えたからでもある。日本語も日本文学も非常に豊かになった。何よりも，フランス文学が重要な肥料となり「文化」という，もはや測量不能な土壌が豊かになった。豊かさの恩恵を受けたフランス文学者のほとんどが「洋行」経験者となり，フランス本土から研究を輸入する側から，輸出する側へと立場を変えた。その研究領域も，旧来の「文学史」の枠を大きく超え，マンガ，ファッション，映画，絵画，音楽などにも及んでいる。一方で，先人たちの築いた豊かな翻訳文化は今も継承されている。大学の現場で伝えられている教員一人ひとりの学識と経験が近代化のもたらした豊かな果実なのであり，そのごく一部がこの本に凝縮されている。この豊かさを継続，発展させることがこれからの文学者の責務であろう。現在わたしたちが享受している豊かさは，無条件に永続するわけではないのだから。終わったかに思えた「文学部」は，近代以降の「文学部」であり，現在のフランス文学は，かなり前から学部や学問の枠を大きく超えて，別の役割を担う新しい段階に入っていたのだ。

今日の大学には，進学率の上昇に伴い多種多様な目的と価値観を持った学生が在籍するようになった。グローバルとローカルへの対応，共通・専門教育の充実，就職に役立つ教育など，多面的な要請を前にして，大学の意義も問われている。このような状況に対して，単一の価値観を強要せず，絶対的な答えのない問いに向き合う文学ほど適した学問はないかもしれない。紙の上に書かれた内容は，時代も場所も価値観も異なるフィクションであろう。しかし，そのようなフィクションを通して，最終的に読者に見えてくるものは，自分自身というまぎれもない現実，しかも目にする事のできない現実である。そして，フィクションと現実を繋げる重要な紐帯であると同時に，その現実からまだ見ない未来を創造するのが「想像力」である。だからこそ，文学を放棄することは，現実も未来も放棄し，先人の築いた豊かな文化を枯渇させることを意味する。きっと，いつも「世界は終わろうとしている」。しかし，この言葉の意味と深さを想像できる限り，わたしたちは留まる力を持つ。（畠山　達）

▷12 「フランス文学史」の成立については，本書の122-125頁を参照。

一　フランス語・フランス文学の変遷と日本

2 「フランス文学史」の誕生

「本を読んではいけません。」かつて，学校でこのように言われていた時代があったことを信じられるだろうか。今日，状況は完全に反転し，親や教師に「もっと本を読みなさい」と言われ，学校では読書感想文やレポートが課される時代になった。一体いつから読書が勉強になると思われるようになったのだろうか。

1 フランス19世紀の中等教育

19世紀のフランスでは，自由に本を読むことを勧められることはなかった。実際には，文学作品を読むことが禁止されていたわけではなく，読んでもいい本が決まっていたとする方が正確だろう。子供たちの目に触れてもよかったのは，宗教・道徳教育に適切な作品，そしてギリシア→ラテン→フランスの系譜を形成する古典作家たちであった。[1]ただ，ここでも読まれていたというのは正確ではないかもしれない。というのも，当時の中等教育では，古典は読むというよりは，模倣することが主な目的となっていたからである。文学作品を読むのは，古典作家と同じような文章を書けるようになるためであった。そのために，生徒は徹底的に古典の暗唱，翻訳，古典に倣《なら》った作文を繰り返していた。

ここで19世紀の中等教育の様子を少し再現してみよう。当時，外界から隔絶された空間での教育が望ましいとされていたため，多くの生徒が寄宿舎での生活をしていた。起床は５時半，朝の祈りを済ませると６時15分には自習室へ向かい，７時30分の朝食まで厳しい自習監督の下，古典の暗唱や翻訳をしなければいけない。30分で朝食をすませると８時から10時までが教員が担当する午前の授業（散文）となる。授業の後は，すぐに自習室に戻って暗唱，宿題の時間。そして正午に昼食があり，やっと休み時間が与えられるが，それも13時半まで。休憩時間の後は再び自習室へ連れていかれ，宿題の暗唱や作文に励まないといけない。そして14時半から16時半までが午後の授業（韻文）となる。これが終わって一息つけるおやつの時間も30分しかない。その後，また自習室へ連れていかれ，17時から20時まで延々と古典とにらめっこの時間となる。20時に夕食をとると，祈りをすませて就寝となるが，一部の生徒は22時までコンクール向けの特訓を課せられた。週末や休暇は自宅へ帰ることが許されたが，罰で外出禁止となることもあった。修業年限は決まっていないが，多くの子供たちは10歳くらいから８年間このような生活をしたわけである。[2]その結果，学校は牢獄と恐れられ，つらい思い出ばかり残ったのも不思議ではないだろう。

▶１　たとえば，高学年では，ホメーロス，デーモステネース，キケロー，ウェルギリウス（本書の４頁を参照），ホラーティウス，ボワロー，ボシュエ，ラシーヌ（本書の32頁を参照）からの抜粋が読まれることが多かった。

▶２　ただし19世紀を通じて中等教育を受けたのは学齢男子全体の５％に満たないとされている。そこに多くの作家や詩人たちが含まれている。

さて，実際の教室や自習室での風景だが，低学年ではまず，ラテン語文法などを問答形式で聞かれる[3]。悪いことを考える生徒はいるもので，友人から答えを教えてもらわないように，前に来て暗唱するよう先生に言われるので，教壇に教科書のページを貼っておいて堂々と読み上げるような生徒もいたらしい……（図１）。一通りの文法が終わると，今度は古典の構文をラテン語からフランス語，フランス語からラテン語に書き換える練習を繰り返す。最終的には与えられた題[4]に対してラテン詩やラテン語演説が書けるようになることが中等教育の主たる目的であった。このような教育では，読書の目的は模倣するための構文や表現を覚えるためだったと言ってもいいだろう。古典は規範とみなされ，その内容が批判的に読解・分析されることはなかった。規範から外れた本を読むことが認められなかったのも無理はないだろう。

▷3　たとえばこんなやり取りが行われていた。先生：「legere を活用せよ。」生徒：「lego. 私は読む，legis. 君は読む…。」先生：「未完了過去は？」生徒：「legebam. 私は読んでいた…。」先生：「完了は？」生徒：「legi. 私は読んだ…。」

▷4　たとえば「第一次ポエニ戦争」「触れるものすべて金にするミダース」「キューロスに敗北するクロイソス」など。

図１　ガヴァルニによるカンニングをする生徒の戯画

出所：Édouard Ourliac, *Physiologie de l'écolier*, vignettes de Gavarni, Aubert et Lavigne, 1841, p. 81.

２「フランス文学史」の誕生

このような教育に大きな変化が訪れるのは，普仏戦争で敗北を喫して誕生した第三共和政以降である。中等教育の大衆化も伴ったジュール・フェリー[5]による教育改革の中で，1880年に「文学史」の授業が義務化され，バカロレア試験[6]では古典教育の頂点にあったラテン語作文がフランス語作文に取って代わられる。その結果，教育制度は抜本的な改革を余儀なくされた。それは，ラテン語を中心とした教育が，国語＝フランス語を中心とした教育になり，古典を模倣して文学を書く教育が，古典を分析して文学について書く教育へと大きく転換することを意味した。そこで，今まで模倣の対象だった古典が，今後は批判的に読んで分析すべき対象になる。フランス文学に関しては，かつてはギリシア・ラテンの系譜に連なる17世紀の作家ばかり読まれていたが，今後は中世文学，ロンサール，モンテーニュだけではなく，現代文学も読まれるようになっていく。というのも，近代国家として，ギリシア・ローマには従属しないフランス独自のアイデンティティーを形作らなければいけなかったからである。そこで中世から現在までつながる「フランス文学史」が重要性を持ち，1894年にはギュスタヴ・ランソンによる『フランス文学史』が出版される。

このフランス文学史と並行する形で利用されたのが「テキスト分析 explication de texte」という作文である。そこでは歴史的事実や作家の生い立ちに依拠しながら，客観的立場から作品を「学問的＝科学的」に分析しなければいけない。説得的な作文を書くには，作品に関するさまざまな情報を援用しながら，批判的な読解をすることになる。ここにきて文学の読み方，読むことの意義に関するパラダイムシフトが生じることになった。模倣するためではなく，作者の意図を批判的に読解するために読むのである。その結果，中世から現代までの作品に関する広範な知識を持ち，テキストを読解する力が重要視されるため，自由な読書に価値が生じるようになる。この点は現代にも通じる点であろう。突

▷5　ジュール・フェリー（1832-93）は初等教育の無償・義務化，政教分離政策を打ち立てた政治家。植民地拡張政策も推し進めた。ジュール・フェリーによる教育改革については，本書の132頁も参照。

▷6　バカロレア試験とは，中等教育の修了証明書であると同時に大学入学資格が与えられる国家試験。

き詰めれば，文学を読むことは，作者が記した思想，または再現された世界を知るための手段になったのである。教員たちが「もっと本を読みなさい」と言う時代に入るのである。

3 『悪の華』が「古典」になるまで

ところが，19世紀末に「文学史」が学校の教科として導入されてからも「読んではいけません」と言われるか，読むに値しないとみなされ，教科書に掲載されない作品があった。たとえば，ボードレールの『悪の華[7]』である。この詩集が1857年に出版された際には，宗教道徳に関しては罪を逃れたものの，「下品で羞恥心を傷つける写実主義（レアリスム）」が含まれるとして風俗壊乱に対して有罪判決を受けたから無理もないかもしれない。ところが，現在ボードレールの作品はフランス文学の「古典」として君臨しており，どの教科書にも掲載されている。なぜそのようなことになったのだろうか。『悪の華』の内容は変わっていないのだから，文学の読み方が変わったのではないだろうか。

▶7　本書の64-65頁を参照。

ボードレールの名前が肯定的な文脈で教科書に掲載され始めるのは1930年代からである。それ以前は，「反キリスト教的詩人」「レアリスト」，そして「デカダンスの詩人」という三つのレッテルが貼られ，否定的な見方をされることの方が多かった。これらの汚名が晴れるには，時間が必要だったことは間違いない。というのもボードレールの没後50年にあたる1917年になって著作権がなくなることで，ようやく『悪の華』が多くの人に読まれるようになるからである。

「反キリスト教的詩人」は，1857年の裁判以来のレッテルである。ランソンも継承したこのレッテルは長い間，ボードレールに付きまとっていたが，『悪の華』の全体像が理解されるにつれ，神への冒瀆と思われるような内容も，「悪徳」の詩ではなく「原罪」を歌った詩として読み替えることが可能になった。「アベルとカイン」のように表面上はキリスト教冒瀆に見えても，実は社会批判だったことも理解されるようになった。それだけではなく，19世紀末からジュール・フェリーによって政教分離が声高に要求される中，反キリスト教的だから学校教育には導入できないという主張も正当性を失っていった。

「レアリスト」も有罪判決以来のレッテルで，19世紀末から20世紀初頭にかけて書かれたさまざまな『フランス文学史』の中でも，詩人を非難する際，ほぼ必ず用いられていた。醜いものをそのまま見たように描く「腐肉」の詩人ボードレールという紋切型である。19世紀末には，ゾラ[8]の小説と並んでレアリストと批判されることもあった。ところが，醜い現実をそのまま描いた詩人ではなく，「万物照応」という詩が示してくれるように象徴主義の祖というイメージに徐々に移行するにつれて，レアリストの呼称も弱まっていく。

▶8　本書の70頁を参照。

普仏戦争での屈辱的な敗北によって社会全体を覆っていた無力感，そして世紀末の頽廃的な雰囲気の中，ボードレールは「デカダンスの詩人」として，健全な社会に対する敵とみなされていた。しかし，1900年のパリ万博の成功，植民地政策の進展によって次第に国力と自信を取り戻しつつあったフランスでは，「デカダンス」という言葉そのものの力が徐々に失われていった。さらに当時の前衛であったダダ[9]と比較しても，ボードレールの詩が「古典的」に見えた点も否定できない。それぞれの思惑は異なるが，モーリス・バレス[10]はボードレールを通して「古典的伝統」に戻れると主張し，ジッド，アナトール・フランス[11]，プルーストもボードレールの「古典性」を認めていた。

この三つの先入観が解消されることで，ボードレールは学校でも読まれる「古典」という地位を1930年代から築き始めたが，その背景には文学の読み方に関する地殻変動があった。ボードレールは美しい偉大な行為ではなく，醜悪な世界を再現したためレアリストやデカダンスと批難されたのだが，問題は何を再現するかではなく，どのように再現するか，という点に移っていった。さらに詩作品に読者を震撼させるような力があれば，それがその作品の持つ魅力として認められるようになっていた。このような文脈で作品や登場人物に対する個人的な共感も良しとされるようになる。文学作品が何を描いたかよりも，読者にどのような感覚や興味を引き起こすかが重要視されるようになった。そうなると，文学を読むことは，もはや作者の意図や思想，再現された外の世界を知ることだけが目的ではなく，なぜ自分が共感したかを追及することで自分自身を知ることが目的となる。『悪の華』が教科書に仲間入りするのが，ルソー[12]の『告白』と同時期というのも単なる偶然ではないだろう。

4 読書とは？

このように教育における読書の役割を紐解くと，「もっと本を読みなさい」ということは，当たり前のようで，実は当たり前ではないことがわかる。かつてはそのような発言自体が考えられなかったのが，「文学史」の登場とともに作者が記した思想や描いた世界を知り，分析するための読書が誕生する。そうして読書は，批判精神を涵養し，教養の習得を目指すための手段となる。本の内容をできる限り客観的，学問的＝科学的に分析することが良しとされるようになったのである。さらに，『悪の華』が「古典」として成立するためには，自分自身を知るための読書，自分探しのための読書という価値の誕生を待たなければならなかったとも考えられる。ここにきて，文学作品はそれ自体で完結した世界をもっていること，そして主観的な読み方も認められるようになったのだ。もちろん読書の歴史をこんな簡単に割り切ることはできないし，読書の意義は今日も変わり続けているだろう。さて，あなたはなぜ読書をするのだろうか。

（畠山　達）

▶9　ダダ（ダダイスム）とは，1910年代におきた芸術運動。伝統的形式を徹底的に否定し，アナーキズムや極端なニヒリズムを特徴とした。

▶10　モーリス・バレス（1862-1923）は，小説家，政治家。ドレフュス事件では軍部を支持して反ドレフュス派の立場をとった。伝統主義，国家主義思想で知られる。代表作に『自我礼賛』（1888-91年）など。本書の194頁も参照。

▶11　アナトール・フランス（1844-1924）は，小説家，批評家。ドレフュス事件ではゾラと共にドレフュスを擁護，その後社会主義に接近。客観的な批評に対して印象批評を提唱。1921年にノーベル文学賞受賞。代表作に『神々は渇く』（1921年）など。

▶12　本書の44頁を参照。『告白』については，本書の205頁も参照。

一　フランス語・フランス文学の変遷と日本

3　日本におけるフランス文学の翻訳

1　フランス文学の黄金時代？

日本で最初にフランス語から日本語へ訳された作品は，1877（明治10）年，川島忠之助[1]による，ジュール・ヴェルヌ『八十日間世界一周』である。その後，大正から昭和初期にかけてフランス文学の翻訳は連綿となされてきたが，しかし，フランス文学やフランス文化が大きく注目を浴びる時期はなんといっても第二次世界大戦後である。とくに1960年代から1970年代にかけて，フランス文学は矢継ぎ早に翻訳された。これほど日本でフランス文化がもてはやされた時代は後にも先にも，もはやないであろう。数百万部もの売り上げがあったとされるフランソワーズ・サガンやアルベール・カミュ，何種類もの翻訳が試みられたボードレールやランボー，難解なヌーヴォー・ロマンの作家たちの作品も次々と和訳が出版された。この時期になされた翻訳作品が，現在においてもフランス文学の世界へ踏み込むための貴重な足がかりとなっており，戦後の日本の知識人層にあって，フランス文学は明らかに時代のスターであった。

しかし，なぜ，フランス文学がこれほどまでに注目されたのだろうか[2]。戦後，日本を占領したアメリカへの反発から，英語以上にフランス語が歓迎された事実は多くの人が指摘しているが，ここでは日本文学とフランス文学の関係性を翻訳という観点から考えてみたい。また，翻訳そのものが持つ難しさについても考察したい。もちろん，翻訳という問題は，あまりにも多岐にわたるので，ここではごく限られた作家と作品を取り扱う。

2　フランス文学の受容と日本文学への影響

明治から昭和にかけて，もっとも精力的にフランス文学の翻訳と紹介に尽力した一人が，堀口大學[3]である。コクトー，ジッド，ヴェルレーヌ，サン＝テグジュペリといった名だたるフランス文学者の作品を堀口は翻訳しており，その訳業によって日本近代文学に大きな影響を与えた。その中でも，堀口によるレーモン・ラディゲ[4]の翻訳は，三島由紀夫[5]に絶賛されたことでよく知られている。興味深いのは，三島はラディゲ作品を賞賛するのと同等かそれ以上に，堀口訳の日本語の芸術作品としてのすばらしさを賛美している点である。ここに翻訳にまつわるある種のパラドックスがある。

> ラディゲが二十歳で夭折する前に書いた傑作「ドルヂェル伯の舞踏会」には他の訳者の訳も二，三あるが，私にとつてのそれは，どうしても堀口大

▷1　川島忠之助（1853-1938）は，銀行家。1882年から14年間，リヨンに駐在した。1878年と1880年にジュール・ヴェルヌ『八十日間世界一周』の和訳を前編・後編に分けて公刊した。

▷2　日本におけるフランス文学の受容については，本書の118-121頁も参照。

▷3　堀口大學(1892-1981)は，詩人，フランス文学者。

▷4　レーモン・ラディゲ(1903-23)は，小説家，詩人。その作品は小林秀雄，堀口大學によって紹介され，三島由紀夫，堀辰雄，大岡昇平といった昭和の日本の文学者に多大なインスピレーションをもたらした。

▷5　三島由紀夫（1925-70）は，小説家。小説だけではなく，劇作品や随筆の執筆などその活動は多岐にわたる。世界的に知られた戦後の日本を代表する作家である。代表作は『仮面の告白』『豊饒の海』など。

> 学氏の訳でなくてはならない。私は，堀口氏の創つた日本語の芸術作品としての「ドルヂェル伯の舞踏会」に，完全にイカれてゐたのであるから。それは正に少年時代の私の聖書であつた。[中略] しかし少年の私をはじめに惹《ひ》きつけたものは，人間心理への透徹した作者の目よりも，訳文の湛《たた》へてゐる独得の乾燥したエレガンスであつた。[中略]「それかあらぬか」とか「館《やかた》」とか「寄付《よりつき》の間《ま》」とかの古めかしい言葉が，「するのだつた」「すぎぬのだつた」といふ「だつた」の乱用による，メカニックでもあり同時に呼吸が切迫するやうにパセティックでもある独得の文体の中に，ちりばめられてゐる堀口氏の訳文は，しばらくの間私をがんじがらめにし何を書いても「だつた」がつづいて出てくるほどになつた[6]。

このような三島の意見は，翻訳文学の受容のおもしろさと難しさを同時に示している。「翻訳とは裏切りである[7]」というイタリアのことわざがいみじくも物語っているように，いかに原文に忠実に訳そうと，完全な翻訳というものはありえない。文学作品は，その複雑さから，機械的な翻訳ができるようなものではないからである[8]。たとえば，詩などの韻文作品は実際に発音されてこそ，そのおもしろさが実感されるのであり，翻訳で読んでもオリジナルの音楽性を楽しむことはそもそも不可能なことにちがいない。そのような意味では，ある作品を異なる言語に移し替える作業は，まさしくそれ自体が一つの創作行為に他ならない。日本近代文学の特異性の一つは，戦後競って行われた西欧文学の翻訳が，三島におけるラディゲ受容に典型的に見られるように，日本文学の新たな側面を切り開いた点にあったと言えるだろう。

しかし，いかに翻訳がある種の創造性と無縁ではないとしても，原典が存在する以上，その創造性には自ずと制限が課せられているはずである。翻訳における創造性とオリジナルへの忠実さはどのような関係にあるのだろうか。

▶6　三島由紀夫（2003）『三島由紀夫全集』第32巻，新潮社，624-625頁。フランス語の小説は基本的に過去形で物語られるため，日本語にそのまま訳出すると過去や完了を示す助動詞の「～た」が連続することになりがちである。このような文体は日本語の小説としては斬新であったために，日本近代文学に大きな影響を与えた。

▶7　「翻訳するとは裏切ること Traduttore, traditore。」

▶8　昨今，機械翻訳の発展が著しいが，自動的な翻訳システムの開発は現状では未だ非常に困難である。とくに文学作品に関しては，その言語構造の複雑さから機械翻訳研究の対象とすべきではないとされる。

3 翻訳の難しさ

意外なことかもしれないが，西洋文明の受容に熱心だった明治初期において，文学作品の翻訳の中心的な担い手となったのは学者ではなく，ジャーナリストであった。というのも，文明開化から間もない時期にあっては，大学教員や専門翻訳家の数が非常に少なかったからである。そのためにジャーナリストが西欧文学を紹介する先駆者となった。彼らの訳した作品は，当時は主に新聞や雑誌に掲載された。この時期に活躍したフランス文学の翻訳家としては，ジュール・ヴェルヌやユゴーの翻訳を行った森田思軒[9]が有名である。

ただ，このようなジャーナリストによる翻訳は，その質においては自ずから限界があった。文学の翻訳は，ただ単に外国語ができるだけでは不十分であり，作家や作品への正確な理解と広範な知識が不可欠だからである。そのため，翻訳の中心は次第にジャーナリストから，アカデミズムへと移っていく。このよ

▶9　森田思軒（1861-97）はジャーナリスト，翻訳家。1889年にユゴー『探偵ユーベル』の翻訳を刊行し，それ以後，数多くのフランス文学の翻訳・紹介を行い，明治期を代表する翻訳家となる。

うな過程で，多数のジャーナリストたちが行った翻訳が見直され，彼らの犯した誤訳への苛烈な批判が起こってくるのであり，それと並行して翻訳の質は劇的に向上していく。

当然のことながら，誤訳は少ないに越したことはない。しかし，先に述べたとおり，完全な翻訳というものがあり得ないのもまた事実である。それに加えて，非常に困難な問題が浮かび上がってくる。言葉は変化するという問題である。

戦後，国語改革により，日本語は明確に変わった。現代の私たちが昭和初期の文学作品を読むだけでもある種の困難を覚えることからもわかるとおり，語彙や言葉遣いのちがいは明らかである。また，かつての翻訳家の文章には豊かな漢籍の教養が大きく反映されていた。そのような和漢籍の素養に裏打ちされた翻訳は，現代のフランス文学を専門とする研究者にはほとんど不可能ではないだろうか[10]。

このような問題を考える一例として，澁澤龍彦[11]のケースを取り上げたい。澁澤はとくにマルキ・ド・サド[12]の翻訳で有名であり，また，彼のフランス文学に関するエッセーは現代でも依然として魅力的で，澁澤を入り口にしてフランス文学の世界に入ったという人は少なくないのではないだろうか。しかし，澁澤によるサドの翻訳は現代では何かと批判の対象になりやすい。なぜなら，フランス語を勉強して実際にサドを原文で読んでみると，澁澤訳にいかに誤訳が多いか気づくからである。

そのような澁澤訳のサドの大きな特徴は，現代日本語ではおよそ使われない古い語彙が多用されている点にある。澁澤は，サド作品の性的な表現を訳出する際に，江戸時代の文学ジャンルであった戯作[13]や春本[14]の用語を採用した。たとえば，「腎水」や「菊座」といったような馴染みの薄い言葉が，澁澤訳には頻出する。このような語彙は，当然のことながら，現代日本人には容易に理解することができないだろう。しかし，そのような古めかしい言い回しが，原典には存在しない古風かつ典雅なニュアンスを作品に与えることに善かれ悪しかれ成功していることもまた事実である。困ったことに，江戸文学の語彙とサド作品はある意味相性がよかったのである。

その一方で，原文で読んだときには赤裸々に感じられるサドに特徴的な暴力性やエロチシズムが，澁澤訳では戯作や春本の用語の難解さのために隠蔽されている点は否定できない。というのも，現代日本人にとって江戸文学はあまりに縁遠いものであり，リアリティに欠けているからである。したがって，澁澤のサドは，サドが本来持つ写実的かつ直截的な残酷さとエロチシズムを喪失する代わりに，平凡な日常から乖離したある種ミステリアスな世界を現出することになったと言えるだろう。そのようなサドは，原典が持つ生々しい毒を希釈しており，古めかしい語彙の多用にもかかわらず，フランス語で読むサドより

▶10　本書で紹介されている『ローランの歌』の日本語訳も，その一つだろう。本書の7頁を参照。

▶11　澁澤龍彦（1928-87）は小説家，フランス文学者。フランス文学の翻訳・紹介に加えて，『高丘親王航海記』などの幻想小説を著した。

▶12　本書の48頁を参照。

▶13　戯作とは，18世紀中期以後に江戸で出版された小説の総称である。戯作の作者は大部分が儒教の教養に深い知識人たちであり，彼らは固定化した封建制度下で鬱屈した心情を慰めるために「虚」の文芸，「遊戯」の文芸として戯作を執筆した。

▶14　春本とは，男女の性的な営みを描いた好色的な本のこと。

も読みやすくなっているとも言えるのではないだろうか。

だが，そのような澁澤の翻訳は，サド本来の緻密で硬質な文体とは，ある面，明らかに趣を異にしているのも事実である。仮に原文のニュアンスをできる限り忠実に訳すことが正しい翻訳なのだとすれば，澁澤のサドは到底認められるべきものではないのである。

しかし，結果的には，澁澤の訳業は日本独自のサド像を築くことになり，日本におけるサド受容において大きな役割を果たしたことは否定できない事実である。ここで難しいのは，言葉というものが，その言葉が話される時代や文化の影響を免れることはあり得ないという点である。澁澤訳に関して言えば，戯作や春本のエロチシズムや享楽性が，サドと親和性を持っていたことはまちがいない。だが，同時に，サドの思想がよって立つところの宗教性を江戸文学の用語が反映することは絶対に不可能であることも疑い得ない。なぜなら，サド作品はキリスト教道徳への徹底的な批判にこそ，その思想的根拠が存する[15]からであり，キリスト教と一切関わりのない戯作や春本には，サド特有の無神論を表現することはまず不可能だからである。そして，これは澁澤だけではなく，日本語による翻訳そのものに関係する問題でもあるだろう。

そのような意味でも，翻訳とは，ある言語のテキストを他の言語に移し替えるだけの単純な作業ではなく，ある文化的・社会的なコンテクストの上に成り立つ言説が，他のコンテクストに移される際に何が起こるかというきわめて複雑かつ困難な問題を内包しているのである。この種の問題は，あらゆる翻訳作品において，無縁ではないだろう。

4 更新され続ける翻訳

だからこそ，翻訳に完成はなく，時代や文化の変化にしたがって，常に更新され続けなくてはならない。三島由紀夫が傾倒した堀口大學の古語を活用した硬質な翻訳も，日本語の芸術作品としてすばらしいものであることは否定できないが，しかし現代人にとっては漢和辞典なしには読めないものであっては，いたずらに文学への敷居を上げる障害になりかねない。言語や文化が移り変わるものである以上，どれだけ優れた翻訳であろうともいつかは古くなるのであり，新しい翻訳は時代の要請にしたがって適宜なされるべきものと言える。もちろん，完璧な翻訳は不可能だろうが，しかし，異文化を理解するための有効な手段として，翻訳が不要になる未来はありえない。翻訳とは言語・文化・時代を反映するきわめて複合的な文化的営為であり，より良い翻訳とは何かと常に考え続けることが，翻訳家にもまた読者自身にも，必要なことなのだろう。

（石田雄樹）

▶15 フランス文学におけるキリスト教のテーマについては，本書の151-154頁も参照。

一　フランス語・フランス文学の変遷と日本

4　フランス語の形成と辞書の歴史

数百年前フランスという国は現在とは大きく異なったかたちをしていて，各地方の人々の多くは，それぞれの地方の言葉をしゃべっていた（プロヴァンス語やブルトン語，アルザス語など）。では，「フランス語」はどのようにできあがってきたのだろうか。

1　フランス語の起源とそのイメージの変遷

フランス語は，ごく簡単に言うなら今のフランスの地に古くから暮らしていたガリア人たちが紀元前1世紀頃ラテン語を話すローマ人によって支配され，次第に全域でラテン語を使うようになり，その後3世紀頃から徐々に北フランスに侵入したゲルマン系のフランク人たちによって，そのラテン語がフランク語の影響を受けながら変化して（なまって）いった言葉だ。大雑把に図式化すると，フランス語＝ガリア人（ガリア語）＋ローマ支配（ラテン語）＋フランク人（フランク語）となる。この言葉で書かれたもっとも古い文献として挙げられるのが9世紀の「ストラスブールの誓約[1]」である。

この「フランス語」のイメージが形成されるにあたっては，「フランス」という国の文化的遺産の数々，中でもフランス語による文学作品の積み重ねが大きな役割を果たしているのではないか。そこでまず，中世期（11世紀頃から15世紀まで）を簡単に振り返るなら，最初期のフランス語での文学作品，キリスト教の聖人伝『聖アレクシス伝』（作者不詳，11世紀）や，叙事詩『ローランの歌』（作者不詳，11世紀）は，フランスというよりキリスト教徒としての物語を歌っている。その後マリー・ド・フランスの『レー（短詩集）』（12世紀），クレチアン・ド・トロワによるアーサー王物語である『ランスロ』『ペルスヴァル』（12世紀）などはケルト，ブルターニュの伝説を歌う。ギヨーム・ド・ロリスとジャン・ド・マンによる『薔薇物語』（13世紀）は宮廷風恋愛の筋立てで哲学，自然科学を論じ，さながら百科全書の様相を呈する。15世紀になると，百年戦争の間にイングランドで長い捕囚生活を送った詩人シャルル・ドルレアンが望郷の念を歌い，一方で謎の多い詩人フランソワ・ヴィヨンは詩集『遺言』で苦い悔恨を歌う。ここにはすでに近代的な「私」の芽生えも垣間見える[2]。

だが，これらの詩人たちが果たして今日のような「フランス人」としての意識を持っていたかは疑わしい。またこの時代まで「フランス語」といえば，北部のとくにパリ周辺の言葉を指すことが多かった。フランス王国全土の言葉と

▶1　シャルルマーニュ（カール大帝）の後継者であるルイ敬虔王の二人の息子が取り交わした同盟の誓約。父王亡き後起こった相続を巡る争いの中，ストラスブールでこの誓約が行われた。

▶2　本書の14-15頁および202-205頁を参照。

しての「フランス語」が強く意識されるようになるのは，16世紀頃ということになるだろう。

2 ヴィレール＝コトレの王令

1539年，フランス王フランソワ１世がある重要な王令を発する。これまで主にラテン語が用いられていた司法関係の書類において，今後はフランス語を使用するよう命じたのだ。これは国境が定まりつつあったフランスという国家が，言語の統一により王の命令の周知を徹底し，近代国家として成立するためには欠かせない命令であった。このように国家と言葉は非常に密接に結びつき，国民意識も芽生えてくることになったのだ[3]。

▶3　ヴィレール＝コトレの王令については，本書の164頁も参照。

3『フランス語の擁護と顕揚』

1549年にジョアシャン・デュ・ベレーによって執筆された『フランス語の擁護と顕揚』はまさしくこの流れに掉さすものであった。２部構成からなるこの本の第１部で，フランス語が古典語（ギリシア・ラテン語）に決して劣ることのない言語であることを高らかに宣言し，賛否両論を巻き起こした。彼の理屈はこうだ。フランス語が古典語に比べて劣っているように思われるなら，それは古典語のように詩人たちや雄弁家たちによって洗練させられなかったからで，今後詩人たちによって優れた作品が作られたなら，フランス語は古典語に勝るとも劣らない言語となる。これはつまり，自分たちこそがその優れた作品の作者となるのだというマニフェストでもあった。実際に『擁護と顕揚』の第２部はいかにして新しい詩を作るかの詩法書ともなっていて，その後のデュ・ベレー，そして盟友ロンサールらの創作活動をみると，次々と「新しい」フランス語の作品集を発表している。彼らの作品に共通してみられるのは，自分たちこそが「フランス語」を作り上げるのだ，という意気込みである[4]。彼らの宣言，そして実践には同時代を生きる詩人，後に生まれた詩人のいずれもが影響を受けずにはいられなかった。たとえば17世紀の代表的詩人ボワローはその作品『詩法』で，ロンサールは古典語由来の新奇な語彙でフランス語をかき乱したと批判している。そうして，より「純粋さ」を目指す自らの立場を明確にしたのだった。

▶4　ロンサールのフランス語については，本書の20-21頁も参照。

4 アカデミー・フランセーズ

このように，国によって，あるいは文学者たちによって明確に意識されるようになったフランス語であるが，17世紀にはいると，フランス語を巡る状況はさらに変化する。まずフランス語に確固たる規則を与え，純化することを目的とした機関，アカデミー・フランセーズ[5]が設立された（1635年）。これは国家が直接・間接的に自国の言語を統制することを意味する。だが言語を純化するとはどういうことか。それは16世紀に爆発的に膨らんだフランス語の語彙を厳選

▶5　アカデミー・フランセーズはルイ13世の宰相，リシュリューの発案により設立された。この機関はフランス革命期に一時解散するも，1803年には復活を遂げ現代に至っている。

し，つづりを整理することで理性的かつ論理的なフランス語の規範を示すということだ。前世紀のロンサールらが自らの作品で古典語や地方語からの移植もためらわず，新しい言葉や表現を用いたのに対し，17世紀にはむしろそれらを厳選し，その表現は可能な限り明晰，論理的たろうとする。

このフランス語の改革はフランス国内に向けてのものであると同時に，ヨーロッパの他国に対するものでもあった。中央集権化を成し遂げたブルボン朝の宮廷そしてその洗練されたフランス語は，他国の宮廷にも広まることとなり，フランス語はヨーロッパで国際語としての役割も果たすようになる。続く18世紀は，国際語としてのフランス語の地位が最も高められた時期とも言えるだろう。たとえばベルリンのアカデミーは1784年に懸賞論文の題として「何がフランス語を普遍的な言語としたか？」「なぜフランス語はその地位にふさわしいか？」「フランス語はその地位を保ち続けるか？」を提示している。この時に賞を得た者の一人，リヴァロル[6]による論文の一節がその後，フランス語のイメージを形成する言葉ともなった。曰く「明晰でないものは，フランス語ではない ce qui n'est pas clair n'est pas français」。こうしてフランス語は19世紀を通じてもしばらくは国際語としての地位を保ち，たとえば外交文書などでも用いられていた[7]。

これほどのフランス語の対外的な成功にもかかわらず，同じ時代にフランス各地で人々が日常生活で用いていたのは，やはりその地方の言葉であった。だが18世紀も末のフランス革命が近づく頃になると，地方を離れ一旗あげたいと願う人々は，フランス語を用いた。こうした2言語併用は19世紀を通じてもフランス各地で見られるものだが，やがてこの地方語はフランス語の普及を前に，次第にその使用範囲が限定されていくこととなる。きっかけは1833年，当時の教育相フランソワ・ギゾーにより打ち出された初等教育法令，さらにおよそ50年後の，教育相で首相ともなったジュール・フェリーによる改革である。それにより政教分離の原則に基づく教育そして義務教育の無償化が進められ，とりわけフランス語の学習が義務教育で特権的な位置を占めたのだった[8]。

5 辞　典[9]

ここでアカデミー・フランセーズに戻ろう。この機関の重要な任務の一つに辞典の編纂があった[10]。16世紀までは現代の我々が想像するようなフランス語辞典はほとんど存在しなかったのだ。あえて挙げるなら，出版業者ロベール・エチエンヌによる『羅仏辞典』（1538年），『仏羅辞典』（1539年）が成功をおさめて再版を重ね，これが後の1606年ジャン・ニコによる『フランス語宝典』の基礎ともなっている。アカデミーの創設からおよそ60年後の1694年に最初のアカデミーのフランス語辞典が完成したが，この辞典は我々が考える辞典とは色々な点で大きく異なる。まず百科全書的でもなければ語源学的でもなく，大多数の

▶6　アントワーヌ・リヴァロリ（1753-1801），通称リヴァロル。フランスの作家。この時賞を得た論文『フランス語の普遍性について』で一躍有名となる。

▶7　たとえば幕末期，ロシアからの外交文書がフランス語で書かれていたことが，日本におけるフランス語学習の一つの大きなきっかけとなった。

▶8　ちなみに現在，地方語を用いる人はごく少数になっている。地方語については本書の134頁も参照。またジュール・フェリーについては，本書の123頁も参照。

▶9　ここでは主だったフランス語辞典を中心に挙げているが，これ以外にももちろん大小のフランス語辞典が出版されている。

▶10　現在に至るまで編纂が続けられており，その数は9版を数える。

人々の言語用法に沿った辞典でもない。いわば「良い／正しい用法」を示すための辞典なのだ。したがってアカデミー会員の考える「俗な」「古びた」語の多くは排除されていた。一方でこの最初のアカデミーの辞典が出るまでに，1680年にはピエール・リシュレによって『フランス語辞典』が，また1690年にはアントワーヌ・フュルティエールによる『万有辞典』が出版されている。いずれもアカデミーの辞典に比べるとより多くの分野の語彙やアカデミーの言う「俗な」語をも多く含み，著名な作家たちの作品から用例を採っていた。

続く18世紀には言語は「純化」から再び「膨張」へとシフトする。あらゆる分野において新しい事物，技術そして概念が現れ，それに対応することが求められたからだ。そして『百科全書』（1751-72年）が出版される。その名の通り，万物をその中に包含しようとする辞典だ。ちなみに18世紀はアカデミーの辞典ももっとも改版された時期であった[11]。そして19世紀に至り，1835年にはアカデミーの辞典の６版が出版されるが，そのほぼ20年後には，辞典編纂者ピエール・ラルースによる『新フランス語辞典』（1856年），さらに文献学者エミール・リトレによる『フランス語辞典』（1859-72年）が出版された。とりわけリトレの辞典はアカデミーの辞典の語彙に加えて，各分野の専門語や口語も含み，語源や意味の歴史的変遷も見てとれる網羅的なもので，その多くの用例は文学作品から取られている。またラルースは1866-76年に百科事典『19世紀ラルース大辞典』も出版し，これが現代まで続くラルースの百科事典の基礎となる。19世紀末に出版されたアツフェルドとダルメステテールによる『フランス語辞典』（1890-1900年）もリトレの辞典とともに20世紀前半の標準的フランス語辞典となった。

20世紀にはこのラルースの名を冠した辞典『挿絵入りプチ（小）・ラルース』（1905年），『グラン（大）・ラルース百科事典』（1960-64年），そして『現代フランス語辞典』（1967年）が出版された。さらに辞典編纂者ポール・ロベールによる『グラン・ロベールフランス語辞典』（1953-64年），その縮約版『プチ・ロベール』（1967年）が出版された。とりわけこの『グラン・ロベール』および縮約版の『プチ・ロベール』は第二次世界大戦後に日本で数多く出版された仏和辞典にも大きな影響を及ぼし，改訂を経て現在でも多くの利用者を持つ。また1971年から1994年にかけて出版された『フランス語宝典（TLF）』は，初めてコンピューターを用いて編集された辞典だ。100名以上の研究者および技術者のチームにより完成した。特徴はその用例の網羅性である。範囲を19世紀から20世紀に限り，およそ１億2000万の用例が1500以上の作品から引用されている。その網羅性ゆえに全16巻と大部の辞典であったが，2002年以来無料でネット公開されて非常に利用しやすくなった[12]。ちなみにアカデミーの辞典も現代にいたるまで編纂は続けられ，現在は第９版の３巻目（2011年）までが出版されている[13]。

（林　千宏）

▶11　２版（1718年）から５版（1798年）まで改版がなされていた。

▶12　ここに挙げたほとんどの辞典はウェブ上で無料公開されている。『フランス語宝典（TLF）』（http://atilf.atilf.fr/）やリトレ（https://www.littre.org/）など。

▶13　第３巻は « Maquereau »「鯖（サバ）」から « Quotité »「割当て額」まで。

コラム1

地方語

フランス語はイタリア語，スペイン語，ルーマニア語などと同じくラテン語が長い時間をかけて変化したもので，9世紀にはその祖先となるものがラテン語と異なる言語であることが認識されていた。だが中世を通じてラテン語は行政・学術・宗教言語でありつづけ，それに対してラテン語から派生した諸言語には，総じて従属的な地位が与えられていた。また中世においては，フランス王といっても各地方の有力諸侯に対して絶対的な権威を持っていたわけではなく，北フランスの言語（オイル語）の内部にも地域ごとに固有の方言（とくにピカルディー方言，シャンパーニュ方言，ワロン方言など）が存在しており，さらに南フランスの言語（オック語）は北フランスのそれとは大きく異なっていた。また現在のスイス，イタリアとフランスとの国境周辺で用いられていた北フランス語の方言を「フランコ・プロヴァンサル語」として独立したものと扱うこともある。加えてブルターニュで用いられたケルト語系のブルトン語などもあった。他方で中世の北フランスや南フランスでは，それぞれの地域全体で共通の書き言葉のシステムが存在してもいた。

おおよそ今日のフランスに相当する地域での言語的統一は，パリ周辺の言葉（以後「フランス語」とする。この基となった言語は，パリ周辺の方言というよりは，パリ周辺で成立した北フランス語地域全体で通用する共通語だとする指摘がある）がフランス王の支配力の拡張とともに次第に浸透することによって強められ，16世紀以降はこのフランス語が行政・学術・宗教言語として次第にラテン語に取って代わるようになる。とはいえラシーヌ（1639-99）がリヨン以南で話が通じなかったと証言しているように，17世紀後半になってもパリ周辺の貴族・教養層の用いるフランス語は南仏には十分に浸透していなかった。フランス革命の折，1794年5月28日にグレゴワール神父（1750-1831）は国民公会で報告を行い，「自由の言語」たるフランス語を革命によって誕生した共和国の言語とし，反動勢力と結びつくとされた各地方語を根絶するよう勧めている。同時に彼は，このフランス語が共和国の相当数の人々によって話されていないことを証言してもいる。

フランス語の普及は第三共和政（1870年以降）において精力的になされたもので，植民地主義者でもあったジュール・フェリー（1832-93）による公教育の推進，さらに20世紀初頭の第一次世界大戦がその大きな契機となった。他方で特に19世紀後半からフランスはサハラ以南アフリカを植民地化したが，たとえば西アフリカのコートジボワールでは植民者の言語としてフランス語が導入され，学校教育における現地諸語の使用は厳しく制限され，その傾向は第二次世界大戦後にむしろ強められることになる。その思想的背景にあったのが，フランス革命のさなかに「自由の言語」としてフランス語を称揚したグレゴワール神父の言語政策であったのは，歴史の皮肉というべきだろう。

今日ではフランス語はもはやフランスの，いやヨーロッパやカナダの人々の独占物ですらなくなっている。すでに世界のフランス語の日常話者の大多数はアフリカ大陸の人々となりつつあるからだ。そう遠くない未来に，かの地の人々がフランス語を巡る文化の主要な担い手（少なくとも有力な一翼）として日本でも認知されるようになるだろう。22世紀の「フランス語」そして「フランス文学」はどのような相貌を取るようになっているだろうか。

（黒岩　卓）

コートジボワールの経済首都アビジャン
出所：筆者撮影（2020年2月）。

二　世界に働きかける文学

1　文学は「役に立つ」のか

1　美と有用性——文学の孕む緊張

文学は「役に立つ」。われわれはそう言い切ることができるだろうか。まず歴史を振り返ってみるならば，『イーリアス』『アエネーイス』から『ローランの歌』にいたる英雄叙事詩が，共同体を奮起させ，これにまとまりを与えてきたのは確かであるように見える[1]。しかし一方で，文学は「役に立たない」，いな有害ですらあるという言説も，また同じように古いのである。すでにプラトーンが『国家』において，詩人はひとびとを真実から遠ざけるゆえに，理想国家からは追放されるべきだと説いていた。そして，こうした主張はその後，キリスト教道徳と合流しつつ，さまざまに変奏されてゆくことになる。モリエールらの演劇が，美徳を損なうとして糾弾された17世紀の演劇論争のほか，フローベールやボードレールの作品に対して起こされた風紀紊乱裁判などがその例である。

だが，そもそも文学が「役に立つ」かを問うこと自体が誤りだと考えることもできるだろう。というのも，言語の「芸術」である文学には，「美しい」ということが本質的な仕方でかかわっているはずだからである。なにかが「美しい」ということは，それが「役に立つ」ということとは根本的に異質の事柄なのではないだろうか。となると，文学には両立不可能とも見える二つの視点が可能だということになるだろう。すなわち「美」と，それが「役に立つ」かどうかという意味での「有用性」である。多少大雑把だが，文脈に応じてこれを「芸術と倫理」，あるいは「文学と政治[2]」との緊張と言い換えることもできる。

▶1　古代から中世までの叙事詩については，本書の143-145頁も参照。また『アエネーイス』と『ローランの歌』については，それぞれ本書の4-5頁および6-7頁を参照。

▶2　政治的な闘争との関わりについては，本書の139-142頁も参照。

2　文学と政治との「幸福な」結合

フランス文学の歴史において，美と有用性とのこうした緊張関係が意識化されるのは，「知識人 l'intellectuel」という概念の誕生とほぼ軌を一にしてであった。「知識人」とは，字義通りには，芸術や科学などの知的活動に従事する専門家を指すが，それだけでなく，その専門家が，自身の教養やさらには名声を活用し，同時代の政治的事象に見解を表明することも含意している。作家の専門領域は文学であるから，彼らが「知識人」として振る舞うさいには，その専門にかかわる「美」と，政治的「有用性」との相剋が生じうるのである。

「知識人」という言葉が用いられるようになるのは，後述のドレフュス事件の起こった1890年代以降であった。だが，まずは啓蒙の世紀である18世紀まで遡って記述をはじめるのが適当であろう。というのもこの時代の作家たち，とくに百科全書派と呼ばれた作家たちのあり方が，のちの「知識人」ときわめて親近だったからである。彼らは「哲学者 philosophe」をもって自認していたが，ディドロの手になる『百科全書』の同名の項目によれば，「哲学者」とは，理性に従って判断をくだす人間であるのみならず，社会を愛し，ひとびとの幸福や不幸に関心を寄せる行動人でもあった[3]。こうした「哲学者」の典型が，カラス事件（1761-65年）に取り組んだヴォルテールである[4]。新教徒カラスに対する殺人の嫌疑とそれに続く処刑に疑問を抱いた彼は，『寛容論』（1763年）をはじめとする一連の著述を通じて世論を喚起し，カラスの名誉回復に成功する。

▶3　社会との関係を重んじる「哲学者」のこうしたあり方は，一般教養と会話術を重んじ，「紳士・教養人《オネットム》」と呼ばれた17世紀のひとびとのあり方を引き継いでいると言える。

▶4　本書の40頁を参照。

ヴォルテールの闘争は，のちの知識人像を先どりするものではあったが，他方でそこには大きな相違も存在していた。それは「哲学者」が，美と有用性との対立に悩まされることはほとんどなかったということである。これは，当時における「文学 lettres, littérature」が，知的活動の全体をそもそもの対象としていたためであった。彼らにとって，政治的な著述を行うことは，ごく自然な作家活動の一部だったのである。啓蒙時代の作家たちは，その政治性ゆえに数々の苦難を経験することにはなったが，以上の意味にかぎっていえば，文学と政治の矛盾なき「幸福な」時代を生きたと言うこともできるだろう。

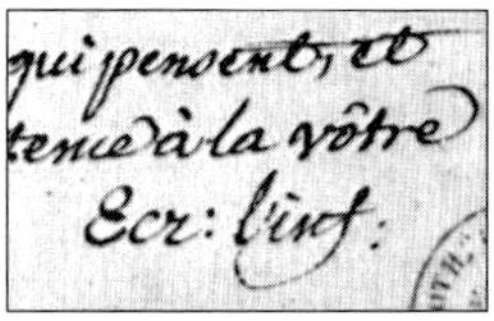

図1　ヴォルテールの手紙に見られる「卑劣なものを粉砕せよ（Ecr: [asez] l'inf: [âme]）」の言葉

カラス事件のころ，ヴォルテールはしばしば手紙の末尾にこの言葉を記した。ここでの「卑劣なもの」とは，他者に対する不寛容や狂信を意味している。

出所：フランス国立図書館蔵。

19世紀にこうした「知識人」の形象を引き継いだのは，ロマン主義文学の旗手であったと同時に，皇帝ナポレオン３世との対決によっても知られるユゴー[5]である。ユゴーにとって詩人とはなによりも，神的霊感を受けてひとびとに道を示す預言的指導者であり，彼の終生は，この使命の実践に捧げられたと言ってよい。だが，詩人の卓越性というこの観念は，詩人に社会的使命を見る一方で，その使命自体が彼を特権化し，社会から引きはなすという意味において，もともと矛盾を内包したものであった。くわえて19世紀になると，「文学」は哲学や歴史などの人文科学から独立分化してゆき，その結果，前世紀には目立たなかった美と有用性との対立が，徐々に顕在化していくことになる。ユゴーが，そうした矛盾のただなかで『懲罰詩集』（1853年）などの傑作を生み出し，世紀を通じて国民詩人として君臨しえたのは，ひとえに彼の天才によると言うほかないが，後続の世代になると，こうした矛盾はきわめて先鋭な形で意識されることになった。たとえばゴーティエは，すでにつぎのように述べていた。「なににも役立ちえないものしか，真に美しいものはない。有用なすべてのものは醜い[6]。」こうした美と有用性との乖離の意識は，ボードレールやフローベールといった，ロマン主義以降の作家にも引き継がれていくことになった。

▶5　本書の54頁を参照。

▶6　『モーパン嬢』（1835年）「序文」。

3　「知識人」の誕生とその「不幸な意識」

ユダヤ人将校ドレフュスに対するスパイ嫌疑に始まる19世紀末のドレフュス事件では，自然主義作家のゾラ[7]が大きな役割を果たし，「知識人」の概念が急

▶7　本書の70頁を参照。

速に一般化する契機となった。作家たちに政治的意識を回帰させ，文学と政治との関係が主題化される素地を整えたのは，彼の大きな功績である[8]。ただし付けくわえるなら，ゾラを果敢な闘争へと導いた原動力は，なににもましてドレフュス無罪の確信であった。その意味では，彼の自然主義の美学が，政治的関心と必然的な仕方で結びついていたとまでは言えないだろう。

▷8　ドレフュス事件は，右派勢力を反ドレフュス派として結束させることにもなった。そうしたなかで雑誌刊行を開始し（のちに日刊紙化），1905年に政治同盟として結成されたのが「アクシオン・フランセーズ」である。作家シャルル・モーラスらの活動の場となった同団体は，のちにファシズム作家たちの思想的母体となった。

Cinq Centimes
L'AURORE
Littéraire, Artistique, Sociale
J'Accuse...!
LETTRE AU PRÉSIDENT DE LA RÉPUBLIQUE
Par ÉMILE ZOLA
LETTRE
A M. FÉLIX FAURE

図２　ゾラによるフォール大統領への公開書簡「われ告発す」（1898年）
出所：フランス国立図書館蔵。

文学と政治の問題が，真に作家たちの関心を占めるようになるのは，なんといっても20世紀の世界戦争を通じてである。第一次世界大戦に対する作家たちの最初の反応は，たとえば詩人アポリネールに見られるような愛国主義であったが，セリーヌのように，その悲惨な現実を描き出した作家もいる。つづく戦間期になると，共産主義国家の誕生とファシズムの台頭，経済危機や議会制民主主義の混乱などにより，作家たちは，見通しのつかないイデオロギー的混沌のなかに置かれることになった。この時期の文学は，緊迫する政治情勢と美学的要求とに引き裂かれた彼ら「不幸な意識[9]」の苦闘そのものである。

▷9　もともとはヘーゲル『精神現象学』（1807年）の用語。自己矛盾を自覚した意識を指す。

シュルレアリスムの指導者であったブルトンは，文学革命と世界変革の並行性を主張して共産党に接近したが，他方でその前衛美学がマルクス主義に回収されることは断固拒否した。共産主義への讃歌「赤色戦線」を書いた僚友アラゴンとの決裂は，こうした矛盾の端的な表れである。一時期共産主義への共感を示しつつも，ソ連批判ののち政治的沈黙を選んだジッドも，同様に文学が政治に還元されることを拒否した作家だと言えよう。一方，マルローの小説群は，美学的次元を犠牲にすることなく正面から政治的行為を描いた稀有な例であるが，それは彼が，サン＝テグジュペリと同様，自己を危険に投じる冒険家であったためかもしれない。これら左派の作家とは逆に，ファシズムに魅了された者たちもいた。ドリュ・ラ・ロシェルの自伝的小説『ジル』（1939年）は，ファシズムの選択を，退廃と堕落から，生の再生への道程として描きだしている。

4 「文学と政治」綜合の試み

第二次世界大戦の勃発とナチスによる占領（1940-44年）は，右派作家を対独協力へと導いた一方で，そのほかの作家を大同団結させ，「レジスタンス（抵抗）」の文学を生みだした。共産主義詩人エリュアールとアラゴンの詩やヴェルコールの小説，カトリック作家モーリヤックの批評などがその例である。

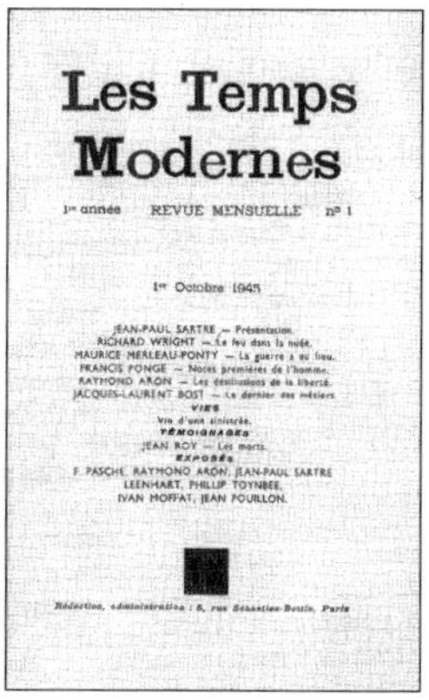
Les Temps Modernes
1re année　REVUE MENSUELLE　nº 1
1er Octobre 1945
JEAN-PAUL SARTRE — Présentation.
RICHARD WRIGHT — Le feu dans la nuée.
MAURICE MERLEAU-PONTY — La guerre a eu lieu.
FRANCIS PONGE — Notes premières de l'homme.
RAYMOND ARON — Les désillusions de la liberté.
JACQUES-LAURENT BOST — Le dernier des métiers.
VIES
Vie d'une sinistrée.
TÉMOIGNAGES
JEAN ROY — Les morts.
EXPOSÉS
F. PASCHE, RAYMOND ARON, JEAN-PAUL SARTRE
LEENHART, PHILLIP TOYNBEE,
IVAN MOFFAT, JEAN POUILLON.
Rédaction, administration : 5, rue Sébastien-Bottin, Paris

図３　雑誌『現代』創刊号（1945年）の表紙
出所：Annie Cohen-Solal, *Sartre: un penseur pour le XXI*^{e} *siècle*, Gallimard, 2005, p. 59.

レジスタンスは，作家たちに文学が持ちうる現実的な力を再認識させることになった。戦後になって，その経験に基づきつつ，文学と政治との綜合とその理論的正当化を正面から試みたのが，サルトルである。彼は，作家は自身の時代に全面的責任を負うという「アンガージュマン文学」の思想を標榜し，自らが編集長を務める左派論壇誌『現代』を根拠地にして，同時代のほとんどあらゆる政治的事件について論陣を張った。戦後文学界を席巻した彼の思想と実践が，フランス文学史において，「文学は役に立つ」という主張の頂点を為していることは疑いを容れない。

とはいえ，今日振り返るとき，「アンガージュマン文学」の思想が，文学と政治との綜合を成し遂げたと言いきるのは容易ではない。サルトルが完成を目指した『自由への道』は，結局未完のまま彼の最後の小説になっただけでなく，政治的活動の先鋭化は，最終的には彼に「文学への訣別」を宣言させることになったのである。[10]一方，レジスタンスを経て，大戦直後には活発な政治的発言を行っていたカミュ[11]は，サルトルとの論争と決裂を経て，政治的な態度表明からは遠ざかるようになった。カミュの事例は，文学と政治との綜合がいかに大きな困難を伴うかを，サルトルとは逆の方向で示したと言えるかもしれない。

その後，世界大戦の記憶や核戦争の脅威が薄れていくなかで，文学はふたたび政治に距離を置くようになっていった。世界はただ「ある」だけだとして，その描写に徹するロブ＝グリエらの「ヌーヴォー・ロマン」が一定の支持を得るにおよび，文学と政治の関係をめぐる作家たちの取り組みは，いちおうの区切りを迎えたと言えるだろう。

5 文学は結局「役に立つ」のか

以上の文学史的考察は，われわれに何を教えるだろうか。美と有用性とは結局のところ綜合不可能なものであって，戦争のような例外的瞬間にそれらが和解する「ように見える」だけということなのであろうか。その問いに答えるためには，やはり，作品に直接立ち返るしかあるまい。ここでは，エリュアールのレジスタンス詩「自由」を引用しよう。「私の学習帳のうえに／私の机の そして樹木のうえに／砂のうえに 雪のうえに／私は書く きみの名を」とはじまるこの詩は，「sur（のうえに）」を用いた頭語反復と，「私は書く きみの名を」というフレーズからなる詩節が重ねられたあとで，つぎのように閉じられる。

そしてひとつの言葉の力によって／私は私の生をふたたび始める／
私は生まれた きみを知るために／きみを名付けるために／　　自由

英空軍機から投下されたというこの詩のなかで，「自由」という言葉は，ナチスの支配からの解放という特殊な意味を持っている。それでも詩の全体を読むとき，時代を共有しないはずのわれわれもまた，最後に現れるこの語が鼓舞する高揚感を感じずにはいられない。「美しい」言葉が現実にひとを動かす力，美と有用性との綜合というものがあるとすれば，それはおそらく，こうした経験のなかにこそあるのだ。

だがそれにしても，インクの染みでしかない言葉によってこうして心動かされる「人間」とは，なんと有用性に縁遠い存在なのだろう！　そう考えるなら，あるいはつぎのように結論して本論を閉じるべきなのかもしれない。──文学は，たしかに「役に立つ」。しかしそれは，われわれ人間が「役に立たない」，ただそのかぎりにおいてなのであると。　（根木昭英）

▷10　もっともサルトルは，他作家の評論という形で文学について語ることをけっしてやめなかった。そして，そこに見られる思想は，文学が現実の行為であるという立場を一方で堅持しつつも，他方でロマン・ヤコブソン（1896-1982）であれば文学の「文学性」とでも呼ぶであろうもの，つまりは文学創造における「美」の契機を分析する方向へと暗に，しかし大きく舵を切ったものになっている。本書の100-101頁を参照。

▷11　本書の102頁を参照。

図4　戦後，フェルナン・レジェの挿絵とともに再刊されたエリュアールの「自由」
出所：Fernand Léger, *F. Léger*, texte de Gilles Néret, Casterman, 1990, p. 252.

2　闘争としての文学

「闘争としての文学」というテーマをここで語ることができるのは，フランス文学には，テキストとその外部との関係を断つことができない作品が少なからずあるということだ。実際フランス文学は古くから政治問題を取り込んできており，そこでは宗教や政治，美学思想の対立や階級闘争などが取り上げられている。

1　宗教間の対立

中世と16世紀には，宗教間の対立を取り上げた作品が多い。『ローランの歌[1]』（11世紀末）はイスラム教徒とキリスト教のあいだの戦争の表象が見られる。ここでは戦争にまで至らない対立に触れたい。16世紀の詩人ロンサール[2]の『続当代の惨禍を論ず，王妃へ』（1562年）には，カトリック教徒とプロテスタントとの激しい対立を背景とした興味深い暴力の表象が見られる。「彼らは私の聖なる諸教会堂を，／新たな冒瀆よ，馬小屋に変えたばかりか，／地獄の狂気に駆り立てられているかのように，／聖なる墓に眠る亡霊の名誉を犯した[3]。」この詩句ではプロテスタントの偶像破壊という暴力行為を非難しているが，次の『フランス国民への訓戒』（1563年）では暴力ととらえているものが異なる。「私は死ぬ思いだ，彼らが自信たっぷりに，／いたる所で無数の嘘の種を撒きながら，／この上ない権威で真実を偽るために，／捏造した偽りが真実に見えるほどで，／それに，肩をすぼめて，戦争と／戦争で死んだ人々の不幸を嘆き，／究極的には天にいます偉大なる神が，遅ればせながら，今にも彼らを勝利者にする，と請け合うのを見ると[4]。」ここではプロテスタントたちが自分たちは最後には勝利すると嘘の言説を振りまいていることを暴力ととらえ，それに対して嫌悪感を表している。文学と歴史表象とのあいだには複数の可能性がある。

▶1　本書の6-7頁を参照。

▶2　本書の20頁を参照。

▶3　高田勇訳（1985）『ロンサール詩集』青土社，259頁。

▶4　同上書，278頁。

2　王侯貴族と平民の対立――ボーマルシェ『フィガロの結婚』

18世紀にはフランス革命を予言したと言われる作品が登場する。ボーマルシェ『フィガロの結婚』（1780年[5]）に登場する従僕フィガロは，主人の貴族を見事にやり込め，平民のヒーローとなる。はたしてこれは階級闘争を描いた作品なのだろうか。あらすじを見てみよう。主人公はアルマビーバ伯爵に仕えるフィガロ。伯爵夫人の侍女頭シュザンヌと婚約しており，彼女が花嫁となる日が待ち遠しい。しかしながら伯爵は，廃止したはずの後見人の権力“初夜権”をシ

▶5　ボーマルシェ／鈴木康司訳（2012）『［新訳］フィガロの結婚　付「フィガロ三部作」について』大修館書店。同作品については，本書の182頁および188頁も参照。

ュザンヌに行使しようと企んでいる。フィガロの結婚にはもう一つ障害がある。それは借金の抵当として結婚することを要求してくる老女マルスリーヌである。伯爵の企みに対しては，みなを巻き込んで浮気を伯爵夫人に暴露し伯爵を懲らしめる。マルスリーヌは裁判で実はフィガロの母親であったことがわかる。これでフィガロの結婚を阻むものはなくなり晴れて大団円となる。コミカルに言葉を操り貴族の存在やその政治を批判するフィガロの台詞は痛快である。「政治など知っております。［中略］とにかく，知っていることを知らん振りをする，知らんことは全部知っている顔をする，わからんことはわかった振り，聞こえたことは聞かなかった振り，とりわけ自分の実力以上のことができる振りをすること[6]」（第３幕第５景）。「あんたは自分が大貴族だから，生まれつきの才能もたっぷりあると思っている！　［中略］爵位，財産，地位，いくつもの肩書き，全部揃って威張りくさってるんだ！　でも，これだけのおいしい結果を手に入れるのに，あんたはいったい何をしたんです？　生まれるという骨を折っただけ，後は何もしてないじゃないか[7]」（第５幕第３景）。実際，上演前に作品を読んだルイ16世は王位を揺るがす危険な要素があると判断し，作品の上演および出版を禁止した。しかしながらボーマルシェは批判の印象を和らげるために，舞台をフランスからスペインへ移すなどして上演へ結びつく努力を開始する。いくつもの検閲をくぐりぬけてコメディ・フランセーズで上演されることになると大人気で，コメディ・フランセーズの財政を建て直したほどであった。その数年後にフランス革命が起きるのだが，ボーマルシェがこの戯曲において貴族と平民の対立を通して描きたかったのは，決して体制転覆につなげるための階級闘争ではなく，人間性の進化の可能性ではないかと解釈されている。ボーマルシェ自身は過激な煽動家ではなく穏健な共和派であったのだ。

3　ヴィクトル・ユゴー『エルナニ』をめぐって

ロマン主義とは，形式より主観や感情を重視する傾向であり，文学においては18世紀のルソー[8]の作品に萌芽をもつが，19世紀にはヴィクトル・ユゴー[9]を中心に政治も巻き込んだ美学闘争の次元を持つようになった。その象徴的事件が1830年の「エルナニ合戦 Bataille d'*Hernani*」（図１）である。戯曲『エルナニ』によりロマン主義は古典主義に勝利し，それは七月革命[10]にまで至る社会的情動となる。確かにユゴーは序文で「ロマン主義というものは，［中略］文学における“自由主義”にほかなら」ず，「文学における自由主義は，政治における自由主義と比べても遜色な」いと述べている[11]ので，その政治的次元は明らかだ。そして『エルナニ』以後ロマン主義文学が隆盛を極めたというのが従来の文学史で繰り返されてきた定説であるが，当時の文芸批評に細かく目を向けてみると様相は異なるようである。

まずはオーソドクスに『エルナニ』におけるロマン主義的要素を確認してお

▶6　同上書，115頁。

▶7　同上書，185頁。

▶8　本書の44頁を参照。

図１　『エルナニ』の初演（グランヴィルの戯画）

出所：*Le théâtre en France. 2. De la Révolution à nos jours*, Armand Colin, 1989, p. 61.

▶9　本書の54頁を参照。

▶10　七月革命は1830年７月に復古王政以来の正統ブルボン朝が倒された革命。

▶11　ユゴー／稲垣直樹訳（2009）『エルナニ』岩波文庫，８頁。

こう。時代は16世紀，第1幕はサラゴーサが舞台で，登場人物たちはスペイン貴族。主人公エルナニは父の復讐を目論み国王の命を狙っているため山賊に身をやつしている。ドニャ・ソルと相思相愛の仲であるが，彼女は叔父のドン・リュイ・ゴメスの許嫁となっている。エルナニが命を狙っているのは神聖ローマ帝国皇帝になろうとするドン・カルロスである。このように舞台も登場人物も16世紀スペインとなっている点がロマン主義的だ。というのも，ロマン主義の特徴として「時間あるいは空間における他所／異国の探究」（B.ヴィアール）があげられるからだ。18世紀後半，フランスでは旅行記などを通してスペインの知識が増えるにつれ「スペイン神話」と呼ばれる一定のイメージ（ドン・キホーテとサンチョ・パンサ，名誉心と快楽欲といった矛盾対立項に舞踏，ギター，ロマなどの地方色が加わる）が生まれ，1820年代に入りフランス文学創作のインスピレーションの源となった。ユゴーの『東方詩集』(1829年)，メリメ『クララ・ガズル戯曲集』(1825年)，ミュッセ『スペインとイタリアの物語』(1830年）はこの「スペイン神話」に多く依拠している[12]。他方で『エルナニ』はフランス古典劇のルール，たとえば三単一の規則（一つの場所で，一日で，一貫した筋で）に異議をとなえ，ロマン主義という新しい演劇の美学を打ち立てたことで文学史に記憶されている。これは言い換えると，フランスの現実に幻滅しスペインに舞台を設定し異国に理想を求めたのであり，ここにも「異国逃避 dépaysement」というロマン主義的傾向がみられる。

劇中には，名誉心や愛をめぐって激情がほとばしり，個人の解放というロマン主義の特徴がみられる。古典主義演劇は，ギリシア・ローマという美の規範を表現することをよしとしていたので，個の感情の表現は抑制されていた。以下は第3幕第4場のワンシーンである。フランスの社会において，伝統的なものを打破する時のエネルギーや衝撃を感じ取ることができる台詞である。

ドニャ・ソル　あなた様は私にとって，ご立派で心の広い真の勇者です！
愛しています。

エルナニ　ああ！　愛は無上の幸福となることでしょう，
もし，愛するあまり死ぬことができるのならば！

ドニャ・ソル　愛しています！
エルナニ様！　私はあなた様をお慕いし，私のすべてがあなた様のものです[13]。

ただしこの熱量の高い戯曲により，ロマン主義が勝利し古典主義が敗北したというわかりやすい図式だけにとらわれてはいけない。「ロマン主義と古典主義」という美学の対立は「芸術家とブルジョワ」にとって代わり，根気強く古典主義の存続を願っていたデジレ・ニザール[14]はロマン主義的な「個人」の視点を取り込んだ，19世紀的な古典主義の再生を提案していた。フランス文学史もミクロな視点でみるのとマクロな視点でみるのとでは，様相が異なってくるのである。

▶12　テオフィル・ゴーチエ／桑原隆行訳（2008）『スペイン紀行』《叢書・ウニベルシタス　885》法政大学出版局の解説を参照。

▶13　ユゴー，同前書，125頁。

▶14　デジレ・ニザール（Désiré Nisard, 1806-88）は，『ジュルナル・デ・デバ』『パリ誌』『国家』などに寄稿していた批評家。

4　20世紀の闘争――マルローの『征服者』をめぐって

「革命」とは先行する体制を転覆することであり，21世紀の日本でも「IT革命が進みAI革命が起きている」というように産業分野での革新的な発展を表現する際に使われている。しかしながら20世紀の前半においては，血みどろの闘争が付きまとうイデオロギー間の対立と結びついていた。20世紀初頭，ヨーロッパの覇権を長く支えてきた帝国主義や西欧中心主義的な価値観，そして19世紀後半の産業社会の発展を後押しした資本主義を支える価値観が徐々に崩壊する。すると作家は反帝国主義，反植民地主義運動，共産主義革命などにかかわるようになった。言い換えれば，第一次世界大戦の惨状[15]により科学への信頼を喪失した時期と，資本家と労働者の間の不平等が慢性的な問題として残っていた時期と，科学・技術・産業の発達により非西欧への移動が容易になった時期が重なり，第一次世界大戦後，作家は非西欧も含めたグローバルな社会や政治の問題を意識せざるをえなくなったのである。ここではマルローにみられる革命と共産主義の問題を見てみよう。

▶15　第一次世界大戦のインパクトについては，本書の137頁も参照。

中国共産党員の悲劇をとりあげた『人間の条件[16]』でゴンクール賞を取る以前に，マルローは中国を舞台にした小説『征服者』(1928年) を発表している。この小説が提示するイデオロギーの問題は複雑であるが，ここにはマルローが貧富の差がない社会を目指す共産主義に共感しつつも距離をとった理由がうかがえるので注目に値する。背景にある史実は，1911年の辛亥革命以降も勢力を保つイギリスへの抵抗運動であり，経済的打撃を与えるため革命家たちが，ゼネラルストライキよりさらに強力な手段，香港や広東への船舶入港禁止令の発令のために奔走する。語り手の「私」，無政府主義者のガリン，コミュニストのボロディン，洪や林といったテロリストたち，国民党員のチェンダイらが登場人物である。イギリスという共通の敵を前にしてあらゆる革命党派が危うい連携をつないで行動している。ガリンは病魔と闘いつつこの運動にのめりこむ中心人物だが，共産主義については冷めた目線を持っている。彼は反帝国主義運動という大義名分は掲げているが行動への陶酔感に浸る「賭博師」であることを自任している。「私」はガリンの思想を以下のように述べる。

▶16　本書の96-97頁を参照。

> ガリンが頼みにするのは精力をおいてほかにはない。彼は反マルクス主義者ではないが，彼からみたら，マルクス主義など《科学的社会主義》らしいところがこれっぽちもない。それは，労働者の情熱を組織化するひとつの方便であり，労働者の中から突撃決死隊をかり集める手段にすぎないのだ。[17]

▶17　マルロー／長塚隆二訳 (1962)『征服者』角川文庫，218頁。

共産主義にある財産を共有制とする主張は，労働者の声とみなされる。人権擁護の観点からみると正当であるこの要求を革命の中心にすえるのではなく，命をかけた戦いに人をかりたてる危険な手段としての側面に注目する。イデオロギーにもとづく政治行動の組織化をめぐる問題は，マルローが『人間の条件』や『希望』でも焦点をあてている部分である。　　　（畑　亜弥子）

3 英雄像の変遷

フランス史の中の英雄について語るということであれば，それこそ古代ガリア[1]の時代まで遡って，伝説に残る並外れた活躍をした人物を時代順に紹介していくという単純なやり方もあるだろうし，また歴史家アラン・コルバンが『英雄はいかにして作られてきたか[2]』において行っているように，フランス的英雄像の多くが19世紀の第三共和政期に形成された「偉大なフランス国民」という物語の産物である点を指摘し，そこから近代におけるフランス人の心性の変貌を描きだすという，実に興味深いやり方もあろう。

しかしここではむしろ，フランスにおける英雄崇拝と神話を，古代から現代に至るひとつの文学的事象としてとらえてみたい。

1 古代世界の英雄たち

フランス語の「英雄（héros）」という言葉の起源はギリシア語の「ヘーロース（ἥρως）」という言葉にある。西洋文芸の最古層の文学作品の一つであるヘーシオドス[3]『仕事と日々』において，人間の時代は五つに分けて説明され，最初の時代は神々にもっとも近い幸福な存在としての「黄金」の種族の時代，その後は次第に神々から遠ざかり，より争いを好む「銀」の種族，さらに「青銅」の種族と続く。しかし４番目には堕落の歩みを止める存在として「ヘーロース」の種族が生まれ，それは半神と呼ばれる高貴な種族であった。そして彼らが去った後には，もっとも獰猛で野蛮な「鉄」の種族，すなわち今の人間が生まれたとされる。

一方，ホメーロスの叙事詩[4]において「ヘーロース」という言葉は，戦いのそれぞれの局面において卓越した勇敢さを持って戦った人々を指す言葉として，身分の上下を問わず使われてもいる。また古代には神話の中の人物だけでなく，歴史上の人物に対してこの言葉を使う用例にも事欠かない。ギリシア史やローマ史の傑出した人物たちの生を雄弁に綴ったプルタルコス『対比列伝[5]』は近代に至るまでヨーロッパ世界の偉人像の形成に大きな役割を果たしたが，それはまさに英雄のカタログとも言える作品である。さらに，傑出した功績を残した人物が没後にそのゆかりの深い土地において神格化され，「ヘーロース」の名の下に崇拝の対象とされていたことも多くの記録に残されている。

▶1　ガリアは古代にガリア人と呼ばれるケルト系の人々が住んでいた地域の総称であり，現在のフランス，ベルギー，スイス，オランダやドイツの一部にあたる。カエサル率いるローマ軍と勇敢に戦ったガリア人の首領ウェルキンゲトリクスは，19世紀になってフランスの最初の英雄とみなされるようになった。

▶2　アラン・コルバン／小倉孝誠監訳（2014）『英雄はいかに作られてきたか　フランスの歴史から見る』藤原書店。

▶3　紀元前８世紀ごろに活躍したと伝えられるギリシア詩人。神々の系譜を詩の形で綴った『神統記』，人間の条件，そして労働を中心とした倫理と世界の秩序について説く教訓詩『仕事と日々』がある。

▶4　現存するギリシア最古期の叙事詩『イーリアス』と『オデュッセイア』の作者として伝えられる伝説的吟遊詩人。この二つの叙事詩は長きにわたりヨーロッパの詩芸術の源泉とされた。

▶5　２世紀頃に帝政ローマで活躍したギリシア人著作家で，『対比列伝』および哲学・宗教・政治に関する問題を広く扱った『倫理論集（モラリア）』によって知られる。16世紀にジャック・アミヨによって仏訳され，モンテーニュをはじめ多くのフランス語作家たちに絶大な影響を与えた。

2 語り（ミュートス）と英雄——叙事詩の世界

このように英雄という存在はまさに千の顔を持つともいえるが，ここで指摘しておくべき重要なことは，英雄というものが，いかなる場合でも，ある一連の語り（ギリシア語で「ミュートス μῦθος」。これはフランス語の mythe という言葉の語源であり，狭い意味では「神話」や「物語の筋」ともなる）の中に形成される存在だということである。また，その語りが主として「戦い」を扱うものであることも重要である。実際の敵との生死を賭けた戦闘であれ，もしくは人生において直面する大きな困難を戦いに見立てたものであれ，その戦いを類い稀な，まさに神的とも言えるような勇気を持って戦い抜き，人々の賞賛と崇拝の的となった者が英雄とされる。さらに踏み込んで言えば，さまざまな戦いを，単なる私的闘争の集積ではなく，共同体全体を包み込み永遠を志向するひとつの運命に導かれた物語として繋ぎあわせる存在こそが英雄中の英雄である。

ところで，英雄が「語り」の中に形成されるものであるならば，そうした語りのスタイル自体がそれなりの高貴さと荘重さを持つ必要がある。古代以来，英雄について語るのにもっともふさわしい言語表現形式として整えられていったのが叙事詩（épopée）という文芸形式であるが，時代と共に，そこで用いられる特有の語彙や表現，文体自体がそのまま英雄的存在を象徴するものとなった。

ヨーロッパの文芸伝統において，内容的にも形式的にももっとも完成された叙事詩として現代に至るまで最高の模範とされてきたのは，第Ⅰ部冒頭でも扱ったウェルギリウスの『アエネーイス』[6]である。典型的なローマ的英雄をめぐるこの作品は，帝国としてのローマが崩壊した後も，多くの人に読まれ続けてきた。その一方で，かつてガリアと呼ばれ帝国の一部を構成し，その後長い年月をかけて「フランス」の名で呼ばれるまとまりを形成してきた土地は，自らとゆかりの深い英雄をいかなるミュートス（語り＝神話）とともに称揚し，崇拝し，後世へ伝えようとしていったのであろうか。

▶6　本書の4-5頁を参照。

3 フランス文学の中の英雄

はじめに見たように，英雄の歴史とは，その人物を英雄としてとらえる語りの歴史であり，またその語りは，それが作られた時代に，どのような戦いが自らの共同体の過去と現在と未来をつなぐ決定的に重要な戦いと考えられたかを示すものである。のちにフランスの名で呼ばれることになる土地において，古代末期から中世初期に至る時代の中で，そのような意味合いを持った戦いは，何よりもまずキリスト教と異教との戦いであった。キリスト教の信仰のために並外れた勇気を持って命をかけて戦った者たちこそが英雄であり，それは聖人伝[7]というジャンルにおいて語られた。10世紀頃からは，キリスト教の戦いに加え，世俗世界の封建的秩序の中で形成された騎士道的な価値観の影響下に，独

▶7　キリスト教が民衆に浸透していく過程で，信仰者の模範とするために，聖人や殉教者たちの生涯と事績を記した文書。フランス語韻文で書かれたものとしては10世紀の『聖レジェ伝』，11世記の『聖アレクシス伝』などがある。

特な叙事詩ジャンルとしての武勲詩（chanson de geste）が現れる。キリスト教の守護者としての王とその臣下たちを英雄として歌う作品群がそれであり，代表的な作品として『ローランの歌[8]』がある。ただし，そこで描かれている英雄たちは，その時代が必要とし，崇拝の対象と考えた英雄たちであって，その語りを貫く価値観や歴史観は近代以降の国民国家としてのフランスを支えるそれとは必ずしも重なるものではない。その射程とする領域は，われわれの考えるフランスよりは遥かにスケールの大きい，ローマ帝国の後継者としてのキリスト教国家である。

それに対し，一人の英雄を通して，より限定されたフランスという国家のかたちとその使命を起源から語り起こそうとした最初の本格的作品の一つがロンサール[9]の叙事詩『フランシヤッド』（1572年）である。この作品は，トロイアの英雄ヘクトールの息子フランキュスをフランス建国の英雄として設定し，当時の国王シャルル９世に至るまでの歴史を一つの民の高貴な運命の物語として描こうとするものであった。また18世紀のヴォルテール[10]の叙事詩『アンリヤッド』（1723年）は，宗教的寛容の最初の表明とも言える「ナントの王令[11]」を発布したアンリ４世の事績とその戦いを歌うことによって，フランスという国家が向かうべき自由と寛容への道筋を一つの運命として描き出そうとしている。

しかしこれらの叙事詩の多くは，フランスという国の運命を，国王を頂点とした秩序の中に位置づけるものであり，またその秩序に対抗した宗教改革側の作家による叙事詩的作品[12]や，17世紀の地方貴族を中心とする抵抗運動としてのフロンドの乱の時期に生まれた反叙事詩的なパロディー作品[13]も，総じて旧体制的な枠の中で展開するものであった。それに対し，王権を転覆させた革命後の新たなフランスは，以前とは大きく異なる形の英雄＝主人公を，新たなミュートス（語り＝神話）の中に求めることになる。

4 革命以降の英雄

革命以降に生じたさまざまな激しい権力闘争の中で，それらの闘争の中心的な担い手となった英雄的人物たちの評価も大きく揺れ動いた。その中でも圧倒的な軍事的才能を持って成功を収め，ヨーロッパ全域にわたって大きな影響力を行使したナポレオンでさえ，そのさまざまなメディア工作をもってしても古代叙事詩的英雄像に自らを重ねることはできなかった。それはある意味，叙事詩という文芸形式の終焉を告げる時代でもあった。

一方で，革命を経て新たに出現した体制としての共和国フランスは，その独自の起源と運命を雄弁に描き出す語りと，その象徴的な担い手たちを称揚する場を必要とした。旧体制の崩壊は，かつてのように時代の運命を背負う英雄たちを，傑出した神的な個人の中にではなく，ひとつの強力なエネルギーを潜めた人間集団としての「民衆」の中にこそ見ようとする動きも生み出したのであ

▶8　本書の6-7頁を参照。

▶9　本書の20頁を参照。

▶10　本書の40頁を参照。

▶11　1598年にアンリ４世によって発せられた宗教寛容令。迫害の対象となっていたユグノー（プロテスタント）に対し，信仰の自由，礼拝の自由その他の多くの自由を認め，16世紀後半から続いていた激しい宗教戦争は鎮静化へと向かった。

▶12　アグリッパ・ドービニェ（1552-1630）の『悲愴曲』（1616年）がその代表的なものである。

▶13　ポール・スカロン（1610-61）の『戯作ヴェルギリウス』（1648年）がその代表的なものである。

図1　パンテオン
出所：筆者撮影。

る。そうした民衆の中から浮かび上がる英雄は，かつてのような荘重さを持つ一貫した韻律形式によって描き出されるのではなく，卑俗なものから高貴なものまでが混じりあった，より総合的で全面的な人間の戦いの経験を描きだすことのできる，極めて柔軟な言語形式を要求するものであった。そして，それにふさわしいジャンルとして新しい時代の文学活動の中心的な地位を固めていくのが小説というジャンルであった。

共和国フランスの偉人を祀る場として現在もパリのサント＝ジュヌヴィエーヴの丘に聳え立つパンテオン（図1）には，共和国の理念を支えその発展に尽くした政治家や思想家や学者たちだけでなく，18世紀のヴォルテールやルソーに始まり，19世紀からはヴィクトル・ユゴー，アレクサンドル・デュマ（父），エミール・ゾラ，20世紀からはアンドレ・マルローなど少なからぬ数の文人の棺も安置されている。そうした作家たち自身が偉人であると同時に，いやそれ以上に，彼らの紡ぎだした作品（それも一つの語り＝ミュートスである）中の想像上の主人公こそ，近代以降のフランスの英雄のありかを指し示す存在と言えるかもしれない。そしてまた，小説というジャンルにおいては，英雄＝主人公はしばしば反英雄（アンチ・ヒーロー）の姿で現れる，ということも忘れてはならないだろう。[14]

なお革命以降のフランスの歴史の中で，古典的な「戦う指導者」のイメージに比較的近い存在として，軍人政治家のナポレオンとシャルル・ド・ゴール[15]が挙げられるだろうが，この両者がそれぞれに類い稀な文体の持ち主であったことを忘れてはいけない。彼らの優れた言行録や回想録は，英雄という存在が単に並外れた事績によって生み出されるのではなく，むしろその事績を共同体の歩む運命の必然の流れの中に力強く位置づけようとする自他の語り（ミュートス）によってこそ生まれるものであることを，私たちにはっきりと示してくれているのである。

（伊藤玄吾）

▶14　時代的には遡るが，近代小説の祖の一つとされるスペインのセルバンテスによる小説『ドン・キホーテ』（前編1605年，後編1615年）の主人公も，いわば叙事詩的英雄に対するアンチ・ヒーローである。

▶15　シャルル・ド・ゴール（1890-1970）。陸軍軍人・政治家。第二次世界大戦中，フランスがドイツに占領されると，ロンドンで亡命政府「自由フランス」を樹立，レジスタンス（抵抗運動）を呼びかける。戦後は政治家として第18代共和国大統領に就任，アメリカ主導の国際秩序に対しフランスの独自路線を貫こうとした。幼い頃から文才に長け，多くの論文や回顧録を著し，その文章は批評家たちからも高く評価されている。

4　ジャーナリズムの誕生

いつの時代にも，人々はゴシップを楽しみ，最新流行の文化やファッションを探り，国の内外で起きている事件をいちはやく知ろうとしてきた。ジャーナリズム（報道）は人々のこうした好奇心にこたえて発達してきたものである。

ジャーナリズムは今では文学とは縁遠いものと思われることも多い。しかし歴史をひもとくと，政治と文学をつなぎながら，正統派文学の底を流れる水脈としてジャーナリズムが果たしてきた役割が見えてくる。

1　ジャーナリズムの誕生小史

文字が生まれるはるか前から，おそらく人々はうわさ話を口々に伝えあってきたことだろう。また文字が発明された文明では，公式な通信網や要人たちの私信が情報源となった。しかし，ジャーナリズムと呼べるようなものが生まれるには，郵便制度と印刷技術の進展を待たなければならない。

ヨーロッパでは，情報屋（ヌーヴェリスト）と呼ばれる人々が，14世紀頃から各国の君侯などに定期的な手紙による情報サービスを提供していた。15世紀からは，ルネサンス期の文芸復興，商業・金融活動の増大によって情報のやり取りが活発になり，さらに近代国家のインフラ整備のおかげで交通網が安全になった。この時期に生まれた印刷技術は，16世紀には宗教改革と結びついて，宗教や政治といった時事をあつかう小冊子を生み出した。

定期刊行物（新聞）が現れるのは，三十年戦争[1]（1618-48）によって世相が混乱していた時期である。フランスでは，時の宰相リシュリューの肝いりで王の侍医ルノドーによる国内初の週刊新聞『ラ・ガゼット』が1631年に創刊され，大きな役割をはたした。その後，王権から厳しい制限をかけられながらもめざましく発達した新聞は，あらゆる文化的・社会的領域へと守備範囲を広げてゆく。1777年には，イギリスに70年以上遅れて初の日刊紙『ジュルナル・ド・パリ』が創刊され，次世紀の新聞の勃興を準備した。

▶1　三十年戦争（1618-48）は宗教改革をめぐって，ドイツを中心に争われた戦争。もとは内戦であったが国際戦争へと発展し，フランスは新教側について戦った。

そして，フランス革命はジャーナリズムの決定的な転換点となった。新聞は，世論をも動かすメディアとして，かつてない重要性を持った。また報道の自由という大原則も，革命の産物である人権宣言ではじめてつくり上げられたものである。この激動の時期は人々の新聞ニーズを爆発的に広げ，1789年から1800年までの間に，過去１世紀半の倍以上である1200紙が創刊されたという。

だが，報道や出版がどれほど強い力を持つかを痛感した当局は，言論の封殺に躍起になった。山岳派[2]の公安委員会が猛威をふるった恐怖政治期に報道の自由は停止され，以後も検閲によって報道は政府の統制下に置かれつづけた。1881年に第三共和政下で報道の自由が法制化されるまで，ジャーナリズムは長い戦いを余儀なくされたのである。

2 文芸共和国[3]とジャーナリズム

フランスでは，「ガゼット」「ヌーヴェル」「ジュルナル」など，さまざまな名前が新聞につけられてきた。このことは，新聞の役割や内容が多様であったことを示している。記事といっても，政治や宗教・戦争に関する情報から，出版物の書評，演劇評，小説や書簡や詩といった文学的小品，三文記事や地域の求人情報にいたるまで，その内容は雑多をきわめる。さらに，印刷技術が未発達だった当時は，本と新聞の区別は明確ではなかった。たとえばその中間に属するパンフレット（仮綴じの誹謗文書）は，フロンドの乱やフランス革命などの政治的混乱のなかでたくさん印刷され，大きな役割を果たしている。

こうした背景のなかで，新聞は文学とも深く結びついてきた。当時の作家には，マリヴォーやアベ・プレヴォー[4]など，自身の文章を載せる新聞を自ら発行していたジャーナリストもいた。さらに，この時代に切っても切れない関係を結んでいた文学と哲学は，ジャーナリズムを大いに利用した。17世紀にオランダで発行されていたピエール・ベール[5]の『文芸共和国通信』，18世紀にグリム[6]がヨーロッパ中の購読者に送っていた手書き新聞『文芸通信』は，フランスの文学および思想に大きな影響を与えたといわれる。新聞は，最新の文学談義や哲学論争が繰り広げられる場所でもあったのだ。地下出版された新聞で，哲学者たちはラディカルな自説を展開し，聖職者たちは保守的な新聞で対抗する。誹謗文書は宮廷や教会の腐敗を告発し，諷刺小説が笑いを誘いながら社会を批判する。これらの言説は，アカデミー・フランセーズ[7]に象徴される正統文壇の傍流として，当時の思潮を左右する力を持つもう一つの文芸共和国を形成した。

3 権力とのせめぎあい

すでに見たように，フランス初の週刊新聞は宰相リシュリューの強力な後援を受けてつくられている。ヨーロッパ諸国と比べても，フランスは王権をはじめとする統治権力がジャーナリズムと深くかかわってきた。しかしそれは，この国が新聞や出版物に対して寛容だったということではない。むしろ早い段階から，新聞は政治的な道具とみなされ，情報統制とプロパガンダの手段として重宝されてきたのである。長いこと，王国内で公式に認められた新聞は『ラ・ガゼット』を含む三紙だけであった。特権を与えられたこの三紙が市場を独占し，それ以外の新聞の公的な流通は禁じられた。御用新聞に掲載される情報は厳しい検閲を受け，当局に好都合な記事だけが認可された。

▶2　山岳派とは，フランス革命期の急進左派の一党。とくに1793年の6月から1年間ほど，ロベスピエールの指導下で強力な独裁・恐怖政治を行った。

▶3　文芸共和国とはルネサンス以来，ヨーロッパ各国の教養人や学者が，自分たちを文芸というひとつの共同体の成員とみなして用いてきた語。最初はラテン語が，ついでフランス語がこの文芸共和国の共通言語となり，国境をまたいで書簡や書物が活発にやり取りされた。本書の166-167頁も参照。

▶4　本書の38頁を参照。

▶5　ピエール・ベール（1647-1706）は，思想家。フランスでプロテスタントに加えられていた迫害から逃れるために，オランダに亡命し，ロッテルダムで哲学を講じた。大作『歴史批評辞典』は『百科全書』にも大きな影響を与えた。

▶6　フリードリッヒ・メルヒオール・グリム（1723-1807）は，ジャーナリスト。ドイツ出身だが，フランス語で執筆しパリ社交界で活躍した。パリの文化情報を知らせる手書き新聞『文芸通信』は，フリードリッヒ大王やエカチェリーナ2世など，ヨーロッパ各地の名だたる君侯に読まれた。ディドロの友人であり，「サロン評」をはじめとする彼の多くの文章がこの『文芸通信』に掲載された。

▶7　本書の131-132頁および159頁を参照。

だが人々も，指をくわえてこの状況を眺めていたわけではない。法規制の抜け穴を利用したり，非合法な出版・流通ネットワークを駆使したりして，非公認の新聞が続々と出版された。また17世紀には，フランス語が徐々にラテン語に代わるヨーロッパの共通言語となる。そこでオランダ，イギリス，当時は教皇領だったアヴィニョンなど諸外国でフランス語の定期刊行物がつくられ，それらは違法な手段で国境を越えて国内で盛んに読まれた。苛立った王権は，外交ルートに訴えたり，海外の新聞業者を買収したり，よく読まれている新聞については記事を都合のよい内容に書き換えた海賊版を流通させるなど，工夫を凝らしてこれらの違法な新聞の影響を食い止めようとした。こうして王権と人民は，情報の支配権をめぐってひそかな攻防戦を繰り広げていたのである。

図1 『ラ・ガゼット』創刊号（年鑑版表紙）
出所：フランス国立図書館蔵。

さらに，王権は自身へ攻撃の刃が向けられるのを防ぐため，文士やジャーナリストの間に内紛をつくり出そうとした。特定の新聞の執筆者に俸給を与え，権力を批判する者への誹謗中傷を書かせることで，彼らが憎み合うような仕組みを考案したのである。

18世紀末のパリ情景を描出した作家ルイ＝セバスチアン・メルシエ[8]は，著書『タブロー・ド・パリ』のなかで文士たちの党派精神を批判し，「共通の敵に向けられなければならない恐るべき武器を互いに向けて磨きあっている」と嘆いた。アンシャン・レジーム[9]期のジャーナリズムは，権力者の謀略と文士たちの思惑とが交錯し，複雑なパワーゲームが水面下で展開される場でもあったのだ。

▶8 メルシエについては，本書の173頁も参照。

▶9 アンシャン・レジームとは，「旧体制」の意。フランス革命以前の絶対王政下におけるフランスの社会や統治体制をまとめて指すものである。

4 「世論」と「作家」の誕生

王権が手のこんだ裏工作までしてジャーナリズムを支配しようと骨を折っていたことは，権力と民衆とが結んできた関係を物語っている。絶対王政下では，人々が王権の公式見解に反する考えを持ったり表明したりすることは許されなかった。民衆の意見などというものは存在しないと表向きはみなされてきたのである。にもかかわらず，王権は人々の言動を監視し，その動向に不安なまなざしを向けつづけた。歴史家アルレット・ファルジュは，18世紀から当局の態度が変わりはじめ，それまで一顧だにされなかった民衆の意見が，警察のスパイによって克明に記録されるようになることを指摘している。

このことと関係して，17世紀後半からフランスにつくられはじめたカフェの存在を挙げることもできるだろう。80年代にはパリ初のカフェ「ル・プロコープ」が創業し，フランス全土に無数のカフェが出現した[10]。それまでは，知識人や文士たちの社交の場といえばもっぱらサロンであった。貴婦人たちが自身の邸宅で主催していたサロンは，宮廷社会の延長として貴族や一流の文士たちを選りすぐり，詩文の朗読や優雅な会話を繰り広げる場所だったが，カフェはサロンとは異なる新しい言論空間をつくり上げた。コーヒー１杯の値段さえ払えば誰でもいつまでも居座ることができ，社交上の窮屈なルールが排されたカフ

▶10 本書の176頁も参照。

ェでは，貴族からブルジョワまで多くの人々が集い，チェスなどの遊びや議論に興じた。カフェや公園で行われた新聞の朗読で，文字が読めない人々も容易にニュースにアクセスできるようになり，議論のための知識をたくわえた。

こうした新しい公共空間によって力を得た人々の言論の総体は，やがて「世論」と呼ばれ，時の権力をも動かすインパクトを持つようになる。世論による圧力で裁判を優位にすすめるために，弁護士が訴訟趣意書と呼ばれる覚え書きを配ったり，ジャンセニスト[11]と呼ばれた聖職者たちが王権の弾圧と戦うために新聞をつくって世論に迫害の実情を訴えようとしていたことは，18世紀に世論の影響力が次第に高まっていたことを示している。抑圧的で旧態依然とした王権に背を向けた哲学者たちは，公共精神と理性が支配する透明な言論空間という希望に未来を託そうとした。ヨーロッパには，「民ノ声ハ神ノ声ナリ *Vox populi, vox Dei*」ということわざがあるが，世論はまさに，すべての審級を超越する法廷として夢みられたのである。だがこの夢も完璧ではなかった。普遍的な理性に拠って立つ世論という理想とは裏腹に，教育のない下層民の意見は気まぐれで偏見に満ちているというのが多くの哲学者の意見だった。こうして民衆の大半を世論の形成主体から除外することで，哲学者はかえって社会の分断を浮き彫りにしたと言ってよいだろう。歴史家モナ・オズーフが「公衆とは民衆ではない」と断言するゆえんである。

さらに，フランス革命のさなかに吹き荒れた無際限の暴虐行為は，煽動で世論が暴走する危険をあらわにした。革命の立役者のなかには『人民の友』紙のマラーをはじめ，過激な言論で人々の怒りに油を注いだジャーナリストが少なくない。とくに王妃マリー・アントワネットは格好の標的にされ，当時重罪だった同性愛[12]や近親姦の疑いなど，あらゆる誹謗中傷を浴びせられた。数え切れないほどの新聞や誹謗文書で，王や王妃は「豚ども」「オーストリアの売女」と口をきわめて罵られている。王と王妃の処刑という悲劇は，ジャーナリズムが世論を煽ったことと決して無縁ではない。

19世紀になると，技術の発展により新聞が大量に印刷できるようになり，安価な日刊紙も登場した。識字率の向上も手伝って，ジャーナリズムは人々の生活の一部になる。この時期，読者を獲得するために新聞は連載小説（ロマン・フイユトン）を掲載するようになった。やがて，新聞の大衆化・商業化に伴って，職業作家として成功を収める人々が台頭してくる。その筆頭に挙げられるオノレ・ド・バルザック[13]（1799-1850）やアレクサンドル・デュマ[14]（1802-70）の小説は，フランス文学史上に残る金字塔として今でも読み継がれている。執筆活動への報酬を受け取ることが恥ずべきこととされ，ジャーナリストが売文家として軽蔑されていたアンシャン・レジームはもはや遠い過去となった。ジャーナリズムは，自分の筆一本で食べていく「作家」という存在をも生み出したのである。

（菅原百合絵）

▶11　ジャンセニストとは，17世紀オランダの神学者ヤンセンの教えを奉じた聖職者たちの総称。その教義はきわめて厳格であり，既存の教会権力の腐敗を容赦なく断罪した。高等法院と結びついたことで大きな影響力を持ち，王権やイエズス会と激しく対立した。

▶12　フランス文学における同性愛のテーマについては，214-217頁を参照。

図2　「宣誓違反王ルイ」
出所：フランス国立図書館蔵。

▶13　本書の52頁を参照。

▶14　本書の56頁を参照。

二　世界に働きかける文学

5　神の探究

1　フランス文学と神の問題

すべてのヨーロッパ芸術がそうであるように，フランス文学もキリスト教から深い影響を受けている。神の探究や宗教的救済そのものを主題とする古典的傑作だけでも十指に余るが[1]，聖書や聖伝に物語上，表現上の着想を得た名著の数はその何十倍にも上るだろう[2]。さらには，反キリスト教的な思想を含む作品も豊かな伝統をなしている[3]。ここでは，それら全体を広く浅く見わたすのではなく，初期近代において神について集中的な思索を行い，その後の哲学・文学に多大な影響を与えた三者の探究に関心を絞り，その相互にまったく異なる試みの概要を見よう。三者とは，モンテーニュ，デカルト，パスカルである。

2　モンテーニュ

モンテーニュ『エセー』[4]（1580，1588年）は，時の宗教争乱のさなかに，人生の折々に直面するさまざまな現象や出来事についての独自な思索を，自由な文体で綴った書物である。神や宗教の問題もしばしば取り上げられている。

モンテーニュにとって神の存在は疑いえないほど明白であるが，神はその証拠を人間の目に見えるかたちでは残さなかった。人間は知性が十分でないため，それを発見することができない。そこで彼は，神の属性に関してもの知り顔で断定的な意見を表明する古来の哲学者たちの傲慢さを痛烈に批判する。「人間は実に愚かである。一匹のダニもつくれないのに，何ダースもの神をつくる[5]」。

また，モンテーニュにとって，神意は人間にははかり知れないが，無限の知恵に満ちている。人間は不可解な神意を詮索せずに，篤い信仰を守り，おのれに与えられた境遇を感謝して受け止めるべきである[6]。なかでも，蓄財や出世など，地上的な幸福のために神に祈るのは愚の骨頂である[7]。「畏敬と尊敬に満ちた注意と敬虔の念をもたない限り，われわれの行為に神をまぜてはならない[8]」。われわれはまた，敬虔な生の報いとして来世での救済が与えられると信じているが，モンテーニュによれば，そのような因果応報の思想は，神意を人間の理解の範囲に押しこもうとする誤りによるものだ。「こんなに短い生涯の報いとして永遠の生命を授かるとすれば，不釣合いのあまり公正さを欠くだろう[9]」。

ただしモンテーニュは，このように神を人間の理性では理解できない存在として祭り上げたあとは，教義をかなり自由に解釈する。彼は言う。神は人間を精神と身体の双方をそなえた存在として造ったのである以上，過度の肉体嫌悪

▶1　シャトーブリアン『キリスト教精髄』(1802年)，フローベール『聖アントワーヌの誘惑』(1874年)，ユイスマンス『大伽藍』(1898年)，ジッド『狭き門』(1909年)，モーリヤック『テレーズ・デスケルー』(1927年)，クローデル『繻子の靴』(1929年)，トゥルニエ『ガスパール，メルキオール，バルタザール』(1980年，邦訳『オリエントの星の物語』)，など。

▶2　ラマルチーヌ『瞑想詩集』(1820年)，ユゴー『クロムウェル』序文 (1827年)，ボードレール『悪の華』(1857年)，マラルメ『エロディアード』(1871年)，フローベール『三つの物語』(1877年)，カミュ『異邦人』(1942年)，など。

▶3　シラノ・ド・ベルジュラック『月世界旅行記／太陽世界旅行記』(1656年，1662年)，ヴォルテール『カンディード』(1759年)，ディドロ『ブーガンヴィル航海記補遺』(1796年)，サド『ジュリエット物語あるいは悪徳の栄え』(1800年)，など。

▶4　本書の22-23頁も参照。

▶5　Ⅱ，12 (レーモン・スボンの弁護)，530，三169.『エセー』からの引用箇所は，巻号，章番号，章題（初出の場合のみ），原二郎訳（岩波文庫）の該当巻号・頁によって示す。なお，訳文は適宜改変した。

▶6　I，32 (天命を判断するには慎ましくすること)，二10.

や禁欲は避け，食や性の快楽も尊重すべきだと。

> そこで私は，神が与えてくれたままの人生を愛し耕す。［中略］私は心から，感謝しながら，自然が私のために作ってくれたものを受け取り，そして自分がそうすることを，喜び，誇りとする。この偉大な全能の贈与者の賜物を拒み，破壊し，歪曲するのは，恩を仇で返すことである。欠けることのない善である彼の作ったものは，まさに完全なる善なのだ[10]。

▷7　Ⅰ, 56（祈りについて），二196.

▷8　Ⅰ, 56, 二200.

▷9　Ⅱ, 12, 三202.

▷10　Ⅲ, 13（経験について），六203.

モンテーニュはここで，古代ギリシアの哲学からの影響のもとに，神を母なる「自然」，あるいは「運命」と同一視している。ここには，被造物である自然を神よりも存在論的に下位に置くキリスト教の教義からの逸脱が認められる。

こうして，モンテーニュにとって，神から与えられた心身一如の自己という存在を，ありのままの状態で感謝して受け止め，短い生涯のかけがえのない一瞬一瞬を，他人からの評価を気にせず，最大限に楽しみながら過ごすことこそが，人生の唯一の課題である。神は不可侵で絶対的な恭順の対象であって，探求の対象ではない。探求すべきは，自己自身の日常の生の充実である。

> 自分の存在を正しく享受するすべを知るのは，神業と言ってもよい絶対的な完成である。［中略］もっとも美しい生涯とは，私が思うに，普通の，人間らしい模範に合った，秩序ある，しかし奇蹟も突飛さもない生涯である[11]。

▷11　Ⅲ, 13, 六207-208.

3　デカルト

モンテーニュと同様，デカルト[12]も敬虔なキリスト教徒を自認するが，聖書は神の存在を不信仰者に納得させるのに役立たないと考える。そこで彼は，神の存在の「自然的理性」による証明に取り組む。これは，彼が形而上学の確実な基礎を固めるためにも必要な試みであった。彼の論証の過程を『省察《せいさつ》』（1641年）に基づいてごく簡単にたどってみよう。

▷12　本書の24頁も参照。

私は，自分の感覚による知覚，自分の身体の存在，ならびに自然学，天文学，医学といった人間の感覚をもとにした学問の正当性を疑うことができる。さらには，悪しき霊が私を計算のたびに欺く可能性があるため，2＋3＝5という数学的命題さえも，虚偽かもしれないと想定しうる。しかし，私が思考している限り，考える私の存在は疑いえない。ゆえに私は存在する。その際，私の本質は思考であって，栄養を摂ること，歩行すること，感覚することではない。私とはあくまでも「考える」実体である[13]。

▷13　「第一省察」「第二省察」より。

さて，私が疑いを抱いたのは，自分の認識の不完全性を感じたからだが，その不完全性を知覚するためには，私は無限，完全という観念をもっている必要がある。では，この生得的な「無限」の観念はどこから来たのか。デカルトはここで，原因となる観念は，その結果となる観念と同等以上の「実在性」をもたなければならないという原理を導入する。このとき，有限者である私は，それよりも大きな実在性を有する「無限」という観念の原因ではありえない。したがって，無限の観念をわれわれのなかに置いたのは，無限かつ完全な神自身でしかありえない（第一の証明）[14]。

次に，デカルトによれば，時間は無限に分割可能である以上，私がこの瞬間に存在していたとしても，次の瞬間に存在するとは限らない。したがって，私が複数の瞬間にわたって存在しつづけたとすれば，私は何らかの原因によって再創造されたことになる。私自身にその力はないことは明らかであるから，その原因は私とは異なる何かでなければならない。ところで，私が無限で完全な神という観念をもっている以上，私を創造しつづけるその何か自身もまた，完全で無限なものでなければならない。その創造者とは，神以外ではありえない（第二の証明）[15]。

デカルトはさらに，次の証明を加える。神は完全な存在者である以上，その本質に「存在する」という属性は含まれている。存在を欠くものは不完全でしかないからだ（第三の証明）。また，欺くという属性も完全さとは矛盾するので，神は誠実でなければならない。したがって，私が抱く明晰判明な観念のすべては真である[16]。

デカルトはこうして，神の存在を確証し，あくまでも人間の確実に真なる認識の根拠として位置づける。そのような神は，もはやキリスト教が説く魂の救済の主ではない[17]。

4 パスカル

パスカルは，未完の著作『キリスト教護教論』の草稿の集積からなる『パンセ』[18]で，二人の先駆者を厳しく非難する。「モンテーニュの欠陥は大きい。淫らな言葉。これには何の価値もない。［中略］彼は，全著作を通じて，だらしなくふんわりと死ぬことしか考えていない[19]。」パスカルには，神の告げる真理の検証に無関心で，この世の享楽を味わうと宣言するモンテーニュが，信者の務めを怠っていると見えたのだ。他方，デカルトについてはこう言い放つ。「無益にして不確実なデカルト[20]。」デカルト流の形而上学的な神の証明はあまりに複雑で説得力がない上に，そもそもそんな企ては人間が切実に求める魂の救済とは無関係だと言うのだ[21]。

パスカルにとって，人間はいつか必ず死んでしまう以上，神が存在するか否か，肉体の死後に自分の魂が存続するか否かは，各人の生涯全体を決する大問題であり，誰もが真剣に探究しなければならない。にもかかわらず，われわれはそれを怠り，はかない現世の幸福の追求に汲々としている（この事態をパスカルは「気晴らし」と呼んで批判している）。ところで，神が存在するか否かという問題は，人間の理性によって決して解決できない。聖書がその最大の手がかりであるが，聖書を信じるには神を信じる必要があり，不信仰者の説得には役立たない。そこでパスカルが提案するのが，神ありへの「賭け」である。パス

▷14 「第三省察」より。

▷15 「第三省察」より。

▷16 「第五省察」より。

▷17 デカルトは第一の神の存在証明を終えた第三省察の末尾で，しばし「神を観想」しようと誘い，この観想は，来世の至福とは異なる，現世の喜びの享受の手段であると言う。「ひとり神的荘厳のこの観想においてこそ，来世の最高の至福があることをわれわれは信仰によって信じているように，現在においてもまた，はるかに不完全ではあるが，同じ観想から，現世において可能なかぎりの最高のよろこびが享受されうることを，われわれは経験しているからである」（第三省察，末尾，山田弘明訳，83頁）。

▷18 本書の26-27頁も参照。

▷19 断章680。山上浩嗣訳。ラフュマ版の断章番号を記す（岩波文庫の塩川徹也訳『パンセ』と同じ番号）。以下同じ。

▷20 断章887。

▷21 断章84，190を参照。

カルの言い分はこうだ。

神が存在するかどうかは二つに一つであり，コイン投げの賭博と同じである。「表」（神あり）に賭けて勝てば，肉体の死後，無限に幸福な永遠の来世が得られる。「裏」（神なし）に賭けて勝ったとしても配当はゼロである。ならば，ためらわずに「表」に賭けよ。◁22

▷22　断章418。

――なるほどと思われるだろうか。だが，この誘いに乗るのは危険である。この賭けに参加するには現世の「生涯全体」を差し出さなければならないからだ。「表」に賭けるということは，教義に忠実な敬虔な生を全うするということだ。自由を好む者には大変な束縛に思える。しかも，その結果，配当としての来世の生が与えられるかどうかは，神次第である。

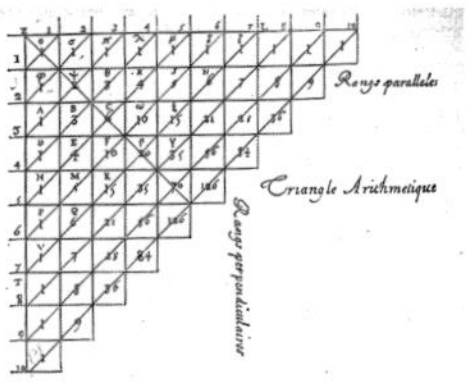

図１　数三角形
パスカルはここから確率理論の先駆となる「分け前の規則」を発見した。「賭け」の議論にも確率論的な発想がうかがえる。
出所：*Pascal, le cœur et la raison*, sous la direction de Jean-Marc Chatelain, Bibliothèque nationale de France, 2016, p. 84.

しかしパスカルは，そのような反論を想定した上でなお，あらためてこの賭けに誘う。神に祈りつづける者は「来世への希望」を得るのであり，しかもその希望は次第に確信へと変化していくのだという。希望をともなう生こそが幸いであり，それを得るものはすでに，賭けの配当を得ているに等しいのである。

> 言っておくが，君はこの世にいる間にその賭けに勝つだろう。そして，君がこの道で一歩を踏み出すごとに，勝利が確実であることと，賭けたものが無に等しいことをはっきりと悟るあまり，ついには，君は確実かつ無限なものに賭けたのであって，しかもそのために何も手放さなかったのだということを知るだろう。◁23

▷23　断章418。

パスカルにとって，「賭け」，すなわち神の探究は，現世の生を最大限に充実させる行いなのである。

5　三者三様の「神」

モンテーニュにとって，神は不可侵で神意は未知であるが，その神観念は自然あるいは運命と同一視されうるいくぶん異教的なものである。しかも彼は，来世での救済に与《あずか》るための努力には無関心で，肉体の快楽の享受をともなうこの世の生の充実を最終目標とする。デカルトの神への敬虔の念に疑う余地はないが，彼において神の存在証明の企ては，あくまでも形而上学的体系の確実な基盤の探求の一環であり，信仰の行いとは一線を画する。パスカルは，前二者の試みと距離を取り，不信仰者を，聖書が説く魂の救済の主体としての神への信仰に誘うことに尽力する。そこで導入される「賭け」の議論が強調するのは，「神あり」を選択する者が死後に得る配当の大きさではなく，「賭け」すなわち信仰そのものによって得られる「希望」を抱く者がこの世で手にする生涯の美しさである。

三者が想定する神は相異なるが，いずれにおいても各人の生き方に深く結びついている。神の問題がそのまま，いかに生きるかという問題でもあったのである。

（山上浩嗣）

文筆家とスポンサー

古来，芸術作品とスポンサーは不可分の関係にある。文学にはお金がかからないと思うかもしれないが，中世期[*1]までさかのぼるなら，本は筆写によって複製されていたし，紙は大量生産の技術が確立するまで非常に貴重であった。そのため物質的な制限もあって，文筆活動をする多くの者は，スポンサーたる王侯貴族や聖職者のもとで，秘書や修史官[*2]あるいは法曹関係の職，あるいは聖職者としての業務のかたわら，彼らの要望に応える作品を書きながら生きていた。

15世紀後半に発明された活版印刷術によって大量かつ比較的安価な本の制作が可能となり，出版業者もあらわれた。これにより16世紀には一部の王侯貴族や聖職者らに限定されていた読者に，市民階級も加わり，本の多様性が生まれた。それでも政治と文学は不可分の関係にあった。

では17世紀はどうか。時はブルボン朝，ルイ13世，そしてルイ14世により専制君主制が完成を迎えるころだ。この時期ルイ13世の宰相で枢機卿のリシュリューが国家による庇護を制度化し，芸術家たちに報奨金を支給した。なぜ国家は文芸を庇護したのか。それは作家たちによる創作でフランス語が豊かになることで，国家としてのアイデンティティーが確固たるものとなるからだ。これは同時代にアカデミー・フランセーズというフランス語を純化する機関が創設されたことからも見て取れる。

実際，マレルブのような宮廷詩人は，国王や裕福な貴族に養われていたし，『寓話集』で有名なラ・フォンテーヌは，財務総監フーケから年金をもらって生活をしていた。18世紀になっても文筆家は依然として王侯貴族やサロンを開催する裕福な女性の庇護のもと生活をしていた。当然彼らは，庇護者に喜ばれるような内容のものを書くのであって，ある程度，「書く目的」と「読者」は限定されていた。ルソーは，ルイ15世からの年金受給を断り，写譜の仕事で細々と生計を立てていたからこそ，好きなように物が書けたのかもしれない。

状況が大きく変わるのは，19世紀に入ってからである。大革命を経て王政が崩壊しただけではなく，教育改革により識字率があがり，産業革命のお陰で交通網が整備され，本も以前より廉価になった。何よりも新聞というジャーナリズムが発展し，今日言うところの「著作権」も誕生した。その結果，貴族階級という庇護者が消滅して，籠の中の鳥だった文筆家は，自由を得たように思われた。しかし，今度は「売文」という新しい籠が誕生した。売れなければ生きていけない時代に入ったのだ。

数の原理で力を得たブルジョワが「正義」になったとボードレールは指摘したが，小説や演劇で財をなしたゾラは「金銭が作家を解放した，金銭が現代文学を創造した」と豪語した。文学が大きな投資の対象となり，社会的成功への足掛かりにもなって（ラマルチーヌ，ユゴーは政治家にまでなった！），多くの若者を惹きつけたが，デュマのような成功者はごく僅かであった。借金に苦しむ者たち（バルザック，ボードレール）がいる一方で，市場原理にとらわれず，自由に書いて名作を残した者たちもいる。野心あふれる若者（ランボー），経済的基盤がある人（フローベール，プルースト，マルロー），他に定職をもっている（もたざるを得なかった）人（マラルメ，ユイスマンス[*3]）たちである。

作家はどうやって生活していたのか。経済状況の違いで作品の内容も，想定されていた読者も違う。こんな裏口から本を読んでみると意外な発見があるかもしれない。

（林　千宏・畠山　達）

＊1　フランス文学史ではおよそ11世紀から15世紀までを指す。
＊2　庇護者の家（一族）の歴史を記録する者。
＊3　それぞれ英語教師，官吏を長いこと務めた。

三　フランス語で書く人々とその背景

1　ヨーロッパのフランス語圏文学

1 「フランス」文学？

ある作品が「フランス」文学の作品であると言えるのは，どのようなときだろうか。作者の国籍がフランスである，フランスの文化や風習を踏襲している，フランス語で書かれている……。さまざまな理由が挙げられるだろうが，同時にどれも決め手に欠ける。国籍が問題になるなら，たとえパリの墓地に眠っているとはいえ，アイルランドの作家ワイルドの『サロメ[1]』が，本書で取り上げられる説明がつかない。そもそも国籍が国家と人々を結びつけるようになるのは，フランス革命以後，19世紀になってからのことである[2]。国籍が問題なら，極端に言えばそれ以前はフランス文学が存在しないことになってしまう。フランスの文化や風習を踏襲していることが必要なら，たとえばスイスやベルギーのフランス語圏に生まれ育ち，フランスとの差異を意識していた作家たちはどうなるのだろうか。たとえ彼らが，人生の一部をフランスで過ごし，フランスで作品を出版していたとしても，「フランス」文学の作品と断言するには，どこか躊躇してしまう。おそらく唯一明確な基準となるのは，フランス語で書かれているということくらいだろう。

しかしフランス語といっても，使用されているのはフランスだけではない。上に述べたように，ヨーロッパに限定しても，スイスやベルギーでもフランス語は使われ，優れた作品がいくつも誕生している。また，フランス語を母語としているのは約7000万人だが，フランス語使用者になると約１億3000万人とも２億人を超えるとも言われる。すなわち，フランス語が母語や公用語でなくとも，フランス語に慣れ親しんでいたり，フランス語で生活したりしている人々も多く，その中には文学の世界に身を投じる人もいるのである。そうなると，フランス語で書かれた作品が，必ずしも「フランス」文学ではないのは明白だろう。ではここで，少しフランス文学の枠組みをひろげて考えてみよう。

2 スイスやベルギーの文学

スイスの公用語の一つ[3]であるフランス語で執筆したラミュ[4]のことを考えると，われわれは，フランス文学とフランス語圏の文学の違いに，真剣に向き合わざるを得なくなる。文学の首都パリに憧れ，そこで認めてもらうために努力を重ねたこのスイスの青年は，フランスで文学的成功を収めることはできなかった。外国人にしてはフランス人でありすぎると同時に，充分にフランス人ではない

▶1　本書の「オスカー・ワイルド『サロメ』」（78-79頁）を参照。

図１　パリのペール・ラシェーズ墓地のワイルドの霊廟
かつてはここを訪れたファンたちのキスマークで覆われていたが，現在は近づけないようになっている。
出所：筆者撮影。

▶2　19世紀までは国籍（nationalité）という語も存在せず，革命期でも「フランス人の資格（qualité de Français）」といっていた。

▶3　スイスはドイツ語，イタリア語，ロマンシュ語，フランス語が公用語になっている。

▶4　ラミュ（Charles-Ferdinand Ramuz, 1878-1947）は，スイス生まれの作家で詩人。青年期をパリで過ごしたのち，スイスのヴォー地方に戻り，そこで生涯を過ごした。スイス方言を文学的に昇華したことでも評価される。

という皮肉的な状況が，パリに帰属しようとしたラミュを阻んだからである。彼は『存在理由』の中で，パリの生活体験を次のように書いている。「イギリス人はイギリス人のままで，イギリス人だからといって人は驚かない。彼は『分類』される。しかしわたしは，周りにいる人たちとほとんど同じだ。そしてまったく同じになりたいと思っているが，ちょっとのことで失敗する。」結局ラミュが認められたのは，パリを離れ，スイスのヴォー地方を題材にして，フランスとの違いを打ち出した後のことであった。

もう一人，フランス語とフランス文学のつながりの複雑さを考えさせる例として，クリストフ[5]も挙げておこう。彼女はハンガリーで生まれ育ったが，20歳で国境を越えてスイスにやってきて，その地で亡くなった。移住後にフランス語を学んだ彼女は，およそフランス語を母語とする人なら書かないような簡素なフランス語で作品を書き，それらの多くはフランスの大手の出版社スイユから刊行された。その一方で，彼女の手稿原稿が保管されているのは，スイスの首都ベルンにある国立図書館の資料館である。フランス文学からみると，彼女は現代フランス文学に属していながら，ハンガリー人で，かつ独特のフランス語で書くスイスの作家でもあるという二重の外国人であり，フランス文学の作家ともフランス語圏の作家とも，いわく言いがたい立場にある。

残念ながら，スイスの文学作品や作家は日本では充分に知られておらず[6]，フランス語圏の文学という文脈で語られることも多い。しかし，フランスとスイスの差異にこそ意義があるラミュの作品や，祖国での出来事や郷愁の念が込められたクリストフの作品を読むときには，われわれ読者は，その特異なフランス語やフランスとは無関係の作者の息遣いに耳を傾ける必要があるだろう。

ベルギーもまたフランス語圏の文学を生んできた場所であるが，メーテルランクやローデンバックといったベルギー象徴派[7]の作家を輩出したこの国は，フランス文学に対して，スイスとはまた異なる位置にある。フランス語圏の文学といっても，1830年に誕生したばかりのベルギーでは，ベルギー固有の伝統的な文学を引き継いだ作品は生まれ難い。それもそのはず，ベルギーがオランダ語とフランス語を使用する人々で二分されており[8]，それにドイツ語を加えた3カ国語を公用語とする多言語国家であることを考えれば，ベルギー文学と名指せばフランス語以外の言語で書かれた文学作品もそこに含むはずで，フランス語の作品のみを扱って「ベルギー文学」というのは憚られる[9]。実際，19世紀末のベルギーのフランス語作家たちの作品は，日本でも翻訳紹介が積極的になされ読者を魅了してきたが，それらはフランス文学という大きな枠の中の一つとして語られることが多く，ベルギーという地域性がクローズアップされることは稀であった。

しかし，言うまでもなく，ベルギーはフランスの一部ではない。それどころか，この国，とりわけ首都ブリュッセルには，フランスにはない強みがあった。

▶5　クリストフ（Agota Kristof, 1935-2011）は，ハンガリー出身でスイスに移り住み，主にフランス語で書いた作家。代表作は『悪童日記 *Le Grand Cahier*』。

▶6　おそらく日本でもっとも有名なスイス文学といえば，ヨハンナ・シュピリの『アルプスの少女ハイジ』であろうが，ハイジは同じスイスでもドイツ語圏の作品である。スイス生まれでフランス語圏の作家でいえば，サンドラール（Blaise Cendrars, 1887-1961）やブーヴィエ（Nicolas Bouvier, 1929-98）が挙げられるだろうが，和訳があるにもかかわらず，日本での知名度はあまり高くない。

▶7　本書の「シャルル・ボードレール『悪の華』」（64-65頁）も参照。

▶8　19世紀には，オランダ語圏のフランドル地方でも多くのブルジョワ階級が家庭内でフランス語を使用していたことも，事態をより一層複雑にしている。

▶9　ベルギーの文学や芸術に複数言語からアプローチを行った研究が盛んになったのは，日本では2000年代に入ってからのことである。

国の新しさと，ヨーロッパの交差点だったことである。ロンドン，ベルリン，ウィーン，パリといった文化的大都市の交点だったブリュッセルは，ヨーロッパの古い国々の対立から離れ，伝統から解放された場所になっていた。そのため，フランスが反ドイツ的な立場をとっていたときでも，ブリュッセルはドイツの美学から学ぶことができたし，またフランドル地方の絵画や神秘主義といった，北方の芸術の影響を引き受けることもできた。『青い鳥』や『ペレアスとメリザンド』の演劇で有名なメーテルランク[10]の作品は，フランドル絵画の影響を抜きにしては考えられないし，ローデンバックの『死都ブリュージュ』[11]は，文字通りブリュージュの街の幻想的な背景がなければ成立しない作品だろう。

中心であったフランス（パリ）との違いがあったからこそ，スイスもベルギーも独自の文学を育むことができた。これは一方だけでは成立しない。フランス語圏の文学を支えていたのが，文化や芸術，政治や経済の中心のひとつとして機能していたフランスの力とフランス語の絶大な影響力だったことは事実であるが，その一方で，そのパリさえも，フランス語圏のひとつの場所でしかないということも，ここから浮き彫りになる事実なのである。

3 母語ではないフランス語で書く作家たち

20世紀になると，人々の流れはかつてないほど流動的になった。ある者は政治的な理由から自分の国にいられなくなり密かに亡命を果たし，ある者は自由な創作の場を求めて国境を越え，またある者は経済的な困難からより豊かな生活を求めて国を離れ，そしてある者は一度越えてしまった境界を再び越えて戻ることができなくなり，ある者は家族と共に移住した。「人の数だけ亡命があるものだ」とは，ゴンブロヴィッチ[12]の言葉である。とりわけポーランド，チェコ，スロバキア，ハンガリー，ルーマニアなど，中央ヨーロッパや東ヨーロッパから多くの人々がフランスへ移り住み，後に作家になるケースも出てきた。

そこで彼らは，「何語で書くか」という選択を迫られる。母語で書き，翻訳を通じてフランスの読者に向けて作品を紡ぐことも可能だろう。幼少の頃に移住した人々は，フランス語で書くことがごく自然かもしれない。母語では語れないことを語ろうとしたとき，フランス語を選択することで救われることだってある。二つの言語を使い分けて創作する作家もいる。理由は人によってさまざまだが，注目すべきは，フランス語による執筆に乗り出し，その作品が認められると，彼らはフランス語圏の作家の仲間入りを果たすことになるという点であろう。

そうした外国に出自をもちながらも，フランス文学史に欠かせない作家たちは数多い。フランス語と英語で作品を創り，いままでの演劇を一新したベケット[13]はアイルランド出身である。ルーマニアに生まれたイヨネスコ[14]も，生まれ故郷とフランスを往復した作家だった。パリの小劇場で黒いユーモアに満ちた前

▶10　メーテルランク（Maurice Maeterlinck, 1862-1949）は，ベルギーのガン生まれの作家。パリで象徴派の作家たちと交流をもち，自身もフランス語で幻想的な劇作品を創作した。1911年にノーベル文学賞受賞。

▶11　本書の「ジョルジュ・ローデンバック『死都ブリュージュ』」（80-81頁）を参照。

▶12　ゴンブロヴィッチ（Witold Gombrowicz, 1904-69）は，主にアルゼンチンで過ごし，フランスで亡くなったポーランドの作家。20世紀のもっとも重要な作家の一人。引用は彼の1953年の日記より。

▶13　ベケット（Samuel Beckett, 1906-89）は，アイルランドの劇作家で1937年からパリに住み，フランス語と英語で執筆する。代表作に『ゴドーを待ちながら』などがある。1969年にノーベル文学賞受賞。

▶14　イヨネスコ（Eugène Ionesco, 1909-94）は，ルーマニア人の父とフランス人の母の間に生まれた劇作家。言葉の意味が解体されていくような台詞回しが特徴。パリのユシェット劇場では，今日でも代表作『禿の女歌手』と『授業』が上演されている。

衛的な演劇を発表していた彼の作品は，特定の国の文化や言語を解体しており，フランスの文脈だけでもルーマニアの文脈だけでもとらえることができない。あるいは，物語のプロットや描写の仕方，時間の流れなど従来の小説のあり方を問い直したヌーヴォー・ロマンという潮流が1950年代のフランスで興ったが，その先駆けとなったサロート[15]も，幼年時代に移り住んできたとはいえ，ロシア出身である。チェコ出身のクンデラ[16]は，フランスに移ってからもずっと母語で小説を書いていたが，65歳を越えてから執筆言語をフランス語に変えた。彼はそれ以来，フランス語でしか小説を書いていない。

彼らをフランス文学の作家と位置づけると，フランス文学という領域は異国のものも「フランス」文学に取り込み拡大し，一気にひろがりをみせる。それを支えるのが，今まで積み重ねてきた文化によって神話化されたフランスの威信と信頼であり，たとえ外国出身の作家であっても，才気ある者を内側に取り込むフランスの文化の厚みと懐の広さであろう。ここからは，支配的であると同時に寛容でもあり，普遍的であると同時に特殊でもある，そんなフランスの二面性が見えてくる。一方で，フランス文学は，フランス以外に出自をもつフランス語作家を抜きにしては考えられず，「外国人」によって支えられているフランスという別の面も見えてくる。この相互関係が，フランス文化の少なくとも一部を成してきたし，今後のフランス文化にも，大きく関わり続けることは間違いない。

4　フランス語を司る外国人

フランス文学とフランス語圏文学を考えるうえで，最後にフランス語を司るアカデミー・フランセーズの中も覗いてみよう。17世紀から存続するこの機関は，フランス語の辞書を編纂したり文学賞を定めたりする，いわばフランス語とフランス文学の国家的権威である。定員は40名で，会員が亡くなったときに後任を選出するので，選ばれた人しか会員になることができない。しかし驚くべきことに，その会員名簿にはアルゼンチン出身のビアンショッティ[17]，中国出身のチェン[18]，ロシア出身のマキーヌ[19]といった，フランス以外に出自をもつ作家たちの名前が入っているのである。2013年には，イギリス生まれのマイケル・エドワーズが選出され，英語圏から初のアカデミシアンが誕生した。2020年にも，ロンドン生まれでイタリアに出自をもつマウリッツィオ・セッラが選ばれている。

ここには，国家による作家の同化と共存といった，相反する動きがある。しかし重要なのは，ある国の文学や文化を形成するのは，必ずしもその国に生まれ育った者だけの特権とは限らないということだろう。そしてこれは，現在においてはフランス文学だけの話にとどまらない。文化的にも政治的にも，外国人との関わりの長く複雑な歴史をもつフランスは，今後の「日本」文学や文化を考えるうえでも，ひとつの参照となることだろう。　（塩谷祐人）

図2　ユシェット劇場
出所：筆者撮影。

▶15　サロート（Nathalie Sarraute, 1900-99）は，ロシアのユダヤ系の家庭に生まれ，フランスで活躍した作家。代表作『トロピスム』やサルトルが序文をつけた『見知らぬ男の肖像』で高く評価され，後世に大きな影響を与えた。

▶16　クンデラ（Milan Kundera, 1929-）は，1975年からフランスに住む。フランス語で小説を書くようになったのは，1995年の『緩やかさ』以降。代表作にチェコ語で書いた『冗談』や『存在の耐えられない軽さ』がある。

▶17　ビアンショッティ（Hector Bianciotti, 1930-2012）は，アルゼンチン生まれで，スペイン語とフランス語で書く作家。和訳された作品に『夜が昼に語ること』がある。

▶18　チェン（François Cheng, 1929-）は，1971年にフランスに帰化した中国生まれの作家。和訳された作品に『ティエンイの物語』などがある。

▶19　マキーヌ（Andreï Makine, 1957-）は，代表作の『フランスの遺言書』が高く評価され，ゴンクール賞，メディシス賞，高校生が選ぶゴンクール賞を同時に獲得した。以来フランス国籍を得て，次々とフランス語で作品を世に出している。

三　フランス語で書く人々とその背景

2　旧植民地のフランス語圏文学

1　フランス語はフランスの外に広がっている

地図を見ながら，かつてフランスの植民地あるいは保護領だった国々をたどってみると，それが世界中に広がっていることに改めて気がつく[1]。地中海対岸に広がる北アフリカのマグレブ諸国（アルジェリア，チュニジア，モロッコ），サハラ砂漠以南に広がるかつてのフランス領西アフリカ（セネガル，マリ，コートジボワール，カメルーン等），アフリカ南東海岸部のマダガスカル島，インド洋のモーリシャス諸島，レユニオン島，コモロ諸島，フランス領インドシナ（ベトナム，ラオス，カンボジア），オーストラリア東方に位置するニューカレドニア，南米のフランス領ギアナ（ギュイヤンヌ），西インド諸島のマルティニック，グアドループ，ハイチ。そのすべてに固有の歴史，社会，自然があり，独自の文学がある。

その多様性を簡単にまとめることは不可能だが，それらの土地に生まれた人びとがある共通の問題に直面したことは指摘できるだろう。アルジェリアで生まれ育ったデリダ（1930-2004）が言うように，学校で習う言葉と，周囲で話される言葉との間に，海という「ひとつの渦，ひとつの深淵[2]」が横たわっているという意識である。海の彼方で使われているフランス語を，いったいどのような言語として受け入れるのかという問いは，自分が何ものなのかという同一性の問いと切り離せない形で深められてゆくことになる。言葉と同一性に関する問いかけが繰り広げられる壮大な空間がそこにあるのだ。世界規模で広がるこの空間が意識されるようになったのは，1950年代から60年代にかけて，アルジェリア戦争（1954-62）をはじめとする脱植民地化の過程が顕在化し，さらにサンゴール（1906-2001）が「フランコフォニー（フランス語圏）」という言葉に新しい息吹を吹きこんでからのことである[3]。

フランス語を話すことと自己同一性への問いかけが複雑に絡みあう，この新しい世界認識は，個別の地域研究，作家研究を通して読み解かれているが，その多様性ゆえ，全体を包括する記述は現段階では不可能である。ここでは，「旧植民地のフランス語圏」が提示する諸問題をまず概括し，次にフランスとの近さゆえに複雑な問題をかかえこんだアルジェリアをより詳しく検討し，最後にフランス語との関係を新たな概念に結晶化させたクレオール文学（マルティニック，グアドループ，ハイチ）に触れてみたい。

▷1　本書の「地図――本書をめぐる旅」（vi-vii頁）を参照。

▷2　ジャック・デリダ（Jacques Derrida, 1930-2004）／守中高明訳『たった一つの，私のものではない言葉――他者の単一言語使用』岩波書店，2001年。

▷3　『エスプリ』誌の「フランス語，生きた言語」と題する特集号（1962年11月号）において。

2 ネグリチュード（黒人性）

ベルギー，ルクセンブルク，スイスのフランス語使用地域のような，ヨーロッパ内のフランス語圏とは異なり，ヨーロッパ外のフランス語圏文学は，フランスが植民地を拡張し，白人入植者が入って，その土地を政治的・経済的・文化的に支配したことをきっかけに形成された。はじめに優勢だったのは，フランス本国で書かれる韻文詩を模倣し，ロマン派，高踏派，象徴派などの流派に追随し，「ドゥドゥ（魅力的な黒人女性・混血女性）」を配したエキゾチックな楽園を描くドゥドゥイスムの文学である。白人だけでなく，植民地社会で有利な立場に就いた者たちも，海の彼方にあるフランスを理想化する文学の担い手となった。そこでは他者のアイデンティティーを完璧に習得したいという欲望が優勢だった。しかし，フランス語圏文学と呼ぶに値する作品は，自分の周囲で話される言葉とフランス語とのあいだに走る亀裂を深く意識することで姿を現すようになる。母なる生活圏に引きよせられながら，他者の言葉を使う矛盾にみちた自己とはいったい何ものなのかという問いが，これらのフランス語圏文学の大きな力になってゆく。

そのことを最初に明確にしたのが，1930年代，エメ・セゼール（マルティニック，1913-2008），レオン＝ゴントラン・ダマス（ギュイヤンヌ，1912-78），レオポール・セダール・サンゴール（セネガル）の三人が唱えた「ネグリチュード（黒人性）」である。黒人であることをどのように引き受けるのかという問いは，詩によってしか体験できない自己認識の試みに結実した。セゼールの『帰郷ノート[4]』（1939年），そしてサンゴールが編纂した『黒人マダガスカル新詩集』（1948年）は，引き裂かれた自己を意識しようとする激しい問いかけにみちている。サンゴール編『新詩集』序文として書かれた「黒いオルフェ」において，サルトルはこう問いかける。「これらの黒い口を閉ざす轡《くつわ》を外したとき，君たちはいったい何を期待していたのか。その口が君たちの讃歌をうたい出すとでも思ったのか。」これ以降，カマラ・ライエ（ギニア，1928-80），ベルナール・ダディエ（コートジボワール，1916-2019），映画作家センベーヌ・ウスマン（セネガル，1923-2007）等の作家の存在が知られるようになる。

▶4 本書の「エメ・セゼール『帰郷ノート』」（106-107頁）を参照。

3 植民地独立戦争の影響

その後の展開をみると，植民地社会の強力な力関係のなかで，自分は何ものなのかという問いは，作家自身にとってしばしば曖昧で，とらえがたいものとなってゆくことがわかる。象徴的な作品としてシェイク・アミドゥ・カーン（セネガル，1928-）の『曖昧な冒険』（1961年）を挙げることができる。故郷でイスラムの学校に寄宿した後，フランスに留学した主人公は，ふたたび故郷に呼び戻されたとき，そこでの生活に以前のようにはなじめず，人びとの価値観を素直に受け入れられなくなる。フランスの合理的思考と，故郷の情動に訴える価値観に引き裂かれるその姿は，自己同一性の探究が黒人性に単純には還元できない複雑なものであることを物語っている。ヤンボ・ウオロゲム（マリ，1940-2017）の『暴力の義務』（1968年）は，架空のアフリカ王朝で，地方の首領が自分の臣民に暴虐の限りを尽くし，アラビア商人や西洋の商人に奴隷として売りつける歴史を物語る。アフリカ内部で優位に立っていた者たちが，アラビア人，白人とともに奴隷貿易の主犯であったことを明らかにしたのだ。アフリカの現実を見つめる流れは，植民地独立戦争後の社会の矛盾によって加速されてゆく。アマドゥ・クルマ（コートジボワール，1927-2003）の『アラーの神にもいわれはない』（2000年）は，少年兵の目を通して，リベリア・シエラレオネの内戦を描きつつ，約束事というものが消滅し，欲望を肥大させた人間が跋扈する社会の底知れない恐怖を語っている。ソニー・ラブ＝タンシ（コンゴ，1947-1995）の『一つ半の生命』（1979年）は，架空の国の独裁者が，何度殺されてもよみがえる反逆者にさいなまされるさまを語り，脱植民地化後の現実を語った。他にも，チエルノ・モネネムボ（ギニア，1947-），アンリ・ロペス（コンゴ，1937-）等の作家がいる。

4 アルジェリア，沸騰する言語の坩堝

ここでアルジェリアに焦点を当ててみよう。この土地では，アラブ語による文学だけでなく，1830年以降のフランスによる植民地化によって，フランス語で書かれた文学の伝統が生まれるが，植民者か被支配者かでその内容は大きく異なることになる。

20世紀文学を代表する作家カミュ（1913-60）の創造した世界は，アルジェリアという土地から切り離すことができない。『異邦人』（1942年）は深い疎外感によっていまもなお人の心を打つが，小説の舞台は，『結婚』（1939年）等で描かれた北アフリカの風土と密接に結びついている[5]。E. W. サイード[6]（1935-2003）は，カミュが自分の生きた時代のフランス帝国主義支配の現実に，意図的に目をつぶったと激しく批判した（『文化と帝国主義』）。アルジェリアに暮らすフランス人が負わざるを得ない歴史を捨象したまま，小説のなかで詩的に成就される自己実現にどれほどの意味があるというのか——サイードのこの批判には正鵠を得ている部分と，カミュの生きた現実を見ていないところがある。貧しい白人植民者が本国の外で生きるという現実である。主人公が父親を探す未完の小説『最初の人間』において，カミュは一人ひとりが，根もなく，信仰ももたず，生きる術を学ぼうと努めながら，「この世を通り過ぎたという聖なる証すら」残さず消えてゆく植民者の一人として父親の姿を描き，それがこの人物の運命だけでなく，現代世界に生きる人びとに共通の運命になりつつあると指摘する。植民地文学への批判には，このように両義性が伴うことを，カメル・ダーウド（1970-）の『もうひとつの『異邦人』——ムルソー再捜査』（2013年）も示

▶5　本書の「アルベール・カミュ『ペスト』」（102-103頁）を参照。

▶6　サイードについては，本書の169頁および「アンドレ・マルロー『人間の条件』」（96-97頁）も参照。

している。カミュの小説において名もなく殺されたアラビア人の弟が語るこの物語において，独立戦争時のアルジェリアでは，フランス人がフランス人であるというだけで殺されてゆくのだ。現実は複雑に織り込まれていて，一つの視点だけから一刀両断にできないことを，カミュをめぐる一連の言葉は示している。

被支配者の側にあった作家たちにとっては，自分たちの被った歴史そのものをまず言葉にすることが重要だった。アシア・ジェバール（1936-2015）の『愛，ファンタジア』（1985年）は，フランスのアルジェリア占領から独立後までの歴史を，さまざまな人物の声の連鎖によって描きだす。カテブ・ヤシーヌ（1929-89）の『ネジュマ』（1956年）は，混血の女ネジュマに恋する四人の男性の語りを通して，植民地アルジェリアの現実を語る。戦後のフランス文学が，物語や登場人物さえ否定する過激な小説の実験に走っていた時期，その影響を受けながらも，矛盾した現実をとらえることをあくまでも主眼とする文学が書き継がれていたことは特筆すべきだろう。

5 クレオール文学

最後に，西インド諸島のフランス語圏に視点を移すと，さまざまな歴史，文化，言語が交錯する状況そのものにアイデンティティーを見出そうとする文学が生みだされていたことがわかる。奴隷制を脱した後のカリブ海の住民たちが，自分たちの言葉では書き残されていない歴史をどのように認識できるのか，自分たちの自己同一性をどのようにとらえることができるのかという問いに答えようとした言葉は，20世紀の文学のなかでも注目すべき一連の作品を生みだしている。この問いに劇的な表現をあたえ，後続の礎を築いたのは，セゼールの『帰郷ノート』である。目を背けたい，自分たちの醜さを述べた後，詩人はそのすべてを受け入れる，すると不思議な誇りが突如として湧きあがってくるのを感じる。エドゥアール・グリッサン（マルティニック，1928-2011）は，『レザルド川』『第四世紀』などの小説において，自分たちの歴史を言葉によって再構築することそのものが，詩学の根本となるという見方を実践している。さらに『カリブ海のディスクール』（1981年）等の評論において，自分たちの置かれた地理的条件にもっと注目し，カリブ海がアメリカ大陸の一部であることを意識すべきであることを主張した。グリッサンの同時代人，フランツ・ファノンは，精神科医としてアルジェリアの独立戦争を支援し，『地に呪われたる者』（1966年）において，個々の人間の意識ではなく，植民地という状況そのものが，そのなかで生きる人間にどのような影響をあたえるかを理解しなければ病は治せないという認識を強烈に打ちだした。1989年，コンフィアン，シャモワゾー，ベルナベは「ヨーロッパ人でもなく，アフリカ人でもなく，アジア人でもなく，われわれはクレオール人であると宣言する」（『クレオール礼賛』）と主張，クレオール文学という新しい表現が注目を集めることとなった。　（塚本昌則）

三　フランス語で書く人々とその背景

3　ラテン語とフランス語

1 「エクソフォニー」を生きる――母語の外に出る旅

今世紀に入ってから文学研究や文化研究《カルチュラル・スタディーズ》で使われるようになった言葉に「エクソフォニー exophonie[1]」がある。その概念的な規定は洗練の途上にあるが，ざっくり言えば「母語とは違う言語によるクリエイティブな執筆活動」のことだ。「エクソフォンな」作家は，子どもの時分からたとえば家庭環境がゆえに複数の言語を使えたり，あるいは学校で，はたまた政治的・経済的な理由による移住や亡命などのために，自覚的に外国語を習得したりして，「母語の外に出た状態[2]」に自分の身を置いて執筆する。その代表例として，ここでは文芸界からモンテーニュ[3]（1533-92）を，思想界からデカルト[4]（1596-1650）をそれぞれ取り上げて，彼らの代表作に迫ってみたい。それらはある意味で好対照をなしていると考えられるからである。

まずは大きな時代背景をおさえることから始めよう。この二人が生きた16世紀から17世紀のヨーロッパでは，古代ローマ世界の公用語であったラテン語が，カトリック教会の公用語として，そして学術と外交の共通語として使われていた。しかし，ヨーロッパでは15世紀半ばに始まった活版印刷のおかげで現地語による出版物が増加したことから，ラテン語の地位は相対的に低下し始めた。こうして，日常生活で使用される諸言語の価値，私たちの関心から言えば，フランス語の重要性が徐々に高まりを見せていった。この流れは，16世紀以降の宗教改革の運動[5]と国民主義の勃興により強まっていく。

そのことの証言の一つは，イタリアのダ・ヴィンチ[6]（1452-1519）をフランスに招いたことでも知られるフランス王，フランソワ１世（1494-1547）が1539年に出したヴィレール＝コトレの王令のうちに見出される。それによれば，裁判で出される「判決のラテン語の用語の理解」に「曖昧さや不明瞭さ」が残り，こうして「解釈を求める余地が生まれる」ことから，「判決を明解にして記載することを望む」。そのために「余の最高法院そのほか下級裁判所において，記録，証人尋問，契約，委任状，判決，遺言そのほか裁判上の全文書と令状および付属文書は，母（国）語[7]であるフランス語のみで言い渡し，記録し，当事者に交付することを望む」。つまり，これからはフランス語が「公用語」ですよ，ですから「公文書」はフランス語で書いてくださいね，という宣言である。

この王令が公布されてから約１世紀後，哲学者デカルトは，刊本としては初作となる『方法序説』を母（国）語のフランス語で出版する。が，しかし，学

▶1　エクソフォニーとは，「外に，外へ，超えて」を意味する接頭辞 ex と，「音」を意味するギリシア語由来の「phon」からなる合成語。

▶2　日本語という母（国）語からドイツ語圏に移住して，日本語でもドイツ語でも小説を発表している作家の多和田葉子は，『エクソフォニー――母語の外に出る旅』（岩波書店，2003年）のなかで，エクソフォニーをそう定義している。

▶3　本書の「ミシェル・ド・モンテーニュ『エセー』」（22-23頁）を参照。

▶4　本書の「ルネ・デカルト『方法序説』」（24-25頁）を参照。

▶5　宗教改革者ルター（1483-1546）は，キリスト教信仰は聖書のみによるべきと主張したこともあり，ラテン語で読むのが当然だった聖書を母（国）語のドイツ語に翻訳した。

▶6　彼は未完成の《モナ・リザ》を携えてフランスにやってきた。この絵は，ダ・ヴィンチの死後，フランソワ１世が購入，フォンテーヌブロー宮殿やヴェルサイユ宮殿に収められていたが，フランス革命後は，ルーヴル美術館の所蔵となった。ところで，1911年の《モナ・リザ》盗難事件のときに嫌疑をかけられ，逮捕，投獄の憂き目にあったのが，事件とは無関係の詩人アポリネール（1880-1918）であった。本書の「牢獄」（222-225頁）を参照。

術界の規範としてラテン語がまだ優勢だった時代のこと，彼もイエズス会が運営するラ・フレーシュ学院で徹底したラテン語教育を受けたこともあり，弁明らしきものを末尾で述べている。曰く「またわたしが，自分の国のことばであるフランス語で書いて，わたしの先生たちのことばであるラテン語で書かないのも，自然〔生まれつき〕の理性だけをまったく純粋に働かせる人たちのほうが，古い書物だけしか信じない人たちよりも，いっそう正しくわたしの意見を判断してくれるだろうと期待するからである。そして良識と学識を兼ねそなえた人びと，かれらだけをわたしの審判者としたい。こういう人びとは，わたしが通俗のことば〔つまりフランス語〕で論拠を説明したからといって，これに耳を傾けるのを拒むほど，ラテン語を偏重しないだろうとわたしは確信している[8]」。ラテン語なんて古臭い，時代は変わったのだ，フランス語こそ新しい時代を導く思想にふさわしい……古代の絶対的権威を疑うデカルトらしい挑発的な書き方である[9]。しかしそんな彼も，この箇所はラテン語話者には耳障りなだけで意味をなさないと自覚していたからか，自身が監修した，ド・クルセル（1586-1659）による『方法序説』のラテン語訳（1644年）では全削除してしまっている。つまり，ラテン語に訳させなかった。当然と言えば当然だろう[10]。

さて，デカルトの愛読書にモンテーニュの『エセー』があった。彼はその第3巻第9章「空しさについて」のなかで次のように回顧している。「わたしはそもそも，幼い時分から，ローマ人とともに育てられたようなものなのだ。家政のことを知るはるか以前から，ローマの政治のことを知っていた。ルーヴル宮のことを知る前に，ローマのカピトリウムの丘とその地形を知っていた。セーヌ河より先に，ティベリス河を知っていたのだ[11]。」つまり彼は，幼少の頃よりラテン語を「母語」として父から英才教育を受けたのである。

「自然に，書物も文法も授業もなしに，鞭もなければ，涙もないままに〔中略〕純粋なラテン語を覚えた」（以下，『エセー』第1巻第25/26章「子供たちの教育について[12]」）その一方で，「フランス語も〔地元の〕ペリゴール方言も，アラビア語同然にさっぱりわからない」幼少期を過ごしたモンテーニュに転機が訪れたのは，彼が6歳のころ。ボルドーのギュイエンヌ学院に入れられたのだ。そこで話されていたのは，彼にとっての「母国語」つまりフランス語である。「父は，わたしのためを思って，有能な個人教授を選んでくれたり，教育のありとあらゆる場面での配慮をおこたらず」，ラテン語の実践能力を維持するのを助けてくれたが，話す習慣を失った「わたしのラテン語はすぐに退化してしまった」。その代わりフランス語という言語を，フランス文学史に綺羅星のごとく輝く『エセー』を書き上げられるほどに習得する[13]。

と同時に，自分の「母語」であるラテン語を「書物」のうちに再発見していく。「わたしが書物に対して，最初に興味をおぼえたのは，オウィディウスの『変身物語』の神話を読んで，おもしろかったのがきっかけです。7，8歳のこ

▶7　「母語」と「母国語」は違う。前者は，幼時に周囲の人が話すのを聞いて自然に習得する最初の言語を指すが，後者には国家意識のニュアンスが加味される。両者の一致がマジョリティーであるのが「現実」だが，たとえば，政治的・地理的独立国家を持たないバスク語やコルシカ語やアルザス語を母語としながら，フランス国籍保有者として，フランス内外でフランス語による公教育を受けるとき，その人の母国語はフランス語となる。

▶8　谷川多佳子訳（1997）『方法序説』岩波文庫，101-102頁。

▶9　そのかぎりで1650年に死んだデカルトは，17世紀後半から18世紀前半にかけてフランスの思想界と文芸界を巻き込んだ「新旧論争」（本書の36頁を参照）の先駆けと言える。この論争は，古代文学と近代文学（当時の人々からすれば「現代」文学）の優劣をめぐるもので，古代人の優越性に対する反駁がペロー（1628-1703）によって打ち出され，ボワロー（1636-1711）がそれを批判，近代派にはフォントネル（1657-1757）らが加わり，古代派にはラシーヌ（1639-99），ラ・フォンテーヌ（1621-95），ラ・ブリュイエール（1646-96），フェヌロン（1651-1715）といった大物が参戦して，一大論争となった。しかし結果は，古典主義の敗退，古代文学の伝統に代わって「進歩」の観念が持ち上げられると同時に，相対主義の視点が思想と文芸に導入された。

▶10　しかし，そのように言えるのは，いったいなぜか。この問いを掘り下げて論じたのが，現代フランス思想界を代表するデリダ（1930-2004）の『哲学への

ろは，ほかのあらゆる楽しみからそっと抜け出して，そうしたお話を読んでおりました。とにかく，その本はわたしの母語で書かれてましたし，いちばん簡単な本でしたし，その内容からしても，年端《としは》もいかぬわたしにはぴったりだったのです。」さらに，学校の出し物であるラテン語劇を「すました顔，やわらかな声，しなやかな身ぶり」で演じて好評を博したらしい。書物のうちに母語との再会を果たし，さらに演劇において母語を取り戻した彼は，精神的にも身体的にも多幸感に包まれたはずである。

ところで，そのモンテーニュが生きた時代のフランス，そしてその後のヨーロッパは，彼が「奇っ怪なる戦争」と呼ぶ宗教戦争に突入した。キリスト教の存立基盤を揺るがすこの危機は，思想をこととする人間になんらかの対処を要請した。そこで，デカルトをはじめとする17世紀ヨーロッパの知識人たちは，この戦争の惨禍をどのように乗り越えようとしたのか，それを次にみてみよう。

2 「文芸共和国」の誕生と発展――言語によるヨーロッパの再統一

20世紀の冷戦下のポーランドに生まれ，ポーランド語を母（国）語としながら，1973年にフランスに移住してからは，主にフランス語で著作を発表している「エクソフォンな」思想史家ポミアン（1934-）は，代表作『ヨーロッパとは何か――分裂と統合の1500年』（1990年[14]）のなかで，ヨーロッパは三度の統合と二度の分裂を経験したと指摘する。ヨーロッパは12世紀頃，ラテン・キリスト教世界としてイスラム勢力に対抗すべく，最初の統合つまり宗教的な統一を経験した。この統一に亀裂が走るのは16世紀のこと。宗教改革のためにヨーロッパはカトリック圏とプロテスタント圏に分裂し，この分裂は17世紀半ばまで続く宗教戦争を引き起こした。しかし，そのままでは終わらなかった。17世紀から18世紀にかけて再統合の機運が高まる。新たな共同体の創出である。ポミアンはこの共同体を，プロテスタントだったために迫害を怖れてオランダに亡命したフランスの哲学者ベール（1647-1706）が自分の刊行物に用いた言葉に着想を得て「文芸共和国」と呼んだ。宗教的統一の解体から文芸共和国の誕生へ――これがデカルトやその後の知識人たちが生きた時代の背景だ。

それでは文芸共和国とは具体的に何か。ヨーロッパの知識人たちはいかなる価値観のもと，カトリック教会とプロテスタント教会の分裂を乗り越えて新たな統合を生み出したのか。キーワードは「文芸」である。つまり，古代ギリシア・ローマの著述家の作品を自分たちに共通の精神的遺産とみなし，それを読み解くのに必要な古典語（ギリシア語とラテン語）の勉強と，自分の考えたことを他人に効果的に伝えるための技法つまり修辞学の習得に価値を見出すことをもって，文化的な意味でのヨーロッパの再統合――もはや宗教的な意味での再統合は難しい――を果たそうとしたのだ。だからこれは，現実のいかなる社会にも呼応していない，ヴァーチャルな共同体であり，どこそこの土地に深く根

権利』第2巻（みすず書房，2015年）所収の論考「翻訳した方がよいとすればⅠ・Ⅱ」（立花史訳）である。

▶11　宮下志朗訳（2016）『エセー』第7巻，白水社，102-103頁。

▶12　以下，宮下志朗訳（2005）『エセー』第1巻，白水社，301-307頁。『エセー』はこれまで，1588年版にモンテーニュ自身が加筆と訂正をした手沢本《しゅたくぼん》（ボルドー市立図書館所蔵）が底本となって日本語訳がなされてきた。しかし，デカルトやパスカル（1623-62），ラシーヌなどは，1595年に刊行されたエディションで『エセー』を読んできた。そしてこの章は，前者では第26章に，後者では第25章に収められている。

▶13　父に終生，変わらぬ愛情を抱いていたモンテーニュは，後年，スペイン出身の神学者で哲学者のライムンド・サブンデ（レーモン・スボン）がラテン語で書いた『自然神学あるいは被造物の書』（1487年）を，フランス語を母（国）語とする父のために，この言葉に訳してパリで出版（1569年）した。そして『エセー』第2巻第12章には，このサブンデに関連する最長編の「レーモン・スボンの弁護」をフランス語で書いた。この一連の言語行為には，母語と母（外）国語のあいだを行き来する「エクソフォンな」作家の真骨頂が見て取れる。

▶14　村松剛訳（1993），平凡社ライブラリー。

を下ろしたものではない。その住人になるには「宗教上の所属」「国家と民族」さらには「家族」に縛られているようではいけない。真理の探究だけが意味をもつのだという熱き思いをもって加入が認められ，ラテン語という共通語による書簡や論文のやりとりなどで活発な交流がなされる。

たとえば，デカルトの親友だった神父メルセンヌ（1588-1648）は，知識人たちが実際に集まって議論する場をパリに用意するだけでなく，ヨーロッパ各地の知識人と無数の書簡を，母（国）語のフランス語よりはラテン語で交わすことで，文芸共和国全体の言わば「心臓」として働き，その「事務局長」としての役割を果たした。彼は，ラテン語によるデカルトの哲学書『省察《せいさつ》』（1641/42年）に対する反論を当代屈指の学者に募ったが，イギリス人哲学者のホッブズ（1588-1679）も，フランスの神学者アルノー（1612-94）や哲学者ガッサンディ（1592-1655）も，みなラテン語でデカルトに反論を寄せた。そのデカルトもラテン語で答弁をした。あの『方法序説』を母（国）語のフランス語であえて書いた彼も，文芸共和国の住人として，ラテン語を学術界の規範とする制約を自分に課していたのである。

つまり，フランス語はたしかに16世紀以降，「公用語」としてその地位を高め，文芸作品から行政文書までこの言語で書かれるようになったが，その一方でヨーロッパ全体を見渡せば，ラテン語は依然として学術（思想）と外交の「共通語」として十分に機能していた，ということである。しかし17世紀後半にもなると，その優勢に陰りが見え始める。今度は，フランス語が学術と外交の共通語として押《の》し上がっていくのだ。そのエピソードを最後にみておこう。

3 「リングア・フランカ」としてのフランス語の台頭

ヴィレール＝コトレの王令の公布からやはり約１世紀後，フランス王ルイ13世治下の宰相リシュリュー（1585-1642）は，アカデミー・フランセーズを公認する。この学術団体は，フランス語を誰にでも理解可能な明晰で判明なものにすると同時に，地方による言葉のばらつき[15]を統一することを目的に，辞書[16]と文法書の編纂《へんさん》を重要な任務としている。その活動の成果もあり，17世紀後半から，英語にその地位を取って代わられる20世紀まで，フランス語は「リングア・フランカ[17]」としてフランスの内外で多くの人に用いられた。そのなかにプロイセンの啓蒙専制君主フリードリヒ２世（1721-86）がいる。ドイツ啓蒙主義の文学理論家ゴットシェート（1700-66）に，「私は若い時分からドイツ語の本は一冊も読まなかった」と告白するほどにフランスとその文化に傾倒していた。その彼が，ポツダムにあるサンスーシ[18]宮殿に囲っていたのが，フランスの哲学者ヴォルテール（1694-1778）である。彼の手紙には「ここはフランスです。みなわがフランス語しか話しません。ドイツ語は兵士と馬のためにあるだけです[19]」とある。英語偏重の現代では想像もつかない話である。（津崎良典）

▶15　本書のコラム１「地方語」（134頁）を参照のこと。

▶16　本書の「フランス語の形成と辞書の歴史」（130-133頁）を参照。

▶17　リングア・フランカとは本来，中世に地中海世界の通商用の共通語として使用されたサビール語のことを指す。しかしそこから転じて，広い地域で異なった言語を使用する人々が，相互の意思の伝達のために使用する共通語のことを意味するようになった。

▶18　サンスーシとはフランス語 sans souci のカタカナ表記である。つまり「憂いなし」。サンスーシ宮殿が「無憂宮」と書かれることがある所以《ゆえん》である。

▶19　ただし，1685年にナントの王令が廃止されたことにより，数十万人のフランス人プロテスタントすなわちユグノーがドイツに亡命したことは，この発言を正確に理解するうえで無視できない。とりわけベルリンは，ユグノーを積極的に受け入れたため，大きなフランス人コミュニティーが形成された。ポツダムは，ベルリンから南西に約30キロのところにある。

三　フランス語で書く人々とその背景

4　旅行者

かつて寺山修司[1]は「書を捨てよ，町へ出よう」と挑発した。書物を否定したかのようにみえるこの名文句は，じつは作家ジッド[2]が北アフリカへの旅をきっかけに著した『地の糧』に由来する。わたしたちは，本を読めば出発したくなり，旅を終えれば自分の経験を書き留めたくはならないだろうか。旅はどのような痕跡を文学に残したのか，定番の観光名所から空想上の行き先まで，フランスの作家たちの旅の諸相を駆けめぐってみよう。

1　作品のなかの旅

そもそも文学の原点には旅があったといっても過言ではない。ホメーロスの『イーリアス』ではギリシア軍勢はトロイアへ船で遠征に赴き，『オデュッセイア』ではトロイアからの帰還の過程が地中海での放浪として描かれる[3]。二つの叙事詩を継承したウェルギリウスの『アエネーイス[4]』では，ローマ帝国の始祖たる英雄は海での放浪の末，地獄を経由したのちイタリア半島を進軍する。『ローランの歌[5]』，アーサー王伝説[6]，『トリスタン物語[7]』などフランス中世の代表的な作品の物語の背後には，政治や軍事を理由とした旅が見え隠れする。近代に至ってもヨーロッパ各国文学の古典はおしなべて旅を語る。『神曲』において詩人ダンテは地獄から天国までを旅し，ラブレー[8]の第四の書ではパンタグリュエルは神託を求めて航海に乗り出し，『ドン・キホーテ』では騎士は従者をつれて遍歴する。

地獄の例が示すように，旅の行き先はわたしたちが暮らす現実の世界に限定されるわけではない。そもそも日常の生活圏からの脱出が旅の本質であるのだから，未知の土地への関心が虚構の旅文学の系譜を導き出すのは当然といえよう。13世紀の旅人マルコ・ポーロによる『世界の驚異（東方見聞録）』（図１）が同時代のひとには作り話と思われたというエピソードは，旅をめぐって現実と虚構が地続きであることを雄弁に物語っている。反対に，まったくの空想の旅が現実世界に対する一種の鏡として機能する場合もある。小人や巨人，馬の国などを旅する『ガリヴァー旅行記』の大胆な着想は同時代社会の諷刺を意図したものであり，その精神は同じ18世紀に書かれたヴォルテールの『カンディード[9]』に通じる。虚構の旅行記の大胆な発想は，ヴェルヌの『地底旅行[10]』に連なるSF小説として発展するだろう。

▶１　寺山修司（1935-83）は青森県生まれの歌人，劇作家。60年代後半からのアングラ演劇を代表する劇団「天井桟敷」を主宰したほか，映画の監督や競馬についてのエッセーでも知られる。「書を捨てよ，町へ出よう」は1967年発表の評論集のタイトル。

▶２　本書の88-89頁を参照。

▶３　本書の６頁▶３，32頁▶３および143頁参照。

▶４　本書の「ウェルギリウス『アエネーイス』」（4-5頁）を参照。

▶５　本書の『ローランの歌』（6-7頁）を参照。

▶６　本書の『アーサー王の死』（10-11頁）を参照。

▶７　本書の「トマ『トリスタンとイズー』」（8-9頁）を参照。

▶８　本書の「フランソワ・ラブレー『ガルガンチュア物語』」（16-17頁）を参照。

図１　マルコ・ポーロ『世界の驚異』15世紀の写本より
出所：フランス国立図書館蔵。

▶９　本書の「ヴォルテール『カンディードまたは最善説』」（40-41頁）を参照。

▶10　本書の「ジュール・ヴェルヌ『地底旅行』」（68-69頁）を参照。

2 旅する作家

文学と旅の関係は，文学作品のなかに旅人が描かれることにとどまらない。そもそも，旅がこんにちほど一般的ではなかった時代においても，作家たちは旅をし，あるいは旅をすることで作家となり，さまざまな形式の作品を残した。

たとえば，モンテーニュは『エセー[11]』の初版を出版後にスイス，ドイツ，イタリアをめぐった。その様子をこんにちに伝える旅日記は，出版を意図せずに純粋に私的なメモとして書かれたものである。一方，ゲーテによる『イタリア紀行[12]』(1816-29年）は自伝『詩と真実』の続編として構想された。旅をした当時の日記や書簡に詩人自身が後年手を加えることで，記録そのものというよりも作品に仕上がっている。そのゲーテは『イタリア紀行』のなかで先行する旅行記をしばしば参照しているが，実用的なガイドブックを作家が書くこともある。スタンダールは『ローマ散策』を「旅行ガイド」として提示し，ポケットにいれてローマを歩き回るという使用法まで想定する。

旅から生まれた作品といえば一般には旅行記あるいは紀行文が想定されるが，日記としての記録や自伝としての書き直し，実用的なガイドブック，さらに虚構の小説や抒情詩など幅広い形式が，旅という経験から生み出されてきた。旅は，複数のジャンルに開かれたエクリチュールの実験へ作家を導くのである。

3 フランス作家の行き先

ここでイタリア旅行を例として挙げたのには，理由がないわけではない。イタリアとりわけローマは伝統的にフランスの多くの作家たちの行き先であった。たとえばルネサンスでは，先に挙げたモンテーニュのほか，ラブレーもデュ・ベレー[13]もローマに滞在しているが，どちらの場合もフランス王の使者としてローマで外交交渉に臨む枢機卿に同行するという一種の公務を帯びていた。くわえて，イタリアへの旅はいわば制度化されていた。フランスでは17世紀以来アカデミーによるローマ賞が若い才能ある芸術家をローマに滞在させたほか，とりわけ18世紀イギリスの例としてグランド・ツアー[14]が知られている。イギリス，フランス，ドイツといった北方の国の旅人は，古代ローマの遺跡，カトリック教会の教皇庁，ルネサンスやバロックの美術や建築，詩文や美術で描かれた風景を目指してイタリアに赴いた。

もちろん，行き先はイタリアに限られるわけではない。とりわけ，古典的な美の規範よりも個人の経験を重視するロマン主義の刻印を受けた旅人たちの前に，あたらしい地平が現れてきた。たとえばルソーによって「発見[15]」されたアルプスの山々は，18世紀以降旅人の視線を集めることになる。19世紀はヨーロッパ各国とともに，中東などのオリエント世界が目立つ。英仏による支配が確立したオリエンタリズム[16]の最盛期にあたり，シャトーブリアン，ネルヴァル，ラマルチーヌ，フローベールはそれぞれのオリエント紀行を残している。一方，

▶11　本書の「ミシェル・ド・モンテーニュ『エセー』」(22-23頁）を参照。

▶12　ワイマール公国の宰相であったゲーテ（1749-1832）は公務を休み1786年から2年にわたってイタリア半島，シチリア島をめぐり，とくにローマに長く滞在した。約30年後の1816年以降その体験をまとめた『イタリア紀行』を順次出版した。

▶13　ジョアシャン・デュ・ベレー（1522?-60）は，プレイヤード派としてロンサールとともにフランス詩の礎を築いた詩人。『フランス語の擁護と顕揚』や1553年から57年にかけてのローマ滞在をもとにした『哀惜詩集』などで知られる。

▶14　グランド・ツアーとは，17世紀末から18世紀を通して，イギリスの貴族の子弟が教育の総仕上げとして行ったイタリア旅行を指す。旅をとおした人格の完成を目的とし，若者の家庭教師役として作家や哲学者が同行することもあった。

▶15　集合的な感性が変化することで，それまで注目されなかった土地や事物に新たな審美的な価値が付与される。

▶16　オリエンタリズムとは，文学研究者，批評家のエドワード・サイード（1935-2003）による著書（1978年）に由来する概念。学者や政治家の言説が中東世界の固定的な表象を繰り返すことで政治経済支配の一形態となったことを指摘し，近代ヨーロッパによる植民地主義と帝国主義を批判する。本書の96-97頁および162頁も参照。

19世紀において大自然を讃えたシャトーブリアンや民主政治を観察したトクヴィルらを引き寄せたアメリカは，20世紀になると新時代にふさわしい主題を提供する。セリーヌ[17]は『夜の果ての旅』で現代文明を活写し，ヴィアンは――生涯渡米することはなかったが――『墓に唾をかけろ』で，サルトルは『恭しき娼婦』で人種差別を主題化し，ビュトールは『モビール』において独自の表記法を用いてアメリカならではの土地の空間性の再現を試みた。アルトーに続きル・クレジオはメキシコに，セガレンは中国に惹きつけられ，そして近年はトゥーサンの『愛しあう』やフォレストの『さりながら』など日本を舞台にした作品も目立つ。移動の機会が増大するにつれ文学として主題化される旅の行き先も多様になった20世紀と21世紀は，旧植民地出身の作家を中心に奴隷貿易や移民といった強いられた困難な旅の記憶を描く作品を生み出している。

▶17　本書の「ルイ＝フェルディナン・セリーヌ『夜の果ての旅』」（94-95頁）を参照。

4　反復と差異

文学作品として結実する作家たちの旅，それはわたしたちの旅と分け隔たっているのだろうか。オリジナルな文学作品の生み出し手として「個」であるとみなされる作家の経験は，商業主義と大衆化の刻印を帯びた「観光」にいそしむわたしたちの経験とは異なるようにみえる。

イギリスにおけるトーマス・クック[18]の例が示すように旅が少しずつ一般化しはじめる19世紀前半，伝統的な「旅行者 voyageur」とは異なる「ツーリスト touriste」という語が英語からフランス語に導入された。同じく19世紀前半には，フランス国内の魅力が「発見」され国内旅行向けのガイドブックや挿絵付き旅行記が発行された（図２）。国の内外へ，新奇なものは常に変化し，外交や軍事，通商のためではない楽しみのための旅行がひろがる。「わたし」の経験が集合的な経験に埋没する観光の時代が始まろうとしている。

▶18　トーマス・クック（1808-92）は，1840年代にイギリスで旅行代理店を開始し，世紀後半にはヨーロッパに向けた団体旅行，さらには世界一周旅行を取り扱った。現代の観光を代表する同名の旅行代理店は，2019年に破産した。

図２　19世紀前半のフランス国内ガイドブックによるグルノーブル遠景

出所：Eusèbe Girault de Saint-Fargeau, *Guide pittoresque du voyageur en France*, t. 2, 1838.

けれどもそのような反復の経験は，作家たちも共有していた。ここで再びイタリアにもどり，ローマのコロッセオの描写を比較してみよう。「満月の光を浴びてローマを彷徨う美しさは，見ないで想像のつくものではない。」こう断言するゲーテは，『イタリア紀行』でコロッセオを月光のもとに置く。こんにちの読者ならば，ロマンチックとも凡庸とも形容したくなるライトアップされた観光名所の写真を思い起こしてもよいだろう。ゲーテは大まじめに，どこでも目にできる月がローマという土地の魅力によって特別な効果を発揮することに感嘆する。ローマを舞台にイタリアを象徴する女性詩人とスコットランド出身の男性の出会いを描く小説『コリンナ』においてスタール夫人も，コロッセオと月明かりを組み合わせる。「コロセウムを日中しか見たことがないということは，コロセウムの印象をしらないということだ。」祝祭の雰囲気をもつイタリアの輝かしい太陽ではなく，遺跡には月こそがふさわしいというのだ。一方，『ローマ散策』のスタンダールは午前中を選ぶ。「コロッセオで，この巨大な遺跡のどこか片隅にぼんやりして，どのくらい幸福な午前をすごしたことか！」朝の爽やかさが，遺跡で作業する徒刑囚の歌声とそれに重なる鳥のさえずりから伝わる。

同じ対象を眺めながらも，作家たちの描写は少しずつ異なる。絵画においても，同じコロッセオを主題にとりながら，異なるアングルや異なる光の当て方が採用されることにも似ている（図3・4）。こうした定点観測によって明らかになる共通点と差異からは，作家それぞれの個性だけでなく時代や地域ならではの感性が浮き彫りになるだろう。

図3　ロベール・ユベールによるコロッセオ（1798年）

出　所：Stendhal, *Promenades dans Rome, illustré par les peintres du Romantisme*, Diane de Selliers, 2011.

図4　カミーユ・コローによるコロッセオ（1825年）

出所：*Ibid.*

5 旅への誘い

反復のなかの差異は対象の魅力をいや増し，旅人の個性を際立たせる。けれども，反復をどうしても避けることのできないことに苛立つ旅人もいるかもしれない。わたしが赴く場所，わたしが目にするものは，おしなべて誰かの経験の繰り返しに過ぎないのではないか。

そんな葛藤を和らげてくれる一文を最後に紹介したい。女流作家ジョルジュ・サンド[19]は，地中海に浮かぶスペインのマヨルカ島で作曲家ショパンと過ごした日々をもとに旅行記『マヨルカの冬』を著した。島で過ごした夜を，サンドは次のように振り返る。

> 私はそこに，霊感を求める詩人としてではなく，景色に見とれ音に耳をかたむける無為な人間としていた。思い出すのは，夜聞こえてくる音に耳を傾けては，何の音か夢中で考えていたことだ。／当たり前のことで誰でも知っていることだが，それぞれの国に特有の，響きやむせぶような音，耳障りな音や神秘的なさざめきがある。そして事物の発するこうした言語が，旅人の心を捉える特徴的なサインの一つで，取るに足らぬものとはとても言えない[20]。

マヨルカ島の夜の静けさはヴェネツィアの静寂とも，バルセロナの波の音とも異なる。マジョーレ湖の音とレマン湖の音は異なる。このように続けるサンドは，自身の鋭敏な耳を活かして土地に固有の音を「言語」とみなした。旅先で見出されうる「言語」は，音だけではない。景色，食べ物，劇場，人との出会い……旅人ごとに，土地を発見する独自の方法があるはずだ。ジョギングを愛好する村上春樹が南ヨーロッパを舞台にした紀行文『遠い太鼓』のなかで語るように，「走りごこち」を通して土地のありようを発見するのもよいだろう。観光ガイドを頼りに先人の旅人と同じ道をたどったとしても，わたしの旅はきっと，わたしだけのものになるのだから。

（上杉　誠）

▶19　ジョルジュ・サンド（1804-76）は，田園小説で知られる小説家。詩人ミュッセや作曲家ショパンとの恋愛，作家としての経済的自立，共和主義への共感などでも知られる。

▶20　ジョルジュ・サンド／小坂裕子訳（1997）『マヨルカの冬』藤原書店，66頁。

三　フランス語で書く人々とその背景

5 パ　リ

花の都，光の都，芸術の都。さまざまな枕詞を持つパリは，日本を含めた世界中の人々の心に，豊かで輝かしい都市の代名詞として不思議なオーラを放ってきた。実際パリほど多くの言説の対象となり，絵画や映画にくり返し描かれてきた場所はないだろう。このような魅力的なパリのイメージは，どのようにして生まれてきたのだろうか。

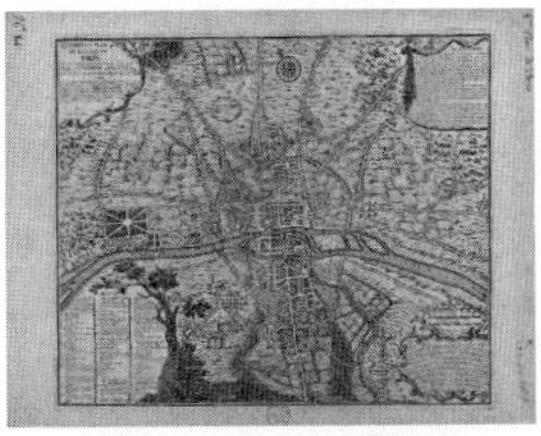

図1　1223年のパリ
出所：Nicolas de La Mare, Quatrième plan de la ville de Paris, フランス国立図書館蔵。

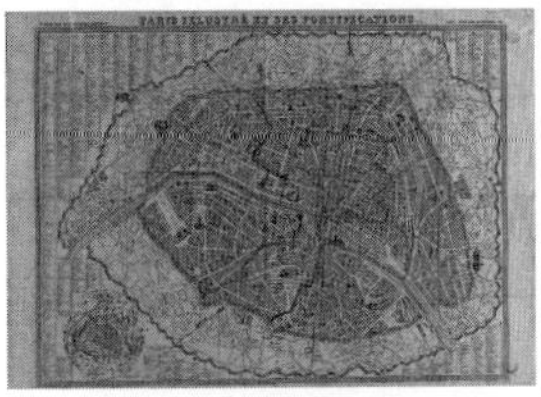

図2　1847年のパリ
出所：Maillard, Paris illustré et ses fortifications, フランス国立図書館蔵。

図3　ノートル＝ダム大聖堂
出所：畠山達氏撮影。

1 パリの発展

まずパリの地図を開いてみよう。少しゆがんだ円形の中央を，セーヌ川がゆるやかなカーブを描きながら東西に流れている。その中心部にシテ島と呼ばれる小さな島がある。紀元前3世紀頃，ここにケルト系のパリシイ人が住み着いたことからパリの歴史ははじまった。その後カエサル率いるローマ軍による征服，ゲルマンの一部族フランク族の侵攻などを経て，508年メロヴィング朝のクロヴィスによってパリはフランク王国の首都と定められた。

それ以後のパリはシテ島を中心に同心円状に拡大してゆく。現在のパリ20区が中心から周縁部へ向かってカタツムリの殻が渦を巻くような形で順番に数字を振られているのも，そうした歴史の名残と言えるだろう。

12～13世紀の農業上の技術革新の時期，パリは大きな発展の時代を迎える。シテ島にはゴシック様式の精髄を示すノートル＝ダム大聖堂（図3）が建立され，左岸にはパリ大学が設立される。フィリップ2世（オーギュスト）は大きくなったパリのインフラを整備しつつ，その周囲に堅固な城壁を築いた。城壁都市となったパリは，その後も古い壁を取り壊しては，外側に新しい壁を造るという方式でその境界を広げてゆく。パリの壁がいったん撤去されるのは，フランスがヨーロッパ一の強国となった太陽王ルイ14世の時代である。右岸の壁の跡地は広い散策道路となり，グラン・ブールヴァールと呼ばれて大いに賑わうこととなるが，18世紀末にはさらにその外側に入市税徴収のための「徴税請負人の壁」が造られた。フランス革命を迎えた時期のパリは，この壁で囲まれた，現在のパリの3分の1ほどの区域だった。

さて，そうしたパリの姿は文学作品の中ではどのように描かれてきたのだろうか。パリはすでに15世紀のヴィヨン[1]や16世紀のラブレー[2]の作品でも姿を見せてはいるが，その中で具体的な都市のありさまはほとんど描かれていない。近代以前では，同時代の社会的な現実を描くのは文学の役目ではなかったからだ。

▶1　本書の「フランソワ・ヴィヨン『形見』」（14-15頁）を参照。
▶2　本書の「フランソワ・ラブレー『ガルガンチュア物語』」（16-17頁）を参照。

現実のパリの姿が注目されるようになったのは，18世紀末にパリの町を隅々まで歩きまわって，人々の生活をルポルタージュ風に描き出したメルシエ[3]（『パリ情景』(1781-88年)），およびレチフ・ド・ラ・ブルトンヌ[4]（『パリの夜』）あたりからだろう。もっともそこで描かれたパリは，私たちがイメージするような花の都でも，光の都でもなかった。メルシエのパリは汚物があふれる退廃の都であるし，レチフのパリも改革を必要とする悪癖の町という面が強い。レチフはまたフランス革命下のパリの緊迫した様子も伝えており，革命の都パリというイメージを生み出した作家の一人とも言える。いずれにしても膨張するパリはこの頃から，内部にいわゆる都市問題を抱え込むことによって，光と闇，栄光と悪徳とが同居する近代の巨大都市としての相貌を見せはじめたわけである。

2 19世紀の首都パリ

革命とナポレオンの時代を経たのち，王政が復活した19世紀前半のパリでは，ジャーナリズムが大きな発展を遂げる。新聞雑誌にはパリに関連するさまざまな記事が掲載されて，多くの読者を引きつけた。バルザック[5]もそうした〈パリ物〉の著者の一人だったが，彼はまた『人間喜劇』の壮大な小説群の中で，鋭い観察眼によって近代のパリを構造的にとらえ直し，その光と闇を解剖してみせた。彼の描くパリは，旧貴族階級の牙城であるサン＝ジェルマン地区と，高級ブルジョワ階層の住むショセ＝ダンタン地区を二つの中心として，その周囲に無数の物語を秘めた「もっとも魅力ある怪物」のような都市である。『ゴリオ爺さん』の結末で，主人公のラスティニャックがパリの町を見下ろしながら「俺とおまえの勝負だ！」と叫ぶ場面は，そうしたパリの魅力と魔力を象徴的に示していると言えるだろう。

ラスティニャックにかぎらず，地方に住む若者が夢と野心を抱いてパリにやって来るという物語は19世紀に数多く書かれた。スタンダールの『赤と黒』（1830年）や，フローベールの『感情教育』（1869年）はもっとも有名な例だが，『感情教育』の主人公フレデリックは，「芸術と学問と恋愛はパリにしかない」とまで考えている。実際，ロマン主義時代の夢多き若者にとって，パリは神話のような都市となっていた。貧乏学生や芸術家の卵がパリの屋根裏で，グリゼットと呼ばれた貧しいお針子娘と恋をするといった定型のイメージは，ミュッセ[6]の『ミミ・パンソン』（1845年）やミュルジェール[7]の『ボヘミアン生活の情景』（1851年）などを通して，一般に広められてゆくことになる。

しかしこのようないわば「ロマンチックなパリ」は，19世紀を通じてつづけられた都市の近代化事業によって，しだいに姿を消してゆく。第二帝政下のセーヌ県知事オスマン[8]は，そうしたパリの大改造をエネルギッシュに推進した人物である。彼はパリの中心部に多く残っていた貧民街を一掃し，幅の広い直線的な大通りを縦横に貫通させた。また鉄とガラスによる新しい中央市場や鉄道

▶3　メルシエ（Louis-Sébastien Mercier, 1740-1814）。パリ生まれの作家。戯曲，小説，批評などさまざまなジャンルで活躍した。

▶4　本書の「レチフ・ド・ラ・ブルトンヌ『パリの夜』」（46-47頁）を参照。

▶5　本書の「オノレ・ド・バルザック『ゴリオ爺さん』」（52-53頁）を参照。

▶6　ミュッセ（Alfred de Musset, 1810-57）。ロマン派の詩人，小説家。『ロレンザッチョ』などの戯曲も有名。

▶7　ミュルジェール（Henri Murger, 1822-61）。パリ生まれの作家。代表作『ボヘミアン生活の情景』は，プッチーニのオペラ『ラ・ボエーム』の原作となった。

▶8　本書の65頁▶3を参照。

の駅を建設し，上下水道を整備し，パリの随所に立派な公園を配置した。見通しの良い大通りの両側に外観の統一された建物と街路樹が整然と並ぶ現在のパリの街並みは，このときに作られたと言っていいだろう。徴税請負人の壁が取り壊されて，パリがほぼ現在の20区にまで拡大されたのもこの時期である。ボードレール[9]は「豊かな記憶」の中にしか残らなくなった昔の町を愛惜して「古いパリはもはやない（都市の形は，ああ！　人の心よりも早く変わる）」と歌っている。一方ゾラ[10]は連作長編シリーズ『ルーゴン＝マッカール叢書』の中で，「オスマン化」によって大衆消費社会にふさわしい都市に生まれ変わった活気みなぎるパリの姿を力強く描き出した。『パリの胃袋』（1873年）の中央市場や，『ボヌール・デ・ダム百貨店』（1883年）のデパートなどは，そうした新しいパリを象徴する建造物である。また同時代の印象派の画家たちも，駅や街路，盛り場の賑わいなど，新しいパリの都市風景をさかんに描写している。

▶9　引用は『悪の華』の「パリ情景」に収められた「白鳥」より。本書の「シャルル・ボードレール『悪の華』」（64-65頁）を参照。

▶10　本書の「エミール・ゾラ『ボヌール・デ・ダム百貨店』」（70-71頁）を参照。

古いパリにせよ新しいパリにせよ，パリを舞台とした19世紀の文学を読むとき印象に残るのは，登場人物たちが実によく町の中を歩きまわっていることだ。パリの魅力は自分の足で隅々まで歩いてみなければわからないのかもしれない。パリを「19世紀の首都」と呼んだドイツの思想家ベンヤミン[11]は，「遊歩者というタイプを作ったのはパリである」と述べている。パリは人々を歩くこと，見ること，解読することへと誘う都市なのだ。謎としるしに満ちた迷宮としてのパリのイメージは，世紀を超えてブルトン[12]（『ナジャ』），アラゴン[13]（『パリの農夫』（1926年））らのシュルレアリストたちにも引き継がれている。

▶11　ベンヤミン（Walter Benjamin, 1892-1940）。引用は彼の未完の主著『パサージュ論』より。

▶12　本書の「アンドレ・ブルトン『ナジャ』」（98-99頁）を参照。

▶13　アラゴン（Louis Aragon, 1897-1982）。パリ生まれの詩人，小説家。レジスタンスの詩人としても知られる。

3 エッフェル塔と外国人

パリはまたイヴェントの都市でもある。19世紀後半には万国博覧会が1855年から1900年までほぼ11年ごとに計５回開催され，国の内外から多くの観客を集めた。そのたびにさまざまな施設が作られたが，中でも1889年のフランス革命100周年を記念した第４回万博では，エッフェル塔が最大の呼び物になった。鉄でできたレース細工のような300メートルを超える塔を建設するという計画は，当初モーパッサン，デュマ・フィス，ユイスマンスらの作家・文化人から猛烈な批判を浴びたが，完成したエッフェル塔はスーラ，アポリネール，コクトーらの作品に新たな霊感をもたらす存在となった。この「無用の」鉄の塔は今に至るまでパリのシンボルとなっているばかりでなく，人々の美意識を根本から変化させたのである。

およそこの頃から第一次世界大戦がはじまる前までの時期は，古き良き時代という意味でしばしば「ベル・エポック」と呼ばれる。その中心地がパリだったことは言うまでもない。1900年には第５回万博を機にメトロが開通し，アール・ヌーヴォーが建築や装飾芸術の領域で一世を風靡する。1909年にはディアギレフがパリで「ロシア・バレエ団」を旗揚げし，天才的舞踏家ニジンスキー

図４　アポリネールのエッフェル塔
出　所：Guillaume Apollinaire, *Calligrammes*, Mercure de France, 1918, p. 75.

や新進作曲家ストラヴィンスキーを起用して大成功を収める[14]。サクレ＝クール寺院が建設中のモンマルトルの丘では，ピカソやロートレックなどの画家が集まって旺盛な制作活動を展開する。こうしてパリは生きる喜びにあふれる魅惑の町として，芸術家をはじめとする外国人たちを吸収する世界一の国際都市に登りつめていった。

第一次世界大戦による疲弊も，この町の魅力を減じることはなかった。「狂乱の時代」とも呼ばれる1920年代には，ヘミングウェイ，ジョイスらの文学者がパリに集結し，モンパルナスの町はシャガールやフジタ[15]などエコール・ド・パリの画家たちの活動の場となった。19世紀後半から第二次世界大戦がはじまるまでの期間は，パリがもっとも輝きを放った時代と言えるかもしれない[16]。

▶14　本書の183-184頁を参照。

▶15　藤田嗣治（1886-1968）。

▶16　本書の119頁，179頁および215頁を参照。

4 そして21世紀のパリは？

二度の世界大戦を経て，世界の政治・経済の重心はヨーロッパからアメリカへと移っていった。しかし文化の発信地としてのパリは，その後もけっして輝きを失ったわけではない。戦後の冷戦の時代にはサルトルやカミュの発言が世界の注目を集めたし，それにつづくヌーヴォー・ロマン，構造主義といった新しい文学・思想の潮流もパリを主な発信源としている。とはいえパリのイメージは，もはやエネルギッシュな文化活動の拠点というよりも，ハリウッド映画に見られるような，郷愁に彩られた夢の町という面が強くなってきたようだ。

図5　ポンピドゥー・センター
出所：塩谷祐人氏撮影。

戦後の文学作品の中で，パリはどのように描かれているだろうか。たとえばクノー[17]は『文体練習』（1947年）や『地下鉄のザジ』（1959年）でコミカルにあるいは幻想的に，ペレック[18]は『ものの時代』（1965年）などで重苦しくあるいは即物的に，モディアノ[19]は多くの小説でメランコリックにあるいは回顧的に，それぞれのパリを描き出した。どの作品を見ても，パリは特権的な場所というよりも，普通の人々が日常生活を送る大都市のひとつとなった感がある。

▶17　クノー（Raymond Queneau, 1903-76）。ル・アーヴル生まれの作家。数字や言語への関心に基づいたユニークな作品が多い。

▶18　ペレック（Georges Perec, 1936-82）。パリ出身のユダヤ系の作家。実験文学集団「ウリポ」の中心的人物。

▶19　モディアノ（Patrick Modiano, 1945-）。パリ近郊出身の小説家。2014年ノーベル文学賞を受賞。

一方現実のパリには20世紀の末から再開発の波が押し寄せ，グランド・アルシュやポンピドゥー・センターなど超近代的な建築がいくつも出現した。古い街並みに新しい要素が加わったわけで，現在パリは世界屈指の観光都市となっている。しかしその裏にさまざまな問題が潜んでいることも事実である。とりわけ移民との関連で語られることが多いいわゆる「郊外問題」は，パリが抱える解決困難な課題の一つと言えよう。そうした重い現実を正面からシリアスに描いた作品としてマチュー・カソヴィッツ[20]の映画『憎しみ』（1995年）を，明るい笑いとともに描きだした作品としてマブルーク・ラシュディ[21]の小説『郊外少年マリク』（2008年）を挙げておこう。

パリはつねに外部から流入する人々を受け入れ，そのエネルギーをみずからの力に変えて発展してきた。世界の首都としての地位を失いはしても，パリはこれからもきっと新たな輝きを発しつづけるにちがいない。　　（朝比奈弘治）

▶20　カソヴィッツ（Mathieu Kassovitz, 1967-）。パリ出身の映画監督。俳優としても活躍している。

▶21　ラシュディ（Mabrouck Rachedi, 1976-）。小説家。アルジェリア系移民の2世としてパリ郊外に生まれた。

コラム3

カフェ

フランス人の生活にはカフェが欠かせない。とくにパリの街をとらえた写真や映画には，よくカフェの風景が出てくる。どんなカフェも絵になるものだが，名店の歴史をたどると，きらめく才能が集まる地区が，右岸と左岸に交互に現れることがみえてくるだろう。

パリ最古のカフェは，1672年にシチリア出身の商人プロコピオが創業し，現在も存続する「ル・プロコープ」だと言われる。大きな鏡や大理石のテーブルを配した華やかな内装で人気となり，コメディ・フランセーズの観劇客をとりこんで繁盛した。哲学者のヴォルテールやルソーも「ル・プロコープ」の常連で，革命期には共和派の拠点となった。なお，18世紀末のパリには，すでに2000軒ものカフェがあったという。

1830年代頃になると，パリの街は夜もガス灯で明るく照らされるようになり，カフェの名を冠した高級レストランが右岸に誕生した。グラン・ブールヴァール（パリ２区）界隈では，「カフェ・アングレ」や「カフェ・ヴォルテール」が，社交界の人々を集め，バルザックやユゴー，デュマなども観劇帰りに美食を味わった。いっぽう左岸のカルチエ・ラタン（パリ５区）のカフェは，ボヘミアンの芸術家やジャーナリスト，政治活動家らのたまり場だった。彼らはビールやアブサンを飲みながら原稿を書き，政治談議を闘わせた。

19世紀半ばにパリ大改造が進むと，刺激に満ちた都市風俗に創作のインスピレーションを求める画家たちが，カフェ文化を活気づけた。バティニョール地区（パリ17区）の「カフェ・ゲルボワ」やピガール広場（パリ９区）の「ラ・ヌーヴェル・アテーヌ」は，マネを慕う芸術家たちのたまり場で，印象派グループの結束を強めた。19世紀後半のパリには，カフェ・コンセールやミュージック・ホールなど，歌や演芸を楽しめる娯楽施設も出現した。ルノワールの《ムーラン・ド・ラ・ギャレット》（1877年）は，当時のダンス・ホールの楽しげな雰囲気を伝えてくれる。モンマルトルで人気を博したキャバレー「シャ・ノワール（黒猫）」や「ラパン・アジル（はね兎）」は，ベル・エポックの芸術家たちを魅了した。トゥールーズ＝ロートレックやエリック・サティは，ひいきのカフェのために数々のポスターや音楽を制作している。

第一次世界大戦後には，左岸のモンパルナス（パリ14区）がにぎわい，国籍も出自もさまざまな芸術家たちが，「ラ・ロトンド」や「ル・ドーム」などを拠点に，ジャンルの垣根を超えた創作活動を展開した。画家のピカソやマティス，レオナール・フジタ（藤田嗣治），詩人のアポリネールやコクトー，ブルトンを中心とするシュルレアリストグループ，ヘミングウェイらアメリカ人作家など，輝かしい才能がモンパルナスに集結したのだ。第二次世界大戦後は，サン＝ジェルマン・デ・プレ（パリ６区）の「ドゥ・マゴ」と「カフェ・ド・フロール」が，サルトルとボーヴォワールら思想家たちが出入りする哲学カフェとして存在感を強めた。1933年創設の「ドゥ・マゴ文学賞」は，レーモン・クノーの『はまむぎ』（1933年）をはじめ，今日まで多くの作家と作品を見出している。

カフェでの雑談，メモや落書きから生まれた芸術作品は数えきれない。フランス人の旺盛な創作欲，鋭い批評精神をはぐくむ，まさに芸術のゆりかごなのだ。

（福田美雪）

出所：Henri Cartier Bresson, Sans titre, 1969. *Paris à vue d'œil*, Éditions du Seuil, 1994, p. 15.

1　絵画・美術批評

1　ルーヴルから誕生した「サロン評」

あなたがふと気が向いて，展覧会に足を運んだとしよう。さて，どんなふうに回ったものか。一作品の前に何分くらい佇むべき？　有名な絵の前は黒山の人だかり。でもどうすごいのかピンとこない，芸術センスがないのかな？　本ならば一冊，音楽ならば一曲，という具合に一応の「始まり」と「終わり」はあるが，絵画の鑑賞はなかなか奥が深い。「正しい見方」はあるのだろうか。

おそらく美術鑑賞に「これ」という正解はない。好みの画家や作風，あるいは眼前の作品から伝わる感覚は，鑑賞者によって千差万別だ。しかし受けた印象を表現し，画家や作品を評価する方法論は，ディドロ[1]の『絵画論』(1766年）以来，文学者の間で模索されてきた。少し歴史をひも解くと，近代以降のフランス絵画と文学は，互いに不可分といえる緊密な関係を結び，ときに競いあい，ときに協力しながら，現代に至るまで多彩な展開を生み出したことがわかる。芸術作品を好きに制作し，好きに鑑賞するという，いまでは当たり前に思える行為自体が，画家と文学者の長い共闘によって勝ちとられた自由なのだ。

フランスの誇るルーヴル美術館は，数世紀にわたり「美の規範《カノン》」を規定する芸術の中心地だった。この建造物は中世から17世紀まで王の住居だったが，アンリ４世の時代に芸術の殿堂として大改築され，あらゆるジャンルの芸術家や職人が出入りしていた。1692年には絵画・彫刻アカデミーが入り，1699年からは「サロン[2]（官展)」の開催が始まる。革命後の共和政は，国民の美的関心を養うため，1793年にグランド・ギャラリーの一般公開を実現させた。ナポレオンの時代には，誰もがギリシア・ローマ美術，ルネサンス絵画，フランス古典主義絵画などを見学でき，画家たちが傑作の模写に励んだ。

一流の芸術作品を無料で見学できる貴重な機会として，サロンへの公衆の関心はきわめて高かった。絵画の収集家・鑑賞者として存在感を増すパリ市民に向けて，やがて多くの雑誌が美術批評を載せ始める。哲学者ディドロは1759年から1781年にかけてのサロン評において，ロココの宮廷画家ブーシェを辛辣に批判し，シャルダンの静物画の造形美を称賛した。古代の模倣こそ美とするアカデミーの規範に逆らい，読者が画家の肩書や知名度ではなく，作品自体の「真実の美」に目覚めるよう導こうとしたのだ。美の基準を相対化し，芸術家の個性に価値を見出す流れは，ロマン主義からさらに加速する。ボードレール[3]は『1846年のサロン』(1846年）において，画家の内面からほとばしる感情を，

▶1　本書の42-43頁を参照。

▶2　サロン（Salon）とは，1699年から始まった，アカデミー会員を対象とする公式展覧会。1725年からルーヴル宮殿の「方形の間 salon carré」が会場となり，1737年以降は定期開催となった。

図１　ガブリエル・ド・サン＝トーバン《1767年のサロン》

出所：Diderot, *Salons*, vol. III (1767), texte établi et présenté par Jean Seznec et Jean Adhémar, Oxford, Clarendon Press, 1963.

▶3　本書の64-65頁を参照。

普遍的な色彩表現に高めたドラクロワの作品を賛美した。ゾラ[4]は『わがサロン』（1866年）において，サロンや「落選展[5]」で物議を醸したマネを，対象から力強い生命力を引き出す独創的な気質の芸術家だと擁護した。これらのテキストには，主題や構図，色彩を表現するレトリックが駆使され，読者の眼前に絵が浮かぶような真実味がある。だがそれ以上に，不当に冷遇された美の表現者を正当に評価し，新たな時代の美学を確立しようという気概に満ちている。

2　美術批評を支えるメディアの発展

1830年代以降のパリでは，印刷・出版業が隆盛を極め，文学者が美術批評を発表する媒体に不足しなかった。日刊紙『ラ・プレス』や『ジュルナル・デ・デバ』，あるいは月刊誌『両世界評論』には，多彩な執筆陣による美術批評が毎回掲載された。読者と画家を媒介するガイドとして，また芸術潮流の移り変わりを証言するテキストとして，美術批評というジャンルが確立したのだ。芸術家の「天分」とは何か，作品を「傑作」たらしめるものは何か，あるいはもっとシンプルに「美」とは何か，メディア上で無数の思索がめぐらされ，議論が闘わされ，対立する美的価値観の衝突から新たなうねりが生まれていった。

19世紀に登場した写真術や映画など，従来の視覚表現を根本的に変える発明品によって，絵画は「自然を真実らしく模倣する」という特権的な役割を失ってゆく。そこで出現したのは，伝統的な主題のもとに見慣れた世界を再現する絵画ではなく，鑑賞者の先入観を揺り動かし，新たな知覚を体感させる絵画であった。ボードレールは，『フィガロ』紙に発表した「現代生活の画家」（1863年）において，無名の都市風俗画家コンスタンタン・ギースを称賛する。「現代性，それは移ろいゆくものであり，逃げ去るものであり，偶発的なものであり，それが芸術の半分をなす」という「現代性 modernité」の美学がここに誕生した。

オルセー美術館の誇る傑作，マネの《オランピア》（1863年）には，猥褻だと怒った観衆に傘で破られかけたという逸話があり，ルノワールの《陽光の中に座る裸婦》（1876年）は「腐った肉の塊」と非難された。晩年のモネは，《睡蓮》の連作を含むコレクションを国家に寄贈しようと申し出たが，政府に拒否されている。彼らの前衛的な表現が，伝統絵画に慣れた人々の目にいかに異質と映ったか，サロンの保守的な価値観がいかに支配的だったかがわかる。そもそも「印象主義 impressionnisme」も「野獣主義 fauvisme」も，当事者たちが宣言した美学ではなく，展覧会を見た記者の辛辣な批評から生まれた言葉だ[6]。

1874年に写真家ナダールのスタジオから始まり，合計八度開催された印象派グループ展をきっかけに，アンデパンダン展[7]やサロン・ドートンヌ[8]など，19世紀末にはアカデミーへの対抗姿勢をとる展覧会が活発化した。ゴッホやゴーギャンの優れた評論で名高い，象徴主義の雑誌『メルキュール・ド・フランス』（1890年-）や，マラルメ[9]やプルースト[10]を執筆陣に迎え，ナビ派[11]のイラストで装

▷4　本書の70-71頁を参照。

▷5　19世紀以降，サロンの参加資格はアカデミー会員から一般に開かれた。しかし応募が殺到して審査に混乱をきたしたので，1863年にナポレオン３世が「落選展（Salon des Refusés）」の開始を決定した。保守的なサロンよりも大衆的な人気を博し，印象派グループは落選展の常連だった。

▷6　批評家ルイ・ルロワは，ナダールのスタジオで開催されたグループ展の記事において，モネの《印象，日の出》（1873年）をもじって，彼らの作品を« impressionnisme »と揶揄した。また，1905年のサロン・ドートンヌで，ピカソやマティスの展示を観た『ジル・ブラース』紙の記者は，皮肉をこめて「野獣（fauve）の檻」と表現した。

▷7　アンデパンダン展（Salon des Indépendants）とは1884年以降，官展に対抗してパリで開かれた，「無審査・無報酬・自由出品」の展覧会。アンリ・ルソーやゴッホ，藤田嗣治など，多くの前衛芸術家の飛躍につながった。アンデパンダン展の「無審査」というコンセプトは，世界各国に広がった。

▷8　サロン・ドートンヌ（Salon d'Automne）とは，ゾラやミルボーなどの文学者とも親交があった，ベルギーの建築家フランツ・ジュルダン（1847-1935）が設立した定期展覧会。通常のサロンと異なり，秋に開催されるのが特徴で，現在も芸術家の登竜門として注目されている。

▷9　本書の74-75頁を参照。

▷10　本書の86-87頁を参照。

▷11　ナビ派(Les Nabis)とは，19世紀末に結成された前衛芸術家のグループ。印象派とは対照的に，浮世絵の影響を受けた単純で装飾

飾された『ラ・ルヴュ・ブランシュ』(1889-1903年)など，既存のメディアと一線を画す総合的な美術雑誌も誕生した。19世紀末から20世紀にかけては，象徴主義詩人ジャン・モレアスの「文学宣言」(1886年)，トリスタン・ツァラの「ダダイスム運動」(1916年)，ブルトン[12]の『シュルレアリスム宣言』(1924年)など，既成の秩序の解体を目指す芸術運動が次々と生まれる。しかしどのマニフェストも，強烈な個性がぶつかりあう色鮮やかな花束をまとめるリボンのようなもので，いずれほどける運命は免れなかった。

3「書物」を描く絵画，「絵画」を語る書物

これまで，近代の画家と文学者が新たな美学を模索する歩みをみてきたが，両者ははじめから対等な立場で共闘したわけではない。19世紀前半に諷刺新聞がブルジョワ階級に人気を博した時代，ガヴァルニやグランヴィル，ドーミエなどすぐれた挿絵画家が登場した。ただし彼らの版画は，あくまで作家の文章に付随するものとみなされ，単独での芸術的価値が認められたとは言い難い。しかし19世紀後半には，画家と文学者が協同し，オブジェとしての本を制作する試みが活発になる。1875年，E. A. ポーの長編詩『大鴉』のマラルメ訳に，マネは墨を用いた白黒の絵を寄せた。本書の挿絵は，テキストの添え物ではなく，書物の成立に不可欠な，ポーとマラルメの詩学を象徴するイメージである。

芸術のパトロンとしての画商や出版業者の存在も，忘れてはならない。画家たちは彼らとの友情と連帯の証として，アトリエ風景を描いた集団肖像画を制作した。クールベの大作《画家のアトリエ》(1855年)，ファンタン＝ラトゥールの《ドラクロワ礼賛》(1864年)や《バティニョールのアトリエ》(1870年)，バジールの《ラ・コンダミーヌ通りのアトリエ》(1870年)，モーリス・ドニの《セザンヌ頌》(1900年)には，ボードレールやゾラをはじめとする美術批評家，画商の姿が見える。デュラン＝リュエルやヴォラールは，作品の買い取り，個展開催や海外市場の開拓を通じて，印象派，ポスト印象派の活動を支えた。出版業者シャルパンティエ夫妻は，自然主義から象徴主義まで幅広い芸術家をサロンに迎え，絵のモデルも務めた。ピカソをはじめアトリエ「洗濯船」の画家たちを見出し，アポリネールやコクトーの詩集に挿絵を描かせた出版業者カーンワイラーもいる。彼らはフランス絵画の国際的影響力を大いに高めた。

美術批評を通じて画家と親交を深めた文学者たちは，画家を主人公にした芸術家小説にも挑戦した。テオフィル・ゴーティエ[13]の「オニュフリウス」(1832年)，アンリ・ミュルジェールの『ボヘミアン生活の情景』(1851年)，ゴンクール兄弟の『マネット・サロモン』(1867年)，ゾラの『制作』(1886年)などがその好例だ。しかし，写実主義から象徴主義へと移り変わる時代には，芸術を主題にするのではなく，芸術についての考察自体が目的であるような，既存の形式から逸脱した小説も出現する。ユイスマンス[14]は象徴主義の手本とされた小説『さ

的な表現で，内的な夢想や神秘を追求した。代表的な画家に，モーリス・ドニやピエール・ボナールがいる。

▶12　本書の98-99頁を参照。

▶13　本書の58-59頁を参照。

▶14　本書の76-77頁を参照。

▶15　作家ベルゴットは体調不良をおしてフェルメール展に出かけ，《デルフトの眺望》を前に，「こんな風に書くべきだった［中略］この小さな黄色い壁面のように，絵の具を何度も塗りかさねて，文それ自体を貴重なものにすべきだった」(吉川一義訳)と慨嘆する。美の真実に触れたと思われたこの瞬間，作家は発作に倒れて頓死する。だが，語り手はこう続ける。「永久に死んだのか？　誰がそう言えよう？［中略］葬儀の夜，ひと晩じゅう明かりの灯った本屋のショーウィンドーに，その本が翼を広げた天使のように3冊ずつ飾られて，通夜をしているのが，もはやこの世にない人にとって復活の象徴となっているように思われた」(吉川一義訳)。

図2　アンリ・ファンタン＝ラトゥール《バティニョールのアトリエ》(1870年)

出所：*L'impressionnisme et la Mode*, sous la direction de Cloria Groom, catalogue d'Exposition, Musée d'Orsay-Skira Flammarion, 2012, p. 202.

かしま』（1884年）において，ギュスタヴ・モローの《サロメ》やオディロン・ルドンの版画に関する考察に丸ごと1章を割いた。プルーストの『囚われの女』（1923年）には，フェルメールの《デルフトの眺望》（1661年）を前にした作家ベルゴットの死を通して，芸術作品の不朽性への語り手の信念が表明される重要な挿話がある。[15]

4　ジャポニスムからアール・ヌーヴォーへ

ところで，なぜ前衛的な画家たちは，ルネサンス以来の遠近法から脱しようともがき，具象から抽象へ，立体性から平面性へのコペルニクス的転回に成功したのだろう。一部の美術批評家や画商がその先駆性を理解できたのはなぜか。その背景には，19世紀後半のフランスを席巻したジャポニスムの影響もあった。日本が初めて公式参加した1867年の第2回パリ万博以降，パリでは着物や浮世絵，武具，漆や蒔絵などの工芸品が人々を魅了した。日本美術の紹介者であるサミュエル・ビング[16]や林忠正[17]は，多くの芸術家を顧客に抱えた。

美術批評でマネを擁護したゾラに，画家は返礼として《エミール・ゾラの肖像》（1867年）を贈ったが，その画中には浮世絵と屏風が見える。エドモン・ド・ゴンクールは，林忠正を通じて日本美術の造詣を深め，本格的な浮世絵論を著した。ジヴェルニーの睡蓮の池に日本橋を造らせたモネも，《睡蓮》の連作にすぐれた批評を書いたジョルジュ・クレマンソー[18]も，浮世絵や香合など，何百点もの貴重な日本美術コレクションを飾っていた。

平面的で大胆な画面構成，単純化された描線，絵と文字の併存など，浮世絵は西洋絵画と正反対の特徴をもつ。その洗礼を受け，模倣や翻案に励んだ画家は，ドガ，ロートレック，ゴッホ，ドニなど数知れない。彼らの手がけたポスターや本の装丁を通じて，人々の芸術感覚自体が変容し，記号的なグラフィック・アートへの移行が起こる。エミール・ガレやポール・ラリックは，動植物や海の生物に想を得て，宝飾品や工芸品に自由で曲線的な装飾を施した。二次元平面から三次元の世界へと羽ばたく「アール・ヌーヴォー」のデザインは，建築物の内や外にもまといつき，ヨーロッパ全体に広がっていく。もう絵画は直立して定点から観るものではない。裏返したり触れたり，全身で体感できるオブジェだ。シュルレアリスムやダダイスムの芸術家は，写真や物質を用いてコラージュを制作し，重なり合うイメージの戯れから誰もが解読の楽しみをひきだせる，作品と鑑賞者双方の働きかけから成り立つ芸術のあり方を創造した。

ミシェル・オスロ監督のアニメ『ディリリとパリの時間旅行』（2019年）は，全編アール・ヌーヴォーの装飾で彩られ，本章で触れた芸術家たちが多数登場する。勇敢な少女ディリリと，ぜひベル・エポックのパリを冒険してほしい。

（福田美雪）

図3　アンリ・ド・トゥールーズ＝ロートレック『ラ・ルヴュ・ブランシュ』のためのポスター（1895年）
出所：フランス国立図書館蔵。

▶16　サミュエル・ビング（1838-1905）は，ドイツ出身の古美術商。普仏戦争後のパリで日本美術専門店を開く。日仏を往復しながらコレクションを築き，欧州各地の美術館と取引した。雑誌『芸術の日本 *Le Japon artistique*』（1888-91年）で日本美術を広めた功績ははかり知れない。1895年には，ベル・エポックの芸術文化を象徴する「アール・ヌーヴォーの店」を開いた。

▶17　林忠正（1853-1906）は，パリを拠点に活動した日本の美術商。マネやモネ，ゴンクールと親交を結び，ヨーロッパの収集家に日本美術を紹介した。博物館や研究者への協力も惜しまず，1900年のパリ万博では「日本古美術展」を開催し，来訪者に大きなインパクトを与えた。

▶18　ジョルジュ・クレマンソー（1841-1929）はジャーナリスト，政治家。ドレフュス事件では，ゾラの「私は告発する！」を『オーロール』紙に掲載した。第三共和政の首相として，政教分離法を制定。林忠正や西園寺公望と親しく，日本美術を熱心に蒐集し，モネの絵画の理解者だった。

2　オペラ・バレエ

1　文学，音楽，バレエはいかに結びつくか――17世紀から18世紀

ヴィクトル・ユゴーの小説『レ・ミゼラブル』やガストン・ルルーの『オペラ座の怪人』をもとにしたミュージカルは現在も人気を博している。ミュージカルは音楽劇の一つだ。歌舞伎，京劇など，各文化に固有の音楽劇は世界各地に存在する。フランスに栄えた音楽つきの舞台芸術を代表するものとしてはオペラとバレエが挙げられるが，それらが文学と深く結びついて発展してきたことを，ここではいくつかの角度からみていきたい。

中世のフランスの宮廷にはフォーク・ダンスや型のきまった宮廷舞踊があり，そこに詩と音楽がつくこともあった。イタリアで熟したオペラやバレエの基礎が16世紀にフランスに輸入されると，詩人ロンサール[1]の友人でもあったジャン＝アントワーヌ・ド・バイーフが1570年に「詩と音楽のアカデミー Académie de poésie et de musique」をつくるなど，舞台装置，歌，踊り，器楽を組み合わせる試みが加速し，宮廷バレエの最初の本格的な作品，『王妃のバレエ・コミック *Balet comique de la Reine*』（1581年）が生まれた。これはホメーロスの叙事詩『オデュッセイア』の魔女キルケにまつわるエピソードを借り，舞踊，音楽，歌唱や詩の朗唱，機械じかけつきの舞台装置を用いた「諸芸術の融合」の理念に基づくスペクタクルだった。5時間半にも及び，100万エキュ費用がかかったことからも，どれほど富の集中をもとに作られる芸術だったかわかる。

17世紀には太陽王ルイ14世のもとで1669年にパリ・オペラ座の前身となる王立音楽アカデミーが創られ，1673年にはバレエやパストラルなど既存の要素を吸収して，最初のフランス的オペラ，「叙情悲劇 tragédie lyrique」となる『カドミュスとエルミオーネ』が生まれた。台本はフィリップ・キノー，音楽はジャン＝バティスト・リュリで，物語はオウィディウスの『変身物語』から取られ，古典劇の朗唱を参考にしてフランス語の抑揚が尊重されていた。

ルイ14世お気に入りの作曲家だったリュリと喜劇作家モリエール[2]は協力し，歌，バレエ，喜劇を一体化したコメディ・バレ comédie ballet というジャンルの作品も生み出した。その一つが『町人貴族 *Bourgeaois gentihomme*』（1670年）だ。貴族になりたい町人のジュルダンは，貴族ではない若者クレアントと娘の結婚を拒否しているが，トルコ大公の王子に変装したクレアントが自分にも「ママムーシ」（トルコの騎士）の称号を授けてくれるというので，喜んで結婚をゆるしてしまう。契約の場面で，歌つきの間奏曲とダンスが演じられる。

▶1　本書の20-21頁を参照。

▶2　本書の30-31頁を参照。

図1　オペラ・ガルニエ座
出所：筆者撮影。

図2　オペラ・コミック座
出所：図1に同じ。

音楽，詩，ダンスを統合し，魂の感動を表現する芸術としてのオペラをつくろうとする動きが展開していく中で，18世紀にはイタリア・オペラとフランス・オペラの優劣をめぐる論争（ブッフォン論争）も生まれた。旋律や言葉について考察する文学作品も多く現れた。たとえば，どちらも人間の声にかかわる言葉と声のうち，どちらが先にあったのかという問題が取り上げられ，ルソー[3]は『言語起源論――旋律と音楽的模倣について[4]』で両者の起源を論じた。『百科事典』で音楽に関する項目は800に上る。ルソーが自ら『村の占い師 *Le Devin du village*』（1752年）を作曲するなど，作家も音楽的な創作に携り，音楽そのものを再考し，音楽の普及を模索していった。

▷3　本書の44-45頁を参照。

▷4　増田真訳（2016）『言語起源論――旋律と音楽的模倣について』岩波文庫。

2　神話・英雄の物語から現実のドラマへ

大がかりなスペクタクルだったオペラやバレエ作品は，富を一極集中させられる絶対王権のもとで発展し，その題材には神話や英雄の物語が多かった。イタリアのオペラは，しばしばカストラート[5]を用い，歌手の名人芸を披露することを重んじ，筋の運びや音楽の流れが二の次にされることも多かった。作曲家グルックは18世紀半ばに，筋書きや音楽がより自然なオペラを提唱した。

▷5　カストラートとは去勢歌手。男性でありながら高い音域までの声を出すことができ，ダイナミックな表現が可能だった。ジェラール・コルビオ監督の映画『カストラート』に，実在したイタリアのカストラート，ファリネッリが描かれている。

華麗なアリアとレチタティーヴォで展開される「オペラ・セリア」の合間に演じられていた喜劇から発展した「オペラ・ブッファ」では，庶民や現実の日常生活も扱われた。ボーマルシェの戯曲とモーツァルトのみずみずしい音楽がつむぐオペラ『フィガロの結婚』（1786年），作曲家ロッシーニのコミカルな発想が光るオペラ『セヴィリアの理髪師』（1816年）といった傑作は，貴族よりも知恵のある使用人や男性の横暴な計画の裏をかく女性の連帯を描き，専制的な権力への異議申し立てといった時代の問題意識を普遍的な情感とつなげた。

図3　オペラ『悪魔のロベール』第3幕　死んだ尼僧たちが修道院の墓場から出て踊る
出所：フランス国立図書館蔵。

働く女性たちもオペラの主人公になった。ミュルジェールの小説・戯曲『ボヘミアン生活の情景』（1851年）をもとにプッチーニが作曲したオペラ『ラ・ボエーム』（1896年）のミミはお針子である。ユゴーの『レ・ミゼラブル』（1862年）の登場人物で，恋人に捨てられ悲惨な運命をたどるお針子ファンティーヌと同じく，ミミも貧困と病に脅かされていた。きわめて贅沢な芸術で，裕福な者の特権だったオペラの舞台で，社会の底辺の悲惨な現実が表現された。

3　この世のものならぬ存在の表現

19世紀には，歴史的な題材をもとに大がかりな装置とオーケストラ編成，派手な視覚効果，合唱，バレエ，異国趣味などに彩られた「グランド・オペラ」と呼ばれるジャンルのオペラも流行した。パノラマやジオラマなどの視覚装置のおかげで舞台は立体感を増した。手元でガスの量を調節できる，明るく無煙のガス灯が用いられ，凝った舞台装置や緻密な演技が映えるようになった。

1831年に初演されたマイアベーア作曲のオペラ『悪魔のロベール』の第3幕

で，ガス灯が表すほの暗い月の光の中，死んだはずの修道女が僧院の墓場から出てきて踊った。彼女たちは白い衣装をつけてヴェールをかぶり，「シュル・レ・ポワント」（爪先立ち）でアラベスク[6]のポジションを特徴的に用いていた。女性ダンサーが白いコスチュームを着て踊る場面は「バレエ・ブラン」と呼ばれ，『ラ・シルフィード』（1832年），『ジゼル』（1841年），『白鳥の湖』（1875年）第２・４幕，『ラ・バヤデール』（1877年）の「影の王国」などに見られる。それは妖精，精霊，夢などが登場する非現実的な世界を表現していた。とくに，つま先立ちの技術を用いて地面に足がついていないかのようにすべっていく動きがこの世のものならぬ存在を表し，ひざ下丈の白いチュチュは夢幻の存在を想像させた。

▶6　アラベスクとはバレエで，片方の足で立ち，もう一方の足を上げるポーズ。

19世紀の文学では妖精や亡霊などがしばしば取り上げられる。ロマンチック・バレエを特徴づけるバレエ・ブランも，19世紀のロマン派の時代に，文学的と関連して生まれた。『ジゼル』の源には，恋して死ぬまで踊るスペイン娘を歌うヴィクトル・ユゴーの詩[7]や，男たちを死に引きずり込むウィリーと呼ばれる娘たちに言及したハインリヒ・ハイネの作品[8]がある。ハイネの作品を読んでこのバレエの台本制作にかかわったゴーティエは，「死霊の恋」や「ポンペイ夜話」をはじめ，生者と死者が恋する幻想的な文学も多数生み出した[9]。

▶7　『東方詩集』（1829年）の中の *Fantômes*。ユゴーに関しては，本書の54-55頁を参照。

▶8　Heinrich Heine, *De l'Allemagne* （1835）, *Gallimard*, coll.« Tel », 1998.

▶9　本書の「テオフィル・ゴーティエ「死霊の恋」他幻想短編集」（58-59頁）を参照。

4 パリという都市が舞台にのぼる

パリ大改造を経て1900年のパリ万国博覧会の年に上演されたシャルパンティエ作曲の『ルイーズ』では，パリ自体がオペラの主人公となった。お針子ルイーズは，詩人と窓越しに交流して恋に落ち，両親を置いて家を出る。家族から娘を奪うのは，自由と解放へと誘うパリでもある。取り残された父親が「パリめ！」とモンマルトルの丘からパリ全体を呪うように叫んで幕が閉じる。

その50年後に生まれた『若者と死』（1949年）は，ローラン・プティがジャン・コクトーの台本，バッハの『パッサカリアとフーガ』に振りつけた１幕のバレエ作品だ。屋根裏部屋に住む画家志望らしき若者が，現れた女に翻弄された末，女のかけていった縄で自殺する。若者が絶命すると，舞台背景はエッフェル塔やパリの夜景をのぞむ屋上に変わる。バッハの音楽の繊細な緊迫感と，屋根裏の生活をめぐって文学が展開してきた貧困や死という主題，パリの町が，短い作品の中で呼応し合う。生活の細部の小道具（机，椅子など）を，身体の自然でありながら驚くべき動きと結びつける舞踊が，愛と死を描いている。

5 20世紀初頭，諸芸術を縦断する革新

20世紀初頭には各分野で芸術革新の動きが起きた。ロシアの芸術プロデューサーだったディアギレフは，1909年にパリで「ロシア・バレエ団」を旗揚げした。天才的舞踏家ニジンスキーらを登用するとともに，新進作曲家ストラヴィンスキーに『火の鳥』（1910年初演）を，モーリス・ラヴェルに『ダフニスとク

図4　バレエ『パラード』（1917年）の登場人物

出所：*Parade* (exposition, Metz, Centre Pompidou-Metz, Grande nef, 17 novembre 2012-18 mars 2013), catalogue sous la direction de Claire Garnier, Centre Pompidou-Metz, 2013, p. 33.

ロエ』（1912年初演）を委嘱するなどして，舞踏・音楽言語と舞台芸術を刷新する作品を生み出し，バレエを総合芸術として進化させた[10]。このコラボレーションの中で生まれたストラヴィンスキーのバレエ音楽『春の祭典』（1913年）は既存のリズムや和声の常識を破り，音楽の新時代を切り開いた。

『春の祭典』が音楽でスキャンダルを引き起こしたなら，台本ジャン・コクトー，音楽エリック・サティ，衣装パブロ・ピカソで生まれたバレエ『パラード』（1917年）は舞台装置などでも論争の的となった。作品の主題は，詩人ランボー[11]も『イリュミナシオン』（1886年）で取り上げた「客寄せ芝居 Parade」だ。見世物小屋の出演者たちがテント前で芸を披露し，マネージャーが客を呼び込む。衣装にはキュビスム的なフォルムも用いられ，音楽にはサイレンやラジオ，タイプライターの音などが入っている。バレエに庶民的なミュージック・ホールの魅力を与えつつ，最先端の洗練された舞踊をめざし，チャップリンの模倣など映画的な動作や，ラグタイム[12]のリズムにのったダンスなど，新鮮な動きも取りこんだ。各分野の革新性をつなぎ，異文化の発想を取り入れる姿勢が，物議を醸しながら文学・芸術を変えていったのである。

6　ジャンルの境界を越えて生まれ変わっていく作品

文学とオペラやバレエは手を取り合って芸術を変えてきただけではない。オペラやバレエが文学作品を読み替え，各芸術分野の特徴を生かして新しい境地を切り開いた例もある。たとえばデュマ・フィスの小説『椿姫』[13]からは，ヴェルディ作曲のオペラ『ラ・トラヴィアータ』（1853年），アメリカの振付師ジョン・ノイマイヤーがショパンの音楽を使って構成したバレエ『椿姫』（1978年初演）などが生まれた。原作はやや複雑な語りと時間の構造を持っているが，オペラでは時系列が尊重された。小説では最後まで伏せられている，ヒロインに恋人の父が別れを迫る場面がクローズアップされ，ヴェルディらしい劇的な叙情性が展開される。ノイマイヤー振付のバレエでは，ヒロインの死後の競売の品から場面を再構成する仕組みがとられ，三幕それぞれで性格の違ったパ・ド・ドゥ[14]が恋人たちの関係の変化を浮き彫りにする。また原作で示唆されていた『マノン・レスコー』[15]との関係は，はじめ劇中劇で示されるが，しだいにマノンとマルグリットの心理的かつ身体的な関係にまで発展して大きな意味を持つ。

プロスペール・メリメの小説『カルメン』[16]（1845年）も，ビゼー作曲のオペラ（1875年）や，ローラン・プティの同名のバレエなど多数の芸術作品に変奏された。カルメン以外にも，『マノン・レスコー』『椿姫』『サロメ』『ペレアスとメリザンド』など，運命の女（ファム・ファタル）[17]とみなされうる女性を核とした作品は，多くのオペラ，バレエ，音楽作品に昇華された。それらを比較しつつ，各時代の美学，各芸術の特徴，そして既存の名作から新しいものを切り開こうとする芸術の精神を分析する可能性は，豊かに開かれている。（博多かおる）

▶10　本書の174-175頁を参照。

▶11　本書の72-73頁を参照。

▶12　ラグタイムとは，19世紀末から20世紀初頭にかけてアメリカ合衆国を中心に流行した，黒人音楽に影響を受けた音楽。リズムのシンコペーションが特徴的。

▶13　本書の「アレクサンドル・デュマ・フィス『椿姫』」（60-61頁）を参照。

▶14　パ・ド・ドゥとはバレエ作品で，男女二人が展開する踊り。

▶15　本書の38-39頁を参照。

▶16　本書のコラム4「宝塚歌劇とフランス」（201頁）を参照。

▶17　本書の「ファム・ファタルとオム・ファタル」（206-209頁）を参照。

3　演　劇

1　さまよえる影たち

チケットぴあでは落語もまた演劇に分類されているけれど，落語は一人の演者が複数の人物を演じ分けるという意味でれっきとしたお芝居である。筆者がてがけたモリエール[1]の翻訳について「西洋落語の趣がある」と評されたことがあるが，「どちらさまですか」と問う相手に対し「わしだ」と返す台詞を「ワシダ様ですか？」と聞き返す落語のやり取りを聴いていると[2]，モリエールの戯曲『ジョルジュ・ダンダン[3]』で「お婿さん，人に話しかける時に名前で呼ぶのは失礼だぞ。自分よりも身分の高い相手に話しかける時には，『あの』とだけ言うもんだ」とたしなめられて「あのとだけさん」と切り返す人物の姿が浮かんでくる。そこにいないはずの人物に肉体を貸し与え，語りによってその人物に命を吹き込むという点で落語家は俳優と通じるものを持っている。落語「らくだ」で死者を踊らせて嫌な相手を怖がらせる人物が描かれるように，前川知大（1974-）の戯曲『プレイヤー』（2017年）では，死者の声を「再生」する人物を演ずる役者たちの姿が描かれる。俳優によって「再生」される声は，時間と空間を超えて死者をも蘇らせる。

コルネイユ[4]の戯曲『舞台は夢』（1635-36年）において，行方不明の息子を探す父親の前に魔法使いはその息子にそっくりな「口をきく亡霊」を登場させて，失踪後の再現ドラマを見せる。「口をきく亡霊」の芝居に父親は引き込まれ，息子が選んだ俳優という仕事への共感が芽生える。「口をきく亡霊」とは，すなわち俳優の比喩である。サルトルの戯曲『出口なし』（1944年）では，地獄の案内人に導かれて登場する三人の人物全員が死者という設定である。エリック＝エマニュエル・シュミット（1960-）の戯曲『二つの世界をつなぐホテル』（1999年）においては，まさに生死の境をさまよう魂が，あるホテルに集められ，天国か地獄か，あるいはまた元の世界に戻るのか，どちらにいくエレベーターに乗るべきかという裁定が下されるのを待っている。ケラリーノ・サンドロヴィッチ（1963-）の戯曲『キネマと恋人』（2016年）では，映画のスクリーンから抜け出した人物が舞台上に混乱を引き起こし，さまよえる影こそが演劇の核心にあることを感じさせる。フロリアン・ゼレール（1979-）の戯曲（『別の人』（2004年）第１場の表題）にもあるように，まさに，舞台上は「さまよえる影たち」に満たされている。

▶1　本書の30-31頁を参照。

▶2　柳家喬太郎によるある日の口演「抜け雀」において。

▶3　『ジョルジュ・ダンダン』（秋山伸子訳）1668年初演，第１幕第４場，『モリエール全集』第７巻，臨川書店，2001年，24頁。

▶4　本書の28-29頁を参照。

▶5　創立以来340年余の伝統を誇る常設劇団コメディ・フランセーズは「モリエールの家」とも呼ばれ，幅広い演目を有し，「レパートリーとしてはおよそ三千本の戯曲が数えられる」（パトリック・ドゥヴォー／伊藤洋訳（1995）『コメディ＝フランセーズ』白水社，134頁）。フレデリッ

2 仮面の誘惑

美内すずえのマンガ『ガラスの仮面』において，往年の大女優が見出した少女北島マヤの才能を「あなたは千の仮面を持っている」と評し激励する場面に象徴されるように，仮面は演劇と深い繋がりのあるものとしてとらえられている。16世紀イタリアに生まれた仮面即興劇コンメーディア・デッラルテがフランス演劇に与えた影響ははかりしれない。モリエールの劇団を母体として1680年に創設されたコメディ・フランセーズ[5]所蔵の絵画「フランス・イタリア笑劇役者の図[6]」（1670年）の左端には『お嫁さんの学校[7]』のアルノルフ役のモリエールの姿が描かれているが，ほぼ中央には，黒い仮面をつけて，赤や緑，黄色のひし形のつぎはぎをちりばめた衣装をつけたコンメーディア・デッラルテの典型的な道化役アルルカン（アルレッキーノ）の姿が見える。右前面で両手を大きく広げて片手に楽器チターを持つ黒ずくめの衣装の男もまたコンメーディア・デッラルテには欠かせない人物スカラムーシュ（スカラムッチャ）である。モリエール初期の喜劇には仮面（マスク）を連想させるマスカリーユという名前の人物が登場して大活躍するし，モリエールの成功を妬んだ同業者はモリエールを中傷する戯曲を刊行するが，その口絵には，スカラムーシュ役でパリを魅了していた名イタリア笑劇役者からじきじきに演技指導を受けるモリエールの姿が描かれていた（図１）。18世紀フランス演劇を代表する劇作家マリヴォー（1688-1763）はコメディ・フランセーズの俳優用とイタリア人俳優用とで芝居を書き分けており，とりわけ道化役アルルカンはマリヴォー劇のトレードマークと言ってもよいほどだ。

仮面は演劇を象徴するものとして，コルネイユの肖像画にも描きこまれている。19世紀フランスにロマン派劇[8]という新たなジャンルを打ち立てたユゴー[9]の戯曲『リュクレース・ボルジア』（1833年）では，愛する息子の前で素顔を暴かれたヒロインの復讐がさく裂するが，ヒロインの仮面をはぎとった側の男性の次の台詞は仮面の持つ逆説的性格を浮き彫りにする。「女性が自分ではない者の姿を借りて現れるのは，胸のうちをより赤裸々にさらけ出すため。顔に仮面をつけ，裸の心を見せるのだ」（第１幕第２部第３場）。これとは対照的に，マリヴォーの『愛と偶然の戯れ』（1730年）においてシルヴィアは，父親が決めた結婚相手の訪問を初めて受けるにあたって，小間使いと衣装や立場を取り換えて相手を観察したいという希望を抱く。それは男性が家から外に出る際につける「仮面」（第１幕第１場）に対する警戒心から出たことなのである。サッシャ・ギトリ（1885-1957）のオペレッタ『仮面の愛』（1923年）では，仮面舞踏会において息子の仮面をつけることによって若い女性の歓心を買った男性が最終的にはその仮面を脱ぎ捨てた時，真実の愛が生まれる。ジュネ[10]の『女中たち』（1947年初演，1968年決定版の刊行）では，女中たちは奥様の留守の合間に奥様ごっこに興じる。奥様役を演じるクレールは，女中役を演じるソランジュをクレールと

ク・ワイズマン監督のドキュメンタリー映画『コメディ・フランセーズ――演じられた愛』（1996年）はこの劇団に対する好奇心を十分に満たしてくれる。

▶6　鈴木康司（1999）『わが名はモリエール』大修館書店，口絵。

▶7　本書の「モリエール『お嫁さんの学校』」（30-31頁）を参照。

図１　ル・ブーランジェ・ド・シャリュセー『うつ病のエロミール』（1670年）の口絵
出所：フランス国立図書館蔵。

▶8　17世紀フランス古典劇は，単一の場所で単一の筋書きが一日以内に展開すべきであるとする三単一の規則を守り，喜劇よりも悲劇のほうが高尚なジャンルであるとされたのに対し，ロマン派劇は悲劇の要素も喜劇の要素もあわせ持ち，複雑な筋書きや劇的な幕切れなどに特徴がある。ユゴーの戯曲『エルナニ』（1830年）はロマン派劇のあるべき姿を示し，『エルナニ』「序文」は「文学における自由主義」（稲垣直樹訳（2009）『エルナニ』岩波文庫，８頁）を高らかに謳いあげている。

▶9　本書の54-55頁を参照。

▶10　本書の104-105頁を参照。

呼び，ソランジュもクレールになりきって演じているものの，ふとした瞬間に素顔が顔を出し，クレールにたしなめられる。そもそも，この二人は日によって役割を取り換えて，ソランジュが奥様役をやることもあることが示唆される。演技はいつの間にか日常を浸食していき，本物の奥様の目の前でソランジュはクレールに対して「はい奥様」と答えて，奥様を驚かせてしまったりもする。奥様ごっこがどこまでいくのか恐怖を感じてクレールは一旦降りるものの，一人二役で奥様ごっこを続けるソランジュの姿を前にしてクレールは再び「奥様」の仮面をつけて，ソランジュが差し出す毒杯をあおる[11]。

3 不条理の誘惑

ジュネの戯曲は，第二次世界大戦の爪痕も生々しい1950年代に出てきた新たな潮流の演劇，不条理劇の枠組みに収まりきらないが，代表的な不条理劇とされるイヨネスコ（1909-94）の『禿の女歌手』（1950年）が与えた衝撃もまた絶大だった。禿の女歌手など登場しないし，出てくるのはスミス夫妻とかマーチン夫妻（それともマルタン夫妻なのだろうか，アイデンティティーの不確かさもまた，不条理劇の特徴である），ありふれた名前の人たちで，時の流れはゆがみ，時計はでたらめな時を告げ，マーチン夫妻は自分たちが夫婦であることさえ忘れてしまっていて，なんだあなたは私の伴侶だったのか，と感動の再会の場面を大げさに演じて見せる。ちなみにこれは，たとえば『フィガロの結婚』などに見られる，親子の感動の再会の場面を揶揄するものともみえる[12]。カミュの戯曲『誤解』（1944年）や『カリギュラ』（1945年）は不条理劇の先駆的作品であるが，カミュは哲学的エッセー『シーシュポスの神話』（1942年）の中で「人間というものは，心の底からわき上がる感情だけでなく，自らが演じる芝居によっても定義される」とし，「不条理」について「人間の呼びかけに対して世界が理不尽にも沈黙しているというこの対立から生まれるもの」と定義した。不条理劇の代表的作品，ベケット（1906-89）の『ゴドーを待ちながら』（1953年）は日本でもよく上演されるだけでなく，多くの劇作家に影響を与えてきた[13]。竹内銃一郎（1947-）の戯曲『あの大鴉，さえも』（1980年）には『ゴドー』からの引用が組み込まれており，見えないガラスをある屋敷に届けようとするが，結局その目的を果たせないのではないかと思わせる三人の登場人物の姿は，いつまでもやって来ないゴドーを待つ二人の男たちの姿に重なる[14]。

4 時を超え，国を越え

フランス演劇は，イタリアやスペイン演劇を糧として，国境も時代も超え，そしてジャンルの垣根さえも軽やかに飛び越えていく。

ブセネッロ台本，モンテヴェルディ作曲のイタリア・オペラの傑作『ポッペアの戴冠[15]』（1643年）では妻を皇帝ネローネに寝取られ，ローマを追放されて別

▷11　本書の221頁を参照。

▷12　本書の102-103頁を参照。

▷13　扇田昭彦によれば，「『ゴドー』をどういう切り口で扱ったかをたどることによって，現代の劇作家たちの世界を横断的に展望する地点を私たちは手に入れることができる」（扇田昭彦（2007）「ゴドーの変身――ベケットと日本の現代演劇」『唐十郎の劇世界』右文書院，381頁）。

▷14　つかこうへい（1948-2010）は『松《まつ》ヶ《が》浦《うら》ゴドー戒《のいましめ》』（1974年）において講談師に歌舞伎「仮名手本松ヶ浦ゴドー戒四段目」を語らせ，「不条理マン・ゴドー」を登場させている。別役実（1937-2020）もまた，『アガサ・クリスティーのサミュエル・ベケット的展開による悲劇的・喜劇的・不条理的推理劇，モンティー・パイソン風ドンデン返し付き　そして誰もいなくなった　ゴドーを待つ十人の小さなインディアン』（1982年）や『やってきたゴドー』（2007年）などの戯曲を書いている。いとうせいこうの『ゴドーは待たれながら』（1992年）は，待ち合わせ場所に向かうゴドーの一人芝居だが，（『ちょっと，まってください』（2017年）など，別役実をかなり意識した作品を書いている）ケラリーノ・サンドロヴィッチがこの戯曲を演出し大倉孝二がゴドーを演じた舞台（2013年）もまた，不条理劇の系譜の豊かさを示している。

▷15　髙岸未朝演出の美しい舞台（2019年1月19日，いずみホール）では，ローマを追放されながらも，別の女性との愛に生きる喜びを歌うオットーネとその女性との心の距離が縮まっていく様子が，舞台中央の高台から左右の階下に伸びる

の女性との恋に生きることに喜びを見出すローマの将軍オットーネは，コルネイユの悲劇『オトン』（1664年）では，権力闘争に翻弄され，保身のためにローマ皇帝の姪カミーユに言い寄る。権力争いの虚しさを示唆しようとしたのだろうか，コルネイユの『オトン』を着想源とする映画[16]（1969年）では，長い表題はいずれも権力を志向する台詞から取られていて，「いつの日か，今度はローマが皇帝を選ぶでしょう（その皇帝とはあなたなのです）」というカミーユの言葉に対し「（あなたこそ，ローマを意のままにするという望みに対して）いつも目を閉じているというわけにはいかない」と返すオトンの言葉は，壊れた壁の向こうに緑が見える丘とその下を行きかう多くの車の音を背景としたカミーユの伏し目がちでほとんど動きのない表情のアップに重ねられて，空ろな声だけを響かせる。

スペインの劇作家ティルソ・デ・モリーナ（1580頃-1648）の戯曲『セビーリャの色事師と石の招客』（1625年頃）の人気はフランスにも伝わり，モリエールは当時の観客を夢中にさせた仕掛け芝居の要素をふんだんに取り込んだ『ドン・ジュアン』（1665年）を創り，ダ・ポンテ台本，モーツァルト作曲のオペラ『ドン・ジョヴァンニ』（1787年）に道を開いた。同じくダ・ポンテ台本，モーツァルト作曲のオペラ『フィガロの結婚』（1786年）の原作は18世紀フランスの劇作家ボーマルシェ（1732-99）の戯曲である[17]。

モリエールのコメディー＝バレエ『町人貴族』（1670年）はホフマンスタール台本，リヒャルト・シュトラウス作曲のオペラ『ナクソス島のアリアドネ』（1912年）へと受け継がれ，ラシーヌ[18]の『フェードル』（1677年）はコラウッティ台本，チレーア作曲のオペラ『アドリアーナ・ルクヴルール』（1902年）の山場を作り，デュマ・フィス（1824-95）の小説『椿姫[19]』（1848年）はマリーア・ピアーヴェ台本，ヴェルディ作曲のオペラ『ラ・トラヴィアータ』（1853年）の原作となり，といった具合に，フランス演劇は数多くの多国籍オペラを生み出してきた。クローデル（1868-1955）の『繻子の靴』（1928-29年刊）のドン・ロドリーグとプルエーズの愛はワーグナー（1813-83）のオペラ『トリスタンとイゾルデ[20]』（1865年）と共鳴するようにも思える。

サルドゥ（1831-1908）の戯曲『トスカ』（1887年）はジャコーザとイッリカ台本，プッチーニ作曲によるオペラ（1900年）として日本でも上演の機会が多い。それに加え，寺倉正太郎が指摘するように[21]，「『トスカ』の物語は，歌舞伎，新派劇，落語，映画，新劇として，ながいあいだ私たちを楽しませてきた」。とりわけ『名人くらべ　錦の舞衣』の口演[22]に立ち会っていると，フランス演劇が日本の日常に息づいていることを実感せずにはいられない。

（秋山伸子）

階段をそれぞれの側から上って歩み寄り，上り切ったところで一つになる姿によって印象的に表現されていた。

▶16　ジャン＝マリー・ストローブとダニエル・ユイレの映画『オトン　あるいは，いつも目を閉じているというわけにはいかない。いつの日か，今度はローマが皇帝を選ぶでしょう』（1969年）。

▶17　ボーマルシェのフィガロ三部作（『セビーリャの理髪師』（1775年），『フィガロの結婚』（1784年），『罪ある母』（1792年））はいずれもオペラを生み出しており，ロッシーニ作曲の『セヴィリアの理髪師』（1816年）やダリユス・ミヨー作曲の『罪ある母』（1966年）などがある。

▶18　本書の32-33頁を参照。

▶19　本書の「アレクサンドル・デュマ・フィス『椿姫』」（60-61頁）を参照。

▶20　本書の8-9頁を参照。

▶21　寺倉正太郎「『トスカ』，日本における変容と受容の歴史」平成29年度全国共同制作プロジェクト『トスカ』プログラム，4-7頁。

▶22　三遊亭円朝版『トスカ』，『名《めい》人《じん》競《くらべ》』（『円朝全集』（2014年，岩波書店）第十巻所収）より。この演目を2005年の武蔵野寄席で復活上演した柳家喬太郎による2012年「落語研究会」での口演がDVD化されている。

4 映　画

「映画」「おすすめ」と検索エンジンに入れてみる。「衝撃のラスト」とか「絶対泣ける」とか，そんなワードが次からつぎに。それらとセットになって「ネタバレ注意」なんて言葉もちらほら。一瞬迷って，結局クリック。なんだ，そういうことかとすっきり納得。もうネタはわかったし，観なくてもいいか。昼寝でもしよう……。

そんなあなたに言っておきたい。映画を〈見る〉ことは，あらすじを知ることとはまったく別のことである，と。だからこそ，原作の「ネタ」を知ってから映画を見たり，映画を見てから原作の文学作品を読むことが，きわめて刺激的な体験になりえるのだ，と。

1 観る文学？

まず基本的な事実の確認から。映画が生まれたのは，本書が対象としている「文学の国」，そう，何を隠そう，フランスに他ならないのだ。

ときは1895年。リヨン[1]で写真工場を営んでいたオギュストとルイのリュミエール兄弟[2]が，動く映像の撮影と上映を同時に可能にする装置を発明。これを「シネマトグラフ」と命名する。ここに映画の歴史がはじまった。

▶1　リヨン（Lyon）はフランス南東部，パリ，マルセイユに次ぐ大都市。

▶2　リュミエール兄弟（Auguste, Louis Lumière）は，ブザンソン生まれ。撮影用カメラと映写機を一体化した装置を発明し，映画の原型を築く。

かれらが撮影し製作した膨大な数のフィルムは，120年以上経ったいま見てもおどろくほど新鮮である。とりわけ有名なのは，はるか遠くで白煙をあげていた機関車が，画面手前のホームに到着するまでを撮影した『ラ・シオタ駅への列車の到着』（1895年）。映画史上もっとも有名な一本。観客たちは列車がスクリーンをつき破って観客席に突進してくるのではないかと思い逃げまわった，そんな伝説的逸話すら残されている。映像じたいのリアルさと選び抜かれた構図のなせるわざ。映画は誕生した瞬間，すでに「完成」されていたのである。

しかし技術の進歩はその後もとまらない。とくに大きなできごとは，映像と同期する音声の獲得。つまり映画のトーキー[3]への移行である。それまで絵画や写真と同じように無音であった映画は，このとき動きのみならず，音や声まで手にいれて，観客たちの目のまえで言葉を語りはじめることになったのだ。

▶3　トーキーとは発声映画。フランス語では le film parlant あるいは le parlant という。トーキーにたいして音のない映画は「サイレント」。フランス語では le film muet あるいは le muet という。

いま映画の「進歩」と書いたが，ここに起こったのはひとつの「断絶」と言った方がよかったかもしれない。それほど，このときを境に映画のつくり方や見方は大きく変わってしまったからだ。

トーキー映画とは台詞を話せる映画のことであった。当然，観客たちは俳優たちの台詞をできるだけたくさん聞きたくなる。つくり手たちも当然，そんな観客たちの期待にできるだけ応えようとする。すなわちトーキー以降，映画の物語は台詞を中心に組織されていくことになるのだ。しかもこの種の物語の創作とくれば，演劇や小説の長くて豊かな伝統をもつフランスの御家芸。脚本家の仕事が，映画ヒットの欠かせぬ要因となる時代がここにはじまる。

つまりこう言おう。動く絵画あるいは写真として誕生した映画は，ここで観る「文学」に変身をとげたのだ，と。「ネタバレ」と言うときの「ネタ」を重視する映画づくりの伝統が，ここにはじまるのだと言いかえてもいい。

2 同じあらすじでも

いや，それでも，映画を〈見る〉こととあらすじを知ることは，やはりまったく別のことなのである。具体的に例をあげて考えてみよう。

フランスを代表する映画監督ジャン・ルノワール[4]に『獣人』（1938年）と題される一作がある。原作は本書の第Ⅰ部に登場したゾラ[5]の同名の大ヒット小説（1890年）。主人公は鉄道会社ではたらく機関士ジャック・ランチエ。パリとル・アーヴル[6]を結ぶ列車の運転を担当している。映画は，俳優名やスタッフ名を紹介するクレジット，そして原作者ゾラにオマージュを捧げる短い静止画を流したのち，線路を走る列車の映像とともに幕をあける。

全速力で疾走していた列車はやがて速度を落として駅に到着する。ところでこの冒頭の数分間が『獣人』と題される映画のワンシーンではなく，独立した一本の映画であったとしたらどうか。あなたなら，見たことのない友人にたいして何とその内容を伝えるだろうか。――深く考える必要はない。この映画のあらすじは「列車の到着」というひと言で簡単にまとめられるものだ。

すると友人の方はこんなことを言い出す。今日，リュミエール兄弟という人たちが撮った昔のフランス映画を見た。疾走していた列車がやがて速度を落として駅に到着する映画。つまり友人が見た映画のあらすじも「列車の到着」ということになるだろう。これらはまったく同じ映画？　いや無論，否である。

このように，あらすじとしてはまったく同じ映画でも，映画としてはまったく異なる映像であることがしばしば起こる。

たしかに10人の鉄道ファンがそれぞれスマホを手にしてホームに集まれば，それぞれ異なる10本の「列車の到着」の動画ができあがる。しかし，ここで問題にしているリュミエールとルノワールの〈映画〉としての違いは，そのような動画としての違いとはまったく別次元の話だ。どういうことか。

3 映画の違い

スクリーン上に列車があらわれて，駅のホームに乗客たちを降ろすまでに約50秒を費やすリュミエールの「列車の到着」にたいして，同じあらすじを約4

▶4　ジャン・ルノワール（Jean Renoir）はフランスの映画監督。父は印象派の画家として知られるピエール＝オギュスト・ルノワール。代表作に『ゲームの規則』（1939年）など。のちのフランス映画にきわめて大きな影響をあたえた。

▶5　本書の70頁を参照。

▶6　ル・アーヴル（Le Havre）はフランス北西部，セーヌ川河口の北岸にある工業都市。

分10秒（つまりリュミエールの約５倍）かけて描き出すルノワールの「列車の到着」。前者に音はないが，後者には列車特有のガタンゴトンという音や，汽笛などの音が響きわたっている。ふたつの映画を比べると，すぐさまこのような違いが確認できる。しかし，これらはいずれも〈映画〉として決定的な違いとは言えないのだ。ルノワールの映画をここで〈見て〉みよう。

スクリーンのうえにわたしたちがはじめに目にするものは，厳密に言えば，じつは列車ではないのだ。それは，中で何かが勢いよく炎をあげて燃えているかまどのようなもの。カメラがゆっくり後退していくと，そのかまどのまわりで忙しそうに立ちまわっているふたりの作業着姿の男があらわれる。奥にはメーターやハンドルのようなものが並んでいる。何かの操縦室のようだ（図１①）。

ここで画面は何の前触れもなく，とつぜん違う映像に切り替わる。目にも留まらぬ速さで回転しつづける金属製の輪が，地面すれすれの低い位置から映される。そうだ，これは列車の車輪だ。列車の外に取り付けられたカメラは，列車とともに風景を切り裂きながら奥へ奥へと突進していく（②）。

見惚れている暇もなく，またもや画面は唐突に替わる。画面右奥から，列車が白煙をあげて，ものすごいスピードで突っ込んでくる。ということは，さっきまで列車に運ばれていっしょに移動していたカメラは，ここで瞬間移動して線路の外に飛び出してしまったということになるか。右奥から突進してきた列車が画面左でフレームアウトしそうになるその瞬間，カメラは左方向に首をふって，遠ざかる列車のうしろ姿を追いかける（③）。

ついさっき列車の外に瞬間移動したばかりのカメラは，今度は中に瞬間移動（じつに忙しい！）。はじめにちらっと登場した男のひとりだろうか，作業着姿の男が腰からうえのあたりで映される。ゴーグルをつけているが，表情ははっきりとうかがえる。カメラの方に向かって口笛を吹き，身振りで何かを伝えようとしている（④）。

カメラの向きが180度反転し，男が視線を向けていた空間が映し出される。そこにはもうひとり別の男が。さっきの男がジェスチャーをしていたのは，カメラマンにでも，観客たちにでもなかったようだ。この第二の男はタバコをくわえながら，わかったというふうに無言でうなずきかえす（⑤）。これから列車の運転が重要な局面を迎えるのだろうと，わたしたちは漠然と理解する……。

かなり長い描写になってしまった。しかし，ここでまだわたしたちは約110分つづく映画のうちの，なんと，たった40秒しか〈見て〉はいないのだ！

各々の図のうえに①～⑤と番号をふったが，ルノワールの映画では，このような映像断片が，なんと31個も組み合わされてひとつの「列車の到着」が描き出されることになる。この点において〈映画〉はスマホで撮った動画とは本質的に異なるものなのだ。ある情報（たとえば「列車の到着」という情報）を伝えるには余分とも思える数多くの映像断片――その一つひとつをいかに撮影し，

図１　ジャン・ルノワール『獣人』（1938年）の冒頭５ショット
出所：発売元 ジュネス企画(株)。

そしてそれらの断片をいかに組み合わせるか。映画の「違い」がわかる人とは，文字どおり，各作品，各シーンを成り立たせている〈映像断片の違い〉に敏感である人のことだ。

もしあなたが映画監督であったとしたら，リュミエールのように切れ目のないひと続きの映像で「列車の到着」を映画にしてもいいし，もしくはルノワールのように31の映像断片を組み合わせて同じあらすじを描いてもよいだろう。あるいはルノワールの２倍の62の映像断片でまったく同じシナリオを映画にすることだって禁じられてはいないのだ。いずれにせよ「あらすじ」には収まり切らない過剰なものが〈映画〉には存在する。そしてこの過剰なものにひたすら目を凝らすこと，それが映画を〈見る〉ことに他ならないのだ。

4 魅惑的な映像体験

そして映画を見たあとで，原作の文学作品を読んでみよう。ゾラの『獣人』はある「部屋」のなかではじまる。よく読むと，ルノワールの『獣人』の冒頭におかれた31の映像断片は，じつは，ゾラが書いた物語がはじまる数時間まえの世界を描き出していることがわかる（小説は主人公の機関士が駅に到着した「あと」の世界からはじまる）。つまり，わたしたちがスクリーン上に見ていたのは，原作の「あらすじ」からはみ出す世界の映像なのだ。まさしく映画ならではのぜいたくな体験。

じっさい，このシーンで主人公ジャック・ランチエを演じる俳優ジャン・ギャバン[7]の顔が何と誇らしげに輝いていることか。いや，冒頭のこの４分10秒のあいだだけは，ジャンがジャックであることをやめて，そのままジャンとしての素顔を無防備にさらしているとすら言えそうだ。フィクションともドキュメンタリーとも形容しがたい「何か」がここに映っている。たとえ原作に忠実であろうとしても，文学と映画はたえずズレていかざるをえない。

▶7　ジャン・ギャバン（Jean Gabin）は，フランスの映画俳優。無骨で人間味溢れるキャラクターでフランス映画界を代表するスターとなった。図１の④を参照。

だから物語の「ネタ」を知ったあとでも，映画を〈見る〉ことのたのしみは尽きることがないのだ。――そしておそらく文学を読むことのたのしみも同様だろう。たとえば，ゾラの描き出す，つぎのような列車の「映像」はどうか。

> この瞬間に，列車が嵐のようなすさまじさで通過していった。［中略］それは巨大な身体のようだ。台地に斜めに横たわる巨人の体だ。頭をパリに，幹線を背骨にし，四肢を支線に広げ，手と足はル・アーヴルや他の終着地においている。そうして，列車は通過していく。[8]

▶8　寺田光徳訳（2004）『ゾラ・セレクション』藤原書店，66頁。

デジタル技術で「何でもあり」になったはずの現代ハリウッド映画でも，これほど不気味で奇怪な列車の姿はめったにお目にかかれるものではない。映画にも，文学にも，あらすじには到底おさまり切らない「映像」の魅惑が存在する。

（齊藤哲也）

5　建築・庭園

1　ジャンル横断が創り出す豊穣な世界

文学と他の芸術ジャンルとの関連については，その時代背景や文化状況とともに立体的に考察すると，思いがけない発見に立ち会うことができる。ここではとくに建築と庭園という二つのテーマが近代フランス文学といかに響き合い，いかに豊穣な世界を創り出しているかをみてみよう。

2　ゴシック建築と近代フランス小説

19世紀以降のフランス文学と関わりの深い建築ジャンルとして，中世以来のゴシック様式の宗教建築がある。10-12世紀のロマネスク様式の教会は，古代ローマの建築を継承する壁が厚く，窓の面積が小さい重厚な趣を持っていた。それに対し，12世紀後半から15世紀にかけて広まったゴシック様式[1]の教会において，建築技術は大幅に進化し，塔や天井はより高く，窓はより大きく，そして壁はより薄くなった。結果として，教会の内部はステンドグラスを通過した神秘的な光に満ちた空間となった。パリ，シャルトル，アミアン，ランス，ルーアンなどフランス北部の都市にあるノートル＝ダム大聖堂がゴシック教会の代表例としてよく知られている。

ゴシック建築の芸術性は，19世紀以降，作家たちに注目されるようになった。シャトーブリアン[2]は，著作『キリスト教精髄 *Génie du christianisme*』（1802年）で，大聖堂の内部を「ガリアの森」に見立て，中世的な世界の再発見を促している。その後，フランスのゴシック建築はロマン主義文学で扱われる主要なテーマの一つとなっていく。

その系譜でとくに重要なのが，本書第Ⅰ部で扱われたヴィクトル・ユゴーの『ノートル＝ダム・ド・パリ』（1831年）である[3]。西欧中世の民衆にとって，大聖堂などの教会の彫刻やステンドグラス，絵画は，言わば絵解きの聖書であった。ユゴーは，15世紀末に印刷術が発明されるまでは，大聖堂などの建築が「偉大な書物」の役割を果たしていたと述べている。ユゴーはさらに，19世紀前半当時，ひどく荒廃していたノートル＝ダム大聖堂を国民的な文化財として保護することを呼びかけた。その反響は大きく，教会や城館などの歴史的建造物の修復や保全に対する世間の意識は高まり，結果として，各地の修復事業は加速化していった。とりわけ注目すべきなのは，建築家ヴィオレ＝ル＝デュック[4]による宗教建築や城塞建築の修復である。ヴィオレ＝ル＝デュックの修復は

▷1　「ゴシック（英語：gothic/フランス語：gothique）」という語は，ルネサンス期のイタリアにおいて，北フランスで12世紀以降に建造された大聖堂建築が，かつてローマを侵略したゲルマン人の一部族「ゴート族 Goth」になぞらえて「野蛮」だというニュアンスで「ゴート的（*gotico*）」と形容されたことに由来する。実際に北フランスで花開いたゴシック様式の成立にゴート人がかかわったわけではない。

▷2　シャトーブリアン（Chateaubriand，1768-1848）はフランスの作家，政治家。

図1　シャルトルのノートル＝ダム大聖堂西側正面

出所：Émile Mâle, *Notre-Dame de Chartres*, Paris, Flammarion, « Champs Flammarion », 1994, p. 24.

▷3　本書の54-55頁を参照。

図2　シャルトルのノートル＝ダム大聖堂内部
出所：*Ibid*, p. 69.

図3　ヴィオレ＝ル＝デュックの考える理想的な大聖堂
出所：Viollet-le-Duc, *Dictionnaire raisonné de l'architecture française du XIe au XVIe siècle*, t. II, p. 324; Bibliothèque de l'Image, 1997.

ゴシック建築の構造上の合理性を尊重したものであったが，かつて実際に存在した状態以上の理想的な次元にまで復元しようとしたことで，考古学的に忠実な修復を支持する立場からは批判の的となった。

19世紀後半には，産業革命の結果広まった物質主義への反動として教会芸術の神秘性に対する関心が高まった。エミール・ゾラ[5]（1840-1902）は『夢 *Le Rêve*』（1891年）において，12世紀に建造された大聖堂内の神々しい空間を描き出している。ユイスマンス[6]（1848-1907）も，『大伽藍 *La Cathédrale*』（1898年）で，主人公デュルタルの視点を通して，カトリック信仰の実践によって保たれるシャルトルのノートル＝ダム大聖堂の神秘性を語った。

いっぽうで，この時代には宗教芸術の象徴性を学問的に解明しようとする試みもなされた。その成果の代表的なものとして，エミール・マール[7]の『フランス13世紀の宗教芸術 *L'Art religieux du XIIIe siècle en France*』（1898年）がある。この著作においては彫像やステンドグラスなどの図像の典拠として，ヴァンサン・ド・ボーヴェ（1184/94-1264）の百科全書的著作『鏡』やヤコブス・デ・ウォラギネ（1230-98）の聖者列伝『黄金伝説』などが示され，大聖堂の建造に携わった職人たちが，聖職者の指示のもと，これらの書物をもとに彫像やステンドグラスの制作に取り組んだことが解き明かされたのである。

20世紀初頭には，カトリック教会を支持する教権派と，非宗教的で進歩的な反教権派とあいだで論争が激しくなる。そのなかで，モーリス・バレス[8]は，ナショナリストとしての立場から，村の教会を中心とした共同体や風土がその土地の人々の精神的な支えとなっていることを喚起した。また，マルセル・プルースト[9]（1871-1922）は，1904年に日刊紙『フィガロ *Le Figaro*』に発表した記事「大聖堂の死 La Mort des cathédrales」で，大聖堂が育んできた文化や象徴的な価値が，国家と教会の分離を保証する政教分離法[10]によって消滅してしまうと警鐘を鳴らした。バレスもプルーストも熱心な信仰心を抱いていたわけではないが，カトリックの伝統的な文化を尊重する立場から，文化財の保護と信者の活動の存続のため，政府からの継続的な補助を求めたのである。

プルーストがゴシック様式の大聖堂に注いだ視線は，小説家としての創作理念にも結び付いていった。『失われた時を求めて *À la recherche du temps perdu*』（1913-27）で，作家を志す主人公の「私」は，執筆構想中の書物を「大聖堂」に匹敵するような構造体にしようと考える。ゴシック様式の大聖堂のなかには，数百年にわたって建設が続いたものや，当初のプラン通りに建設が進まず未完成のまま放置され，現在に至るものも多い。プルーストは，自身の小説が常に生成され続けていくものであり，そのため永遠に未完成のままとどまる可能性もあると自覚していた。つまり，みずからの作品を，大聖堂のように完成に至る途上にあって，時間性を備えたものとイメージしていたのである。

フランス語の建築（architecture）は，「構造」という意味も持つ。建築にしろ，

▶4　ヴィオレ＝ル＝デュック（Viollet-le-Duc, 1814-79）は，フランス19世紀を代表する建築家。『11世紀から16世紀までのフランス建築事典』は，プルーストなどの文学者にも愛読され，作品中で描かれる建築物の発想源となっている。

▶5　本書の70頁を参照。

▶6　本書の76頁を参照。

▶7　エミール・マール（Émile Mâle, 1862-1954）は，フランスの美術史家，図像学者。本著作の和訳タイトルは『ゴシックの図像学』。

小説にしろ，必要不可欠な各部分が有機的につながり，力学的，あるいは美学的に干渉しあうことで，はじめて調和ある全体を形成している。さまざまな文学作品の構造＝建築について考察してみるのは非常に興味深いことだろう。

3 フランス式整形庭園とイギリス式風景庭園

庭園は，人が生活する場でも，生産活動がなされる場でもないが，私たちに癒しをもたらす空間としてなくてははならない。庭園を描いた文学作品の意義と役割をみていくまえに，まずは，ヨーロッパ文明における，庭園表象の重要な源泉のいくつかに触れておこう。『旧約聖書』の『創世記』に描かれる東方のエデンの園をはじめ，ギリシア神話で英雄たちが死後に送られるとされるエリュシオンの野[11]などが，後世の絵画や詩において庭園として表現されてきた。これらの庭は楽園（パラダイス）とみなされ，西洋人にとっては精神や肉体に安らぎを与える場としてイメージされる。

フランス語の「庭園 jardin」は，語源学的には「囲われた場所」を指す。生垣や壁によって外界の危険や誘惑から遮断されていることから，中世以来，庭園は処女マリアの純潔のシンボルとみなされてきた。また，中世ヨーロッパの修道院に付設された中庭は，建物に囲われて閉じた空間であった。そのため，修道士たちにとって，庭園は静寂のなかで学びや瞑想にいそしむのに絶好の場であった。いっぽう，庭園は閉じられていることによって，秘められた愛と結びつけられることもある。『薔薇物語[12]』で描かれる塀に囲まれた庭園は愛の歓びを享受することのできる場と位置付けられている。

17世紀にパリ周辺に造営された数々の大規模な庭園は，所有者の経済力，政治的権力を誇示する場であった。ルイ14世[13]がル・ノートル[14]に設計させたヴェルサイユ宮殿の庭園は，幾何学的な形状の通路や運河，植栽からなる人工的な空間で，自然を制御することが可能となった人間の優位性を示す意図があった。宮殿の中心を通る軸線が庭園を貫通し，この軸線の両側は左右対称なプランとなっている。宮殿からは，この中心軸にそってはるか遠くに緑の木々が空と接する地平線まで見渡せるが，そこもまだ庭園の内部であり，視界に収まる一つの世界が形成されていた。このような庭園はフランス式整形庭園と呼ばれ，その様式はヨーロッパ中に広まっていった。

しかし18世紀に入るとイギリスで庭園の概念が刷新される。アディソン[15]は，従来の「閉じられた」庭園から，壁や垣などの遮蔽物を取り去ったり，目立たなくしたりすることによって，庭園を，外の自然や牧草地・耕地に対して「開かれた」空間にすることを提唱した。また当時，フランス式整形庭園を特徴付けていた直線は厭われるようになった。もとの地形を活かしたくねくねした道や小川を作り，不規則な植栽を行うなどして，自然な風景を再現することが奨励され，スタウアヘッドなどの庭園が造営された（図6を参照）。このような庭

▶8 モーリス・バレス（Maurice Barrès, 1862-1923）は，フランスの小説家，政治家。本書の125頁も参照。

▶9 本書の86-87頁を参照。

▶10 政教分離法とは，フランスで1905年に公布された法律。以後フランスでは公共の場にカトリック信仰を持ち込むことができなくなった。

▶11 エリュシオンの野とは，古代ギリシア人が想像した楽園。西方大地の果て，オケアノスの流れの近くにあり，気候温暖，芳香に満ちる。神々に嘉《よみ》せられた英雄が送られた。フランス語では「シャン＝ゼリゼ Champs-Élysées」と表記される。

▶12 『薔薇物語』（前編1225-40年頃，後編1275-80年）は，前編はギヨーム・ド・ロリス（1200頃-1240頃），後編はジャン・ド・マン（1240頃-1305頃）による恋愛寓意物語。本書の223頁を参照。

▶13 ルイ14世（Louis XIV, 1638-1715, 在位1643-1715）は，ブルボン朝の国王。

▶14 ル・ノートル（Le Nôtre, 1613-1700）は，フランスの造園家。

▶15 アディソン（Addison, 1672-1719）は，イギリスのジャーナリスト。

園はイギリス式風景庭園と呼ばれた。ジャン＝ジャック・ルソー[16]（1712-78）は，書簡体小説『新エロイーズ *Julie ou la Nouvelle Héloïse*』（1761年）において，「エリゼ」と呼ばれるイギリス式の自然らしい庭園を創造した。この庭園では「暗がりとなった木蔭や，生き生きとして潑剌とした緑の草葉や，四方に咲き広がる花々や，流れる水のせせらぎや，無数の鳥の歌声」が訪問者に清々しさをもたらしている。

フランス近代文学において，庭園はいっそう重要な役割を果たすようになる。バルザック[17]（1799-1850）の『谷間の百合 *Le Lys dans la vallée*』（1836年）では，主人公フェリックスのモルソフ夫人に対するあこがれの気持ちが，いろどり豊かな庭園の風景と分かちがたいものとして描かれる。ゾラの『ムーレ神父のあやまち *La Faute de l'abbé Mouret*』（1875年）では，神父であるセルジュ・ムーレが，重病からの回復期に，植物の繁茂するパラドゥーの庭でともに過ごした女性アルビーヌに魅惑され，二人は愛し合うようになる。これらの作品では，庭園は，男女が出会い，恋愛感情が発揚する場となっている。

最後に，プルーストが『失われた時を求めて』で描いた庭園を訪ねてみよう。第１編『スワン家のほうへ』第１章「コンブレー」では，コンブレーの町の郊外にあるスワン邸の庭園がことこまかに描かれている。主人公がこの庭園を眺める場面を引用しよう――「生垣の間からは，庭園の内側の通路が見えるようになっていた。その通路はジャスミン，パンジー，クマツヅラに縁どられていて，その間にはニオイアラセイトウが，そのみずみずしい巾着の形をした，コルドバの古い皮革のように色あせてはいるものの，芳香を発するバラ色の花を開いていた」。主人公は，いろいろな花が咲き乱れるさまに，感情を掻き立てられる。とそのとき，庭園の一隅に「赤みがかったブロンド髪の少女」の姿を目にする。それからしばらく，二人は見つめ合うのである。

この庭園と外部との境は生垣である。つまりこの庭園は，一見すると閉鎖的空間である。しかし実際には境界の一部をなす生垣には隙間があり，主人公はその隙間を通して庭園の内部にいる少女の姿を目撃する。つまり，この庭園は，外の風景との一体化をめざしたイギリス式風景庭園のような「開かれた」空間であり，庭園の内外を貫通する視線が成立するからこそ，登場人物たちの出会いが実現するのである。

文学作品に描かれる庭園は，ただ単に自然が再現された背景にとどまらない。思いもよらない人物との鉢合わせの場や，他者への感情が沸き立つ場として設定されていることもある。庭園の存在によって小説空間が開かれ，物語が駆動する例は，枚挙にいとまがない。フランス近代小説を読みながら，庭園が物語の進行に必要不可欠な役割を果たしている例を探して考察してみてはどうだろうか。

（津森圭一）

▶16　本書の44頁を参照。

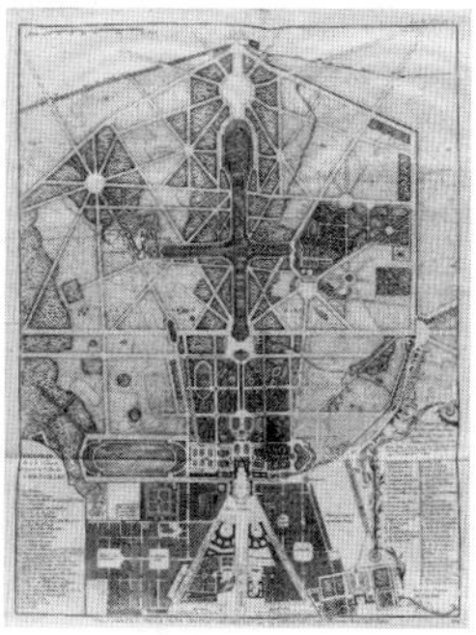

図４　ヴェルサイユ庭園の1756年の地図

出所：Jean Vassort, *L'Art des jardins de France. De la quête médiévale du paradis aux créations contemporaines des paysagistes*, Rennes, Ouest-France, 2017, p. 109.

▶17　本書の52頁を参照。

図５　ヴェルサイユ庭園の大運河

出所：Alain Baraton, *Les Jardins et le parc de Versailles*, Artlys, 2013, p. 25.

図６　イギリス式庭園の代表例の一つ，スタウアヘッド庭園（1777年の版画）

出所：Christopher Thacker, *The History of Gardens*, Berkeley and Los Angels, University of California Press, 1977, p. 194.

6 料　理

1 食を書く

何を食べるか，どう食べるか，ということは，命に結びついた根源的な問題であると同時に，文化・社会・宗教的な状況と切り離せない。フランス文学は人間の営みを記しながら，食べる行為や食べる場を観察してきた。ここでは，文学が食をめぐって人間とその社会を描きつつ，感覚や想像力について考察してきたことの一端をみていきたい。

実際に人々が食べていたものを示唆してくれる料理本には，中世後期の「食物譜《ヴィアンディエ》」，14世紀のブルジョワが書いたとされる『家政の書』などがあり[1]，洗練された料理文化の根幹が作られた17世紀には，料理人ラ・ヴァレンヌによる『フランスの料理人——17世紀の料理書[2]』など，シェフによる本格的な料理本も書かれるようになった。そして18世紀末以降，美食を賛美し，紹介し，批評する書物が次々と生まれる。グリモ・ド・ラ・レニエール[3]（1758-1837）は，フランス大革命で王侯貴族の社交術が崩壊した後，人間の心地よい交流の場所は美食を提供する食卓であると主張した。

同じく美食家のブリア・サヴァラン（1755-1826）は『美味礼讃』（1825年）で諸感覚の発展をたどり，美食と感覚論を結びつけようとした。それ以前の数世紀に伝わってきた多くの食材（砂糖，アルコール，アイスクリーム，ヴァニラ，茶，コーヒー等）が，触覚の分野に「何か新しい享楽の源泉を開いてくれるのではあるまいか[4]」と彼は問う。レシピを通して味覚の領域を広げ，共有しようとする情熱は，作家デュマによる『料理事典[5]』（1873年，死後出版）なども生んだ。そこには750ほどの調理法や素材とともに，ワインも紹介されている。

2 死と生の交錯，食と人間のドラマ

食卓はさまざまな意味で命のかかった場だ。モリエール[6]の戯曲『ドン・ジュアン』（1665年）で，主人公がかつて殺した騎士の像を招き晩餐を共にする場面は，生と死が交錯する緊迫感に満ちている。毒という主題は，運命的な食卓というテーマ[7]をさらに劇的にした。ユゴーの戯曲『ルクレツィア・ボルジア』（1833年）の宴会では，酒に毒がもられ，解毒剤は一人分しかなく，心理的な葛藤の末に人間関係の真実が暴かれていく。

また，フランス文学には，食べる／食べられるという主題のもとに，人間の残酷さ，動物性と人間性の関係を問い，食べる行為における死と生の交錯を示

▶1　田村毅・塩川徹也・西本晃二・鈴木雅生編（2012）『フランス文化事典』丸善出版，31頁。

▶2　ラ・ヴァレンヌ／森本英夫訳（2009）『フランスの料理人——17世紀の料理書』駿河台出版社。

▶3　以下「グリモ」と省略して記す。

▶4　ブリア＝サヴァラン／関根秀雄・戸部松実訳（1967／2000）『美味礼讃』上巻，岩波文庫，57頁。

▶5　デュマ／辻静雄・林田遼右・坂道三郎編訳（1993）『デュマの大料理事典』。

▶6　本書の30頁および209頁を参照。

▶7　聖書に描かれた「最後の晩餐」で使徒の裏切りとキリストの苦難が告げられる場面が，後世の文学における運命的な食卓というテーマに場面に少なからず影響を与えたことが推測される。

唆する頁がある。ル・クレジオの小説『砂漠』の断食後の祭りの場面で，主人公の心は羊が殺されることへの畏れと食欲の間で揺れる[8]。

社会を観察した19世紀の作家たちは，食卓をめぐって社会階級の差や人間の葛藤を描き出した。バルザック[9]の小説『ゴリオ爺さん』（1835年）には，食通の貴族の食卓にはじめて招かれた青年ラスティニャックが，洗練された食器や音も立てない給仕に驚く場面がある。それは，下宿での腹を満たすだけの食事とはあまりにも対照的な食の風景だった。美食は実際には誰の手にも届くものではなく，その追求は危険な情熱になっていくこともある。バルザックの別の小説『従兄ポンス』（1847年）では，グルメで貧乏な音楽家ポンスが，嫌がらせをされても裕福な親戚の家の食客でいつづけようとあがく。

定食を定時に出す共同食卓《ターブルドット》と違い，好きなものを好きな時間に食べられるレストラン[10]の登場によって，食べる場面は多様になった。王侯貴族お抱えの料理人の一部はフランス大革命で職を失い，町にレストランを開いた。その一つ，「トロワ・フレール・プロヴァンソー」を，フローベールの小説『感情教育』（1864-69年）でアルヌー夫人との密会に失敗した青年フレデリックが別の女ロザネットと訪れ，その直後，関係を結ぶ。食べることも含めた出来事の流れは，二月革命の暴動が起きているパリという都市をさまよう中で生まれている[11]。

高級レストランは仕出しもしていた。前述の『ゴリオ爺さん』では，新居祝いの食事を「カフェ・アングレ[12]」に注文し，『従兄ポンス』では主人公の親友シュムケが，ポンスが自分のアパートでも美食を味わえるよう，アンチョビとマカロニ，仔牛肉，上等な魚，米のコロッケ，ベーコンの燻製などを，やはり洒落たレストランだった「カドラン・ブルー」から取り寄せている。

一部のレストランには個室もあった。ゾラの小説『獲物の分け前』（1871年）では，金融ブルジョワの妻ルネが，夫の連れ子マクシムと「カフェ・リッシュ[13]」の個室で夜食をとる。夜，男性とレストランで食事するという禁断の快楽に酔ったルネは，閨房のように色っぽい部屋でシャンパンを飲みながら牡蠣，ウズラ，トリュフなどを食べ，禁じられた関係を結んでしまう。そこには都市の誘惑を五感で受け止める場所でもあるレストランが描かれている[14]。

ボードレールの散文詩『パリの憂鬱』の「貧乏人の眼」（1864年）では，変化していく都市に輝く飽食の殿堂のようなカフェが描かれる。「何という美しさだろう。まるで貧乏社会の富をすっかりこの壁につぎ込んだようだ[15]」と眺める貧者と，金持ちの視線がすれ違う。都市に展示された美食文化は，万人を魅了しつつ，そこへの参加権を払えない者を排除する装置でもあった。

近代まで女性が一人で飲食店に入るのはタブーだった。モーリヤックの小説『テレーズ・デスケルー』（1927年）の末尾で[16]，一人になった主人公がレストランで食事をし，鏡の中に自分を眺め，紅をひいて往来に出ていく場面は，新しい人生の始まりとともに，女性と社会の新しい関係をも示唆しているようだ。

▶8　ル・クレジオ／望月芳郎訳（2009）『砂漠』河出書房新社，130-141頁。本書の112-113頁を参照。

▶9　本書の52-53頁を参照。

図1　共同食卓《ターブルドット》の女主人

出所：La Maîtresse de table d'hôte, *Les Français peints par eux-mêmes*, t. I, Léon Curmer, 1841, p. 210.

▶10　1765年ごろにブーランジェという人物が restaurant（元気を取り戻させてくれる）スープの店を出したことからその名前がついた。

▶11　フローベール／生島遼一訳（1971／87）『感情教育』下巻，岩波文庫，72-75頁。本書の66-67頁を参照。

▶12　カフェ・アングレは，グラン・ブールヴァールにあり，ヨーロッパ中の金持ちや作家が通ったレストラン。

▶13　カフェ・リッシュは，イタリア大通りとル・プルティエ街の角にあったレストラン。

▶14　ゾラ／中井敦子訳（2004）『獲物の分け前』ちくま文庫，192-210頁。本書の70頁および207-208頁を参照。

▶15　ボードレール／福永武彦訳（1957）『パリの憂鬱』岩波文庫，71頁。本書の64頁を参照。

▶16　本書の90-91頁を参照。

3 労働者の食卓と郊外の息吹

美食が繁栄する社会で，労働者がパンを買うのにさえ苦労していたことは，パン一切れを盗んだために牢獄生活を送ったユゴー[17]の『レ・ミゼラブル』(1862年) のジャン・ヴァルジャンのエピソードが象徴的に，かつリアルに示すとおりである。ゾラは小説『ジェルミナル』(1885年) に鉱夫たちの食事を描き，『居酒屋』(1887年) では労働者が有り金をはたき，ガチョウのローストや子牛のブランケットなどでもてなす宴会などを描いている。

高級レストランに行けない庶民や学生は，パリのソルボンヌ広場にあった「フリコトー」に代表される安レストランに通った。そこではパンが食べ放題で，豊作・豊漁だった素材が提供されるため，時節を知ることができたとバルザックの小説『幻滅』(1837-43年) には書かれている[18]。

19世紀後半，消費の殿堂となったデパートで多数の販売員が働き，生活に苦しむ彼らに食を保証する画期的な制度が整備された。ゾラの『ボヌール・デ・ダム百貨店[19]』(1883年) に描かれたその広大な食堂は，三交代で2000人分の昼食と夕食を提供し，店員たちはチキンまたは羊のモモ肉にアーティチョークのオイルあえ，ワイン漬けの桃，パン，ワインといった食事を騒々しく食べている。

パリの城壁の外側には庶民的な飲食店が多数あったが，オスマン改革でパリが拡張された19世紀後半には，郊外の川辺で過ごす週末の一時が人々のささやかな息抜きになった[20]。『ボヌール・デ・ダム百貨店』でも，店員たちはマルヌ川沿いを散歩し，ワインで川魚を蒸し煮にした料理などを食べている。そうした食卓はしばしば現実から浮遊するような感覚を与えた。

図2　カフェのギャルソン
出所：Le garçon d'un café, *op. cit.*, p. 505.

▶17　本書の54頁を参照。

▶18　バルザック／生島遼一訳 (1974)『幻滅』東京創元社『バルザック全集』第11巻，162-168頁。

▶19　本書の70-71頁を参照。

▶20　画家たちもこれらの水辺の光景を描いた。モネの《ラ・グルヌイエール》(1869年) などが知られている。

4 お菓子

13世紀の歌物語『オーカッサンとニコレット』には，タルト菓子を買おうと歌う場面があり[21]，素朴な菓子が中世から存在したことがわかる。庶民のお菓子としては他にも，ペローの童話「あかずきん」で主人公の母親がおばあさんに持っていかせるガレット，クレープなどがあった。大土地を所有し，材料を豊富に手に入れられた修道院や，貴族の領地で発達した菓子も多い。一月の公現祭に食べるガレット・デ・ロワもその一つだ。切り分けたガレットの自分の分に，そら豆か小さな印が入っていた人が「王様」か「女王様」になる。モーパッサンの小説「マドモワゼル・ペルル」では，知人の家に招かれて王様になった語り手が，「ペルル」と呼ばれている中年の女性を女王様に選んだことから，ペルル嬢と一家の主人の押し殺された思いがあぶり出されてくる[22]。

『パリの王室菓子職人』を書いた偉大な料理人アントナン・カレームは，寺院や遺跡などのかたちをした巨大なピエスモンテで華麗に食卓を飾ったが，パリの町にも1803年に菓子店を開いた。グリモが『食通年鑑』で紹介している多数の菓子店では，ブランデー漬けの果物やさまざまなボンボン，リキュール，

▶21　新倉俊一・神沢栄三・天沢退二郎訳 (1991・1996)『フランス中世文学集3　笑いと愛とオーカッサンとニコレット』白水社，141頁。

図3　菓子職人
出所：Le pâtissier, Le garçon d'un café, *op. cit.*, p. 210.

▶22　高山鉄男訳 (2002)『モーパッサン短篇集』岩波文庫，201-235頁。

チョコレート，アントルメ[23]などが売られている。デュマ・フィスの小説『椿姫』[24]（1853年）で高級娼婦マルグリットが劇場へ行く時に必ず持っている干しぶどうの砂糖漬けボンボンを，男たちはこうした菓子店の一つに買いにいく。また『感情教育』でイギリス菓子店に入ったフレデリックは，ガラス蓋の下にぎっしり入った菓子の中から選んだクリーム・タルトをほおばるロザネットの口元を見つめる。女性は甘さの誘惑に負けやすい弱い存在であるという一種の偏見も，文学の中でさまざまに変奏された。

5 飲食と想像

写実主義の傾向が強い文学には具体的な食の場面が多く描かれたが，ロマン派の描く幻想的な世界でも人は食事している。ゴーティエの小説「ポンペイ夜話」（1852年）で女性の胸像に恋した若者は，とうに死んでいるはずの古代ローマの美女の宴席に連なる。若者は金銀の皿に盛られた料理をつまみ，女性がワインの杯を傾けると，「彼女の蒼い頬には，幾千年のあいだときめいたことのない心臓から，ほのぼのとした薔薇色があがってきた[25]」。不可思議な出来事に，食事がなまなましい生気を吹き込む。

記憶と食べ物の関係をつづったもっとも有名な頁は，プルーストの小説『失われた時を求めて』（1913-27年）のマドレーヌの挿話だろう。菓子のかけらと紅茶の一口から幼少時の記憶が蘇り，匂いと風味が「想い出という巨大な建築物[26]」を支えていることがわかる。同作品では，味覚と記憶の感覚だけでなく，食べ物を想像することの精神的な作用も分析されている。「囚われの女」の章で，語り手の恋人のアルベルチーヌは，神殿や塔や岩山のかたちをした「流行遅れな[27]」型に入っているイチゴやチョコレートやレモンのアイスクリーム（ソルベ）のことを語りながら，空想の中でそれを具体的な感覚（冷たさや色）とつなげ，想像の風景の中にはめ込んでいく。

食べ物の描かれ方が，文学の想像力の味わいを決めていくことさえある。女性の胸の中に花が生えてしまうという奇妙な悲劇をつづったボリス・ヴィアン[28]の小説『日々の泡』（1947年）の才能ある料理人は，水道管を通ってきたうなぎを美味なパテにし，表面に溝をつけて回すと曲を奏でるケーキを作る。音と材料が対応している「カクテルピアノ」は，弾くと演奏に応じたカクテルがグラスに注がれる。食べもの，飲みものと不可思議な物語のリズムが響き合う。

フランス文学は，食べる行為や場を観察し，人間と社会を描いただけではない。形や色，感覚にこだわって発展してきたフランスの美食の精神を変奏しながら，食べ物をとおして想像し，追憶することを書き，感覚の洗練を精神の探索と結びつけたのである。

（博多かおる）

▶23　アントルメとは，もともとは食事会でチーズの後などに出された甘い料理で，しだいにデザートとなった。

▶24　本書の60-61頁を参照。

▶25　ゴーティエ，テオフィル／田辺貞之助訳（2002）『死霊の恋・ポンペイ夜話』岩波文庫，101-102頁。本書の58-59頁を参照。

▶26　プルースト／吉川一義訳（2014）『失われた時を求めて　スワン家のほうへⅠ』岩波文庫，116頁。本書の86-87頁を参照。

▶27　プルースト／吉川一義訳（2019）『失われた時を求めて　囚われの女Ⅰ』岩波文庫，289頁。

▶28　ボリス・ヴィアン（Boris Vian, 1920-59）はフランスの作家。ジャズ・トランペット奏者としても知られた。ヴィアンについては，本書の170頁も参照。

コラム4

宝塚歌劇とフランス

1914年に誕生した宝塚歌劇は独特なフランス・イメージを身にまといつつ成長してきた。その発端は1927年『モン・パリ〈吾が巴里よ〉』(岸田辰彌作)である。シャンソンやダンスを盛り込んだスピード感溢れる演出，日本初のラインダンスやフィナーレの大階段は大きな反響を呼んだ。またその主題歌「モン・パリ」は宝塚初のヒット曲ともなる。このレビュー路線は，白井鐵造の手になる『パリゼット』(1930年)の大成功によって決定づけられる。この作品で歌われた「おお宝塚」と「すみれの花咲く頃」は，「モン・パリ」とともに宝塚歌劇団のアイデンティティーを形成していくことになる。ちなみに，「すみれの花咲く頃」の原曲は« *Quand refleuriront les lilas blancs* »(直訳すれば「白いリラの花が再び咲く頃」)である。「白いリラ」が「すみれ」に変換されることによって，パリ＝すみれ＝清純さ＝宝塚という等式が成立しているのである。この曲の歌詞を作った白井は，リラが狂おしい官能的な恋愛を喚起するがゆえに，「星菫」のイメージを持つすみれに書き換えた旨を自著に記している[*1]。ここに現実のフランスとは異なる，宝塚独自のフランス・イメージの端緒がある。

さて戦後，1946年4月に宝塚大劇場は公演を再開するが，その時の演目は『カルメン』だった。この作品の舞台はスペインだが，いうまでもなく原作はフランスの作家メリメであり，オペラ化したのもフランス人ビゼーである。また翌1947年にはレビュー20周年記念として『モン・パリ』が再演されている。このような経緯をみれば，戦中の一時期を除いて，宝塚歌劇の中でフランス・イメージが連綿と生き続けてきたことがわかるだろう。

1974年，池田理代子のマンガを原作とする『ベルサイユのばら』が植田紳爾と長谷川一夫の演出で宝塚に姿を現す。『ベルばら』を形作っているのは，第一に歌舞伎の型である。次にブロードウェイ仕込みの技術が激しい戦闘の場面のダンスを可能とし，そしてロココ調のヴェルサイユ，パリの街路といったフランスのイメージが全編を包み込んでいる。劇中歌についていえば，寺田瀧雄の「愛あればこそ」にせよ，平尾昌晃の「白ばらのひと」にせよ，ほとんどが日本の演歌的歌謡曲であり，シャンソンは一曲も登場しない。いわばハイブリッドな構成によって，『ベルばら』は世界のどこにも存在しない独自の劇空間を作り上げているのである。

宝塚歌劇は2014年に生誕100周年を迎えたが，その前年の2013年から2015年にかけての公演演目は『ベルばら』の複数バージョンを中心に，フランス物が多数を占めた。そして2014年元旦の初演目も，フランス人のプレスギュルヴィックが作曲を担当した『ナポレオン』(小池修一郎作)だった。100周年という節目に，宝塚歌劇は自らのアイデンティティーを再確認したといえる。しかしながら2016年にはそれとわかるフランス物は上演されていない。これにはイスラム過激派によるテロリズムの影響が反映していると考えられる。2015年に相次いで起こった諷刺紙シャルリー・エブド襲撃事件とパリ同時多発テロ事件によって，憧れのフランス，麗わしのパリのイメージは深い傷を負うことになった。2017年に入るとフランス物も徐々に上演されるようになるが，特筆すべきは11月の『ひかりふる路――革命家，マクシミリアン・ロベスピエール』(生田大和作)である。革命期の恐怖政治を主導したとされるロベスピエールを主人公に据えたこの作品により，宝塚歌劇はテロリズムの時代さえも自らのフランス・イメージの中に貪欲に取り込もうとしているかにみえる。

(北村　卓)

＊1　白井鐵造(1967)『宝塚と私』中林出版。

五　人間をとらえるさまざまな視点

1　自　己

1　特殊詐欺と文学

オレオレ詐欺というものがある。

独居老人などを狙って電話して，「ばあちゃん，オレオレ」「おや，マサルかい，久しぶり」「そう，マサルだけど，会社の金使い込んじゃってさあ，今日の4時までに戻さないとやばいことになんだけど，この口座に振り込んでくれない？」などと言って金銭をだまし取る手口である。電話の音声は不鮮明で，声の個人的特徴はほとんど埋もれてしまうらしく，かけてきた相手を息子や孫と取り違えて，窮状を救うべく送金するケースが驚くほど多いという。

文学に現れる「オレ」「私」というのは，このオレオレ詐欺に似てつかみづらい。何十年，あるいは何百年と離れた向こう側から，紙の上で「オレ」と名乗っているのは誰か。それを見極めることは，電話の向こうで話している「オレ」がマサルかどうかを確かめるよりはるかに難しい。しかも日本語では「オレ」「わたし」「ぼく」等々と言いかたに工夫があるが，フランス語では一人称単数の代名詞は一つ，je しかない。それは透明な記号に過ぎず，je と発語した人間の手がかりを――その性別さえ――教えてくれない。

こうして，詐欺にひっかかるようなことも起こってくる。たとえば1949年に，『精神の狩猟 *La Chasse spirituelle*』と題された手稿が「発見」された。これはランボーの自伝的作品『地獄の一季節』を真似た他愛もない偽作だったのだが，ランボーの作品として発表されてしまう。出版にかかわった文学者たちは，それなりにこの詩人のことを知っていたはずだ。しかし彼らも，孫のマサルを知っているはずの老人と同様，すっかり騙されて，「オレだけど」「あ，ランボーさんね」と答えてしまった――そういうことになるだろうか。

2　ランボーの「おれ」

もちろん，話はそんなに単純でない。「詩人のランボー」と「孫のマサル」ではそのあり方，存在の様態がだいぶ異なるからだ。

『地獄の一季節』の例で考えてみよう。この作品のなかで「おれ」と言っているのは誰か。それは，アルチュール・ランボーという人物，1854年に生まれ1891年に死んだ生物学的な個体，ということでいいのだろうか。

『地獄の一季節』は，「かつて，おれの記憶が正しければ，おれの人生はあらゆる心が開き，あらゆる酒が注がれる饗宴だった。／ある晩，おれは〈美〉を膝の上に座らせた[1]」というように始まる。「おれ」は人生を記憶に即して再現しているのであり，電話口の「オレ」と同様，自分の身に起きた出来事について語っている。しかし，この「おれ」は経験を忠実に語っているだろうか。〈美〉は抽象的な概念なのだから，文字通りにとれば触れることなどできないだろう。それを膝に乗せたという「ある晩」が本当にあったのか，どうも疑わしい。

「いやいや，これは文学だから。〈美〉っていうのはものの言いようで，単に，美しい女性，って意味でしょ。詩的誇張ってやつで，それを文字通りにとるのは無粋，詩心がない証拠だよ」と言われるかもしれない。ただそう言ってしまえばランボーの語る話がフィクションだ，と認めることに他ならない。結局のところ，言葉の描いている事柄を経験していない，という点で創作と嘘は変わらない。「おれ」と声を発しているのはランボーかもしれないが，その声が語る「おれの人生」とは虚像である。

「おれ」の言葉が嘘であるとすれば，ランボーは「孫のマサル」であるというよりも，むしろオレオレ詐欺を仕掛けている詐欺師の方である。だとすれば，読者が「おれ」を見極める作業とは，声の主が「孫のマサル」であるかどうかを判断するというよりは，会ったことのないオレオレ詐欺の詐欺師を，その語り口から見つけ出すことに等しい。それが難しいのは当然のことだろう。

3 一人称小説の「おれ」

しかし，こうも考えられないか。つまり，『地獄の一季節』に現れる「おれ」とは，ランボー自身ではなく，ランボーという作者の作った登場人物だ，という捉え方である。「一人称小説」の読まれ方，と言ってもいい。

わかりやすい例を一つだけ挙げておこう。マルグリット・ユルスナール[2]に『ハドリアヌス帝の回想』という小説がある。この作品において「私」と言って語っているのが，じつは紀元2世紀のローマ皇帝ではない，などということは言うまでもない。読者は，ユルスナールがこの小説の作者であり，過去の人物に彼女が想像した出来事を語らせている，と知っている。知った上で私たちは，嘘だ捏造だと糾弾することはせず，作者が千何百年も前の，しかも皇帝という特殊な立場の人物に，彼が言いそうなことを言わせるのを聞いて楽しむ。

これを『地獄の一季節』に当てはめてみよう。すると，作品中で「おれ」と言っているのはランボーではない，ということになる。作者ランボーはどこか別の場所から，この「おれ」と言っている登場人物を無言で操っている……。

4 抒情的な「おれ」

しかし本当にそうだろうか。このような図式を抒情詩――「私」が心を打ち明ける詩――に当てはめるのは，かなり不自然に思われる。ランボーの作品を

▶1 Arthur Rimbaud, *Œuvres complètes*, Gallimard, 2009, p. 245. ランボーについては，本書の72-73頁を参照。

▶2 マルグリット・ユルスナール（Marguerite Yourcenar 1903-87），ブリュッセル（ベルギー）生まれ。1947年にアメリカ合衆国の市民権を取得した。小説，エッセー，詩，翻訳の分野にわたり多数の著作がある。代表作に『ハドリアヌス帝の回想』『黒の過程』。1980年に女性初のアカデミー・フランセーズ会員。ちなみに，『世界の迷宮』という総題のもとにある三部作は，20世紀自伝文学中屈指の傑作。ユルスナールについては，本書の217頁も参照。

訳すとき，一人称に「おれ」や「僕」を当てて，「あたし」や「わたくし」としないのは，詩に響く声が天才少年詩人のものであると感じることが，ほとんど避けがたいからに違いない。ランボーは嘘をつくかもしれない。しかし少なくとも，嘘をつくために「おれ」と言うその声はランボーのものである。

そして，嘘をつく者が，嘘を語っている自分の声を聞いて，それが真実であったかのように思い始めるというのは，詩人に限らずしばしば起こることである。「〈ぼく〉は一人の他者だ」というあの有名な宣言もこの，「ウソから出たマコト」という仕掛けと無関係ではないだろう[3]。そもそも，言葉で描かれていることを自分の経験として感得する，ということがなかったとしたら，文学などおよそ成り立たない。

詩人で嘘をついたのはランボーが初めてではない。いやむしろ，詩人は長い間嘘をつくことを強いられてきた。伝統的な定型詩[4]では，韻や詩脚の都合があって，現実をそのまま写しとることはそもそも不可能なのだから。たとえば，上田敏[5]の訳で有名な「秋の歌 « Chanson d'automne »」について，ヴェルレーヌ[6]に，これは本当の経験か，と問い詰めても仕方がない。

ヴァイオリンのように	Les sanglots longs
秋が長く	Des violons
むせび泣くと	De l'automne
私の心は	Blessent mon cœur
単調な物憂さで	D'une langueur
傷つけられる。	Monotone.[7]

一行の音節数がきわめて少ないこの詩において，下線の通り，ほとんどの単語は脚韻，つまり言葉の音によって強く制約されている。秋の泣き声（風の音だろうか）がなぜ「笛」ではなく「ヴァイオリン」に例えられるのか，とか，傷ついているのはなぜ「魂」ではなく「心」だったのか，という問いに，ただ言葉の意味だけで答えれば屁理屈にしかならないだろう。

そもそも詩とか歌とかいうのはそういうもので，文字としてはごく短いから，そこで示される「おれ」についての手がかりは少ない。ふつう名乗ることさえなく[8]，ひたすら「おれ」と言い続けて，生老病死や愛の喜び，はたまたその苦しみを歌う――抒情詩人の技量とは，いかに人間の普遍的感情を示しうるか，ということにかかっているだろう。

この点でも，詩はオレオレ詐欺に似ている。詐欺師の技量は，誰にでも当てはまるような状況をいかに個人的事情として語るか，ということにかかっている。話を合わせているうちに相手が勝手に誤解して，その「オレ」に近親者の人格を当てはめ始めたら，しめたものだ。もちろん，詩がオレオレ詐欺と決定的に違う点もある。それは，「おれ」と名乗る相手に読者が見てとるのは，孫あるいは子どもなどではなく，自分自身の姿である，ということだ。

▶3　いわゆる「見者の手紙」に見られる言葉だが，ランボーはこれに続けてこう説明している。「たとえば真鍮が，目覚めてみたらラッパになっていたとして，それはそいつが悪いわけじゃない。僕にはわかる。僕は自分の考えが開花するのに立ち会っている，僕はそれを見つめ，聞き耳を立てている。」自分の考えが声を出し始めるのを聞こうとして耳をそばだてるとき，聞いているのも聞かれているのもいずれも「自分」だ，ということが前提でなかったとしたら，〈ぼく〉は他者にはなりえない。小説家が，あらたな登場人物を考案する，という事態との違いはここにある。

▶4　定型詩とは，フランス語の詩の伝統的形式。基本的に一行の音節数と脚韻によって規定される。その伝統が緩くなり，散文で詩が書かれるようになるのは19世紀も後半に入ってからのことである。音節数と脚韻の制約を受けず，詩のような改行によって散文と区別される形式，いわゆる「自由詩」はそれよりも遅れて，世紀の終わりぐらいに現れた。

▶5　上田敏（1874-1916）は詩人，評論家，英文学者。1903年，29歳の若さで夏目漱石とともに東京帝国大学講師。訳詩集『海潮音』には英仏独の訳詞を収めている。とりわけ，当時最新の文学とされていたフランス高踏派・象徴詩の翻訳が有名。本書の119頁も参照。

▶6　ポール・ヴェルレーヌ（Paul Verlaine, 1844-96）は詩人，批評家，文筆家。代表的な詩集に，『雅なる宴　*Fêtes galantes*』（1869年），『善き歌 *Bonne*

5 本当の「おれ」

言うまでもなく，抒情詩は特殊な例である。文学に現れる「おれ」がすべて嘘だ，文学者などみな居直った詐欺師だと言ってしまうのは極論に違いない。

たとえば，ルソーの『告白』[9]のように，自分を弁護する，つまり誤解を解くために書かれた自伝的著作がある。当然その場合，その著作のなかに「私」の真の姿がある，と読者には信じてもらう必要がある。

信じてもらうためにどうするか。ちなみに，ルソーがモデルとしたアウグスティヌス[10]『告白』の場合，著者は全知の神の前で文字通り告白しているわけで，嘘の嫌疑はおこらない。嘘をついていればバレバレで，神を畏れる聖人アウグスティヌスがそんなことをするはずない。

一方，自伝に同じ『告白』という題を与えていても，ルソーは神を証人とはしない。書物の冒頭，作者の企図が示される部分を読もう——「私は私の同類たちに，自然の全き真実において，一人の人間を示そうと思う。すなわちその人間とは，私のことだ[11]」。

ルソーが，自分の言うことが本当だ，という保証のために呼び出すのは，「自然」の観念である。自然は，「私」と他の人たちを同類として生み出した。だから読者は，ここに描かれる「私」を自分自身と比較して，それが似ているかどうか，判断できるに違いない。似ているならば，それこそが自然の光の元で真実と認められるべき人間の姿なのである——。ルソーは，神ではなく自然を喚起し（これは神を否定するという意味ではない），自分と読者との間に類推の糸を結ぶ。その上で，あとは読者の皆さんの判断に任せます，ということだ。

するとどうやらルソーは，自画像のような，誰の目にも等しく映る客観的な「本当の自分」の姿を見せる，と言っているのではなさそうだ。そもそも，作家が自己を描写するのと，画家が自画像を描くことは決定的に異なる。

ヨーロッパで自画像を描くことが一般化するのは，ルネサンス期であったとされる。その興隆は，歪みが少なく像が鮮明なガラス製の鏡の流通と関係がある。つまり，画家たちは皆，鏡を前に，あるいは目の前に鏡がなかったとしても，かつて鏡で見たことのある自分の顔を思いだしながら，自画像を描いたのだ。ところが，「私」をその全体において，内面も外面もひっくるめて真実の姿で見せてくれる鏡は，まだ発明されていない。作家が自画像を描こうとすれば，今も昔も，何の像も送り返してくれない白い紙に向かい合うしかないのである。

もちろん，白い紙の上を見ているだけでは「私」は見えてこない。そして，白い紙に字を埋めていくと，そこに現れてくる「私」がこちら側の「私」を作り変えてしまう，ということさえあるらしい。——「わたしがこの書物を作ったというよりも，むしろ，この書物がわたしを作ったのである[12]」。『エセー』を「わが人生の一片」と呼ぶモンテーニュのこの言葉に含まれるのは，ランボーが「僕は他者だ」と言ったときと同様の，素朴な驚きであるだろう。（原　大地）

Chanson』(1872年),『言葉なき恋歌 *Romances sans paroles*』(1874年),『叡知 *La Sagesse*』(1880年)。暗示的な言葉遣いと清新な詩法で豊かな抒情詩の世界を切り開いた。本書の214-215頁も参照。

▶7 Paul Verlaine, *Œuvres poétiques complètes*, Gallimard, 1962, p. 72.

▶8 重要な例外がこの本で紹介されている詩人のうちにもいる。フランソワ・ヴィヨンである。ヴィヨンは自作のあちこちで自己紹介をし，自分と関わりのあった人物の実名らしきものを挙げている。ただ，悪党として知られるこの詩人の言うことをそのまま事実と信じていいのか——あるいは，これまで事実として信じられてきたのか——ということは，次で例に挙げたルソーの場合以上に問題になるだろう。本書の14-15頁および223-224頁を参照。

▶9 本書の44頁および207頁を参照。

▶10 アウグスティヌス（354-430）は古代末期の神学者，聖人。北アフリカ，現在のアルジェリアで生まれる。若い頃にマニ教に傾倒するも，32歳のときにキリスト教への回心を経験。修道院的共同生活ののちにヒッポ司教となった。異端・異教との論争を契機に，数多くの神学・哲学作品を著した。

▶11 Jean-Jacques Rousseau, *Œuvres complètes*, Gallimard, 1959, t. I, p. 5.

▶12 モンテーニュ/宮下志郎訳（2013）『エセー』第5巻，白水社，131頁。本書の22-23頁を参照。

五　人間をとらえるさまざまな視点

2　ファム・ファタルとオム・ファタル

1　カルメンの描写

フランス文学におけるファム・ファタルの祖，アベ・プレヴォーが描くマノン・レスコーは一瞬でデ・グリューの心をとらえてしまう魅力を備えながら，「肉体のないヒロイン[1]」である。果たしてマノンは実体を持つ存在だったのかと問いたくもなるが，逆にそうだからこそ，後世にさまざまな「マノンの娘」たちが誕生することになったとも言えよう。

▷1　本書の「アベ・プレヴォー）『マノン・レスコー』」（38-39頁）を参照。

図１　『カルメン』メリメによる水彩画
出所：フランス国立図書館所蔵。

メリメ[2]の『カルメン』（1847年）におけるヒロインの登場場面の描写は，魔性の女カルメンの性格とその後の展開を予告するかのような機能を担っている。カルメンが履いているペチコートや靴の赤は，彼女の情熱的な性格を表していると言えるし，あらわになった両肩は彼女が性に対して奔放なことを，そして穴のあいた靴下は彼女がだらしない生活を送っていることを示唆している。さらに彼女が腰を振りながら歩いてくるさまをコルドバの牝馬になぞらえた一節からは，彼女の野生的な性格が浮き彫りにされる。このようにカルメンは危険な香りのする女性として印象づけられる。実際，軍隊の伍長で前途有望な青年ドン・ホセは，カルメンの誘惑に屈すると，彼女にもてあそばれるがままに罪を重ね，盗賊にまでなり下がるばかりか，果ては移り気なカルメンを永遠にわがものにしたいという嫉妬と欲望に駆られて彼女を殺してしまう。マノンはデ・グリューを翻弄し続けるとはいえ，アメリカの砂漠で息絶える前には青年に永遠の愛を誓う。いっぽう，不吉な力に支配されたドン・ホセには一切の救いがない。ひとしくファム・ファタルを主題とした２作品を比較すると，１世紀余りの隔たりを経て，文学における悪の表象が変容しつつあることがわかる。

▷2　プロスペル・メリメ（Prosper Mérimée, 1803-70）はフランスの作家。歴史趣味や異国情緒に満ちた作品で知られる。史跡監督官も務めた。

『カルメン』と同時代の作品として思い出されるのが，バルザック[3]の『従妹ベット』（1846-47年）である。これは玉の輿に乗り，裕福な結婚生活を送る美貌の従姉アドリーヌに嫉妬する主人公ベットの復讐劇なのだが，アドリーヌの夫ユロ男爵とその家族を破滅させるべく，ベットと結託するのが魔性の女ヴァレリーだ。彼女は貞淑な人妻を装いつつ巧みに男たちを誘惑し，金品を巻き上げていくのである。男性の心理を透徹した眼差しで分析し，慎ましい女性という役柄を演じながら彼らを支配していくヴァレリーは，ラクロの『危険な関係』（1782年）に登場する女性リベルタン[4]，メルトゥイユ侯爵夫人をも彷彿させる。

▷3　本書の52頁を参照。

▷4　リベルタンとは　肉体的快楽を求めて，放蕩の限りをつくす人のこと。本書の48頁および215頁も参照。

「真実らしさ」にかけ，不道徳な愛を描くがゆえに「楽しませ，教える」という古典主義の大原則に背くとみなされた小説は，18世紀初頭には正当なジャンルとされていなかったにもかかわらず，この世紀に着実に発行点数を伸ばしていった。それは読者の期待に応える数々のベストセラーが生み出されたからに他ならない。貴族の娘ジュリと平民の家庭教師サン＝プルーとの道ならぬ恋を主題とした小説『新エロイーズ』（1761年）を世に問うにあたり，序文冒頭にルソー[5]が記した「腐敗せる民には小説を」との挑発的な一節は，古典主義的規範が形骸化し，新たな感性の時代が始まったことを示すものと言えよう。ジュリは表面的には貞淑な女性として振る舞うが，実際は巧みにサン＝プルーを誘惑し，ヴォルマールとの結婚後もかつての恋人への想いを秘め続けた「欲望する女性」である。そしてこの世紀の末には，ルソーに感銘を受けたラクロやサドが，小説世界における欲望や悪徳の描写の可能性を広げていくこととなる。

▶5　本書の44頁および205頁を参照。

2　マルグリットとマノン――読者の期待の地平

デュマ・フィスの『椿姫』[6]（1848年）は，作品の冒頭から『マノン・レスコー』への作者の愛が語られている点で興味深い。この小説では，『マノン』や『カルメン』同様，恋人の死後，傷心の青年が悲しい恋の顚末を小説の書き手に語るというスタイルが用いられているが，小説の書き手は，青年アルマンが高級娼婦マルグリットとの恋の思い出を語る前に，マノンとマルグリットとを比較してみせる。そして，マノンが死んだのは砂漠とはいえ，彼女を愛する男の腕の中であったのに対し，マルグリットは贅沢品に囲まれながらも恋人から見捨てられて孤独に死んでいった不幸な女だと語るのだ。こうしたヒロインの比較は，まず当時の読者に『椿姫』が『マノン・レスコー』同様，ファム・ファタルを主題とした小説であることを期待させる役割を果たしていたと言えよう。また，マルグリットはマノンよりも不幸だったと語ることで，読者の好奇心を一層かき立てることをねらったと考えられる。さらに，作者は男を破滅させる魔性の女の物語を期待する読者にとって意外な要素を小説に織り込む。というのも，アルマンとの出会いによって真の愛に目覚めたマルグリットは，その愛ゆえに，息子の将来を案じるアルマンの父の願いを聞き入れ，自ら身を引こうと決意するからだ。ここで読者の期待はいい意味で裏切られる。『椿姫』は作者デュマ・フィスが高級娼婦マリー・デュプレシーとの恋愛の経験をもとに執筆した作品であることはよく知られている。しかし，娼婦という職業とは裏腹に，汚れのない心を持つマルグリットの魅力は，おそらくマノンの物語という主題とその変奏という文脈に置き直すことで，よりよく理解できるだろう。

▶6　本書の60-61頁を参照。

図2　アルフォンス・ミュシャによる『椿姫』のポスター
出所：Renate Ulmer, *Alfons Mucha, 1860-1939, Master of Art nouveau*, Köln, Taschen, p. 8.

3　ゾラの小説におけるファム・ファタル――時代の犠牲者

ゾラの『ルーゴン＝マッカール叢書』[7]に登場するファム・ファタルは，第二帝政期のパリの社会情勢に左右される存在だ。オスマン男爵によるパリ大改造計画にともなう不動産投機を主題とした叢書第２巻『獲物の分け前』（1871年）

▶7　本書の70頁および198頁を参照。

のヒロイン，ルネは，巨万の富を夢見る夫が投機に興じて自分を顧みてくれない寂しさを紛らわすため，何人かの愛人を持つが，それでも満たされない彼女は夫の先妻の息子マクシムを誘惑し，禁断の恋に陥ってしまう。にもかかわらず，マクシムは彼女を捨て，多額の持参金を持つルイーズと結婚するのだ。首都パリの近代化計画は人々に必ずしも充足感をもたらさず，逆説的にも健全な人間関係を崩壊させてしまう。そして，誘惑する女ルネもその社会の無秩序の犠牲となるのだ。また，叢書第9巻『ナナ』では，アルコール中毒の両親[8]を持つパリの下層社会出身のヒロインが，高級娼婦の世界で貴族やブルジョワの男性から巨額の金を貢がせ，彼らを次々と破滅させていく。湯水のように手に入れた金を使い，贅の限りを尽くした生活の虚しさに気づいたナナは，財を売り払い姿を消してしまう。そして再びパリに戻ってきた頃には天然痘にかかり，物語冒頭で女優として多くの観衆を魅了した美しい肉体も無残にむしばまれて孤独にこの世を去るのである。第二帝政期の消費社会にあって，魔性の女ナナも結局のところは大衆の消費する一つの「商品」に過ぎないのである。

▶8　アルコール中毒の両親とは，叢書第7巻『居酒屋』に登場するジェルヴェーズとクーポーのこと。

4　サロメの主題の流行

19世紀末のヨーロッパの文化史において忘れてはならないのがサロメの主題の流行である。サロメを扱った文学作品として一般に知られているのはイギリスの作家オスカー・ワイルドが1891年にパリで執筆した戯曲『サロメ』（初版はフランス語）だろう[9]。ユダヤのヘロデ王の前で官能的な踊りを披露した美女サロメが，その褒美として預言者ヨカナーン（洗礼者ヨハネ）の首を所望する。この背徳的な筋書きは，退廃的性格によって特徴づけられるヨーロッパ世紀末文化を象徴するものの一つと言えるが，実は，これに先立ち1870年代のフランスですでにサロメを取り上げた文学作品や絵画が誕生している。一つは，象徴主義の画家ギュスタヴ・モローのサロメの連作，そしてもう一つは，フローベール[10]の短編集『三つの物語』（1877年）に収められた「ヘロディアス」である。ジュール・マスネがグランド・オペラ『エロディアード』（初演1881年）を手がけるきっかけとなったのは，フローベールの短編であった。いわゆる「歴史物」の創作に情熱を傾けるこの作家の目的は，入念に史料を検討し，研ぎ澄まされた文体でキリスト誕生期の古代ユダヤ世界をドラマチックに再現することだった。そのため，サロメの妖艶な美しさに光が当てられるのは，物語の結末に至ってからのことであり，それもヘロデ王（アンティパス）の籠絡を目論むヘロディアスの罠としてに過ぎない。これに対して，マスネのオペラでは第1幕からヘロデ王がサロメに魅惑されていることが明示されるのみならず，最終幕では洗礼者ヨハネさえも彼女の魅力に屈してしまうさまが描かれる。

▶9　本書の78-79頁を参照。

図3　ギュスタヴ・モロー《刺青のサロメ》
出所：Pierre-Louis Mathieu, *Gustave Moreau*, Flammarion, 1991, p. 98.

▶10　本書の66頁を参照。

図4　オーブリー・ビアズリーによるサロメ
出所：Aubrey Beardsley and Oscar Wilde, *Salome*, Dover Publications, Inc. 1967.

サロメの主題の流行はまた，彼女に扮するロイ・フラー[11]のようなダンサーの登場や，ラフォルグやアポリネール，デスノスといった作家たちによるこの伝説のパロディー化の試みをも促した。こうしたサロメの系譜は，ユダヤの宿命の女の伝説の持つ現代性を物語るものと言えるだろう。

5 さまざまなファム・ファタルとオム・ファタル

その後のフランス文学史に目を向けてみても，男を悩ませ，その人生を狂わせるさまざまなファム・ファタルが登場する。『失われた時を求めて』[12]において語り手一家の友人として登場する美術蒐集家スワンを誘惑する高級娼婦オデット，そして語り手の「私」の恋人アルベルチーヌだ。オデットは洗練された感性の持ち主であるスワンとは釣り合わないくらい悪趣味な女なのに，この美術愛好家を嫉妬に狂わせ，その心を巧みに操った上，彼と結婚する。一方のアルベルチーヌは，その同性愛的趣味で「私」を苦しめる。この二人のファム・ファタルは，崇高さと俗悪さが入り交じるプルーストの世界を象徴的に表す存在であるようにも思われる。また，パリのある通りで偶然出会った謎の女性の眼差しに一気に惹き込まれたブルトンが，彼女と過ごした日々を綴った『ナジャ』[13]（1928年）も一種のファム・ファタルの物語である。とはいえ，次々と意表をつく言動を重ねて驚嘆させるナジャは，語り手の「私」（=ブルトン）にとって，彼女を主題とした一冊の本を執筆するきっかけを作るミューズでもあるのだ。

これ以外にも，フローベールの歴史小説『サランボー』（1862年）のヒロイン，ユイスマンス『彼方』[14]（1891年）のシャントルーヴ夫人など，フランス文学史上には怪しくも魅力的な女性たちが数多い。それでは女性を誘惑し，破滅へと追いやるオム・ファタルを主題とした作品となると，ふと考え込んでしまう。実際，「ファム・ファタル」に比べて「オム・ファタル」という表現はあまり一般的ではない。とはいえ，モリエール[15]の戯曲『ドン・ジュアン』（1665年）の放蕩者の主人公は言うに及ばず，貞淑の誉れ高いトゥールヴェル法院長夫人を陥れ，死に追いやるヴァルモン子爵（『危険な関係』），そしてレーナル夫人とマチルドという二人の女性の運命を大きく変えるジュリアン・ソレル（『赤と黒』[16]）などは，オム・ファタルと称してもよいかもしれない。また，ジュネ[17]の『ブレストのクレル』（1947年）において少尉を誘惑するマッチョな美男子クレルは，同性愛的世界における宿命の男と言えよう。ファム・ファタル，オム・ファタルの系譜とその変容をたどることは，文学における表現の可能性の追求の諸相を明らかにすることにもつながるだろう。

（井上櫻子）

▶11 ロイ・フラー（1862-1928）は，アメリカのダンサー。モダン・ダンスを開拓した重要な人物の一人で，そのパフォーマンスは多くのフランスの芸術家に影響を与えた。

▶12 本書の86-87頁を参照。

図5 フォリー・ベルジェールのロイ・フラー（PALによるポスター）

出所：Giovanni Lista, *Loïe Fuller: danseuse de la Belle Époque*, Hermann, 2006, p. 112.

▶13 本書の98-99頁を参照。

▶14 本書の76-77頁を参照。

▶15 本書の30頁および197頁を参照。

▶16 本書の50頁を参照。

▶17 本書の104頁および216頁を参照。

五　人間をとらえるさまざまな視点

3　結婚とその外

シャルルの愛情の表現は規則的になった。彼はある時刻がくると妻を抱擁した。それは他にいくつもある習慣のなかのひとつにすぎず，いってみれば単調な夕食のあとに出る，前もって品目のわかったデザートのようなものだった。[1]

1　女性交換か，家父長制の維持か

人類学者レヴィ＝ストロース[2]によれば，未開社会での婚姻とは自集団の女性を他集団に送り出し，他集団から女性を受け入れる「女性交換」であり，目的はインセスト（近親婚）を防ぐことにあった。彼の弟子のエリチエ[3]によれば男性支配の根幹には女性の妊娠・出産能力の独占があるため，結婚は他の男と接触しないように女性を家庭に閉じ込める機能をもった。

いずれにせよ，結婚は家どうしの契約であり，集団にとっての必要事項であった。古代ローマから前近代にかけては，家父長制のもとで親が子の結婚を決めることが一般的であり，結婚当日まで相手の顔すら知らない場合が多い。とりわけ王侯貴族においては領土拡大のための政略結婚が中心であったため，そもそも結婚に愛はない。アーサー王の王妃グニエーヴルと騎士ランスロ，王妃イズーとトリスタンなど[4]，中世の宮廷風騎士道物語が不倫構造をとる理由もそこにある。外から連れてこられた奥方は孤独であり，一方若い騎士は高貴な奥方への憧れを通して社会階層の上昇を模索する。恋愛結婚があるとするならば，それは駆け落ちか，略奪だけだった。

2　「自分の妻を愛しすぎる者は姦淫の罪を犯す者である」

やがてカトリック教会の七つの秘蹟の一つとして「婚姻の秘蹟」が定められるようになると，理論上は男女の合意と聖職者による司式さえあれば結婚が可能になってゆく[5]。教会側にとっても，新しい信者を獲得して教区共同体を拡大できるという利点があった。18世紀までは，今日の戸籍に相当するような，教区住民の生死や結婚などの記録をすべて教会が管理していた。また，神の前での誓いは絶対的なものであるから，カトリックでは離婚は許されない。「二人はもはや別々ではなく，一体である。したがって，神が結び合わせてくださったものを，人は離してはならない（「マタイ」19-6）」と聖書にも書かれている。

中世の贖罪規定書によれば，たとえ夫婦間であっても生殖を目的としない性

▶1　フローベール／菅野昭正訳（2016）『ボヴァリー夫人』（『ポケットマスターピース07』）集英社，190頁。本書の66-67頁を参照。

▶2　クロード・レヴィ＝ストロース（1908-2009）は，フランスを代表する人類学者で構造主義にも影響を与えた。『親族の基本構造』，『野生の思考』などが代表作。

▶3　フランソワーズ・エリチエ（1933-2017）は，人類学者で，コレージュ・ド・フランスにおけるレヴィ＝ストロースの後継者。代表作『男性的なもの／女性的なものⅠ，Ⅱ』では男女の差異の普遍性とその構造を明かす。

▶4　本書の8-11頁を参照。

図1　家と家の結婚
出所：トゥール市立図書館蔵。

▶5　七つの秘蹟とは，洗礼，堅信，聖体，悔悛，病者の塗油，叙階，結婚。シェイクスピアの『ロミオとジュリエット』では，親同士が反目していたが，恋人たちは秘密裏にロレンス神父の前で結婚する。神の前での結婚は絶対であり，親の意向に優先するはずだった。

行為は禁止されており，教会が性愛を統制しようとしたことがわかる。過去にはヒエロニムス[6]のように「自分の妻を愛しすぎる者は姦淫の罪を犯す者である」と言い切って，夫婦生活を理性的に処するよう勧める教父もいたのである。だが，建前と実際は乖離するのが世の常であった。

▶6　ヒエロニムスは，4-5世紀の神学者で四大教父の一人。ラテン語のウルガータ聖書の翻訳者として有名。

2 良い結婚とは？

結婚と愛と性（生殖）の一致を求めるのは近代の幻影である。実は，結婚ほど不純なものはなかった。必ず金銭や体面がかかわるからだ。12世紀のエロイーズは17歳のときに家庭教師のアベラール[7]と恋に落ち，妊娠する。男の側は責任をとって結婚を申し出るのだが，彼女は言う。「これまであなたのうちに，あなた以外のものを求めたことは一度もありませんでした。あなたの妻と呼ばれるよりも，愛人と呼ばれる方がずっと名誉です」と。聡明なエロイーズは結婚の欺瞞を熟知していたため，純粋に愛を貫こうとしたのだった。

▶7　アベラール（1079-1142）は，12世紀のフランスの学者で普遍論争における唯名論で知られる。代表作『然りと否』。

> 完全無欠の愛情によって無傷に保たれる結婚の絆があるとすれば，それはこうした夫婦間の聖なる誤謬や，幸福な錯覚から，生じているのです。[8]

▶8　沓掛良彦・横山安由美訳（2009）『アベラールとエロイーズ——愛の往復書簡』岩波文庫，111頁。

モンテーニュもまた『エセー』第３巻で，良い結婚があるとするならば，それは恋愛を伴わない，むしろ友愛に似た関係であると述べている。また，旅行をこよなく愛したモンテーニュは，夫婦円満の秘訣として，夫の一人旅を推奨している。そうすれば妻も夫に気兼ねなく自由に家の管理ができるし，むしろ離れている方が夫婦の愛情が保たれるからだ。

たとえ幸福な結婚であったとしても，長続きするとは限らない。15世紀のクリスティーヌ・ド・ピザン[9]は父が選んだ夫エチエンヌを深く愛したのだが，夫は突然病死してしまう。25歳の若さで三人の子を抱えた寡婦となった彼女は文筆家として身を立てることを決意し，数々の秀逸な抒情詩を発表する。皮肉なことだが，もし夫が死ななければ詩人は誕生していなかったかもしれない。

▶9　クリスティーヌ・ド・ピザンは，15世紀の女流詩人でフランスの宮廷で活躍。『女の都の書』や，同時代のジャンヌ・ダルクを歌った「ジャンヌ・ダルク讃歌」が有名。

わたしはひとり　ひとり身の願わしさ，	Seulete suy et seulette vueil estre,
わたしはひとり　いとしの夫に先立たれ	Seulette m'a mon doulz ami laissiée,
わたしはひとり　仲間なく夫なく[10]	Seulete suy, sanz compaignon ne maistre

4 結婚と笑い——寝取られると角が生えるぞ

▶10　沓掛良彦・横山安由美訳（2018）『詩人クリスティーヌ・ド・ピザン』思潮社，12頁。

結婚の苦労は経験してみないとわからない。『結婚十五の歓び』（1400年頃）によれば，結婚とは「涙と呻きと苦悩にみちたる悲しみの狭き獄舎」であり，幸福だと思って入った結婚生活がこの世の最大の不幸であるさまは，あたかも楽しそうだと思って魚かごに入った魚が二度と逃げられないのと同様だと説く。夫は妻の求めるままに流行の洋服のひとつも買ってやらねばならない，それが第一の「歓び」なのだが，こうした気苦労は夫婦が老い果てるまで延々と続く。

結婚の一番の心配事といえば配偶者の浮気だろう。ラブレー[11]の『第三の書』

▶11　本書の16頁を参照。

は，パンタグリュエルの親友パニュルジュが結婚すべきか否か大いに悩む話である。ジャン修道士に相談して，いったんは結婚を決意するのだが，ふと聞こえてきた鐘の音のせいで，またしても尻込みしてしまう。

ケッゴーンスルナ，ケッゴーンスルナ	Marie poinct, marie poinct,
スルナ，スルナ，スルナ，スルナ	poinct, poinct, poinct, poinct.
ケッゴーンシタラ，イカーン	Si tu te marie: marie poinct, marie poinct,
イカーン，イカーン，イカーン	poinct, poinct, poinct, poinct:
コウカイスルゾー，	tu t'en repentiras, tiras, tiras:
コキュニナルゾー。[12]	coqu seras.

ここはぜひ，鐘の音風にフランス語を音読してみたい。宮下志朗の名訳も抱腹絶倒だ。「コキュ[13]」とは寝取られ男のことで，男にとって妻の浮気以上に恐ろしいものはなかった。中世のファブリオ（笑話）のテーマとして圧倒的に多いのも妻の浮気譚であり，そのお相手として一番頻繁に登場するのは，なんと司祭なのだった。

▶12　ラブレー／宮下志朗訳（2007）『第三の書』ちくま文庫，333-334頁。

▶13　「角を生やす porter des cornes」は「妻に寝取られる」の意味。なお19世紀初頭の空想社会主義者シャルル・フーリエは『四運動の理論』『寝取られ者の序列』『寝取られ分類表』などを著して，寝取られ男の数十種類にわたる分類と序列化を試みた。

5 ブルジョワ社会と19世紀文学

フランス革命は人間の平等や自由を謳ったはずだったが，1804年に成立した民法典はナポレオン個人の女性蔑視を反映した差別的な内容であった。宗教婚は任意となり，民事婚が義務化されたが，妻は無能力者と規定され，「夫への服従」が明示された。また産業革命によって労働者の再生産を迫られた社会は，結婚と子育てを義務化するブルジョワ道徳をつくり出し，人々を拘束していった。フローベールの『紋切型辞典』の「独身者」の項目にはこう記されている。「独身者は利己的で，放蕩者で，女中と寝る。彼らを激しく非難すること。課税すべきであろう。なんと寂しい人生が彼らを待っていることか！[14]」

図２　新郎新婦
出所：フランス国立図書館蔵。

『ボヴァリー夫人』を読めば，当時の女性の結婚への憧れと失望がいかなるものだったのかを理解できるだろう。エンマは真夜中に松明を灯したロマンチックな式を望んでいたにもかかわらず，実際の結婚式は43人の村人がやってきて16時間ぶっ続けで飲み食いするお祭り騒ぎだった。この幻滅が結婚生活の最初の躓きとなり，彼女は不倫へと向かってゆく。モーパッサン[15]の『女の一生』のジャンヌもまた結婚制度の被害者かもしれない。夫は結婚直後から愛情を失って浮気を繰り返し，彼女は幸福だった過去や息子の存在に逃げ道を求めるのだが，その息子にも裏切られてしまう。

バルザック[16]の『結婚の生理学』は結婚のノウハウや妻の浮気防止の方法を教える書物で，当時大ヒットした。浮気の兆候の発見方法から家具やベッドの望ましい配置までが事細かに記され，当時の夫婦の私生活空間を証言している。

> 妻とは契約によって手に入れる財産であり，所有すれば体裁が整う動産である。実のところ，妻とは男の付属物でしかない。だからぶった切ろうと

▶14　フローベール／小倉孝誠訳（2000）『紋切型辞典』岩波文庫，179頁。本書の66頁を参照。

▶15　ギ・ド・モーパッサン（1850-93）は，19世紀自然主義の代表的作家で，長編『女の一生』，『ベラミ』，短編「首飾り」，『脂肪の塊』などが有名。

▶16　本書の52頁を参照。

切り刻もうと削ぎ取ろうと，妻は全面的にあなたのものだ。妻がぶつくさ言ったり，叫んだり，嘆いたりしても，一切相手にしてはならない。

19世紀ほど不倫が語られた時代はない。それと同時に，結婚の枠組みに入りきらない独身者や娼婦や未婚の年配女性たちが，犠牲者として，妨害者として，あるいは嘲弄の対象として，文学の中で強調されて描かれていったことにも留意したい。『椿姫』の高級娼婦マルグリットにせよ，ロマのカルメンにせよ，最後に死んでしまうのは，彼女たちが周縁的な存在であり，当初から社会的な幸福には結びつかない存在だったからにほかならない。

6 ボーヴォワールと新しい社会

1942年までフランス民法は妻の夫への服従を命じ続けていたし，女性の投票権が認められたのはようやく1944年のことである。「愛の国」のイメージとは裏腹に，フランスは法制上は遅れをとっている。しかしながら生き方や著作を通して結婚や性のあり方を問う人は少なくなかった。20世紀の幕開けとともに相次いで発表されたコレット[17]の感性豊かな自伝的小説「クローディーヌシリーズ」は，タイトルそのものが女性の人生と自立の過程を表している。

女性のあり方に一石を投じたのは，「人は女に生まれるのではない，女になるのだ On ne naît pas femme: on le devient」の句で有名なボーヴォワール[18]だ。戦後まもない1949年に発表された『第二の性』は，ジェンダーの社会構築的性質ばかりでなく，結婚が本来的に人を幸せにするものではないこと，にもかかわらず娘たちは親から自由になるために結婚してしまうことなどを詳述し，社会に大きな衝撃を与えた。「結婚の失敗は個人の責任ではない。それは，もともと歪みのある結婚制度そのもののせいなのだ。」彼女とサルトル[19]は，入籍したり子をもつこともなく，互いの自由を認めつつ生涯のパートナーとして過ごしたことで知られている。

このような姿勢に影響を受けて，宗教や国家の介入を好まない者たちは，結婚の枠にとらわれないユニオン・リーブル（自由な同棲関係）を選択した。1999年にはPACS（民事連帯契約）法が制定されてカップルのさまざまな権利が保障され，さらに2013年には同性婚が認められたことも記憶に新しい。

社会の変化にともなって，文学が描くジェンダーや男女の関係性も変わってゆくことだろう。マンディアルグ[20]の『オートバイ』の主人公レベッカは，真面目な高校教師を夫にもちつつも，黒いハーレーに乗って愛人ダニエルの元へと疾走する。だがその走りは，もはや解放でも自由でもなく，狂気と倒錯とエロチシズムへと向かうのだった。

（横山安由美）

図3 新婚旅行

出所：Corbin, *Histoire de la Virilité* 2, Seuil, 2011.

▶17 シドニー＝ガブリエル・コレット（Sidonie-Gabrielle Colette, 1873-1954）は，19-20世紀の代表的な女性小説家。『学校のクローディーヌ』『パリのクローディーヌ』『主婦クローディーヌ』『立ち去るクローディーヌ』からなる連作は人気を博したが，当初夫ヴィリーの筆名で出版された。のちに彼女は離婚して自立し，『シェリ』や『青い麦』などの名作を生んだ。本書の215-216頁を参照。

▶18 シモーヌ・ド・ボーヴォワール（Simone de Beauvoir, 1908-86）は，フランスの哲学者，文筆家。女性解放運動などで活躍。『レ・マンダラン』でゴンクール賞を受賞。『娘時代』『女ざかり』などの自伝的小説も多い。本書の217頁を参照。

▶19 本書の100頁を参照。

▶20 マンディアルグ（André Pieyre de Mandiargues, 1909-91）は，20世紀の詩人，作家で退廃的な作風で知られる。『余白の街』でゴンクール賞を受賞。

五　人間をとらえるさまざまな視点

4　同性愛

1　フランスにおける同性愛

「恋愛の国」と呼ばれ，同性パートナーシップを承認する制度[1]を世界に先駆け創設した国フランスには，性的マイノリティーに対して寛容なイメージがある。しかしながら，建国当初からローマ・カトリック教会の影響を強く受けたフランス社会では，かつて同性愛は宗教的なタブーであるだけでなく重罪ともみなされ，同性愛の罪で死刑となる者すらいた。フランス革命[2]を機に刑罰の対象から外れるが，公序良俗を守るという名目で，同性愛はながらく社会の監視のもとに置かれた。

同性愛の行為自体は古くから存在するものの，同性愛を表すのに現在もっとも一般的に用いられる「オモセクシュアリテ homosexualité」という言葉の歴史は意外に浅い。この言葉は1860年代末に医学界で誕生するや，すぐさま西洋社会に広まった。同性愛を「罪」ではなく一種の「変質」もしくは「病質」と考えようという動きが起こったのだ。時を同じくして，同性愛のテーマがフランス文学史上に浮上してくる。名前を得たことにより，あたかも同性愛が一つの文学テーマとしてアイデンティティーを獲得したかのようである。この項では，同性愛が文学界に引き起こしたさまざまなドラマをみてみよう。

▶1　従来の婚姻制度の枠に入らない同性カップルの社会的地位を保障する制度。北欧諸国で始まり，欧米で広がりつつある。日本でも独自のルールで導入している自治体がある。

▶2　フランス革命とは，ブルボン朝ルイ16世の治世におきた市民革命。1789年のバスティーユ牢獄襲撃に始まり，民衆によって王侯貴族が断頭台へ送られた。人間の平等を理念とする革命政府により，1791年，同性愛を含む「自然に反する性的行為」を犯罪とする法律が廃止された。

2　愛の逃避行とその代償

フランス文学史に残るもっとも有名な同性愛カップルは，アルチュール・ランボー[3]とポール・ヴェルレーヌ[4]であろう。自作の詩をたずさえて田舎からパリへやって来た若きランボーの才能に惚れ込んだヴェルレーヌは，1872年，妻子を捨てて駆け落ちをする。一年のあいだ，ロンドンやブリュッセルを転々とする逃避行を続けるうちに二人の関係は悪化し，ヴェルレーヌは恋人にピストルを向けることとなる。傷害容疑で有罪となったヴェルレーヌは一年半をベルギーの牢屋で過ごし，二人の関係は終わりを告げた。

同性愛関係がもとで同じく投獄の憂き目をみたのは，アイルランド出身のオスカー・ワイルド[5]である。人気劇作家ワイルドは妻帯者であったが美青年の貴族アルフレッド・ダグラス卿と恋仲になる（図１）。ダグラス卿の父は二人の交際をよしとせず，ワイルドを「男色家」と批判し息子と別れるよう要求した。1895年，ワイルドは相手を名誉毀損で訴えることで反撃するが，あえなく敗訴してしまう。この訴訟のためにかえって二人の関係が世に知れ渡り，大スキャ

▶3　本書の72頁を参照。

図１　オスカー・ワイルド（右）とアルフレッド・ダグラス卿

出所：Frédéric Martel, *La Longue marche des gays*, Gallimard, 2002, p. 21.

ンダルを巻き起こす。ワイルドは猥褻行為で逮捕され有罪となり，二年間の懲役刑に服すこととなった。刑期を終えた後，二人は国外でふたたび生活をともにするも長続きせず，生活の糧を失ったワイルドは貧困のうちにパリで客死した。

3 20世紀の幕開けと自由の兆し

こうしたゴシップに事欠かないパリの文壇では，マドレーヌ寺院近くの男娼が集う売春宿に警察が踏み込んだとき，マルセル・プルースト[6]が居合わせたことを知っても，さほど驚かなかったかもしれない。プルーストの小説『失われた時を求めて *À la recherche du temps perdu*』，とりわけ第四編『ソドムとゴモラ』（1921-22年）は同性愛の場面を堂々と描くだけでなく，同性愛者の生態解剖をするという非常に独創的な試みを行っている。当時唱えられていた，同性愛者を男性でも女性でもなく「第三の性」とする論を踏襲するかのように，語り手は隠れ同性愛者の登場人物シャルリュス男爵を女性性をあわせ持つ「倒錯者」であるとし，古典や植物学の比喩を駆使してその生態を解説してみせた。

プルーストのよき相談相手であったアンドレ・ジッド[7]もまた，同じテーマに取り組んでいた。周囲の反対を押し切るかたちで同性愛擁護論ともいうべき『コリドン *Corydon*』をまずは匿名の私家版として（1911，1920年），その後，著者名を明らかにして出版した（1924年）。さらに自伝『一粒の麦もし死なずば *Si le grain ne meurt*』（1926年）ではアフリカで自ら経験した同性愛行為について赤裸々に語った。これは名の知られた作家が「わたし」の同性愛を語るという前代未聞の告白であった。ジッドはプルーストの作品に書かれた同性愛＝性的倒錯という論を退け，同性愛とは悪徳でも倒錯でもなく，個人の本性から自然に発するものであると訴えた。

1920年代にこうした作品が受け入れられた背景には，経済好況に支えられた「狂乱の時代 les années folles[8]」と呼ばれる新しい価値観を歓迎する時代の空気があったと考えられる（図2）。パリは自由を求めて多くの亡命者が集まる都と化し，同性愛者であることを公然と認めていたアメリカ人，ナタリー・クリフォード・バーネイが文芸サロンを開き，コクトー[9]やコレット，ジッドをはじめとした時代を代表する作家や芸術家たちが集った。とはいえ，自由を希求する時代の後押しがあったとしても，男性の同性愛を作品に描き世に問うことは依然として大きな困難を伴う行為には違いなかった。それに対し，女性の同性愛をめぐる事情は異なり，ゴーティエ[10]の『モーパン嬢』（1834年），ボードレール[11]の『悪の華』レスボス詩群（1857年）など，タブー視されながらも好んで描かれる題材だったと言ってよいだろう。このことは女性の同性愛がより受け入れられていたことを示すというより，むしろこうした作品がリベルタン文学[12]の流れをくむ官能文学で，男性作家により男性読者のために書かれる一つの文学テ

▶4　ポール・ヴェルレーヌ（Paul Verlaine, 1844-96）は，詩人，批評家，文筆家。代表作に「秋の歌」「月の光」など。本書の204頁を参照。

▶5　本書の78頁を参照。

▶6　本書の86頁を参照。

▶7　本書の88頁を参照。

図2　タマラ・ド・レンピッカの絵は狂乱の時代の雰囲気をよく伝えている

出所：Frédéric Martel, *op. cit.*, p. 11.

▶8　「狂乱の時代」とは，第一次世界大戦後から1929年の大恐慌まで，パリを中心に開放的な文化・芸術活動が花開いた時期。モンパルナスなどの歓楽街では同性愛者向けのスポットが数多く展開した。

▶9　ジャン・コクトー（Jean Cocteau, 1889-1963）は，詩人，評論家，画家，劇作家，映画監督として，マルチな才能で活躍した。代表作に『恐るべき子どもたち』『美女と野獣』など。

▶10　本書の58頁を参照。

▶11　本書の64頁を参照。

▶12　リベルタン文学とは，公序良俗に反するような行動，とりわけ性愛行為を描く文学。その多くは私家版や地下出版で発表された。啓蒙思想家ディドロやサドの作品が有名。本書の48頁および206頁を参照。

ーマを形成していたことを表している。そのなかで，コレット[13]の「クローディーヌシリーズ」（1900-07年）に代表される女性作家の手による女性同性愛を描く作品が登場し始め，戦後のレズビアン文学への扉を開いた。

4 第二次世界大戦から五月革命へ

パリの自由な空気とは対照的に，隣国ドイツでは政権を握ったナチスにより同性愛が徹底的に弾圧された。同性愛者が集うカフェやバーは軒並み警察の摘発を受け，多くの人々が逮捕されたのち強制収容所に送られ，ユダヤ人の印としてよく知られる黄色の六芒星ではなく，ピンクの逆三角形の胸章で識別され，過酷な労働を強いられた。

同じ頃，フランスの牢獄では同性愛文学の金字塔となる作品が誕生しつつあった。新人作家ジャン・ジュネ[14]はコクトーの援護を得て『花のノートルダム *Notre-Dame-des-Fleurs*』（1944年）を地下出版し，続いて『薔薇の奇跡 *Miracle de la rose*』（1946年）を刊行した。作者自身の体験をもとに犯罪と同性愛を正面から語る内容は世間に衝撃をもって迎えられた。ジュネの小説が画期的な点は，第一に同性愛の「悪徳」「汚辱」という否定的側面を美しく崇高なものとして昇華させたことである。ジュネによれば同性愛は恥ずべきものであると同時に神聖なものでもあるのだ。第二に，ジュネが描いたのは前時代に文学界で取り沙汰された「男色 ペデラスティ pédérastie」と呼ばれる年配者と若者の垂直的な関係ではなく，年齢や境遇の近い者同士の水平的な関係であった。ジュネの小説が犯罪者コミュニティーという特殊な場を舞台としながら，後世の作家に多大な影響を与えた理由には，こうした現代性もあったのだろう。

サルトル[15]はジュネの作品をいち早く評価した一人であり，『聖ジュネ *Saint Genet*』（1952年）を書き，文学によって自由を実現した作家としてジュネを紹介した。新たな生き方が模索される時代の勢いを借りて，同性愛を語る行為は社会運動と歩みをともにし，1968年の五月革命[16]へと突き進んでいく。大学生を中心とした若者世代が旧弊な社会制度を打ち破り新しい変革を求める抗議運動に始まった五月革命では，社会的抑圧や制限から人々を「解放 リベラシオン libération」することが目指された。運動の盛り上がりに，ニューヨークで起こった「ストーンウォールの反乱[17]」の勢いも加わり，タブーを打ち砕き，古い偽善的な社会が個人に押しつけてきた因習から性を解放する運動の一環として，性的マイノリティーである同性愛の権利が声高に叫ばれた。「女性解放運動」を率いたモニク・ウィッティグ[18]，「同性愛革命行動戦線」のギィ・オッカンガム[19]など，インテリの若者リーダーが登場し，顔と名前を衆目にさらしてカミングアウトを行い，同性愛の社会的地位を確立するためにマスメディアで論陣を張った。性の解放を求める社会闘争のなかで，「ゲイ」「レズビアン」という呼び名が広まった。もはや同性愛者を隔離するために張られたレッテルとし

▶13　コレット（Colette, 1873-1954）は小説家。クローディーヌを主人公とした一連の作品を夫名義で出版してデビュー。実生活でも同性の恋人を持ち，ムーランルージュの舞台上で共演して物議を醸した。本書の213頁を参照。

▶14　本書の104頁および209頁を参照。

▶15　本書の100頁を参照。

▶16　五月革命とは1968年5月，パリの学生が大学改革を求めた活動に始まり，社会全体に広がった変革運動。旧弊な社会体制・慣習を打ち破り，現代につながる民主的な社会の構築に貢献した。

▶17　ストーンウォールの反乱とは1969年，マンハッタンのグリニッジ・ヴィレッジにあるゲイバー「ストーンウォール・イン」で警察が強制捜査を行った際，居合わせた同性愛者たちが警察権力に敢然と立ち向かった歴史的事件。

▶18　モニク・ウィッティグ（Monique Wittig, 1935-2003）は小説家，活動家。女性のみによる活動団体「女性解放運動 MLF（Mouvement de libération des femmes）」を創設。アメリカの大学で女性学を教えた。関連作に『女ゲリラたち』『レズビアンの躰』など。

▶19　ギィ・オッカンガム（Guy Hocquenghem, 1946-88）は作家，ジャーナリスト，活動家。五月革命に参加し，「同性愛革命行動戦線 FHAR（Front homosexuel d'action révolutionnaire）」を創設。パリ大学で教鞭をとりつつ，エイズで他界するまで精力的に活動した。関連作に『ホモセクシュアルな欲望』。

てではなく，アイデンティティーを構成するものとして当事者自らによって選ばれ，闘争の看板として高々と掲げられた名であった。

5 性的自由，そして悲劇を乗り越えて

五月革命における性の解放運動は若者によって主導されたが，その傍らで，ロラン・バルト[20]やミシェル・フーコー[21]といった同性愛者であることを公言していた思想家たちが社会通念の徹底的な問い直しを行い，若い世代の作家たちの創作活動を支えた。フーコーやジュネ，ボーヴォワール[22]などの先駆的存在の作家が，デモ行進に参加し，後見人として運動を応援した。こうした社会運動の成果として，同性愛者の権利保護を公約した社会党のフランソワ・ミッテランが大統領に選出され，1982年，同性愛と異性愛との刑法上の差別が撤廃され，同性愛は権利を尊重されるものと法律によって規定された。文学界においては，一貫して同性愛のテーマを追求するマルグリット・ユルスナール[23]が女性として，また女性同性愛者として，初めてアカデミー・フランセーズの会員に選ばれたことは象徴的な出来事と言えよう。

しかしながら，同性愛者が自由を謳歌した春は長くは続かなかった。1980年代になるとエイズ[24]が登場する。当初「ゲイキャンサー」と呼ばれたこの得体の知れない新病はとりわけ男性同性愛者のうちに犠牲者を出し，同性愛に対する偏見と差別を再燃させ，病気は性的放埒に対する神の罰であるとするような言説が横行した。エイズ禍のもと，フーコー，オッカンガムをはじめ，作家や芸術家たちが次々と病いに倒れた。未曾有の悲劇に直面した同性愛は新たな闘争の局面へと突入する。1990年代に入ると，エルヴェ・ギベール[25]やシリル・コラール[26]が自らの同性愛を肯定し，エイズを新たな表現テーマとする自伝的作品を生み出し，不治の病と闘いつつ，力尽きるまで創作を続けた。作品を通してだけでなく，テレビや新聞，雑誌などのマスメディアで病気の実態を伝えた作家たちの姿が，エイズに対する世間の見方を変えるのに大きく貢献した。エイズは壮大な悲劇でありながら，アイデンティティーの根底にある同性愛と強固に結びつき，芸術創作を極限まで推し進めるテーマともなった。

多くの死者を出したエイズの猛威が弱まると，パートナーを失った人々の遺産相続などの問題が持ち上がった。こうした人々に法的な権利保障を与えようというイニシアティブのもと，1999年，パックス[27]が導入された。これにより同性，異性にかかわらず，法的に認知されたカップルには婚姻と同等の権利が保障されるようになった。2013年には同性婚が法制化され，同性愛と異性愛との法律上の平等は達成された。ダイバーシティーへの寛容が叫ばれる現在，同性愛は一つの性のあり方として認知されるようになった。そのような時代において，同性愛文学はどのような発展を遂げていくのだろうか。

（内藤真奈）

▶20 ロラン・バルト（Roland Barthes, 1915-80）は思想家，批評家。代表作に『恋愛のディスクール・断章』など。本書の108頁を参照。

▶21 ミシェル・フーコー（Michel Foucault, 1926-84）は哲学者，歴史家。関連作に『性の歴史』など。本書の218頁を参照。

▶22 シモーヌ・ド・ボーヴォワール（Simone de Beauvoir, 1908-86）は哲学者，文筆家。女性解放運動家としても有名。代表作に『第二の性』など。本書の213頁も参照。

▶23 マルグリット・ユルスナール（Marguerite Yourcenar, 1903-87）は小説家。第二次世界大戦を機に，アメリカに移住した。関連作に『ハドリアヌス帝の回想』『アレクシス あるいは空しい戦いについて』など。本書の203頁も参照。

▶24 エイズ SIDA の正式名称は後天性免疫不全症候群（Syndrome d'immuno-déficience acquise）。HIVウィルスが免疫力の減退を引き起こす病気。1980年代から1990年代にかけて欧米諸国で猛威を振るった。フランスでは13年間で３万人がエイズで死亡したと言われる。

▶25 エルヴェ・ギベール（Hervé Guibert, 1955-91）は小説家，写真家，ジャーナリスト。関連作に『ぼくの命を救ってくれなかった友へ』『ヴァンサンに夢中』など。

▶26 シリル・コラール（Cyril Collard, 1957-93）は詩人，小説家，映像作家。関連作に『野性の夜に』『やがて死すべき愛について』など。

▶27 パックス（PACS）とは，民事連帯契約（Pacte civil de solidarité）の略称。同性愛者を念頭につくられた制度だが，利用者の大半を異性カップルが占めている。本書の213頁も参照。

五　人間をとらえるさまざまな視点

5　狂気・ドラッグ

狂気は古来，詩人に霊感を与えるもの，誰もが内に抱え持つもの，隠された真実を暴き出すものとして文学の中に登場してきた。しかし，近代精神医学の誕生以降，文学は新たな緊張のもとで狂気，さらにドラッグという主題を探求するようになる。

1　狂気の歴史とディドロ『ラモーの甥』

20世紀の哲学者ミシェル・フーコー[1]は『狂気の歴史』（1961年）において，17世紀および18世紀末に生じた二つの大きな歴史的転換点を指摘している。中世・ルネサンス期において「狂気」は社会の中で共存していたが，17世紀における大監禁時代[2]の訪れにともない，狂気は「理性」の規範から外れた「非理性」として社会から排除されるようになる。こうして監禁施設の中へと隔離された狂気は，さらに18世紀末における精神医学の誕生とともに，治療の対象となるべき「精神疾患」ととらえられるようになるのだ。

▶1　ミシェル・フーコー（Michel Foucault, 1926-84）は哲学者，歴史家。主な著作に『狂気の歴史』（1961年），『監獄の誕生』（1975年）がある。本書の217頁を参照。

▶2　大監禁時代とは，1656年の一般施療院設立の布告にともない，狂人が犯罪者，貧者，放浪者ら反社会的とみなされた人々とともに監禁施設に収容されたことを指す。

この歴史的変化の縮図としてフーコーが挙げるのが，ディドロの小説『ラモーの甥』である。「高邁と低劣との，良識と不条理との化合物」と評されるラモーの甥は，社会の規範から外れながらも，音楽家，寄食者として暮らす，奇人とも狂人ともとらえられる人物である。「私」とカフェで軽やかにおしゃべりに興じる道化者は，鋭い人間観察の真実を述べ，痛烈な社会批判を行う。狂人とは世間に隠された真実を暴く存在でもある。さらに精妙な音楽論を語ったかと思えば，シニカルに処世術を論じ，一人何役ものパントマイムで狂熱的にオーケストラや歌劇を演じる。「司祭になり，王になり，暴君になって，威嚇したり，命令したり，逆上したりする。また，奴隷になって，へりくだる。」ディドロにとって脈絡もなく話題が移り変わる会話は，狂気や夢のごとき魅力を持つものであった。軽やかさと狂気と豊穣さを備えたラモーの甥は，圧倒的なリアリティを持つ人物像として，19世紀以降の多くの作家・哲学者を魅了してゆく。

2　19世紀における精神医学と文学――ネルヴァル『オーレリア』

近代精神医学の黎明期には，精神医学と文学という二つの分野の相互作用の中で，多くの狂気解明の試みが行われた。精神医ピネル[3]による〈鎖からの解放〉後，主に1830年代以降，精神医たちは狂気の解読を試み，患者の外見の記録とともに，精神病者の言語表現や手記などに注意を向けることになる。文学

▶3　フィリップ・ピネル（Philippe Pinel, 1745-1826）は，近代精神医学の創始者の一人。1793年頃にビセートル病院で患者の監禁に反対して〈鎖からの解放〉を行い，心理療法を提唱した。

者たちもまた，1820年代のホフマン[4]大流行という文学潮流の中，狂気や夢という新たな主題に関心を寄せている。同じ1832年に刊行されたノディエ『パン屑の妖精』，バルザック[5]『ルイ・ランベール』，ゴーティエ[6]「オニュフリウス」の三作はいずれも狂気を主要な主題とし，最新の精神病院や精神錯乱者の手記などを物語に描き入れている。のちのモーパッサン「オルラ」（1887年）に至るまで，文学者たちは精神医学の潮流を意識しながら，これに対抗し，独自に狂気の現実を作品に取り込もうとした。

ネルヴァル[7]の絶筆となる傑作『オーレリア』（1855年）もまた，このような精神医学と文学の交差の中で発表された作品であった。生涯に少なくとも二度，精神錯乱[8]の発作に見舞われ，晩年にブランシュ精神病院への入退院を繰り返すネルヴァルは，「夢は第二の生である」という有名な書き出しに始まるこの作品で，狂気の幻覚や夢を書き留める稀有な試みを行おうとする。

語り手はまず「オーレリア」と彼が呼ぶ女性への叶わぬ恋に触れ，その喪失にともない自らの身に生じた「現実の生への夢の流出という現象」を辿ってゆく。光に満ちた幸福な夢では祖先や家族の姿がよみがえり，混乱した悪夢では，太古以来の災害や闘争が映し出される。さらに，パリを彷徨する「私」のもとで，都市の相貌は一変して現れる。モンマルトル，クリシー，ノートル＝ダム・ド・ロレット教会をめぐる語り手が，コンコルド広場に至ると「天空に黒い太陽が見え，テュイルリー公園の上に血の真っ赤な色をした球体が見えるような気がした」。「風ですばやく流されてゆく雲を透して，いくつもの月が猛烈な速さで通り過ぎてゆくのが見えた。地球が軌道を外れて，マストを失った船のように天空をさまよっているのだと思った。」

「私」は彷徨を続け，たえず移り変わる光景を書き留める。こうして描かれるのは救済の予兆なのか，病者の幻覚なのか。ネルヴァルは二つの解釈を宙吊りにし，揺れ動く複数の視点と声が交錯する世界を歩みゆく。次々と到来する現実に，読者は語り手とともに驚嘆の眼差しを向けるしかない。ネルヴァルは狂気の中で書かれた詩「廃嫡者《エル・デスディチャド》」なども発表するが（「わが額は女王のくちづけでいまなお赤い。／人魚の泳ぐ洞窟で私は夢を見た……」），これらは「解釈など加えたら魅力を失ってしまうでしょう」と述べている。ネルヴァルの現代性が真に理解されるには，20世紀を待つ必要があった。

▶4　ホフマン（E. T. A. Hoffmann, 1776-1822）はドイツの作家。『砂男』『黄金の壺』など幻想文学の名手として知られる。

▶5　本書の52頁を参照。

▶6　本書の58頁を参照。

▶7　本書の62頁を参照。

▶8　1841年の発作時にネルヴァルは「幻想家系図」と呼ばれる紙片を残している。

図１　「幻想家系図」

出　所：Sylvie Lécuyer, *La Généalogie fantastique de Gérard de Nerval*, Namur, Presses Universitaires de Namur, 2011.

3　ドラッグと文学――ド・クインシーからミショーへ

ここでテーマを変えて，同じく19世紀に文学に登場したドラッグに目を向けてみよう。コウルリッジ[9]などの先例も存在するとはいえ，ドラッグ文学の歴史は1821年，トマス・ド・クインシー[10]の『阿片常用者の告白』の刊行とともに始まったといえるだろう。忘れてはならないのは，この時代において阿片は心身を滅ぼす危険な薬剤ではなく，ときに万能な医薬品として合法的に広く流通し

▶9　コウルリッジ（Samuel Taylor Coleridge, 1772-1834）は，イギリスのロマン派詩人。

▶10　トマス・ド・クインシー（Thomas de Quincey, 1785-1859）は，イギリス人作家。阿片のもたらす酩酊状態と夢を振り返った『阿片常用者の告白』（1821年）は，1827年にミュッセによりフランスで紹介される。続編『深き淵よりの嘆息』（1845年）も刊行。

ていたことだ。1840年代に精神医モロー・ド・トゥール[11]らは狂気を解読する鍵としてハシッシュの服用実験を行っている。

1860年にボードレール[12]は『人工の天国』を刊行し，ド・クインシーの紹介とともに阿片とハシッシュの効果を論じた。ここでまず描かれるのは大麻服用にともなう三段階の意識変容と幻覚の詳細である。最初に服用者は「突飛で抵抗しようのない爆笑」を覚える快活な状態に陥り，次に強い脱力感や麻痺感を覚え，感覚の鋭敏さが増すと同時に「幻覚」が始まる（「音は色彩を帯び，色彩が音楽を含むようになる」）。ここで共感覚《シネステジー》[13]や時空間の感覚の消失が見られる。この二つの段階を経て，最後にはオリエントで「絶対安息《キエフ》」と呼ばれる「至福状態」に至るという。

ボードレールが大麻服用による意識変容と強烈な色彩の経験に無関心であったとはいえないが，それでも彼は傍観者としての冷ややかな態度を崩しはしない。ここで見られる幻覚は「感覚の錯誤」に過ぎず，「純粋幻覚」あるいは「象形文字的な夢」と彼が呼ぶ，現実世界に根拠を持たない幻覚ではない。さらに，ハシッシュの常用は一時的な感覚の増強の代償として，のちに「意思」の深刻な減退をもたらす危険があるのだ。ボードレールはこう述べる。「理性的で精神的な人間がなぜ，詩的な浄福に到達しようとして人工の手段を用いるのか，私にはわからない，感激と意志とだけで十分に，超自然的な実存にまで高めてくれるのに」。

19世紀後半から20世紀初頭にかけて，公衆衛生への関心が高まる中，阿片やハシッシュは危険薬物として規制の対象になっていく。イギリス人作家オスカー・ワイルド[14]の小説『ドリアン・グレイの肖像』（1891年）は，同性愛あるいは世紀末のデカダンスという文脈で読まれることが多いが，ここにも薬物中毒という新たな社会問題が反映されている。純真な美しさに輝くドリアン・グレイは，次第に放埒な悪徳に身をゆだねていくが，悪行を重ねるごとに，彼の肖像画は醜く歪んでいく。肖像の変貌は内面の堕落だけを示すのだろうか。物語後半で主人公の退廃を示すのが，ロンドンの醜悪な阿片窟の描写である。「忘却を買うことのできる場所，旧き罪悪感の記憶を新たな罪悪の狂気によって抹殺することのできる恐怖の魔窟」に駆けつけるドリアン・グレイの姿は，「阿片に対する猛烈な渇望」に支配される薬物中毒者の荒廃を映し出す。

1925年のジュネーヴ条約[15]を機に，阿片や大麻など危険薬物の所持や使用は違法となるが，それでもなお文学とドラッグの関わりが絶えることはない。ジャン・コクトーは阿片を常用し，フランソワーズ・サガンはコカイン所持による逮捕でスキャンダルを起こしている。20世紀の詩人・画家アンリ・ミショー[16]は『みじめな奇蹟』（1956年）でメスカリンなどの幻覚剤服用の実験記録とデッサンを発表し，ドラッグ文学の一つの到達点を示した。

▶11　モロー・ド・トゥール（Moreau de Tours, 1804-84）は，精神医。著書に『ハシッシュと精神病』（1845年）など。サン＝ルイ島のピモダン館で行った服用実験には，ゴーティエやボードレールらも参加した。ハシッシュとは大麻を指し，主に喫煙により摂取される。

▶12　本書の64頁を参照。

▶13　共感覚《シネステジー》とは，本来の感覚に別の感覚がともなう現象。ボードレールの詩編「万物照応」にも見られる。

▶14　本書の78頁および214-215頁を参照。

▶15　フランスでは，1845年には阿片製剤に関する最初の法規制が行われたが，1925年のジュネーヴ条約において，国際的に危険薬物使用が犯罪とみなされるようになった。

▶16　アンリ・ミショー（Henri Michaux, 1899-1984）は詩人，画家。なお，メスカリンとはサボテンから抽出される麻酔・幻覚剤。

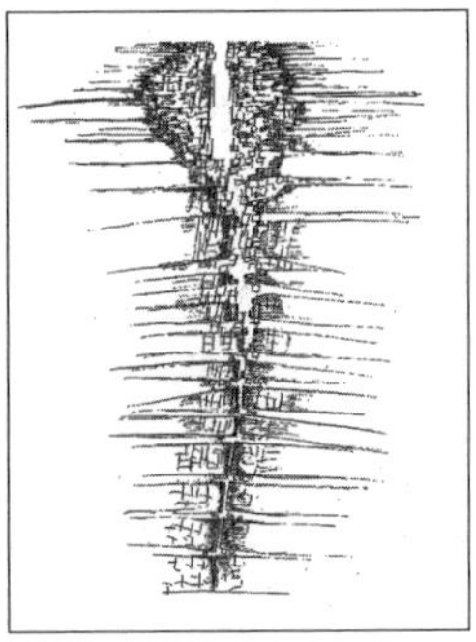

図2　『みじめな奇蹟』
出所：Henri Michaux, *Misérable miracle; La mescaline*, Gallimard, 1972.

4 20世紀文学と狂気――ブルトンからジュネへ

20世紀に入ると，フロイトの夢理論や精神分析の紹介によって，狂気に対する眼差しは大きく変化する。アンドレ・ブルトンは『シュルレアリスム宣言』（1924年）において，狂気や夢や驚異こそが現実の領域を拡大するものだと考えた。かつて医学を志したブルトンは第一次世界大戦時に精神病院で勤務し，のちに一切の理性の検閲を免れた「抑制なき言語」の実践として，自動記述[17]の実験や夢の記述を行った。さらに詩人エリュアールとの共著『処女懐胎』（1930年）では，精神病者の言語の偽装を試みている。ブルトンが目指すのは「もはや精神錯乱を羨む必要をなんら持たないような状態の再創造」であった。

代表作『ナジャ』（1928年）においても，ブルトンは「非-狂気と狂気とのあいだに境界などない」と述べ，ナジャと名乗る女性との邂逅の日々を記録する。不可思議な透視力を発揮するナジャは，都市を驚異に満ちた空間へと変貌させる。ブルトンは医師にも近い視点でナジャの言葉を記録し，言葉とデッサン（図3）を作中に収録する。だが現実と書物を介し，常に驚異を求める二人の関係は，最終的にナジャの精神を追い詰める結果となったのだろうか。「軽やかさと奇抜さと深さ」を増してゆくナジャの言葉は「修復のきかない破綻」を予感させるものとなる。作家はのちにこの女性が精神病院に収容されたことを知る。とはいえブルトンは精神医学を激しく批判し，ナジャの表現に精神疾患の兆候を見ることを拒絶する。「あたしたちのなかの何かが残らなければいけないの」とナジャは述べた。その言葉の通り，二人の間で交わされた「何か」が痕跡として残された書物『ナジャ』は，今なお強烈な魅惑を放ち続ける。

20世紀演劇においても狂気は多様な姿を見せる。シュルレアリスム運動に一時参加し，後に精神病院に収容されるアントナン・アルトー[18]は，言葉を廃した祭儀的な身体演劇を構想した。さらに「泥棒詩人」ジャン・ジュネ[19]を一躍文壇の寵児とした戯曲『女中たち』（1947年初演）もまた，祭儀的演劇として狂気を描いた作品と見ることができるだろう。二人の姉妹ソランジュとクレールは，奥様と女中の役を演じるが，奥様の殺害へと到る寸前で，目覚ましによって現実に引き戻される。帰宅した奥様に毒入りのお茶を飲ませることに失敗した二人は，激しい言葉の応酬の中で演技を再開し，姉妹は互いの殺人へと至る。奥様の寝室という閉鎖空間で，二人の人格は揺れ動き，饒舌な言葉の奔流が互いの狂気を呼び覚ます。自他の境界を超え，殺人という光輝で結ばれることを選ぶ二人の融合の夢には，精神分析家ラカン[20]のいう「二人であることの病い」が認められるだろう。「自らが強要されている存在を，狂気に至るまで執拗に続ける」人物の持つ聖性は，『黒人たち』（1958年）など他のジュネ作品にも通底する。

狂気はいかなる言語で語りうるのか。言語表現の極限を前に，20世紀以降の作家たちもこの問いをめぐる探求をやめることはない。　（辻川慶子）

▶17 自動記述とは，1919年にブルトンが創始した実験的記述法。『磁場』（1920年）や『溶ける魚』（1924年）に成果がまとめられる。ブルトンについては，本書の98-99頁を参照。

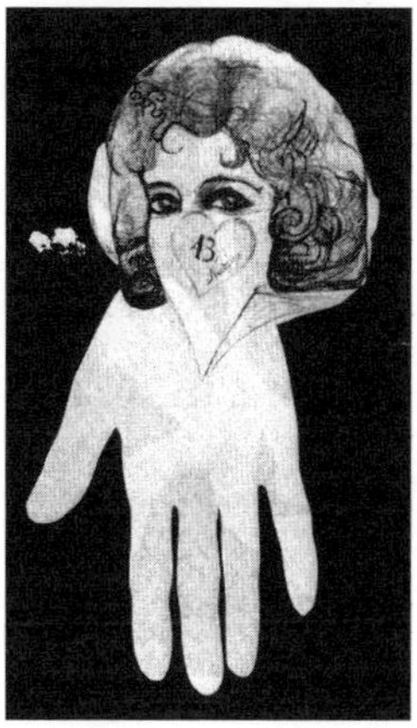

図3 『ナジャ』
出 所：André Breton, *Œuvres complètes*, éd. Marguerite Bonnet, Gallimard, tome I, 1988.

▶18 アントナン・アルトー（Antonin Artaud, 1896-1948）は劇作家，俳優，詩人。呪術・祭儀的な「残酷演劇」は現代演劇に多大な影響を及ぼす。

▶19 本書の104-105頁，209頁および216頁を参照。

▶20 ジャック・ラカン（Jacques Lacan, 1901-81）は，精神分析家，哲学者。ジュネに『女中たち』の着想を与えたパパン姉妹の凄惨な殺人事件に関して，論考「パラノイア性犯罪の動機」を発表した。

五　人間をとらえるさまざまな視点

6　牢　獄

図１　『ヴィヨン大小遺言書』ピエール・ルヴェ印刷（1489年）
出所：フランス国立図書館蔵。

▶１　大杉栄／大杉豊解説（2012）『獄中記』土曜社（Kindle 版）。

１「日本飯の本当の味」

以下に挙げるのは，20世紀初頭のある日本人の「前科者」による獄中体験記からの引用である。

　また少々さもしい話になるが，出る少し前には，出たら何を食おう，かにを食おうの計画で夢中になる。しかし出て見ると，ほとんど何を食っても極まりなくうまい。

　まずあの白い飯だ。茶碗を取りあげると，その白い色が後光のように眼をさす。口に入れる。歯が，ちょうど羽布団の上へでも横になったときのように，気持ちよく柔らかいものの中にうまる。と同時に，強烈な甘い汁が舌の先へほとばしるように注ぐ。この白い飯だけでたくさんだ，ほかにはもうなんにも要らない。

　「あれを思い出しちゃ，とても牢ばいりはやめられないな。」

　前科者同士がよく出獄当時の思い出話をしながら，こう言っては笑う。

　実際日本飯の本当の味なぞは，前科者ででもなければとうてい味わえない。[1]

作者は近代日本の代表的無政府主義者であり，ジャン＝アンリ・ファーブル『昆虫記』の訳者でもある大杉栄（1885-1923）である。上記の引用部は彼の『獄中記』（1919年）の終結部だが，ここでは日ごろ口にしている「日本飯」が「前科者ででもなければとうてい（本当の意味では）味わえない」ということ，言い方を変えれば，日常を理解しそれを十分に味わうために牢獄ほど理想的な環境はないということが示されている（ちなみに大杉によれば，獄中では「南京米四分・麦六分」という麦飯が供されていたとのこと）。その意味では「牢獄」は特権的な学びと創造の場だとも言えるし，実際に獄中で例外的な創造性を発揮した作家や思想家は，古今東西にわたって数多い。

牢獄体験それ自体は，死刑が前提とされているか否かで実存的な深刻さに大きな差が出るだろう。しかし広い意味での牢獄というテーマに注目してみれば，それが果たしていたヨーロッパの文学や思想の創造上の役割は驚くほどである。古代ギリシア思想の最大のアイコンであるソークラテース（BC470頃-BC399）の最期の哲学的対話が行われたのは，プラトーン（BC428/427-BC348/347）の『パイドーン』（BC４世紀初頭）において見られるように，まさに獄中においてであった。また福音書に入獄の直接の記述はないが，イエス・キリストはローマ帝国の司法に引き渡され処刑され，彼の使徒たちは伝道ゆえの投獄（また多くは殉教）を経験している。つまりヨーロッパの思想の基礎を形作った「偉人」の多くは（時として死刑を前提とした）牢獄を体験した人々なのである。

2 ボエティウス『哲学の慰め』（524年頃）

ここでその一例として，西ローマ帝国[2]が終焉を迎え，現在の西欧諸国の原型が生まれつつあった時代を生きた思想家ボエティウス（Boethius, 480-524）を紹介したい。彼は古代ギリシアの思想をラテン語に移す上で多大な貢献をしただけでなく，ヨーロッパ中世以降の思想・文学に多大な影響を与えている。

彼の著作で今日もっとも知られているのは『哲学の慰め *Consolatio Philosophiae*』である。この著作は，主君である東ゴート王国の王テオドリック（454-526）によって他国との密通を疑われたボエティウスが処刑の前に牢獄で書いたとされるものだ。死の恐怖とかつての栄光に比べてあまりに惨めな現状を克服するため，本書でボエティウスは寓意化[3]された「哲学」との対話を行う。しかし私たちにとってとくに興味深いのは，本書がラテン語による多彩な文章技巧を駆使した作品でもあるということだ。哲学的対話と並行して時に雄大な，時に悲痛な詩が語り手やその話し相手である「哲学」によって歌われる。この作品が古代思想のみならず，ラテン語による散文や詩の伝統をも総合していることは，牢獄がその極限的な性質のゆえにしばしば驚くべき創造性をもたらすことを示している。

ボエティウスは中世のラテン語による文学や哲学だけでなく，多くのヨーロッパの言語による文学にも大きな影響を与えている。英文学の確立者であるチョーサー[4]（1343頃-1400）や，フランスの中世文学における画期を成した『薔薇物語』[5]後編の作者ジャン・ド・マン[6]（1240頃-1305頃）といった，各俗語文学の基礎を作る大作家たちが『哲学の慰め』をそれぞれの言語に翻訳している。またイタリアではダンテ[7]（1265-1321）が彼から深い影響を受けたこともよく知られている。西欧の諸言語による文学の出発点には，極限状態下にあって思考し，語り，書くことで生の証を残すという営みがあったと言えるだろう。

3 中世からフランス革命まで

本書でも取り上げた『ジャンヌ・ダルク処刑裁判』[8]（1435年頃）も牢獄を舞台とするドキュメントだ。この裁判記録はジャンヌの発言を直にまとめて記録したほぼ唯一のものであり，転戦を重ねて常に移動をしていたジャンヌの生の発言は，皮肉にも彼女が牢獄に囚われたことによってはじめてわれわれに伝えられ得たのである。

中世末に現れ，最初の近代詩人とも称されるフランソワ・ヴィヨン（François Villon, 1431?-63以降）もまた，牢獄とゆかりの深い人物だ[9]。ヴィヨンの詩で何度も表現されている牢獄や絞首刑のイメージ[10]は，作品内部の登場人物

▶2　西ローマ帝国は，ローマ皇帝テオドシウス1世の死（395年）ののちに，息子たちによって二分割された帝国の西半分のこと。476年に滅亡する。

▶3　寓意化とは，シンボルを用いて概念を表現すること。多くの場合，ある抽象的概念を人物化して表現することを指す。アレゴリーともいう。ラテン語で「哲学 Philosophia」は女性名詞なので『哲学の慰め』では女性として表現される。

▶4　チョーサー（Geoffrey Chaucer, 1340頃-1400）は英語による文学の創始者ともされるイギリスの詩人。『カンタベリー物語』（14世紀末）が有名。

▶5　『薔薇物語』は13世紀に書かれた寓意文学の大作。ギヨーム・ド・ロリスによって前半が書かれ，そこでは「薔薇の蕾」に心奪われ「愛の神」に導かれてそれを求める主人公と，「歓待」といった寓意的人物たちのやりとりがくり広げられる。後半はより教訓的で，作者であるジャン・ド・マンがその博識を盛り込んだ知の文学の相貌を持つ。そこで表明された女性観は後に論争を呼び起こした。本書の195頁を参照。

▶6　ジャン・ド・マン（Jean de Meung）は13世紀後半に活躍した詩人。ラテン語の著作を数多くフランス語に翻訳してもいる。

▶7　ダンテ（Dante Alighieri）は，イタリアの詩人。中世キリスト教の世界観を総合した『神曲』（14世紀初頭）をトスカーナ方言で記した。

▶8　本書の12-13頁を参照。

▶9　本書の14-15頁および205頁を参照。

としてのヴィヨンを形成する重要な要素となっている。ヴィヨンの代表作である『遺言』（1461年）は，自分がオルレアン司教ティボー・ドーシニー管轄下の牢獄で囚われていたことに対する怒りで始まっているが，ヴィヨンはここで自分の怒りを内容においてだけではなく文法構造でも表現していることが注目される。

おれが三十歳のとしに当って	En l'an de mon tresntiesme aage,
あらゆる恥辱の煮え湯のみ下したが	Que toutes mes hontes j'euz beues,
まったくの馬鹿にもまったくの悧巧にもならぬ	Ne du tout fol ne du tout saige
数多くの苦難にもかかわらずさ	Non obstant maintes peines eues,
おれの受けた苦難はすべて	Lesquelles j'ay toutes receues
ティボー・ドシニーのさしがね……	Soubz la main Thibault d'Aucigny...
たとえ彼奴(あいつ)が司教様で，街に辻に十字切るたって	S'esvesque il est, signant les rues,
おれの司教にするのはまっぴらだよ[11]	Qu'il soit le mien, je le regny.[12]

日本語訳ではどうしてもそれが目立ちにくくなるのだが，『遺言』という長大な詩作品の記念すべき幕開けは，原文では文法的には尻切れとんぼで終わってしまっている（引用６行目の末尾までは従属節だが，主節が提示されないままに別の文が始まっている）。これは意図的なもので，牢獄体験の屈辱を，ヴィヨンはあえて文法構造を崩すことでよりよく表現しようとしているのである。ヴィヨンが語る体験が実際のものだったのかは結局はわからない。しかし彼が進んで「前科者」であることや牢獄体験を誇示していること，そしてそれらの情報をよりよく表現するために幅広い文章技巧を用いたことは事実だ。加えてヴィヨンのものとされる作品には，犯罪者たちが内輪で用いる隠語からなるものもあるし（『隠語によるバラード』），同性愛的な読解を許容する可能性もある[13]。ヴィヨンの作品は，後に書かれることになる犯罪者や囚人をテーマとする文学作品のさまざまな要素をすでに含んでいるのだ。

牢獄が作家たちにとって再び身近（？）なものとなるのはとくに18世紀になってからだろう。ヴォルテール（1694-1778）やディドロ（1713-84）は著作のために投獄されているし，ルソー（1712-78）が思想家としてのデビュー作である『学問芸術論』（1750年）の構想を確立したのは，ヴァンセンヌ監獄に収監されていたディドロを訪問する途上においてだった。しかしフランス18世紀文学における牢獄を問題にするのであれば，なんといってもサド[14]（Sade, 1740-1814）に言及しなければならないだろう。74歳の生涯のうち実に13年をバスチーユ監獄などの牢獄に，さらに同じぐらいの年月を精神病院に収監されて過ごしたサドは，まさにその監禁状態がもたらした過剰なまでの想像力の飛躍によって，数々の長大な哲学的小説を記した。しばしば旅行記の形をとる彼の作品は，そのスキャンダラスな内容から長きにわたり禁書となり一般の目に触れることがなかった。しかしそのエロチシズムと過剰な暴力描写，さらには容赦のない無

▶10　ヴィヨンの詩作品が今日知られているような形で初めてまとめられたのは，ピエール・ルヴェによる印刷本（1489）においてである。そこに掲載された絞首刑の木版画（図１参照）は，日本におけるフランス文学研究の基礎をなした辰野隆（1888-1964）の評論集『信天《あほう》翁《どり》の眼玉』（1922年）の表紙も飾っている。

▶11　天沢退二郎訳（2000）『ヴィヨン詩集成』白水社，39頁。

▶12　Villon, *Œuvres complètes*, éd. J. Cerquiglini-Toulet, Gallimard, 2014, p. 29.

▶13　François Villon, *Poèmes homosexuels*, éd. et trad. par Thierry Martin, GKC, 2000.

▶14　本書の48-49頁を参照。

神論によって，同時代はおろか今日に至るまでも稀な作品群をサドが創りあげたことは否定しようがない。

4　19世紀から現代まで

19世紀は監獄が学術論文や文学的な表象としてさかんに取り上げられ，描写対象や創作主体としての囚人がつよく意識された時代でもあった[15]。中でも実際に強盗殺人を犯した犯罪者であると同時に，詩人でもあり『回想録』（1836年）を記したラスネール（1803-36）の存在を指摘しておく必要があるだろう。彼は自分の作品によってよりも，彼をモデルとした他の多くの作家（バルザック，ユゴー，スタンダール，ロートレアモン，ルブラン，ドストエフスキー，ワイルド，ブルトン，カミュ，プレヴェールなど）による作品を通して知られている。さらに牢獄に収監された人物を主要な登場人物とする作品として，ユゴー（1802-85）の『死刑囚最後の日』（1829年），『レ・ミゼラブル』（1862年）やデュマ（1802-70）の『モンテ・クリスト伯』（1844-46年）が挙げられるだろうし，逮捕・拘禁された経験を持つバルザックも牢獄を種にさまざまな作品を書いている。またスタンダール（1783-1842）の『パルムの僧院』（1839年）でも牢獄という場が物語中で重要な役割を果たしている[16]。その他，ポール・ヴェルレーヌ（1844-96）やオスカー・ワイルド（1854-1900）は実際に収監された経験を持つし，20世紀になるとギヨーム・アポリネール（1880-1918），ルイ＝フェルディナン・セリーヌ（1894-1961），ジャン・ジュネ（1910-86）といった作家たちがその実人生において牢獄と深い関わりをもった。広い意味での19世紀以降のヨーロッパ文学という視点でいえば，直ちにドストエフスキー（1821-81）やソルジェニーツィン（1918-2008）といったロシアの大作家たちが思い浮かぶし，21世紀の日本でも佐藤優（1960-）の『獄中記』（2006年）といった例がある。こうした作家たちの作品から読み取れるのは，古代のボエティウスにおいてすでにそうであったように，牢獄がその不自由さや極限状況ゆえに，ある種の人々には逆説的な創造性をもたらしうるということである。

本書の多くの読者は，筆者と同様，あえて牢獄に入ってみたいとは思わないだろう。しかし私たちは上に挙げたような作品を通じて，その体験を擬似的にでも味わうことができる。多くの人々が到底味わえない体験や思索を作品として結晶化させること，これだけをとってみても文学や思想の偉大な役割が解るのだ。

（黒岩　卓）

▶15　梅澤礼（2019）『囚人と狂気――一九世紀フランスの監獄・文学・社会』法政大学出版局が詳しい。

▶16　本書の50-51頁を参照。

コラム5

日　記

日記とは「日々つづるもの」である。書く内容も自由なら，決まった文体もない。書き手は日常生活の出来事やそこから感じたこと，考えたことを「日々」断続的に書きためていく。ノートに書きつけられた文章が集まったもの，それが日記という作品となる。

日記はフランス語で「ジュルナル journal」というが，この言葉には「日 jour」が隠れている[*1]。一日という実際の時間が日記にリズムを与え，その日に書かれるひとかたまりの文章（アントレ entrée）が，日を追うごとに書き足されていく。その日その日に筆まかせで新たな内容が書かれる日記には，スタート地点はあっても全体としての終着点はない。日記は終わらないのだ。隣り合う日に書かれた内容につながりはなくてもよく，書き手が求めないかぎりスタイルの一貫性を問われることもない。究極的には，日付すら必ずしも記されなくてはならないものではない。日記が「変幻自在」の文学といわれる理由であるが，構造がないこと自体がむしろ日記の一番の特徴なのかもしれない[*2]。

書かれる内容のヴァリエーションも豊かである。旅行（モンテーニュ，スタンダール）や戦争（サルトルとボーヴォワール），家族の死（バルト），闘病生活（ギベール）といった特定のイベントの記録，自叙伝や作品創作のための覚え書き（ドラクロワ，カフカ），宗教・倫理・哲学的な内省（キェルケゴール，アミエル），文壇や社交界のセレブの生活を描いた風俗誌（ゴンクール兄弟），上流階級の女性による精神修養のための実践（スタール夫人，マリー・バシュキルツェフ，カトリーヌ・ポッジ）など，多岐にわたる。著名な文筆家が何十年もかけて書き続けた，もはや分類不可能なほど多種多様なテーマを記した膨大な量の日記も刊行されている（ヴァレリー，レリス）。感じたままを率直に書きつける日記は，同時に備忘録であり，創作ノートであり，話し相手であり，自分自身を映し出す鏡でもある。また，読み手にとっては未知なる世界へと誘うガイドブックであるとともに，他人の心のなかをのぞき込む魔法の眼鏡のようなものでもある。

旅行記のような情報共有を目的としたものを除き，日記が「私的」なものとなったのは，日記をつける習慣が流行し始めた18世紀末だと言われている。他者に読ませるためというより，むしろ自分のための記録・内省として書かれるものとなった。それゆえ日記の公開には自他を問わず個人のプライヴァシーをさらす恐れがあり，しばしば摩擦をともなうこともある。こうした事情から，ジッドやジュリアン・グリーンのような珍しい例をのぞき，個人的な内容を含む日記のほとんどは死後出版とされ，遺族の意向で隠されたり破棄されたりする憂き目にあった名作も少なくないだろう。

日記とは「心のつぶやき」を集めたものだ。現代のSNSと違うところは，そのつぶやきが他者に届くまでのはてしない距離と時間である。日記に託された声は，さまざまな障害をくぐり抜け，時空間を超え，言語の壁を超えて私たちのもとへ届けられる。この気が遠くなるような道のりの出発点には，一人の人間が日々向き合い，その思いのたけを吐露した一冊の手書きのノートがある。ときにそっけなく，ときに長々と続く，そのつぶやきに触れ，私たちはなにを思い，どのようにつぶやき返すのだろうか。

（内藤真奈）

＊1　おなじく日々の出来事を伝える日刊新聞もまた〈journal〉という語で表される。新聞と区別して，日記を私記（journal personnel あるいは journal intime）と呼ぶことがある。

＊2　ベアトリス・ディディエ／西川長夫・後平隆訳（1987）『日記論』松籟社，180頁。

■読書案内■

〈Ⅰ-一-1〉

翻訳

ウェルギリウス／岡道男・高橋宏幸訳（2001）『アエネーイス』京都大学学術出版会。

原野昇他訳（2000）『エネアス物語』渓水社。

文献

小川正廣（2009）『ウェルギリウス「アエネーイス」 神話が語るヨーロッパ世界の原点』岩波書店。

〈Ⅰ-二-2〉

翻訳

佐藤輝夫訳（1986）『ローランの歌』，『ローランの歌／狐物語　中世文学集Ⅱ』ちくま文庫所収。

文献

Ogurisu (2013), *Édition électronique du Roland d'Oxford*, Hitoshi Ogurisu.

佐藤輝夫（1973）『ローランの歌と平家物語』（前篇・後篇）中央公論社。

原野昇（2007）「ロランの歌」原野昇編『フランス中世文学を学ぶ人のために』世界思想社所収。

小栗栖等（2007）「ギヨームの詩群その他」原野昇編『フランス中世文学を学ぶ人のために』世界思想社所収。

〈Ⅰ-二-3〉

翻訳

新倉俊一訳（1990）「トリスタン物語」トマ版・ベルール版『フランス中世文学集１』白水社所収。

ベディエ／佐藤輝夫訳（1985）『トリスタン・イズー物語』岩波文庫。

文献

カズナーヴ／中山真彦訳（1972）『愛の原型　トリスタン伝説』新潮社。

新倉俊一（1993）『フランス中世断章　愛の誕生』岩波書店。

原野昇編（2007）『フランス中世文学を学ぶ人のために』世界思想社。

クルツィウス／南大路振一・中村善也・岸本通夫訳（1971）『ヨーロッパ文学とラテン中世』みすず書房。

視聴覚資料

『悲恋』（*Éternel retour*）ジャン・ドラノワ監督（1943）。

『トリスタンとイゾルデ（楽劇）』（*Tristan und Isolde*（Musik Drama）），リヒャルト・ワーグナー作曲。

『トリスタンとイゾルデ　あの日に誓う物語』（*Tristan & Isolde*）ケヴィン・レイノルズ監督（2006）。

〈Ⅰ-二-4〉

翻訳

神沢栄三・天沢退二郎訳（1991）［クレチアン・ド・トロワ諸作］『フランス中世文学集２』白水社所収。

天沢退二郎訳（1996）『アーサー王の死』，『フランス中世文学集４』白水社所収。

ロベール・ド・ボロン／横山安由美訳（2015）『西洋中世奇譚集成 魔術師マーリン』講談社学術文庫。

文献

原野昇編（2007）『フランス中世文学を学ぶ人のために』世界思想社。

フラピエ／天沢退二郎訳（1990）『聖杯の神話』筑摩書房。

ヴァルテール／渡邉浩司・渡邉裕美子訳（2018）『アーサー王神話大事典』原書房。

岡本広毅・小宮真樹子編（2019）『いかにしてアーサー王は日本で受容されサブカルチャー界に君臨したか　変容する中世騎士道物語』みずき書林。

視聴覚資料

『湖のランスロ』（*Lancelot du Lac*）ロベール・ブレッソン監督（1974）。

『モンティ・パイソン・アンド・ホーリー・グレイル』（*Monty Python and the Holy Grail*）テリー・ギリアム&テリー・ジョーンズ監督（1975）。

『王さまの剣』（*The Sword in the Stone*）ウォルフガング・ライザーマン監督（1964）。

〈Ⅰ-二-5〉

翻訳

高山一彦編訳（2002）『ジャンヌ・ダルク処刑裁判』白水社。

文献

ペルヌー編著／高山一彦訳（2002）『ジャンヌ・ダルク復権裁判』白水社。

ボーヌ／阿河雄二郎・北原ルミ・嶋中博章・滝澤聡子・頼順子訳（2014）『幻想のジャンヌ・ダルク　中世の想像力と社会』昭和堂。

視聴覚資料

『裁かるゝジャンヌ』（*La Passion de Jeanne d'Arc*）カール・テオドア・ドライヤー監督（1928）。

『ジャンヌ・ダルク裁判』（*Procès de Jeanne d'Arc*）ロベール・ブレッソン監督（1962）。

『ジャンヌ・ダルク』（*The Messenger: The Story of Joan of Arc*）リュック・ベッソン監督（1999）。

〈Ⅰ-二-6〉

翻訳

天沢退二郎訳（2000）『ヴィヨン詩集成』白水社。

文献

Villon (2014), *Œuvres complètes*, éd. J. Cerquiglini-Toulet, Gallimard.

細川哲士編（1981）『フランソワ・ヴィヨン』思潮社。

細川哲士（2007）「フランソワ・ヴィヨン」原野昇編『フランス中世文学を学ぶ人のために』世界思想社所収。

〈Ⅰ-三-7〉

翻訳

ラブレー／宮下志朗訳（2005）『ガルガンチュア』ちくま文庫。

ラブレー／宮下志朗訳（2006）『パンタグリュエル』ちくま文庫。

ラブレー／宮下志朗訳（2007）『第三の書』ちくま文庫。

ラブレー／宮下志朗訳（2009）『第四の書』ちくま文庫。

ラブレー／宮下志朗訳（2012）『第五の書』ちくま文庫。

ヘロドトス／松平千秋訳（1971-72）『歴史』（上・中・下）岩波文庫。

視聴覚資料

『インターステラー』（*Interstellar*）クリストファー・ノーラン監督（2014）。

〈I-三-8〉

翻訳

カルヴァン／渡辺信夫訳（2009）『キリスト教綱要改訳版』（第1～4篇）新教出版社。

カルヴァン／久米あつみ訳（2000）『キリスト教綱要（1536年版）』教文館。

文献

久米あつみ（1980）『カルヴァン』講談社。

久米あつみ（1997）『カルヴァンとユマニスム』御茶の水書房。

ゴードン／出村彰訳（2017）『「キリスト教綱要」物語　どのように書かれ，読まれてきたか』教文館。

コットレ／出村彰訳（2008）『カルヴァン　歴史を生きた改革者』新教出版社。

ウェーバー／大塚久雄訳（1989）『プロテスタンティズムの倫理と資本主義の精神』岩波文庫。

〈I-三-9〉

翻訳

ロンサール／井上究一郎訳（1974）『ロンサール詩集』岩波文庫。

ロンサール／髙田勇訳（1985）『ロンサール詩集』青土社。

宮下志朗・伊藤進・平野隆文他編集・翻訳（2016）『フランス・ルネサンス文学集2　笑いと涙と』白水社。

安藤元雄・入沢康夫・渋沢孝輔編（1998）『フランス名詩選』岩波文庫。

〈I-三-10〉

翻訳

モンテーニュ／原二郎訳（1991）『エセー』（全6巻）岩波文庫。

モンテーニュ／宮下志朗訳（2005-16）『エセー』（全7巻）白水社。

文献

大久保康明（2007）『モンテーニュ』清水書院。

保苅瑞穂（2017）『モンテーニュの書斎　『エセー』を読む』講談社学術文庫。

宮下志朗（2019）『モンテーニュ　人生を旅するための7章』岩波新書。

ヴィレー／飯田年穂訳（1985）『モンテーニュの〈エセー〉』木魂社。

オーロット／荒木昭太郎訳（1992）『モンテーニュとエセー』文庫クセジュ。

コンパニョン／山上浩嗣・宮下志朗訳（2014）『寝るまえ5分のモンテーニュ　「エセー」入門』白水社。

スタロバンスキー／早水洋太郎訳（1993）『モンテーニュは動く』みすず書房。

ビュトール／松崎芳隆訳（1973）『モンテーニュ論　エセーをめぐるエセー』筑摩書房。

〈I-四-11〉

翻訳

デカルト／谷川多佳子訳（1997）『方法序説』岩波文庫。

デカルト／山田弘明訳（2010）『方法序説』ちくま学芸文庫。

文献

野田又夫（1966）『デカルト』岩波新書。

ロディス＝レヴィス／飯塚勝久訳（1998）『デカルト伝』未來社。

斎藤慶典（2003）『デカルト　「われ思う」のは誰か』日本放送出版協会。

小林道夫（2006）『デカルト入門』ちくま新書。

田中仁彦（2014）『デカルトの旅／デカルトの夢　『方法序説』を読む』岩波現代文庫。

谷川多佳子（2014）『デカルト『方法序説』を読む』岩波現代文庫。

津崎良典（2018）『デカルトの憂鬱　マイナスの感情を確実に乗り越える方法』扶桑社。

ドヴィレール／津崎良典訳（2018）『デカルト』文庫クセジュ。

〈I-四-12〉

翻訳

パスカル／塩川徹也訳（2015-16）『パンセ』（上・中・下）岩波文庫。

パスカル／前田陽一・由木康訳（1973）『パンセ』中公文庫。

パスカル／赤木昭三・支倉崇晴・広田昌義・塩川徹也編（1993-94）『メナール版　パスカル全集』（第1・2巻）白水社。

文献

小柳公代（1999）『パスカルの隠し絵　実験記述にひそむ謎』中公新書。

メナール／安井源治訳（1971）『パスカル』みすず書房。

塩川徹也（2001）『パスカル『パンセ』を読む』岩波書店。

塩川徹也（2003）『パスカル考』岩波書店。

田辺保（1999）『パスカル伝』講談社学術文庫。

山上浩嗣（2014）『パスカルと身体の生』大阪大学出版会。

山上浩嗣（2016）『パスカル『パンセ』を楽しむ　名句案内40章』講談社学術文庫。

〈I-四-13〉

翻訳

コルネイユ／岩瀬孝・伊藤洋・伊地智均・竹田宏・皆吉郷平・橋本能訳（1975）『コルネイユ名作集』白水社。

コルネイユ／持田坦訳（1996）『コルネイユ喜劇全集』河出書房新社。

コルネイユ／岩瀬孝・井村順一訳（2001）『嘘つき男・舞台は夢』岩波文庫。

文献

村瀬延哉（1995）『コルネイユの演劇またはリシュリューの時代のフランス』駿河台出版社。

千川哲生（2009）『論争家コルネイユ　フランス古典悲劇と演劇理論』早稲田大学出版部。

小倉博孝編（2010）『コルネイユの劇世界』上智大学出版。

視聴覚資料

Les yeux ne veulent pas en tout temps se fermer ou Peut-être qu'un jour Rome se permettra de choisir à son tour d'après *Othon* de Pierre Corneille（1606-1684）, 1969, in *Danièle Huillet et Jean-Marie Straub,* volume 6, Éditions Montparnasse, 2011.

〈I-四-14〉

翻訳

モリエール／秋山伸子訳（2000-03）ロジェ・ギシュメール・廣田昌義・秋山伸子編『モリエール全集』（全10巻）臨川書店。

文献

Force（1994）, *Molière ou Le Prix des choses,* Nathan.

鈴木康司（1999）『わが名はモリエール』大修館書店。

〈I-四-15〉

翻訳

ラシーヌ／渡辺守章訳（1993）『フェードル／アンドロマック』岩波文庫。

ラシーヌ／伊吹武彦・佐藤朔編（1966）『ラシーヌ戯曲全集』（I・II）人文書院。

文献

バルト／渡辺守章訳（2006）『ラシーヌ論』みすず書房。

小田桐光隆編（2001）『ラシーヌ劇の神話力』上智大学出版。
西村賀子（2005）『ギリシア神話　神々と英雄に出会う』中公新書。

〈I-四-16〉
翻訳
ラ・フォンテーヌ／今野一雄訳（1972）『寓話』（上・下）岩波文庫。
文献
イソップ／中務哲郎訳（1999）『イソップ寓話集』岩波文庫。
パエドルス／バブリオス／岩谷智・西村賀子訳（1998）『イソップ風寓話集』国文社。
ファーブル／山田吉彦・林達夫訳（1993）『完訳ファーブル昆虫記５』岩波文庫。

〈I-四-17〉
翻訳
ペロー／工藤庸子訳・解説（2013）『いま読むペロー「昔話」』羽鳥書店。
ペロー／巌谷國士訳（2002）『眠れる森の美女　完訳ペロー昔話集』ちくま文庫。
ペロー／新倉朗子訳（1982）『完訳　ペロー童話集』岩波文庫。
文献
片木智年（1996）『ペロー童話のヒロインたち』せりか書房。
水野尚（1997）『物語の織物　ペローを読む』彩流社。
中島潤（2018）『知られざる論客シャルル・ペロー　新旧論争における童話作家』三恵社。
視聴覚資料
『ロバと王女』（*Peau d'Âne*）ジャック・ドゥミ監督（1970）。
『眠れる森の美女』（*Sleeping Beauty*）ウォルト・ディズニー・カンパニー製作アニメ（1959）。
『プセの冒険　真紅の魔法靴』（*Le Petit Poucet*）オリヴィエ・ダアン監督（2001）。
『長靴をはいた猫の本当の物語』（*La Véritable Histoire du Chat Botté*）ジェローム・デシャン他監督（2009）。

〈I-五-18〉
翻訳
アベ・プレヴォ／河盛好蔵訳（1957）『マノン・レスコー』岩波文庫。
アベ・プレヴォー／青柳瑞穂訳（2004）『マノン・レスコー』新潮文庫。
プレヴォ／野崎歓訳（2017）『マノン・レスコー』光文社古典新訳文庫。
文献
植田祐次編（2003）『十八世紀フランス文学を学ぶ人のために』世界思想社。
東浦弘樹（2012）『フランス恋愛小説をたのしむ　その誕生から現在まで』世界思想社。
村田京子（2006）『娼婦の肖像　ロマン主義的クルチザンヌの系譜』新評論。
視聴覚資料
『情婦マノン』（*Manon*）アンリ＝ジョルジュ・クルーゾー監督（1949）。
コヴェント・ガーデン・ロイヤル・オペラ・ハウス，ジャコモ・プッチーニ『マノン・レスコー』（*Manon Lescaut*）（1983）。
ベルリン国立歌劇場，ジュール・マスネ『マノン』（*Manon*）（2007）。
パリ・オペラ座バレエ，ケネス・マクミラン振付『マノン』（*Manon*）（2016）。

〈I-五-19〉
翻訳
ヴォルテール／植田祐次訳（2005）『カンディード他五篇』岩波文庫。
ヴォルテール／斉藤悦則訳（2015）『カンディード』光文社古典新訳文庫。
ヴォルテール／堀茂樹訳（2016）『カンディード』晶文社。
文献
小林善彦（2008）『「知」の革命家ヴォルテール』柘植書房新社。
保苅瑞穂（2009）『ヴォルテールの世紀　精神の自由への軌跡』岩波書店。
植田祐次（2012）『ヴォルテールを学ぶ人のために』世界思想社。

〈I-五-20〉
翻訳
ディドロ／本田喜代治・平岡昇訳（1964）『ラモーの甥』岩波文庫。
文献
田口卓臣（2009）『ディドロ　限界の思考　小説に関する試論』風間書房。
大橋完太郎（2011）『ディドロの唯物論　群れと変容の哲学』法政大学出版局。
ヘーゲル／熊野純彦訳（2018）『精神現象学』（上・下）ちくま学芸文庫。
Diderot（2016）, *Rameau's Nephew — Le Neveu de Rameau*: A Multi-Media Bilingual Edition, ed. Marian Hobson, Kate E. Tunstall, Caroline Warman, Pascal Duc, Open Book Publishers.
→インターネットで無償でダウンロードできる。『ラモーの甥』英仏対訳版だが，後注に豊富な図版があり，眺めているだけで楽しめる。作品中で言及された音楽を埋め込まれたQRコードから聞くこともできる。

〈I-五-21〉
翻訳
ルソー／今野一雄訳（1960）『孤独な散歩者の夢想』岩波文庫。
ルソー／青柳瑞穂訳（2006）『孤独な散歩者の夢想』新潮文庫。
ルソー／永田千奈訳（2012）『孤独な散歩者の夢想』光文社古典新訳文庫。
文献
桑瀬章二郎編（2010）『ルソーを学ぶ人のために』世界思想社。
永見文雄・三浦信孝・川出良枝編（2014）『ルソーと近代　ルソーの回帰・ルソーへの回帰』風行社。
スタロバンスキー／山路昭訳（2015）『ルソー　透明と障害』みすず書房。
スタロバンスキー／浜名優美・井上櫻子訳（2019）『告発と誘惑　ジャン＝ジャック・ルソー論』法政大学出版局。
レーモン／松本真一郎訳（1990）『ジャン＝ジャック・ルソー・自己探求と夢想』国文社。

〈I-五-22〉
翻訳
レチフ／植田祐次訳（1988）『パリの夜　革命下の民衆』岩波文庫。
文献
植田祐次（2004）『共和国幻想　レチフとサドの世界』法政大学出版局。
植田祐次（2017）『近代フランス小説の誕生』水声社。
植田祐次編（2003）『18世紀フランス文学を学ぶ人のために』世界思想社。
近田武（1985）『レチフ・ド・ラ・ブルトンヌ試論』校倉書房。

〈Ⅰ-五-23〉

翻訳

サド／秋吉良人訳（2019）『閨房の哲学』講談社学術文庫。

サド／関谷一彦訳（2014）『閨房哲学』人文書院。

文献

私市保彦・樺山三英・植田祐次・小泉義之（2014）『ユリイカ 2014年9月号 特集＝サド　没後二〇〇年・欲望の革命史』青土社。

秋吉良人（2007）『サド　切断と衝突の哲学』白水社。

澁澤龍彦（1983）『サド侯爵の生涯』中公文庫。

鈴木球子（2016）『サドのエクリチュールと哲学，そして身体』水声社。

〈Ⅰ-六-24〉

翻訳

スタンダール／大岡昇平訳（2005）『パルムの僧院』新潮文庫。

文献

野崎歓（2001）「スタンダール語り下ろす　『パルムの僧院』」『フランス小説の扉』白水社所収。

大岡昇平（1989）『わがスタンダール』講談社文芸文庫。

大岡昇平（1952）「外国文学放浪記」『大岡昇平全集』14巻（1996）筑摩書房所収。

辻邦生（1997）「ファブリスの恋，クレリアの恋」『世界文学のすすめ』岩波文庫所収。

視聴覚資料

『パルムの僧院』（*La Chartreuse de Parme*）クリスチャン＝ジャック監督（1948）。

〈Ⅰ-六-25〉

翻訳

バルザック／柏木隆雄訳（1999）『従兄ポンス　収集家の悲劇』（バルザック「人間喜劇」セレクション第13巻）藤原書店。

バルザック／私市保彦・加藤尚宏・芳川泰久・大須賀沙織訳（2013）『神秘の書』水声社。

バルザック／私市保彦・芳川泰久・澤田肇・片桐祐・奥田恭士・佐野栄一訳（2010）『知られざる傑作 他（バルザック芸術／狂気小説選集　1）』水声社。

バルザック／私市保彦・加藤尚宏・博多かおる・大下祥枝訳（2010）『ガンバラ　他』（バルザック芸術／狂気小説選集２　音楽と狂気篇）水声社。

バルザック／野崎歓編・訳／博多かおる編集協力・訳（2015）『バルザック』（ポケットマスターピース03）集英社文庫ヘリテージシリーズ。

バルザック／私市保彦・加藤尚宏・澤田肇・博多かおる訳（2015）『偽りの愛人　他』（バルザック愛の葛藤・夢魔小説選集１）水声社。

バルザック／吉田典子訳（1999）『ニュシンゲン銀行』『金融小説名篇集』（バルザック「人間喜劇」セレクション第７巻）藤原書店所収。

文献

マルタン＝フュジエ／前田祝一・前田清子・八木淳・八木明美・矢野道子訳（2001）『優雅な生活　“トゥ＝パリ”，パリ社交集団の成立1815-48』新評論。

鹿島茂（2009）『馬車が買いたい！』（新版）白水社。

〈Ⅰ-六-26〉

翻訳

ユゴー／辻昶・松下和則訳（2016）『ノートル＝ダム・ド・パリ』（上・下）岩波文庫。

ユゴー／西節夫訳（2001）「クロムウェル序文」『ヴィクトル・ユゴー文学館』（第10巻）潮出版社所収。

ユゴー／小倉孝誠訳（2018）『死刑囚最後の日』光文社古典新訳文庫。

ユゴー／西永良成訳（2019-2020）『レ・ミゼラブル』（全５巻）平凡社ライブラリー。

文献

ブルック／四方田犬彦・木村慧子訳（2002）『メロドラマ的想像力』産業図書。

鹿島茂（2019）『ノートル＝ダム・ド・パリ　ユゴー：大聖堂物語』（NHK「100分で名著」ブックス）NHK 出版。

視聴覚資料

『ノートルダムの鐘』（*The Hunchback of Notre Dame*）ウォルト・ディズニー・カンパニー製作アニメ（1996）。

『パリ・オペラ座バレエ「ノートルダム・ド・パリ」全２幕』（*Notre Dame de Paris*）（2006）。

〈Ⅰ-六-27〉

翻訳

デュマ／山内義雄訳（1956）『モンテ・クリスト伯』（全７巻）岩波文庫。

デュマ／泉田武二訳（1990）『モンテ＝クリスト伯』講談社スーパー文庫。

デュマ／大矢タカヤス訳（2012）『モンテ＝クリスト伯爵』新井書院。

ベスター／中田耕治訳（2008）『虎よ，虎よ！』ハヤカワ文庫。

視聴覚資料

『巌窟王』Gonzo 製作，前田真宏監督（2004）。

〈Ⅰ-六-28〉

翻訳

ゴーチエ／渡邊一夫訳（1977）『青春の回想　ロマンチスムの歴史』冨山房百科文庫。

ゴーチエ／田辺貞之助訳（1982）『死霊の恋，ポンペイ夜話他三篇』岩波文庫。

ゴーチエ・マラルメ・ヴァレリー／渡辺守章編（1994）『舞踏評論　ゴーチエ／マラルメ／ヴァレリー』新書館。

ゴーチエ／井村実名子訳（1999）『若きフランスたち　諧謔小説集』国書刊行会。

ゴーチエ／井村実名子訳（2006）『モーパン嬢』（全２巻）岩波文庫。

文献

トドロフ／三好郁朗訳（1999）『幻想文学論序説』創元ライブラリ。

澤田肇・吉村和明・ミカエル・デプレ編（2014）『テオフィル・ゴーチエと19世紀芸術』上智大学出版。

視聴覚資料

『パリ・オペラ座バレエ「ジゼル」全２幕』（*Giselle*）（2009）。

〈Ⅰ-六-29〉

翻訳

デュマ・フィス／西永良成訳（2008）『椿姫』光文社古典新訳文庫。

デュマ／竹村猛訳（2009）『三銃士』（上・中・下）角川文庫。

文献

バルト／篠沢秀夫訳（1967）『神話作用』現代思潮新社。

コルバン／杉村和子・内村瑠美子・国領苑子・角田眞知子・岩本篤子訳（2010）『娼婦〈新版〉』（上・下）藤原書店。

〈Ⅰ-六-30〉

翻訳

ネルヴァル／野崎歓訳（2020）『火の娘たち』岩波文庫。

ネルヴァル／中村真一郎・入沢康夫監修／田村毅他訳（1997-2003）『ネルヴァル全集』（全6巻）筑摩書房。

文献

ジャン／入沢康夫・井村実名子訳（1975）『ネルヴァル　生涯と作品』筑摩書房。

井田三夫（2005）『ネルヴァルの幻想世界　その虚無意識と救済願望』慶應義塾大学法学研究会。

田村毅（2006）『ジェラール・ド・ネルヴァル　幻想から神話へ』東京大学出版会。

野崎歓（2019）『異邦の香り　ネルヴァル『東方紀行』論』講談社文芸文庫。

ブリックス＆ピショワ／田口亜紀・辻川慶子・畑浩一郎訳（近刊）『ネルヴァル伝』水声社。

〈Ⅰ-六-31〉

翻訳

ボードレール／安藤元雄訳（1991）『悪の華』集英社文庫。

ボードレール／阿部良雄訳（1998）『ボードレール全詩集』（Ⅰ・Ⅱ）ちくま文庫。

ボードレール／三好達治訳（2009）『巴里の憂鬱』新潮文庫。

文献

河盛好蔵（1991）『パリの憂愁　ボードレールとその時代』河出書房新社。

ピショワ＆ジーグレール／渡辺邦彦訳（2003）『シャルル・ボードレール』作品社。

阿部良雄（1995）『シャルル・ボードレール　現代性《モデルニテ》の成立』河出書房新社。

〈Ⅰ-六-32〉

翻訳

フローベール／山田𣝣訳（2009）『ボヴァリー夫人』河出文庫。

フローベール／伊吹武彦訳（1960）『ボヴァリー夫人』（上・下）岩波文庫。

フローベール／芳川泰久訳（2015）『ボヴァリー夫人』新潮文庫。

文献

蓮實重彦（2014）『「ボヴァリー夫人」論』筑摩書房。

工藤庸子（1998）『恋愛小説のレトリック　「ボヴァリー夫人」を読む』東京大学出版会。

松澤和宏（2004）『「ボヴァリー夫人」を読む　恋愛・金銭・デモクラシー』岩波セミナーブックス。

芳川泰久（2015）『「ボヴァリー夫人」をごく私的に読む　自由間接話法とテクスト契約』せりか書房。

フローベール／工藤庸子編訳（1986）『ボヴァリー夫人の手紙』筑摩書房。

『フローベール全集　別巻　フローベール研究』（1968）筑摩書房。

〈Ⅰ-六-33〉

翻訳

ヴェルヌ／朝比奈弘治訳（1997）『地底旅行』岩波文庫。

ヴェルヌ／窪田般弥訳（1968）『地底旅行』創元ＳＦ文庫。

ヴェルヌ／高野優訳（2013）『地底旅行』光文社古典新訳文庫。

文献

ドキス他監修／私市保彦監訳（2009）『ジュール・ヴェルヌの世紀　科学・冒険・《驚異の旅》』東洋書林。

デース／石橋正孝訳（2014）『ジュール・ヴェルヌ伝』水声社。

私市保彦（1997）『幻想物語の文法　「ギルガメシュ」から「ゲド戦記」へ』ちくま学芸文庫。

谷川渥（2000）『幻想の地誌学　空想旅行文学渉猟』ちくま学芸文庫。

〈Ⅰ-六-34〉

翻訳

ゾラ／伊藤桂子訳（2002）『ボヌール・デ・ダム百貨店』論創社。

ゾラ／吉田典子訳（2004）『ボヌール・デ・ダム百貨店』《ゾラ・セレクション５》藤原書店。

文献

鹿島茂（1991）『デパートを発明した夫婦』講談社現代新書。

ウィリアムス／吉田典子・田村真理訳（1996）『夢の消費革命　パリ万博と大衆消費の興隆』工作舎。

市川文彦（2015）「近代パリ万物博の軌跡1855～1900　その〈万有理念〉が顕すもの」佐野真由子編『万国博覧会と人間の歴史』思文閣出版所収。

視聴覚資料

『奥様ご用心』（*Pot-bouille*）ジュリアン・デュヴィヴィエ監督（1958）。

〈Ⅰ-六-35〉

翻訳

ランボオ／粟津則雄訳（1992）『ランボオ詩集・地獄の季節』集英社文庫。

ランボー／平井啓之・中地義和・湯浅博雄・川那部保明訳（2006）『ランボー全集』青土社。

中地義和（2020）『対訳 ランボー詩集』岩波文庫。

文献

ステンメッツ／加藤京二郎・富田正二・斎藤豊訳（1999）『アルチュール・ランボー伝　不在と現前のはざまで』水声社。

中地義和（2005）『ランボー　自画像の詩学』岩波書店。

〈Ⅰ-六-36〉

翻訳

マラルメ／渡辺守章・清水徹・阿部良雄・菅野昭正・松室三郎編（1989-2010）『マラルメ全集』（全5巻）筑摩書房。

マラルメ／渡辺守章訳（2014）『マラルメ詩集』岩波文庫。

文献

リシャール／田中成和訳（2004）『マラルメの想像的宇宙』水声社。

ステンメッツ／柏倉康夫・永倉千夏子・宮嵜克裕訳（2004）『マラルメ伝　絶対と日々』筑摩書房。

原大地（2014）『マラルメ　不在の懐胎』慶應義塾大学出版会。

〈Ⅰ-六-37〉

翻訳

ユイスマンス／田辺貞之助訳（2002）『彼方』創元推理文庫。

ユイスマンス／澁澤龍彦訳（2002）『さかしま』河出文庫。

ユイスマンス／出口裕弘訳（1995）『大伽藍』平凡社ライブラリー。

文献

バルディック／岡谷公二訳（1996）『ユイスマンス伝』学習研究社。

大野英士（2010）『ユイスマンスとオカルティズム』新評論。

〈Ⅰ-六-38〉

翻訳

ワイルド／福田恆存訳（1959）『サロメ』岩波文庫。

ワイルド／平野啓一郎訳（2012）『サロメ』光文社古典新訳文庫。

文献

宮﨑かすみ（2013）『オスカー・ワイルド　「犯罪者」にして芸術家』中公新書。

〈Ⅰ-六-39〉

翻訳

ローデンバック／窪田般彌訳（1988）『死都ブリュージュ』岩波文庫。

文献

村松定史（2014）『ジョルジュ・ローデンバック研究』弘学社。

〈Ⅰ-七-40〉

翻訳

ヴァレリー／恒川邦夫訳（2011）「テスト氏との一夜」『ヴァレリー集成Ⅰ　テスト氏と〈物語〉』筑摩書房所収。

文献

ベルトレ／松田浩則訳（2008）『ポール・ヴァレリー　1871-1945』法政大学出版局。

〈Ⅰ-七-41〉

翻訳

ルブラン／榊原晃三訳（1983）『奇岩城』岩波少年文庫。

ルブラン／平岡敦訳（2006）『奇岩城』ハヤカワ・ミステリ文庫。

ルブラン／高野優・大林薫訳（2016）『怪盗紳士　アルセーヌ・ルパン　奇岩城』角川つばさ文庫。

文献

コンペール／宮川朗子訳（2014）『大衆小説』国文社。

ドゥルワール／大友徳明訳（2018）『ルパンの世界』水声社。

小倉孝誠（2002）『推理小説の源流　ガボリオからルブランへ』淡交社。

〈Ⅰ-七-42〉

翻訳

プルースト／吉川一義訳（2010-19）『失われた時を求めて』（全14巻）岩波文庫。

文献

石木隆治（1997）『プルースト』清水書院。

鈴木道彦（2002）『プルーストを読む　『失われた時を求めて』の世界』集英社新書。

保苅瑞穂（1997）『プルースト　印象と隠喩』ちくま学芸文庫。

〈Ⅰ-七-43〉

翻訳

ジイド／川口篤訳（1962-63）『贋金つくり』（上・下）岩波文庫。

ジッド／二宮正之訳（2017）『贋金つくり』（『アンドレ・ジッド集成Ⅳ』）筑摩書房所収。

文献

グー／土田知則訳（1998）『言葉の金使い　文学と経済学におけるリアリズムの解体』新曜社。

マルタン／吉井亮雄訳（2003）『アンドレ・ジッド』九州大学出版会。

〈Ⅰ-七-44〉

翻訳

モーリヤック／福田耕介訳（2020）『テレーズ・デスケルー』上智大学出版。

モーリヤック／遠藤周作編集（1983）『モーリヤック著作集』（第２巻）春秋社。

文献

竹中のぞみ（1996）『フランソワ・モーリヤック論　犠牲とコミュニオン』北海道大学図書刊行会。

藤井史郎（2007）『「テレーズ・デスケルー」あるいは曖昧の技法』早美出版社。

山辺雅彦・酒井三喜・福田耕介（2010）『スタンダール，ロチ，モーリヤック　異邦人の諸相』朝日出版社。

視聴覚資料

『テレーズの罪』（*Thérèse Desqueyroux*）クロード・ミレール監督（2012）。

〈Ⅰ-七-45〉

翻訳

ベルナノス／渡辺一民・松崎芳隆訳（1977）『ベルナノス著作集』（第２巻）春秋社。

文献

ベガン／石川宏訳（1977）『ベルナノス　生涯と作品』春秋社。

視聴覚資料

『田舎司祭の日記』（*Le Journal d'un curé de campagne*）ロベール・ブレッソン監督（1951）。

〈Ⅰ-七-46〉

翻訳

セリーヌ／生田耕作訳（1978）『夜の果てへの旅』（上・下）中公文庫。

文献

生田耕作（1988）『滅びの文学　バタイユとセリーヌ』白水社。

〈Ⅰ-七-47〉

翻訳

マルロー／渡辺淳訳（2000）『王道』講談社文芸文庫。

マルロー／長塚隆二訳（1962）『征服者』角川文庫。

マルロー／小松清・新庄嘉章訳（1978）『人間の条件』新潮文庫。

パスカル／前田陽一・由木康訳（1973）『パンセ』中公文庫。

文献

高橋洋一（2003）『ジャン・コクトー　幻視の美学』平凡社ライブラリー。

宇佐美斎編（2006）『日仏交感の近代　文学・美術・音楽』京都大学学術出版会。

〈Ⅰ-七-48〉

翻訳

ブルトン／巖谷國士訳（2003）『ナジャ』岩波文庫。

文献

ブルトン／巖谷國士訳（1992）『シュルレアリスム宣言・溶ける魚』岩波文庫。

ブルトン／瀧口修造・巖谷國士監修（1997）『シュルレアリスムと絵画』人文書院。

鈴木雅雄編（1998）『シュルレアリスムの射程　言語・無意識・複数性』せりか書房。

〈Ⅰ-七-49〉

翻訳

サルトル／加藤周一・白井健三郎・海老坂武訳（改訳版1998）『文学とは何か』人文書院。

文献

澤田直（2002）『新・サルトル講義　未完の思想，実存から倫理へ』平凡新書。

海老坂武（2005）『サルトル　「人間」の思想の可能性』岩波新書。

〈Ⅰ-七-50〉

翻訳

カミュ／清水徹訳（1969）『シーシュポスの神話』新潮文庫。

カミュ／宮崎嶺雄訳（1969）『ペスト』新潮文庫。

文献

三野博司（2016）『カミュを読む　評伝と全作品』大修館書店。

福井芳男ほか編（1978）『フランス文学講座2 小説 II』大修館書店。

〈Ⅰ-七-51〉

翻訳

ジュネ／宇野邦一訳（2016）『薔薇の奇跡』光文社古典新訳文庫。

文献

ジュネ／中条省平訳（2010）『花のノートルダム』光文社古典新訳文庫。

ジュネ／朝吹三吉訳（1968）『泥棒日記』新潮文庫。

サルトル／白井浩司・平井啓之訳（1966）『聖ジュネⅠ』『聖ジュネⅡ』人文書院，『サルトル全集』（第34・35巻）。

ホワイト／鵜飼哲・根岸徹郎・荒木淳訳（2003）『ジュネ伝』（上・下）河出書房新社。

ギヨーム・ド・ロリス＆ジャン・ド・マン／篠田勝英訳（2007）『薔薇物語』（上・下）ちくま文庫。

視聴覚資料

『ポイズン』（*Poison*）トッド・ヘインズ監督（1991）。

〈Ⅰ-七-52〉

翻訳

セゼール／砂野幸稔訳（1997）『帰郷ノート・植民地主義論』平凡社。

セゼール／立花英裕・中村隆之訳（2011）『ニグロとして生きる　エメ・セゼールとの対話　聞き手：フランソワーズ・ヴェルジェス』法政大学出版局。

文献

恒川邦夫（2012）『《クレオール》な詩人たちⅠ』思潮社。

〈Ⅰ-七-53〉

翻訳

ロブ＝グリエ／中条省平訳（2013）『消しゴム』光文社古典新訳文庫。

文献

ロブ＝グリエ／平岡篤頼訳（1967）『新しい小説のために』新潮社。

バルト／吉村和明訳（2005）『批評をめぐる試み　1964』みすず書房。

視聴覚資料

『不滅の女』（*L'Immortelle*）ロブ＝グリエ監督（1963）。

『エデン，その後』（*L'Eden et après*）ロブ＝グリエ監督（1970）。

〈Ⅰ-七-54〉

翻訳

デュラス／清水徹訳（1992）『愛人（ラマン）』河出文庫。

デュラス／清水徹訳（1996）『北の愛人』河出文庫。

文献

デュラス／パッロッタ・デッラ・トッレ（聞き手）／セカッティ（注釈）／北代美和子訳（2014）『私はなぜ書くのか』河出書房新社。

芳川泰久（2004）「歩くように　デュラス，書くことの脱＝領土化」『横断する文学　〈表象〉臨界を超えて』ミネルヴァ書房所収。

河出書房新社編集部編（2014）『マルグリット・デュラス　生誕100年　愛と狂気の作家』河出書房新社。

内村瑠美子（2014）『デュラスを読み直す』青弓社。

視聴覚資料

『愛人／ラマン』（*L'Amant*）ジャン＝ジャック・アノー監督（1992）。

〈Ⅰ-七-55〉

翻訳

ル・クレジオ／望月芳郎訳（2009）『砂漠』河出書房新社。

ル・クレジオ／豊崎光一・佐藤領時訳（1997）『海を見たことがなかった少年　モンドほか子供たちの物語』集英社文庫。

ジェミア＆ル・クレジオ／村野美優訳（2012）『雲の人びと』思潮社。

文献

現代詩手帖特集版『ル・クレジオ　地上の夢』（2006）思潮社。

視聴覚資料

『モンド』（*Mondo*）トニー・ガトリフ監督（1995）。

〈Ⅱ-一-1〉

文献

山田登世子（2015）『「フランスかぶれ」の誕生』藤原書店。

竹内洋（2003）『教養主義の没落』中公新書。

島崎藤村（1955）『エトランゼエ』新潮文庫。

今橋映子（2001）『異都憧憬 日本人のパリ』平凡社ライブラリー。

永井荷風（2002）『ふらんす物語』岩波文庫。

ヘミングウェイ／高見浩訳（2009）『移動祝祭日』新潮文庫。

〈Ⅱ-一-2〉

文献

ブランクール／大島ゆい訳（2010）「フランス文学教育史」『フランス文学をひらく』慶應義塾大学出版会所収。

梅根悟監修（1975）『フランス教育史　Ⅰ・Ⅱ』（世界教育史大系／第9・10巻）講談社。

畠山達（2012）「フランスの試験の特徴」「学校教育事情①：歴史・初等教育」「学校教育事情②：中等・高等教育」田村毅・塩川徹也・西本晃二・鈴木雅生編『フランス文化辞典』丸善出版所収。

Chervel (2006), *Histoire de l'enseignement du français du XVIIe siècle au XXe siècle*, Retz.

Hatakeyama (2019), *La Formation scolaire de Baudelaire*, Classiques Garnier.

〈Ⅱ-一-3〉

文献

井上健（2011）『文豪の翻訳力　近現代日本の作家翻訳　谷崎潤一郎から村上春樹まで』武田ランダムハウスジャパン。

川戸道昭・榊原貴教編纂（2009）『図説翻訳文学総合事典』大空社。

斉藤美野（2012）『近代日本の翻訳文化と日本語　翻訳王・森田思軒の功績』ミネルヴァ書房。

瀧田寧・西島佑編（2019）『機械翻訳と未来社会　言語の壁はなくなるのか』社会評論社。

富田仁（1981）『フランス小説移入考』東京書籍。

原卓也・西永良成編（2000）『翻訳百年　外国文学と日本の近代』大修館書店。

〈Ⅱ-一-4〉

文献

セルキリーニ／瀬戸直彦・三宅徳嘉訳（1994）『フランス語の誕生』白水社。

山田秀男（1981）『フランス語史』駿河台出版社。

ホームズ＆シュッツ／松原秀一訳（1974）『フランス語の歴史』大修館書店。

〈Ⅱ-二-1〉
文献
渡辺淳（2004）『二十世紀のフランス知識人』集英社新書。
シャルル／白鳥義彦訳（2006）『「知識人」の誕生 1880-1900』藤原書店。
ヴィノック／塚原史・立花英裕・築山和也・久保昭博訳（2007）『知識人の時代 バレス／ジッド／サルトル』紀伊國屋書店。

〈Ⅱ-二-2〉
翻訳
ボーマルシェ／鈴木康司訳（2012）『［新訳］フィガロの結婚　付「フィガロ三部作」について』大修館書店。
ユゴー／稲垣直樹訳（2009）『エルナニ』岩波文庫。
ゴーチエ／桑原隆行訳（2008）『スペイン紀行』《叢書・ウニベルシタス　885》法政大学出版局。
文献
塚本昌則・鈴木雅雄編（2010）『〈前衛〉とは何か？〈後衛〉とは何か？　文学史の虚構と近代性の時間』平凡社。
Viard（2009）, *Lire les romantiques français*, Presses Universitaires de France.

〈Ⅱ-二-3〉
文献
コルバン／小倉孝誠監訳（2014）『英雄はいかに作られてきたか　フランスの歴史から見る』藤原書店。
長井伸仁（2007）『歴史がつくった偉人たち　近代フランスとパンテオン』山川出版社。
ヘーシオドス／松平千秋訳（1986）『仕事と日』岩波文庫。
新倉俊一・神沢栄三・天沢退二郎訳（1990）『フランス中世文学集1』白水社。

〈Ⅱ-二-4〉
文献
アルベール／斎藤かぐみ訳（2020）『新聞・雑誌の歴史』白水社。
シャルチエ／松浦義弘訳（1999）『フランス革命の文化的起源』岩波書店。
メルシエ／原宏編訳（1989）『十八世紀パリ生活誌　タブロー・ド・パリ』（上・下）岩波文庫。
水林章（2003）『公衆の誕生，文学の出現　ルソー的経験と現代』みすず書房。

〈Ⅱ-二-5〉
翻訳
モンテーニュ／原二郎訳（1991）『エセー』（全6巻）岩波文庫。
モンテーニュ／宮下志朗訳（2005-2016）『エセー』（全7巻）白水社。
デカルト／山田弘明訳（2006）『省察』ちくま学芸文庫。
パスカル／塩川徹也訳（2015-16）『パンセ』（上・中・下）岩波文庫。
パスカル／前田陽一・由木康訳（1973）『パンセ』中公文庫。
文献
コンパニョン／山上浩嗣・宮下志朗訳（2014）『寝るまえ5分のモンテーニュ　「エセー」入門』白水社。
宮下志朗（2019）『モンテーニュ　人生を旅するための7章』岩波新書。
小林道夫（2006）『デカルト入門』ちくま新書。
山上浩嗣（2016）『パスカル『パンセ』を楽しむ　名句案内40章』講談社学術文庫。
小林道夫責任編集（2007）『哲学の歴史5　デカルト革命　17世紀　神・人間・自然』中央公論新社。

〈Ⅱ-三-1〉
翻訳
岩本和子・三田順編訳（2016）『幻想の坩堝　ベルギー・フランス語幻想短編集』松籟社。
クリストフ／堀茂樹訳（2001）『悪童日記』ハヤカワ epi 文庫。
クンデラ／西永良成訳（2001）『無知』集英社。
マキーヌ／星埜守之訳（2000）『フランスの遺言書』水声社。
ラミュ／佐原隆雄訳（2016）『スイス人サミュエル・ブレの人生　旅の終わり，旅の始まり』（ラミュ小説集Ⅲ）国書刊行会。
文献
ヴェイユ／宮島喬・大嶋厚・中力えり・村上一基訳（2019）『フランス人とは何か　国籍をめぐる包摂と排除のポリティクス』明石書店。
カザノヴァ／岩切正一郎訳（2002）『世界文学空間　文学資本と文学革命』藤原書店。
クリステヴァ／池田和子訳（1990）『外国人　我らの内なるもの』法政大学出版局。
ナドー＆バーロウ／立花英裕監修／中尾ゆかり訳（2008）『フランス語のはなし　もうひとつの国際共通語』大修館書店。
三田順編著（2016）『ベルギーを〈視る〉　テクスト―視覚―聴覚』松籟社。

〈Ⅱ-三-2〉
翻訳
デリダ／守中高明訳（2001）『たった一つの，私のものではない言葉　他者の単一言語使用』岩波書店。
ウオロゲム／岡谷公二訳（1970）『暴力の義務』新潮社。
ラブ＝タンシ／樋口裕一訳（1992）『一つ半の生命』新評論。
クルマ／真島一郎（2003）『アラーの神にもいわれはない　ある西アフリカ少年兵の物語』人文書院。
ダーウド／鵜戸聡訳（2019）『もうひとつの『異邦人』　ムルソー再捜査』水声社。
ジェバール／石川清子訳（2011）『愛，ファンタジア』みすず書房。
ヤシーヌ／島田尚一訳（1994）『ネジュマ』現代企画室。
セゼール／砂野幸稔訳（1997）『帰郷ノート／植民地主義論』平凡社。
グリッサン／管啓次郎訳（2000）『〈関係〉の詩学』インスクリプト；恒川邦夫訳（2000）『レザルド川』現代企画室。
ファノン／鈴木道彦・浦野衣子訳（1996）『地に呪われた者』みすず書房。
ベルナベ＆シャモワゾー＆コンフィアン／恒川邦夫訳（1997）『クレオール礼賛』平凡社。

〈Ⅱ-三-3〉
文献
フォン・ベーン／飯塚信雄他訳（1984）『ドイツ十八世紀の文化と社会』三修社。

〈Ⅱ-三-4〉
翻訳
ゲーテ／相良守峯訳（2007改版）『イタリア紀行』（上・中・下）岩波文庫。
スタール夫人／佐藤夏生訳（1997）『コリンナ』国書刊行会。
スタンダール／臼田紘訳（2000）『ローマ散歩』（Ⅰ，Ⅱ）新評論。
サンド／小坂裕子訳（1997）『マヨルカの冬』藤原書店。
サイード／今沢紀子訳（1993）『オリエンタリズム』（上・下）平凡社ライブラリー。

文献

石川美子（2000）『旅のエクリチュール』みすず書房。

石井洋二郎（2009）『異郷の誘惑　旅するフランス作家たち』東京大学出版会。

岡田温司（2010）『グランド・ツアー　18世紀イタリアへの旅』岩波新書。

村上春樹（1993）『遠い太鼓』講談社文庫。

野崎歓編著（2018）『フランス文学を旅する60章』明石書店。

〈Ⅱ-三-5〉

文献

福井憲彦・稲葉宏爾（2003）『パリ　建築と都市』山川出版社。

石井洋二郎（1997）『パリ　都市の記憶を探る』ちくま新書。

木村尚三郎（1998）『パリ　世界の都市の物語』文春文庫。

宮下志朗（2002）『パリ　歴史探偵術』講談社現代新書。

鹿島茂（2009）『馬車が買いたい！』白水社。

小倉孝誠（1995）『19世紀フランス　夢と創造』人文書院。

山田登世子（1995）『メディア都市パリ』ちくま学芸文庫。

ベンヤミン／浅井健二郎編訳／久保哲史・土合文夫訳（2015）『パリ論／ボードレール論集成』ちくま学芸文庫。

ヘミングウェイ／高見浩訳『移動祝祭日』（2009）新潮文庫。

バルト／宗左近・諸田和治訳・伊藤俊治図版監修（1997）『エッフェル塔』ちくま学芸文庫。

〈Ⅱ-四-1〉

翻訳

ディドロ／佐々木健一訳（2005）『絵画について』岩波文庫。

ボードレール／阿部良雄訳（1999）『美術批評Ⅰ』『美術批評Ⅱ』ちくま学芸文庫。

ゾラ／三浦篤・藤原貞朗訳（2010）『美術論集』（「ゾラ・セレクション」第９巻）藤原書店。

ゴンクール／隠岐由紀子訳（2005）『歌麿』平凡社。

文献

高階秀爾（1990）『フランス絵画史』講談社学術文庫。

馬淵明子（1997）『ジャポニスム 幻想の日本』ブリュッケ。

清水正和（1999）『フランス近代芸術 絵画と文学の対話』小沢書店。

ブレスク／遠藤ゆかり訳（2004）『ルーヴル美術館の歴史』創元社。

三浦篤（2006）『近代芸術家の表象 マネ，ファンタン＝ラトゥールと1860年代のフランス絵画』東京大学出版会。

高階秀爾（2008）『世紀末芸術』ちくま学芸文庫。

西本晃二・鈴木雅生編『フランス文化事典』丸善出版所収。

荒原邦博（2014）『プルースト 美術批評と横断線』左右社。

加藤哲弘編（2014）『芸術理論古典文献アンソロジー』藝術学舎。

寺田寅彦（2014）「文学と絵画」『十九世紀文学を学ぶ人のために』小倉孝誠編，慶應義塾大学出版会所収。

福田美雪「フランスの絵画」（2015）竹中幸史・杉本淑彦編『教養としてのフランス近現代史』ミネルヴァ書房所収。

三浦篤（2018）『エドゥアール・マネ 西洋絵画史の革命』角川選書。

視聴覚資料

『ディリリとパリの時間旅行』（*Dilili à Paris*）ミシェル・オスロ監督（2018年）。

〈Ⅱ-四-2〉

翻訳

モリエール／鈴木力衛訳（1955）『町人貴族』岩波文庫。

ルソー／増田真訳（2016）『言語起源論　旋律と音楽的模倣について』岩波文庫。

メリメ／工藤庸子訳（2019）『カルメン／タマンゴ』光文社古典新訳文庫。

メーテルランク／杉本秀太郎訳（1988）『対訳ペレアスとメリザンド』岩波文庫。

文献

岡田暁生（2001）『オペラの運命　十九世紀を魅了した「一夜の夢」』中公新書。

Heine（1998），*De l'Allemagne, Gallimard.*

Parade（exposition, Metz, Centre Pompidou-Metz, Grande nef, 17 novembre 2012-18 mars 2013）（2013），catalogue sous la direction de Claire Garnier, Centre Pompidou-Metz.

視聴覚資料

パリ・オペラ座バレエ『カルメン／若者と死』（*Carmen/Le Jeune Homme et la Mort*）（2009）。

『カストラート』（*Farinelli II Castrato*）ジェラール・ゴルビオ監督（2013）。

〈Ⅱ-四-3〉

翻訳

ティルソ・デ・モリーナ／佐竹謙一訳（2014）『セビーリャの色事師と石の招客』岩波文庫。

マリヴォー／鈴木康司訳（1977）『愛と偶然の戯れ』『マリヴォー／ボーマルシェ名作集』白水社所収。

ボーマルシェ／鈴木康司訳（2008）『セビーリャの理髪師』岩波文庫。

ボーマルシェ／鈴木康司訳（2012）『フィガロの結婚』大修館書店。

ボーマルシェ／鈴木康司訳（1977）『罪ある母』『マリヴォー／ボーマルシェ名作集』白水社。

ユゴー／杉山正樹訳（2001）『ルクレツィア・ボルジア』『ヴィクトル・ユゴー文学館』（第10巻），潮出版社所収。

ユゴー／稲垣直樹訳（2009）『エルナニ』岩波文庫。

クローデル／渡辺守章訳（2005）『繻子の靴』岩波文庫。

カミュ／清水徹訳（1969）『シーシュポスの神話』新潮文庫。

カミュ／加藤道夫訳（1951）『誤解』新潮社。

カミュ／岩切正一郎訳（2008）『カリギュラ』早川書房，ハヤカワ演劇文庫。

サルトル／伊吹武彦訳（1952）『出口なし』『サルトル全集８』人文書院所収。

イヨネスコ／諏訪正訳（1993）『禿の女歌手』『ベスト・オブ・イヨネスコ』白水社所収。

ベケット／安堂信也・高橋康也訳（1990）『ベスト・オブ・ベケット１　ゴドーを待ちながら』白水社。

ベケット／岡室美奈子訳（2018）『新訳ベケット戯曲全集１　ゴドーを待ちながら／エンドゲーム』白水社。

ジュネ／渡辺守章訳（2010）『女中たち，バルコン』岩波文庫。

文献

『つかこうへい戯曲シナリオ作品集１』（1987）白水社。

『太郎の屋根に雪降りつむ　別役実戯曲集』（1983）三一書房。

『竹内銃一郎戯曲集２』（1997）而立書房。

扇田昭彦（2007）「ゴドーの変身　ベケットと日本の現代演劇」『唐十郎の劇世界』右文書院。

サンドロヴィッチ監修『ナイロン100℃　シリーワークス』（2018）白水社。

エイコス：17世紀フランス演劇研究会編，オディール・デュスッド／伊藤洋監修（2011）『フランス17世紀演劇事典』中央公論新社。

秋山伸子（2014）『フランス演劇の誘惑』岩波書店。

視聴覚資料

『落語研究会　柳家喬太郎名演集一』（2018）TBS。

〈Ⅱ-四-4〉

翻訳

ゾラ／寺田光徳訳（2004）『獣人　愛と殺人の鉄道物語』藤原書店。

文献

中条省平（2003）『フランス映画史の誘惑』集英社新書。

中条省平（2010）『決定版！　フランス映画200選』清流出版。

視聴覚資料

『リュミエール！』（*Lumière!*）ティエリー・フレモー監督（2016）。

『獣人』（*La Bête humaine*）ジャン・ルノワール監督（1938）。

〈Ⅱ-四-5〉

翻訳

ゾラ／小田光雄訳（2004）『夢想』論創社。

ゾラ／清水正和・倉智恒夫訳（2003）『ムーレ神父のあやまち』藤原書店。

バルザック／石井晴一訳（1973）『谷間の百合』新潮文庫。

プルースト／吉川一義訳（2010-19）『失われた時を求めて』（全14巻）岩波文庫。

プルースト／保苅瑞穂編訳（2002）『プルースト評論選Ⅱ芸術篇』ちくま文庫。

マール／田中仁彦・池田健二・磯見辰典・細田直孝訳（1998）『ゴシックの図像学』（上・下）国書刊行会。

ユゴー／辻昶・松下和則訳（2016）『ノートル＝ダム・ド・パリ』岩波文庫。

ユイスマンス／出口裕弘訳（1995）『大伽藍』平凡社ライブラリー。

ルソー／安士正夫訳（1960-61）『新エロイーズ』（全4巻）岩波文庫。

文献

酒井健（2006）『ゴシックとは何か　大聖堂の精神史』ちくま学芸文庫。

ニーダーマイヤー／濱中春・森貴史訳（2013）『エロスの庭　愛の園の文化史』三元社。

吉田城編（2002）『テクストからイメージへ　文学と視覚芸術のあいだ』京都大学学術出版会。

〈Ⅱ-四-6〉

翻訳

ヴィアン／曽根元吉訳（1998）『日々の泡』新潮文庫。

神沢栄三訳（1991）『オーカッサンとニコレット』『フランス中世文学集3』白水社所収。

ゾラ／古賀照一訳（1971）『居酒屋』新潮文庫。

ゾラ／吉田典子訳（2004）『ボヌール・デ・ダム百貨店――百貨店の誕生』藤原書店。

ブルトン／巖谷國士訳（2008）『ナジャ』岩波文庫。

モーリアック／遠藤周作訳（2003）『テレーズ・デスケルウ』講談社文芸文庫。

ユゴー／杉山正樹訳（2001）『ルクレツィア・ボルジア』『ヴィクトル・ユゴー文学館10　クロムウェル・序文　エルナニ』潮出版社所収。

文献

アロン／佐藤悦子訳（1985）『食べるフランス史　19世紀の貴族と庶民の食卓』人文書院。

池上俊一（2013／2014）『お菓子でたどるフランス史』岩波ジュニア新書。

田村毅・塩川徹也・西本晃二・鈴木雅生編（2012）『フランス文化事典』丸善出版。

〈Ⅱ-五-1〉

翻訳

ランボオ／粟津則雄訳（1992）『ランボオ詩集・地獄の季節』集英社文庫。

ランボー／平井啓之・中地義和・湯浅博雄・川那部保明訳（2006）『ランボー全集』青土社。

ユルスナール／多田智満子（2008新訂版）『ハドリアヌス帝の回想』白水社。

上田敏訳（2006文庫改訂版）『海潮音』新潮文庫。

ヴェルレーヌ／倉方健作訳（2019）『呪われた詩人たち』幻戯書房。

ルソー／桑原武夫訳（1965）『告白』（上・中・下）岩波文庫。

アウグスティヌス／山田晶訳（2014改訂版）『告白』（全3巻）中公文庫。

モンテーニュ／宮下志朗訳（2005-16）『エセー』（全7巻）白水社。

〈Ⅱ-五-2〉

翻訳

メリメ／工藤庸子訳（2019）『カルメン／タマンゴ』光文社古典新訳文庫。

ゾラ／中井敦子訳（2004）『獲物の分け前』ちくま文庫。

ゾラ／川口篤・古賀照一訳（2006）『ナナ』新潮文庫。

デュマ・フィス／永田千奈訳（2018）『椿姫』光文社古典新訳文庫。

バルザック／山田登世子訳（2001）『従妹ベット　好色一代記』（上・下）（バルザック「人間喜劇」セレクション第11・12巻）藤原書店。

プルースト／吉川一義訳（2010-19）『失われた時を求めて』（全14巻）岩波文庫。

ブルトン／巖谷國士訳（2003）『ナジャ』岩波文庫。

フローベール／谷口亜沙子訳（2018）『三つの物語』光文社古典新訳文庫。

モリエール／鈴木力衛訳（1975）『ドン・ジュアン』岩波文庫。

ラクロ／桑瀬章二郎・早川文敏訳（2014）『危険な関係』白水社。

〈Ⅱ-五-3〉

翻訳

レヴィ＝ストロース／福井和美（2001）『親族の基本構造』青弓社。

新倉俊一訳（1979）『結婚十五の歓び』岩波文庫。

ボーヴォワール／『第二の性』を原文で読み直す会訳（2001）『決定版　第二の性』（1，2）新潮文庫。

文献

アタリ／大塚宏子訳（2009）『図説「愛」の歴史』原書房。

工藤庸子（2019）『女たちの声』羽鳥書店。

工藤庸子（2013）『近代ヨーロッパ宗教文化論　姦通小説・ナポレオン法典・政教分離』東京大学出版会。

デュビー／篠田勝英訳（1984）『中世の結婚』新評論。

前野みち子（2006）『恋愛結婚の成立　近代ヨーロッパにおける女性観の変容』名古屋大学出版会。

ル＝ゴフ，コルバン他／小倉孝誠・後平隆・後平澪子訳（2004）『世界で一番美しい愛の歴史』藤原書店。

視聴覚資料

『コレット』（*Colette*）ウォッシュ・ウェストモアランド監督（2018）。

『サルトルとボーヴォワール　哲学と愛』（*Les Amants du Flore*）イラン・デュラン＝コーアン監督（2006）。

〈Ⅱ-五-4〉

翻訳

ゴーチエ／井村実名子訳（2006）『モーパン嬢』（上・下）岩波文庫。

ボードレール／阿部良雄訳（1998）『ボードレール全詩集１』ちくま文庫。
ワイルド／田部重治訳（1998）『獄中記』角川文庫ソフィア。
コレット／新庄嘉章監修／川口博他訳（1970, 1971）『コレット著作集１』『コレット著作集２』二見書房。
プルースト／鈴木道彦訳（2006）『失われた時を求めて７　ソドムとゴモラⅠ』『失われた時を求めて８　ソドムとゴモラⅡ』集英社文庫ヘリテージシリーズ。
ジッド／堀口大學訳（1969）『一粒の麦もし死なずば』新潮文庫。
ジュネ／中条省平訳（2010）『花のノートルダム』光文社古典新訳文庫。
ユルスナール／多田智満子訳（2008）『ハドリアヌス帝の回想』白水社。
ウィティッグ／小佐井伸二訳（1973）『女ゲリラたち』白水社。
ヴィティッグ／中安ちか子訳（1980）『レスビアンの躰』講談社。
オッカンガム／関修訳（1993）『ホモセクシュアルな欲望』学陽書房。
ギベール／佐宗鈴夫訳（1994）『ヴァンサンに夢中』集英社。
コラール／長島良三訳（1993）『野性の夜に』二見書房。
コラール／長島良三訳（1994）『やがて死すべき愛について』角川書店。

文献

オールドリッチ／田中英史・田口孝夫訳（2009）『同性愛の歴史』東洋書林。
風間孝・河口和也（2010）『同性愛と異性愛』岩波新書。
小倉孝誠（2012）「第三の性　同性愛者たちの物語」『恋するフランス文学』慶應義塾大学出版会所収。

〈Ⅱ-五-5〉

翻訳

ディドロ／本田喜代治他訳（1964）『ラモーの甥』岩波文庫。
ネルヴァル／田村毅訳（2003）「オーレリア」『ネルヴァル全集』（第６巻）筑摩書房。
ド・クインシー／野島秀勝訳（2007）『阿片常用者の告白』岩波文庫。
ボードレール／阿部良雄訳（1998）『ボードレール全詩集〈2〉小散文詩パリの憂鬱・人工天国他』ちくま文庫。
ワイルド／福田恆存訳（1962）『ドリアン・グレイの肖像』新潮文庫。
ブルトン／巖谷國士訳（2003）『ナジャ』岩波文庫。
ジュネ／渡辺守章訳（2010）『女中たち／バルコン』岩波文庫。

文献

フーコー／田村俶訳（1975）『狂気の歴史　古典主義時代における』新潮社。
鈴木雅雄（2003）「狂気よ，語れ　シュルレアリスムにとって精神分析とは何か」ダリ『ミレー《晩鐘》の悲劇的神話』人文書院所収。
渡邊拓也（2019）『ドラッグの誕生　19世紀フランスの〈犯罪・狂気・病〉』慶應義塾大学出版会。

〈Ⅱ-五-6〉

翻訳

ボエティウス／渡辺義雄訳（1966）『哲学の慰め』筑摩書房（世界古典文学全集26）所収。
ラスネール／小倉孝誠・梅澤礼訳（2014）『ラスネール回想録』平凡社ライブラリー。

文献

フーコー／田村俶訳（1977）『監獄の誕生』新潮社。
梅澤礼（2019）『囚人と狂気　一九世紀フランスの監獄・文学・社会』法政大学出版局。

■人名・作品名索引■

・原則として，人名に続けてその作品名を列記している。また，頁の太字は項目見出しにあることを示す。

ア　行

カ 行

サ　行

タ 行

ナ　行

ハ　行

ヤ 行

ラ 行

ワ 行

執筆者紹介（氏名／よみがな／現職／五十音順／＊は編著者）

執筆担当は本文末に明記

秋山伸子（あきやま・のぶこ）
青山学院大学文学部教授

朝比奈弘治（あさひな・こうじ）
明治学院大学名誉教授

石田雄樹（いしだ・ゆうき）
神戸大学大学院国際文化学研究科専任講師

伊藤玄吾（いとう・げんご）
同志社大学グローバル地域文化学部准教授

井上櫻子（いのうえ・さくらこ）
慶應義塾大学文学部准教授

岩下　綾（いわした・あや）
慶應義塾大学法学部准教授

上杉　誠（うえすぎ・まこと）
慶應義塾大学文学部助教

塩谷祐人（えんや・まさと）
明治学院大学教養教育センター准教授

北村　卓（きたむら・たかし）
大阪大学名誉教授

＊黒岩　卓（くろいわ・たく）
奥付編著者紹介参照

齊藤哲也（さいとう・てつや）
明治学院大学文学部教授

菅原百合絵（すがわら・ゆりえ）
京都大学人文科学研究所准教授

鈴木雅生（すずき・まさお）
学習院大学文学部教授

塚本昌則（つかもと・まさのり）
東京大学文学部教授

津崎良典（つざき・よしのり）
筑波大学人文社会系准教授

辻川慶子（つじかわ・けいこ）
白百合女子大学文学部教授

津森圭一（つもり・けいいち）
新潟大学人文学部教授

内藤真奈（ないとう・まな）
学習院大学文学部准教授

＊永井敦子（ながい・あつこ）
奥付編著者紹介参照

根木昭英（ねぎ・あきひで）
獨協大学外国語学部准教授

博多かおる（はかた・かおる）
上智大学文学部教授

畑　亜弥子（はた・あやこ）
熊本大学大学院人文社会科学研究部准教授

＊畠山　達（はたけやま・とおる）
奥付編著者紹介参照

林　千宏（はやし・ちひろ）
大阪大学大学院人文学研究科言語文化学専攻准教授

原　大地（はら・たいち）
慶應義塾大学商学部教授

福田耕介（ふくだ・こうすけ）
上智大学文学部教授

福田美雪（ふくだ・みゆき）
青山学院大学文学部准教授

村松定史（むらまつ・さだふみ）
元名城大学教授

山上浩嗣（やまじょう・ひろつぐ）
大阪大学文学研究科教授

横山安由美（よこやま・あゆみ）
立教大学文学部教授

《編著者紹介》

永井敦子（ながい・あつこ／1961年生まれ）

上智大学文学部教授

『クロード・カーアン』（単著・水声社，2011年）

『ジュール・モヌロ』（単著・水声社，2019年）

ジュリアン・グラック『アンドレ・ブルトン』（翻訳／解説・人文書院，1997年）

ジュリアン・グラック『ひとつの町のかたち』（翻訳／解説・書肆心水，2004年）

ジュリアン・グラック『街道手帖』（翻訳／解説・風濤社，2014年）

Mélusine (Cahiers de l'Association pour l'étude du Surréalisme), «Le Surréalisme au Japon», co-dirigé avec Martine Monteau, N° XXXVI, Lausanne Suisse, L'Âge d'Homme, 2016. 他。

畠山　達（はたけやま・とおる／1975年生まれ）

明治学院大学文学部教授

La Formation scolaire de Baudelaire, Classiques Garnier, 2019.

«Baudelaire et les *Leçons françaises de littérature et de morale* de Noël et Delaplace», *Revue d'Histoire littéraire de la France*, Classiques Garnier, n° 3, 2020.

«Baudelaire et l'hendiadys», *L'année Baudelaire,* Honoré Champion, n° 23, 2020.

「大手拓次の象徴詩読解――フランス語・フランス詩との関係を通して」『言語文化』（明治学院大学言語文化研究所，37号，2020年）。

黒岩　卓（くろいわ・たく／1976年生まれ）

東北大学大学院文学研究科准教授

La Versification des sotties. Composer, jouer et diffuser les «parolles polies», H. Champion, 2017.

アレハンドロ・ホドロフスキー，マリアンヌ・コスタ『タロットの宇宙』（伊泉龍一監修，国書刊行会，2016年）

«Présence de la *Chanson de Roland* dans le Japon moderne : les premières présentations et traductions (MAEDA, BAN, SATŌ)», *Le Recueil Ouvert* (en ligne), Université Grenoble Alpes, 2017.

「『ローランの歌と平家物語』――比較研究の可能性について」（ブノワ・グレヴァンとの共著）『東西中世のさまざまな地平――フランスと日本の交差するまなざし』（知泉書館，2020年）

シリーズ・世界の文学をひらく②
フランス文学の楽しみかた
——ウェルギリウスからル・クレジオまで——

2021年4月1日　初版第1刷発行　〈検印省略〉
2023年12月10日　初版第3刷発行

定価はカバーに
表示しています

編著者　永井敦子
　　　　畠山達
　　　　黒岩卓

発行者　杉田啓三

印刷者　田中雅博

発行所　株式会社　ミネルヴァ書房
〒607-8494　京都市山科区日ノ岡堤谷町1
電話代表　(075) 581-5191
振替口座　01020-0-8076

創栄図書印刷・新生製本

ISBN978-4-623-09076-1
Printed in Japan

シリーズ・世界の文学をひらく

①ドイツ文学の道しるべ　畠山寛・吉中俊貴・岡本和子編著　B５判・268頁 本　体 2800円
・ニーベルンゲンから多和田葉子まで

②フランス文学の楽しみかた　永井敦子・畠山達・黒岩卓編著　B５判・258頁 本　体 2800円
・ウェルギリウスからル・クレジオまで

③深まりゆくアメリカ文学　竹内理矢・山本洋平編著　B５判・256頁 本　体 2800円
・源流と展開

④中国文学をつまみ食い　武田雅哉・加部勇一郎・田村容子編著　B５判・266頁 本　体 2800円
・『詩経』から『三体』まで

⑤日本文学の見取り図　千葉一幹・西川貴子・松田浩・中丸貴史編著　B５判・266頁 本　体 2800円
・宮崎駿から古事記まで

⑥ロシア文学からの旅　中村唯史・坂庭淳史・小椋彩編著　B５判・256頁 本　体 2800円
・交錯する人と言葉

はじめて学ぶ フランス文学史　横山安由美・朝比奈美知子編著　A５判・368頁 本　体 2800円

フランス文化 55のキーワード　朝比奈美知子・横山安由美編著　A５判・304頁 本　体 2500円

はじめて学ぶフランスの歴史と文化　上垣豊編著　A５判・346頁 本　体 3200円

新しく学ぶフランス史　平野千果子編著　A５判・362頁 本　体 2800円

教養のフランス近現代史　杉本淑彦・竹中幸史編著　A５判・360頁 本　体 3000円

よくわかるフランス近現代史　剣持久木編著　B５判・212頁 本　体 2600円

ミネルヴァ書房

https://www.minervashobo.co.jp/